Pere Et Fils Devaux

Annuaire statistique du département du Nord

Anatiposi

Pere Et Fils Devaux

Annuaire statistique du département du Nord

Réimpression inchangée de l'édition originale de 1860.

1ère édition 2023 | ISBN: 978-3-38270-067-6

Anatiposi Verlag est une marque de Outlook Verlagsgesellschaft mbH.

Verlag (Éditeur): Outlook Verlag GmbH, Zeilweg 44, 60439 Frankfurt, Deutschland
Vertretungsberechtigt (Représentant autorisé): E. Roepke, Zeilweg 44, 60439 Frankfurt, Deutschland
Druck (Imprimerie): Books on Demand GmbH, In de Tarpen 42, 22848 Norderstedt, Deutschland

ANNUAIRE

STATISTIQUE

DU DÉPARTEMENT DU NORD,

RÉDIGÉ

Par MM. DEVAUX, père et fils.

A LILLE,

CHEZ L. QUARRÉ, LIBRAIRE,
Grand'Place.

CHEZ L. DANEL, IMPRIMEUR,
Grand'Place.

32me ANNÉE. — 1860.

JANVIER

D	CIRCONCISION.
2 L	s Macaire.
3 M	ste Geneviève
4 M	s Rigobert.
5 J	s Siméon S.
6 V	L'ÉPIPHANIE.
7 S	s Lucien, év.
8 D	ste Adèle.
9 L	s Julien, m.
10 M	s Guillaume.
11 M	s Théodose.
12 J	ste Césaire.
13 V	Bapt. de N. S.
14 S	s Hilaire, év.
15 D	s Nom de Jés
16 L	s Marcel, pape
17 M	s Antoine, év.
18 M	Ch s Pierre à B
19 J	s Canut, roi
20 V	s Sébastien.
21 S	ste Agnès, v.
22 D	s Vincent.
23 L	s Alphonse.
24 M	s Babylas, év.
25 M	Conv. de s P.
26 J	s Polycarpe.
27 V	s Jean Chrys.
28 S	s Charlemagne
29 D	s Franç. de S.
30 L	ste Martine.
31 M	s Pierre Nolas

P. Q. le 1. D. Q. le 15
P. L. le 8. N. L. le 23
P. Q. le 31.

FÉVRIER

1 M	s Ignace.
2 J	PURIFICATION.
3 V	s Blaise, évêq
4 S	s André conf.
5 D	SEPTUAGÉSIME.
6 L	ste Dorothée.
7 M	s Romuald.
8 M	s Jean de M.
9 J	ste Appoline
10 V	ste Scholastiqu
11 S	s Séverin, ab.
12 D	SEXAGÉSIME
13 L	s Martinien.
14 M	s Valentin.
15 M	s Faustin, m.
16 J	ste Reinelde.
17 V	s Germain.
18 S	s Siméon.
19 D	QUINQUAGÉSIM
20 L	s Eleuthère.
21 M	s Emebert.
22 M	LES CENDRES.
23 J	s Pierre Dam
24 V	s Prétextat.
25 S	s Mathias.
26 D	QUADRAGÉSIME
27 L	s Léandre.
28 M	s Romain.
29 M	s Sever. 4 T.

Lettre dominic. AG.
Épacte. VII

P. L. le 7. N. L. le 21.
D. Q. le 13. P. Q. le 29.

MARS

1 J	s Aubin, évêq
2 V	s Simplice. 4T
3 S	ste Cunég. 4T
4 D	REMINISCERE.
5 L	s Jean de la C
6 M	ste Colette.
7 M	s Thomas d'A
8 J	s Jean de D.
9 V	ste Françoise.
10 S	Les 40 martyrs
11 D	OCULI.
12 L	s Grégoire.
13 M	s Euphrasie.
14 M	ste Mathilde.
15 J	s Longin.
16 V	s Alexandre.
17 S	s Patrice.
18 D	LŒTARE.
19 L	s Joseph.
20 M	s Joachim.
21 M	s Benoit.
22 J	s Basile, mart
23 V	s Othon, évêq
24 S	s Cyrille, évêq
25 D	LA PASSION.
26 L	s Ludger.
27 M	s Prisque, m
28 M	s Sixte, pape
29 J	s Eustache, al
30 V	s Jean Clim.
31 S	s Guy, abbé.

P. L. le 7. N. L. le 22.
D. Q. le 14. P. Q. le 30.

AVRIL

1 D	LES RAMEAUX
2 L	s Franç. de P.
3 M	s Richard.
4 M	s Isidore, év.
5 J	LA SAINTE CÈNE
6 V	Mort de N.-S.
7 S	Samedi saint
8 D	PAQUES.
9 L	PAQUES.
10 M	s Macaire.
11 M	s Léon, pape
12 J	s Jules, pape
13 V	s Herméneg.
14 S	s Tiburce, m
15 D	QUASIMODO.
16 L	s Druon, conf.
17 M	s Anicet.
18 M	s Parfait, m
19 J	s Théodore.
20 V	s Sulpice, év.
21 S	s Anselme.
22 D	s Soter, pape.
23 L	s Georges.
24 M	s Fidèle, mart.
25 M	s Marc, évang
26 J	ss Clet et M.
27 V	s Anthime.
28 S	s Vital. mart.
29 D	s Pierre, mart.
30 L	ste Cath. de S.

P. L. le 5. N. L. le 21.
D. Q. le 13. P. Q. le 28.

MAI

1 M	ss Phil. et Jac.
2 M	s Athanase.
3 J	Inv. ste Croix
4 V	ste Monique.
5 S	s Pie V, pape.
6 D	s JEAN P. L.
7 L	s Stanislas.
8 M	s Juste.
9 M	Trans. s Nicol
10 J	s Antonin.
11 V	s Mammert.
12 S	s Nérée, mart.
13 D	s Servais.
14 L	s Boniface Rg.
15 M	s Pacome. Rg
16 M	s Honoré. Rg.
17 J	ASCENSION.
18 V	s Venant.
19 S	s Pierre Cél
20 D	s Bernardin.
21 L	s Valens.
22 M	ste Julie.
23 M	s Guilbert.
24 J	ste Jeanne.
25 V	ste Marie.
26 S	s Quadrat v. j.
27 D	PENTECOTE.
28 L	PENTECOTE.
29 M	s Maximin.
30 M	s Félix. 4 T.
31 J	ste Pétronille.

P. L. le 5. N. L. le 20.
D. Q. le 12. P. Q. le 27.

JUIN

1 V	s Pamph. 4 T.
2 S	s Marcellin 4T
3 D	LA TRINITÉ.
4 L	s Quirin.
5 M	s Boniface
6 M	s Norbert.
7 J	FÊTE-DIEU.
8 V	s Médard, év.
9 S	s Prime.
10 D	ste Marguerite
11 L	s Barnabé
12 M	s Jean de F.
13 M	s Antoine.
14 J	s Basile
15 V	s Modeste.
16 S	ste Lutgarde.
17 D	s Avit
18 L	ste Marine.
19 M	ste Julienne.
20 M	ste Florence.
21 J	s Louis le G.
22 V	s Paulin.
23 S	ste Agripinne.
24 D	Nat. s Jean-B
25 L	Trans. s Éloi.
26 M	ss Jean et P.
27 M	s Ladislas.
28 J	s Léon II, pape
29 V	ss Pierre et P.
30 S	Comm. s Paul

P. L. le 3. N. L. le 19.
D. Q. le 11. P. Q. le 26.

JUILLET		AOUT		SEPTEMBRE	
1 D	s Rombaut.	1 M	s Pierre-ès-l.	1 S	s Gilles, abbé.
2 L	Visitat. N.-D.	2 J	N.-D. des Ang	2 D	s Lazare, roi
3 M	ste Hyacinthe	3 V	ste Lydie.	3 L	s Séraphin.
4 M	Trans. s Mart	4 S	s Dominique	4 M	ste Rosalie.
5 J	s Agathon.	5 D	ste Mar. aux N	5 M	s Bertin.
6 V	ste Godelive.	6 L	Transf. N.-S.	6 J	s Eugène.
7 S	s Willebaud.	7 M	s Gaëten.	7 V	ste Reine.
8 D	s Procope.	8 M	s Cyriaque.	8 S	Nativité N.-D
9 L	Martyrs de G	9 J	s Romain.	9 D	s Omer, évêq.
10 M	ste Félicité.	10 V	s Laurent.	10 L	s Nicolas.
11 M	Tran. s Benoit	11 S	ste Suzanne.	11 M	ste Viadiciane
12 J	s Jean Gualb.	12 D	ste Claire, abb	12 M	s Silvin.
13 V	s Anaclet.	13 L	s Hyppolyte.	13 J	s Aimé, évêq
14 S	s Bonaventure	14 M	s Eusèbe. v. j	14 V	Exalt. ste Cr.
15 D	s Henri II.	15 M	ASSOMPTION.	15 S	s Nicodème.
16 L	N.-D. du M.-C.	16 J	s Roch.	16 D	s Cornil, pape
17 M	s Alexis, conf.	17 V	s Carloman.	17 L	s Lambert.
18 M	s Arnould.	18 S	ste Hélène.	18 M	ste Sophie.
19 J	s Vincent de B	19 D	ste Thécle.	19 M	s Janvier. 4 T.
20 V	ste Marguerite	20 L	s Bernard.	20 J	s Eustache.
21 S	ste Praxède.	21 M	s Albéric.	21 V	s Mathieu. 4T.
22 D	ste Marie-Mag	22 M	s Symphorien	22 S	s Maurice. 4T.
23 L	s Appolinaire	23 J	s Philippe.	23 D	s Lin, pape.
24 M	ste Christine.	24 V	s Barthélemy.	24 L	N.-D. de la M.
25 M	ss Jacq. et Ch	25 S	s Louis, roi.	25 M	s Firmin.
26 J	ste Anne	26 D	s Zéphirin.	26 M	ste Justine.
27 V	ste Nathalie.	27 L	s Césaire.	27 J	s Adolphe.
28 S	s Nazaire.	28 M	s Augustin.	28 V	s Privat, év.
29 D	ste Marthe.	29 M	Décoll. s J.-B.	29 S	Déd. s Michel.
30 L	ss Abdon et S	30 J	ste Rose.	30 D	s Jérôme, d
31 M	s Ignace de L	31 V	s Raymond.		
P. L. le 3. N. L. le 18. D. Q. le 11. P. Q. le 25.		P. L. le 1. N. L. le 16. D. Q. le 9. P. Q. le 23. N. L. le 31.		D. Q. le 8. P. Q. le 21. N. L. le 15. P. L. le 30.	

OCTOBRE		NOVEMBRE		DÉCEMBRE	
1 L	ss Remi et P.	1 J	TOUSSAINT.	1 S	s Éloi, évêque
2 M	Anges gard.	2 V	Les Trépassés	2 D	Avent.
3 M	s Gérard, abbé	3 S	s Hubert.	3 L	s François Xa
4 J	s François.	4 D	s Charles Borr	4 M	ste Barbe.
5 V	s Placide.	5 L	ste Berthilde.	5 M	s Sabas.
6 S	s Bruno, conf.	6 M	s Léonard.	6 J	s Nicolas.
7 D	s Marc, pape.	M	s Ernest.	7 V	s Ambroise.
8 L	ste Brigitte, v.	8 J	Les 4 Couron.	8 S	Imm. Concept.
9 M	s Ghislain, r	9 V	s Denis.	9 D	ste Léocadie.
10 M	s François.	10 S	s Juste.	10 L	ste Melchiade.
11 J	s Germain.	11 D	s Martin, év.	11 M	s Damase, p.
12 V	s Evagre.	12 L	s Liévin.	12 M	ste Constance
13 S	s Édouard, roi	13 M	s Homobon.	13 J	ste Luce.
14 D	s Calixte, pape	14 M	s Clémentin.	14 V	s Nicaise.
15 L	ste Thérèse.	15 J	s Eugène	15 S	Oct. Imm. con.
16 M	s Donatien.	16 V	s Edmond.	16 D	ste Adélaïde.
17 M	ste Hedwige.	17 S	s Agnan.	17 L	ste Olympiade
18 J	s Luc, évang	18 D	s Odon, abbé.	18 M	s Paul le Simp
19 V	s Pierre d'Alc	19 L	ste Élisabeth.	19 M	s Cyriaque 4T
20 S	ste Céline.	20 M	s Félix de V.	20 J	s Philogone.
21 D	ste Ursule.	21 M	Présent. N.-D	21 V	s Thomas. 4 T
22 L	s Sévère.	22 J	ste Cécile.	22 S	s Flavien. 4 T
23 M	s Séverin.	23 V	s Clément.	23 D	ste Victoire.
24 M	s Magloire.	24 S	s Florimond.	24 L	ste Thars. v.-j
25 J	ss Crépin et C.	25 D	ste Catherine	25 M	NOEL.
26 V	s Évariste, p	26 L	s Pierre d'Al.	26 M	s Étienne.
27 S	s Florent.	27 M	s Maxime.	27 J	s Jean, évang.
28 D	ss Simon et J.	28 M	s Mansuet.	28 V	Les ss Innoc.
29 L	s Narcisse.	29 J	s Saturnin.	29 S	s Thomas de C
30 M	s Lucain.	30 V	s André.	30 D	s Sabin, mart.
31 M	s Quentin. v. j			31 L	s Sylvestre.
D. Q. le 7. P. Q. le 21. N. L. le 14. P. L. le 29.		D. Q. le 6. P. Q. le 20. N. L. le 13. P. L. le 28.		D. Q. le 5. P. Q. le 20. N. L. le 12. P. L. le 28.	

EMPIRE FRANÇAIS.

NAPOLÉON III (Charles-Louis), Empereur des Français,

Né à Paris, le 20 avril 1808, du mariage de Louis-Napoléon, roi de Hollande, et de Hortense-Eugénie, reine de Hollande; marié le 29 janvier 1853, à

EUGÉNIE, Impératrice des Français, née le 5 mai 1826. De ce mariage:

Napoléon-Eugène-Louis-Jean-Joseph, Prince impérial, né à Paris, le 16 mars 1856.

Jérome-Napoléon, oncle de l'Empereur, né le 15 novembre 1784, roi de Westphalie, du 1er décembre 1807 au 26 octobre 1813, marié à Frédérique-Catherine-Sophie-Dorothée, fille de feu Frédéric, roi de Wurtemberg, décédée le 28 novembre 1836; de ce mariage:

Mathilde-Lœtitia-Wilhelmine, née le 27 mai 1820, mariée en 1841 au prince Anatole Demidoff de San Donato; et

Napoléon-Joseph-Charles-Paul, né le 9 septembre 1822; marié le 30 janvier 1859 à

Louise-Thérèse-Marie-Clotilde, fille de Victor-Emmanuel III, roi de Sardaigne; née le 2 mars 1843.

Stéphanie-Louise-Adrienne-Napoléon, tante de l'Empereur, née le 28 août 1789, grande duchesse douairière de Bade.

MAISON DE S. M. L'EMPEREUR.

S. Exc. M. Achille Fould (G. ✻), sénateur, membre du conseil privé, *ministre de la Maison de l'Empereur.*

GRANDE AUMÔNERIE.

S. Em. Mgr. le cardinal Morlot (C. ✻), archevêque de Paris, sénateur, membre du conseil privé, *grand aumônier.*

Mgr. Menjaud (C. ✻), archevêque de Bourges, *premier aumônier,* chargé du service.

Mgr. Tirmarche, ✻, évêque d'Adras, *second aumônier*

M. l'abbé Devèze, *vicaire général.*

M. l'abbé Mullois, *premier chapelain.*

MM. l'abbé Versini, l'abbé Liabeuf, *chapelains ordinaires;* l'abbé Laine, *chapelain ordinaire, chargé des fonctions curiales.*

PALAIS.

S. Exc. M. le maréchal Vaillant (G. ✼), sénateur, membre du conseil privé, *grand maréchal du palais.*

M. le général de division Rolin (G. O. ✼), *adjudant-général du palais.*

MM. le baron de Montbrun, ✼; — le baron de Vareigne, ✼; — de Valabrègue de Lawœstine, ✼; — le baron Morio de l'Isle, ✼; *préfets du palais.*

M. le comte Lepic (O. ✼), *premier maréchal-des-logis.*

MM. le baron Émile Tascher de la Pagerie, ✼; — Oppermann (O. ✼), chef d'escadron en retraite, *maréchaux-des-logis.*

GOUVERNEMENT DES PALAIS.

Gouverneur des palais des Tuileries, du Louvre et de l'Elysée, M. le général de division Alexandre (G. O. ✼).

Gouverneur du palais de Saint-Cloud, M. le colonel comte de Thiérion (C. ✼), député; — *du Palais Royal,* M. le général de brigade Deshorties de Beaulieu (G. O. ✼); — *de Saint-Cloud,* N..., — *de Meudon,* M. le colonel Gaudot-Paquet (O. ✼); — *de Versailles,* M. Dupont (O. ✼), capitaine de vaisseau; — *de Trianon,* M. le colonel Griffon (C. ✼); — *de Rambouillet,* M. le général de brigade Besançon (C. ✼); — *de Fontainebleau*, M. le général de brigade de Polignac (C. ✼); — *de Stasbourg*, M. le colonel de Kœnigsegg (O. ✼); — *de Compiègne,* M. le général de brigade Lechesne (C. ✼); — *de Pau,* M. le colonel Ibert (O. ✼).

SERVICE DE LA CHAMBRE.

S. Exc. M. le duc de Bassano (G. O. ✼), sénateur, *grand chambellan.*

M. le comte Baciocchi (C ✼), surintendant des spectacles de la Cour, de la musique de la Chapelle et de la Chambre, *premier chambellan.*

MM. le duc de Tarente (O. ✼), député; le comte d'Arjuzon, ✼, député; le vicomte Olivier de Walsh; le marquis de Gricourt (O. ✼); le marquis de Chaumont-Quitry, ✼, député; le comte de Labédoyère, ✼, député; le marquis de Conégliano, ✼, député; le baron Bulach, ✼; le vicomte de Laferrière; le comte Roger de Riencourt, *chambellans.*

CABINET PARTICULIER DE S. M. L'EMPEREUR.

M. Mocquart (C. ✼) secrétaire de l'Empereur, *chef du cabinet.*

M. de Dalmas (O. ✼), *sous-chef du cabinet.*

SERVICE DES DONS ET SECOURS.

M. le docteur Conneau (C. ✼), *directeur.*

M. Peupin, ✼, *directeur-adjoint.*

ÉCUYERS.

N...., *grand écuyer.*

M. le général Fleury (C. ✻) aide-de-camp de l'Empereur, *premier écuyer.*

MM. Bachon, ✻, le baron Bourgoing, ✻, le comte d'Aiguesvives, de Grammont, le baron Lejeune, ✻, le comte de Castelbajac, Davilliers (O. ✻), *écuyers ordinaires;* de Burgh, *écuyer honoraire.*

M. le comte d'Aure (O. ✻), *écuyer-inspecteur.*

VÉNERIE.

S. Exc. M. le maréchal Magnan (G. ✻), sénateur, *grand-veneur.*

M. le Prince de la Moskowa (C. ✻), aide-de-camp de l'Empereur, *premier veneur.*

M. le marquis de Toulongeon (O. ✻), *commandant des chasses à tir.*

MM. le baron Lambert ✻, le marquis de Latour-Maubourg, ✻, député, *lieutenants de vénerie,*

M. le baron Delage (O. ✻), *lieutenant des chasses à tir.*

CÉRÉMONIES.

S. Exc. M. le duc de Cambacérès (G. O. ✻), sénateur, *grand-maître des cérémonies.*

M. le comte Rodolphe d'Ornano (O. ✻), député, *premier maître des cérémonies.*

MM. Feuillets de Conches (C. ✻); le baron de Lajus, ✻, *introducteurs des ambassadeurs, maîtres des cérémonies.*

MM. Jules Lecocq, ✻, le baron Sibuet, *aides des cérémonies, secrétaires à l'introduction des ambassadeurs.*

TRÉSORERIE.

M. Bure, ✻, *trésorier général de la couronne.*

M. Thélin, Charles, ✻, *trésorier de la cassette.*

MUSIQUE DE LA CHAPELLE ET DE LA CHAMBRE.

M. Auber (C. ✻), membre de l'Institut, *directeur.*

SERVICE DE SANTÉ.

M. le docteur Conneau, (C. ✻), *premier médecin de l'Empereur.*

MAISON MILITAIRE DE S. M. L'EMEPREUR.

S. Exc. M. le maréchal Vaillant (G. ✻), sénateur, membre du Conseil privé, grand maréchal du palais, *commandant la Maison militaire.*

M. Rolin (G. O. ✻), général de division, *adjudant-général du palais.*

Aides-de-camp de l'Empereur : MM. le comte Roguet (G. O. ✻), général de division, sénateur; le comte de Goyon (C. ✻), général de division ; de Failly (C. ✱), général de division ; le comte de Montebello (C. ✱), général de division ; Lebœuf, (C. ✱), général de division ; Frossard (C. ✱). général de division ; le baron de Béville (C. ✱), général de brigade ; le prince de la Moskowa (C. ✱), idem ; Fleury (C. ✱), idem ; de Waubert de Genlis (C. ✱), colonel d'état-major ; le marquis de Toulongeon (O. ✱), idem ; le comte Lepic (O. ✱), idem ; le baron Reille (O. ✱), idem ; Favé, ✱, colonel d'artillerie ; Castelnau (O. ✱), colonel d'état-major.

Officiers d'ordonnance de l'Empereur : MM. le baron de Méneval, ✱, lieutenant-colonel ; Schmitz (O. ✱), idem ; Brady, ✱, chef d'escadron; d'Andlau, ✱, idem; Tascher de la Pagerie, ✱, chef de bataillon ; le prince de la Tour d'Auvergne, ✱, idem ; Klein de Kleinenberg, ✱, capitaine ; le vicomte Friant, ✱, idem ; le comte de Clermont-Tonnerre, ✱, idem ; Darguesse, ✱, capitaine; Nompère de Champagny, marquis de Cadore, capitaine de frégate ; S. A. le prince J. Murat, capitaine.

MAISON DE S. M. L'IMPÉRATRICE.

Grande-maîtresse de la maison de S. M., Mme la princesse d'Essling.

Dame d'honneur, Mme. la duchesse de Bassano.

Dames du palais : Mmes. la comtesse Gustave de Montebello ; la comtesse Lézay-Marnezia ; la baronne de Pierres ; la baronne de Malaret ; la marquise de Las Marismas ; la marquise de Latour-Maubourg ; la comtesse de Labédoyère ; la comtesse de Lourmel ; la comtesse de la Poëze; la comtesse de Rayneval; de Sancy (née Lefebvre-Desnouettes) ; de Saulcy.

Dame lectrice, Mme la comtesse de Pons de Wagner.

Grand-maître de la Maison, S. Exc. M. le comte de Tascher de la Pagerie (G. ✱), sénateur.

Premier chambellan, M. le comte Charles Tascher de la Pagerie, ✱, député.

Chambellan, M. le comte Lézay-Marnezia, ✱.

Premier écuyer, M. le baron de Pierres, ✱.

Ecuyer, M. le marquis de Lagrange, ✱.

Secrétaire des commandements, M. Damas-Hinard (O. ✱).

MAISON DES ENFANTS DE FRANCE.

Mme. l'amirale Bruat, *Gouvernante*.

Mmes. Bizot et de Brancion, *Sous-Gouvernantes*.

SÉNAT.

Le Sénat est le gardien du pacte fondamental et des libertés publiques. Aucune loi ne peut être promulguée avant de lui avoir été soumise. Le Sénat s'oppose à la promulgation : 1.° des lois qui seraient contraires ou qui porteraient atteinte à la constitution, à la religion, à la morale, à la liberté des cultes, à la liberté individuelle, à l'égalité des citoyens devan la loi, à l'inviolabilité de la propriété et aux principes de l'inamovibilité de la magistrature; 2.° de celles qui pourraient compromettre la défense du territoire. Le Sénat règle par un sénatus-consulte : 1.° la constitution des Colonies et de l'Algérie; 2.° tout ce qui n'a pas été prévu par la constitution et qui est nécessaire à sa marche; 3.° le sens des articles de la constitution qui donnent lieu à différentes interprétations. Ces sénatus-consultes sont soumis à la sanction de l'Empereur et promulgués par lui. Le Sénat maintieut ou annule tous les actes qui lui sont déférés comme inconstitutionnels par le gouvernement, ou dénoncés pour la même cause par les pétitions des citoyens. Le Sénat peut, dans un rapport adressé à l'Empereur, poser les bases d'un projet de loi d'un grand intérêt national. Il peut également proposer des modifications à la constitution. Si sa proposition est adoptée par le pouvoir exécutif, il y est statué par un sénatus-consulte. Néanmoins, est soumise au suffrage universel toute modification aux bases fondamentales de la constitution, telles qu'elles ont été posées dans la proclamation du 2 décembre 1851 et adoptées par le peuple français. En cas de dissolution du Corps législatif et jusqu'à une nouvelle convocation, le Sénat, sur la proposition de l'Empereur, pourvoit, par des mesures d'urgence, à tout ce qui est nécessaire à la marche du gouvernement. L'Empereur convoque et proroge le Sénat; il fixe la durée de ses sessions par un décret. Les séances du Sénat ne sont pas publiques.

Le nombre des sénateurs nommés directement par l'Empereur ne peut excéder cent-cinquante. Le Sénat se compose : 1.° des cardinaux, des maréchaux, des amiraux; 2.° des citoyens que l'Empereur juge convenable d'élever à la dignité de sénateurs. Les sénateurs sont inamovibles et à vie. Une dotation annuelle et viagère de 30,000 fr. est affectée à la dignité de sénateur. Le président et les vice-présidents du Sénat sont nommés par l'Empereur et choisis parmi les sénateurs; ils sont nommés pour un an.

BUREAU DU SÉNAT.

Président, S. Exc. M. Troplong (G. ✻), premier président de la Cour de cassation, membre du conseil privé.

Premier vice-président, M. de Royer (G. O. ✻).

Vice-présidents, LL. EExc. MM. le maréchal comte de Baraguey d'Hilliers (G. ✻); le maréchal comte Régnault de St-Jean-d'Angély (G. ✻); le maréchal Pélissier, duc de Malakoff (G. ✻), membre du conseil privé.

Grand-référendaire, M. le général de division marquis d'Hautpoul (G. ✻).

Secrétaire du Sénat, M. le baron de Lacrosse (G. O. ✻).

PRINCES DE LA FAMILLE IMPÉRIALE.

S. A. I. le maréchal prince Jérôme-Napoléon (G. ✻).

S. A. I. le général prince Napoléon (G. ✠).

PRINCES DE LA FAMILLE CIVILE DE L'EMPEREUR.

S. A. I. le prince Louis-Lucien Bonaparte (O. ✠).
S. A. I. le prince Lucien Murat (G. ✠).

SÉNATEURS DE DROIT.

LL. EEm. NN. SS. le cardinal de Bonald (C. ✠), archevêque de Lyon; le cardinal Mathieu (C. ✠), archevêque de Besançon, le cardinal Gousset (C. ✠), archevêque de Reims; le cardinal Donnet (C. ✠); archevêque de Bordeaux; le cardinal Morlot (C. ✠), archevêfiue de Paris.

LL. EExc.

Le comte Reille (G. ✠), maréchal de l'Empire.
Vaillant (G. ✠), idem,
Magnan (G. ✠), idem, commandant en chef du 1er arrondissement militaire.
Le comte de Castellane (G. ✠), maréchal de l'Empire, commandant en chef de l'armée de Lyon.
Le maréchal comte Baraguay-d'Hilliers (G. ✠).
L'amiral de Parceval-Deschênes (G. ✠).
L'amiral Hamelin (G. ✠), ministre de la marine.
Le maréchal Pélissier (G. ✠), duc de Malakoff.
Le maréchal comte Randon (G. ✠).
Le maréchal Canrobert, François (G. ✠).
Le maréchal Bosquet (G. ✠).
Le maréchal de Mac-Mahon, duc de Magenta (G. ✠).
Le maréchal comte Regnault de St.-Jean-d'Angely (G. ✠).
Le maréchal Niel (G. ✠).

MEMBRES.

MM.

Le général de division baron Achard (G. ✠), ancien membre de l'asssemblée législative.
Le général de division marquis d'André (G. O. ✠).
Le marquis d'Audiffret (G. O. ✠), président à la Cour des comptes.
Le général de division de Bar (G. O. ✠), ancien membre de l'Assemblée législative.
Le marquis de Barbançois (O. ✠).
Barbaroux (C. ✠).
Le vicomte de Barral (O. ✠).
Barrot, Ferdinand (G. O ✠), ancien ministre.
Barthe (G. ✠), ancien président de la Cour des comptes.
Le duc de Bassano (G. O. ✠).
Le duc de Beauffremont (C. ✠).
Le comte Hector de Béarn (G. O. ✠), ancien ministre plénipotentiaire.

Le comte de Beaumont (de la Somme) (O. ✻), ancien membre de l'Assemblée législative.
Le prince de Beauveau (O. ✻) ancien pair de France.
Le comte de Labédoyère, ancien député.
Le marquis de Belbeuf (O. ✻), ancien premier président de la Cour d'appel de Lyon.
Berger (G. O. ✻), ancien préfet de la Seine.
Berthier, Charles, prince de Wagram, ✻.
Billaut (G. O. ✻), ministre de l'intérieur.
Le marquis de Boissy (O. ✻).
Bonjean (C. ✻).
Le baron J. Boulay (de la Meurthe) (C. ✻).
Le baron de Bourgoing (G. O. ✻), ancien ambassadeur.
De Bourqueney (G. ✻), ministre plénipotentiaire.
Bret (G. O. ✻), ancien préfet du Rhône.
Le comte de Breteuil (C. ✻), ancien pair de France.
Caignart de Saulcy, membre de l'Institut.
Le duc de Cambacérès (G. O. ✻), ancien pair de France.
Carrelet (G. ✻), général de division, ancien commandant de la 1re division militaire.
Le comte de Casabianca (G. O. ✻), ancien ministre d'État.
Le marquis de Castelbajac (G. O. ✻), général de division.
Le vice-amiral Casy (G. O. ✻), membre du conseil d'amirauté.
Le vice-amiral Cécille (G. O. ✻).
Le baron Chapuys de Montlaville (O. ✻), ancien préfet.
Le général de division Charron (G. ✻).
Le baron de Chassiron (O. ✻), ancien député.
Le comte François Clary (O. ✻).
Le général de division marquis de Cramayel (G. O. ✻).
Le marquis de Croix (O. ✻).
Le baron de Crouseilhes (G. O. ✻), ancien ministre de l'instruction publique, ancien membre de l'Assemblée législative.
Le comte Curial, ✻, ancien membre de l'Assemblée législative.
Dariste (C. ✻).
Daumas (G. O. ✻), général de division.
Delangle, ✻, ancien premier président de la cour impériale de Paris, ministre de la justice.
Doret (C. ✻), capitaine de vaisseau.
Dumas (G. O. ✻), ancien ministre de l'agriculture et du commerce, membre de l'Institut.
Dupin aîné (G. ✻), procureur général à la Cour de cassation.
Le baron Charles Dupin (G. O. ✻), membre de l'Institut, ancien membre de l'Assemblée législative.
Élie de Beaumont (C. ✻), membre de l'Institut.
Le marquis d'Espeuilles, ✻.
Favre (Ferdinand) (O. ✻).

Le comte Fialin de Persigny (G. O. ✻), ancien min. de l'intérieur.
Le général de division, comte de Flahault (G. ✻), ancien ministre.
Le général de division Forey (G. O. ✻).
Le général de division Foucher (G. O. ✻).
Achille Fould (G. ✻), ministre de la maison de l'Empereur, ancien membre de l'Assemblée législative.
Le baron de Fourment, ✻, ancien membre de l'Assemblée législative.
Le marquis de Gabriac (O. ✻), ancien ministre plénipotentiaire.
Le général de division Gémeau (G. O. ✻).
Le marquis Ernest de Girardin (O. ✻), ancien membre de l'Assemblée législative.
Goulhot de Saint-Germain (O. ✻), ancien membre de l'Assemblée législative.
Le marquis de la Grange (Gironde) (G. O. ✻), ancien membre de l'Assemblée législative.
Le baron Grivel (G. ✻), vice-amiral.
Le baron Gros (G. O. ✻), ministre plénip. de France en Chine.
Le comte Jules de Grossoles Flamarens, ✻.
Le général de division Guesviller (G. ✻).
Le général de division marquis de Grouchy (G. O. ✻).
L'amiral Hamelin (G. ✻), ministre de la marine.
Haussmann (G. O. ✻), préfet de la Seine.
Le général de division marquis d'Hautpoul (G. ✻), ancien ministre de la guerre, ancien membre de l'Assemblée législative.
Le baron de Heeckeren, ✻.
Herman (O. ✻), ancien conseiller d'État.
Hubert-Delisle, ✻, ancien gouverneur de la Réunion.
Le vice-amiral baron Hugon (G. ✻).
Le général Husson (G. O. ✻), anc. membre de l'Assemblée législ.
Le général de division Korte (G. ✻).
Le baron de La Crosse (G. O. ✻), ancien ministre des travaux publics, ancien membre de l'Assemblée législative.
De Ladoucette (O. ✻), ancien membre de l'Assemblee législative.
Le duc de la Force (O. ✻).
Le général de division vicomte de la Hitte (G. ✻), ancien ministre des affaires étrangères, président du comité d'artillerie.
A. Laity (C. ✻), ancien préfet.
Le général de division comte de Lalaing d'Audenarde (G. ✻).
Le comte Achille de Lamarre (O. ✻).
Le général de division marquis de Laplace (G. O. ✻).
Le marquis Larabit (C. ✻), ancien député.
Le comte de Lariboisière (G. O. ✻), ancien membre de l'Assemblée législative.
Le marquis de La Roche Lambert.
Le marquis de Lavalette (G. O. ✻), ancien ambassadeur.

Le général de division marquis de Lawœstine (G. ✱), commandant la garde nationale de Paris.
Lebrun (O. ✱), ancien pair, membre de l'Institut.
Lefebvre-Duruflé (C. ✱), ancien ministre des travaux publics.
Lelièvre, comte de Lagrange (G. O. ✱), général de division.
Le comte Le Marois (O. ✱), ancien membre de l'Assemblée législ.
Le comte Lemercier, Louis (C. ✱), ancien pair de France.
Le vice-amiral Le Prédour (G. O. ✱).
Le baron Le Roy de Boisaumarie (C. ✱).
Leroy de Saint-Arnaud (C. ✱), ancien conseiller d'État.
Le général de division Létang (G. ✱).
Le général de division Le Vasseur (G. O. ✱).
Leverrier (C. ✱), membre de l'Institut, ancien membre de l'Assemblée législative.
Le général de division Lyautey (G. O. ✱), membre du comité d'artillerie.
Magne (G. ✱), ministre des finances.
Mallet (C. ✱).
De Maupas (C. ✱), ancien ministre.
De Mazenod (O. ✱), évêque de Marseille.
Mérimée (O. ✱), membre de l'Institut.
De Mésonan (C. ✱).
Mimerel (C. ✱), ancien membre de l'Assemblée législative.
Le général de division de Montréal (G.-O. ✱).
Le duc de Mortemart (G. ✱).
Le général prince de la Moskowa (C. ✱).
S. A. le prince Lucien Murat (G. ✱).
Le général de division comte Ordener (G.-O. ✱).
Le général de division comte d'Ornano (G. ✱), ancien membre de l'Assemblée législative.
Le duc de Padoue (G. ✱), ancien conseiller d'Etat, ancien ministre.
Le général de division Le Pays de Bourjolly (G. ✱).
Le général Piat (G.-O. ✱).
Piétry (G.-O. ✱), ancien préfet de police.
Le pr. Poniatowsky, Joseph-Michel-Xavier-François-Jean (G.-O. ✱).
Le général de division Renault.
Le baron Paul de Richemont, ancien député.
Le marquis de La Rochejacquelein (O. ✱).
Le général de division comte Roguet (G.-O. ✱).
Le vice-amiral Romain-Desfossés (G.-O. ✱), ancien ministre de la marine.
Le général de division de Rostolan (G. ✱)
Rouher (G.-O. ✱), ministre des travaux publics
Rouland (G.-O. ✱), ministre de l'instruction publique et des cultes.
De Royer (G.-O. ✱), ancien ministre.

Le général de division duc de Saint-Simon (G. ✲), ancien pair de France.
Le général de division comte de Schramm (G. ✲), ancien ministre de la guerre, président du Comité d'infanterie.
Le comte de Ségur d'Aguesseau (O. ✲), ancieen membre de l'Assemblée législative.
Le comte Siméon (C. ✲), ancien membre de l'Assemblée législative.
De Sivry (O. ✲), ancien préfet.
Le vicomte de Suleau (C. ✲), ancien préfet.
Le général comte Louis Tascher de la Pagerie (G. ✲).
Amédée Thayer (O. ✲), membre de la commission municipale de la Seine.
E. Thayer (C. ✲), ancien directeur général des postes.
Le baron de Thieullen (C. ✲), ancien député.
Le général de division Thiry.
De Thorigny (C. ✲), ancien ministre.
Thouvenel (G.-O. ✲).
Thourangin (G.-O. ✲), ancien conseiller d'Etat.
Le vice-amiral Tréhouart.
Le duc de Trévise (C. ✲).
Troplong (G. ✲), premier président de la Cour de cassation.
Le marquis de Turgot (G.-O. ✲), ancien ministre des affaires étrangères.
Vaïsse (G.-O. ✲), ancien conseiller d'État
Le baron de Varenne (C. ✲), ancien ministre plénipotentiaire.
Le duc de Vicence, ✲.
Le baron de Vincent (C. ✲), ancien conseiller d'Etat.
Le comte de Villeneuve de Chenonceaux (O. ✲).
Le comte Colonna Walewski (G. ✲), ministre des affaires étrangères.

CORPS-LÉGISLATIF.

Elu les 21 et 22 juin, 6 et 7 juillet 1857, en vertu du décret organique du 2 du même mois.

Il y a un député au Corps-Législatif à raison de trente-cinq mille électeurs; l'élection a pour base la population; les députés sont élus par le suffrage universel, sans scrutin de liste; ils reçoivent une indemnité; ils sont nommés pour six ans. Le Corps législatif discute et vote les projets de loi et l'impôt. Tout amendement adopté par la commission chargée d'examiner un projet de loi est envoyé sans discussion, au Conseil-d'État, par le président du Corps législatif. Si l'amendement n'est pas adopté par le Conseil-d'État, il ne peut pas être soumis à la délibération du Corps législatif. Les sessions ordinaires du Corps législatif durent trois mois; ses séances sont publiques; mais la demande de cinq membres suffit pour qu'il se forme en comité secret. Le compte rendu des séances du Corps législatif, est soumis, avant sa publication, à une commission composée du président du Corps législatif et du président de chaque bureau.

Le président et les vice-présidents du Corps législatif sont nommés par l'Empereur, pour un an, ils sont choisis parmi les députés. Les ministres ne peuvent être membres du Corps législatif. Aucune pétition ne peut être adressée au Corps législatif. L'Empereur convoque, ajourne, proroge et dissout le Corps législatif. En cas de dissolution, l'Empereur doit en convoquer un nouveau dans le délai de six mois.

BUREAU DU CORPS LÉGISLATIF.

Président, S. Exc. M. le comte de Morny (G. ✵), membre du conseil privé.

Vice-présidents, MM. Schneider (G. O. ✵); Réveil (C. ✵).

Secrétaires, MM. le comte de Cambacérès, le comte Le Hon ✵, le comte de Kersaint, le comte Joachim Murat, ✵.

Questeurs, MM. Hébert, ✵; le général de division Perrot.

MEMBRES.

AIN. MM. le comte Le Hon, ✵ le comte de Jonage, ✵; Bodin, ✵.

AISNE. MM. Hébert, ✵; le comte de Cambacérès; Baudelot, ✵; Geoffroy de Villeneuve, ✵.

ALLIER. MM. le baron de Veauce, ✵; Desmaroux de Gaulmain, ✵; Rambourg (O. ✵).

ALPES (Basses). M. le colonel Reguis (O. ✵),

ALPES (Hautes). M. Faure (O. ✵).

ARDÈCHE. MM. le général D'autheville (C. ✵); le comte de Rochemure, ✵; le comte Boissy d'Anglas (C. ✵).

ARDENNES. MM. Riché, ✵; de Ladoucette (Eugène), ✵.

ARIÉGE. MM. Didier; Busson.

AUBE. MM. le vicomte de Rambourgt; de Maupas, ✵.

AUDE. MM. Roque-Salvaza, ✵; Alengry (O. ✵).

AVEYRON. MM. Girou de Buzareingues, ✵; Calvet-Rogniat, ✵; Auguste Chevalier, ✵.

BOUCHES-DU-RHÔNE. MM. Canaple, ✵; Rigaud (O. ✵); le baron Laugier de Chartrouse.

CALVADOS. MM. Vautier, Abel, ✵; Douesnel, N..., le marquis de Caulaincourt (O. ✵).

CANTAL. MM. de Parieu (O. ✵), Creuzet.

CHARENTE. MM. Gellibert des Séguins, Tesnière, ✵; André.

CHARENTE-INFÉRIEURE. MM. N..., Rob-Bry, ✵; le baron Eschassériaux, ✵; le vicomte Anatole Lemercier, ✵.

CHER. MM. le comte de Nesle, Guillaumin.

CORRÈZE. MM. Lafond, le baron Léon de Jouvenel.

CORSE. MM. Abatucci (Sévérin), ✵; le baron Mariani (O. ✵).

CÔTE-D'OR. MM. Vernier (O. ✵), Julien Ouvrard; Lous Bazile ✵.

CÔTES-DU-NORD. MM, le Gorrec; le comte de Champagny de Cadore, ✵; le vicomte de Latour, de Cuverville.

CREUSE. MM. Delamarre (O. ✵), Sallandrouze de Larmonaix (O. ✵).

DORDOGNE. MM. Paul Dupont, ✵; Adolphe de Belleyme, ✵; Dusolier, ✵; Taillefer, ✵.

DOUBS. MM. le marquis de Conégliano, ✵; Latour-Dumoulin (O. ✵).

DRÔME. MM. de Lachesserie ; Monier de la Sizeranne (O. ✻), Morin, ✻.

EURE. MM. le duc d'Albuféra, ✻ ; le marquis de Blosseville, ✻ ; le comte d'Arjuzon, ✻.

EURE-ET-LOIR. MM. le baron Reille (O. ✻), le colonel Normand (C. ✻).

FINISTÈRE. MM. de Couëdic, ✻ ; Conseil, ✻ ; le comte de Tromelin (O. ✻), Bois de Mouzilly.

GARD. MM. Pérouze, ✻ ; le comte de Tascher de la Pagerie, ✻ ; André, ✻.

GARONNE (Haute). MM. le comte de Tauriac, ✻ ; de Perpessac, ✻ ; Massabiau, ✻ ; Duplan (O. ✻).

GERS. MM. Belliard, ✻ ; le comte Frédéric de Lagrange, ✻ ; Granier de Cassagnac (O. ✻).

GIRONDE. MM. Curé, le baron Travot, ✻ ; le colonel Thiérion (C. ✻), baron David, ✻ ; Arman, ✻.

HÉRAULT. MM. Doumet (O. ✻), Roulleaux-Dugage (C. ✻), Cazelles (O. ✻).

ILLE-ET-VILAINE. MM. le marquis de Piré, le comte de Caffarelli, ✻ ; de Delmas (O. ✻) ; Duclos (Ed.), ✻.

INDRE. MM. Charlemagne (Raoul), Delavau. ✻.

INDRE-ET-LOIRE. MM. Gouin, ✻ ; le comte de Flavigny (O. ✻), Mame.

ISÈRE. MM. Arnaud, ✻ ; de Voize, ✻ ; Flocart de Mépieu, Faugier, ✻.

JURA. MM. Edouard Dalloz, ✻ ; le comte Toulongeon, ✻.

LANDES MM. François Marrast ; Corta, ✻.

LOIR-ET-CHER. MM. le vicomte Clary (O. ✻), Crosnier (C. ✻).

LOIRE. MM. Balay de la Bertrandière, ✻ ; le comte de Charpin-Feugerolles, Bouchetal-Laroche, ✻ ; le colonel du Marais (O. ✻).

LOIRE (Haute). MM. le marquis de Fay de Latour-Maubourg, ✻ ; de Romeuf (O. ✻).

LOIRE-INFÉRIEURE. MM. Thoinnet, Voruz ; Simon, Ans[me] Fleury, ✻.

LOIRET. MM. Nogent-St-Laurens (O. ✻), le duc de Tarente (O. ✻), le vicomte de Grouchy (O. ✻).

LOT. MM. le comte Joachim Murat, ✻ ; Deltheil, ✻.

LOT-ET-GARONNE. MM. Noubel, ✻ ; Charles Laffitte, ✻ ; le vicomte de Richemont.

LOZÈRE. M. le comte de Chambrun, ✻.

MAINE-ET-LOIRE. MM. Ségris, Bucher de Chauvigné ; Louvet, ✻ ; le comte de Las Cases, ✻.

MANCHE. MM. le comte de Kergorlay (O. ✻) ; Hervé de Saint-Germain, ✻ ; Brohyer de Littinière, ✻ ; le général Meslin (G. O. ✻).

MARNE. MM. Haudos, ✻ ; le général Parchappe (G. O. ✻), Carteret, ✻.

MARNE (Haute). MM. le baron Lespérut ; Chauchard, ✻.

MAYENNE. MM. Jules Leclerc, ✻ ; Mercier (O. ✻) ; Halligon.

MEURTHE. MM. Drouot, ✻ ; le baron Buquet, ✻ ; Eugène Chevandier.

MEUSE. MM. Collot, ✻ ; de Benoist, le comte de Ségur, ✻.

MORBIHAN. MM. le général Boullé

(G. O. ✳), le Melorel de la Haichois, ✳; le comte de Champagny.

MOSELLE. MM. le colonel Hennocque (O. ✳), de Wendel, ✳; le baron de Geiger (O. ✳).

NIÈVRE. MM. de Montjoyeux, le comte Lepeletier d'Aulnay, ✳.

NORD. MM. Kolb-Bernard, ✳; Brame, Lemaire (O. ✳), Plichon, ✳; de Clebsattel, ✳; Choque, Seydoux (Ch.) (O. ✳), Godard-Desmarest, ✳.

OISE. MM. le baron de Corberon, le baron de Plancy, ✳; Lemaire (O. ✳).

ORNE. MM. de Chazot, le marquis de Sainte-Croix (C. ✳), N...

PAS-DE-CALAIS. MM. d'Herlincourt, ✳; Lequien (O. ✳), D'Hérembault, ✳; Lefebvre-Hermand (O. ✳); Wattebled.

PUY-DE-DÔME. MM. Léon de Chazelles, ✳; le comte de Morny (G. ✳), le comte de Kersaint, ✳; Du Miral, ✳; le marquis de Pierre.

PYRÉNÉES (Basses). MM. O'Quin, ✳; Larrabure, Etcheverry, ✳.

PYRÉNÉES (Hautes). MM. Dauzat-Dembarrère, ✳; Achille Jubinal, ✳.

PYRÉNÉES-ORIENTALES. M. Justin Durand, ✳.

RHIN (Bas). MM. le baron Alfred de Bussière (O. ✳) Coulaux ✳, le baron Hallez-Claparède, ✳; le baron Cœhorn.

RHIN (Haut). MM. Lefébure; le baron de Reinach, Keller.

RHÔNE. MM. Reveil (O. ✳); Hénon, ✳; Descours, ✳; le marquis de Mortemart, ✳.

SAÔNE (Haute). MM. le marquis d'Andelarre, ✳; le marquis de Grammont, ✳; Lelut (O. ✳).

SAÔNE-ET-LOIRE. MM. le comte de Barbantane, ✳; Schneider (G. O. ✳); le général Brunet-Denon (C. ✳); le comte de Chambrillan, ✳.

SARTHE. MM. le marquis de Chaumont-Quitry, ✳; Lebret-d'Aubigny, ✳; N...; le prince Marc de Beauveau, ✳.

SEINE. MM. Guyart Delalain, ✳; Devinch (O. ✳); général Perrot (G. O ✳); Ollivier, Emile; Picard; Favre, J.; Darimon; Fouché-Lepelletier, ✳; Kœnigswarter, ✳; Véron (O, ✳).

SEINE-INFÉRIEURE. MM. Pouher-Quertier, ✳; Quesné; Reiset, Lédier, ✳; Ansel, ✳.

SEINE-ET-MARNE. MM. de Beauverger, ✳; Gareau, ✳ Evariste Josseau, ✳.

SEINE-ET-OISE. MM. le baron Caruel de Saint-Martin, ✳; Darblay jeune, ✳; Dambry, N...

SÈVRES (Deux). MM. Ferdinand David, ✳; le comte du Hamel (O. ✳); N...

SOMME. MM. Allart, ✳; le baron Tillette de Clermont, ✳; Conneau (C. ✳); de Morgan; Randoing (O. ✳).

TARN. MM. Gisclard; le baron de Carayon-Latour; le général baron Gorsse (C. ✳).

TARN-ET-GARONNE. MM. Janvier de la Motte, ✳; Belmontet, ✳.

VAR. MM. Lescuyer-d'Attainville, ✳; Jules Portalis; le vicomte de Kervéguen.

VAUCLUSE. MM. le marquis de Verclos; Millet, ✳.

VENDÉE. MM. le marquis de Sainte-Hermine, ✻; Alfred Leroux (O. ✻); le général Lebreton (G. O. ✻).

VIENNE. MM. Bourlon; de Beauchamp-Robert, ✻.

VIENNE (Haute). MM. Noualhier; Calley de Saint-Paul, ✻.

VOSGES. MM. le comte Bourcier de Villers, ✻; Aymé, ✻; le baron de Ravinel.

YONNE. MM. le comte Rodolphe d'Ornano (O. ✻); Javal, ✻; Le Comte (Eugène) (O. ✻).

CONSEIL D'ÉTAT.

FONCTIONS DU CONSEIL D'ÉTAT.

Le Conseil-d'État rédige les projets de loi et en soutient la discussion devant le Sénat et le Corps législatif. Il propose les décrets qui statuent 1.° sur les affaires administratives dont l'examen lui est déféré par des dispositions législatives ou réglementaires; 2.° sur le contentieux administratif; 3.° sur les conflits d'attributions entre l'autorité administrative et l'autorité judiciaire. Il est nécessairement appelé à donner son avis sur tous les décrets portant règlement d'administration publique ou qui doivent être rendus dans la forme de ces règlements. Il connaît des affaires de haute police administrative, à l'égard des fonctionnaires dont les actes sont déférés à sa connaissance par l'Empereur. Enfin, il donne son avis sur toutes les questions qui lui sont soumises par l'Empereur ou par les ministres

Le Conseil-d'État est présidé par l'Empereur, et, en son absence, par le président du Conseil-d'État.

FORME DE PROCÉDER DU CONSEIL-D'ÉTAT DANS LES MATIÈRES CONTENTIEUSES.

La section du contentieux est chargée de diriger l'instruction écrite et de préparer le rapport de toutes les affaires contentieuses, ainsi que des conflits d'attributions entre l'autorité administrative et l'autorité judiciaire; elle est composée de six conseillers d'Etat, y compris le président, et du nombre de maîtres de requêtes et d'auditeurs déterminé par le règlement. Elle ne peut délibérer si quatre au moins de ses membres, ayant voix délibérative, ne sont présents. Les maîtres des requêtes ont voix consultative dans toutes les affaires, et voix délibérative dans celles où ils sont rapporteurs. Les auditeurs ont voix consultative dans les affaires dont ils font le rapport.

Le rapport des affaires est fait au nom de la section, en séance publique de l'assemblée du Conseil d'Etat délibérant au contentieux. Cette assemblée est présidée par le président de la section du contentieux. Après le rapport, les avocats des parties sont admis à présenter des observations orales. Le commissaire du gouvernement donne ses conclusions dans chaque affaire. Les affaires pour lesquelles il n'y a pas eu constitution d'avocat, ne sont portées en séance publique que si ce renvoi est demandé par l'un des conseillers d'Etat de la section ou par le commissaire du gouvernemet auquel elles ont été préalablement communiquées et qui donne ses conclusions.

Les membres du Conseil d'État ne peuvent participer aux délibérations relatives aux recours dirigés contre la décision d'un ministre, lorsque cette décision a été préparée par une délibération de la section à laquelle ils ont pris part.

COMPOSITION DU CONSEIL D'ÉTAT.

L'EMPEREUR.

S. A. I. le prince Jérôme Napoléon (G. ✻).

S. A. I. le prince Napoléon (G. ✻).

Président, S. Exc. M. Baroche (G. ✻), ancien ministre, membre du conseil privé.

Vice-président, M. de Parieu (G. O. ✻), ancien ministre.

Président de la section du contentieux, M. Boudet (C. ✻).

Président de la section de législation, justice et affaires étrangères, M. de Parieu (G. O. ✻), ancien ministre.

Président de la section de l'Intérieur, de l'Instruction publique et des Cultes, M. Boinvilliers (O. ✻).

Président de la section des finances, M. Vuitry (O. ✻).

Président de la section des travaux publics, de l'agriculture et du commerce, M. Vuillefroy (C. ✻).

Président de la section de la guerre et de la marine, M. le général Allard (C. ✻).

Secrétaire général du Conseil d'État, M. Boilay, ✻, conseiller d'État.

MM. *Conseillers d'Etat.*

Abattucci, ✻, ancien chef du cabinet du ministre de la Justice.
Bataille, ✻, ancien maître des requêtes.
Bauchart, Quentin (O. ✻), ancien membre de l'Assemblée législative.
Bavoux, ✻.
Blondel (C. ✻), ancien directeur général des forêts.
Bréhier, ✻, ancien membre de l'Assemblée législative.
Boulatignier (O. ✻), ancien membre de l'Assemblée législative.
Le baron de Bussières, Léon, ✻, ancien maître des requêtes.
Le comte de Chantérac (O. ✻), ancien député.
Charlemagne (O. ✻), ancien membre de l'Assemblée législative.
Chassériau (O. ✻), ancien maître des requêtes.
Chevalier, Michel (C. ✻), membre de l'Institut.
Conti, ✻, ancien directeur des affaires criminelles et des grâces au ministère de la justice.
De Cormenin (O. ✻), ancien membre de l'Assemble législative.
De La Cour (C. ✻).
Cornudet (O. ✻), ancien conseiller d'État.
Cuvier, ✻, idem.

MM.
Denjoy, ✻, ancien membre de l'Assemblée législative.
Le comte Dubois (O. ✻).
Duvergier (O. ✻), ancien bâtonnier de l'ordre des avocats.
Flandin (O. ✻) ancien membre de l'Assemblée législative.
Gasc, ✻.
Godelle (O. ✻), ancien membre de l'Assemblée législative.
Gomel, ✻, ancien maître des requêtes.
Vicomte de la Guéronnière (C. ✻), ancien député au Corps législatif.
Le contre-amiral Guillois (G.-O. ✻).
Heurtier (O. ✻).
His de Butenval (G.-O. ✻) ancien ministre plénipotentiaire.
Lacaze (O. ✻), ancien membre de l'Assemblée législative.
Langlais, ✻.
Le Play (C. ✻).
Lestiboudois, ✻, ancien maître des requêtes.
Maigne, ✻, ancien représentant.
Manceaux (O. ✻), ancien secrétaire-général du ministère de l'intérieur.
Marchand (C. ✻), ancien conseiller d'État.
Vicomte de Martroy, ✻, ancien maître des requêtes.
Montaud (O. ✻), idem.
Persil (G.-O. ✻) ancien ministre.
Quinette (O. ✻), ancien ministre plénipotentiaire.
Le vicomte de Rougé, ✻, membre de l'Institut.
De Sibert de Cornillon (C. ✻).
Suin (O. ✻), avocat-général à la Cour d'appel de Paris.
Thierry, Amédée (C. ✻). ancien maître des requêtes.
Villemain (C. ✻), intendant militaire.

MM. *Maîtres des requêtes de première classe.*

Comte d'Argout, Gaston, ✻, ancien maître des requêtes.
Berger, Léon, ✻.
Du Berthier, ✻.
Baron de Bernon.
De Chassiron, ✻, ancien attaché d'ambassade.
Colas de La Noue.
Crignon de Montigny, ✻.
Du Fay de Launaguet, ✻.
François, ✻, ancien maître des requêtes de 2e elasse.
Gaslonde, ancien membre de l'Assemblée législative.
Gomel, ✻ ancien maître des requêtes.
Goupil, ✻.
Jahan (O. ✻), ancien chef du cabinet du ministre des travaux publics.
De Lavenay, ✻.
Loyer, ✻.

MM.
Louyer-Villermay, ✻, ancien maître des requêtes.
Pagès, ✻, idem.
Pascalis, ✻. idem.
Vicomte Portalis, Ernest, ✻, ancien auditeur.
Redon de Beaupréau, ✻.
De Segur, Anatole, ✻, ancien préfet.

MM. *Maîtres des requêtes de deuxième classe.*

Aubernon, ancien auditeur.
Boinvilliers.
Baroche, ✻, chef du cabinet du président du conseil d'Etat.
De Bosredon.
Le baron Cardon de Sandras, ancien auditeur.
De Casabianca, ancien chef du cabinet du ministre des finances.
Faré.
Ch. Fortoul, ✻, ancien chef du cabinet du ministre de l'instruction publique.
Fouquier, ancien conseiller de Préfecture.
Hudault, ✻.
Leblanc, Ernest, ✻, lieutenant de vaisseau.
Lemarié.
Leviez, ancien auditeur.
Lhopital, idem.
Marbeau.
De Maupas, Paul, ✻, ancien procureur de la République à Neufchâtel.
Mesnard.
De Missiessey.
De Montour, ✻, ancien chef du cabinet du ministre de l'Intérieur.
Robert, Charles, ancien auditeur au Conseil-d'État.

Auditeurs de première classe.

MM. Aucoc; Bartholony; Bauchard; Bayard; le comte de Belbeuf; Boivin; Bordet; Bouard; Cottin; Dufau; Le Chanteur; Lefèvre-Pontalis; Le Roy; des Michels; Moreau; Paixhans; comte de Renepont; Rolle; Taigny; Vieyra-Molina, A., ✻

Auditeurs de deuxième classe.

MM. Alcock; de Barthélemy, de Baulny, Bessières; du Bodan; de Bonnechose; Braun; Brincard; Bégé; Chadenet; Chauchard; de La Coste du Vivier; Cohen; Cordier; de Crevecœur; Danyau; David; vicomte Dubois; Flandin; comte de Saint-Gilles; Ginoux; d'Hauteserve; Hély-d'Oissel; Jacquemont du Donjon; Jacquet; Kratz; Lacave-Laplagne; Lecomte; Legrand; vicomte de Loverdo; vicomte de Luçay; baron de Mackau; Mégard de Bourjolly; de Meynard; Monnier; Perret; Petiet; Picquart; Randouin-Berthier;

de Ravignan ; Réalier-Dumas ; de Reverseaux ; de Rivocet ; Rouher ; Roussigné ; vicomte des Roys ; de Sainte-Foy ; de Salverte ; Sauvage ; Tarbé des Sablons ; de Vaufreland ; Vidal de Léry ; Henri de Villeneuve ; de Verneaux ; Walkenaër.

Les sections du Conseil-d'État sont composées ainsi qu'il suit :

SECTION DU CONTENTIEUX.

M. Boudet ; (C. ✻), *président.* — *Conseillers d'Etat*, MM. Bauchart, Boulatignier, Marchand, Blondel, du Martroy.

CONSEILLERS D'ÉTAT DÉLIBÉRANT AU CONTENTIEUX.

Section de législation. — MM. Duvergier (O. ✻) ; Lacaze, ✻. — *Section de l'intérieur*, MM. le comte de Chantérac (O. ✻) ; Bréhier ; ✻. — *Section des travaux publics, agriculture et commerce*, MM. Bavoux, ✻ ; comte Dubois (O. ✻). — *Section de la guerre et de la marine*, MM. Maigne (O. ✻) ; Chassériau (O. ✻). — *Section des finances*, MM Godelle, ✻ ; Gasc, ✻.

Maîtres des requêtes, première classe, MM. Gomel, ✻ ; Gaslonde, ✻ ; Pascalis, ✻. — Deuxième classe, MM. Aubernon ; de Cardon de Sandrans ; Robert ; L'Hopital. — *Maîtres des requêtes faisant fonctions de commissaires du gouvernement au contentieux administratif*, MM. Baroche ; Leviez.

Auditeurs, première classe, MM. Lemarié ; de Belbœuf ; Bordet ; Aucoc ; de Renepont. — Deuxième classe, MM. du Bodan ; Walkenaër ; Perret ; Tarbé des Sablons ; David ; Flandin ; Réalier-Dumas ; Vidal de Lézy ; Roussigné.

SECTION DE LÉGISLATION, JUSTICE ET AFFAIRES ÉTRANGÈRES.

M. de Parieu (G. O. ✻), *président.* — *Conseillers-d'État*, MM. Lacaze ; Suin ; Persil ; Conti ; de la Guéronnière ; Duvergier ; De la Cour ; de Sibert de Cornillon.

Maîtres des requêtes, première classe, MM. François ; du Berthier. — Deuxième classe, MM. le vicomte Portalis ; Mesnard.

Auditeurs, première classe, M. Dufau. — Deuxième classe, MM. Alcock ; de Bourjolly ; Sauvage ; Brincart ; Bayard ; comte St.-Gilles ; Bégé ; Petiet ; Jacquemont du Donjon ; de Barthélémy ; baron de Verneaux ; de Reverseaux ; Cordier.

SECTION DE L'INTÉRIEUR, DE L'INSTRUCTION PUBLIQUE ET DES CULTES.

M. Boinvilliers (O. ✻), *président.* — *Conseillers d'Etat*, MM. Cuvier ; de Vincent ; Denjoy ; de Cormenin ; Flandin ; de Chantérac ; de Bussière ; de Rougé ; Bréhier ; Langlais.

Maîtres des requêtes, première classe, MM. vicomte de Beaupréau ; de Ségur ; Colas de La Noue ; de Bernon. — Deuxième classe, MM de Casabianca ; Fortoul ; Fouquier ; Hudault ; Marbeau.

Auditeurs, première classe, MM. Cottin ; Des Michels ; Paixhans. — Deuxième classe, MM. Chadenet ; de la Coste ; de Mackau ;

Ginoux; Hély-d'Oissel; H. de Villeneuve; de Baulny; de Ravignan; de Salverte; Chauchard; Braun.

SECTION DES TRAVAUX PUBLICS, DE L'AGRICULTURE ET DU COMMERCE.

M. Vuillefroy, (C. ✻), *président.* — *Conseillers d'Etat*, MM. Chevalier (Michel); Cornudet; Thierry; Heurtier; de Buthenval; comte Dubois; Le Play; Bavoux.

Maîtres des requêtes, première classe, MM. Loyer; Pagès; de Chassiron; Jahan.—Deuxième classe, MM. de Maupas; de Montour; Leblanc; E. Boinvilliers; de Bosrédon.

Auditeurs, première classe, MM. Le Roy; Bartholony; Moreau; Rolle; Taigny; Bouard. — Deuxième classe, MM. de Rivocet; Cohen; Randoin; de Meynard; vicomte Dubois; Legrand; Rouher; dé Vaufreland; Monnier.

SECTION DE LA GUERRE ET DE LA MARINE.

M. le général Allard (C. ✻), *président.* — *Conseillers d'Etat*, MM. Villemain; Maigne; Montaud; Manceaux; contre-amiral Guillois; Chassériaux; Abatucci.

Maîtres des requêtes, première classe, MM. Dufay de Launaguet. — Deuxième classe, MM. Faré; de Missiessey.

Auditeurs, première classe, MM. Bauchard; Vieyra-Molina; Le Chanteur. — Deuxième classe, MM. Bessières; Kratz; Danyau; vicomte de Loverdo; de Sainte-Foy; vicomte des Roys.

SECTION DES FINANCES.

M. Vuitry, (O. ✻), *président.* —*Conseillers d'Etat*, MM. Charlemagne; Godelle; Quinette; Gasc; Lestiboudois; Bataille.

Maîtres des requêtes, première classe, MM. Berger; Goupil; Louyer-Villermay; d'Argout. — Deuxième classe, M. Crignon de Montigny.

Auditeurs, première classe; MM. Lefebvre-Pontalis: Boivin; — Deuxième classe, MM. d'Hauteserve; de Crèvecœur; Picquart; Darralde, vicomte de Luçay; Lacave-Laplagne; de Bonnechose; Jaquet; Lecomte.

Conseillers d'État en service ordinaire hors sections, MM. Blanche (O. ✻), secrétaire général du ministère de l'Algérie; de Boureuille (O. ✻), secrétaire général du ministère de l'agriculture, du commerce et des travaux publics; Chaix d'Est-Ange (O. ✻), procureur impérial près la cour de Paris. — De Contencin (O. ✻), directeur-général de l'administration des cultes. — Cornuau (O. ✻), secrétaire général du ministère de l'intérieur. — Darricau (G. O. ✻), intendant général inspecteur, directeur de l'administration de la guerre, au ministère de la guerre. — De Franqueville (O. ✻), directeur général des ponts-et-chaussées. — Gauthier (O. ✻), secrétaire-général du ministère de la Maison de l'Empereur. —

Gréterin (G. O. ✻), directeur-général des douanes et des contributions indirectes, au ministère des finances. — Lascoux (C. ✻), secrétaire-général du ministère de la justice. — Layrle (C. ✻), directeur du personnel au ministère de la marine. — Lefebvre, Armand (C. ✻), directeur de la comptabilité au ministère des affaires étrangères. — Pelletier, secrétaire-général du ministère d'État. — Petitet (G. O. ✻), directeur de la comptabilité au ministère de la guerre. — Baron de Roujoux (C. ✻). — Vaïsse (C. ✻), président à la cour de cassation. — Serveux (C. ✻), secrétaire-général du ministère des finances. — Stourm (C. ✻), directeur-général de l'administration des postes.

Bureau de l'assistance judiciaire près le Conseil d'État. MM. Legé, président ; le baron de Châteaubourg, ✻ ; de la Chère ; Ed. Girod (de l'Ain), ✻ ; Lambert, ✻ ; Morin ; Soulery (O. ✻); Caille, secrétaire de la section du contentieux, *secrétaire délégué.*

MINISTÈRES.

MINISTÈRE D'ÉTAT ET DE LA MAISON DE L'EMPEREUR.

S. Exc. M. Achille Fould (G. ✻), sénateur, membre du conseil privé, *ministre.* — Cabinet au ministre, M. de Soubeyran (O. ✻), *chef.*

MINISTÈRE DE LA MAISON DE L'EMPEREUR

M. Gautier (O. ✻), conseiller d'état, *secrétaire-général.* — Bureau du secrétariat, *personnel, archives de la Couronne;* 2e. bureau : *Mobilier de la Couronne.*

Division des batiments de la couronne. — Bureau des bâtiments : *construction et entretien des palais, etc.*

Division de la comptabilité générale. — Bureau de l'ordonnancement. — Bureau de la comptabilité et des pensions.

Administration générale des domaines et forêts. — Bureau central. — Bureau des forêts. — Bureau des domaines. — Bureau du contentieux.

Administration des établissements de la couronne. — Musées. — Mobilier. — Manufactures. — Bibliothèques.

MINISTÈRE D'ÉTAT.

M. J. Pelletier, conseiller d'état, *secrétaire-général.* — Bureau du secrétariat. — Service législatif et bureau de la comptabilité.

Section des batiments civils. — Bureau des travaux. — Bureau de la comptabilité.

Section des beaux arts. — des théatres. — des monuments historiques.

DIRECTION GÉNÉRALE DES ARCHIVES DE L'EMPIRE. — Section du secrétariat. — Sections historique, administrative, législative et judiciaire.

MINISTÈRE DE LA JUSTICE.

S. Exc. M. Delangle (G. O. ✱), *garde des sceaux, ministre.* — Cabinet du ministre, M. Legendre ✱, *chef.*

M. Lascoux (C. ✱), conseiller d'état, *secrétaire-général.*

DIVISION DU PERSONNEL. — Bureau du personnel. — Bureau de la comptabilité et des pensions. — Bureau de l'enregistrement et des légalisations. — Bureau des archives.

DIRECTION DES AFFAIRES CIVILES ET DU SCEAU. — Bureau des matières civiles. — Bureau des naturalisations. — Bureau du notariat. — Bureau des avocats, avoués, etc.

DIRECTION DES AFFAIRES CRIMINELLES ET DES GRACES. — Bureau des affaires criminelles. — Bureau des grâces. — Bureau de la comptabilité. — *Préparation des comptes.* Bureau des frais de justice.

DIRECTION DE L'IMPRIMERIE IMPÉRIALE.

MINISTÈRE DES AFFAIRES ÉTRANGÈRES.

S. Exc. M. le comte Colonna Walewski (G. ✱), sénateur, membre du conseil privé, *ministre.* — Cabinet du ministre : M. de Billing (O. ✱), *chef.*

SECRÉTARIAT-GÉNÉRAL. — Bureau du protocole : *exequatur, décorations, etc.* — Bureau du départ et de l'arrivée des correspondances.

DIRECTION DES AFFAIRES POLITIQUES. — Sous direction du Midi et de l'Orient, — du Nord, — de l'Amérique et de l'Indo-Chine, — du contentieux.

DIRECTION DES CONSULATS ET AFFAIRES COMMERCIALES — Sous-direction du Nord, — du Midi et de l'Orient, — de l'Amérique et de l'Indo-Chine.

DIRECTION DES ARCHIVES ET DE LA CHANCELLERIE. — Sous-direction des archives. — Bureau de la chancellerie.

DIRECTION DES FONDS ET DE LA COMPTABILITÉ.

MINISTÈRE DE L'INTÉRIEUR.

S. Exc. M. Billault (G. O. ✱), sénateur, *ministre.* — Cabinet du ministre, M. de Saint-Paul, ✱. — Bureau du cabinet. — 2e. bureau, *personnel.* — 3e. bureau, *correspondance générale.*

M. Cornuau (O. ✱), Conseiller d'État, *secrétaire-général.* — Division du secrétariat-général : — 1er. bureau, *secrétariat.* — 2e. bureau, *archives départementales et communales.*

Direction de la sûreté publique, confiée à M. le Préfet de police, sous le contrôle du ministre. — 1re. DIVISION. — 1er. bureau, *correspondance générale ; sûreté publique.*—2e. bureau: *police administrative.* — 3e. bureau : *commissariats de police; émigration.* = 2e. DIVISION. —1er. bureau : *presse et colportage.*— 2e. bureau : *imprimerie et librairie.*

Direction des lignes télégraphiques. — 1re. DIVISION. — 1er. bureau : *personnel.* — 2e. bureau : *transmissions.* — 3e. bureau : *matériel et travaux.*— 4e. bureau : *vérification des taxes.*

Direction des prisons et des établissements pénitentiaires. — 1er. bureau : *administration générale des prisons.* — 2e. bureau *administration financière des maisons centrales et établissements de jeunes détenus.*— 3e. bureau : *administration financière des maisons d'arrêt, de justice et de correction.*

DIVISION DE L'ADMINISTRATION GÉNÉRALE ET DÉPARTEMENTALE. — 1er. bureau : *administration générale, élections, maires, gardes nationales, pensions.* — 2e. bureau : *dépenses départementales.* — 3e. bureau : *aliénés, enfants trouvés, mendicité.*— 4e. bureau : *établissements généraux de bienfaisance.*

DIVISION DE L'ADMINISTRATION COMMUNALE ET HOSPITALIÈRE.— 1er. bureau : *administration et comptabilité des communes.* — 2e. bureau : *contentieux des communes.*—3e. bureau : *voirie, cours d'eau et police municipale.*— 4e bureau : *hospices communaux, bureaux de bienfaisance et monts-de-piété.*

Direction de la comptabilité.— 1er. bureau : *opérations et écritures centrales.*—2e. bureau : *ordonnancements.* — 3e. bureau : *comptabilité départementale.* — 4e. bureau : *comptabilité des matières.* — Caisse centrale.

MINISTÈRE DES FINANCES.

S. Exc. M. Magne (G. ✱), sénateur, *ministre.* — Cabinet du ministre, N..., *chef.*

Administration centrale du ministère.— DIVISION DU PERSONNEL ET DE L'INSPECTION GÉNÉRALE. — Bureau du personnel général. — Bureau de l'inspection générale.

Secrétariat-général.—M. Serveux (C. ✱), *conseiller-d'Etat, secrétaire-général.* — Service central des archives, du matériel et du contre-seing. — Comptabilité spéciale des dépenses du ministère.

ADMINISTRATIONS FINANCIÈRES. — 1er. bureau : *enregistrement, domaines, forêts.* — 2e. bureau : *douanes, contributions indirectes et tabacs.* — 3e. bureau : *postes, contributions directes et monnaie.*

DIVISION DU CONTENTIEUX ET DES FINANCES. — 1er. bureau : *instruction des affaires contentieuses, règlement des frais dûs aux officiers ministériels.* — 2e. bureau : *actions judiciaires intentées ou défendues par le Trésor.* — 3e. bureau : *examen et conservation des oppositions.*

DIRECTION DU MOUVEMENT GÉNÉRAL DES FONDS.— Bureau central : *surveillance des comptoirs d'escompte.* — Bureau des ordonnances. — Bureau du service extérieur. — Bureau des écritures.

DIRECTION DE LA DETTE INSCRITE.— Bureau central — Bureau du grand livre. — Bureau des transferts et mutations. — Bureau des pensions.— Bureau des cautionnements.

DIRECTION DE LA COMPTABILITÉ GÉNÉRALE DES FINANCES. — Bureau central.— Bureau de la perception des contributions directes et de la comptabilité des percepteurs et receveurs des communes et établissements publics. — Bureau de la comptabilité des receveurs des finances.— Bureau de la comptabilité des payeurs.— Bureau de la comptabilité des régies et administrations financières.

SERVICE DU CAISSIER-PAYEUR-CENTRAL DU TRÉSOR PUBLIC. — Caisse centrale.— Bureau central et de comptabilité. — Bureaux de paiement de la dette publique.

DIVISION DU CONTRÔLE CENTRAL. — Contrôle de la gestion du caissier central.

MINISTÈRE DE LA GUERRE.

S. Exc. M. le maréchal comte Randon (G. ✻), sénateur, *ministre.* — Cabinet du ministre : M. le colonel Ribourt, *chef.*

1re. DIRECTION. — PERSONNEL. — 1er, bureau : *correspondance générale, opérations militaires.* — 2e. bureau : *états-majors, écoles militaires.* — 3e. bureau : *recrutement.* — 4e. bureau : *justice militaire.* — 5e. bureau : *infanterie.*

2e. DIRECTION.— CAVALERIE ET GENDARMERIE. — 1er. bureau : *cavalerie, remontes.* — 2e. bureau : *gendarmerie.*

3e. DIRECTION. — ARTILLERIE. — 1re. section : *personnel.* — 2e. section : *matériel, comptabilité.*

4e. DIRECTION.— GÉNIE.— 1re. section : *personnel.* — 2e. section : *matériel, comptabilité.*

5e DIRECTION : ADMINISTRATION. — 1er bureau : *intendance, service de marche, transports, équipages militaires.* — 2e bureau : *subsistances, chauffage.* — 3e bureau : *personnel des officiers de santé, hôpitaux militaires, hospices civils, infirmeries régimentaires, invalides.* — 4e bureau : *habillements, lits militaires, campements.* — 5e bureau : *solde, revues de comptabilité. administration intérieure des corps de toutes armes.*

6e DIRECTION : DÉPOT DE LA GUERRE. — 1re section : *géodésie, topographie, dessin et gravure.* — 2e section : *travaux historiques, statistiques, bibliothèques, etc.*

7e DIRECTION : COMPTABILITÉ. — 1er bureau : *contrôle des dépenses, contentieux, budgets généraux.* — 2e bureau : *fonds, ordonnances, comptes.* — 3e bureau : *comtpes-matières.* — 4e bureau : *pensions, secours.* — 5e bureau : *service intérieur.* — 6e bureau : *lois, archives, décorations.*

MINISTÈRE DE LA MARINE.

Son Exc. M. Hamelin (G. ✠), amiral, sénateur, *ministre.* — Cabinet du ministre. — 1re section : *cabinet.* — 2e section : *mouvements.*

DIRECTION DU PERSONNEL. — Bureau du personnel militaire et civil. — Bureau des corps organisés et de la justice maritime. — Bureau de la solde, de l'habillement et des revues.

DIRECTION DU MATÉRIEL. — Bureau des constructions navales et des travaux hydrauliques. — Bureau de l'artillerie. — Bureau des approvisionnements.

DIRECTION DE L'ADMINISTRATION. — Bureau de l'inscription maritime, de la police de la navigation et des pêches. — Bureau des subsistances, des hôpitaux et des chiourmes. — Bureau de la comptabilité des matières.

DIRECTION DE LA COMPTABILITÉ GÉNÉRALE. — Bureau des fonds et ordonnances. — Bureau des dépenses d'outre-mer. — Bureau de la comptabilité centrale des fonds. — Bureau du service intérieur et des archives.

INVALIDES DE LA MARINE. — Bureau central des invalides et des pensions. — Bureau des prises, bris et naufrages et du service des *gens de mer.*

MINISTÈRE DE L'INSTRUCTION PUBLIQUE ET DES CULTES.

Son Exc. M. Rouland (G. O. ✠), sénateur, *ministre.*

DIRECTION DU PERSONNEL ET DU SECRÉTARIAT-GÉNÉRAL ET CABINET DU MINISTRE, M. Gustave Rouland, ✠, *directeur.*

1er bureau : *souscriptions, missions, école française d'Athènes, travaux historiques.* — 2e bureau : *corps savants, établissements scientifiques et littéraires, bibliothèques publiques.* — 3e bureau : *procès-verbaux du Conseil impérial de l'instruction publique, archives, enregistrement des dépêches.*

Administration de l'instruction publique. — 1re DIVISION. — 1er bureau : *administration académique, personnel de l'instruction supérieure.* — 2e bureau : *matériel de l'instruction supérieure.*

2e DIVISION. — 1er bureau : *personnel de l'instruction secondaire.*

— 2e bureau : *bourses*. — 3e bureau : ***matériel de l'instruction secondaire***.

3e DIVISION.—1er bureau : *personnel de l'instruction primaire*. — 2e bureau : *matériel de l'instruction primaire*.

Administration des cultes.— M. de Contencin (O. ✻), *directeur-général*.— 1re. DIVISION, CULTE CATHOLIQUE.— 1er. bureau : *personnel du clergé et police ecclésiastique*. — 2e. bureau : *service paroissial, contentieux, congrégations religieuses*.

2e. DIVISION, CULTE CATHOLIQUE. —1er. bureau : *administration temporelle* —2e bureau : *travaux diocésains, subventions*. — SOUS-DIRECTION DES CULTES NON CATHOLIQUES.

DIVISION DE LA COMPTABILITÉ CENTRALE. — 1er. bureau : *comptabilité de l'instruction publique*. — 2e. bureau : *comptabilité des cultes*. – 3e. bureau : *pensions de retraite*.

COMITÉ DE LA LANGUE, DE L'HISTOIRE ET DES ARTS DE LA FRANCE. *Sections de philologie*, — *d'histoire*, — *d'archéologie*.

MINISTÈRE DE L'AGRICULTURE, DU COMMERCE ET DES TRAVAUX PUBLICS.

S. Exc. M. Rouher (G.-O. ✻), sénateur, *ministre*.—Cabinet du ministre : M. Marchand, *chef*.

M. de Boureuille (O. ✻), conseiller d'État, inspecteur général des mines, *secrétaire-général*.

SECRÉTARIAT-GÉNÉRAL. — *Affaires qui ne ressortissent à aucun bureau*.

DIVISION DU PERSONNEL.—1er. bureau : *nominations, promotions et mouvements*.—2e bureau : *frais et indemnités, secours, pensions, contentieux*.

DIVISION DE LA COMPTABILITÉ.—1er. bureau : *opérations centrales et ordonnancements*.— 2e. bureau : *comptabilité de l'agriculture et du commerce*,— 3e. bureau : *comptabilité des ponts-et-chaussées et des mines*.

STATISTIQUE GÉNÉRALE DE FRANCE.—*Mouvement de la population, commissions statistiques, service statistique de la caissse des retraites pous la vieillesse, calcul des tarifs et table de mortalité, examen des tarifs des compagnies financières autorisées*.

DIRECTION DE L'AGRICULTURE. — 1er. bureau : *enseignement agricole et vétérinaire*.— 2e. bureau : *encouragements à l'agriculture, secours, chambres d'agriculture, associations agricoles ; concours d'animaux, drainage, etc.* — 3e. bureau : *subsistances, mercuriales, importations et exportations des grains, foires et marchés, règlements de la boulangerie, boucherie, abattoirs, vente de comestibles*.

Division des haras.—Bureau des haras.

Direction du commerce intérieur. — 1er. bureau: *commerce.* — 2e. bureau: *industrie.* — 3e. bureau: *police sanitaire et industrielle.*

Direction du commerce extérieur. — 1er. bureau: *législation et tarifs de douanes en France.* — 2e. bureau: *législation, commerce et tarifs de douanes à l'étranger.*—3e. bureau: *mouvement général du commerce et de la navigation.*

Ponts-et-chaussées et chemins de fer.—M. de Franqueville (O. ✻) conseiller d'état, inspecteur général des ponts-et-chaussées, *directeur général.*

Division des routes et ponts.—1er. bureau: *routes impériales.* — 2e. bureau: *routes départementales et police du roulage.*

Division de la navigation. — 1er. bureau: *ports maritimes, canaux de navigation.* — 2e. bureau: *rivières navigables et flottables.*— Bureau du *service hydraulique.*

Chemins de fer. — Division des études et travaux. — 1er. bureau: *études et concessions.*— 2e. bureau: *travaux.*

Division de l'exploitation.—1er. bureau: *exploitation commerciale.*— 2e. bureau: *exploitation technique.*— Bureau de la *statistique des chemins de fer.*

Mines.— Division des mines et usines.— 1er. bureau: *mines, eaux minérales, appareils à vapeur.* — 2e. bureau: *usines métallurgiques, cartes géologiques et agronomiques.*— Bureau de la *statistique minérale.*

MINISTÈRE DE L'ALGÉRIE ET DES COLONIES.

Son Exc. M. le comte P. de Chasseloup-Laubat (G. O. ✻), *ministre.* — Cabinet du Ministre: M. Delarbre, ✻ *chef, ouverture, enregistrement et répartition de la correspondance — affaires réservées.*

Secrétariat général. — M. A. Blanche (O. ✻), conseiller d'Etat, *secrétaire-général.* — 1er bureau: *personnel et matériel de l'administration centrale, pensions, décorations et récompenses, archives.* — 2e bureau: *justice civile et criminelle, presse algérienne et coloniale.* — 3e bureau: *cultes, instruction publique, beaux-arts.*

Direction de l'intérieur. — M. Zœpffel (O. ✻), ancien préfet de Constantine, *directeur.* — 1er bureau: *administration générale et hospitalière, petite voirie.* — 2e bureau: *police administrative, service des ports et de santé, prisons, mouvement de la population.* — 3e bureau: *opérations topographiques, colonisation, forêts, mines, agriculture.* — 4e bureau: *Ponts-et chaussées, chemins de fer, grande voirie, travaux hydrauliques.*

Direction des finances. — M. le baron de Boujoux, conseiller d'État, inspecteur en chef de la marine, *directeur.* — 1er bureau : *budget général*, *comptabilité.* — 2e bureau : *contributions directes et indirectes*, *douanes*, *enregistrement*, *postes*, *télégraphie.* — 3e bureau : *commerce*, *immigration.*

Direction des affaires militaires et maritimes. — M. de Cissey, général de brigade (C. ✻), *directeur.* — 1er bureau : *affaires militaires*, *affaires politiques arabes.* — 2e bureau : *personnel de l'armée de terre*, *affaires maritimes*, *personnel maritime.* — 3e bureau : *fortifications de terre et de mer*, *matériel du génie*, *de l'artillerie.*

GRANDE CHANCELLERIE DE LA LÉGION-D'HONNEUR.

S. Exc. M. le maréchal Pélissier, duc de Malakoff (G. ✻), sénateur, membre du conseil privé, *grand chancelier.*

M. le général Maizière (G.-O. ✻), *secrétaire-général.*

Bureau du secrétariat-général : *demandes d'admission et de promotion dans l'Ordre*, *présentation de candidats.*

Division administrative. — 1er. bureau : *demandes d'accepter et porter des ordres étrangers.* = 2e. bureau : *maisons Impériales Napoléon.*

Division des fonds et de la comptabilité. — 1er. bureau : *traitements des décorés de la Légion-d'Honneur et de la Médaille militaire*, *arrérages.* — 2e. bureau : *comptabilité générale*, *affaires contentieuses.*

ADMINISTRATIONS DES REVENUS PUBLICS.

Contributions directes. M. Vandal (O. ✻), *directeur-général.*

Enregistrement et domaines. M. Tournus (C. ✻), *directeur-général.*

Douanes et contributions indirectes, M. Gréterin (C. O. ✻), conseiller d'état, *directeur-général.*

Postes. M. Stourm (C. ✻), conseiller d'Etat, *directeur-général.*

Forêts. M. de Forcade de la Roquette (O. ✻), maître des requêtes en service extraordinaire, *directeur-général.*

TABLEAU DES PRÉFECTURES ET DES ÉVÊCHÉS DE FRANCE.

Départem.ts	Chefs-lieux.	PRÉFETS.	ARCHEVÊQUES et ÉVÊQUES.	DIOCÈSES
		MM	NN. SS.	
Ain.	Bourg.	Le Masson, ✻.	De Langalerie.	Belley.
Aisne.	Laon.	Chamblain(O.✻),m. d. r.en s. ext	De Garsignies, ✻.	Soissons.
Allier.	Moulins.	Genteur, ✻.	De Dreux-Brézé.	Moulins.
Alpes (B.)	Digne.	Gimet, ✻.	Meirieu. ✻	Digne.
Alpes (H.)	Gap.	Lepeintre, ✻.	Depery, ✻.	Gap.
Ardèche	Privas.	Géry (O. ✻).	Delcusy, ✻.	Viviers.
Ardennes.	Mézières.	Tiburce Foy (O. ✻)		Reims (Marne).
Ariège.	Foix.	Castaing, (Georges), ✻.	Bélaval.	Pamiers.
Aube.	Troyes.	De Charnailles, ✻.	Cœur, ✻.	Troyes.
Aude.	Carcassonne.	Dabeaux(O.✻),m.d. r. en s. ext	De la Bouillerie, ✻.	Carcassonne.
Aveyron.	Rhodez.	Baragnon, (O. ✻).	Delalle. ✻	Rodez.
Bouch.-du-R.	Marseille.	Besson, G. O. ✻.	CHALANDON, ✻ De Mazenod, (O. ✻.)	AIX, Arles et E Marseille.
Calvados.	Caen	Tonnet (O. ✻).	Didiot.	Bayeux.
Cantal.	Aurillac.	D'Arnoux, ✻.	Le Pompignac.	Saint-Flour.
Charente.	Angoulême.	Chadenet, ✻, m. d. r. en s. ext.	Cousseau, ✻	Angoulême.
Charente Inf	La Rochelle.	Boffinton, ✻.	Landriot.	La Rochelle.
Cher.	Bourges.	Piétri, J.-M (O ✻).	MENJAUD (C. ✻).	BOURGES.
Corrèze.	Tulle.	Démonts, ✻.	Berteaud. ✻	Tulle.
Corse.	Ajaccio.	Montois, O. ✻.	Casanelli-d'Istria.	Ajaccio.
Côte-d'Or.	Dijon.	J. de Bry, (O. ✻).	Rivet. ✻.	Dijon.
Côtes-du-N.	St.-Brieuc.	Rivaud de la Raffinière, (O. ✻).	Martial.	Saint-Brieuc.
Creuse.	Guéret.	Salles, ✻.		Limoges (Vienn
Dordogne.	Périgueux.	Ladreit de la Charrière, (O. ✻).	Georg. Massonnais, ✻	Périgueux.
Doubs.	Besançon.	Pastoureau (O. ✻).	S. E. LE CARDINAL MATHIEU, (C. ✻)	BESANÇON.
Drôme.	Valence.	Ferlay (O. ✻).	Lyonnet.	Valence.
Eure.	Evreux.	Janvier de la Motte, ✻.	Devoucoux.	Évreux.
Eure-et-Loir.	Chartres.	Jaubert, ✻.	Regnault.	Chartres.
Finistère.	Quimper.	Richard (O. ✻).	Sergent, ✻.	Quimper.
Gard.	Nimes.	Pougeard-Dulimbert (O. ✻).	Plantier, ✻.	Nîmes.
Garonne (H.)	Toulouse.	Boselli (O. ✻).	DESPREZ, ✻.	TOULOUSE et Na
Gers.	Auch.	Vicomte de Gauville, ✻.	De Salinis (O. ✻).	AUCH.
Gironde.	Bordeaux.	De Mentque, (C. ✻).	S. E. LE CARDINAL DONNET (C. ✻).	BORDEAUX.
Hérault.	Montpellier.	Gavini, ✻ (m d. r. en s. extr.)	Thibault (O. ✻).	Montpellier.
Ille-et-Vil.	Rennes.	Féart, (O. ✻).	Brossays (O. ✻).	Rennes.
Indre.	Châteauroux	Segaud, ✻.		Bourges (Cher).
Indre-et-Loir	Tours.	Podevin, ✻	GUIBERT, ✻.	TOURS.
Isère.	Grenoble.	Baron Massy, (O. ✻.)	Ginoulhiac, ✻.	Grenoble.
Jura.	Lons-le-Saul	Nau de Beauregard, ✻.	Fillion.	Saint-Claude.
Landes.	Mont-de-M.	Guillaume d'Auribeau, ✻	Epivent.	Aire.
Loir-et-Cher	Blois.	De Soubeyran, (O. ✻.)	Pallu du Parc. ✻	Blois.
Loire.	St.-Etienne	Thuillier, (C. ✻).		Lyon (Rhône).
Loire (H).	Le Puy.	Emile Paul, ✻.	De Morlhon, ✻.	Le Puy.
Loire-Infér.	Nantes.	Chevreau, Henri (C. ✻) c.d'Ét.	Jaquemet. ✻	Nantes.
Loiret.	Orléans.	Le Provost de Launay, ✻.	Dupanloup (O. ✻).	Orléans.
Lot.	Cahors.	Comte d'Andigné, ✻.	Bardou, ✻.	Cahors.
Lot-et-Gar.	Agen.	Paillart, ✻	De Vesins, ✻.	Agen.
Lozère.	Mende.	De Fleury, ✻.	Foulquier, ✻.	Mende.
Maine-et-L.	Angers.	Bourlon de Rouvre, (O. ✻).	Angebault, ✻.	Angers.

tem.ᵗˢ	Chefs-lieux.	PRÉFETS.	ARCHEVÊQUES et ÉVÊQUES.	DIOCÈSES.
		MM	NN. SS.	
e.	Saint-Lô.	De Bouville, (O. ✻).	Daniel (O. ✻).	Coutances.
..	Châlons.	Chassaigne Goyon, ✻ (maître des requêtes en service extr.)	S. E. le cardinal Gousset (C. ✻). De Prilly (O. ✻).	REIMS (Arrond.ᵗ de Reims et Châlons. Ardennes.)
(H.)	Chaumont.	Girard de Villesaison, (O. ✻).	Guerrin.	Langres.
ne.	Laval.	Bulurgey de Grandville, (C. ✻.)	Wicart, ✻.	Laval.
ıe.	Nancy.	Lenglé (O. ✻).	Darbois.	Nancy.
.	Bar-le-Duc.	Rogniat, ✻, m. des requêtes.	Rossat, ✻.	Verdun.
han.	Vannes.	Poriquet, ✻.	De la Motte, ✻.	Vannes.
.e.	Metz.	Jeanin, ✻.	Dupont des Loges.	Metz.
:.	Nevers.	Lerat de Magnitot (O. ✻).	Dufêtre, ✻.	Nevers.
	Lille.	Vallon (C. ✻).	Régnier, ✻.	CAMBRAI.
	Beauvais.	Randouin, (C. ✻).	Gignoux, ✻.	Beauvais.
	Alençon.	Matharel, ✻.	Rousselet, ✻.	Séez.
-Cal.	Arras.	De Tanlay (O. ✻).	Parisis (O. ✻).	Arras.
e-Dôm.	Clermont-F.	De Preissac, (C. ✻).	Féron, ✻.	Clermont.
ées (B)	Pau.	Pron, (O. ✻).	Lacroix, ✻.	Bayonne.
ıées (H)	Tarbes.	Garnier, ✻.	Laurence, ✻.	Tarbes.
ıées-Or.	Perpignan.	De Lassus St.-Géniès, ✻.	Gerbet, ✻.	Perpignan.
(Bas.)	Strasbourg.	Migneret, (C. ✻.)	Roess, ✻.	Strasbourg.
(Haut.)	Colmar.	Odent, ✻.		
e.	Lyon.	Vaïsse (G. O. ✻), sénat., chargé de l'administ.ᵒⁿ du départem.ᵗ	S. E. le cardinal de Bonald (C. ✻)	LYON et Vienne.
(H.)	Vesoul.	Dieu (Hippolyte), (O. ✻.)		Besançon (Doubs).
-et-L.	Mâcon.	Ponsard, (O. ✻).	De Marguerye, ✻.	Autun.
e.	Le Mans.	Chevreau (Léon), ✻.	Nanquette, ✻.	Le Mans.
:.	PARIS.	Haussman, (G. O. ✻), sénateur.	S. Ém. le cardinal MORLOT, (C. ✻)	PARIS.
-Infér.	Rouen.	Ernest Le Roy, (C. ✻).	De Bonnechose, ✻.	ROUEN.
-et-M.	Melun.	De Bourgoing, (O. ✻.)	Allou.	Meaux.
-et-Oise	Versailles.	De St-Marsault, (G. O. ✻).	Mabile, ✻.	Versailles.
s(Deux)	Niort.	Lowasy de Loinville, (O. ✻.)	Pie.	Poitiers (Vienne et 2S.)
ne.	Amiens.	Mouzard-Sencier, (O. ✻).	Boudinet.	Amiens.
.	Alby.	Rémacle, ✻.	De Jerphanion, ✻.	ALBY.
-et-Garr.	Montauban.	Lorette, ✻.	Doney.	Montauban.
	Draguignan.	Mercier La Combe (O. ✻).	Jordany.	Fréjus et Toulon.
ıluse.	Avignon.	Durand Saint-Amand (O. ✻).	Debelay, (O. ✻.)	AVIGNON.
lée.	Napoléon-V.	Boby de La Chapelle, ✻.	Delamare. ✻.	Luçon.
ne.	Poitiers.	Paulze d'Ivoy, ✻.		Poitiers (Vienne et 2S.)
ne (H).	Limoges.	De Coëtlogon, ✻.	Fruchaud.	Limoges.
es.	Epinal.	De La Guéronnière, (O. ✻).	Caverot, ✻.	Saint-Dié.
ne.	Auxerre.	Michel, ✻.	Jolly, ✻	SENS et Auxerre.

Administration départementale de l'Algérie.

Dép.ᵗ d'Alger, M. Levert, ✻, préfet; dép.ᵗ d'Oran, M. Majorel, (O. ✻.), préfet; dép.ᵗ de Constantine, M. Lagorre de Toulgoët, (O. ✻.), préfet.

vêchés des Colonies, suffragants de l'archevêché de Bordeaux.

Saint-Denis. (Ile de la Réunion Afrique.)	Mgr. Maupoint.	St-Pierre et Port-de-France. (Martinique Antilles.)	Mgr. Porcher.
Basse-Terre. (Guadeloupe Antilles.)	Mgr. Forcade, ✻.	Alger. (Afrique).	Mgr. Pavy (C. ✻)

ORGANISATION ADMINISTRATIVE.

DÉPARTEMENT DU NORD.

Le département du Nord, dont le chef-lieu est Lille, est divisé en sept arrondissements de sous-préfectures ayant pour chefs-lieux Dunkerque, Hazebrouck, Lille, Cambrai, Avesnes, Douai et Valenciennes.

ANCIENS PRÉFETS.

Le département a eu successivement pour Préfets :

M. JOUBERT, ex-constituant, nommé à la création, et, depuis, commissaire-général des relations commerciales en Hollande.

M. DIEUDONNÉ, officier de la Légion-d'Honneur, membre du tribunat, nommé le 3 pluviose an IX, décédé à Saint-Saulve, le 27 vendémiaire, an XIV.

M. DE POMMEREUL, général de division, baron de l'Empire, membre de la Légion-d'Honneur, auparavant préfet d'Indre-et-Loire, nommé le 16 frimaire an XIV; et depuis conseiller d'Etat, directeur-général de l'imprimerie et de la librairie.

M. DUPLANTIER, baron de l'Empire, officier de la Légion-d'Honneur, auparavant préfet des Landes, nommé le 30 avril 1810, décédé à Paris, le 6 février 1814.

M. le comte BEUGNOT a administré le département pendant le premier trimestre de 1814, comme conseiller d'Etat en mission.

M. le baron SIMÉON, grand officier de la Légion-d'Honneur, chevalier de l'ordre royal de Saint-Hubert de Bavière, nommé le 2 mai 1814, et depuis pair de France et ministre d'État.

M. DUPONT-DELPORTE, maître des requêtes au conseil d'Etat, nommé le 22 mars 1815.

M. DUPLEIX DE MÉZY, commandeur de la Légion-d'Honneur, nommé le 12 juillet 1815, depuis conseiller d'Etat, directeur général des postes.

M. le comte DE RÉMUSAT, grand'croix de l'ordre de Saint-Hubert de Bavière, chevalier de la Légion-d'Honneur, auparavant préfet de la Haute-Garonne, nommé le 5 février 1817.

M. le comte H. DE MURAT, conseiller d'Etat, commandeur de la Légion-d'Honneur, nommé le 3 janvier 1822, depuis pair de France.

M. le vicomte Alban DE VILLENEUVE BARGEMONT, conseiller d'Etat, officier de la Légion-d'Honneur et chevalier de l'ordre de Saint-Jean de Jérusalem, au paravant préfet de la Loire-Inférieure, nommé le 3 mars 1828 ; depuis, député du Nord.

M. le vicomte DE VILLERS DU TERRAGE, ancien préfet, officier de la Légion-d'Honneur, nommé le 19 août 1830; depuis, pair de France.

M. le baron Méchin, conseiller d'Etat, membre de la chambre des députés, ancien préfet, grand-officier de la Légion-d'Honneur officier de l'ordre de Léopold, nommé le 17 novembre 1830.

M. le vicomte de Saint-Aignan, conseiller d'État, officier de la Légion-d'Honneur et de l'ordre de Léopold, nommé le 30 janvier 1839, depuis conseiller d'Etat en service ordinaire et député du Nord.

M. le baron Maurice Duval, pair de France, conseiller d'Etat, grand officier de la Légion-d'Honneur, chevalier de l'ordre de la Couronne de Fer, nommé le 15 mai 1845.

M. Em. Desmousseaux de Givré, officier de la Légion-d'Honneur et de l'ordre de Saint-Grégoire-le-Grand, auparavant préfet des départements de l'Aisne et du Pas-de-Calais, nommé le 4 janvier 1847.

M. Antony-Thouret, commissaire du Gouvernement, préfet provisoire, arrivé à Lille le 26 février 1848.

MM. Ch. Delescluze et D. Pillette ont administré le département, le premier comme commissaire général de la République, le second comme commissaire adjoint, depuis le 10 mars 1848 jusqu'au 18 mai suivant.

M. Durand St-Amand, auparavant maire du 7e arrondissement de Paris, nommé le 29 mai 1848, depuis préfet de la Creuse, de l'Hérault et de Vaucluse.

M. David, ancien sous-préfet de Douai, nommé le 24 janvier 1849.

M. Vaïsse (C. ✻), auparavant préfet du Doubs, nommé le 20 novembre 1849, depuis ministre de l'intérieur, conseiller d'Etat et sénateur.

M. Besson, grand officier des ordres de la Légion-d'Honneur et de Léopold de Belgique, commandeur de l'ordre de Charles III d'Espagne, nommé le 17 mars 1851, auparavant préfet des départements du Jura, de Maine-et-Loire et de la Haute-Garonne, depuis préfet des Bouches-du Rhône.

M. Collet-Meygret, commandeur des ordres de la Légion-d'Honneur et de Léopold de Belgique, grand'croix de l'ordre d'Isabelle la Catholique, nommé le 30 juin 1857, auparavant préfet et directeur général de la sûreté publique.

PRÉFECTURE.

M. Vallon, commandeur de l'Ordre impérial de la Légion-d'Honneur, nommé le 20 octobre 1857, *préfet.*

Le préfet est seul chargé de l'administration, il fait exécuter les lois et arrêtés du Gouvernement; il surveille toutes les parties de l'administration publique.

M. le Préfet donne ses audiences tous les jours, de une heure à trois.

M. le Préfet donne aussi des audiences particulières aux personnes qui les demandent.

Toutes les lettres doivent être affranchies.

ANCIENS SECRÉTAIRES-GÉNÉRAUX.

La loi du 28 pluviôse an VIII a placé auprès du préfet un secrétaire général, chargé de veiller à la bonne tenue des archives départementales et de signer les expéditions des actes de la préfecture. Supprimés le 9 avril 1817, pour être remplacés par le doyen du Conseil de préfecture ou, à défaut de ce dernier, par le plus ancien conseiller après lui, ces fonctionnaires furent rétablis le 22 septembre 1820, puis supprimés de nouveau en 1832. Leurs fonctions furent confiées à un conseiller de préfecture moyennant une indemnité égale au quart du traitement de celui-ci. A cette époque, six secrétaires-généraux seulement furent maintenus; mais la loi du 18 novembre 1848 en retrancha encore cinq, et n'en accorda qu'au département de la Seine. Plus tard, celui du département du Rhône fut rétabli. Le décret du 2 juillet 1853 a reconstitué huit autres secrétaires-généraux, dans les départements des Bouches-du-Rhône, Gironde, Haute-Garonne, Loire-Inférieure, Nord, Bas-Rhin, Seine-Inférieure, Seine-et-Oise.

Ont été successivement appelés aux fonctions de secrétaire-général de la préfecture du Nord :

MM. Gauthier, secrétaire-général provisoire, nommé définitivement par arrêté du premier consul du 15 floréal, an VIII.

Bottin, nommé par arrêté du premier consul en date du 22 frimaire an VI, installé le 30.

Lavallée, nommé par ordonnance royale du 30 juillet 1814, installé le 31 août.

Bottin, nommé par décret du 30 mars 1815, installé le 7 avril.

Rioust, nommé par décret du 4 juin 1815.

Duplaquet, nommé par ordonnance royale du 31 juillet 1815, installé le 4 août.

Desmoutier, conseiller de préfecture, chargé des fonctions de secrétaire-général à compter du 1er. mai 1817.

Derbigny, ancien recteur d'académie, nommé secrétaire-général en octobre 1820.

De Choiseul, nommé le 20 février 1822, installé le 6 mars.

De Wildermeth, ancien secrétaire-général du Bas-Rhin, nommé par ordonnance du 8 janvier 1823.

Pescatore, ancien secrétaire-général, nommé par ordonnance du 6 septembre 1830; — appelé à la sous-préfecture d'Avesnes, en octobre 1831; — réintégré dans ses fonctions de secrétaire-général du Nord, par ordonnance du 26 juin 1832, installé le 6 juillet.

Boisset, ancien adjoint à la mairie de Lyon, nommé par ordonnance du 12 février 1834, en remplacement de M. Pescatore, décédé. M. Boisset a été installé le 30 février.

Ducos, ancien sous-préfet, nommé par ordonnance du 26 juillet 1837, en remplacement de M. Boisset, appelé à d'autres fonctions. M. Ducos fut installé le 26 août.

Leroy, maître des requêtes, nommé en remplacement de M. Ducos, par une ordonnance du 2 novembre 1838, n'a pas été installé.

De Contencin, secrétaire-général de la Gironde, nommé en remplacement de M. Leroy, appelé à d'autres fonctions (ordonnance du 20 novembre 1828), installé le 25. — Depuis, sous-préfet de Cambrai, préfet de Cantal, aujourd'hui conseiller d'Etat, directeur général des cultes.

Randouin, sous-préfet de Dunkerque, nommé par ordonnance du 24 mai 1845, en remplacement de M. de Contencin ; installé le 26 juin. Depuis préfet de l'Oise.

De Bry, ancien sous-préfet, nommé par ordonnance du 6 avril 1846, en remplacement de M. Randouin, installé le 25. Depuis préfet de la Côte-d'Or.

Fémy, nommé par arrêté du commissaire-général de la République du 10 mars 1848, en remplacement de M. de Bry.

Fournier, nommé par arrêté du Pouvoir exécutif du 11 juillet 1848, installé le 24. Depuis sous-préfet à Avesnes et St-Omer.

Balson, conseiller de préfecture, chargé des fonctions de secrétaire-général par décision du ministre de l'intérieur en date du 17 décembre 1848.

Demangeot, ancien sous-préfet, nommé secrétaire général par décret impérial du 2 juillet 1853, installé le 22. Depuis sous-préfet d'Aix.

De Grimaldi, ancien sous-préfet d'Aix, nommé par décret du 29 octobre 1853, en remplacement de M. Demangeot ; installé le 28 novembre. Depuis sous-préfet de Castres.

Lefebvre (Julien), conseiller de préfecture de l'Aisne et du Nord, nommé par décret du 12 août 1856, en remplacement de M. de Grimaldi ; installé le 22. Depuis secrétaire-général des Bouches-du-Rhône.

SÉCRÉTARIAT-GÉNÉRAL.

Aux termes de la loi du 28 pluviôse, an VIII, le secrétaire-général est chargé de la signature des expéditions et de la garde des papiers. Le décret du 29 décembre 1854 dispose que le secrétaire-général pourra, indépendamment des fonctions qui lui sont conférées par les lois et règlements, être chargé d'une partie de l'administration départementale, par délégation et sous la direction du Préfet.

M. Dureau, chevalier de l'ordre d'Isabelle la catholique, *secrétaire-général.*

CONSEIL DE PRÉFECTURE.

Les conseils de préfecture, chargés de statuer sur le contentieux administratif ont été institués par la loi du 28 pluviôse an VIII.

Voici, par siége, dans l'ordre des premières nominations, les noms des membres successifs du conseil de Préfecture du département.

MM. PREMIER SIÉGE.

Théry-Falligan, président de l'administration municipale de Lille, membre du Conseil général. — Décret du 18 floréal an VIII.

Potteau-d'Hancarderie, nommé en remplacement de M. Théry-Falligan, décédé. — Ordonnance royale du 20 juin 1816.

Duburque, nommé par ordonnance royale du 3 juillet 1816, en remplacement de M. Potteau-d'Hancarderie, non acceptant.

Lebon, Maurice, ancien officier, nommé par ordonnance du 18 décembre 1822, en remplacement de M. Duburque, révoqué.

Lorain père, ancien administrateur, ancien magistrat, en remplacement de M. Lebon. — Ordonnance royale du 2 septembre 1830.

Doyen, avocat, nommé par ordonnance du 29 décembre 1837, en remplacement de M. Lorain, démissionnaire. — Depuis sous-préfet de Saint-Omer.

Legrand, Pierre, avocat, membre du Conseil municipal de Lille, nommé en remplacement de M. Doyen. — Ordonnance du 3 août 1840. — Depuis Conseiller général, membre du Corps législatif.

Dureau, avocat, chef du cabinet du Préfet du Nord. — Décret du 12 décembre 1851. — Depuis sous-préfet à Yssengeaux, secrétaire-général de l'Hérault et du Nord.

Doumet de Siblas, ancien sous-préfet, nommé par décret impérial du 1er. février 1854, en remplacement de M. Dureau.

De Laire, ancien garde-général des forêts, en remplacement de M. Doumet de Siblas, admis à la retraite. — Décret du 6 février 1854. — Depuis sous-préfet de Nantua.

M. de Laire n'a pas eu de successeur, le siége que ce conseiller occupait ayant été supprimé.

MM. DEUXIÈME SIÉGE.

D'Esquelbecq, ex-président de l'administration départementale. — Décret du 18 floréal an VIII.

Potteau d'Hancarderie, membre du Conseil général, en remplacement de M. d'Esquelbecq.

Imbert de La Phalecque, membre du Conseil d'arrondissement, en remplacement de M. Potteau d'Hancarderie, démissionnaire — Ordonnance royale du 11 mars 1830.

Bernos, ex-sous-chef de bureau au ministère des finances, en remplacement de M. de La Phalecque. — Ordonnance royale du 11 septembre 1830.

Guilbert-Estevez, juge-de-paix d'Orchies, en remplacement de M. Bernos, démissionnaire. — Ordonnance royale du 2 août 1844.

Senoct, ancien négociant, en remplacement de M. Guilbert. — Arrêté du Commissaire-général de la République du 14 avril 1848.

Cleenewerck, licencié en droit, ancien conseiller de préfecture, en remplacement de M. Sproit.— Décret du 7 décembre 1849.

MM. TROISIÈME SIÉGE.

Edouard Paix, administrateur municipal à Douai. — Décret du 18 floréal an VIII.

De Mazur fils, en remplacement de M. Paix, démissionnaire. — Décret du 23 germinal an XII. — Depuis sous-préfet de Cambrai.

Caselli, ancien conseiller de préfecture de la Roër, en remplacement de M. De Mazur. — Décret du 31 janvier 1806. — Depuis secrétaire-général.

Ch. Bernard, adjoint à la mairie de Lille, en remplacement de M. Caselli.— Décret du 17 mai 1809.

Duburque, chef de division à la préfecture et ancien conseiller de préfecture, en remplacement de M. Bernard. — Ordonnance royale du 2 septembre 1830.

Derbigny, licencié en droit, en remplacement de M. Duburque, décédé.— Ordonnance du 6 août 1842.

Julien Lefebvre, licencié en droit, ancien conseiller de préfecture de l'Aisne, en remplacement de M. Derbigny. — Décret du 12 décembre 1851.— Depuis secrétaire-général du Nord et des Bouches-du-Rhône.

Auguste Richebé, conseiller de préfecture de la Moselle, nommé en remplacement de M. J. Lefebvre.— Décret du 12 août 1856.

MM. QUATRIÈME SIÉGE.

Ernest Desmoutiers, administrateur du département.—Décret du 18 floréal an VIII.

De La Fonteyne, ancien militaire, en remplacement de M. Desmoutiers, décédé.— Ordonnance royale du 1er. juillet 1827.

Vanhœnacker-Luiset, ancien négociant, en remplacement de M. de La Fonteyne.— Ordonnance royale du 2 septembre 1830.

D'Hornoy, ancien officier de marine, en remplacement de M. Vanhœnacker, admis à la retraite. — Ordonnance royale du 9 mai 1843.

Cleenewerck, licencié en droit, en remplacement de M. D'Hornoy, nommé aux mêmes fonctions dans le département de la Somme. — Ordonnance royale du 29 décembre 1847.

Braff, ancien secrétaire particulier du Préfet du Nord, en remplacement de M. Cleenewerck, démissionnaire. — Arrêté du Commissaire-général de la République du 21 avril 1848.

De Jessaint, ancien secrétaire particulier du Préfet d'Eure-et-Loir, en remplacement de M. Braff, appelé à d'autres fonctions.— Décret du 22 janvier 1852.— Depuis sous-préfet.

Triquet, conseiller de préfecture d'Indre-et-Loire, nommé par décret du 17 décembre 1856, n'a pas été installé.

Soleilhet, conseiller de préfecture de la Côte-d'Or, en remplacement de M. Triquet. — Décret du 29 janvier 1857. — Depuis sous-préfet de Mirecourt (Vosges).

Derbigny, ancien conseiller de préfecture, en remplacement de M. Soleilhet. — Décret du 1er mai 1858.

MM. CINQUIÈME SIÉGE.

Desprès, officier supérieur de cavalerie. — Décret du 18 floréal an VIII.

Varlet, adjoint au maire de la ville de Douai, en remplacement de M. Desprès, non acceptant. — Décret du 24 prairial an VIII.

Aronio, premier adjoint au maire de Lille, en remplacement de M. Varlet, démissionnaire. — Décret du 9 brumaire an XIII.

Grodée, chef de division à la Préfecture, en remplacement de M. Aronio, démissionnaire. — Ordonnance du 11 septembre 1830.

Balson, conseiller de préfecture, secrétaire-général de l'Hérault, en remplacement de M. Grodée, admis, sur sa demande, à la retraite. — Ordonnance royale du 13 avril 1845. — Depuis chargé des fonctions de secrétaire-général, du 17 décembre 1848 au 2 juillet 1853

CONSEIL DE PRÉFECTURE.

MM. le Préfet, *président;* Balson; Cleenewerck; Richebé; Derbigny.

Le Conseil de Préfecture prononce sur les demandes à fin de décharge ou de réduction des contributions directes, sur les difficultés entre les entrepreneurs de travaux publics et l'administration concernant le sens et l'exécution de leurs marchés, sur les demandes en dommages et intérêts procédant du fait des entrepreneurs et non de l'administration, sur les demandes et contestations concernant les indemnités dues, à raison des terrains pris ou fouillés pour la confection des ouvrages publics, sur les difficultés en matière de grande voirie, sur les autorisations de plaider, demandées par les communes, sur le contentieux des domaines nationaux, sur certaines difficultés en matière d'élections. En général, les conseils de préfecture sont les tribunaux de première instance de la justice administrative. Lorsque le Préfet assiste au Conseil, il préside; en cas de partage, sa voix est prépondérante.

Le Conseil tient ses séances les lundi, mercredi et vendredi de chaque semaine, à une heure.

Toutes les requêtes, soit en demandant, soit en défendant doivent être préalablement déposées en double expédition et enregistrées au secrétariat, ou adressées à M. le Préfet qui en ordonne le dépôt et l'enregistrement.

CONSEIL GÉNÉRAL DU DÉPARTEMENT.

Le *Conseil général* du département s'assemble chaque année. L'époque et la durée de ses réunions sont déterminées par le Gouvernement; l'Empereur nomme parmi ses membres, le président, le vice-président et le secrétaire. Le Conseil général fait la répartition des contributions directes entre les arrondissements, il statue sur les demandes en réduction de contingent formées par les communes et préalablement soumises au Conseil d'arrondissement; il détermine dans les limites de la loi, le nombre des centimes additionnels dont l'imposition est demandée pour les dépenses du département; il entend le compte annuel que le préfet rend de l'emploi des centimes additionnels qui ont été destinés à ces dépenses, il exprime son opinion sur l'état et les besoins du département et l'adresse au Ministre de l'intérieur.

Conformément aux articles 3 et 4 du décret du 7 juillet 1852, il a été procédé, le 31 du même mois et le 1.er août suivant, au renouvellement intégral du Conseil général du département. Le nombre des membres de ce Conseil est de 60, un par canton, et se répartit comme suit entre les sept arrondissements; savoir : Dunkerque, 7; Hazebrouck, 7; Lille, 16; Cambrai, 7; Avesnes, 10; Douai, 6; Valenciennes, 7. Il a été procédé, le 2 juin 1855, au renouvellement du premier tiers sortant des membres du Conseil et le 12 juin 1858, au renouvellement du second tiers.

Le Conseil est composé comme suit :

Bergues, MM.	Joos, ✻, négociant à Bergues.
Bourbourg,	De Coussemaker, ✻, chevalier de l'ordre de St. Grégoire-le-Grand, juge à Lille.
Dunkerque-Est,	De Cleebsattel, ✻ avocat, député, à Dunkerque.
Dunkerque-O.,	A. Carlier, président du tribunal de commerce.
Gravelines,	Le Camus (O. ✻), chef de bataillon du génie, en retraite, à Calais.
Hondschoote,	Cuel (O. ✻), ingénieur en chef des ponts-et-chaussées, en retraite, à Dunkerque.
Wormhoudt,	Morael, docteur en médecine à Wormhoudt.
Bailleul-Nord-E,	Béhaghel, Louis, propriétaire à Bailleul.
Bailleul-Sud-O.,	Plichon, ✻ avocat, député, à Bailleul.
Cassel,	Béhaghel, Louis, propriétaire à Cassel.
Hazebrouck-N.,	Deschodt, Joseph, avocat à Hazebrouck.
Hazebrouck-Sud,	Cleenewerck, ✻, propriétaire à Hazebrouck.
Merville,	Duquenne, maire de la Gorgue.
Steenwoorde,	Beck, propriétaire et maire à Steenwoorde.
Armentières,	Dansette, ✻, manufactur. et maire à Armentières.
La Bassée,	Chombart, Louis, avocat à Lille.
Cysoing,	Brame, Jules, député, à Lille.
Haubourdin,	Comte d'Hespel, propriétaire et maire à Wavrin.
Lannoy,	Lefebvre, Julien, ✻, agronome, à Lille.
Lille-Centre,	Bernard, Henri, raffineur de sucre à Lille.
Lille-Nord-Est,	Kuhlmann (O. ✻), président de la chambre de commerce, à Lille.
Lille-Ouest,	Comte De Melun, propriétaire à Lille.
Lille-Sud-Est,	Morisson, docteur en médecine, à Lille.
Lille-Sud-Ouest,	Mourmant, ✻, raffin. de sucre et adjoint à Li

MM.

Pont-à-Marcq, Desmoutiers, Ernest, cultivateur à Mons-en-Pévèle
Quesnoy-sur-D., Desrousseaux, Louis, ✱, notaire à Lille,
Roubaix, Mimerel (O. ✱), sénateur, à Paris.
Seclin, Collette, Louis, notaire à Seclin.
Tourcoing-Nord. Defontaine, Ed., ✱, propriétaire à Lille.
Tourcoing-Sud., Masurel, Carlos, négociant à Tourcoing.
Cambrai-Est, Stiévenart-Béthune, propriétaire à Etrun.
Cambrai-Ouest, Leleu, Prosper, cultivateur et maire, à Tilloy.
Carnières, Telliez, propriétaire et maire à Carnières.
Clary, E. Martin (du Nord), propriétaire à Paris.
Le Câteau, Seydoux, Charles, ✱, propr., député, au Câteau.
Marcoing, Crépin, cultivateur et maire à Proville.
Solesmes, Macarez, fabricant de sucre à Capelle.
Avesnes-Nord, De Colnet, Louis, propriétaire à Dompierre.
Avesnes-Sud, Mailliet, banquier, président de la société d'agriculture, à Avesnes.
Bavai, Baron Butron de la Torre, maire à St-Waast.
Berlaimont, Paul, Charles, avocat-général à Limoges.
Landrecies. Desquesnes, propriétaire à Favril.
Maubeuge, De Carnières, directeur des affaires criminelles et des grâces au ministère de la justice, à Paris.
Le Quesnoy-Est, Piette, Hippolyte, juge-de-paix au Quesnoy.
Le Quesnoy-O., Baron de l'Epine, ✱, propriétaire au Quesnoy.
Solre-le-Château, Rouez, fab. de tissus et maire à Solre-le-Château.
Trélon. Godard-Desmarest. ✱, maître de verreries, député à Trélon.
Arleux, Guilbert, cultivateur et maire à Cantin.
Douai-Nord, Maurice, ✱, avocat, propriét. et maire à Douai.
Douai-Ouest, Danel, Paul, ✱ président à la cour impériale de Douai.
Douai-Sud, Choque, Emmanuel, député à Douai.
Marchiennes, Baron de Bouteville, propriétaire à Hornaing.
Orchies, Guilbert-Estevez, ✱, propr. et maire à Orchies.
St-Amand riv. d., Lécuyer, ✱, ancien président du tribunal civil, à Valenciennes, maire, à St.-Saulve.
St-Amand r. g., Le comte Dubois (O. ✱), cons. d'Etat, à Paris.
Bouchain, Lebret, ✱, associé régisseur-gérant des mines d'Anzin, à Denain.
Condé, Renard, Louis, maître de verreries à Fresnes.
Valenciennes-E, Hamoir, ✱, fabricant de sucre à Saultain.
Valenciennes-N. Lefebvre, banquier, président de la chambre de commerce, à Valenciennes.
Valenciennes-S., Boulanger, Emile, juge, à Valenciennes.

Conformément aux dispositions de la loi du 22 juin 1833, le Conseil général, dans sa session de 1852, a divisé les cantons du département en trois séries, pour le renouvellement partiel de ses membres et le renouvellement des membres des Conseils d'arrondissement.

Le 22 octobre suivant, M. le Préfet, en conseil de préfecture, a procédé au tirage au sort des séries pour régler l'ordre de renouvellement.

Par suite de ce tirage au sort, les séries se composent comme suit :

Conseil général. *Première série.* Maubeuge, Le Quesnoy-Est, Trélon, Carnières, Marcoing, Douai-Ouest, Orchies, Dunkerque-Est, Hondschoote, Wormhoudt, Cassel, Merville, La Bassée, Lille-Centre, Lille-Sud-Est, Quesnoy-sur-Deûle, Tourcoing-Nord, Saint-Amand (rive droite), Valenciennes-Nord et Valenciennes-Sud. — *Deuxième série.* Avesnes-Nord, Bavai, Berlaimont, Cambrai-Est, Clary, Solesmes, Arleux, Douai-Sud, Bergues, Dunkerque-Ouest, Bailleul-Nord-Est, Hazebrouck-Nord, Steenvoorde, Armentières, Haubourdin, Lille Nord-Est, Lille Sud-Ouest, Roubaix, Bouchain et Saint-Amand (rive gauche). — *Troisième série.* Avesnes-Sud, Landrecies, Solre-le-Château, Le Quesnoy-Ouest, Cambrai-Ouest, Le Câteau, Douai-Nord, Marchiennes, Bourbourg, Gravelines, Bailleul-Sud-Ouest, Hazebrouck-Sud, Cysoing, Lannoy, Lille-Ouest, Pont à-Marcq, Seclin, Tourcoing-Sud, Condé, Valenciennes-Est.

Les séries pour les conseils d'arrondissement sont indiquées ci-après :

BUREAUX DE LA PRÉFECTURE

Les bureaux de la Préfecture sont ouverts au public tous les jours, de une heure à trois heures de l'après-midi

Tous les pièces adressées au Préfet doivent être déposées sous bandes ou sous enveloppe chez le concierge de la Préfecture. Sont exceptés de cette mesure les récépissés, visa, légalisations ou demandes de passeports qui pourront être remis aux garçons de bureaux pour être portés aux bureaux respectifs.

Cabinet du Préfet. MM. N..., *chef du cabinet ;* Devaux fils, *commis de 2e classe.*

Première division.—M. Mallebrancq, ✻, *chef de division.* — bureau des finances.—MM. Lefebvre, *chef de bureau ;* Lerouge, *commis de 3e classe;* Didier, *commis de 4e classe,*

Attributions. Contributions directes : — répartement et sous-répartement ; — jugement des réclamations ; — emploi des fonds de non-valeurs ; — nominations des percepteurs ; — cadastre parcellaire. = Contributions indirectes ; — droits sur les boissons ; — droits d'entrée; — culture du tabac ; — droit de vérification des poids et mesures. — Octrois municipaux ; — personnel et administration ; — douanes ; — saisies dans l'intérieur ; — autorisation de former des établissements dans les lignes. = Communes ; — administration et comptabilité ; — règlement des budgets ; — apurement des comptes ; — administration des biens et des bois communaux ; — parcours et vaine-pâture ; — nomination des receveurs municipaux. = Fabrique des églises ; — administration des biens ; — donations, legs et fondations religieuses. = Enregistrement et timbre ; — registres de l'état-civil. = Formation des budgets départementaux.

BUREAU DES DOMAINES ET HOSPICES. MM. Lobert, *chef de bureau;* Joly, *commis de 1re classe;* Defrenne, *commis de 3e classe.*

ATTRIBUTIONS. Domaines ; — affaires contentieuses ; — ventes de biens ; — ventes d'objets mobiliers ; — révélations ; — successious dévolues à l'Etat ; — liquidations de dépenses. = Agence judiciaire du trésor public ; — correspondance ; — cautionnements ; — inscriptions hypothécaires. = Bois et forêts ; — délimitation ; — droits d'usage ; — aliénations ; — ventes de coupes ; — défrichements. = Hospices ; bureaux de bienfaisance ; — monts-de-piété ; — contentieux ; — régie des biens ; — administration ; — comptabilité ; — règlements des budgets ; — apurement des comptes ; — personnel des administrations, des agents comptables et des agents du service de santé. = Enfants trouvés et abandonnés ; —administration ; — comptabilité. = Caisses d'épargne ; — organisation.

BUREAU DE COMPTABILITÉ. MM. Lauridant, *commis de 1re classe;* Laurent, *commis de 3e classe.*

ATTRIBUTIONS. Délivrance des mandats sur les caisses publiques pour le paiement des traitements administratifs et des dépeuses départementales ; — traitements des juges, des ministres du culte, etc. ; — frais de justice ; — tenue des registres de comptabilité ; — envoi aux divers ministères des situations mensuelles ; — confection des comptes annuels des dépenses du culte, de celles judiciaires et de celles départementales.

Deuxième division. — M. Deblock, *chef de division.* — SECRÉTARIAT-GÉNÉRAL. MM. Druez, *chef de bureau;* Breton, *commis de 1re classe;* Bernard, *commis de 1re classe;* Lechien, *commis de 2e classe;* Plumecocq, *commis de 2e classe;* Plouvier, *commis de 3e classe;* Durieux, *surnuméraire.*

ATTRIBUTIONS. Clôture et départ de la correspondance ; — enregistrement et distribution du *Bulletin des Lois et Actes administratifs de la Préfecture;* — visa et légalisations. = Personnel des préfets, sous-préfets, secrétaires-généraux, conseillers de préfecture, csnseillers-généraux, conseillers d'arrondissement, maires, adjoints et conseillers municipaux ; — organisation administrative ; — congés des fonctionnaires ; délégations, — cérémonies religieuses et fêtes publiques ; — préséance. = Police de l'imprimerie et de la librairie, gravures et lithographies ; — journaux et écrits périodiques ; — bibliothèques publiques.

= Théâtres. = Brevets d'invention. = Mouvement de la population. = Naturalisation et autorisation de domicile en France. = Exécution des lois sur les élections et sur le jury ; — convocation des jurés. = Mercuriales, subsistances ; — police de la boulangerie. = Agriculture. Amélioration des chevaux ; — foires, marchés. = Sociétés savantes. — beaux-arts ; — monuments historiques ; — archives ; — commerce; — industrie ; — travail des enfants dans les mauufactures. = École des arts et métiers ; — écoles polytechnique et militaire ; — école navale ; — école des mineurs. = Tribunaux de commerce ; — chambres de commerce ; — chambres consultatives des arts et manufactures ; = conseils des prud'hommes. = Instruction publique ; — lycées et collèges communaux ; — collation des bourses ; — école normale ; — écoles primaires ; — salles d'asile ; — institution des sourds-muets et des aveugles. = Cultes ; — congrégations religieuses. = Art de guérir ; — écoles de médecine ; — réception des officiers de santé, pharmaciens, herboristes et sages-femmes ; — vaccine ; — épidémies ; eaux thermales ; — médecine vétérinaire ; — école vétérinaire d'Alfort. = Recrutement de l'armée ; — affaires militaires. = Inscription maritime. = Garde nationale. = Pompiers.

BUREAU DE POLICE. MM. Vincent, *chef de bureau;* Masurel, *commis de 1re classe;* Trenois, *commis de 3e classe;* Torck, *surnuméraire.*

ATTRIBUTIONS. Police générale, municipale et rurale ; — gardes-champêtres, gardes-messiers, gardes particuliers. = Prisons. — maison centrale de force et de correction ; — maisons de justice, d'arrêt et de correction ; — dépôts de sûreté = Règlements de police. = Crimes, délits, événements, incendies. = Surveillance des forçats et condamnés libérés, des mendiants, vagabonds et des filles publiques. = Asiles d'aliénés. = Commissions sanitaires des ports de Dunkerque et Gravelines. = Débits de boissons. = Surveillance des voyageurs et des réfugiés étrangers. — Passeports à l'étranger ; — passeports gratuits ; — passeports avec secours de route ; — permis de chasse ; — louveterie. = Échenillage = Départs d'ouvriers pour l'Afrique ;— transports d'armes et de poudre. — Belles actions, traits de courage et de dévoûment.

Troisième division. — M. Devaux, *chef de divisson.* — BUREAU DES TRAVAUX PUBLICS. MM. Petit, *chef de bureau;* Bailloeul, *chef de bureau;* Dupire, *commis de 1re classe;* Botto, *commis de 2e classe;* Mallebrancq fils, *idem;* Landrieu, *commis de 3e classe;* Decourchelle, *idem;* Cornée (Ferdinand), *commis de 4e classe;* Ducroc, *surnuméraire.*

ATTRIBUTIONS. Routes impériales et départementales. = Chemins de fer. = Navigation ; — rivières et canaux navigables ; — Ports maritimes. = Desséchements. = Moulins à eau et usines ; — leur établissement sous les rapports hydrauliques. = Grande voirie ; — police ;

— roulage ; — barrières de dégel ; — alignements ; — amendes, etc. ; — personnel du service des ponts-et-chaussées. = Bacs et bateaux ; — droits de navigation ; — péages ; — concessions ; — expropriation pour cause d'utilité publique. = Concessions de mines et usines ; — traitement des substances minéralogiques ; — police et surveillance des exploitations, — redevances fixes et proportionnelles ; — ouverture et exploitation des carrières, tourbières, etc. = Rivières non navigables ; — police et entretien. = Etablissements insalubres et incommodes ; — formation ; — contentieux. = Reconnaissance, établissement, réparation et entretien des chemins vicinaux ; — contentieux et exécution de la loi du 21 mai 1836. = Police de la petite voirie : chemins non grandes routes, voirie urbaine, confection des plans d'alignement des rues des villes. = Travaux départementaux, communaux et d'hospices ; — examen des projets, surveillance et règlement des travaux ; — comptabilité, etc. = Servitudes imposées à la propriété pour la défense des places ; — instruction des affaires ; — poursuites des contraventions ; — conférences avec les ingénieurs civils et militaires. = Exécution du traité des limites de la frontière. = Messageries ; — correspondance ; — exécution des règlements relatifs à la visite des voitures publiques.

Bureau de l'Instruction primaire. — MM. Cornaille, *secrétaire de l'inspection ;* Prestat, *employé*.

SECRÉTARIAT DU CONSEIL DE PRÉFECTURE. M. Dupire, chargé de l'enregistrement des requêtes et de la tenue des écritures.

ARCHIVES DU DÉPARTEMENT.

MM. Le Glay, ✻, *archiviste ;* Le Glay, fils, *employé à la section historique ;* Alph. Boussemart, *employé à la section administrative*, Delmote.

ARCHIVES COMMUNALES.

Par arrêté de M. le Prefet, en date du 22 janvier 1849, la commission chargé de la régularisation et de la bonne tenue des archives des communes et des établissements de bienfaisance du département du Nord, a été réorganisée.

Elle est composée ainsi qu'il suit :

MM. le secrétaire-général de la préfecture, *président ;* Mimerel (C. ✻), membre du conseil général ; Jules Brame, membre du conseil général ; Ed. Defontaine, ✻, ancien président du tribunal, membre du conseil général ; de Hamel-Bellenglise, membre de la commission historique ; Le Glay, ✻, archiviste du département, *secrétaire*.

Imprimeur de la préfecture, M. L. Danel, à Lille, Grande-Place.

Huissier de la préfecture, le sieur Palliez. — *Huissier du conseil de préfecture*, le sieur Desmulliez. — *Concierge de l'hôtel*, veuve Guillan. — *Concierge des bureaux*, le sieur Delesalle.

SOUS-PRÉFECTURES.

Les Sous-Préfectures ont été instituées en même temps que les Préfectures par la loi du 28 pluviôse an VIII.

Le siége de la Préfecture du Nord, a été, à l'origine, fixé à Douai, et des Sous-Préfectures ont été établies dans les chefs-lieux d'arrondissement de Dunkerque, Hazebrouck, Lille, Cambrai et Avesnes. Aux termes de l'article 12 de la loi précitée, il n'y a point de Sous-Préfecture dans le chef-lieu du département.

A partir du 1er. vendémiaire an XIII, la Préfecture a été transférée à Lille. La Sous-Préfecture de Lille a été en même temps supprimée, et l'arrondissement de Douai a reçu l'établissement d'une Sous-Préfecture.

En 1824, l'arrondissement de Douai a été divisé en deux parties et un septième arrondissement de Sous-Préfecture, ayant Valenciennes pour chef-lieu, a été formé dans le département.

Nous croyons qu'on lira avec intérêt la liste chronologique ci-après des magistrats qui ont occupé les diverses Sous-Préfectures du département.

MM. DUNKERQUE.

Schadet (Louis-Philippe), nommé à la création, le 18 floréal an VIII, depuis député.

Deschodt, nommé le 31 janvier 1806, en remplacement de M. Schadet.

Sagniel (Alexandre), nommé le 15 avril 1815, en remplacement de M. Deschodt.

Deschodt, nommé le 6 juillet 1815, en remplacement de M. Sagniel.

Coffyn-Spyns, maire de Dunkerque, député, nommé le 22 novembre 1824, en remplacement de M. Deschodt, démissionnaire.

Gaspard, maire de Dunkerque, nommé le 23 août 1830, en remplacement de M. Coffyn-Spyns.

Randouin, ancien sous-préfet de Blaye, nommé le 7 août 1833, en remplacement de M. Gaspard, appelé à la sous-préfecture de St.-Omer.

Leroy (Pierre), sous-préfet de Saint-Gaudens, nommé le 22 juin 1845, en remplacement de M. Randoin, nommé secrétaire-général du Nord.

Quintard, sous-préfet de Béziers, nommé le 21 février 1847, en remplacement de M. Leroy, nommé à Bayonne.

De Bry, secrétaire-général du Nord, nommé sous-commissaire du Gouvernement provisoire, le 14 mars 1848, et sous-préfet le 23 juillet suivant.

Rampand, ancien chef de bureau au ministère de la guerre, nommé le 9 octobre 1848, en remplacement de M. De Bry, appelé à la préfecture de Vaucluse.

Paillard, sous-préfet de Forcalquier, nommé le 1er décembre

1851, en remplacement de M. Rampand, appelé à la préfecture de la Lozère.

MM. HAZEBROUCK.

VANKEMPEN (Chrysostôme), de Dunkerque, ex-membre du conseil des anciens, député, nommé à la création, le 18 floréal an VIII.

DEQUEUX-ST.-HILAIRE, nommé le 25 thermidor an X, en remplacement de M. Vankempen.

DE GHESQUIÈRE, nommé le 24 juillet 1811, en remplacement de M. Dequeux, nommé député.

MABON BEAULIEU, nommé le 14 avril 1815, par M. de Costaz, commissaire de l'Empereur en mission dans la 16e division militaire.

DECLERCQ, nommé par l'Empereur le 15 avril 1815.

REVEL DE ST.-MARS, nommé provisoirement le 26 juin 1815, par M. Costeja, administrateur de la 16e division militaire, en remplacement de M. Mahon-Beaulieu, révoqué.

CASTREZ, ancien inspecteur des contributions en Hollande, nommé par la commission de gouvernement, le 2 juillet 1815.

DE GHESQUIÈRE, nommé le 26 juillet 1815.

DEQUEUX-ST.-HILAIRE, nommé en 1820.

ROYER, ancien auditeur au conseil d'Etat, nommé le 21 août 1822, en remplacement de M. Dequeux-St.-Hilaire.

SAULLAY DE LAISTRE, secrétaire particulier du Préfet du Nord, nommé le 29 septembre 1824, en remplacement de M. Royer, nommé à Valenciennes.

DEQUEUX-ST.-HILAIRE, nommé en 1830.

GOURDIN, maire de Dunkerque, membre du Conseil général, nommé le 12 février 1843, en remplacement de M. Dequeux-St.-Hilaire, admis à faire valoir ses droits à la retraite.

CUINAT, chef de division à la préfecture du Pas-de-Calais, nommé le 12 mai 1846, en remplacement de M. Gourdin, nommé à St.-Pol.

GOURDIN, ancien sous-préfet de St.-Pol, nommé le 24 mars 1838, en remplacement de M. Cuinat, révoqué.

LECLERC, ancien chef de cabinet, nommé le 1er décembre 1851, en remplacement de M. Gourdin.

MM. LILLE.

SCRIVE (Albert), nommé le 18 floréal an VIII. Création.

ARBORIO, nommé le 21 ventôse an XI, en remplacement de M. Scrive, décédé le 6 ventôse an XI.

MASCLET a rempli l'intérim du 1er. pluviôse an XII jusqu'au 1er. vendémiaire an XIII, époque de la translation du siége de la préfecture de Douai à Lille (1).

(1) D'après l'article 12 de la loi du 28 pluviose an VIII, il ne devait point y avoir de sous-préfecture dans le chef-lieu du département, — Mais l'article 15 du décret du 26 décembre 1809, revenant sur cette disposition, a ordonné qu'il serait placé près du préfet de chaque departement un auditeur au conseil d'État qui aurait le titre et ferait les fonctions de sous-préfet de l'arrondissement chef-lieu.

Une ordonnance du 20 décembre 1815 a supprimé ces sous-préfectures.

Desjardins, auditeur au conseil d'Etat, nommé le 14 janvier 1811.

Godeau-d'Entraigues, auditeur au conseil d'Etat, nommé le 30 janvier 1812.

Intérim rempli, à dater du 27 mai 1813, par M. Cardon de Garsignies, maire de Ligny et depuis sous-préfet de Cambrai.

Barthélemy, ancien sous-préfet, nommé le 30 juillet 1814, en remplacement de M. Cardon de Garsignies.

Reynaud (Armand), nommé le 20 avril 1815, en remplacement de M. Barthélemy.

Sers (Jean-André), nommé le 10 juin 1815, en remplacement de M. Reynaud.

Barthélemy, nommé le 23 août 1815, en remplacement de M. Sers.

Le 20 décembre 1815, une ordonnance a supprimé la Sous-Préfecture de Lille.

Un décret du 2 juillet 1853 a rétabli les secrétaires-généraux auprès de huit Préfectures de 1re classe, et a décidé que les secrétaires-généraux indépendamment des fonctions qui leur ont été attribuées par les lois et règlements, rempliraient aussi celles de Sous-Préfet de l'arrondissement, chef-lieu du département.

M. Demangeot a été nommé secrétaire général sous-préfet à Lille.

M. Grimaldi des Beaux, sous-préfet d'Aix, nommé aux mêmes fonctions le 29 octobre 1853, a succédé à M. Demangeot nommé sous-préfet d'Aix. — Les fonctions de sous-préfet dans les chefs-lieux de préfecture ont été supprimées par décret du 29 décembre 1854, mais celles de secrétaire-général ont été maintenues.

MM.

CAMBRAI.

Prouveur de Pont, nommé à la création par décret du 18 floréal an VIII.

Dumolard (Jean-Vincent), ancien législateur, nommé le 29 germinal an XII, en remplacement de M. Prouveur.

Demasur (Louis-Charles), conseiller de Préfecture du Nord, nommé le 30 janvier 1806, en remplacement de M. Dumolard.

De Fitte de Soucy, auditeur au conseil d'Etat, nommé le 7 avril 1813, en remplacement de M. Demasur.

Cardon de Garsignies, nommé le 9 septembre 1814, en remplacement de M. de Fitte de Soucy.

Ducros (Louis), nommé le 15 mars 1815, en remplacement de M. Cardon de Garsignies.

Cardon de Garsignies, nommé le 6 juillet 1815, en remplacement de M. Ducros.

Farez, ancien procureur du roi, nommé le 6 août 1830, en remplacement de M. Cardon de Garsignies.

De Grouchy, ingénieur des ponts-et-chaussées, nommé le 20

août 1830, en remplacement de M. Farez, nommé procureur général.

Petit de Bantel, sous-préfet d'Oloron, nommé le 30 juillet 1832, en remplacement de M. de Grouchy, nommé à Bayeux.

Doumet de Siblas, sous-préfet de Montreuil, nommé le 24 juillet 1837, en remplacement de M. Petit de Bantel, nommé à la préfecture de l'Ariège.

Fresneau, sous-préfet de Redon, nommé le 6 juin 1840, en remplacement de M. Doumet de Siblas.

De Contencin, secrétaire-général du Nord, nommé le 20 mai 1845, en remplacement de M. Fresneau, nommé préfet de la Corse.

Bertin, sous-préfet de Fougères, nommé le 25 décembre 1847, en remplacement de M. de Contencin, appelé à la préfecture du Cantal.

Farez (Eug.), nommé provisoirement le 13 mars 1848, en remplacement de M. Bertin, révoqué.

Delebecque, avocat, nommé le 23 juillet 1848, en remplacement de M. Farez, nommé sous-commissaire du gouvernement provisoire.

MM. AVESNES.

Prissette (Théodore), nommé à la création, le 18 floréal an VIII.

Mallarmé, ancien législateur, nommé le 20 avril 1815, en remplacement de M. Prissette.

Prissette, nommé le 7 juillet 1815, en remplacement de M. Mallarmé.

Le Vicomte De Bardonnenche, nommé par ordonnance royale, le 20 février 1820, en remplacement de M. Prissette.

Culhat, maire d'Avesnes, nommé le 11 septembre 1830, en remplacement de M. de Bardonnenche, démissionnaire.

Pescatore, secrétaire-général du Nord, nommé le 8 octobre 1831, en remplacement de M. Culhat, démissionnaire.

Dausse, sous-préfet de Doullens, en remplacement de M. Pescatore, réintégré dans les fonctions de secrétaire-général.

Hannoye (Désiré), nommé sous-préfet provisoire, le 8 mars 1848.

Pillot lui succède la même année.

Meunier (Valéry), avocat, nommé le 3 juillet 1848, en remplacement de M. Dausse.

Gasc, ancien chef d'institution, nommé le 10 décembre 1850, en remplacement de M. Meunier.

Fournier (Gabriel), ancien secrétaire-général du Nord, sous-préfet de Gaillac, nommé le 27 février 1855, en remplacement de M. Gasc.

MM. DOUAI.

Masclet (Am.), nommé le 1er vendémiaire an XIII, par suite de la création de la sous-préfecture de Douai; la préfecture, d'abord établie en cette ville, ayant été transférée à Lille.

De Croy-Chanel, nommé le 24 juillet 1811, en remplacement de M. Masclet.

De Latour-D'Auvergne, nommé le 9 septembre 1814, en remplacement de M. De Croy.

De Lamarre (Charles), nommé le 27 janvier 1815, en remplacement de M. de La Tour-d'Auvergne, non acceptant.

D'Aubers (Louis-Marie), nommé le 2 août 1815, en remplacement de M. de Lamarre.

Duplaquet, secrétaire-général du Nord, nommé le 30 avril 1817, en remplacement de M. D'Aubers.

Becquet de Mégille, maire de Douai, nommé le 4 mai 1828, en remplacement de M. Duplaquet, décédé.

Germeau, avocat, chef de division au ministère de la justice, nommé le 19 août 1830, en remplacement de M. Becquet de Mégille.

Mancel, sous-préfet de Lorient, nommé le 1er juillet 1835, en remplacement de M. Germeau, nommé préfet de la Haute-Vienne.

Morand, sous-préfet de Bressuire, nommé le 21 octobre 1836, en remplacament de M. Mancel, nommé préfet de l'Orne.

Poultier, ancien sous-préfet, nommé le 24 juillet 1837, en remplaccment de M. Morand.

Poisson, sous-préfet de Reims, nommé le 23 novembre 1841, en remplacement de M. Poultier.

David, auditeur au conseil d'Etat, nommé le 30 mars 1846, en remplacement de M. Poisson, nommé à Vouziers.

Chartier, maire de Douai, nommé le 13 mars 1848, sous-préfet provisoire.

A. Delebecque, sous-commissaire du gouvernemeut provisoire, nommé le 25 avril 1848, en remplacement de M. Chartier, non acceptant.

Thuillier, avocat, sous-préfet nommé le 23 juillet 1848.

Le baron De Vaux, sous-préfet de Carpentras, nommé le 17 mai. 1852, en remplacement de M. Thuillier, nommé préfet de la Corse.

Le vicomte De Matharel, sous-préfet de St.-Flour, nommé le 4 novembre 1853, en remplacement de M. De Vaux, nommé à Arles.

Garnies, sous-préfet de Castres, nommé le 12 août 1856, en remplacement de M. De Matharel, appelé à la préfecture de la Creuse; depuis préfet des Hautes-Pyrénées.

MM. VALENCIENNES.

Royer, sous-préfet d'Hazebrouck, nommé à la création, le 29 septembre 1824.

Godefroy, sous-préfet de St.-Malo, nommé le 14 mai 1826, en remplacement de M. Royer, nommé à d'autres fonctions.

Waymel, adjoint au maire de Valenciennes, nommé le 16 août 1830, en remplacement de M. Godefroy, démissionnaire.

Jaussaud, ancien négociant, nommé en mars 1834, en remplacement de M. Waymel.

Morisot, sous-préfet d'Issengeaux, nommé le 26 janvier 1837, en remplacement de M. Jaussaud.

Le baron Petit de la Fosse, sous-préfet de Romorantin, nommé le 19 février 1840, en remplacement de M. Morisot, appelé à la préfecture du Cher.

Le comte Malher, sous-préfet de Compiègne, nommé le 5 octobre 1847, en remplacement de M. Petit de la Fosse, appelé à la préfecture de la Creuse.

Dubus, nommé en 1848 sous-commissaire du gouvernement provisoire, président de la commission municipale de Valenciennes.

Lenglé, ancien capitaine d'infanterie, maire de Valenciennes, nommé le 22 juillet 1848, en remplacement de M. Dubus.

M. Larreguy, sous-préfet de Thiers, nommé le 27 mars 1851, en remplacement de M. Lenglé, appelé à la préfecture de la Meuse. —N'a pas été installé.

Mouzard-Sencier, sous-préfet de Saint-Pol, nommé le 10 avril 1851, en remplacement de M. Larreguy.

Lowasy de Loinville, sous-préfet de St.-Quentin, nommé le 4 novembre 1853, en remplacemenu de M. Mouzard-Sencier, nommé préfet de l'Aveyron.

Levert, sous-préfet de St-Omer, nommé le 25 décembre 1856, en remplacement de M. Lowasy de Loinville, appelé à la préfecture des Deux-Sèvres.

Le Masson, sous-préfet de Béziers, nommé le 3 août 1857, en remplacement de M. Levert, appelé à la préfecture de l'Ardèche.

SOUS-PRÉFECTURES ET CONSEILS D'ARRONDISSEMENT (1).

Le Conseil d'arrondissement s'assemble deux fois par an aux époques fixées par le Gouvernement. Les présidents et secrétaires sont nommés, pour chaque année, par le Préfet; ces conseils délibèrent sur les réclamations auxquelles donnent lieu la fixation du contingent de l'arrondissement dans les contributions directes et sur les demandes en réduction formées par les communes. Ils répartissent entre elles les contributions et donnent leur avis sur les divers objets d'intérêt local.

ARRONDISSEMENT DE DUNKERQUE.

Sous-Préfet, M. Gérard, ✻; *secrétaire*, M. Beunier.

Conseil d'arrondissement.

*Bergues,	MM. Hilst, doct.-méd. et maire à Armsbouts-Cappel
*Bourbourg,	Demeunynck, ✻, doct.-méd. à Bourbourg.
**Dunkerque-Est,	Beck, propr. à Dunkerque.
—	Verley, juge d'instruction à Dunkerque.
**Dunkerque-O.,	Mollet, ✻, maire à Dunkerque.
—	Bourdon, négociant, membre de la chamb. de commerce, à Dunkerque.

(1) Les séries pour le renouvellement des conseils d'arrondissement sont indiquées : la première par un astérisque et la seconde par un double astérisque. — La première a été renouvelée en 1855, et la seconde en 1858.

*Gravelines,	MM.	Vanwormhoudt, rentier à Gravelines
*Hondschoote,		Goudaert, notaire à Hondschoote.
**Wormhoudt,		Bergerot, propr. et maire à Esquelbecq.

ARRONDISSEMENT D'HAZEBROUCK.

Sous-Préfet, M. de Monnecove ; *Secrétaire*, M. Hanquier.

Conseil d'arrondissement.

**Bailleul-N.-E.,	MM.	Bieswal, adjoint à Bailleul.
** —		Plouvier, prop. et maire à Steenwerck.
**Bailleul-Sud-O.		Stoppelgast, notaire à Bailleul.
**Cassel.		Desmyttère, prop. et maire à Cassel.
*Hazebrouck-N.,		Lespagnol, juge d'instruction à Hazebrouck.
*Hazebrouck-S.,		Claudorez, cultiv. et maire à Morbecque.
**Merville.		Hennion-Delebecque, not. et maire à Estaires
** —		Verhaeghe, maire de Merville.
*Steenvoorde,		Deschodt, prop. et maire à Terdeghem.

ARRONDISSEMENT DE LILLE.

Conseil d'arrondissement.

*Armentières.	MM.	Castrique, propriétaire à Armentières.
**Cysoing.		Baratte fils, prop. et maire à Templeuve.
**Haubourdin,		Tierce, juge-de-paix à Haubourdin.
**La Bassée,		Leroy-Dubois, cultiv. et maire à Illies.
**Lannoy,		De Brigode, propriétaire à Annappes.
*Lille-Centre,		Dehau, notaire honoraire à Lille.
*Lille-Nord-Est,		Rouzé, ✻, banquier à Lille.
*Lille-Ouest,		Pajot, notaire à Lille.
*Lille-Sud-Est,		Lefebvre, cultivateur à Fives.
*Lille-Sud-O.,		Defontaine, notaire à Lille.
**Pont-à-Marcq,		Des Rotours, ✻, prop. et maire à Avelin.
**Quesnoy-s.-D.,		Lambin, ✻, notaire et maire à Comines.
**Roubaix,		Piat, fabricant à Roubaix.
**Seclin.		Rose, propriétaire à Lille.
*Tourcoing-N.,		Bonduelle-Dalle, cultivateur et fabricant à Bousbecques.
*Tourcoing-S.,		Rousselle-Caulliez, fab. de tapis à Tourcoing.

ARRONDISSEMENT DE CAMBRAI.

Sous-Préfet, M. Villemain (O. ✻) ; *secrétaire*, M. Pourpoint.

Conseil d'arrondissement.

*Cambrai-Est,	MM.	Leroy, notaire à Cambrai.
*Cambrai-O.,		Monier, propr. à Aubencheul-au-Bac.
*Carnières,		Senez, brasseur à Beauvois.
**Clary,		Vatin, propriétaire à Haucourt.
—		Beauchard, propr, et maire de Ligny.

*Le Cateau,	MM. Seydoux, A., ✻, manuf. et maire au Cateau
* —	Carlier, médecin au Cateau.
**Marcoing.	Boulanger, propriétaire à Doignies.
**Solesmes,	Decaux, juge-de-paix à Solesmes.

ARRONDISSEMENT D'AVESNES.

Sous-Préfet, M. Bordez; *secrétaire*, M. Michaux.

Conseil d'arrondissement.

**Avesnes-N.,	MM. Devise, propr. à Saint-Hilaire.
**Avesnes-Sud,	Hulin, brasseur et maire à Cartignies.
**Bavai,	Coulmon, notaire et maire à Bavai.
**Berlaimont,	Delcroix, juge-de-paix à Berlaimont.
*Landrecies,	Béthune, juge-de-paix à Landrecies.
*Le Quesnoy-E.,	Lefebvre-Douay, propr. au Quesnoy.
*Le Quesnoy-O.,	Honoré, juge-de-paix au Quesnoy.
**Maubeuge,	Walrand, notaire à Maubeuge.
*Solre-le-Chât.,	Lhomme, propriétaire à Liessies,
*Trélon,	Stocquelet, notaire à Wignehies.

ARRONDISSEMENT DE DOUAI.

Sous-préfet, M. Am. Génin, ✻; *secrétaire*, M. Parsy.

Conseil d'arrondissement.

**Arleux,	MM. Cany, négociant et maire à Arleux.
*Douai-Nord,	Lequien, docteur en médecine à Douai.
* —	Bommart, propriétaire à Douai.
*Douai-Ouest,	Lecq, fabricant et maire à Lambres.
* —	De Guerne, cons. à la Cour imp. à Douai.
*Douai-Sud,	Fiévet, fabricant et maire à Masny.
**Marchiennes,	Morelle, cultivateur et maire à Somain.
** —	Théry, notaire à Marchiennes.
**Orchies,	Josson-Mullié, brasseur à Orchies.

ARRONDISSEMENT DE VALENCIENNES.

Sous-Préfet, M. Levainville; *secrétaire*, M. Gomez père.

Conseil d'arrondissement.

*Bouchain,	MM. Delinselle, fabricant et maire à Denain.
* —	Bouchez, notaire à Bouchain.
*Condé,	Mention, maire de Condé.
*St-Amand r.-d.,	Baligand, propr. à Mortagne.
* — r.-g.,	N...
**Valenciennes-E.	Bracq, propr. et maire à Valenciennes.
**Valenciennes-N.	N....
** —	Blanquet, fabricant et maire à Famars.
**Valenciennes-S.	Dupire, notaire à Valenciennes.

SERVICES PUBLICS ET DÉPARTEMENTAUX.

CORPS IMPÉRIAL DES PONTS-ET-CHAUSSÉES.

PERSONNEL.

SERVICE DES ROUTES, DE LA NAVIGATION ET DES IRRIGATIONS ET DESSÉCHEMENTS.

MM. Kolb, ✻, *ingénieur en chef du département*, à Lille; Menche de Loisnes, ✻, *ingénieur ordinaire*, chargé du service des routes et de la navigation, à Lille; Pigault de Beaupré, ✻, *idem*, à Dunkerque; Lermoyez, ✻, *idem*, à Cambrai; Bertin, ✻, *idem*, à Douai; Masquelez, ✻, *idem*, à Valenciennes; Drouets, *idem*, à Avesnes.

Conducteurs embrigadés. — *Conducteurs principaux*. MM. Dubrulle, à Douai; Coupey, à Lille.—*Conducteurs de* 1re. *classe*, MM. Landremont, à Douai; Labbé, à Valenciennes; Dorchies (Eloi), à à Lille; Flament, Langangne, à Lille.— *Conducteurs de* 2e. *classe*, MM. Dhaisnes, à Valenciennes; Bélanger, à Condé; Surbayrolles, Chaponnière, à Cambrai; Dorchies (Louis), à Lille; Bonneau à Avesnes; Szmurlo, à Lille; Monchovet, au Quesnoy; Parsy aîné, à Valenciennes. — *Conducteurs de* 3e. *classe*, MM. Daillier, à Lille; Chantraine, à Orchies; Daigremont, à Dunkerque; Dupont, à Avesnes; Jouin, à Cambrai. — *Conducteurs de* 4e. *classe*, MM. Hacard, à Cambrai; Mary, à Avesnes; Cuvelier à Dunkerque; Deregnaucourt, à Hazebrouck; Delhaye, Pons, à Douai; Macaigne, à Merville; Legendre, Versmée, à Lille; Catelot, à Avesnes; Annoot, à Cassel.

Conducteurs auxiliaires, MM. Woszezettovicz, Passage, à Avesnes, Villette, Honoré, à Cambrai; Petit, Foucart, à Dunkerque; Arduin, à Douai; Alavoine, à Lille; Parsy (Achille), à Valenciennes; Drouets, Prosper, à Avesnes; Warin, à Lille, Verlinde, à Dunkerque; Lallemand, à Avesnes; Heughebart, Cufay, à Lille; Caroulle, à Dunkerque.

SERVICE SPÉCIAL DE LA NAVIGATION.

Ligne de la Belgique sur Paris. MM. Raymond-Legrand, ✻, *ingénieur en chef*, à Compiégne; Lermoyez, ✻, *ingénieur ordinaire* (service de l'Escaut, du canal de Mons et de la première section du canal de Saint-Quentin), à Cambrai; Drouets, *ingénieur ordinaire* (service du contrôle de la Sambre canalisée), à Avesnes; Laterrade, *ingénieur ordinaire* (service de la 2e section du canal de Saint-Quentin, contrôle du canal de la Sambre à l'Oise), à Saint Quentin;.— *Conducteurs embrigadés*. M. Vilmont, de 1re. classe à Compiègne; Huré, de 2e classe, à Condé, Mochet, idem, à Valenciennes; Chaponnière, idem, à Cambrai; Malézieux, idem, à Nauroy (Aisne); Daudré, de 3e. classe, Hérouard, de 4e. classe, à Cambrai; Maleziéux fils, de 3e. classe, Bertrand, de 4e. classe, à Saint-Quentin. — *Conducteurs auxiliaires*, MM. Huriez, Benoni à Condé; Baron, Testard, à Saint-Quentin; Goursault, employé secondaire à Avesnes.

SERVICE DES PORTS.

MM. Gojard (O. ✻), *ingénieur en chef*, à Dunkerque; Plocq, ✻, *ingénieur ordinaire des ports de Dunkerque et de Gravelines*, à Dunkerque. — *Conducteurs embrigadés*, MM. Maréchal, de 1re. classe; Brandt, Pauwels, de 4e. classe, à Dunkerque; Aligard, de 3e. classe, à Gravelines. — *Conducteur auxiliaire*, M. Caroulle, à Gravelines. — *Officiers de port*, MM. Conseil, ✻, capitaine de 2e. classe; Taris, lieutenant de port de 2e. classe; Petyt, idem, de 2e. classe, à Dunkerque, Bommelaer, maître de port de 2e. classe, à Gravelines.

GRANDES ROUTES.

Les grandes routes qui existent dans le département du Nord sont au nombre de trente-cinq, dont quinze routes impériales et vingt-quatre routes départementales. Nous en donnons ci-après le tableau :

N.os des routes.	Classe.	DÉNOMINATION.	LONGUEUR en pavé.	LONGUEUR en empierrement.	Longueur dans le départ.
		ROUTES IMPÉRIALES.	k.	k.	k.
2	1.re	De Paris à Maubeuge et à Bruxelles par Mons	27.71	8.18	35.89
16	2.e	De Paris à Dunkerque	54.36	0.11	54.47
17	2.e	De Paris à Lille et à Ostende	96.19	»	96.19
25	3.e	Du Hâvre à Lille	15.41	»	15.41
29	3.e	De Rouen à Valenciennes	55.07	»	55.07
39	3.e	De Montreuil-sur-Mer à Mézières	29.63	10.29	39.92
40	3.e	De Paris à Dunkerque et à Menin par Bruges et Ypres	34.31	»	34.31
41	3.e	De Saint-Pol à Lille et Tournai	40.13	»	40.13
42	3.e	De Lille à Boulogne	53.15	2.42	55.57
43	3.e	De Bouchain à Calais	27.94	»	27.94
44	3.e	De Châlons-sur-Marne à Cambrai	4.30	2.39	6.69
45	3.e	De Marles à Valenc. et à Tournai	44.75	13.94	58.69
48	3.e	De Valenciennes à Condé et à Gand	18.12	»	18.12
49	3.e	De Valenciennes à Maubeuge et à Philippeville	25.98	16.55	42.53
50	3.e	De Douai à Arras	3.95	»	3.95
		TOTAUX	531.00	53 88	584.88

Nos des routes.	DÉNOMINATION.	LONGUEUR en pavé.	en empierrement.	Longueur dans le départ.
	ROUTES DÉPARTEMENTALES.	k.	k.	k
1	De Lille à Valenciennes.............	25.980	»	25.980
2	De Lille à Ypres..................	15.322	»	15.322
3	De Douai à Tournai................	16.101	»	16.101
4	De Cambrai à Tournai..............	18.624	»	18.624
5	D'Avesnes à Philippeville......... ..	0.555	15.610	16.165
6	De Landrecies à Chimay............	6.150	34.020	40.170
7	De Condé à Mons..................	9.030	»	9.030
8	De Condé à St-Amand	12.250	»	12.250
9	De Lille à St-Omer	46.470	»	46.470
10	De Valenciennes à Bohain......... .	42.130	»	42.130
11	De Cambrai à Guise................	18.663	»	18.663
12	D'Avesnes au Quesnoy..............	8.350	19.350	27.700
13	De Maubeuge à Maroilles...........	»	19.908	19.908
14	De Lille à Courtrai................	22.300	»	22.300
15	De Dunkerque à Furnes	0.680	12.950	13.630
16	De La Bassée à Estaires........ ...	0.280	4.890	5 170
17	D'Hazebrouck à Aire...............	»	7.086	7.086
18	De Béthune à Armentières..........	»	2.890	2.890
19	De Roubaix à Tournai et Saint-Amand.	43.570	»	43.570
20	De Cassel à la frontière...........	11.340	»	11.340
21	De Bergues à St-Momelin...........	3.718	22.871	26.589
22	De Lille à Tourcoing	9.105	»	9.105
23	De Cambrai à la frontière........ ...	19.235	34.359	53.594
24	D'Hélesmes à Denain	7.161	»	7.161
	TOTAUX........	337.014	173.934	510.948

CHEMINS DE FER.

Il existe dans ce département plusieurs lignes des chemins de fer. Nous les indiquons ci-après :

CHEMIN DE FER DE PARIS A LA FRONTIÈRE DE BELGIQUE ET AU LITTORAL.

Cette ligne, concédée par la loi du 15 juillet 1845 à la Compagnie du chemin de fer du Nord, est entièrement terminée ; elle est livrée à l'exploitation sur toute son étendue.

EMBRANCHEMENTS.

Un décret du 19 février 1852 a approuvé une convention du même jour, par laquelle la Compagnie du chemin de fer du Nord s'est engagée à construire à ses frais :

1° Un chemiu de fer partant de Saint-Quentin et dirigé vers la frontière belge, au-delà de Maubeuge, où il doit se relier avec le chemin de Charleroy à Erquelines ;

2° Un chemin de fer qui, se séparant du chemin de Saint-Quentin à Maubeuge, en un point voisin du Câteau, ira se relier à la ligne principale du chemin de fer du Nord à Somain.

Ces embranchements sont terminés et livrés à l'exploitation.

CHEMIN DE FER D'HAUTMONT A MONS.

Un décret impérial du 19 août 1854 a concédé cette ligne à M. le baron James de Rothschild et à la Société générale pour favoriser l'industrie nationale de Belgique. Le terme de la concession est fixé au 15 septembre 1946. Les travaux sont terminés et le chemin est livré à la circulation. Il est exploité par la Compagnie du Nord.

CHEMIN DE FER DES HOUILLÈRES DU PAS-DE-CALAIS.

Un décret du 26 juin 1857 a concédé sous ce titre à la Compagnie du Nord, une ligne dirigée d'Arras sur Hazebrouck par Lens, Béthune, Lillers (Pas-de-Calais) et Thiennes (Nord), avec embranchement de Lens par Ostricourt. Cette ligne est actuellement en construction.

Ces diverses lignes font partie du réseau général du Nord.

Ingénieurs de la Compagnie du Nord. — MM. Couche, ✻, ingénieur en chef, chargé des travaux et de la surveillance, à Paris; Petiet (O. ✻), ingénieur, chef du service d'exploitation et du matériel, à Paris; Boucher, ✻, ingénieur des ponts-et-chaussées, chargé des travaux et de la surveillance, à Paris; Alquié, ingénieur du matériel et de la voie, à Paris.

LIGNES SPÉCIALES.

D'Anzin à Somain. Cette ligne a été construite aux frais de la Compagnie des mines d'Anzin, qui en a obtenu la concession par ordonnances des 24 octobre 1835 et 8 octobre 1846;

D'Aniche à Somain; ligne concédée à la Compagnie des mines d'Aniche par décret du 18 février 1850;

De Ferrière-la-Grande à Rousies sur la ligne de Saint-Quentin à Erquelines. Cet embranchement, dont la construction est commencée, a été concédé à M. Dumont, ✻, maître de forges à Ferrière-la-Grande, par décret impérial du 23 avril 1859. Il paraît susceptible n'être prolongé dans la direction de Fourmies et Hirson.

Service du contrôle de l'exploitation des chemins de fer du Nord.

MM. de Fourcy, ✻, ingénieur en chef, à Paris; Brame, ✻, ingénieur ordinaire des ponts-et-chaussées, à Paris; Cléry, ✻, ingénieur ordinaire des mines, idem; Debray, conducteur embrigadé, à Lille.

Inspecteurs de l'exploitation commerciale. MM. le baron de Condé (O. ✻), inspecteur principal, à Paris; Marie, inspecteur particulier, à Douai.

Service de contrôle des travaux des embranchements.

MM. Mangeot, ✻, ingénieur en chef, à Paris; Masquelez, ✻, innieur ordinaire, à Valenciennes, chargé de l'embranchement de Ferrière-la-Grande; Quaisies, ingénieur ordinaire, à Saint-Omer, chargé de la ligne de Lens à Hazebrouck; Jussy, ingénieur ordinaire, à Arras, chargé des lignes d'Arras à Lens et de Lens à Ostricourt (Nord).

Service de contrôle des lignes spéciales d'Anzin à Somain et d'Aniche à Somain.

MM. Boudousquié, ✻, ingénieur en chef des mines de Valenciennes; Masquelez, ✻, ingénieur ordinaire des ponts-et-chaussées, à Valenciennes.

Commissaires de surveillance administrative près les chemins de fer dans la traversée du département du Nord.

Chemins de fer du Nord. MM. Niqueux, commissaire de 2e classe, à Lille; Bermond de Vachères, idem, de 4e classe, id.; Hédouin, idem, de 1re. classe, à Valenciennes; Lalande, idem, de 1re. classe, à Douai; Grégoire, idem, de 1re. classe, à Dunkerque; Célariès, de 3e. classe, à Maubeuge; Lemarié, de 4e. classe, à Hazebrouck.

Chemin de fer d'Anzin a Somain. M. Médard, commissaire de 3e. classe. à Anzin.

NAVIGATION.

Les canaux et rivières navigables qui coulent sur le territoire du département du Nord sont au nombre de 27 et forment ensemble un développement de 52 myriamètres 4,668 mètres. Tous sont compris dans le bassin de l'Escaut, à l'exception de la Sambre, qui fait partie du bassin de la Meuse. Voici leur nomenclature et leur description.

N° 1. *Rivière de l'Aa.* — La rivière de l'Aa, venant de Saint-Omer et débouchant dans le port de Gravelines, forme la limite des départements du Nord et du Pas-de-Calais, depuis Saint-Momelin jusqu'à la mer. Sa longueur dans le département est de 25,000 m. Sa largeur, y compris les digues, est de 32 mètres,

N° 2. *Canal de la Colme.* — Ce canal, formé par une dérivation de l'Aa, se sépare de celle-ci à Watten et se dirige sur Bergues, où il verse ses eaux dans le canal de Bergues à Dunkerque. Sa longueur est de 24,180 mètres.

N° 3. *Canal de Bourbourg.* — Ce canal, qui est une autre dérivation de l'Aa, commence à l'écluse du Guindal, au-dessus du village de Saint-Nicolas, et se dirige sur Bourbourg et sur Dunkerque, où il débouche par l'écluse de l'arrière-port et par le sas octogone. Sa longueur est de 21,030 mètres.

N° 4. *Canal de Bergues à Furnes et becque d'Hondschoote.* — Le canal de Bergues à Furnes, ou de Basse-Colme, débouche dans le canal de Bergues à Dunkerque. Sa longueur, depuis la Belgique jusqu'au sas de Bergues, est de 13,770 mètres.

N° 5. *Canal de Dunkerque à Furnes.* — Ce canal est creusé parallèlement à la côte. Sa longueur, dans le département du

Nord, depuis Houtem (Belgique) jusqu'à l'écluse octogone à Dunkerque, est de 13,240 mètres.

N° 6. *Canal de Bergues à Dunkerque.* — Ce canal reçoit dans Bergues les eaux des Haute et Basse-Colme, ainsi que celle des 2e. et 3e. sections de Waeteringues, et les déverse dans le port de Dunkerque. Sa longueur est de 8,701 mètres, sa largeur est de 20 mètres au niveau des eaux et de 30 mètres de crête en crête.

N° 7. *Canal des Moëres.* — Il se divise en deux branches qui communiquent avec le canal de Bergues, l'une par l'écluse de Bernardstreet, l'autre par le sas octogone de Dunkerque. Sa longueur, depuis son origine près du bassin des Moëres jusqu'au sas octogone de Dunkerque, en y ajoutant l'embranchement de Bernardstreet est de 10,320 mètres. Le canal des Moëres, comme canal navigable n'a point d'issue, son principal objet est d'amener dans le canal de la Cunette, par le sas octogone, les eaux de Moëres et d'une partie de la 4e. section des Waeteringues.

N° 8. *Canal de la Cunette.* — Le canal de la Cunette reçoit les eaux du canal des Moëres, traverse le canal de Furnes et une autre branche de communication de ce même canal avec ceux des Moëres et de Bergues, et débouche dans le chenal du port de Dunkerque. Sa longueur, depuis sa jonction avec le canal des Moëres jusqu'à l'écluse à la mer, est de 2,303 mètres. Sa largeur, au fond, est de 12 mètres, et de crête en crête de 44 mètres.

N° 9. *Canal de Mardyck.* — Ce canal n'est plus navigable, mais il reçoit les eaux des canaux de Bourbourg et de Bergues à Dunkerque et sert de réservoir pour alimenter les chasses qui s'opèrent par le canal de dérivation et par l'écluse de la Cunette. Sa longueur, depuis le sas du Mail jusqu'à l'ancienne écluse de Mardyck, est de 3,500 mètres. Sa largeur, au fond, est de 38 mètres, et de crête en crête de 64 mètres.

N° 10. *Canal de Saint-Omer ou de Neuf-Fossé.*—Ce canal forme en partie, vers le sud-ouest, la limite de l'arrondissement d'Hazebrouck et du département du Pas-de-Calais. Sa longueur totale, de la Lys à l'Aa, est de 16,288 mètres.

N° 11. *Rivière de la Lys.*— La longueur de cette rivière, dans le département du Nord, depuis Thiennes jusqu'à Wervicq, est de 55,000 mètres.

N° 12. *Canal de la Nieppe.*— Ce canal, qui est une dérivation de la Lys, se dirige vers l'intérieur de l'arrondissement d'Hazebrouck et se joint au canal d'Hazebrouck, au sas de la Motte-au-Bois. Sa longueur est de 9,335 mètres.

N° 13. *Canal d'Hazebrouck.*— Il s'étend d'Hazebrouck à la Motte-au-Bois, où il se joint au canal de la Nieppe. Sa longueur est de 5,778 mètres. Ce canal n'a point d'écluse.

N° 14. *Canal de Préavin.* — Ce canal commence à la jonction de la Nieppe et du canal d'Hazebrouck, au sas de la Motte-au-Bois, et communique à la rivière de la Bourre, au-dessus de l'écluse du Grand-Dam. Sa longueur est de 2,181 mètres.

N° 15. *Rivière de la Bourre.*— La rivière de la Bourre naît au territoire de Borre, reçoit les eaux du canal de Préavin et a son confluent dans la Lys. Sa longueur, depuis l'écluse du Grand-Dam jusqu'à la Lys, est de 7,646 mètres. Les canaux de la Nieppe, d'Hazebrouck, de Préavin et de la Bourre coupent l'intérieur de l'arrondissement d'Hazebrouck, se lient et forment un système de navigation secondaire et purement local, communiquant par ses deux extrémités avec la Lys.

N° 16. *Rivière de la Lawe.*— Cette rivière n'a qu'une très-petite partie de son cours dans le département du Nord, sur le territoire de La Gorgue, où elle débouche dans la Lys. Sa longueur, depuis la limite du département du Pas-de-Calais jusqu'à son confluent, est de 2,300 mètres.

N° 17. *Canal de la Haute-Deûle.*— Ce canal commence à l'écluse du fort de Scarpe, arrose successivement l'arrondissement de Douai, le département du Pas-de-Calais et l'arrondissement de Lille. Sa longueur, dans le département, est de 46,200 mètres.

N° 18. *Rivière de la Basse-Deûle.*— Cette rivière, qui fait suite à la Haute-Deûle, commence à l'écluse de Saint-André et débouche dans la Lys, à Deûlémont. Sa longueur est de 19,500 mètres.

N° 19. *Canal de la Bassée.*— Ce canal s'étend de celui de la Haute-Deûle à la petite ville de La Bassée et a une longueur totale de 7,152 mètres. La navigation se fait sans écluse.

N° 20. *Canal d'Aire à La Bassée,*— Ce canal, construit en 1823, entre dans le département par La Bassée, où il se termine après un cours d'environ 40,000 mètres, dans le département du Pas-de-Calais. Sa largeur moyenne est de 20 mètres. Il communique avec la Deûle par l'ancien canal de La Bassée, désigné à l'article qui précède.

N° 21. *Canal de Roubaix.*— Ce canal commence à la Basse-Deûle, au village de Marquette, près Lille, traverse le territoire de Roubaix et s'étend jusqu'à la limite de l'arrondissement de Lille et du royaume de Belgique. Sa longueur, y compris celle du souterrain de Croix non encore exécuté, est de 19,070 mètres.

N° 22. *Rivière de la Scarpe.*— Cette rivière a sa source dans le département du Pas-de-Calais, entre dans le département du Nord à peu de distance de Douai, traverse cette ville, celle de Marchiennes et de St-Amand, et se jette dans l'Escaut à Mortagne. Sa longueur, dans le département, est de 43,150 mètres.

N° 23. *Rivière de l'Escaut.*— L'Escaut, qui a sa source dans le département de l'Aisne, traverse les arrondissements de Cambrai et de Valenciennes, et sort du département du Nord, à Mortagne, pour se diriger sur Tournai. Sa longueur, dans le département, est de 63,000 mètres

N° 24. *Canal de Saint-Quentin.* — Ce canal fait communiquer l'Escaut avec la Somme, la mer du Nord avec la Méditerranée et l'Océan. Son développement, de Cambrai à La Fère, est de 96,000 mètres. Sa longueur, dans le département du Nord, est de 21,520 mètres.

N° 25. *Canal de la Sensée.* — Ce canal est tracé de niveau, du bassin rond, sur l'Escaut, au bassin de Brebières, sur la Scarpe. Il fait communiquer la Scarpe avec l'Escaut et fait suite au canal de St-Quentin, dont il est le complément nécessaire. Sa longueur est de 25,000 mètres. La navigation est très-active sur ce canal.

N° 26. *Canal de Mons à Condé.* — La longueur totale de ce canal est de 25,280 mètres. Sa longueur, dans le département du Nord, est de 5,058 mètres.

N° 27. *Rivière de la Sambre.* — Cette rivière est la seule voie navigable dans l'arrondissement d'Avesnes. Sa longueur, depuis Landrecies jusqu'à la limite du département, est de 54,446 mètres.

DESSÉCHEMENTS.

Treize grands systèmes de desséchement existent dans le département du Nord, savoir : celui des Moëres et celui des Waeteringues, dans l'arrondissement de Dunkerque, ceux des prés Duhem et de la vallée de la Haute-Deûle, dans l'arrondissement de Lille; celui de la vallée de la Scarpe, dans les arrondissements de Douai et Valenciennes, ceux des vallées de la Haute et de la Basse-Sambre, dans l'arrondissement d'Avesnes, ceux de la vallée de la Hayne et de l'Escaut, des marais de l'Epaix et de Bruai, des prairies de Mortagne et de Château-l'Abbaye, des prairies de Flines-les-Mortagne, des vallées de la Naville et de la Vergne, dans l'arrondissement de Valenciennes. Ces divers systèmes de desséchement sont régis par des administrations spéciales formées, sous l'autorité du Préfet, entre les propriétaires riverains intéressés.

MOERES.

Les deux lacs connus sous le nom de grande et petite Moëres sont la partie la plus basse d'un vaste bassin situé près de la mer, dans l'arrondissement de Dunkerque et le district de Furnes, province belge de la Flandre occidentale. Ce bassin, borné au nord par le canal de Bergues à Furnes, à l'ouest, par celui de Bergues à Honschoote et à Furnes, contient environ 11,000 hectares dont les Moëres renferment, savoir : les Moëres belges, 1,192 hectares; les Moëres françaises, 1,910 hectares, et la petite Moëre française, 176 hectares; ensemble 3,278 hectares.

Commission administrative. — MM. Delaroïère, ancien maire de Bergues, *président;* Beck, Boutté, Thélu, N... — *Conducteur,* M. Beelkens, aux Moëres; *percepteur,* M. Deman, à Dunkerque.

WAETERINGUES.

On désigne sous ce nom les travaux destinés à soutenir le desséchement et à maintenir les propriétés rurales dans un état de culture et d production. Le pays des waeteringues dans le département du Nord, se compose de toute la lisière maritime de l'arrondissement de Dunkerque, dans une longueur d'environ 3 myriamètres sur 1 myriamètre 8 kilomètres de largeur. Sa surface est de 38,576 hectares.

Les terres dites de waeteringues sont divisées en quatre sections dont chacune est réglée par une administration particulière.

Première section.— Elle comprend toutes les terres bornées par les dunes de Dunkerque à Gravelines, par la rivière de l'Aa et le canal de Bourbourg à Dunkerque. Sa superficie est de 9,186 hectares.

Commission administrative. — MM. N..., *président;* Demarle-Catrice, Vandenbavière, Louf, Caron-Couvreur. — *Conducteur*, H. Vercoustre, à Bourbourg; *percepteur,* M. Demarle fils, à Gravelines; *secrétaire*, M. Mine, à Dunkerque.

Deuxième section. — Elle comprend toutes les terres situées entre le canal de Bourbourg, celui de la Colme et le canal de Bergues à Dunkerque. Sa superficie est de 10,135 hectares.

Commission administrative.— MM. De Foucault-Depaepe, *président;* Hamerel, Hilst, Geersen, Belle.—*Conducteur*, M. Vercoustre, à Bourbourg; *percepteur,* M. Dufossé, à Bourbourg; *secrétaire*, M. Vercoustre.

Troisième section.—Elle comprend toutes les terres basses situées sur la rive droite du canal de la Colme jusqu'au wattergand de Hondergracht. Sa superficie est de 8,468 hectares.

Commission administrative. — MM. Demeezemaker, *président;* A. Carlier, Decrocq, Deleflie, Meezemaeker. — *Conducteur,* H. Hagron, à Bergues; *percepteur,* M. Dehaeze, à Bergues; *secrétaire*, M. Dehaeze.

Quatrième section.— Cette section ne comprend pas le bassin des Moëres, qui en occupe le centre et qui a son administration particulière. Son étendue, tant en France qu'en Belgique, est de 10,727 hectares. La partie française comprend 2,129 hectares.

Commission administrative.— MM. Lemaire, ✻, *président;* Vandewalle, Deblock, Verley, Féron. — *Conducteur*, M. Durand, ✻; *percepteur,* M. Debaeque fils, à Bergues; *secrétaire*, M. Mine, à Dunkerque.

MARAIS DE LA HAUTE-DEULE.

Un décret impérial du 31 août 1858 a concédé à une réunion de propriétaires, le desséchement des marais de la Haute-Deûle d'une superficie de 1,400 hectares. L'association des concessionnaires est régie par une agence administrative composée de cinq membres, ainsi qu'il suit :

MM. N..., *directeur;* Menche, maire d'Haubourdin, *directeur-adjoint;* Léon Lefort, propriétaire à Bauvin; Dillies, propriétaire à

Phalempin, comte d'Hespel, propriétaire et maire à Wavrin, *membres;* Cazier, maire d'Emmerin, et Descamps, filateur à Lille, *membres suppléants.*

PRÉS DUHEM.

Le desséchement des terres, dites prés Duhem, situées le long de la Lys, au territoire d'Armentières, a été concédé à une réunion de propriétaires

Syndicat d'entretien.

Autorisé par décret du 9 avril 1856, constitué par arrêté préfectoral du 23 août 1856.

MM. Castrique, ancien notaire, *directeur;* Rogeau-Planque, *directeur-adjoint;* Ramery-Loire, *syndic;* Ch. Deleplanque et P. Lelong, *syndics-suppléants.*

VALLÉE DE LA SCARPE.

Cette vallée qui s'étend depuis Douai jusqu'au confluent de la Scarpe, à Mortagne, a un développement de 4 myriamètres 8 kilomètres et une superficie de 12,259 hectares.

Cette association est administrée par une commission syndicale unique composée de sept membres et nommée par une assemblée composée des trente propriétaires les plus imposés au rôle de desséchement.

Commission administrative. MM. le baron de Bouteville, *président-directeur;* Dumont, à Douai; André, à Nivelle; Lambrecht, à Montigny; Caudrelier, à Pecquencourt; Lenclud, à Hasnon; Mahieu, idem.— *Percepteurs*, MM. Goube et Vilain; *conducteur*, M. Lefèvre, à Douai.

VALLÉE DE LA HAYNE ET DE L'ESCAUT.

La vallée de la Hayne et de l'Escaut comprend une surface de 3,017 hectares de terres soumises au desséchement.

Commission administrative. MM. Renard, à Fresnes, *président;* Mention, maire, à Condé; Miroir père, à Condé; Delannoy, à Crespin; Defernez, à Hergnies.— *Conducteur*, M. Grimard; *percepteur*, M. Mayeur.

MARAIS DE L'ÉPAIX ET DE BRUAY.

Le marais de l'Épaix est situé sur le territoire extérieur de la ville de Valenciennes, dans l'angle formé par la rivière de l'Escaut et la route de Valenciennes à Saint-Amand; celui de Bruay, situé sur la commune de ce nom, y est contigu. Ils présentent ensemble une surface de 337 hectares.

Commission administrative. MM. Merlin de Beaugrenier, *président;* Ruffin, à Anzin; Hette, à Valenciennes; Moreau, à Saint-Saulve; Miroux, à Bruay.—*Percepteur*, M. Cauvez, à Bruay; *conducteur*, M. Dhaisnes, à Valenciennes.

PRAIRIES DE CHATEAU-L'ABBAYE EE DE MORTAGNE.

Par ordonnance du 24 octobre 1838, les propriétaires des prairies, situées sur les communes de Mortagne et Château l'Abbaye, sur la rive gauche de l'Escaut, sont autorisés à se constituer en syndicat pour concourir à l'entretien et au perfectionnement des ouvrages nécessaires au desséchement de ces prairies.

La société est administrée par une commission composée de cinq membres élus par les treize plus forts propriétaires de l'association.

Commission administrative. MM. Pringal, à Château-l'Abbaye, *président;* Baligand, à Mortagne; Despret-Maurice fils, à Château-l'Abbaye; Baligand (A.), à Mortagne; Fourrez, à Château-l'Abbaye. — *Percepteur*, M. Delsart, à Saint-Amand.

PRAIRIES DE FLINES-LEZ-MORTAGNE.

Un décret du 14 mai 1851, autorise les propriétaires des prairies de Flines-les-Mortagne, situées sur la rive droite de l'Escaut, et du canal du Jard, à se constituer en association syndicale pour le desséchement de ces prairies,

Le syndicat est composé de cinq membres élus par les intéressés.

Syndicat, MM. Baligand, *directeur;* Lecœuvre, *directeur-adjoint;* Hornez, Devaux, Poutre, *syndics;* Cateau, Bouchez, Watteau, *syndics-suppléants.*

Commission spéciale instituée par décret du 9 octobre 1854. MM. Baligand, maire de Mortagne, *président;* Desprez, maire de Château-l'Abbaye, *secrétaire;* André, adjoint au maire de Bruille; Decobecq, cultivateur; Courouble, idem; Donnez, idem; Loiseau, notaire à Mortagne.

VALLÉE DE LA HAUTE-SAMBRE.

Une ordonnance du 19 juin 1837, a autorisé les propriétaires des terrains qui profitent des ouvrages de desséchement dans la vallée de la Sambre, sur le territoire des communes de Landrecies, Locquignol, Maroilles, Sassegnies et Noyelles, à se réunir en syndicat, pour concourir à l'entretien et au perfectionnement des rigoles et ouvrages déjà existants et de ceux qui seraient exécutés par la suite dans l'intérêt de l'une ou de l'autre rive.

Par décret du 14 mai 1851, le territoire du desséchement de la Haute-Sambre est étendu de l'écluse de Landrecies à l'aval de l'écluse de Sassegnies.

Deux syndicats sont établis, l'un pour les territoires situés sur la rive droite de la Sambre, l'autre pour les terrains situés sur la rive gauche. Ils sont administrés chacun par une commission composée de cinq membres élus par l'assemblée des vingt propriétaires du syndicat les plus imposés.

Commission administrative du syndicat de la rive droite. MM.

Berlaimont, *directeur;* le baron de l'Epine, ✻, Dequesne (Valéry), Largillère-Naveau, Mercier (Jules), *membres.*—*Conducteur*, M. Mary (Hector).

Commission administrative du syndicat de la rive-gauche. MM. Applincourt, *directeur;* Boutteau, Boulenger, Sury, Becquet, *membres.*

VALLÉE DE LA BASSE-SAMBRE.

Par décret du 14 mai 1851, les propriétaires des prairies bordant la Basse-Sambre sont autorisés à former une association à l'effet de pourvoir à l'entretien et au perfectionnement des ouvrages destinés à assurer le desséchement de ces prairies. Deux syndicats sont établis : l'un siégeant à Berlaimont pour les terrains situés jusqu'à l'aval de l'écluse d'Hautmont, dans les communes de Sassegnies, Laval, Berlaimont, Aulnoye, Aimeries, Pont-sur-Sambre, Bachant, Boussières, St.-Rémy-Mal-Bâti et Hautmont : l'autre dont le siége est à Maubeuge, pour les terrains existants de l'aval de l'écluse d'Hautmont jusqu'à la frontière, dans les communes de Louvroil, Neuf-Mesnil, Maubeuge, Rousies, Assevent, Recquignies, Boussois, Rocq, Marpent et Jeumont.

Ces syndicats sont administrés chacun par une commision composée de cinq membres et de trois suppléants élus par tous les propriétaires.

Syndicat de Berlaimont. MM. Paul, maire de Berlaimont, *directeur;* Mercier, propriétaire à Berlaimont, *directeur-adjoint;* Lucq, propriétaire à Pont-sur-Sambre; Toussaint, propriétaire à Douai; Lecouvez, propriétaire à Pont-sur-Sambre, *syndics*; de Saint-Aubin, propriétaire à Sassegnies; Corbeau, idem à Boussières; Couplet, idem à Bachant, *syndics-suppléants.*

Syndicat de Maubeuge. MM. N... *directeur;* Hamoir, directeur des hauts fourneaux du Nord, *directeur-adjoint;* Deroisin, maire de Recquignies; Favarcq-Cosson, propriétaire à Maubeuge; Bottieau, ancien notaire, idem, *syndics;* Labbé, maire d'Awoingt; Favrille, de Boussois, Lauthier de Jeumont, *syndics-suppléants.*

VALLÉE DE LA NAVILLE.

Un décret impérial du 6 mai 1854, a concédé à une réunion de propriétaires, le desséchement des terrès marécageuses situées dans la vallée de la Naville, entre Denain et Bouchain.

L'association est régie par une agence administrative composée comme suit :

M. Lebret, ✻, associé-régisseur-gérant de la compagnie des mines d'Anzin, *directeur;* Mathieu, directeur des mines de Lourches, *directeur-adjoint;* Bouchez, notaire à Bouchain; Coquelle, maire de Mastaing; de Maingoval, propriétaire à Douchy, *syndics;* Dronsart, propriétaire à Bouchain; Leriche, maire de Neuville, *syndics-suppléants. Receveur*, M. Minne, percepteur à Bouchain; *conducteur*, M. Defernez.

Commission spéciale instituée par décret du 9 *octobre* 1854. MM. Gouvion père, fabricant de sucre à Denain; Bruneau, maire à Lieu-Saint-Amand; Cartigny, maire à Escaudin; Leroy, maire à Marquette, baron Lahure, maire à Wavrechain-sous-Faulx; Riquet, maire à Douchy; Bouchelet, maire à Lourches.

VALLÉE DE LA VERGNE.

Un décret du 7 juillet 1856 a autorisé les propriétaires des terrains bordant les rivières de la Vergne et compris dans les communes d'Hergnies et de Flines-lez-Mortagne, à se réunir en association syndicale, à l'effet de pourvoir au desséchement de ces terrains.

L'agence est composée de la manière suivante, :

MM. Defernez, *directeur;* Capillon, *directeur-adjoint;* Pouille, *syndic;* Dupriez, Lemer et Haubourdin, *syndics-suppléants.*

Commission spéciale instituée par décret du 6 *juin* 1857. MM. Bonnier, juge-de-paix à Condé; Vitrant, agent-voyer principal à Valenciennes; Prud'homme, géomètre à Vieux-Condé; Defernez (J.-B.), cultivateur à Hergnies; Décourt-Fournier, adjoint à Vieux-Condé; Millescamps (F.), propriétaire à Hergnies; Déveaux (Louis), propriétaire à Flines-lez-Mortagne; *receveur,* M. Delaverrie.

COURS D'EAU NON NAVIGABLES NI FLOTTABLES.

VALLÉE DE LA BASSE-DEULE ET DE LA LYS.

Un arrêté préfectoral du 24 mai 1854, a réuni en association syndicale, les propriétaires interressés à l'entretien et à l'amélioration des ruisseaux de la Longue-Marque, de la becque du Pont-d'Or, du Chien et de la becque de Comines.

L'association est régie par un syndicat composé comme suit :

MM. le maire de Quesnoy-sur-Deûle, *directeur;* de La Chaussée, propriétaire à Lille, Quecq (Arthur), idem, idem; comte de Melun, idem, idem; de Norguet, idem, idem, *membres;* Lambelin, propriétaire et cultivateur; Fauvarque, distillateur, *membres suppléants. — Receveur*, M. Devemy.

SOLRE ET CANAL DE BOURGOGNE.

Par arrêté du 19 février 1855, un syndicat a été organisé pour l'entretien et le curage de ces cours d'eau. Sont membres du syndicat :

MM. Leroy (Alphonse), *directeur;* Bever, notaire; Preux, tanneur; Cowez-Meurant, propriétaire; Bernard (Célestin), rentier; Lamelin, pharmacien, *membres;* Rouez, Zénon, Portement, *membres suppléants.*

CANAUX DES STATIONS, DE L'ARBONNOISE, DE VAUBAN ET DU FOURCHON (LILLE).

Un arrêté de M. le Préfet du 9 août 1854, a constitué une association syndicale pour l'entretien du canal des stations. Un arrêté du 31 juillet

1857, a réuni à l'association les propriétaires interressés au curage et à l'entretien des canaux de l'Arbonnoise, de Vauban et du Fourchon.

Le syndicat est composé de la manière suivante :

MM. N....., *directeur;* Mourmant, ✻; Mille, Bigo, Béghin, Mallet (Louis), Mallet père, Petit-Solignac, Scrive-Labbe, Menche, *membres;* Rogie, Danel, *membres suppléants.* — *Receveur*, M. Badin.

MINES.

Ingénieur en chef chargé du service des mines dans les départements du Nord et du Pas-de-Calais, M. Boudousquié, ✻, à Valenciennes. — *Ingénieurs ordinaires des mines*, M. Dormoy, à Valenciennes, M. Bossey, à Lille. — *Gardes-mines*, MM. Canelle, à Valenciennes; Soyez, à Lille.

Les concessions de mines dans le département du Nord, sont au nombre de 25, dont 20 de charbon et 5 de fer.

MINES DE HOUILLE.

Concession d'Anzin. Cette concession comprend les territoires d'Anzin, Aubry, Trith-St-Léger, Hérin, Oisy, Wavrechain, Denain, Haveluy, Bellaing, Escaudain, Hélesmes, Wallers, Abscon, Somain, Hornaing, Fenain, Wandignies-Hamage. Son étendue est de 118 kilomètres 518 mètres carrés.

Concession de Fresnes. Elle comprend les territoires de Fresnes, Odomez et Escaupont. Son étendue superficielle est de 20 kilom. 137 mètres carrés, moins les fortifications de Condé.

Concession de Vieux-Condé. Elle comprend les territoires de Condé, Vieux-Condé et Hergnies. Son étendue est de 39 kilom. 64 mètres carrés.

Concession de Raismes et de Valenciennes. Elle comprend les territoires de Raismes, Valenciennes, Anzin, Beuvrages et Bruai. Sa superficie est de 48 kilomètres 197 mètres carrés.

Concession de Saint-Saulve. Elle comprend les territoires de St.-Saulve, Valenciennes, Marly, Etrœux, Sebourg, Rombies, Onnaing, Quarouble, Marchipont, Escaupont, Vicq et Crespin. Sa surface est de 70 kilomètres carrés.

Concession de Denain. Elle comprend une surface de 13 kilomètres carrés et 43 hectares 72 ares, situés sur les territoires de Denain, Escaudain, Lourches, Trith-Saint-Léger, Prouvy, Haulchin et Wavrechain.

Concession d'Odomez. Cette concession comprend une superficie de 316 hectares, situés sur Brulle et Odomez.

Concession d'Aniche. Cette concession comprend les territoire d'Aniche, Auberchicourt, Villers-Campeau, Bruille, Pecquencourt, Ecaillon, Erchin, Lewarde, Montigny, Roucourt, Guesnain, Lallaing, Dechy, Sin, Waziers, Raches, Corbehem (Pas-de-Calais), Courchelettes et Lambres. Sa surface est de 118 kilomètres 508 mètres carrés.

Concession de Douchy. Elle comprend 34 kilomètres carrés et 19 hectares 28 ares, situés sur Mastaing, Rœulx, Bouchain, Neuville-sur-l'Escaut, Escaudain, Lourches, Douchy et Haulchin.

Concession de Bruille. Elle comprend 403 hectares, situés sur Bruille et limités par l'Escaut, la chaussée Brunehaut et la concession d'Odomez. Cette concession a été accordée à MM. Dubois, Carpentier, Cavrois et compagnie, par ordonnauce du 6 octobre 1832.

Concession de Château-l'Abbaye. Elle comprend 9 kilomètres carrés 16 hectares, situés sur Nivelles, Flines, Mortagne, Thun et Château-l'Abbaye. Cette concession a été accordée à la compagnie propriétaire des mines de houille de Bruille, par ordonnance du 18 août 1836.

Concession de Crespin. Elle comprend 28 kilomètres carrés 42 hectaress, situés sur Crespin, Onnaing, Sebourg, Quiévrechain, Quaroube et Rombies. Cette concession a été accordée à M. Libert, par ordonnance du 27 mai 1836.

Concession de Marly. Elle comprend 33 kilomètres 13 hectares carrés, situés sur Moncheaux, Famars, Maing, Aulnoy, Marly, St-Saulve et Thiant. Cette concession a été accordée à MM. Mejean, Moreau, Communeau, Jouffroy et Ducas, par ordonnance du 8 décembre 1836.

Concession d'Hasnon. Elle comprend 14 kilomètres carrés 88 hectares 3 ares, sur Wandignies, Hélesmes, Wallers, Hasnon. Cette concession a été accordée à MM. Bris, Dutilleul et consors, par ordonnance du 23 janvier 1840.

Concession d'Azincourt. Elle comprend 9 kilomètres carrés 70 hectares, situés sur Abscon, Aniche, Emerchicourt, Monchecourt et Erchin. Cette concession a été accordée par ordonnance du 29 décembre 1840, aux quatre compagnies réunies d'Azincourt, Etrun, Hordain, Carette et Minguet.

Concession de Thivencelles. Elle comprend 8 kilomètres carrés 81 hectares, situés sur Vicq, Quaroube, Thivencelles, St.-Aybert et Crespin. Cette concession a été accordée par ordonnance du 10 septembre 1841, à M. le maréchal de Dalmatie et à sa compagnie.

Concession d'Escaupont. Cette concession, accordée également la Compagnie de M. le maréchal de Dalmatie, par ordonnance du 10 septembre 1841, ne comprend qu'un kilomètre carré 10 hectares sur les territoires de Fresnes, Escaupont et Vicq.

Concession de Saint-Aybert. Elle comprend 4 kilomètres carrés 55 hectares, situés sur Thivencelles et Saint-Aybert. Cette concession a été accordée par ordonnance du 11 septembre 1841, à MM. de Prévalt, Mahérault, Lenglé, Pureur et consors.

Concession de Vicoigne. Elle comprend 13 kilomètres carrés 20 hectares, sur Saint-Amand, Raismes, Hasnon et Wallers. Cette concession a été accordée par ordonnance du 11 septembre 1841, aux quatre compagines réunies de l'Escaut, Cambrai, Bruille et Hasnon.

Concession de l'Escarpelle. Elle comprend 47 kilomètres carrés 21 hectares, sur Douai, Flers, Raches, Roost-Warendin, Raimbeaucourt, Moncheaux, Thumeries, Ostricourt, Auby, Lauwin-Planque, Cuincy (Nord), Carvin, Courcelles et Le Forest (Pas-de-Calais). Elle a été accordée, par décret du 27 novembre 1850 à MM. Soyez, Marc-Douay et consors.

MINES DE FER.

Trélon. La concession des mines de fer des communes de Trélon et d'Ohain, dans une étendue de 16 kilomètres carrés, a été faite à M. de Mérode-Westerloo, par un arrêté du conseil d'Etat, du 25 janvier 1785, confirmé par décret du 19 avril 1813

Il existe sur cette concession deux puits d'extraction pour la mine rouge, et quatre puits d'extraction pour la mine jaune, un fourneau à fondre le minerai, un magasin, un bourd à piler la mine et huit lavoirs.

Glageon. Une ordonnance royale du 24 février 1825 a concédé à la dame veuve Hufty les mines de fer existant sur le territoire de Glageon.

Fourmies. Concession a également été faite à la même dame, par ordonnance du 25 juillet suivant, des mines de fer de Fourmies.

Féron. Les mines de fer existant au territoire de Féron, ont de même été concédées à Mme. veuve Hufty, par ordonnance du 7 décembre 1825.

Pizons. La concession dite de *Pizons*, a été accordée, par ordonnance du 12 octobre 1841, aux sieurs Pillion et Destombes. Elle comprend un kilomètre carré 23 hectares sur les territoires de Wignehies et Fourmies.

CHEMINS VICINAUX.

Les chemins vicinaux de grande communication classés sont au nombre de 72. Nous en donnons ci-après le détail. (1)

Le service de ces chemins est confié à MM. les Ingénieurs des ponts-et-chaussées.

N.os des chemins	DÉNOMINATION.	Longueur en pavé.	Longueur en empierrement.	Longueur totale.
		Mètres.	Mètres.	Mètres.
1	De Dunkerque à Saint-Omer, par Loon.	1209	17081	18290
3	D'Hondschoote à Watten............	17470	17816	35286
4	De Bergues à Furnes............. ..	376	11523	11899
6	De Lille à Lannoy.................	10532	»	10532
7	De Lomme à Fournes...............	9558	»	9558
8	De Douai à Seclin	28351	»	28351
9	De Mouveaux à Roubaix, à la frontière et la route impériale N.° 17........	11356	»	11356
10	De Douai à Bapaume	6546	»	6546
11	De Cassel à Gravelines.............	9910	25160	35070
12	De Linselles à Quesnoy-sur Deûle	510	5824	6334
13	De Valenciennes à Somain...........	18970	»	18970
14	D'Armentières à Ypres.............	7113	»	7113
15	D'Esnes à Busigny................	12516	3567	16083
16	De Solesmes à Caudry	9340	»	9340
17	D'Hondschoote à Wormhoudt	860	16230	17090
18	De Bailleul à Ypres...............	1085	3085	4170
19	De Sainghin à Pont-à-Marcq.........	9252	»	9252
20	De Solre à Rond-Buisson et Hirson	»	36493	36493
21	De Saint Amand à Hélesmes	9425	»	9425
22	D'Englos à Haubourdin.............	1890	»	1890
23	De Bailleul à Estaires et Merville......	1580	20013	21593
24	De Gussignies à Avesnes............	»	21090	21090
25	D'Arleux à Orchies...............	20017	»	20017
27	De Maubeuge à Solre-le-Château	»	13350	13350
28	De Maubeuge à Binch..............	262	8057	8319
30	De Carvin à Orchies..............	7696	»	7696
32	D'Etrœungt à Landrecies...........	»	20220	20220
33	D'Hazebrouck à Merris.............	2500	8155	10655
34	D'Auberchicourt à Abscon..........	4704	»	4704
35	De Douai à Saint-Amand...........	27222	»	27222

(1) Les chemins N.os 2, 5, 26, 29 et 31 ont été convertis en routes départementales.

N.os des chemins.	DÉNOMINATION.	Longueur en pavé.	Longueur en empierrement.	Longueur totale.
		Mètres.	Mètres.	Mètres.
36	De Quesnoy-sur-Deûle à Tourcoing... .	20186	»	20186
37	De Lannoy à Néchin.............. ..	580	»	580
38	De Bailleul à Estaires et au Seau......	938	16200	17138
39	De Seclin à La Bassée..............	11345	»	11345
40	De Neuf-Berquin à Haverskerque.... .	520	9834	10354
41	D'Haubourdin à Carvin..............	10375	»	10375
42	De Solre-le-Château à Jeumont...	375	15958	16333
43	De Landrecies à Solesmes............	15566	»	15566
44	De Ghyvelde à Hondschoote..........	»	7568	7568
45	De Denain à St.-Vaast, par Haspres et Villers-en-Cauchies	16680	»	16680
46	De Millam à Lederzeele	»	9865	9865
47	D'Auberchicourt à Bugnicourt.........	10545	»	10545
48	De Lomme à Loos, par la Planche-à-Q.	3831	»	3831
49	De Denain à Mastaing...........	9475	»	9475
50	De Fresnes à Jenlain	5900	10096	15996
51	De Seclin à Pont-à-Marcq...........	4640	»	4640
52	Du Câteau à l'Arbre-de-Guise.........	»	5540	5540
53	De Courchelettes................... .	4160	»	4160
54	D'Étrœungt au Nouvion..............	»	5054	5054
55	De Bailleul à l'Abeele...............	1048	11250	12298
56	De Béthune à Estaires...............	910	»	910
57	De Caestre à Vieux-Berquin..........	»	7923	7923
58	D'Armentières à La Bassée.......	6736	6445	13181
59	De Caudry à Aubench. au-Bois........	3007	14756	17763
60	De Marquette à Neuville-St.-Remi.....	15066	»	15066
61	De Cassel à Lederzeele..............	»	6508	6508
62	D'Estaires à Don	10014	2094	12108
63	De Cambrai à Metz-en-Cout...........	555	12446	13001
64	D'Arras à Saint-Quentin	5	6783	6788
65	D'Etrœungt à Anor..................	»	15040	15040
66	De Wormhoudt à Zeggers-Cappel	685	6045	6730
67	De Steenvoorde à l'Hazewinde	»	4235	4235
68	De Lomme à Quesnoy-sur-Deûle......	2707	4582	11520
69	D'Armentières à Halluin	778	11667	12445
70	De Vendegies à la pyramide de Denain	10213	»	10213
71	De Maubeuge à Erquelines	»	9700	9700
72	De Prisches au Nouvion	»	3489	3489
73	De Trélon à la Capelle.............	»	5537	5537
74	De Solre à Sivry..................	»	4250	4250
75	Ceinture de Cambrai (en construction)..	»	2271	2271
76	De St. Waast à la Guizette (idem)	7544	»	7544
77	D'Oisy à Metz-en-Cout. (trav. de Mœuvres)	»	2380	2380
	TOTAUX... ...	404634	445180	849814

CHEMINS VICINAUX D'INTÉRÊT COMMUN.

Le nombre de ces chemins est de 59, ainsi que le constate la nomenclature ci-après :

Nos.		Longueur mètres.
1.	Chemin dit Straenstraet, de la route départementale N° 15, au chemin de grande communication N° 4, à Teteghem	4390
2.	Chemin dit Claperdyckstraet, de la même route à Uxem.	5230
3.	— de Bergues au Sprewkot	10535
4.	— de Radinghem et Beaucamps	2950
5.	— de Rumilly à Cambrai	3610
6.	— (Classé de grande communication)	»
7	— de Trélon à Eppe-Sauvage	9570
8.	— de Villers-Sire-Nicole à Bersillies	4472
9.	— de Bettrechies à Bellignies	1420
10.	— de Féchain à Aubigny-au-Bac	4000
11.	— de Douai à Roost-Warendin	3996
12.	— d'Haubourdin à Seclin	6900
13.	— de Sequedin à Haubourdin	1845
14.	— de Bermerain, Capelle et Escarmain	7520
15.	— de Bruille à Maulde	9663
16.	— d'Aix à Nomain	5605
17.	— de Godewaersvelde à Flêtre	4725
18.	— d'Erchin à Lewarde	3500
19.	— de Wannehain à Baisieux	7900
20.	— de Rieulay à Marchiennes-Campagne	4540
21.	— de Saméon à Orchies	9860
22.	— de Bersée à Auchy	5870
23.	— de Steenvoorde à Winnezeele	5913
24.	— de Sailly à Willems	7000
25.	— (Classé de grande communication)	»
26.	— de Rumilly à Escaudœuvres	3969
27.	— d'Avesnes au Nouvion	17303
28.	— de Flesquières à la route impériale N° 29	5000
29.	— de Clary à la route impériale N° 39	8200
30.	— de West-Cappel à Bergues	4920
31.	— de Tourmignies à Avelin	2900
32.	— de Roost-Warendin à Auby	5281
33.	— de Bruilles-lez-Marchiennes à Pecquencourt	6325
34.	— de Douchy à Noyelles	2835
35.	— d'Ors à Basuel	3250
36.	— de Lebringhem à la route impériale N° 16	4015
37.	— de la Croix-de-Pierre à la Lys	9020
38.	— de Villereau à Orsinval	2786
39.	— de Roucourt à Louvignies-Quesnoy	2568

Nos.			Longueur. mètres.
40.	Chemin	d'Esquerchin à Douai	4930
41.	—	de Templeuve à la route départementale N° 1.	2400
42.	—	de Féron à Fourmies	6050
43.	—	de Sommaing à Vendegies-sur-Ecaillon	970
44.	—	d'Haverskerque à Aire	7130
45.	—	de Cassel à Oudezeele	5070
46.	—	de Noyelles à Fontaine-N.-D	4100
47.	—	de Baisieux à Bourghelles	2425
48.	—	d'Hazebrouck à Blaringhem	10085
49.	—	de Maubeuge à Taisnières-sur-Hon	9436
50.	—	d'Orchies à la station de Le Forest	9600
51.	—	d'Hazebrouck à Hondeghem	4085
52.	—	de Villers-Guislain a Gonnelieu	2770
53.	—	de Lederzeele à Watten	6621
54.	—	de La Prévôté à Quesnoy-sur-Deûle	4410
55.	—	de Rexpoëde à Hondschoote	5880
56.	—	d'Esnes à Marcoing	11770
57.	—	de Saint-André à la Lys (chemin de Messine).	10928
58.	—	de Lille à Lambersart	3538
59.	—	d'Etreux à Saultain	2275
60.	—	de Valenciennes à Villereau, par Préseau	6699
61.	—	d'Haveluy à Wallers	2353
62.	—	de Bois-Grenier à Wavrin	7717
63.	—	d'Ennetières-en-Weppes à Englos	7080
64.	—	de Bondues à Bousbecques	8415
65.	—	de Douai à Oisy	9450
66.	—	de Marcq à Marquette	2025
67.	—	de Saint-Souplet au Cateau	3900
68.	—	de Wavrechain à Denain	1365
69.	—	de Wulverdinghe à Volkerinkhove	2820
70.	—	de Cuvillers à Bantigny	720
71.	—	d'Estrun à Paillencourt	1892
72.	—	de Dunkerque au pont de Leffrinkoucke	5295
		Total	384590

AGENTS-VOYERS.

Chargés du service des chemins d'intérêt commun et des chemins vicinaux ordinaires.

Agent-voyer en chef du département, M. Dubois, à Lille.

Agents-voyers principaux d'arrondissement, MM. Lebleu, à Dunkerque; Soudant, à Hazebrouck; Bruyelle, à Cambrai; Dagalier, à Avesnes; Baelde, à Douai; Vitrant, à Valenciennes.

Agents-voyers ordinaires, MM. Deman, Decroos, Duchâtel, de 1re. *classe*, à Lille; Lefevre-Malet, de 1re. *classe*, à Douai; Renard, de 1re. *classe*, à Valenciennes; Delasalle, de 2e. *classe*, au Quesnoy; Fruleux, de 2e. *classe*, à Maubeuge; Delarre, de 3e. *classe*, à Dunkerque; Delhaye, de 3e *classe*, au Cateau; Meurant, de 3e *classe*, à Bailleul.

M. Marquette, *agent-voyer en chef honoraire.*

Commission départementale des bâtiments civils.

Par arrêté du 6 janvier 1853, M. le Préfet a organisé la Commission départementale des bâtiments civils. Cette commission est chargée de l'examen des projets de travaux présentés dans l'intérêt du département, des communes ou des établissements publics, ainsi que des plans dressés pour l'alignement des rues des villes. Elle donne son avis sur la convenance des travaux au point de vue de la destination des édifices à construire ou à approprier, sur la composition des projets sous le double rapport de l'art et du goût et en ce qui concerne la solidité des constructions, le choix des matériaux, la bonne et exacte rédaction des devis et détails. Elle donne également son avis sur les plans d'alignement renvoyés à son examen.

Membres de la commission. MM. le Préfet, *président;* de Melun, membre du Conseil général, *vice-président;* Marteau, architecte, *secrétaire;* Kuhlmann, O. ✻, membre du Conseil général; Leconte, doyen-curé de Saint-Maurice, à Lille; Aernout, doyen-curé de Sainte-Catherine, à Lille; Vasse, inspecteur d'académie, à Lille; Menche de Loisne ✻, ingénieur des ponts-et-chaussées à Lille; Marquette, agent-voyer en chef honoraire, à Lille; Benvignat, architecte à Lille; Dewarlez, architecte à Roubaix; Leroy, architecte à Lille; Vandenbergh, idem, idem; Bernot, directeur de l'école professionnelle à Lille; Mottez, directeur de l'école primaire supérieure à Lille; Devaux, chef de la division des travaux publics de la Préfecture.

Architectes départementaux. Pour l'arrondissement de Dunkerque, M. Develle; de Lille et d'Hazebrouck, M. Ch. Marteau; de Cambrai, M. de Baralle; d'Avesnes, M. Fiévet; de Douai, M. Dubrulle, et pour delui de Valenciennes, M. Grimault,

---

LIGNES TÉLÉGRAPHIQUES.

Les anciennes lignes de télégraphie aérienne sont supprimées; aujourd'hui des lignes télégraphiques électriques relient à Paris toutes les préfectures et un grand nombre d'autres villes importantes.

Par décret du 29 novembre 1848, le personnel du service extérieur des lignes télégraphiques comprend :

Un directeur de l'Administration au ministère de l'Intérieur ;

Des inspecteurs généraux divisés en deux classes ; Des directeurs divisionnaires, divisés en trois classes ; Des inspecteurs, divisés en trois classes ; Des élèves inspecteurs ; Des directeurs de station, divisés en trois classes ; Des receveurs, divisés en trois classes ; Des traducteurs, divisés en trois classes ; Des stationnaires, divisés en trois classes ; Des stationnaires surnuméraires ; Des expéditionnaires, divisés en trois classes ; Des garde-magasins, divisés en trois classes ; etc.	En nombre suffisant aux besoins du service.

Le siége de l'Administration des lignes télégraphiques est à Paris, rue de Grenelle-St-Germain, 103, au ministère de l'Intérieur, où toutes les lignes aboutissent.

Des bureaux supplémentaires sont établis, place de la Bourse, N° 12, à l'hôtel des Postes, rue Jean-Jacques-Rousseau, rue St-Lazare, N° 126, à l'Hôtel-de-Ville, au Luxembourg, aux gares du Nord, d'Orléans, de Rouen, de Lyon, de l'Ouest, à la Douane, rue de Bondy, N° 36, à l'hôtel du Louvre, rue de Rivoli.

La direction divisionnaire de Lille comprend l'Inspection de Lille, dans la circonscription de laquelle sont les stations de Lille (gare), Lille (postes), Dunkerque, Roubaix, Tourcoing, St-Omer et Calais.

Les stations de Douai et Valenciennes font partie de la direction divisionnaire et de l'Inspection d'Amiens.

Celles de Maubeuge, Avesnes, et Cambrai dépendent de la direction divisionnaire et de l'Inspection de St-Quentin.

Directeur de l'administration, M. Alexandre (O. ✻) au Ministère de l'Intérieur, Paris. — *Inspecteur général* (*pour le Nord*), M. D'Esparbès de Lussau, ✻ à Paris.— *Directeur divisionnaire à Lille*, M. Devémy, rue de Béthune 51. — *Inspecteur à Lille*, M. Mairesse, rue des Fossés, 28. — *Directeur de la station centrale de Lille*, M. Warin, rue de Tournai, 21. — *Directeur de la succursale* (hôtel des postes, rue Marais), M. Leclercq.

POSTES ÉLECTRIQUES.

Lille (station centrale), entrée par la cour de la gare. (1)

Stationnaires, MM. Ruin, Dardenne, Margerie, Vanlande, Louchez, Lardeur, Sagot, Horrie, Chapy.

Surveillants à Lille, MM. Portebois et Lejosne. -- *Piétons*, MM. Dimiez aîné, Barbier et Meunier.

(1) Un service de nuit existe à la station centrale de Lille, depuis le 20 juin 1857, la succursale ferme à neuf heures du soir.

Poste spécial de la compagnie du chemin de fer près des salles d'attente dans la gare*, MM. Dimiez, Lechène et Vallet, *stationnaires.

Lille (succursale de l'hôtel des postes, rue Marais).

***Stationnaires*, MM. Vandesmet et Luiset. — *Piéton*, M. Rousselot.**

DANS LES AUTRES VILLES DE LA DIRECTION DIVISIONNAIRE DE LILLE.

STATIONS. ***De Dunkerque*, M. Cabour, *directeur; de Calais*, M. Hermann, *directeur; de St.-Omer*, M. Gruson, *stationnaire, faisant fonctions de chef de service; de Roubaix*, M. Crépin, *stationnaire, faisant fonctions de chef de service; de Tourcoing*, M. Canuel, *directeur*.**

DANS LA DIRECTION DIVISIONNAIRE D'AMIENS.

***Station de Douai*, M. Napie, *stationnaire faisant fonctions de chef de service; station de Valenciennes*, M. Kermabon, *directeur*.**

DANS LA DIRECTION DIVISIONNAIRE DE SAINT-QUENTIN.

***Station d'Avesnes*, M. Pépin, *stationnaire chargé de la gestion; station de Maubeuge*, M. Robert, *directeur; station de Cambrai*, M. Hocquet, *directeur*.**

Le bureau est ouvert tous les jours, sans exception, depuis sept heures du matin, en été, et depuis huit heures en hiver, jusqu'à neuf heures du soir.

Des tableaux indiquant les taxes des dépêches et les formalités de la perception sont affichés dans les bureaux où le public peut en prendre connaissance.

Depuis le 1er mars 1851, le public est admis à transmettre des dépêches privées en vertu de la loi du 29 novembre 1850 sur la correspondance télégraphique; cette loi a été successivement modifiée par une loi en date du 28 mai 1853 et une loi votée en 1856. Cette dernière abaisse les tarifs ou taxes des dépêches privées.

Un décret en date du 27 décembre 1851, statue sur la police des lignes télégraphiques électriques et aériennes. Un autre décret, en date du 17 juin 1852, porte règlement sur le service de la correspondance télégraphique privée. Enfin, par suite de conventions internationales, les lignes françaises sont mises en relation avec le réseau des lignes électriques des pays étrangers, avec l'Angleterre, la Belgique, la Hollande, toute l'Allemagne, la Suisse, le Piémont, l'Italie, la Suède et la Norwège, la Russie, les Principautés danubiennes, la Turquie, l'Espagne et les îles de Corse et de Sardaigne.

La ligne télégraphique sous-marine de France en Algérie a été livrée à la correspondance, le 1er novembre 1857.

***Texte de la loi votée par le Corps législatif dans sa session de* 1856.**

Article 1er Les dépêches télégraphiques privées sont soumises à la taxe suivante perçue au départ :

Pour une dépêche de un à quinze mots, il est perçu un droit fixe de deux francs, plus dix centimes par myriamètre.

Au-dessus de quinze mots, la taxe précédente est augmentée d'un dixième pour chaque série de cinq mots ou fraction de série excédant.

Il est accordé pour l'adresse de chaque dépêche, de un à cinq mots qui ne sont pas comptés.

Au-dessus de cinq mots, l'excédant est compté et taxé avec le corps de la dépêche.

Le lieu de départ et la date sont transmis d'office.

2° Les dépêches entre deux bureaux télégraphiques d'une même ville, sont soumises à une taxe fixe, indépendante des distances.

La taxe est d'un franc pour une dépêche d'un à quinze mots ; elle est augmentée d'un dixième pour chaque série de cinq mots, ou fraction de série excédant.

3° Les dépêches de nuit entre des stations télégraphiques où il existe un service de nuit ne donnent lieu à aucune surtaxe.

Dans les stations où le service de nuit n'est pas permanent, les dépêches de nuit continuent d'être soumises à la double taxe ;

4.° Le port des dépêches à domicile est gratuit. Néanmoins, lorsqu'un expéditeur demande qu'il soit délivré une copie de sa dépêche à plusieurs domiciles, dans un même lieu de station, il paie 0,50 centimes de port pour chaque copie, moins une, indépendamment du droit de copie de 0,50, établi par l'article 4 de la loi du 28 mai 1853 ;

5.° Les dispositions de la présente loi seront mises à exécution à partir du 1.er septembre 1856;

6.° Sont maintenues les dispositions des lois des 29 novembre 1850, 28 mai 1853, et 22 juin 1854, qui ne sont pas contraires à la présente loi

Extrait de la loi du 28 *mai* 1853, — *Articles encore en vigueur.*

Art. 2. Tout nombre jusqu'au maximum de cinq chiffres est compté pour un mot; les nombres de plus de cinq chiffres représentent autant de mots qu'ils contiennent de fois cinq chiffres, plus un mot pour l'excédant. Les virgules et les barres de division sont comptées pour un chiffre.

Art. 3. Tout expéditeur peut exiger qu'on lui fasse connaître l'heure de l'arrivée de sa dépêche, soit au bureau télégraphique, soit au domicile du destinataire, à charge par lui de payer en plus le quart de la somme qu'aurait coûté la transmission d'une dépêche minimum pour le même parcours

Art. 5. Le Ministre de l'Intérieur est autorisé à concéder des abonnements à prix réduit aux chambres de commerce, aux syndicats des agents de change, et aux syndicats des courtiers de commerce, sous la condition que les dépêches seront immédiatement rendues publiques dans les formes déterminées par le ministre.

Extrait de la loi du 10 mai 1858.

A partir du 1.er juillet 1858, les dépêches télégraphiques privées, de un à quinze mots, échangées entre deux bureaux d'un même département, seront soumises à une taxe fixe de un franc, quelle que soit la distance.

Les dépêches de un à quinze mots échangées entre deux bureaux de deux départements limitrophes, seront soumises à la taxe fixe de un franc cinquante centimes, quelle que soit la distance.

Dans l'un et l'autre cas, cette taxe sera augmentée d'un dixième par chaque série de cinq mots ou fractions de série excédant.

OBSERVATIONS SUR LA CORRESPONDANCE PRIVÉE.

Les dépêches privées seront reçues dans les bureaux de l'État, et en outre dans la plupart des gares des chemins de fer desservies ou non par les employés de l'Etat. (*Décision du 20 juin 1857.*)

La présentation des dépêches privées doit être faite au bureau télégraphique par l'expéditeur ou par une personne qui *doit savoir signer*. Les dépêches doivent être *intelligibles*, écrites *lisiblement*, sans abréviation et de manière à ne pas laisser place à l'interprétation.

Si des mots ont été effacés, l'expéditeur doit écrire sur la dépêche le nombre des mots rayés nuls et signer.

L'article 1.er de la loi du 29 novembre 1850, spécifie « que la transmission de la correspondance télégraphique privée est toujours subordonnée aux besoins du service de l'Etat. » Les dépêches officielles ont donc la priorité sur celles des particuliers.

Les dépêches privées sont toujours transmises dans l'ordre d'inscription pour chaque destination ; toutefois, les dépêches de plus de cent mots peuvent être retardées pour laisser passer des transmissions plus courtes. Un service de nuit régulier est établi à Paris, Lyon, Marseille, Bordeaux, Strasbourg, Calais, Toulouse, Nancy, Lille et Tours, et en outre dans tous les bureaux des gares des chemins de fer desservis par les agents de l'Etat. Sur les chemins de fer du Nord, ces bureaux sont: Amiens, Boulogne, Creil, Dunkerque, Maubeuge, Valenciennes et la gare du nord à Paris.

Sont considérés comme dépêches de nuit celles qui sont déposées de 9 heures du soir à 8 heures du matin, du 1er octobre au 31 mars, et de 9 heures du soir à 7 heures du matin, du 1.er avril au 30 septembre.

Quand les dépêches vont à l'étranger, comme elles peuvent arriver à destination par diverses voies, que, par exemple, une dépêche pour Trieste peut y parvenir en passant par la frontière de Belgique, de Prusse de Bavière, du grand duché de Bade, de Suisse ou de Sardaigne, il importe que l'expéditeur indique la route qu'il désire faire prendre à sa dépêche. Dans ce cas, le nom du bureau destinataire est immédiatement suivi de l'une de ces mentions: voie Belgique, voie Prusse, voie Bavière, voie Bade, etc. Ces mots étant introduits pour la régularité du service, ne sont pas taxés.

Les dépêches privées ne peuvent être retirées avant ou pendant leur transmission que par la personne même qui les a remises ou envoyées. Il n'y a du reste lieu à remboursement que pour les frais de port ou d'exprès et autres accessoires; le principal de la taxe demeure acquis au trésor; toutefois, s'il s'agit d'une dépêche internationale, la taxe étrangère peut être rendu sous déduction d'un quart de la taxe,

Le directeur du télégraphe peut, dans l'intérêt de l'ordre public et des bonnes mœurs, refuser de transmettre les dépêches.

L'Etat n'est soumis à ***aucune responsabilité*** à raison du service de la correspondance privée par la voie télégraphique. (Loi du 29 novembre 1850, art 6).

Exemple de taxation d'une dépêche de* 15 *mots de Lille pour Paris :

Distance. 21 myriamètres. — Taxe : 4 fr. 10 cent.

CORRESPONDANCE TÉLÉGRAPHIQUE PRIVÉE. — TARIF FRANÇAIS. — PRINCIPALES VILLES.

DE PARIS A	Distance en myriamètres	De un à 15 mots.	Partie additionnelle par série de 5 mots.	DE PARIS A	Distance en myriamètres	De un à 15 mots.	Partie additionnelle par série de 5 mots.
Abbeville	15	3f 50c	»f 35	Lille	21	4f 10c	»f 41c
Agen	54	7 40	» 74	Lyon	40	6 »	» 60
Aix	65	8 50	» 85	Marseille	67	8 70	» 87
Alby	55	7 50	» 75	Metz	29	4 90	» 49
Amiens	12	3 20	» 32	Montpellier	60	8 »	» 80
Angers	27	4 70	» 47	Mulhouse	40	6 »	» 60
Arras	17	3 70	» 37	Nantes	35	5 50	» 55
Bayonne	68	8 80	» 88	Nevers	22	4 20	» 42
Beaucaire	60	8 »	» 80	Orléans	12	3 20	» 32
Besançon	34	5 40	» 54	Poitiers	30	5 »	» 50
Blois	17	3 70	» 37	R[illegible]es	32	5 20	» 52
Bourges	20	4 »	» 40	Rochefort	42	6 20	» 62
Bordeaux	51	7 10	» 71	Rochelle (La)	41	6 10	» 61
Boulogne	22	4 20	» 42	Roubaix	22	4 20	» 42
Brest	52	7 20	» 72	Rouen	12	3 20	» 32
Caen	21	4 10	» 41	Saint-Omer	22	4 20	» 42
Calais	24	4 40	» 44	Saint-Quentin	14	3 40	» 34
Cette	62	8 20	» 82	Saumur	26	4 60	» 46
Châlons-s.-Marne	16	3 60	» 36	Strasbourg	41	6 10	» 61
Châlons s.-Saône	31	5 10	» 51	Tonnerre	17	3 70	» 37
Châteauroux	24	4 40	» 44	Toulon	71	9 10	» 91
Cherbourg	31	5 10	» 51	Toulouse	60	8 »	» 80
Dieppe	16	3 60	» 36	Tours	21	4 10	» 41
Dunkerque	25	4 50	» 45	Valenciennes	20	4 »	» 40
Hâvre (Le)	18	3 80	» 38	Frontière belge	3e zône	4 50	1 50

SERVICE DE SANTÉ.

Épidémies.

Des médecins nommés par le ministre sont chargés du traitement des indigents, en cas de maladies épidémiques. Ce sont :

MM. Lemaire, à Dunkerque ; Prévost, à Hazebroucq ; Brigandat, ✻, à Lille ; Chantreuil, à Cambrai ; Contesse, à Etrœungt ; Bagneris, fils, à Douai ; Manouvrier, ✻, Valenciennes.

Conseils d'hygiène publique et de salubrité.

Les conseils d'hygiène du département ont été organisés par un arrêté du préfet du 13 juin 1849, conformément aux dispositions de l'arrêté du président du Conseil des ministres, chargé du pouvoir exécutif, en date du 18 décembre 1848. Ces comités remplacent les conseils de salubrité précédemment établis

CONSEIL CENTRAL D'HYGIÈNE PUBLIQUE ET DE SALUBRITÉ DU DÉPARTEMENT.

MM. le préfet, *président ;* Frémont (O ✻), lieutenant-colonel du génie en retraite, *vice-président ;* Bailly, ✻, docteur en médecine ; Brigandat, ✻, docteur en médecine ; Kuhlmann (O. ✻), chimiste ; Pommeret, médecin-vétérinaire ; Delezenne, pharmacien ; Delezenne, ✻, professeur de physique ; Demesmay, ✻, agronome ; Kolb, ✻, ingénieur en chef des ponts-et-chaussées, à Lille ; Cazeneuve, ✻, directeur de l'Ecole de médecine ; Pilat, docteur en médecine ; Germain, docteur en médecine ; Meurein, pharmacien,

CONSEIL D'HYGIÈNE DE DUNKERQUE.

MM. le sous-préfet, *président ;* Menneboo, ✻, docteur en médecine, *vice-président ;* Faucon. idem, *secrétaire ;* Darras, docteur en médecine ; Duriau, idem ; Lemaire, idem ; Zandyck, idem ; Leroy, pharmacien ; Delaetre, vétérinaire ; Dessurne, ancien élève de l'École polytechnique ; Develle, architecte ; Thélu fils, pharmacien ; Plocq, ✻ ingénieur du port.

CONSEIL D'HYGIÈNE D'HAZEBROUCK.

MM. le sous-préfet, *président ;* Thibaut, docteur en médecine, adjoint à Hazebrouck, *vice-président ;* Debaecker, pharmacien, idem, *secrétaire ;* Prévost, docteur en médecine à Hazebrouck ; Beesau, idem ; Baelde, vétérinaire, idem ; Deschodt, membre du Conseil général, à Hazebrouck ; Stoppelgast, maire à Bailleul ; Lobbedez, vétérinaire à Hazebrouck ; Vandamme fils, pharmacien, à Bailleul ; Decool, docteur en médecine, à Hazebrouck ; Soudant, agent voyer particulier, idem ; Vannière, officier de santé à Steenvoorde.

CONSEIL D'HYGIÈNE DE CAMBRAI.

MM. le sous-préfet, *président ;* Cambray, ✻, docteur en médecine, à Cambrai ; Hardy, idem, idem ; de Baumont, idem, idem ; Chantreuil, médecin des épidémies ; de Baralle, architecte ; Brunelle, docteur en médecine ; de la Frémoire, ingénieur des ponts-et-chaussées, Boileux, pharmacien ; Senez, idem ; Banse, vétérinaire ; Delloye, ✵ ancien président du tribunal de commerce ; Lermoyez, ✵, ingénieur des ponts-et-chaussées ; D'houdain, procureur impérial.

CONSEIL D'HYGIÈNE D'AVESNES.

MM. le sous-préfet, *président ;* Eliet, docteur en médecine, à Avesnes, *vice-président ;* Caverne, pharmacien, *secrétaire ;* Triffet, docteur en médecine, à Avesnes ; Dupont, idem, idem ; Desmazure, idem, à Dourlers, Herbecq, officier de santé, à Avesnes ; Lemoyne, pharmacien, à Avesnes, Delflache, vétérinaire, idem ; Fiévet, architecte du département, à Avesnes ; Bevière Saint-Fleury, propriétaire à Avesnes ; Lubin, docteur en médecine, à Avesnes, Carlier à Avesnes.

CONSEIL D'HYGIÈNE DE DOUAI.

MM. le sous-préfet, *président ;* Lequien, docteur en médecine, *vice-président ;* Duhem, idem ; Burgeat, propriétaire, *secrétaire ;* Bagnéris fils, docteur en médecine ; Maugin, idem ; Vasse aîné, professeur de sciences, au lycée ; Billet, industriel, à Cantin ; Delplanque, vétérinaire ; Faucheux, docteur en médecine ; Thurin, propriétaire ; Evrard, chimiste.

CONSEIL D'HYGIÈNE DE VALENCIENNES.

MM. le sous-préfet, *président ;* Marbotin, ✵, docteur en médecine, *vice-président ;* Pesier, chimiste ; Huart, vétérinaire ; Manouvrier, ✵, docteur en médecine ; Boca, fabricant d'huile ; Boudousquié, ✵, ingénieur en chef des mines ; Dutouquet, architecte ; Dutemple, fabricant de sucre ; Delanoue, naturaliste à Raismes ; Morin Edmond, pharmacien ; Bracq, ✵, maire de Valenciennes.

Commissions cantonales d'hygiène publique.

Un arrêté de M. le Préfet du 15 novembre 1850, porte que les comités cantonaux de salubrité institués par l'arrêté préfectoral du 23 décembre 1848, formeront à l'avenir des commissions cantonales d'hygiène publique.

Inspection de la Salubrité.

Par arrêté du 6 juin 1859, M. le Préfet a établi un service spécial d'inspection de la salubrité publique dans le département. Ce service créé comme moyen de conseil, de surveilliance et de contrôle, a pour principal but d'assurer l'exécution des conditons imposées aux propriétaires des établissements industriels classés comme dangereux, incommodes ou insalubres, et soumis à l'autorisation de l'administration, de veiller au maintien des dispositions prises pour l'accomplissement de ces conditions et, surtout, d'éclairer les industriels sur la marche qu'ils ont à suivre pour l'éxécution des mesures qui leur sont prescrites.

Inspectcur de la salubrité, M Meurein, chimiste, membre du conseil central d'hygiène du département, à Lille.

Police de la pharmacie.

Un décret impérial du 23 mars 1859, a réglé le mode à suivre à l'avenir pour l'inspection des officines des pharmaciens et des magasins des droguistes et épiciers, en exécution de la loi du 21 germinal an XI.

Par un arrêté du 6 juillet suivant, M. le Préfet a nommé inspecteur de la pharmacie les membres ci-après désignés des conseils d'hygiène et de salubrité.

Arrondissement de Lille. MM. Brigandat, ✲, docteur en médecine, professeur à l'Ecole préparatoire de médecine et de pharmacie de Lille; Garreau, docteur en médecine, professeur de pharmacie et de toxicologie à la même école; Delezenne, pharmacien à Lille.

Arrondissement de Dunkerque. MM. Faucon, docteur en médecine, à Dunkerque; Leroy, pharmacien, idem, Thélu, idem, idem.

Arrondissement d'Hazebrouck. MM. Prévost Emile, docteur en médecine à Hazebrouck; Debaecker Louis, pharmacien, idem; Vandamme, idem, à Bailleul.

Arrondissement de Cambrai. MM. Chantreuil, docteur en médecine, à Cambrai; Boileux, pharmacien, idem; Senez, idem, idem.

Arrondissement d'Avesnes. MM. Lubin, docteur en médecine, à Avesnes; Caverne, pharmacien, à Avesnes; Lemoine, idem, idem.

Arrondissement de Douai. MM. Lequien, docteur en médecine, à Douai; Vasse, chimiste, idem; Burgeat, pharmacien, idem.

Arrondissement de Valenciennes. MM. Marbotin, docteur en médecine, à Valenciennes; Manouvrier, idem, idem; Pesier, chimiste, ancien pharmacien, idem.

Police sanitaire des ports.

Un décret du 24 décembre 1850 a réglé sur de nouvelles bases les dispositions relatives à la police sanitaire des ports. Par suite de ce décret les deux commissions qui existaient à Dunkerque et à Gravelines ont été supprimées, et il a été créé une commission unique composée comme suit:

COMMISSION SANITAIRE DE DUNKERQUE.

MM. le sous-préfet, *président;* le maire de Dunkerque, *vice-président;* le commandant de la place; le directeur des douanes; le commissaire chargé du service maritime; Beck, membre du conseil municipal; Lebleu, idem; Meneboo, ✲, membre du conseil d'hygiène; Lemaire, idem; Choquet, membre de la chambre de commerce, *secrétaire.*

Agents sanitaires institués en vertu du décret du 24 décembre **1850 :** MM. Faudacq, capitaine des douanes, *agent principal,* à Dunkerque; Mondelli, lieutenant des douanes, *agent ordinaire,* idem; Danctoville, idem, idem; Bimon, idem, idem; Romby, idem, *agent ordinaire,* à Gravelines.

Vaccine.

COMITÉ CENTRAL DU DÉPARTEMENT.

MM. le préfet, *président;* Cleenewerck de Crayencour, conseiller de préfecture, *vice-président;* le maire de Lille; le vice-président de la commission administrative des hospices de Lille; le vice-président du bureau de bienfaisance de Lille; Lefebvre, ✱, doyen-curé de St.-Etienne; Eschenauer, ministre du culte protestant; J. Lefebvre, ✱, membre du Conseil général; Bailly, docteur en médecine; Pucelle, idem; Cazeneuve, ✱, idem; Chrestien, idem; Germain, ✱, docteur en médecine, *secrétaire* et conservateur du dépôt de vaccin.

COMITÉ D'ARRONDISSEMENT DE DUNKERQUE.

MM. le sous-préfet, *président;* Beck, membre du conseil d'arrondissement; le maire de Dunkerque; Deconinck, doyen-curé de St.-Jean-Baptiste; le vice-président du bureau de bienfaisance de Dunkerque; Meneboo, ✱, docteur en médecine, à Dunkerque; Darras, docteur en médecine, à Dunkerque; Lemaire, médecin des épidémies, *secrétaire du comité.*

COMITÉ D'ARRONDISSEMENT D'HAZEBROUCK.

MM. le sous-préfet, *président;* Lespagnol, membre du conseil d'arrondissement; le maire d'Hazebrouck; Devulder, doyen-curé d'Hazebrouck; le vice-président du bureau de bienfaisance d'Hazebrouck; Decool, docteur en médecine, à Hazebrouck; Beesau, docteur en médecine, à Hazebrouck; Prévost, médecin des épidémies, *secrétaire du comité.*

COMITÉ D'ARRONDISSEMENT DE CAMBRAI.

MM. le sous-préfet, *président;* le maire de Cambrai; le plus ancien curé; le vice-président du bureau de bienfaisance de Cambrai; Leroy, conseiller d'arrondissement; de Beaumont, docteur-médecin, à Cambrai; Chantreuil, médecin des épidémies, *secrétaire du comité.*

COMITÉ D'ARRONDISSEMENT D'AVESNES.

MM. le sous-préfet, *président;* Devise, conseiller d'arrondissement; le maire d'Avesnes; le plus ancien curé; Carlier, membre du bureau de bienfaisance; Lubin, docteur en médecine, à Avesnes, Trifet, docteur-médecin, à Avesnes; Contesse, médecin des épidémies, *secrétaire du comité,* à Etrœungt.

COMITÉ D'ARRONDISSEMENT DE DOUAI.

MM. le sous-préfet, *président;* Lequien, membre du conseil d'arrondissement; le maire de Douai; le plus ancien curé; le vice-président du bureau de bienfaisance de Douai; Faucheux, docteur en médecine; Gelez fils, idem; Bagnéris, médecin des épidémies, *secrétaire du comité.*

COMITÉ D'ARRONDISSEMENT DT VALENCIENNES.

MM. le sous-préfet, *président;* le maire de Valenciennes; Dupire, membre du conseil d'arrondissement ; Pique, archiprêtre, doyen-curé de Notre-Dame de Valenciennes ; le vice-président du bureau de bienfaisance ; Marbotin, ✻, docteur en médecine, à Valenciennes ; Manouvrier, ✻, *secrétaire du comité* ; N....

Eaux et boues de Saint-Amand.

L'établissement des eaux et boues de Saint-Amand est situé à l'extrémité du hameau de la Croisette et à environ 3 kilomètres à l'est de la ville dont il porte le nom, 10 de Valenciennes et 16 de Tournai.

Cet établissement possède quatre sources : La Fontaine-Bouillon, le Pavillon-Ruiné, la Petite Fontaine et la Fontaine de l'Evêque d'Arras. La température des eaux et des boues est de 20 à 21 dégrés Réaumur.

Les thermes de Saint-Amand sont concédés à M. le docteur Charpentier, et ont reçu des améliorations notables, tant au point de vue matériel que sous le rapport de l'application des moyens de traitement.

PRISONS.

Les prisons civiles existant dans le département du Nord sont au nombre de huit, savoir : une maison de justice à Douai, près la Cour d'assises ; six maisons d'arrêts : à Dunkerque, Hazebrouck, Lille, Cambrai, Avesnes et Valenciennes, près les tribunaux de police correctionnelle, et une maison centrale de détention à Loos (voyez ci-après), pour les individus condamnés à la réclusion et à plus d'un an d'emprisonnement.

La maison d'arrêt de Lille sert en même temps de prison pour les condamnés à moins d'une année d'emprisonnement.

Par les soins de l'administration, des Frères de l'institut de Saint-Joseph ont été placés dans chacune des prisons de Lille et de Douai.

Commissions des prisons.

Aux termes de l'ordonnance du 9 avril 1819, le premier président et le procureur-général dans les villes ou siége une cour impériale, et, dans les autres villes, le président du tribunal et le procureur impérial sont de droit membres des commissions des prisons.

Nous donnons ci-après les noms des membres électifs de ces commissions.

DUNKERQUE. MM. Dessurne, *vice-président ;* le président du tribunal civil ; le procureur impérial ; Harcourt, propriétaire ; Zandyck, docteur en médecine ; Delelys, propriétaire ; Willems, avocat ; Lefebvre, avocat, *secrétaire.*

HAZEBROUCK. MM. Quenson, *vice-président ;* Ruyssen, Kien, Bloeme, Devulder, doyen-curé.

LILLE. MM. le comte de Melun, *vice-président ;* Dujardin, ancien notaire, *secrétaire ;* Lefebvre, ✲, curé de Saint-Etienne; Ed. Reynart, ✲; Rouzière, négociant; Lardinois-Goudeman, *secrétaire.*

CAMBRAI. MM. Renard, juge-suppléant; Vallée, vicaire-général, Mallet, chanoine; de Beaumont, docteur-médecin; Lestoquoy, juge-de-paix.

AVESNES. MM. Maurice-Bernard, *vice-président ;* Fauquet, maire; Paul, ancien avoué; Degarros, Flamant-Fleury, Bevière; le président du tribunal civil; le procureur impérial.

DOUAI. MM. Bois, propriétaire, *vice-président ;* Lavoix, receveur municipal; Boutique, avoué; Rossignol, président du tribunal; Lenglet, conseiller à la cour impériale; Nutly, juge-de-paix, *secrétaire.*

VALENCIENNES. MM. le sous-préfet, *président ;* Pesier, *vice-président ;* Boulan, propriétaire; Tamboise; Miot René; Dupont, avocat.

Médecins des prisons.

Douai (maison de justice), MM. Mangin, médecin et Bagnéries, chirurgien; Dunkerque, M. Lemaire; Hazebrouck. M. Prevost. Lille (maison d'arrêt et de correction), M. Brigandat, ✲; Cambrai, M. Hardy; Avesnes, M. Herbecq, Valenciennes, M. Manouvrier, ✲,

Aumôniers des prisons.

Douai, M. Sapelier; Dunkerque, M. Deberdt; Hazebrouck, M. Spannut; Lille, M. Delebarre, Cambrai, M. Margerin; Avesnes, M. Lacomblet; Valenciennes, M. Decottignies.

Maison centrale de détention de Loos.

COMMISSION DE SURVEILLANCE DE LA MAISON CENTRALE.

Conformément aux dispositions d'une ordonnance en date du 5 novembre 1847, une commission de surveillance est établie près de la maison centrale. Elle est composée du Préfet, président, du premier président de la Cour impériale, du procureur général, du président du Tribunal civil de Lille, du procureur impérial, de deux membres du Conseil général, de deux membres du Conseil d'arrondissement et du maire de Loos.

Cette commission, qui s'assemble au moins une fois par mois, donne son avis sur l'instruction morale, religieuse et élémentaire des détenus, sur l'état sanitaire de la maison, sur l'exercice de la justice disciplinaire, sur les clauses des cahiers des charges des entreprises en cas de renouvellement, sur les tarifs de la main-d'œuvre, enfin, sur les améliorations dont le régime et la police de la maison paraissent susceptibles.

Les membres amovibles de la commission, nommés par M. le Ministre de l'intérieur, sont :

MM. Mimerel, (C. ✻), Lefebvre ✻ et Kuhlmann, (O ✻), membres du conseil général ; Menche, maire d'Haubourdin.

Commission de surveillance des jeunes détenus de la colonie agricole. MM. le chanoine Lemahieu, *président ;* Ed. Reynart, *secrétaire ;* J. Lefebvre, ✻, membre du conseil général, à Lille ; Desrousseaux, ✻, conseiller général ; Boutry, ✻, juge au tribunal civil de Lille.

Administration. MM. Dodun, *directeur ;* Guilmot, Bompard, *inspecteurs ;* Agnius, *agent-comptable ;* Lyoen, *greffier ;* Baudry, *économe ;* Laurent, *économe adjoint ;* Flament et Revel, *aumôniers ;* Fraisse, *médecin ;* Billon, docteur en médecine, *chirurgien ;* Martin, *pharmacien ;* Briand, *instituteur ;* Bailleul, *agent responsable de la colonie agricole ;* Buchot, *teneur de livres ;* Contamine, Hervieux, Doirat, Bordier, *commis aux écritures ;* Vital, *garde-magasin ;* Hochart, *chef des cultures ;* Dournel, *gardien-chef.*

M. Marteau, *architecte de la maison centrale.*

Monastère du Bon-Pasteur.

Établissement d'éducation correctionnelle pour les filles.

Cette œuvre a pour but l'amélioration morale et religieuse des femmes et des filles qui veulent quitter le désordre et passer avec avantage les années de surveillance qu'elles ont à subir.

Le nombre de détenues est d'environ 130 par an.

Supérieure, Dame Marie des Anges Levoyer.
Aumônier, M. Vendeville.
Médecin, M. Binaut.

Colonie agricole de Guermanez.

Établissement d'éducation correctionnelle pour les jeunes garçons.

Cette maison, autorisée par M. le Ministre de l'intérieur en 1855, reçoit les enfants condamnés, et a pour but de les former aux travaux agricoles ou aux professions qui s'y rattachent. Un aumônier les instruit dans les préceptes de la religion et de la morale et un instituteur leur procure l'instruction élémentaire,

Commission de surveillance. — MM. le chanoine Lemahieu, *président ;* Ed. Reynart ; le comte Octave d'Hespel, conseiller général ; Derbigny, conseiller de préfecture ; Desrousseaux, conseiller général, Lallier, vice-président du tribunal civil.

Directeur. — M. le docteur Faucher.

ORGANISATION MUNICIPALE.

Les *Conseils municipaux* se composent :

De 10 membres	dans les communes de :	500	habitants.
12	—	501 à	1,500.
16	—	1,501 à	2,500.
21	—	2,501 à	3,500,
23	—	3,501 à	10,000,
27	—	10,001 à	30,000,
30	—	30,001 à	40,000,
32	—	40,001 à	50,000,
34	—	50,001 à	60,000,
36	—	60,001	et au dessus.

Les conseils municipaux se renouvellent intégralement tous les cinq ans.

Les conseillers municipaux sont élus par l'assemblée des électeurs communaux qui comprend tous les citoyens âgés de 21 ans, ayant depuis 6 mois leur habitation dans la commune. Sont éligibles les citoyens âgés de 25 ans.

Les *Maires et Adjoints* sont nommés par l'Empereur dans les chefs-lieux de département, arrondissement, canton et dans les communes de 3,000 âmes et au-dessus; ils sont nommés par le Préfet dans les autres communes. Les Conseils municipaux se réunissent 4 fois par an, au commencement des mois de février, mai, août et novembre. Chaque séance peut durer 10 jours. Le Maire préside le Conseil municipal; en cas d'absence ou d'empêchement, l'adjoint le remplace. Un Conseil municipal ne peut validement délibérer, s'il n'y a au moins la moitié des membres présents.

Les conseils municipaux ont été intégralement renouvelés en 1855, conformément aux dispositions de la loi du 7 juillet 1852.

Nous donnons ci-après pour les principales communes, la composition de ces conseils, dans l'ordre du nombre des suffrages obtenus par leurs membres.

ARRONDISSEMENT DE DUNKERQUE.

DUNKERQUE. *Maire*, M. Mollet, ✻. — *Adjoints*, MM. Willems, Delelis.—*Conseil municipal*, MM. Cuel (O. ✻), Carlier, Amand, ✻, Beck, Quillacq, Verleye, Durin, Willems, Bourdon, Carpentier.

Bessat, Vandewalle, Delelis, Derode, Delaetre, Govare, Salomez, Lefebvre, Verharne, Morel-Agie, Coffyn, Berteloot, Coquelin, de Cleebsattel, ✻, Dussaussoy, Delye. — *Secrétaire de la mairie*, M. Caux.

Bergues. *Maire*, M. Verleye.—*Adjoint*, M. Guilbert.— *Consei municipal*, MM. Joos, ✻, Debert, Clayes, Meesemacker, Vernaelde, Pastors, Pluvier, Debaecker-Beyaert, Choqueel, Deblock, Michiels, Devaecke, Vendenbroucke, Pareydt, Ciéren, Bastaert, Vermullen. — *Secrétaire de la mairie*, M. Carpentier.

ARRONDISSEMENT D'HAZEBROUCK.

Hazebrouck. *Maire*, M. Houcke. *Adjoints*, MM. Kien, Thibaut, —*Conseil municipal*, MM. Cleenewerck, ✻, Warein, ✻, Prevost, Omaere, Houvenaghel, Pouvillon, Deberdt, Smith Bernard, Kien, Debaeker, Caboche, Quenson, Massiet, Deschodt, Claudorez, Thibaut, Donckele, Guermonprez, Leclercq, Delbecq, Vandewalle, Ed., Bailleux, Vandewalle, D. — *Secrétaire de la mairie*, M. Champeaux.

Bailleul. *Maire*, M. Stoppelgast. — *Adjoints*, MM. Plichon, Bieswal.— *Conseil municipal*, MM. Plichon, Bieswal, Hopsomer, Vandamme-Vanlerberghe, Cauwelier, Salomé, Flahaut, Behaghel, Vanmerris, Declercq, Béhaghel, H., Decoussemacker, Flahaut, Lebleu-Buns, Waultre, Hié-Vandarmeersch.— N.., N.., N.., N.., N.., N.., N.., *Secrétaire de la mairie*, M. Hopsomer.

Cassel. *Maire*, M. Dessmyttère.— *Adjoints*, MM. Dehandschoewerker, Chevalier. — *Conseil municipal*, MM. Béhaghel, Chevalier, Dehandschoewerker, Colpaert, Marant, Dousinelle, Vantroyen, Vernimmen, Ryckewaert, Windrif, Wakernie, Paresys, Dutroy, ✻, Vanbever, Thirion, Leroy, Desmidt (C. ✻), Merchier, Samsoen, Losson, N.., N.., N.., *Secrétaire de la mairie*, M. Pastoors, Al.

Estaires. *Maire*, M. Hennion. — *Adjoints*, MM. Deroy, Ducatez-Degrave. — *Conseil municipal*, MM. Degroote-Delassus, Loridan-Hullebert, Hameau, Deroy, Durez, Lecomte-Dupond, Leroux, Vieren, Depecker-Ridez, Rohart, Taffin-Peuvion, Ducatez-Degrave, Singer, Rogié-Dupire, Leclerc, Salomé, Ledieu, Hennion, Degruson, Gruson-Puchelle, Duflos-Perret, N... — *Secrétaire de la mairie*, M. Beau.

Merville. *Maire*, M. Verhaeghe-Ledieu, ✻, — *Adjoints*, MM. Delassus-Vandenbergue, Senellart-Panier — *Conseil municipal*, MM. Senellart-Panier, Arnould (Henri), Hadou, Loridan-Loridan, Lutun, Delassus-Vandenbergue, Taquet-Delbarre, Bécu-Loutre,

Duhamel, Variscotte-Dubois, Bridelance, ✻, Duvette, Clarisse-Piat, Mattelin, Grillet-Het, Corniaux-Brûlé, Degruson-Williot, Barizel, Roussel-Després, Costenoble, N.., N.., N... — *Secrétaire de la mairie*, M. Guy.

ARRONDISSEMENT DE LILLE.

Lille. *Maire*, M. Richebé (O. ✻ ✠). — *Adjoints*, MM. Gentil, ✻, Delattre (✻ ✠), Bommart-Crépy, ✻, Mourmant, ✻. — *Commission municipale*, MM. Barrois (François), Bériot, Bernard (Henri), Bigo-Tilloy, Bommart, ✻, Bonte (Auguste), Delattre (✻ ✠), Delecourt-Malfait, Delcourt (Ed), Descat, Dorémieux, Frémont, ✻, Gentil ✻, Huet-Colombier, Kuhlman (O. ✻), Lepercq-Deledicque, Loyer, comte de Melun, Meunier, Miellez, Mourmant, ✻, Richebé (Aug.) (O. ✻ ✠), Richebé (Louis), ✻, Rouzé, ✻, Scrive, Théry, Verley, ✻. — *Secrétaire de la mairie*, M. Grodée.

Armentières. *Maire*, M. Dansette-Leblon, ✻. — *Adjoint*, M. Bayart. — *Conseil municipal*, MM. Butin, Rogeau-Planque, Joire-Desmazières, Cary, Théry, Lescornez, Bayart, Pouchain-Boutry, Mahieu-Delangre, Reynaert, Deloince-Boutry, Descamps-Cochez, Grenier, Castrique, Hadou, Desmazières, Clarisse-Béghin, Roussel-Baron, Delangle-Deroubaix, Theeten, Wanin, Dutilleul, N.., ... — *Secrétaire de la Mairie*, M. Dernoncourt.

Comines. *Maire*, M. Lambin, ✻. — *Adjoints*, MM. Meurillon, Desbonnets. — *Conseil municipal*, MM. Cuvelier-Pagès, Gaudron-Cuvelier, Froidure, Desprez, Salembié, Flament, Lambin, ✻, Goeman, Pollet-Delebecque, Dumortier-Toulemonde, Caulié-Ployart, Desbonnets, Delbecque, Ghesquière, Gondrexon-Lefrançois, Dumortier, Catteau-Lauwick, Ghesquière-Herbaux, Meurillon, Capelle, Lambin-Courouble, N.., N.., — *Secrétaire de la mairie*, M. Marcotte.

Roubaix. *Maire*, N... — *Adjoints*, N.., N.., N... — *Conseil municipal*, MM. Dellebecq-Desfontaine, Tiers-Bonte (faisant les fonctions de maire), Boussière, Flipo, Roussel-Dazin, Delattre ✻, Delannoy, Piat, Duthoit, Ernould-Bayart (faisant les fonctions d'adjoint), Motte-Brédart, Ducateau, Dubar-Delespaul, Renaux-Lemerre, Descat, Wattine, Delerue-Dazin, Lagache, Lefebvre-Hannart, Dhalluin-Desprets, Lefebvre, Dupire, Debuchy, Frassez, Delattre, Godefroy, Wibaux, N.., N.., N... — *Secrétaire de la mairie*, M. Brun-Lavaine.

Seclin. *Maire*, M. Duriez. — *Adjoints*, MM. Desmazières-Delannoy, N... — *Conseil municipal*, MM. Duriez, Desmazières-Delannoy, Cottignies, Desurmont, Descloquemant, Collette, Fournier, Demeestère, Dujardin (Fl.), Labbe, Cormorant, Mollet,

Dujardin (Fr.), Mouchy, Duvivier, Mollet, Duquesne, Six, N.., N... — *Secrétaire de la mairie*, M. Delacourt.

Tourcoing. *Maire*, M. Roussel-Defontaine. — *Adjoints*, M. Leblan, N...— *Conseil municipal*, MM. Delobel-Wattine, Desurmont-Desurmont, Roussel-Defontaine, Desurmont, Jourdain-Defontaine, Six-Lerouge, Motte, Debisschop, Catel, Hassebroucq, Joire, Darras-Lemaire, Cauliez-Catteau, Duvilliez-Delattre, Delmasure, Plouviez, Dassonville, Lorthiois, Delahaye, Lerouge-Loridan, Leblan, Duvilliez-Duriez, Meurillon fils, Laloy, Delepoule-Vanneslande, Leurent. — *Secrétaire de la mairie*, M. Elie Brun.

ARRONDISSEMENT DE CAMBRAI.

Cambrai. *Maire*, M. Petit-Courtin.— *Adjoints*, MM. Queulain, N... — *Conseil municipal*, MM. Mallet, Maréchal, Danquigny, Proyart, Queulain, Lallier, Petit, Renard, Taffin, Boittelle, Minangoy, Wallerand, Duchange, de Liénard, Mallet-Boulanger, Bertrand, Brabant, Dron-Demadre, Quentin, Quinchon, Dutemple, N.., N.., N.., N.., N.., N...— *Secrétaire de la mairie*, M. Houzé.

Le Cateau. *Maire*, M. Seydoux, (Auguste), ✻. — *Adjoints*, MM. Eraux-Chantreuil, Sartiaux.— *Conseil municipal*. MM. Ponsin-Bonnaire, Seydoux (Auguste), ✻, Carlier, Maréchal, Devouge, Fiévet-Remy, Ponsin-Sartiaux, Basquin-Noël, Collery-Colmant, Eraux-Chantreuil, Flayel, Sautier-Bonnaire, Durieux, Decaudin, Roussel-Charlet, Mouton, Dumesnil, Macron-Caplier, N.., N.., N.., N.., N.., N...— *Secrétaire de la mairie*, M. Collart.

ARRONDISSEMENT D'AVESNES.

Maubeuge. *Maire*, M. Lucq. — *Adjoint*, M. Deladrière. — *Conseil mnnicipal*, MM. Bottieau, ✻, Deladrière, Deharveng, Hamoir, Walrand, de Mauraige, Levecque, Lamendin, Marchant, Autier (J.), Autier (E.), Février, Dandoy-Maillard, Hubinet, Jean, Horrie, Riche-Desjardin, Meurice, Decossenne, Halgrin, N.., N...— *Secrétaire de la mairie*, M. Cobert.

Avesnes. *Maire*, M. Fauquet. — *Adjoints*, MM. Maurice, Flament. — *Conseil municipal*, MM. Cabaret, Georges, Evrard, Maillard, Carlier, ✻, Maurice, Caverne, Arnould, Herbecq, Flament, Lelong, Delflache, Bevière, Bernadou, Marchand, Cotteraux, N.., N.., N.., N.., N.., N... — *Secrétaire de la mairie*, M. Lemire.

ARRONDISSEMENT DE DOUAI.

DOUAI. *Maire*, M. Maurice, ✻. — *Adjoints*, MM. Pinquet, Bagnéris. — *Conseil municipal*, MM. Lequien, Bommart, Maurice, ✻, Bagnéris, Gilet-Laurent, Vasse, comte de Guerne, Honoré, Desfontaine d'Azincourt, Petit, ✻, Druon, ✻, baron de la Grange (C. ✻), Deloffre, Théry, Coppin-Lejeune, Pinquet, Tréca-Leleu, Desfontaine-Delacroix, Demesière, Thorez-Corbitt, Dubrulle-Plet, Coudroy, Leserrurier, ✻, N.., N.., N... — M. Lepreux, *Secrétaire de la mairie*.

ORCHIES. *Maire*, M. Guilbert-Estevez, ✻. — *Adjoints*, MM. Cordonnier-Jacquart, Bocquet. — *Conseil municipal*, MM. Guilbert-Estevez, ✻, Leper, Lecocq, Delegrange, Bocquet, Regnier-Dhainaut, Caby, Cuvelier, Gamonet, Waroquier, Lemaire-Lemaire, Picquet, Cordonnier-Jacquart, Hego-Butteau, Lehaussois, Lecœuvre-Fassiaux, Sablon, Willoquet, Adam. — *Secrétaire de la mairie*, M. Delegrange.

ARRONDISSEMENT DE VALENCIENNES.

VALENCIENNES. *Maire*, M. Bracq d'Abencourt, ✻. — *Adjoints*, MM. Lewille, N... — *Conseil municipal*, MM. Duquesne, ✻, Lefebvre, Boulanger, Charpentier, Leville, ✻, Grar, ✻, Bracq, ✻, Verdavainne, Manesse, Ledieu-Debaive, Noël, Girard, Blondeau, Deruesne, Bouy, Bultot, Lefebvre, Derombies (O. ✻), Stiévenart, Renotte-Rombaux, Rousseau, N.., N.., N.., N. , N.., N... — *Secrétaire de la mairie*, M. Lamy père.

CONDÉ. *Maire*, M. Mention. — *Adjoints*, MM. Bussière (O. ✻), Mention-Bourgogne. — *Conseil municipal*, MM. Mention-Bourgogne, Reguem, Tacquet, Waternau, Cornet, Caudron, Housez, Touillez, Martel, Miroir, Delzant (A.), Petit-Lefebvre, Charles, Deflines, Lefebvre, Dapsence, Demarez, Lenfant, Glorieux, N.., N .. — *Secrétaire de la mairie*, M. Petit.

SAINT-AMAND. *Maire*, M. Nicolle. — *Adjoints*, MM. Barbieux, Desbrosses. — *Conseil municipal*, MM. Plichon-Havez, André, Barbieux, Basiez, Bouchart, Desbrosses, Brasseur-Laby, Nicolle, Davaine, Laurent-Prévost, Dufrenne, Saudo-Gorez, Lecœuvre-Debrabant, Motez, Rogez, Waché, Lorthioir-Clique, de Courmaceul, Tournois, Boutelier, Wibault, Lemer-Talmant, N... — *Secrétaire de la mairie*, M. Lorthioir.

Les noms des maires et adjoints de toutes les communes du département sont inscrits dans le tableau ci-après :

NOMS ...NES.	de l'arrond.t	du CANTON.	BUREAU de poste duquel chaque commune dépend.	NOMS DES Maires.	Adjoints.	Ministres du culte.
...urt.	C.	Cambrai-O.	Cambrai.	Lesne.	Germe.	Deleforge.
	V.	Bouchain.	Bouchain.	Coez fils.	Guillemo.	Lespagnol.
	A.	Solre-le-Chât.	Solre-le-Chât.	Hersoy.	Petit.	Jonet.
	D.	Orchies	Orchies.	Quique.	Bouly.	Ghesquier.
...es-Mar.	L.	Seclin.	Seclin.	Collette.	Marchand.	Apourcheaux.
	D.	Marchiennes.	Marchiennes.	Dauchy.	Joly.	Wattelier.
...ret.	A.	Bavai.	Bavai.	Pauquet.	Carlier.	Cailliez.
...	D.	Douai-N	Douai.	Dupuis.	Cuisinier.	N.....
	D.	Douai-S.	Douai.	Patoux, Ad	Dubois; J. Leroy.	Lecocq.
...es.	L.	Lannoy.	Lille.	Bon de Brigode.	Dutronquoy.	Gahide.
...	C.	Marcoing.	Masnières.	Panien.	Goubet	Cacan.
...lin.	L.	Seclin.	Carvin.	Mauroy.	Debarge; Denoullet.	Laurent.
	A.	Trélon.	Trélon.	Bernaille.	Larose; Bachelart-Boud.	Leblon.
...g.	L.	Lannoy.	Cysoing.	Havez, J. B. ✲	Dufay.	Bonduelle.
	V.	Valenciенn.-N.	Bureau.	Quillacq.	Desert; Boucher.	Delattre.
	D.	Arleux.	Douai.	Cany, P.-Jos.	Lepeuple, Louis.	Quiquempoix.
...-Cappel	Dk.	Bergues.	Bergues.	Hilst.	Wemaere père.	Strobel.
...ières.	L.	Armentières.	Bureau.	Dansette. ✲	Bayart, Cary.	Cateaux
...	H.	Cassel.	Cassel.	Barbier.	Vandenbussche.	Verstraet.
	V.	Valencienn.-S.	Valenciennes.	Guérit.	Wibaille, Ignace.	V. Quérénaing.
	L.	Lannoy.	Lille.	Reuflet.	Castelain.	Dillies.
...it.	A.	Maubeuge.	Maubeuge.	Fissiaux.	Brasseur, François.	Delcourt, Aug.
...	L.	Pont-à-Marcq.	Pont-à Marcq.	Roger.	Corman.	Demarescaux.
...ml-au-B.	C.	Cambrai-O.	Cambrai.	Cochon.	Bernard, J.-B.	Legrand.
...aicourt.	D.	Douai-S.	Douai.	Buisset.	Goguillon.	Lefrancq.
	L.	La Bassée.	Fournes.	Cordonnier.	Marsy.	Pennequin.
...au-Bac	D.	Arleux.	Douai.	Carpentier.	Chardon	Legrand.
	V.	Valencienn.-N.	Anzin.	Maillard.	Lacroix.	Collet.
	D.	Douai-O.	Douai.	Moguez.	Dubois.	Desix.
	D.	Orchies.	Orchies.	Leleu.	Delangue.	Apourcheaux.
...ourt.	C.	Clary.	Clary.	Nicolas, Ct.	Meresse.	V. Inchy.
...es.	A.	Bavai.	Bavai.	Hennet.	Jonart.	V. Bavai.
	V.	Valencienn.-S.	Valenciennes.	Leduc.	Michaux.	Dervaux.
...	A.	Berlaimont.	Berlaimont.	Rousseau.	Ohresser.	V. Aymeries.
	L.	Pont-à-Marcq.	Pont-à-Marcq.	Des Rotours, ✲.	Jacquart.	Barbieux, Broutin.
...les.	A.	Avesnes-S.	Avesnes.	Prangère.	Bucquoy, Auguste.	Delimal.
...	A.	Avesnes.	Bureau.	Fauquet.	Maurice, Flament.	Denis.
...le-Sec.	V.	Bouchain.	Bouchain.	Despinoy.	Deladerière.	Fleurquin.
...z-Aub.	C.	Carnières.	Cambrai.	Derieux.	Bury-Marcq; Glay-Tacq.	Joly.
...	C.	Cambrai-E.	Cambrai.	Tellier.	Courbet.	Deligne.
...s.	A	Berlaimont.	Berlaimont.	Mary.	Petoux.	Dubois.
...	A.	Berlaimont	Berlaimont.	Dolet.	Louvrier.	Portier.
	L.	Cysoing.	Cysoing.	Huin.	Mathon.	Darras.
	H.	Bailleul.	Bureau.	Stoppelgast.	Plichon ; Bieswal.	Dehaene, Basquaert Damont, Debaecker.

...tableau, dressé par ordre alphabétique de communes, peut servir de table pour les recherches à ...s le tableau statistique par cantons, inséré ci-après, dans la seconde partie de l'Annuaire.

NOMS des COMMUNES.	NOMS de l'arrond.t	NOMS du CANTON.	BUREAU de poste duquel chaque commune dépend.	NOMS DES Maires.	NOMS DES Adjoints.	M d
Baisieux.	L.	Launoy.	Cysoing.	Salembier.	Macs.	Debe
Baives.	A.	Trélon.	Trélon.	Hancart, Eug.	Guérin.	Mene
Bambecque.	Dk.	Houdschoote.	Wormhoudt.	Outters.	Verriele.	Pupp
Banteux.	C.	Marcoing.	Masnières.	Chopin.	Lesne.	N...
Bantigny.	C.	Cambrai-O.	Cambrai.	Thery.	Bernard.	Ploy
Bantouzelle.	C.	Marcoing.	Masnières.	Bancourt.	Waxin.	Dema
Bas-Lieu.	A.	Avesnes-N.	Avesnes.	Ringuet.	Blanchard.	V. A
Baudignies.	A.	Le Quesnoy-E.	Le Quesnoy.	Boez.	Dourdin.	Dubu
Bauvin.	L.	Seclin.	Carvin.	Lemaire.	Bottelle.	Mépl
Bavai.	A.	Bavai.	Bureau.	Coulmon.	Ravaux, fils.	Liber
Bavinckhove.	H.	Cassel.	Cassel.	Baelen.	Vanbremeersch.	Dem
Bazuel.	C.	Le Câteau.	Le Câteau.	Herlemont, An	Lesne François.	Proni
Beaucamps.	L.	Haubourdin.	Haubourdin.	Delesalle.	Desbounets.	Delfo
Beaufort.	A.	Maubeuge.	Maubeuge.	Leconte.	Havret.	Brac
Beaumont.	C.	Le Câteau.	Le Câteau.	Déjardin.	Dricot.	V. I
Beaurain.	C.	Solesmes.	Solesmes.	Hatquet fils.	Thieuleux.	Lamo
Beaurepaire.	A.	Avesnes-S.	Landrecies.	Gaillard	Denis.	Mutt
Beaurieux.	A.	Solre-le-Chât.	Solre-le-Chât.	Plancq.	Berlemont.	Cloc
Beauvois.	C.	Carnières.	Caudry.	Senez.	Balembois.	Rem
Bellaing	V.	Valencienn.-N.	Valenciennes.	Lengrand.	Dupont.	Crau
Bellignies.	A.	Bavai.	Bavai.	Prévost.	Mirland.	Jour
Berelles.	A.	Solre-le-Chât.	Solre-le-Chât.	Bever	Hanze.	Ansel
Bergues.	Dk.	Bergues.	Bureau.	Verleye.	Guilbert; N...	Dela
Berlaimont.	A.	Berlaimont.	Bureau.	Paul.	Baudez.	Legr
Bermerain.	C.	Solesmes.	Solesmes.	Regnault.	Leroy.	Griff
Bermeries.	A.	Bavai.	Bavai.	Glineur.	Carlier.	V. A
Bersée.	L.	Pont-à-Marcq.	Pont-à-Marcq.	Levaillant.	Demessine, Augustin	More
Bersillies.	A.	Maubeuge.	Maubeuge.	Derbaix.	Cornet.	V. Vil
Berthen.	H.	Bailleul.-S.-O.	Bailleul.	Vanstaevel.	Deswel.	Verm
Bertry	C.	Clary.	Clary.	Lansiaux.	Basquin.	Drue
Béthencourt.	C.	Carnières.	Caudry.	Longatte.	Bracq.	Plouv
Bettignies.	A.	Maubeuge.	Maubeuge.	Lemaire fils.	Adam.	V. G
Bettrechies.	A.	Bavai.	Bavai.	Demarbaix.	Ribeaucourt.	Locq
Beugnies.	A.	Avesnes-N.	Avesnes.	Hazard.	Deresme.	V. Sa
Beuvrages.	V.	Valencienn.-N.	Anzin.	Leclaiuche.	Stiévenard.	Mano
Beuvry.	D.	Orchies.	Orchies.	Defontaines.	Delgrange.	Com
Bévillers.	C.	Carnières.	Caudry.	Lemaire-Locquet.	Dupont.	Bouli
Bierne.	Dk.	Bergues.	Bergues.	Meezemaecker	Desoutter.	Walh
Bissezeele.	Dk.	Bergues.	Bergues.	Caenens.	Varsken	Itsw
Blaringhem.	H.	Hazebrouck-N.	Hazebrouck.	Waringhem.	Rauwel.	Chan
Blécourt.	C.	Cambrai-O.	Cambrai.	Rousseau.	Villette, Louis.	Porre
Boeschepe.	H.	Steenvoorde.	Steenvoorde.	Decanter.	Delfly.	Dam
Boeseghem.	H.	Hazebrouck-S.	Hazebrouck.	Delattre, Fidel	Gazet, Charles.	Berck
Bois-Grenier.	L.	Armentières.	Armentières.	Messéan.	Prin.	Delef
Bollezeele.	Dk.	Wormhoudt.	Wormhoudt.	Decorte.	Delepouve.	Letu
Bondues.	L.	Tourcoing.-S.	Tourcoing	Lecat-Butin ✲	Hellin; Dupire.	Dele

NOMS			BUREAU de poste duquel chaque commune dépend.	NOMS DES		
ES.	de l'arrond.¹	du CANTON.		Maires.	Adjoints.	Ministres du culte.
	H.	Hazebrouck-S.	Hazebrouck.	Vanneuville.	Soots.	Cappelaere.
.	V.	Bouchain.	Bureau.	Regnier.	Depres.	Grau.
.	A.	Avesnes-Sud.	Avesnes.	Baudry.	Flament.	Ricourt, L.
Camp.	Dk.	Bourbourg.	Bureau.	Waguet-Lambert.	Tettart.	V.Bourbourgv.
Ville.	Dk.	Bourbourg.	Bureau.	Demeunynck.	Deschodt.	Cadet.
les.	L.	Cysoing.	Cysoing.	Foutry.	Lefebvre.	Lothé.
	C.	Marcoing.	Masnières.	Deleau.	Corbier.	Bisiaux.
nes.	L.	Tourcoing-N.	Tourcoing.	Dalle-Facon.	Catry.	Duez.
	A.	Landrecies.	Landrecies.	Lebrun.	Dumont.	Lemaire.
s.	A.	Solre-le-Chât.	Maubeuge.	Henry.	Bouret.	Herbonnez.
s	V.	St.-Amandr.g.	Saint-Amand.	Hennocq.	Dubois.	V. Brillon.
s.	A.	Berlaimont.	Berlaimont.	Riche.	Stiévenard.	Valet.
s.	C.	Carnières.	Cambrai.	Senez.	Villain	Detourmignies.
,	A.	Maubeuge.	Maubeuge.	Badard.	Guillaume.	Delcourt.
es.	D.	Marchiennes.	Marchiennes.	Marecaux.	Fontenier.	Leconte.
.	L.	Cysoing.	Cysoing.	Desmarescaux.	Desfontaines.	Roget.
	C.	Solesmes.	Solesmes.	Pety.	Dubuisson-Dugimont.	Cudot.
	V.	St.-Amandr.g.	Saint-Amand.	Remy.	Lecœuvre.	Cudot.
que.	Dk.	Bourbourg.	Bourbourg.	Stevenoot.	Adriansen.	Capèle.
.	Dk.	Wormhoudt.	Watten.	Dehaene.	Permandt.	Plouvier.
	V.	Valencien.-N.	Anzin.	Hautcœur.	Mention.	Dauchy.
Marcb.	D.	Marchiennes.	Marchiennes.	Defontaine.	Herbage, J.-B.	Quéva.
-Amand	V.	St.-Amandr.d.	Saint-Amand.	Lemer.	André.	Villiers.
nt.	D.	Arleux.	Douai.	Leclercq.	Bodvin, Pierre.	Malaquin.
	A.	Le Quesnoy-O.	Le Quesnoy.	Lernoud	Gumez.	Sergent.
rt.	D.	Arleux.	Douai.	Ladrière.	Liefquint.	Bussière.
	C.	Clary.	Clary.	Poizot.	Wiart. Mortier-Pecqueux	Crépin.
ure.	H.	Cassel.	Cassel.	Barbier.	Cooche.	Cavry.
	H.	Hazebr.-Nord.	Hazebrouck.	E. Savaete.	F. Savaete.	Goris.
le.	C.	Cambrai-Est.	Cambrai.	Lefebvre.	Bury.	Maseaux.
,	C.	Cambrai.	Bureau.	Petit-Courtin.	Queulain, N....	Desrousseaux, Piquet.
-Car.	L.	Seclin.	Carvin.	Gravelaine.	Babeur.	Vandaele.
-Pév.	L.	Cysoing.	Cysoing.	Cte.de Brigode Keml	Cretin.	Beau.
.	C.	Marcoing.	Cambrai.	Faille.	Bocquet.	Ficheux.
	D.	Arleux.	Douai.	Guilbert.	Tantart.	Douay.
	Dk.	Dunkerque-O.	Bergues.	Mahieu.	Dewaele.	V. Armb. C
	C.	Solesmes.	Solesmes.	Macarez.	Poirette-Malaquin.	V. Escarmain.
m.	L.	Armentières.	Lille.	Pollet.	Denoyelles	V. Lomme.
	L.	Cysoing.	Pont-à-Marcq.	Druon.	Fretin, Gilbert.	Galand.
uck.	Dk.	Bourbourg.	Bourbourg.	Banraet.	Degardin.	Bogaert.
.	C.	Carnières.	Cambrai.	Telliez.	Bricout.	Lancel et Brunet
	L.	Seclin.	Seclin.	Ledoux.	Desprez	Top, ✲.
s.	A.	Avesnes-Sud.	Avesnes.	Hulin.	Vitrant.	Duhem.
	H.	Cassel.	Bureau.	Desmyttère.	Dehaudschoewercker-Chevalier.	Arnould.
	C	Le Câteau.	Le Câteau.	Bricout.	Fleuru ; Azambre.	Bécar.

NOMS			BUREAU de poste duquel chaque commune dépend.	NOMS DES		
des COMMUNES.	de l'arrond.t	du CANTON.		Maires.	Adjoints.	
Cattenières.	C.	Carnières.	Carnières.	Lefebvre.	Dumont.	Ro
Caudry.	C.	Clary.	Bureau.	Jacquemin-Lefebvre.	Bracq, Th.; Bracq, L.s	Br
Caullery.	C.	Clary.	Clary.	Dolez.	Estevez.	Da
Cauroir.	C.	Cambrai-Est.	Cambrai.	Bricout.	Dhordain.	Ta
Cerfontaine.	A.	Maubeuge.	Maubeuge.	Gilloteau.	Legay.	V.
Chapelle-d'Arm.	L.	Armentières.	Armentières.	Duhem.	Six.	Ho
Château-l'Abbaye.	V.	St.-Amand r. d.	Saint-Amand.	Despret fils.	Dussart.	Va
Chemy.	L.	Seclin.	Seclin.	Fiévet de Chaumont	Deleval.	De
Chéreng.	L.	Lannoy.	Cysoing.	Duquennoy.	Castel.	Le
Choisies.	A.	Solre-le-Chât.	Solre-le-Chât.	Suin.	Harlet.	V.
Clary.	C.	Clary.	Bureau.	Bobœuf.	Piette.	Co
Clerfayts.	A.	Solre-le-Chât.	Solre-le-Chât	Payen.	Bever.	De
Cobrieux.	L.	Cysoing.	Cysoing.	De La Grange.	Wauquier.	Boi
Colleret.	A.	Maubeuge.	Maubeuge.	Demanez.	Renon.	Le
Comines.	L.	Quesnoy-s.-D.	Bureau.	Lambin, ✻.	Meurillon; Desbonnets.	Re
Condé.	V.	Condé.	Bureau.	Al. Mention.	Bussière, Mention, J.-B.	Cr
Coudekerque.	Dk.	Dunkerque-E.	Bergues.	Vanoudendycke, H.	Gossaert.	Da
Coudekerque-Br.	Dk.	Dunkerque-E.	Dunkerque.	Daullé.	Lelieur; Schodduyn.	V.
Courchelettes.	D.	Douai-Ouest.	Douai.	Luce, ✻.	Fournier.	V.
Cousolre.	A.	Solre-le-Chât.	Maubeuge.	Levecq fils.	Martin.	Ge
Coutiches.	D.	Orchies.	Orchies.	Larose.	Poupart.	Galti
Craywick.	Dk.	Gravelines.	Gravelines.	Watré.	Lobiau.	De
Crespin.	V.	Condé.	Condé.	Estoret, Fl.	Vasseur.	Co
Crèvecœur.	C.	Marcoing.	Masnières.	Desmoutiers.	Roth.	De
Crochte.	Dk.	Bergues.	Bergues.	Cooren	Depoers.	De
Croix.	A.	Landrecies	Landrecies.	Pavot.	Hollande.	V.
Croix.	L.	Roubaix.	Lille.	Baucarne-Leroux.	Lepers.	Di
Cuincy.	D.	Douai-Ouest.	Douai.	Marquis d'Aoust	Godin.	La
Curgies.	V.	Valenc.-Est.	Valenciennes.	Stiévenard.	Durieux.	He
Cuvillers.	C.	Cambrai-O.	Cambrai.	Germe.	Dupas.	V.
Cysoing.	L.	Cysoing.	Bureau.	Delinselle.	Delerue; Legentil.	Ro
Damousies.	A.	Maubeuge.	Maubeuge.	Leroy.	Devins.	Da
Dechy.	D.	Douai-Sud.	Douai.	Jacquart.	Ducatillon.	Po
Dehéries.	C.	Clary.	Clary.	Furgero.	Huart.	V.
Denain.	V.	Bouchain.	Bureau.	Deslinsel.	Lepoivre, Payen.	Le
Deûlémont.	L.	Quesnoy-s.-D.	Quesnoy-s.-D.	Philippo.	Vandermersch-Paret	La
Dimechaux.	A.	Solre-le-Chât.	Solre-le-Chât.	Solasse.	Lequeux.	V.
Dimont.	A.	Solre-le-Chât.	Solre-le-Chât.	Harlet.	Ducarne.	Co
Doignies.	C.	Marcoing.	Cambrai.	Chopin.	Lourdeau.	Le
Dompierre.	A.	Avesnes-Nord.	Avesnes.	Druart.	Lecohier.	Du
Douai.	D.	Douai.	Bureau.	Maurice, ✻.	Pinquet; Bagneris.	Vo (
Douchy.	V.	Bouchain.	Bouchain.	Rigaut.	Payen.	De
Dourlers.	A.	Avesnes-Nord.	Avesnes.	Brillet.	Demoulin.	De
Dringham.	Dk	Bourbourg.	Bourbourg.	Desmidt.	Maegherman.	Ou

NOMS			BUREAU de poste duquel chaque commune dépend.	NOMS DES		
-	de l'arrond.t	du CANTON.		Maires.	Adjoints.	Ministres du culte.
	Dk.	Dunkerque.	Bureau.	Mollet, ✵.	Willems, Alfred et Delelis.	Delaeter; Deconinck et Deswarte.
n.	H.	Hazebrouck-N.	Hazebrouck.	D'Hendecourt✵	Dumont.	Bollingier.
	D.	Douai-S.	Douai.	Masclet.	Houriez.	Muguez.
	A.	Solre-le-Chât.	Solre-le-Chât.	Soumillon.	Mengal.	V. Solrinnes.
	A.	Maubeuge.	Marchiennes.	Beaumont fils.	Delpature.	Poulet.
	A.	Berlaimont.	Berlaimont.	De Preseau.	Vincent.	V.St.-Remi-Ch.
	H.	Steenvoorde.	Steenvoorde.	Gilloots.	Houvenaghel.	Maes.
	C.	Clary.	Clary.	Briatte.	Duprez.	Villette.
	A.	Maubeuge.	Maubeuge.	Parée.	Hogne.	Michel.
urt.	V.	Bouchain.	Bouchain.	Hayez.	Rémy.	V. Aniche.
	L	Haubourdin.	Haubourdin.	Cazier.	Castel.	Desplanques.
ime.	A.	Le Quesnoy-E.	Le Quesnoy.	Michaux.	Parmentier.	Pierchon.
	L.	Haubourdin.	Haubourdin.	Procureur.	Lefebvre.	Laumondays.
s-W.	L.	Haubourdin.	Fournes.	Lelong.	Lefebvre.	Mullet.
,	L.	Pont-à-Marcq.	Pont-à-Marcq.	Lambelin.	Favier-Bocquet.	Colliot.
nge.	A.	Trélon.	Trélon.	Culbiat-Dufresne.	Quenée.	Echevin.
	D.	Arleux.	Douai.	Rousseau.	Jouvenet.	Trupin.
,	Dk.	Bergues.	Bergues.	Meneboo.	Janssen.	Declerck.
-le-S.	L.	Haubourdin.	Haubourdin.	Lallemant.	Henneron.	V. Hallennes.
-Lys.	L.	Armentières.	Armentières.	Villers.	Decherf.	Lefils.
	D.	Marchiennes.	Douai.	Delin.	Macarez.	Locquet.
le	C.	Solesmes.	Solesmes.	Malaquin.	Poirette.	Locqueneux.
	V.	Bouchain.	Denain	Cartigny.	Cauliez.	Tison.
ures	C.	Cambrai-E.	Cambrai.	Belgrand.	Sellez.	Sevrez
.	V.	Condé.	Condé.	Clément.	Alglave.	Noclercq.
es.	L.	Haubourdin.	Haubourdin	Mathelin.	Fortrie.	V. Radinghem.
	C.	Clary.	Clary.	Boniface.	Laslins.	Hutin.
q.	Dk.	Wormhoudt.	Wormhoudt.	Bergerot.	Schottey.	Paëile.
.	D.	Douai-O.	Douai.	Hunez.	Carneau.	Charlet.
	H.	Merville.	Bureau.	Hennion, Louis	Deroy, Ducatez-Degrave.	Ducroquet.
,	C.	Carnières.	Cambrai.	Leduc.	Hutin.	Hutin.
	D.	Arleux.	Douai.	Corbhent.	Savary.	Basuyau.
	A.	Le Quesnoy-O.	Le Quesnoy.	Gravelle.	Coquelet.	Sergent.
	A.	Avesnes-S.	Avesnes.	Maillard.	Maton.	Desforges.
	V.	Valencienn.-E.	Valenciennes.	Cheval.	Durieux.	Moncomble.
	C.	Cambrai-E.	Cambrai.	Tachon.	Carbonnelle.	Dewez
	C.	Cambrai-E.	Cambrai.	Monscourt.	Chauwin.	Delebecque.
	L.	Lille-S.-E.	Lille.	Montaigne.	Descamps.	Clinquet, Lecocq.
	V.	Valencienn.-S.	Valenciennes.	Blanquet.	Delobel.	Duvinage.
	D.	Orchies.	Orchies.	Picquet.	Bouchez.	Brienne.
	A.	Landrecies.	Landrecies.	Daussy.	Dequesne.	Leclercq.
.	D.	Arleux.	Douai.	Dupuis.	Peugnier.	Chalant.
	A.	Bavai.	Maubeuge.	Marchant.	Moreau.	Bury.

NOMS des COMMUNES.	NOMS de l'arrond.t	NOMS du CANTON.	BUREAU de poste duquel chaque commune dépend.	NOMS DES Maires.	NOMS DES Adjoints.	
Felleries.	A.	Avesnes-N.	Avesnes.	Gravez	Hazard.	Be
Fenain.	D.	Marchiennes.	Somain.	Dewalle.	Leclercq.	Du
Férin.	D.	Douai-S.	Douai.	Cuisinier.	Bertrand.	Du
Féron.	A.	Trélon.	Fourmies.	Goutierre.	Hosselet.	De
Ferrière-laGrande	A.	Maubeuge.	Maubeuge.	Bernadou.	Drombret.	Le
Ferrière-la-Petite.	A.	Maubeuge.	Maubeuge.	Jenot.	Lecat, Firmin.	Bu
FlaumontetWaud.	A.	Avesnes-N.	Avesnes.	Dupont.	Flacon.	La
Flers.	L.	Lannoy.	Lille.	Crespel.	Delebecque; Masquelier.	Ma
Flers.	D.	Douai-O.	Douai.	Marquette.	Carlier.	De
Flesquières.	C.	Marcoing.	Cambrai.	Crapez.	Basquin.	Bl
Flêtre.	H.	Bailleul-S.-O.	Bailleul.	Vanuxem.	Debœrdt.	Ré
Flines les-Mortag.	V.	St.-Amand r.d.	Saint-Amand.	Courouble.	Lecœuvre.	Re
Flines les-Raches.	D.	Douai-N.	Douai.	Larose.	Lespagnol; Mouchon	Ja
Floursies.	A.	Avesnes-N.	Avesnes.	Alex. Renon.	Aug. Renon.	V.
Floyon.	A.	Avesnes-S.	Avesnes.	Belle.	Houssin.	De
Fontaine-au-Bois.	A.	Landrecies.	Landrecies.	Pierrart.	Boucher.	Fa
Fontaine-au-Pire.	C.	Carnières.	Caudry.	Larivière.	Lenotte, François.	Vi
Fontaine-Not.-D.	C.	Cambrai-O.	Cambrai.	Lavalard.	Panien.	Co
Forenville.	C.	Cambrai-E.	Cambrai.	Banse, Désiré	Banse, Dominique.	V.
Forest.	L.	Lannoy.	Lille.	Roman, Louis.	Caby, Louis.	Du
Forest.	A.	Landrecies.	Landrecies.	Boulogne.	N..,	Du
Fourmies.	A.	Trélon.	Bureau.	Legrand. ✲	Cocquelet; Bousis.	Ch
Fournes.	L.	La Bassée.	Distribution.	Dutilleul.	Mulier.	Ba
Frasnoy.	A.	Le Quesnoy-O.	Le Quesnoy.	Tacq.	Gérin.	Pl
Frelinghien.	L.	Armentières.	Armentières.	Legourmand.	Delannoy.	D
Fresnes.	V.	Condé.	Condé.	Renard, L.	Wargny, Maréchal-	T
Fressies.	C.	Cambrai-O.	Cambrai.	Haine.	Devis. [Lenglé.	Q
Fressin.	D.	Arleux.	Douai.	Lanvin.	Desprès.	D
Fretin.	L.	Pont-à-Marcq.	Pont-à-Marcq.	Lemesre.	Collette.	D
Fromelles.	L.	La Bassée.	Fournes.	Vincent.	Leuridan, Trentile.	D
Genech.	L.	Cysoing.	Pont-à-Marcq.	Dufrenois.	Deleplanque.	Dl
Ghissignies.	A.	Le Quesnoy-E.	Le Quesnoy.	Cren.	Lobry.	H
Ghyvelde.	Dk.	Hondschoote.	Dunkerque.	Loby.	Baeckeroot.	V
Glageon.	A.	Trélon.	Trélon.	Leclercq.	Degaigne.	D
Godewaersvelde.	H.	Steenvoorde.	Steenvoorde.	Devick.	Tillié, Jean-Franç.	La
Gœulzin.	D.	Arleux.	Douai.	Parsy.	Branque.	Le
Gognies-Chaussée	A.	Maubeuge.	Maubeuge.	Darche.	Vignolle.	Du
Gommegnies.	A.	Le Quesnoy-O.	Le Quesnoy.	Brasseur.	Lenglet; Lhussier.	La
Gondecourt.	L.	Seclin.	Seclin.	MarquantCouvreur	Delebecque.	Ja
Gonnelieu.	C.	Marcoing.	Masnières.	Anselin.	Sonnez	Le
Gouzeaucourt.	C.	Marcoing.	Marcoing.	Leroy, Jacques.	Leroy, Florentin.	V
Grande-Synthe	Dk.	Dunkerque-O.	Dunkerque.	Codron.	Defraye, François.	D
Gravelines.	Dk.	Gravelines.	Bureau.	Leroy-Angois.	Demarle; Vancassel.	L
Gruson.	L.	Lannoy.	Cysoing.	Libert.	Coppenolle.	V

NOMS ...NES.	de l'arrond.t	du CANTON.	BUREAU de poste duquel chaque commune dépend.	NOMS DES Maires.	Adjoints.	Ministres du culte.
a.	D	Douai-Sud.	Douai.	Jacquart.	Leduc;	Reytier.
ies	A.	Bavai.	Bavai.	De Fourmestraulx.	Wibaille.	Despretz.
L-Haub.	L.	Haubourdin.	Haubourdin.	Hochart.	Choquet Dumez.	Becuwe.
	L.	Tourcoing N.	Tourcoing.	Demeestère.	Danset; Mignon, Fr	Blicq.
	D.	Arleux.	Douai.	Cambray	Remy.	Forest.
	L.	La Bassée.	La Bassée.	Leclercq.	Pollet, Ignace.	Pionnié.
rt.	H.	Cassel.	Cassel.	Pronckaert.	Verryser.	Dewaine.
s.	A.	Berlaimont.	Berlaimont.	Haplencourt.	Marchant.	Pouille.
.	V.	St.-Amand r.d.	Saint-Amand.	Lenclud.	Abrassart; Delcroix.	Delesalle.
.	V.	Bouchain.	Bouchain.	Morelle.	Laurent; Mercier.	Moreau.
rdin.	L.	Haubourdin.	Bureau.	Menche.	N. ., N...	Ravaux.
rt.	C.	Clary.	Clary.	Decaudin.	Langrand.	Dorchies.
n.	V.	Valencienn.-S.	Denain.	Mocq.	Lefebvre.	Lotten.
	C.	Solesmes.	Solesmes.	Tondeur.	Richez; Bisiau.	Prouvost.
ien.	A.	Avesnes-S.	Avesnes.	Pierart.	Wéry.	V. Avesnes.
nt.	A.	Maubeuge.	Maubeuge.	Couture.	Gillet.	Blanchart.
y.	V.	Bouchain.	Denain.	Sorreau.	Caron.	Pierchon.
terque	H.	Merville.	Saint-Venant.	Dequirez.	N. .	Bourdon.
ourt.	C.	Cambrai-O.	Cambrai.	Dovilez.	Liefquint.	Devred.
ouck.	H.	Hazebrouck.	Bureau.	Houcke.	Kien; Thibaut.	Devulder.
	A..	Le Quesnoy-E.	Le Quesnoy.	Dreumont.	Leclercq.	Duez.
es.	V.	Bouchain.	Denain.	Varlez.	Locquet.	Delgorge.
nes.	L.	Lille-N.-E.	Lille.	Odelant.	Salembier.	Vanacker.
	L.	Lannoy.	Lannoy.	Leuridan, H.ri	Franchomme, Louis	Deltour.
nglet.	C.	Cambrai-O.	Cambrai.	Tribou.	Pavot.	Tartulier.
s.	V.	Condé.	Condé.	Defernez	Pouille; Sibilge.	Becquet.
.	L.	La Bassée.	Fournes.	Chombart.	Riddez.	Canyn.
	V.	Valencienn.-S.	Valenciennes.	Breucq.	Gourdin.	Defrance.
	L.	Seclin.	Seclin.	Descamps.	Bridelance.	V. Allenn.-l.-M.
e.	Dk.	Wormhoudt.	Wormhoudt.	Outters-Hilst.	Declunder.	Decraemer.
.	A.	Solre-le-Chât.	Solre-le-Chât.	Lebrun.	Charlet, Jean-Franç.	Lelong.
	Dk.	Bourbourg.	Watten.	Dauchel.	Lardeur.	Deruywe.
hem.	H.	Hazebrouck-N.	Hazebrouck.	Declerck.	Spanneut.	Serleys.
oote.	Dk.	Hondschoote.	Bureau.	Delaroière.	Lelieur; Bollengier.	Salomé.
rgies.	A.	Bavai.	Bavai.	Hongne.	Waltier.	Ficheux.
ny.	C.	Le Câteau.	Le Câteau.	Cotteaux.	Afchain Bataille.	Jaclin.
urt.	C.	Marcoing.	Masnières.	Waxin, Th.	Waxin, Pierre.	Manet.
.	V.	Bouchain.	Bouchain.	Lefebvre.	Dieulor.	Leclercq.
g-	D.	Marchiennes.	Marchiennes.	Copin.	Martinache.	Hanne.
.	A.	Bavai	Bavai.	Lerat-Mutte.	Bourlard.	Dennetières.
.	L.	Seclin.	Seclin.	Parent.	Liénart.	Néauport.
es.	L.	Armentières.	Armentières.	Briait.	Brame.	Chocqueel.
que.	H.	Steenvoorde.	Steenvoorde.	Vantielcke.	Martein.	Ruyssen.
e.	Dk.	Bergues.	Bergues.	Dewaele.	Vandenbavière.	V. Bergues.
	L.	La Bassée.	La Bassée.	Leroy.	Rigaut	Guermonpres.

NOMS			BUREAU	NOMS DES		
des COMMUNES.	de l'arrond.t	du CANTON.	de poste duquel chaque commune dépend.	Maires.	Adjoints.	Mi du
Inchy.	C.	Le Câteau.	Le Câteau.	Gabet.	Danjou.	Leduc
Iwuy.	C.	Cambrai-E.	Cambrai.	Raoult.	Mascaux; Derieux.	Garço
Jenlain.	A.	Le Quesnoy-O.	Le Quesnoy.	Gravez.	Pétoux.	Crepi
Jeumont.	A.	Maubeuge.	Maubeuge.	Dècle.	Cantiniaux.	Monta
Jolimetz.	A.	Le Quesnoy-E.	Le Quesnoy.	Lenglet, Aug.in	Dutrieux.	Lancel
Killem.	Dk.	Hondschoote.	Hondschoote.	Debreuw.	Soisse, Amand.	Lesec
La Bassée.	L.	La Bassée.	Bureau.	Ybert.	Proost; Cousin.	Gérin.
LaFlamengrie.	A.	Bavai.	Bavai.	Crasquin.	Mirland.	Denis.
La Gorgue.	H.	Merville.	Estaires.	Duquenne.	Joye; Marsy.	Masse
La Groise.	C.	Le Câteau.	Le Câteau.	Tétart-Béthune.	Caullery.	Queno
Lallaing.	D.	Douai-N.	Douai.	Lambrecht.	Herbeaux.	Lefeb
La Longueville.	A.	Bavai.	Bavai.	Prevost.	Derome.	Lebon
Lambersart.	L.	Lille-O.	Lille.	Du Lac de Fugères (O.✻).	Selosse.	Despla
LaMagdeleine.	L.	Lille-C.	Lille.	Carrière.	Herteman.	Blanq
Lambres.	D.	Douai-O.	Douai.	Lecq.	Hette.	Rocqu
Landas.	D.	Orchies.	Orchies.	Leprêtre.	Dupire.	Malvo
Landrecies.	A.	Landrecies.	Bureau.	Deruez	N....	Desse.
La Neuville.	L.	Pont-à-Marcq.	Carvin.	Mazingue.	Hochin.	Lefeve
Lannoy.	L.	Lannoy.	Bureau.	Parent.	Brame.	Delah
Larouillies.	A.	Avesnes-S.	Avesnes.	Contesse.	Hédon.	Dehu.
Lauwin-Planq.	D.	Douai-O.	Douai.	Hurtaux.	Cauchy.	Simou
Le Câteau.	C.	Le Câteau.	Bureau.	Seydoux, ✻.	Braux Chantrel ; Martiaux.	Walle
Lecelles.	V.	St-Amand r.g.	Saint-Amand.	Monnier.	Roseau-Choteau.	Lahay
Lécluse.	D.	Arleux.	Douai.	Branque.	Leclerc.	Riche
Lederzeele.	Dk.	Wormhoudt.	Watten.	Woestelandt.	Monsterleet.	Labey
Ledringhem.	Dk.	Wormhoudt.	Wormhoudt.	Devulder, P.re	Debavalaere.	Lame
Leers.	L.	Lannoy.	Lannoy.	Salembier.	Droulers; Delannoy.	Druba
Leffrinckhoucke.	Dk.	Dunkerque-E.	Dunkerque.	Leuregans.	Wemaere.	V. Ux
Le Maisnil.	L.	Haubourdin.	Haubourdin.	Carlier.	Lutun.	Cornil
Le Quesnoy.	A.	Le Quesnoy.	Bureau.	Prévost.	Beauvais; N...	Lotte.
Lesdain.	C.	Marcoing.	Masnières.	Thiéry.	Lefebvre.	Agach
Le Grand-Fayt	A.	Avesnes-S.	Avesnes.	Prangère.	Pigache.	Doby.
Les Moëres.	Dk.	Hondschoote.	Bergues.	Mallengier.	Paris père.	Werk
Le Petit-Fayt.	A.	Avesnes-S.	Avesnes.	Bevenot.	Vitrant.	N...
Lesquin.	L.	Seclin.	Lille.	Marchand-Lefebvre	Chuffart.	Dubui
Leval.	A.	Berlaimont.	Berlaimont.	Collart.	Dequesne.	Kette
Lewarde.	D.	Douai-S.	Douai	Lasnes.	Fiévet.	Mascr
Lezennes.	L.	Lille-S.-E	Lille.	Baudoux.	Descamps.	Herre
Les Fontaines.	A.	Solre-le-Chât.	Solre-le-Chât.	Lefebvre.	Biérent.	Tellie
Liessies.	A.	Solre-le-Chât.	Solre-le-Chât.	Lhomme, fils.	Contesse.	Coppé
Lieu St-Amand	V.	Bouchain.	Bouchain.	Bruneau.	Lempereur.	Lécuy
Ligny.	C.	Clary.	Clary.	Bauchard.	Leduc.	Walle
Ligny.	L.	Haubourdin.	Haubourdin.	Waymel.	Foucart.	V. Be

NOMS			BUREAU de poste duquel chaque commune dépend.	NOMS DES		
…NES.	de l'arrond.t	du CANTON.		Maires.	Adjoints.	Ministres du culte.
	L.	Lille.	Bureau.	Richebé (O ✻)	Gentil, ✻; Delattre, ✻; Bommart-Crépy, ✻; Mourmant, ✻.	Voir au chapitre des cultes.
…ontaine.	A.	Maubeuge.	Maubeuge.	Vincent.	Colson, Adolphe.	Trannois.
…s.	L.	Tourcoing-N.	Tourcoing.	Lefebvre.	Clarisse; Destombes	Guichard.
…gnol.	A.	Le Quesnoy-E.	Le Quesnoy.	Applincourt, L.	Renard.	Joffrain.
	D.	Douai-S.	Douai.	Caron.	Blanchard.	V. Montigny.
	L.	Haubourdin.	Lille.	Coisne.	Delattre.	Havez.
…t.	L.	Quesnoy-sur-D	Lille.	Duthoit.	Verdier.	Meurillon.
…ghe.	Dk.	Bourbourg.	Bourbourg.	Laudron.	Meezemaecker.	Leps.
	Dk.	Gravelines.	Gravelines.	Longueval.	Stevenoot.	Delattre.
	L.	Haubourdin.	Haubourdin.	Billon.	Bonte.	Dufour.
…es.	V.	Bouchain.	Denain.	Bouchelet, ✻.	Cartry; Jean.	Ducatillon.
…es-Bavai	A.	Bavai.	Bavai.	Mandron.	Deghaye.	V. Bavai.
…es-Ques.	A.	Le Quesnoy-E.	Le Quesnoy.	Wattremez.	Bruneau-Millot.	Dubois.
	L.	Cysoing.	Cysoing.	Mouque.	Olivier Duponchelle.	Delmer.
…il.	A.	Maubeuge.	Maubeuge.	Michaux, Franç	Alvin.	Delannoy.
	H.	Hazebrouck-N	Hazebrouck.	Degroote.	Dufour.	Verstavel.
…Lannoy	L.	Lannoy.	Lannoy.	Carrette, Louis.	Hespel.	Verbecq.
	V.	Valencienn.-S.	Valenciennes.	Dernelle.	Dupas.	Garçon.
…x.	A.	Maubeuge.	Maubeuge.	Blavier.	Monfroy.	Godry.
…ourt.	C.	Clary.	Clary.	Dubaille.	Leveaux.	Hebert
…ix.	A.	Avesnes-S.	Avesnes.	Chartier.	Wery.	Barbet.
…es-Cam	D.	Marchiennes.	Bureau.	Villain.	Dussart.	V. Rieulay.
…es-Ville	D.	Marchiennes.	Bureau.	Piédanna.	Thery; de Rivière.	Roussel.
…ing.	C.	Marcoing.	Bureau.	Malet.	Dufrenois.	Salez.
	D.	Arleux.	Douai.	Wiart.	Delécolle.	V. Marquette.
…-Baroeul	L.	Tourcoing-S.	Lille	Delos.	Despature; Honoré.	Midavaine.
…k.	Dk.	Dunkerque-O.	Dunkerque.	Geerssen.	Morael.	Louf.
…hes.	A.	Le Quesnoy-O.	Le Quesnoy.	Carpentier.	Sueur.	Martin.
	C.	Clary.	Clary.	Mention.	Lanciaux; Druon.	Mucherle.
	V.	Valencienn.-E.	Valenciennes.	Poutin dit Tancrède	Manbré-Monchicourt	Dubus.
…es.	A.	Landrecies.	Landrecies.	Berlaimont.	Bachy.	Desruelles.
…t.	A.	Maubeuge.	Maubeuge.	Hannequart.	Tilmant, François.	V. Jeumont.
…tte.	L.	Lille-O.	Lille.	Salembier.	Vernier.	Dethoor.
…tte.	V.	Bouchain.	Bouchain.	Leroy.	Cachera.	Lemaire.
…llies.	L.	La Bassée.	Fournes.	Chombart.	Brunel.	Millescamps.
…res.	C.	Marcoing.	Bureau.	Solau.	Crepin-Blas	Pollet.
	D.	Douai-S.	Douai.	Fiévet.	Herbage.	Tavaux.
…g.	V.	Bouchain.	Bouchain.	C. Coquelle.	Grattepanche.	Coupé.
…ge.	A.	Maubeuge.	Bureau.	Lucq.	Deladriere.	Babeur.
	V.	St.-Amand r.g.	Saint-Amand.	Hornez Watteau	Bont.	Gonez.
…s.	C.	Le Câteau.	Le Câteau.	Hutin.	Taine	Delemer.
…hien.	C.	Le Câteau.	Le Câteau.	Dehon, Franç.	Canonne.	Wyar
…gnies.	A.	Bavai.	Bavai.	Prevost.	Carlier.	Loyez.

NOMS			BUREAU de poste duquel chaque commune dépend.	NOMS DES		
COMMUNES.	de l'arrond.t.	du CANTON.		Maires.	Adjoints.	Mini du c
Raismes.	V.	St.-Amandr.d.	Valenciennes.	Leroy.	Monouvrier; Fréant.	Rogie.
Ramillies.	C.	Cambrai-Est.	Cambrai.	Vasseur.	Moreau.	Housso
Ramousies.	A.	Avesnes-Nord.	Avesnes.	Cuisset.	Rousseau.	Roland.
Recquignies.	A.	Maubeuge.	Maubeuge.	Mahieu.	Delforge	Dubuis
Renescure.	H.	Hazebrouck.	Hazebrouck.	Dupuis.	Stoven.	Kerkov
Reumont.	C.	Le Câteau.	Le Câteau.	Hocquet.	Méresse.	Blas.
Rexpoëde.	Dk.	Hondschoote.	Hondschoote.	Deprez.	Masselis.	Hopson
Ribécourt.	C.	Marcoing.	Masnières.	Leriche.	Debut.	Dubois.
Rieulay.	D.	Marchiennes.	Marchiennes.	Wilbaut.	Villain.	Leclerc
Rieux.	C.	Carnières.	Cambrai.	Villain-Lefebvre	Largillière.	Bresson
Robersart.	A	Landrecies.	Landrecies.	Hallez.	Legrand.	Baligan
Rœulx.	V	Bouchain.	Bouchain.	Risbourg, Ed.	Lecu.	Cornil.
Rombies et Marcli	V	Valenc.-Est.	Valenciennes.	Delcroix-Mallet	Alglave.	Bourlet
Romeries.	C.	Solesmes.	Solesmes.	Douay.	Duginont.	Porets
Ronchin.	L.	Lille-Sud-Est.	Lille.	Morelle.	Spriet.	Monchy
Roncq.	L.	Tourcoing-N.	Tourcoing.	Labbe.	Catteau; Vienne.	Delehay
Roost-Warendin.	D.	Douai-Ouest.	Douai.	De Chatenay.	Bernard.	Gillis.
Rosult.	V.	St.-Amand r. g.	Saint-Amand.	Legrand.	Sauvage.	Petit.
Roubaix.	L.	Roubaix.	Bureau.	N...	N..	Maës, E
Roucourt.	A.	Le Quesnoy-E.	Le Quesnoy.	Flament.	Huin.	V. Engle
Roucourt.	D.	Douai-Sud.	Douai.	Becquet de Mégille.	Debève.	Lefebu
Rousies.	A.	Maubeuge.	Maubeuge.	Huvenoit, Ph.ri	Laurent.	Delecat
Rouvignies.	V.	Valenc.-Sud.	Denain.	Landrieu.	Delille.	V. Pro
Rubrouck.	H	Cassel.	Cassel.	D'Hondt.	Dufour.	Dewael
Ruesnes.	A.	Le Quesnoy-E.	Le Quesnoy.	Lobelle.	Jacquain.	Demon
Rumegies.	V.	St.-Amand r. g.	Saint-Amand.	Liermain.	Masingue.	Langra
Rumilly.	C.	Marcoing.	Cambrai.	Beaumont.	Manniez.	Ségard.
Sailly.	C.	Cambrai-O.	Cambrai.	Lucas.	Laude.	Lecomp
Sailly.	L.	Lannoy.	Lannoy.	Rouzé.	Brunin.	Delvall
Sainghin-en-Mél.	L.	Cysoing.	Cysoing.	Pollet.	Quique.	Delepo
Sainghin-en-Wep.	L.	La Bassée.	Fournes.	Romon.	Conia-Cousin.	Brassa
Sains.	A.	Avesnes-Sud.	Avesnes.	Maufroid.	Fosset.	Canonn
St.-Amand.	V.	St.-Amand.	Bureau.	Nicolle.	Barbieux; Desbrossea	Joffrai
St.-André.	L.	Lille-Ouest.	Lille.	Lesaffre.	Hazebrouck.	Varlet.
St.-Aubert.	C.	Carnières.	Cambrai.	Vallez.	Mascaux.	Villain
St.-Aubin.	A.	Avesnes-Nord.	Avesnes.	Bruyère.	Triquet.	Largill
St.-Aybert.	V.	Condé.	Condé.	Saintenois.	Merlin.	V. Cre
St.-Bénin.	C.	Le Câteau.	Câteau.	Valet.	Durieux.	Gossel
St.-Georges.	Dk.	Gravelines.	Gravelines.	Tettart.	Beudaert.	Focken
St.-Hilaire.	A.	Avesnes-Nord	Avesnes.	Bronchart.	Bériot.	Berthie
St.-Hilaire.	C.	Carnières.	Caudry.	Henaut.	Aublin.	Becart.
St.-Jans-Cappel.	H.	Bailleul-N.-E.	Bailleul.	L. Billiau.	Verbaere.	Plaete
Ste.-Marie-Cappel	H.	Cassel.	Cassel.	Baelen.	Dequidt.	Bernas
St.-Martin.	C.	Solesmes.	Solesmes.	Mirland.	Lecerf.	Lecupp
St.-Momelin.	Dk.	Bourbourg.	Watten.	Castier.	Degraeve.	Cieren

NOMS			BUREAU de poste duquel chaque commune dépend.	NOMS DES		
…nes.	de l'arrond.	du CANTON.		Maires.	Adjoints.	Ministres du culte.
-Brouck	Dk.	Bourbourg.	Bourbourg.	François.	Dereuddre.	Lefever.
am	C.	Solesmes.	Solesmes.	Robert-Bracq.	Blas.	Jeanlebœuf.
Chauss.	A.	Berlaimont.	Berlaimont.	Guilbert.	Lapostolle.	Carlier.
m.-bési	A.	Maubenge.	Maubeuge.	Drapier.	Juste.	Brogniet.
re.	V.	Valenc.-Nord.	Valenciennes	Lécuyer, ✲.	Durieux.	Carette.
olet.	C.	Le Câteau.	Le Câteau.	Millot.	Lacourte	Barbier.
ne.Cap.	H.	Steenvoorde.	Steenvoorde.	Croquette.	Serien.	Pauwels.
t.	C.	Solesmes.	Solesmes.	Lengrand.	Caillaux.	Chrétien.
st.	A.	Bavai.	Bavai.	De Butron, b. de la T	Decroué.	Delhaye.
s.	A.	Le Quesnoy-E.	Le Quesnoy.	Denis Aimé.	Denis, Damien.	Engels.
	L.	La Bassée.	La Bassée.	Lefebvre.	Lemaire.	Degruson.
.	D.	Orchies.	Orchies.	Robert.	Herbomez.	Lefebvre.
t.	C.	Cambrai-O.	Cambrai.	Caude.	Dureux.	V. Blécourt.
	L.	Haubourdin.	Haubourdin.	Bernard, Félix	Coustenoble.	Dewaele.
nières.	V.	St.-Amand r.g.	Saint-Amand.	Dubois-Martin.	Doby.	Cauderlier,
teries.	A.	Solre-le-Chât.	Avesnes.	Dupont, Victor	Delcourt.	Collet.
ies.	A.	Berlaimont.	Berlaimont.	Flament.	Lenclud.	Lemaire.
i.	V.	Valencienn.-E.	Valenciennes.	Hamoir.	Remy.	Ducatteau.
y.	C.	Solesmes.	Solesmes.	Mériaux.	Duchâtel.	Thomas.
g.	V.	Valencienn.-E.	Valenciennes.	Lengrand.	Descamps.	Sauvet.
	L.	Seclin.	Bureau.	Duriez.	Desmazière ; N...	Plaëtevoët.
y.	C.	Clary.	Clary.	Vilain, Joseph.	Claisse, Pierre.	Dhalluin.
s.	A.	Avesnes-N.	Avesnes.	Dequesne.	Fiévet.	Duquesne.
ies.	A.	Avesnes-N.	Avesnes.	Wagnier, fils.	Wagnier.	Bottiaux.
es.	A.	Le Quesnoy-O.	Le Quesnoy.	Banteignies.	Bruyère.	Deleau.
n.	L.	Haubourdin.	Haubourdin.	Salomé.	Hochard.	Caron.
lers.	C.	Carnières.	Cambrai.	De Valicourt, A.	De Valincourt, J.	Dubus.
	H.	Hazebrouck-N	Hazebrouck.	Hanotte.	Justice.	Attuyt.
.	D.	Douai-N.	Douai.	Anache.	Goulois; Loubry.	Dumet.
	Dk.	Bergues.	Bergues.	Duyck-Quinto	Coudeville.	Blomme.
s.	C.	Solesmes.	Bureau.	Lobry.	Payen ; Bertoux.	Gourdin.
Châteaux.	A.	Solre-le-Chât.	Bureau.	Rouez.	Bever ; Leroy	Agache.
s.	A.	Solre-le-Chât.	Solre-le-Chât.	Planard.	Baudet.	Bottiaux.
	D.	Marchiennes.	Douai.	Morelle.	Bataille; Helbecque.	Carpentier.
ng.	C.	Solesmes.	Solesmes	Dupont.	Durlin.	Dupont.
	Dk	Bourbourg.	Bourbourg.	Wemaere, Ed.	Depoers.	Ruckebusch.
	H.	Hazebrouck-N	Hazebrouck.	Vambremersch	Vasseur.	Polart.
que.	H.	Hazebrouck-S.	Hazebrouck.	Coubronne.	Devalckenaere.	Marceaux.
	Dk	Bergues.	Bergues.	Dumont.	Debavelaere.	Vangraesschoppe.
rde.	H.	Steenvoorde.	Bureau.	Beck.	Vangraeschepe ; Klein.	Pauwels ; Vandevelde.
eck.	H.	Bailleul-N.-E.	Bailleul.	Plouvier.	Charlet; Buns-Bécue.	Lefrançois.
i.	H.	Hazebrouck-S.	Hazebrouck.	Ruckebusch.	Rooses.	Desmedt.
on-T.	A	Avesnes-N.	Avesnes.	Michaux.	Wéry.	Minaux.
eur-H	A.	Bavai.	Bavai.	Brasseur.	Auquier	Millot
ars	L.	Seclin.	Seclin.	Rose, Pierre.	Wattrelot.	Lefebvre.

NOMS des COMMUNES.	NOMS de l'arrond.t	NOMS du CANTON.	BUREAU de poste duquel chaque commune dépend.	NOMS DES Maires.	NOMS DES Adjoints.	Mi du
Templeuve.	L.	Cysoing.	Pont-à-Marcq.	Baratte fils.	Ricourt; Wartel.	Lancell
Terdeghem.	H.	Steenvoorde.	Steenvoorde.	Deschodt.	Boone.	Merlin.
Téteghem.	Dk.	Dunkerque-E.	Dunkerque.	Daullé.	Rommel ; Muyls.	Deschil
Thiant.	V.	Valencienn.-S.	Denain.	Basuaux.	Claisse.	Dutriez
Thiennes.	H.	Hazebrouck-S.	Hazebrouck.	Lobbedez.	Vicart.	Pruvot.
Thivencelles.	V.	Condé.	Condé.	Plaquet, fils.	Mayeur.	Gravela
Thumeries.	L.	Pont-à-Marcq.	Carvin.	Denneulin.	N...	Dorlenc
Thun.	V.	St.-Amand r.g.	Saint-Amand.	Raviart.	Vandeville.	Lefranc
Thun-Lévêque.	C.	Cambrai-E.	Cambrai.	Douay.	Deledicq.	Desmo
Thun-St.-Martin.	C.	Cambrai-E.	Cambrai.	Vilain.	Lagouge.	Courtin
Tilloy.	C.	Cambrai-O.	Cambrai.	Leleu.	Lefebvre.	V. Neuvi
Tilloy.	D.	Marchiennes.	Marchiennes.	Bricquet.	Leleu.	V. Bril
Toufflers.	L.	Lannoy.	Lannoy.	Deleplanque.	Plouvier.	Dehuy.
Tourcoing.	L.	Tourcoing.	Bureau.	Roussel-D.fontaine.	J. Leblan.	Simon ; Bur
Tourmignies.	L.	Pont-à-Marcq.	Pont-à-Marcq.	Moreaux.	Dennel.	Dumoti
Trélon.	A.	Trélon.	Bureau.	N...	Stocquelet.	Larsoni
Tressin	L.	Lannoy.	Cysoing.	Delahaye.	Mullié.	V. Asc
Trith-St-Léger	V.	Valencienn.-S.	Valenciennes.	Fontaine.	Bassez.	Dupont
Troisvilles.	C.	Le Câteau.	Le Câteau.	Monfroy.	Marlin.	Tilmant
Uxem.	Dk.	Dunkerq.-E.	Dunkerque	Steen.	Dupuy.	Ducorn
Valenciennes.	V.	Valenciennes.	Bureau.	Bracq Dabancourt ✻.	Lewille ; N...	V. au c des ca
Vendegies-au-Bois	A.	Le Quesnoy-E.	Le Quesnoy.	Doison.	Bara.	Bultez.
Vendegies-sur-Ec.	C.	Solesmes.	Solesmes.	Dargaisse.	Druesne, Pierre.	Baligan
Vendeville.	L.	Seclin.	Lille.	Buisine.	Dubray.	V. Les
Verchain et Maugr	V.	Valencienn.-S.	Valenciennes.	Bailleux.	Quarez.	Dhaina
Verlinghem.	L.	Quesnoy-s.-D.	Quesnoy-s.-D.	Lambelin	Ghestem, Zacharie.	Drumez
Vertain.	C.	Solesmes.	Solesmes.	Dubois	Douay.	Delcroi
Vicq.	V.	Condé.	Condé.	Pisson-Verchain	Deleau.	Debavel
Viesly.	C.	Solesmes.	Solesmes.	Vallez.	Sommain ; Villain.	Soufflet
Vieux-Berquin	H.	Bailleul-S.-O.	Estaires.	Wicart.	Thibaut ; Loones.	Acquart
Vieux-Condé.	V.	Condé.	Condé.	Castiau.	Decrouez; Decout.	Musin.
Vieux-Mesnil.	A.	Berlaimont.	Berlaimont.	Minaire.	Forest.	V. Bou
Vieux-Reng.	A.	Maubeuge.	Maubeuge.	Gérard, Pierre.	Bosquet, Jean.	Bonce.
Villereau.	A.	Le Quesnoy-O.	Le Quesnoy.	Laurent.	Haca.	Huarts
Villers-au-Tertre.	D.	Arleux.	Douai.	Grivillers, Ch.	Delval, Henri.	V. Mon
Villers-Campeau.	D.	Marchiennes.	Marchiennes.	Alfred de Campeau.	Pagnien.	V. Sen
Villers-en-Cauch.	C.	Carnières.	Cambrai.	Griffart.	Denoyelle.	Rousse
Villers-Guislain.	C.	Marcoing.	Masnières.	Bedu, Louis-J.	Vitté.	Broux.
Villers-Outréau.	C.	Clary.	Le Catelet.	Simon, Ph.	Passet ; Lejeune.	Quique
Villers-Plouich	C.	Marcoing.	Masnières.	Lourdel.	Lobry.	Rogie.
Villers-Pol.	A.	Le Quesnoy-O	Le Quesnoy.	Carlier.	Lefebvre.	Coquel
Villers-sire-Nicole	A.	Maubeuge.	Maubeuge.	Legaye.	Jourdain.	Choque
Vred.	D.	Marchiennes.	Marchiennes.	Lenoir.	Deregnaucourt	Vanreu
Volkerinckhove.	Dk.	Wormhoudt.	Watten.	Vandenkerckhove.	Coloos.	Maerte

NOMS ...es ...UNES.	de l'arrond.t	du CANTON.	BUREAU de poste duquel chaque commune dépend.	NOMS DES Maires.	Adjoints.	Ministres du culte.
...gnies.	L.	Pont-à-Marcq.	Carvin.	Grauwin.	C. Vallois.	Delahaye.
...court.	C.	Clary.	Bureau.	Begaint, Franç.	Maillіez, Joseph.	Plouys.
...s.	A.	Trélon.	Trélon.	Basselard.	Paul.	Hannoteau.
...s.	V.	Valencienn.-N.	Valenciennes.	Meriaux.	Dumez; Bar.	Cambreleng.
...-Cappel.	H.	Hazebrouck-N	Hazebrouck.	Vermersch-Versta-	Rauwel.	Salomé.
...aix.	C.	Carnières.	Cambrai.	Delacourt. (vel.	Lefebvre.	Mispelaere.
...rechies.	L.	Lille-O.	Lille.	V.te Obert.	Duquesnoy; Guérin.	Saint-Léger.
...nies et H.	D.	Marchiennes.	Marchiennes.	Mottez.	Cauvez.	Vallez.
...chain.	L.	Cysoing.	Cysoing.	Hovine.	Pollet.	Averlant.
...es-le-Gr.	A.	Le Quesnoy-O.	Le Quesnoy.	Dervaux.	Valin.	Carlier.
...es-le-Petit	A.	Le Quesnoy-O.	Le Quesnoy.	Colmant, Ferd.	Cocquelet, Célestin.	Dernoncourt.
...m.	Dk.	Hondschoote.	Bergues.	Galle.	Verhulst; Vandaele.	Baudens.
...ton-Bas	L.	Quesnoy-s.-D.	Carnières.	N...	Cardon-Coutelle.	V. Deûlémont.
...ton-Sud	L.	Quesnoy-s.-D.	Carnières.	Ghestem.	E. Delebecque.	V. Deûlémont.
...-au-Bac.	V.	Bouchain.	Bouchain.	Bouchez.	Fournet.	Cayez.
...chal.	L.	Roubaix.	Lille.	Brulois.	Cocheteux.	Lambelin.
...n.	Dk.	Bourbourg.	Bureau.	Deleflie.	Vanderhaeghe.	Saumade.
...gnies	A.	Maubeuge.	Maubeuge.	Legrand.	Cartignies.	V. Damousies.
...gnies.	L.	Seclin.	Seclin.	Hocedez.	Waymel, J.-B.	Geeraert.
...elos.	L.	Roubaix.	Roubaix.	Pollet.	Béghin; Dhalluin.	Seingier.
...hain-s.-D.	V.	Bouchain.	Bouchain.	Deslinsel.	Cheminais.	V. Denain.
...hain-s.-F.	V.	Bouchain.	Bouchain.	Bon Lahure.	Tondeur.	Lavechin.
...n.	L.	Haubourdin.	Haubourdin.	Cte O. d'Hespel.	Menu; Liénard.	Pouillaude.
...rs.	D.	Douai-N	Douai.	Leboue; de Castro	Dubois.	Bonvarlet.
...-Cappel.	H.	Cassel.	Cassel.	Looten.	Reumaux.	Vanderbauwede
...k-Sud.	L.	Quesnoy-s.-D.	Comines.	Billiard.	Vanelslande fils.	Roussel.
...Cappel.	Dk.	Bergues.	Bergues.	Delylle.	Macke.	Vanbever.
...	L.	La Bassée.	Feurnes.	Chombart.	Lezie.	Caudrelier.
...hies.	A.	Trélon.	Fourmies.	Demorgny.	Lermigeaux.	Lebon.
...s.	L.	Lannoy.	Lannoy.	Boutemy.	Mulliez.	Pluchart.
...	A.	Trélon.	Trélon.	Cavrois, Emile	Cornu.	V. Liessies.
...eele.	H.	Steenvoorde.	Steenvoorde.	Wyckaert.	Bocker.	Hilst.
...oudt.	Dk.	Wormhoudt.	Bureau.	Debaene.	Bële; Beudart.	Caillie.
...dinghe	Dk.	Bourbourg.	Watten.	Drieux.	Cloet.	Bécue
...	Dk.	Bergues.	Bergues.	Desmyttère	Verriële.	Cortyl.
...Cappel.	Dk.	Wormhoudt.	Wormhoudt.	Vandenbilcke.	Bons.	Leurèle.
...eele.	H.	Cassel.	Cassel.	Reumaux.	Vandaele.	Dupont.
...ote	Dk	Dunkerque-E.	Dunkerque.	Adam.	Vanhille.	V. Ghyvelde.
...ene.	H.	Cassel.	Cassel.	Franchois, Fidel	Desmondt.	Salomé.

COMPTABILITÉ COMMUNALE.

État des communes dont les revenus excèdent 20,000 francs, et dans lesquelles les recettes municipales sont confiées à des receveurs spéciaux, et du personnel de leurs receveurs.

Dunkerque, Versmée; Bergues, Deschamps; Gravelines, Demarle; Hazebrouck, Vanhoucke; Bailleul, Baelde; Estaires, Bossu; Merville, Barizel; Lille, Jouffroy; Armentières, Boussemaer; Roubaix, Salembier; Tourcoing, Debuigne; Cambrai, Delattre; Le Câteau, Delhay; Avesnes, Lambert; Landrecies, Descamps; Maubeuge, Levecque fils; Douai, Lavoix; Condé, Douchemont; Saint-Amand, Duwez; Valenciennes, Deffaux.

OCTROIS.

État des communes où des octrois sont établis, et du personnel des employés (1).

Bergues, Deconinck, p. ch.; Demeyer, r. c. — Bourbourg-Ville, Boin, r. c. — Bourbourg-Campagne, Cocquiller, r. c. — Coudekerque-Branche, Judez, r. c. — Dunkerque, Dalinval, p. ch.; Dupays, r. c. — Gravelines, Deblaecker, r. c. — Hondschoote, Deman, r. c. — Bailleul, Freson, p. ch. Deheere, r. c. — Cassel, Ballet, r. c. — Estaires, Dambrin, p. ch.; Fenard-Desmons, r. c.; — Hazebrouck, Legrand, p. ch.; Itsweire, r. c. — La Gorgue, Beun, r. c. — Merville, Boudville, p. ch.; Deroide, r. c. — Morbecque, Castrique, r. c — Steenvoorde, Deneuville, r. c. — Vieux-Berquin, Ingelrans, r. c. — Annœulin, Panckouke, r. c. — Armentières, Camblin, p. ch.; Vanoye, r. c.—La Bassée, Hibon, r. c. —Comines, Marcotte, r. c.—Halluin, Noyelle, r. c.—Haubourdin, Douez, r. c. — Lannoy, Page, r. c. — Lille, Bernard, p. ch.; Delebrayelle fils, r. c. — Quesnoy-sur-Deûle, Duthoit, r. c. — Roubaix, Roche, p. ch.; Bredard, r. c.— Seclin, de Gesclin, p. ch.; Olivier, r. c. — Tourcoing, Lapersonne, p. ch.; Lemaire, r. c. — Cambrai, Delplanque, p. ch.; Joliet, r. c. — Le Câteau, Dubois, p. ch.; Tasbille, r. c. — Avesnes, Dubois, p. ch.; Stève et Noyon, r. c. — Bavai, Lambert, r. c. — Landrecies, Seraut, chargé du contrôle administratif; Aimé, r. c.—Maubeuge, Misonne, p. ch.; Bierent et Paquié, r. c.— Le Quesnoy, Vacance, p. ch.; Tessier, r. c.— Solre-le-Château, Grard, r. c.—Douai, Deberkem, p. ch.; Garrez, r. c.—Orchies, Delegrange, r. c.—Anzin, Gomez, r. c.—Saint-Amand, Makenne, r. c. — Condé, G. Petit, p. ch.; Broussès, r. c. — Valenciennes, Boizard, p. ch.; Leclercq, r. c. — Vieux-Condé, Decout, r. c. — Denain, Delhay-Dieudonné, p. ch,; Benoît, r. c.

(1) Explication des abréviations contenues dans le présent article: p. ch. (préposé chef); r. c. (receveur central).

GARDE NATIONALE.

Les seules parties de la garde nationale organisées dans le département sont les corps spéciaux d'artillerie existant à Lille et à Valenciennes.

Lille. — Bataillon d'artillerie réorganisé par arrêté de M. le Ministre de l'intérieur en date du 28 février 1853. L'origine de ce corps remonte à l'année 1483. — *Commandant*, M. Saint-Léger (O. ✱).

Valenciennes. — Compagnie aussi très-ancienne, réorganisée par arrêté ministériel du 26 septembre 1853. — *Commandant*, N...

Sapeurs-Pompiers.

La ville de Lille possède un bataillon de sapeurs-pompiers municipaux soldés. — *Commandant*, M. Jorez, ✱.

Beaucoup de communes pessèdent des compagnies ou des subdivisions de sapeurs-pompiers municipaux. Nous donnons dans la deuxième partie de cet Annuaire le résumé de l'effectif de ces divers corps.

COMMISSARIATS DE POLICE.

LISTE DU PERSONNEL DES COMMISSARIATS DE POLICE CANTONAUX CONSTITUÉS CONFORMÉMENT AU DÉCRET DU 28 MARS 1852.

Arrondissement de Dunkerque.

Cantons : Bergues, MM. Depaux; Bourbourg, Champeaux; Dunkerque (deux cantons), Terrien, *commissaire central;* Dunkerque-Ouest, Morel; Gravelines, Boullay-Bonneville; Hondschoote, Minard; Wormhout, Bellaud.

Arrondissement d'Hazebrouck.

Cantons : Bailleul, MM. Stevenoodt; Cassel, Van Bambeke: Hazebrouck, Mornave; Merville, Horrie, *à Merville;* Dreux, *à Estaires;* Steenvoorde, Laplanche.

Arrondissement de Lille.

Cantons : Armentières, MM. Wernert; La Bassée, Legrand; Cysoing, Girard; Fives, Humbert; Haubourdin, Cor A.; Lannoy, Broyer; Lille (5 cantons), *commiss. cent.* J. Cor; Lille Nord-Est, Mathon; Lille-Centre, Boutal-Samson; Lille-Sud-Est, Richard; Lille-Sud-Ouest, Houzé, Bédouret; Bastier; *à Lille;* Lille-Ouest, Raimond; cinq cantons de Lille (communes rurales), Cousin; Pont-à-Marcq, Dallennes; Quesnoy-sur-Deûle, Girard, *à Comines;* Roubaix, Wallet, ✱, *commiss. cent.;* Druelle, Venière, *à Roubaix;* Arnoux, *à Wattrelos;* Seclin, Bonsan; Tourcoing (2 cantons), Jean, *commiss. cent.;* Tourcoing-Sud, Fore, *à Tourcoing;* Tourcoing-Nord, Deledicque, *à Halluin.*

Arrondissement de Cambrai.

Cantons : Cambrai, MM. Huard; *commiss. cent.;* Gibert; Carnières, Deledicque, *à Quiévy*; Clary, Bonnier; Le Câteau, Aigoin; Marcoing, Déottinis, *à Masnières;* Solesmes, Roger.

Arrondissement d'Avesnes.

Cantons : Avesnes, MM. Chrissement; Bavai, Piard; Berlaimont, Desoutter; Landrecies, Fournier; Maubeuge, Lorieul; Le Quesnoy, Depaux; Solre-le-Château, Henry; Trélon, Pettre, *à Fourmies.*

Arrondissement de Douai.

Cantons: Douai, MM. Thieffry, *commiss. cent.*; Hannotte; Marchiennes, Dhaine, *à Somain;* Orchies, Regnard; Arleux, Beaurepaire.

Arrondissement de Valenciennes.

Cantons : Saint-Amand, MM. Couturier, Bouchain, Correaux, *à Denain;* Condé, Touzé, Valenciennes, Lecocq, *commis. cent.;* Coorens, *à Valenciennes ;* Joland, *à Anzin.*

Commissaires spéciaux aux stations du chemin de fer.

Valenciennes, MM. Delcourt; Tourcoing, Harivel; Jeumont, Giffard; Feignies, Bonescuelles d'Orgères; Baisieux, Bloëme; Dunkerque, des Brunes.

ÉTABLISSEMENTS ET SERVICES DE BIENFAISANCE.

Hospices et Hôpitaux.

Le nombre des établissements hospitaliers existants dans le département du Nord est de cinquante-deux ; savoir : cinq hospices généraux ; huit hôpitaux de malades, deux hospices pour les malades ; les vieillards et les orphelins ; cinq hospices pour les malades et les vieillards ; treize hospices pour les vieillards et les orphelins ; treize hospices destinés spécialement aux vieillards, et six hospices pour les orphelins.

Bureaux de Bienfaisance.

Il existe dans presque toutes les communes du département des bureaux de bienfaisance chargés de distribuer des secours à domicile aux indigents. La plupart de ces établissements possèdent des biens provenant d'anciennes fondations ; les revenus sont employés en distributions d'argent, d'aliments, de vêtements et d'effets de couchage, et en honoraires des officiers de santé chargés de visiter les malades pauvres.

Personnel de l'Administration des Hospices et des Bureaux de Bienfaisance (1).

ARRONDISSEMENT DE DUNKERQUE.

Dunkerque. — *Hospices* MM. Thélu, Quillacq, Féron-Morel fils, Pigalle, Beck. — *Bureau de bienfaisance.* — Les mêmes. — MM. Papillon, *receveur;* Vanthielt, *économe-comptable;* J. Mine, *secrétaire.*

Bergues.— *Hospices.* MM. Joos, ✻, Deberdt, Delautre, Bollaert, Meesmaecker. — *Bureau de bienfaisance.* MM. Bastaert, Pluvier, Deblock, Delautre, Pareydt. — MM. Cousyn, *receveur;* Lenglet, *économe-comptable;* Cousyn, *secrétaire de l'hospice;* Guilbert, *secrétaire du bureau de bienfaisance.*

Bourbourg. — *Hospices.* MM. Blavoet, Deschodt, Legaigneur, Deterre, Vandenbroucque.—*Bureau de bienfaisance.* Les mêmes.— MM. Courdain, *receveur;* Joos, *secrétaire;* N..., *économe*

Gravelines.—*Hospices.* MM. Martin, Torris, Demarle, Jeannin, Lanstheere. — *Bureau de bienfaisance.* MM. Duchatel-Hamerol, Poirrioz-Deldrève, Gourdin-Massemin, Loosdregt, Legouloz-Denêve.

ARRONDISSEMENT D'HAZEBROUCK.

Hazebrouck. — *Hospices.* MM. Pouvillon, Houvenaghel (Louis), Donckele, Houvenaghel (Justin). — *Bureau de bienfaisance.* MM. Caboche, Cleenewerck, Loingeville, Defoort, Vandewalle. — MM. Salomé, *receveur;* Scheercousse, *secrétaire-économe comptable.*

Bailleul. — *Hospices.* MM. Vandamme, Cortyl, Béhaghel, H., Béhaghel, L., Baelde, — *Bureau de bienfaisance.* MM. Poupaert, de Coussemaker, Baelde, Bieswal, Hopsomer. — MM. Béhaghel, *receveur;* Bubbe, *économe comptable;* Depup, *secrétaire.*

Cassel.— *Hospices.* MM. Dehandschoewerker, Ch., Leroy, Wackernie, Dehandschoewerker, L. N... — *Bureau de bienfaisance.* MM. A. Dehandschoewerker, Dehandschoewerker, I., Vanbever, Dehandschoewerker, Ch., Chevalier, Marant-Stoven. — MM. Dekytspotter, *receveur et secrétaire*; Aernouts, *économe comptable.*

Estaires. — *Hospice.* MM. Taffin, Degruson, Hennion, Vermersch, Deroy. — *Bureau de bienfaisance.* MM. Priem-Dequirez, Taffin, Kiekin, Hennion, Degruson, Ed. — MM. Bossu, *receveur;* Beau, *secrétaire.*

La Gorgue. — *Hospice.* MM. Claudorez, Cattoir, Joye, Marsy, Ravel. — *Bureau de bienfaisance.* MM. Lerouge-Joyé, Leroy, Gailly, Cattoir, Lenglart.

Merville.— *Hospice.* MM. Degruson-Williot, Arnould, Mattelin, Bridelance, ✻, N... – *Bureau de bienfaisance.* MM. Bouilliez-

(1) Nous ne pouvons donner ici toutes les administrations de bureaux de bienfaisance, dont le nombre s'élève à plus de 600 ; nous n'indiquons que celles des lieux où il existe en même temps des hospices.

Verhaeghe, Mattelin, Arnould, Bridelance, ✱, N...—MM. Barizel, *receveur;* Mattelin, *secrétaire de l'hospice;* Bridelance, ✱, *secrétaire du bureau de bienfaisance.*

Steenbecque. — *Hospice.* MM. Bart-Marecaux, Thoor, Ruyssen, Durant. — *Bureau de bienfaisance,* MM. Compagnon. Lesage, Looten, Derloo, Vandepitte.

Steenvoorde. — *Hospice.* MM. Oury, Klein, Vanderlynden, Dejonghe, Parent. — *Bureau de bienfaisance.* MM. Leureelle, Haeu, Paresys, N... — MM. Riquet, *receveur;* Bailleul, *économe, comptable et secrétaire.*

Steenwerck. — *Hospice.* MM. Lefrançois, Lebleu, Charlet, Walle, Touquet. — *Bureau de bienfaisance.* MM. Walle, Lesage, Decherf, Wecksteen, Penin.

Vieux-Berquin. — *Hospice.* MM. Decker, Labis, Senellart, Lagersie, Acquart. — *Bureau de bienfaisance.* MM. Danequin, Lesaffre, Warin, Morel, Morel-Charlet.

ARRONDISSEMENT DE LILLE.

Lille. *Hospices* (1). MM. Brame, ✱; Barrois, Bommart-Crépy, ✱; Bernard-Rouzé, comte de Melun, Lemaire, N.... — *Bureau de bienfaisance.* MM. Blocquel, Bernard, Houzé de l'Aulnoit, avocat, Dorémieux, Dancoisne, Lefebvre, Alex.— MM. Dumon, *receveur;* Dubiez, *économe-comptable de l'hospice général;* Duvochelle, *économe comptable de l'hôpital Saint-Sauveur;* Dumoustier, *économe-comptable des hospices Gantois, des Vieux-Hommes et de Stappaert;* Dürr, *secrétaire de la commission des hospices;* Landas, *secrétaire du bureau de bienfaisance.*

Armentières. *Hospices.* MM. Dansette, ✱, maire, *président;* Woussen-Castrique, Castrique, Clarisse-Béghin, Musin-Lespagnol, Hadou. — *Bureau de bienfaisance.* — Les mêmes.— M. Marcotte, *receveur, secrétaire et économe-comptable.*

Bondues. *Hospices.* MM. Lecat, ✱, maire, *président;* Dervaux, Tiers, Hellin, Dupire, Delemer. — *Bureau de bienfaisance.* MM. Lecat, ✱, *président;* Lefebvre, Procureur, Desaint, Vienne, Lebrun.

La Bassée. *Hospice.* MM. Serrurier, Tison, Soille, Cordier, Larsonneur. — *Bureau de bienfaisance.* MM. Legrand, Bavière, Denis-Gosselin, Bonnaire — M. Denabrif, *receveur, économe-comptable et secrétaire.*

Comines. *Hospice.* MM. Cappelle fils, Catteau-Béghin, Lambin, Ghesquière, Lauwick.— *Bureau de bienfaisance.* MM. Devos, Flament, Gaudron-Cuvelier, Lesaffre, Desmazières. — MM. Messéan, *receveur de l'hospice et du bureau de bienfaisance;* Marcotte-Ghes-

(1) Par exception et en raison de l'importance des établissements, l'administration des hospices de Lille est composée de sept membres.

quières, *économe de l'hospice et secrétaire de l'hospice et du bureau de bienfaisance.*

Halluin. *Hospice.* MM. Demeestère, Danset-Lemaître, Phalempin, Lemaire, Wouters. — *Bureau de bienfaisance.* MM. Desprez, Pollet, Drouart, Mahieu, Dhalluin.

Haubourdin. *Hospice.* MM. Derbigny, Testelin, Leroy, Rincheval, Schoutheer.— *Bureau de bienfaisance.* MM. Testelin, Labbe, Derbigny, Rincheval, Lamblin. — MM. Lefèvre, *receveur;* N..., *économe comptable.*

Linselles. *Hospice.* MM. Ducatteau, Ghesquière, Clarisse, Destombes, Guichard. — *Bureau de bienfaisance.* MM. Chombart, Destombes Aug., Destombes-Derain, Ducatteau, Ghesquière-Delecourt.

Quesnoy-sur-Deûle. *Hospice.* MM. Dhalluin, Decottignies, Bodé, Lambelin, Poullier. — *Bureau de bienfaisance.* MM. Bodé, Fretin-Loridant, Coisne, Pouiller, Lambelin.

Roubaix. *Hospice.* MM. Grimonprez-Bossut, Motte-Duthoit, Screpel, Renaux-Lemaire, Destombes, Delfosse. — *Bureau de bienfaisance.* MM. Prouvost, Lagache, Réquillart, Flipo, Florin. — MM. Leconte fils, *receveur;* Vincre, *économe-comptable de l'hopital et de l'hospice;* Cottigny, *secrétaire.*

Seclin *Hospice.* MM. Cottignies, Claeys, Demeestère, Garez, Collette.—*Bureau de Bienfaisance.* MM. Dupire, Dujardin, Pinte, Olivier, Dubois.— Mullier, *receveur-économe et secrétaire.*

Tourcoing. *Hospice.* MM. Wattine, Ch. Wattine, L. Jonglez-Wattel, Hassebroucq, Desurmont-Desurmont.—*Bureau de bienfaisance,* MM. Motte, Truche, Lorthiois, Duvillier-Duriez, Nollet. — MM. Debuigne, *receveur et secrétaire;* Tranoy, *économe-comptable.*

Wambrechies. *Hospice.* MM. Saint-Léger, Guérin, Chastelain, Catry, Duquesnoy.— *Bureau de bienfaisance.* MM. Ghestem, Cardon, Butin, D'halluin, Saint-Léger.

Wattrelos. *Hospice.* MM. D'halluin, Delplanque, Droulers, Bayart, Beghin-Tiers. — *Bureau de bienfaisance.* MM. Delecroix, Dupire-Selosse, Droulers-Duquesnoy, Castel-Dujardin, Jubaru-Duquesnoy. — MM. Fourlinnie, *receveur et économe-comptable;* Fourlinnie, Th. *secrétaire.*

ARRONDISSEMENT DE CAMBRAI.

Cambrai. *Hospices.* MM. Proyart, de Liénard, Minangoy, Déjardin, l'abbé Vallé.—*Bureau de bienfaisance.* MM. Renard, Toussaint-Lallier, Boittelle, Piettre, de Beaumont (Emile).— Bruyelle, *receveur;* Manniez, *économe-comptable;* Wilbert, *secrétaire.*

ARRONDISSEMENT D'AVESNES.

Avesnes. *Hospices.* MM. Georges, Evrard, Bevière, Delavefve, N....—*Bureau de bienfaisance.* MM. Bevière, Flament, Bernadou,

Lambert, Carlier. — MM. Michaux aîné, *receveur ;* Dubois, *économe-comptable et secrétaire.*

Landrecies. *Hospice.* MM. Marie, Béthune, Bonnaire, Desbrosses, Passefort.—*Bureau de bienfaisance.* MM. Boutteaux, Merlin, Bonnaire-Pavot, Marsy. — MM. Descamps, *receveur;* Merlin, *économe-comptable;* Madoulé, *secrétaire.*

Maubeuge. *Hospices.* MM. Horrie, Halgrin, de Carnières, Ouverlaux, Guillemart. — *Bureau de bienfaisance.* MM. Guislain, Pechemartry, Labbé, Lombart, Marchand, C.—MM. Lucq, *receveur ;* Dubut, *secrétaire ;* Deligne, *économe-comptable.*

Le Quesnoy. *Hospices.* MM. Carion, Dupont, Piette, Goffart, Desquennes. — *Bureau de bienfaisance.* MM. Legrain-Piette, Lutz, ✻, Mary, Max, Hubert, Bercq. — MM. Baillion, *receveur ; économe de l'hospice,* Mary-Culot ; Vandamme, *secrétaire.*

Solre-le-Château. *Hospices.* MM. Leroy, Honoteau, Lancelin, Michaux, Bever. — *Bureau de bienfaisance.* MM. Preux, Bever, Leroy, Baligand, Lamelin. — M. Georges, *receveur.*

ARRONDISSEMENT DE DOUAI.

Douai. *Hospices.* MM. Danel, ✻, Dumon, Capon père, Preux (O. ✻), Desfontaines d'Azincourt (O. ✻). —*Bureau de bienfaisance.* MM. Petit, ✻, Tréca-Leleu, Bommart, comte de Guerne; de Serval (O. ✻). — MM. Lacombe, *receveur ;* Dubois, *économe-comptable ;* Brassart, *secrétaire.*

Lallaing. *Hospices.* MM. Lebon, Morelle, Houseaux, Boulant, F., Boulant, D., Deregnaucourt, Wacquez.— *Bureau de bienfaisance.* MM. Houseaux, Williate, Boulant, Herbaux, Waquez.

Orchies. *Hospices.* MM. Bocquet, Lahoussois, Hego-Bulteau, V. Cuvelier. — *Bureau de bienfaisance.* Les mêmes. — MM. Dherbomez, *secrétaire ;* Dherbomez, *receveur et économe-comptable.*

ARRONDISSEMENT DE VALENCIENNES.

Valenciennes. *Hospices.* MM. Hamoir, propriétaire ; Dumont, propriétaire; Delecourt-Dubois, Desfontaine de Preux, Lewille.—*Bureau de bienfaisance.* Les mêmes. — MM. Mariage, *receveur ;* Leflan, *secrétaire des hospices ;* Caudron, *secrétaire du bureau de bienfaisance ;* Vassart, *économe-comptable.*

Saint-Amand. *Hospices.* MM. Barbieux, Davaine, Bouchart, Brasseur-Laby, Nicolle. — *Bureau de bienfaisance.* MM. Hedon, Waché, Naveteur, Saucourt, Coquériaux.—MM. Duwez, *receveur et secrétaire ;* les sœurs de Ste.-Thérèse, *économes.*

Condé. *Hospices.* MM. Delzant, Martel, Mention-Bourgogne, Pureur, Rossy.—*Bureau de bienfaisance.* Les mêmes. — MM. Douchement, *receveur ;* Noël, *économe comptable et secrétaire.*

Asiles publics d'aliénés.

Ces établissements sont régis par la loi du 30 juin 1838 et l'ordonnance réglementaire du 18 décembre 1839.

ARMENTIÈRES.

L'asile d'Armentières est destiné au traitement des hommes atteints de démence.

Commission de surveillance. MM. Dansette, ✻, membre du conseil général et maire d'Armentières, Cary, Boussemaer, Pouchain-Boutry, Woussen-Castrique. — *Directeur*, M. Delair; *aumônier*, N....; *médecin*, M. Butin; *receveur*, M. Musin-Lespagnol; *économe*, M. Laleu.

LILLE.

L'asile de Lille est affecté au service des femmes atteintes de folie.

Commission de surveillance. MM. Verley, ✻, *président*; Meunier, notaire; Rouzé, ✻; Leconte, doyen-curé de Saint-Maurice; E. Defontaine, ✻.— *Directeur*, M. Guilbert; *médecin*, M. le docteur De Smyttère; *aumônier*, M. Sapelier; *receveur-économe*, M. Longuespée.

LOMMELET.

Indépendamment des deux asiles publics de Lille et d'Armentières, il existe au hameau de Lommelet, commune de Marquette, près Lille, un asile privé destiné aux aliénés-hommes, desservis par les frères hospitaliers de Saint-Jean-de-Dieu.

Directeur, M. Isaac Durosoy; *médecin*, M. Joire.

Monts-de-Piété.

Il existe cinq monts-de-piété dans le département, savoir: un à Bergues, un à Lille, un à Cambrai, un à Douai, un à Valenciennes.

Ces établissements sont placés sous la surveillance des commissions administratives des hospices.

L'intérêt des prêts est de 8 pour 100 à Bergues; de 9 à Lille, de 12 à Cambrai, à Valenciennes et à Douai.

Les monts-de-piété de Cambrai et Valenciennes sont institués légalement par ordonnances des 8 septembre et 17 octobre 1847.

Le mont-de-piété de Lille a remis en exercice la fondation Masurel, anciennement instituée pour le prêt gratuit. Tous les prêts au-dessous de 30 fr. sont faits sans intérêt, lorsque les emprunteurs s'adressent directement au mont-de-piété.

Directeurs et contrôleurs des Monts-de-Piété du département du Nord.

A Bergues, MM. Guilbert, *directeur;* Willeman, *contrôleur.* — A Lille, MM. Fockedey, *directeur;* Masurel, *contrôleur.*— A Cambrai, MM. Sapelier, *directeur*; Wilbert, *contrôleur.* — A Douai, M. Mouthon de Bourdignin, ✻; *directeur*,— A Valenciennes, MM. Hourdequin, *directeur;* Caudron, *contrôleur.*

COMITÉS CONSULTATIFS.

Ces comités, dont les membres sont choisis parmi les jurisconsultes les plus éclairés de chaque arrondissement, sont établis en vertu du règlement du 7 messidor an IX, pour donner leur avis sur toutes les affaires contentieuses qui intéressent les administrations de bienfaisance.

Liste nominative des membres des comités consultatifs.

A Dunkerque, M. Bouly de Lesdain, Willems fils, N...... — A Hazebrouck, MM. Deschodt, Kien, Wandewalle. — A Lille, MM. Delannoy, Théry, N ..—A Cambrai, MM. Cirier, Dutemple, Lefranc.—A Avesnes, MM. Maurice, Hannoye, Mary. *Membre adjoint*, M. Guillemin. — A Douai, MM. Dupont, Pellieux, Talon.— A Valenciennes, MM. Deruesnes, Girard, Didier.

Caisses d'épargne.

Il existe dans le département du Nord dix-sept caisses d'épargnes, savoir : une à Douai, une à Dunkerque, une à Lille, une à Cambrai, une à Valenciennes, une à Maubeuge, une à Roubaix, une à Tourcoing, une à Avesnes, une à Hazebrouck, une à Bergues, une à Armentières, une à Bailleul, une à Estaires, une à Merville, une à Comines et une à Cassel.

Elles ont été autorisées par ordonnances des 25 septembre et 1er novembre 1833, 11 mars 1834, 13 janvier et 25 février 1835 ; 1er décembre 1841 ; 13 octobre 1842, 31 janvier et 17 avril 1843, et par décrets des 8 novembre 1850, 24 juillet 1851, 7 août 1852, 8 septembre 1853, 20 et 23 octobre 1858.

Des succursales de la caisse de Valenciennes sont établies à Condé, Saint-Amand et Denain. Une succursale de la caisse de Douai est installée à Orchies.

NOMS DES MEMBRES DES CONSEILS DE DIRECTION DES CAISSES D'ÉPARGNE.

DUNKERQUE. MM. Petyt, *président ;* Morel-Agie, *vice-président ;* Dessurne aîné, *secrétaire ;* A. Dessurne, *secrétaire-adjoint ;* Carlier, ✻, négociant ; Chaveron, Cailliez, rentier ; Féorn, ✻, Caron, ✻, capitaine au long cours ; Verleye, juge ; Vandewalle, propriétaire ; Beck ancien notaire ; Durin, négociant ; Darras, idem ; Lefebvre, avocat ; Pigalle, percepteur ; *trésorier*, N Gombert.

BERGUES. MM. le maire, *président ;* Michiels, Pouvillon, Pluvier, Dekester, Guilbert, Vernaelde, Gallo-Guilbert, Claeys, Herwyn, Pastoors, Delport, Pluvier, J., Deschamps ; *trésorier*, M. Demeunynck.

HAZEBROUCK. MM. Houcke, maire, *président ;* Kien, adjoint, *vice-président ;* Caboche, greffie du tribunal ; Vanhoucke père, Schmidt, contrôleur principal des contributions indirectes ; Smagge, percepteur, Vitse, propriétaire ; Scheercousse père, Bloeme, notaire ;

Deschodt, avocat ; Donckele fils, propriétaire ; Leleu, avoué ; Van dewalle, propriétaire ; Loingeville, propriétaire ; Vandewalle, propriétaire ; *trésorier*, M. Deroo.

Bailleul. MM. le maire, *président ;* Dehaene, doyen de Saint-Amand ; Bacquaert, idem de Saint-Vaast ; Behaghel, L., conseiller municipal ; Behaghel, H., idem ; Flahaut (Hubert), Flahaut (Evar.), Bieswal, Behaghel, receveur des hospices ; Plichon, négociant ; de Coussemaker, propriétaire ; Cortyl, propriétaire ; Baelde, receveur municipal ; Lotthé, notaire ; Vandewalle, conseiller municipal ; Demersseman, idem ; *trésorier*, M. Baelde.

Cassel. MM. Desmyttère, maire, *président ;* Béhaghel, *vice-président ;* Windrif, *secrétaire ;* Dehandschœwercker, A., Chevalier, Dutroy, ✻ ; Leroy, Wackernie, Vantroyen, Quarez, Deswartes, Morael, Delebaere, Dekytspotter, Roussel ; *trésorier*, M. Pastoors;

Estaires. MM. Hennion, maire, *président ;* Rogié-Dupire, Salomé-Blanquart, Minche-Théodore, Bossu-Revel, Courdent-Duflos, Vermerch, Hennion-Duflos, Taffin-Peuvion, Degruson, Taffin, A., Ducatez-Degrave, Ledieu-Silvie, Lecomte-Dupont, Leclercq ; *trésorier*, M. Beau.

Merville. MM. Verhaeghe, ✻, maire, *président ;* Clarisse-Piat, *vice-président ;* Bridelance, ✻, *secrétaire ;* Delassus-Vanderberghe, *secrétaire-adjoint ;* Senellart-Pannier, *idem ;* Bécu-Loutre, négociant ; Grillet-Het, corroyeur ; Duhamel, manufacturier ; Barizel, receveur municipal ; Barizel, receveur de l'enregistrement ; Delassus, brasseur ; Hadou, propriétaire ; Bécu-Dautriche, négociant ; Verhaeghe-Duquenne, notaire ; Arnould, commissaire-priseur ; N... *trésorier*, M. Guy.

Lille. MM. le maire de Lille, *président ;* de Vogelsang, *vice-président ;* Dumon, *secrétaire ;* Morel, Remy-Meurisse, Fiévet-Delemer, Jouffroy, Defontaine, Durieux-Forret. — M. Charvet-Barrois, *vice-président honoraire.* — M. Keguelin de Rozières, *caissier.*

Armentières. MM. le maire d'Armentières, *président ;* Castrique, Boussemaert, Bayart, Jeanson, Theeten, Demazières, Dutilleul, Pouchain-Boutry, Woussen-Castrique, Descamps-Cochet, Clarisse-Béghin, Fauquemberghe, Salmon, A., L. Baron, Marcotte-Butry, *secrétaire ; trésorier*, M. Hallot.

Comines. MM. le maire de Comines, *président ;* Catteau-Lauwick, *vice-président ;* Goeman, Froidure fils, Ghesquière, Gondiexon, Ghesquière-Herbaux, Hassebrouck-Lambin, Pagès, Parent, Marcotte, E., Lauwick, Devos, Vandewynkele, Catteau, Ch., Lecomte, *secrétaire ;* Plamont, *trésorier.*

Roubaix. MM. le maire de Roubaix, *président ;* Lecomte, *vice-président ;* Delefosse, *secrétaire ;* Frasez, *vice-secrétaire ;* Dujardin, Grimonpret-Bossut, Réquillard-Screpel, Screpel, L., Ernoult-

Bayart, Watine, Réquillart-Désaint, Renaux-Lemerre, Lepoutre, Parent, Duhamel-Lefebvre, Eeckmann, Wibaux; *trésorier*, M. Laignel.

TOURCOING. MM. le maire, *président;* Hassebroucq, *vice-président,* Nollet, Motte, Leurent, Lemaire-Réquillart, Lorthiois-Leplat, Desurmont-Motte, Mathon, Nollet, Debischoop père, Destombes, Tiberghien-Duvillier, Caulliez-Catteau, Debuchy, Desurmont-Desurmont; *trésorier*, M. Deherripon.

CAMBRAI. MM. le maire de Cambrai, *président;* Hardy, médecin, Dufrénois fils, Toussaint, négociant; Bernard-Guéry, idem; Duvivier, architecte; Brunelle, médecin, *membres élus par les fondateurs:* six conseillers municipaux à tour de rôle; *trésorier*, M. Delattre.

AVESNES. MM. Fauquet, maire, *président;* Evrard, juge-de-paix, *vice-président;* Georges, juge-de-paix; Beaumont, banquier; Delavefve, rentier; Bernadou, propriétaire; Flament-Fleury, rentier; Marchant, notaire; Viroux, imprimeur; Dubois-Viroux, libraire; Cottereau, négociant; Delflache, artiste vétérinaire; Carlier, rentier; Durieux-Carlier, Caverne, pharmacien; *trésorier*, M. Fosset.

MAUBEUGE. MM. le maire, *président;* Quivy, *vice-président;* Bayart, *secrétaire;* Deharveng, *secrétaire-adjoint;* Sculfort, de Lagorce, Deladrière, Lamendin, Riche, Philippe Marchant, Février-Guillemart, Autier (Emmanuel); *trésorier,* M. Levecque.

DOUAI. MM. Danel, ✱, président de chambre à la cour impériale, *président;* Leroy, propr., *secrétaire;* Bois, propr.; Bommart, id.; Campion, idem; Danniaux, conseiller à la cour; de Bailliencourt, notaire; de Guerne, conseiller à la cour; de Warenghien, idem; Delorme, prop.; Lagarde, conseiller à la cour; Lavoix, receveur municipal; Nutly, juge-de-paix; Preux (O. ✱), premier président honoraire à la cour impériale; Maurice, ✱, maire de Douai; Dincq, banquier; Béharel, propriétaire; de Maingoval, idem; Guille, idem; Bonnaire, idem; Cartier, garde d'artillerie; Thomassin, Lamarle, ancien ingénieur en chef des ponts-et-chaussées; Leboucq de Ternas, propriétaire; *trésorier,* M. Vadot.

VALENCIENNES. MM. Deruesnes, *président;* Douay, ancien notaire, *vice-président;* Didiez, avocat, *secrétaire;* Desfontaines de Preux, Boulan, Rousseau fils, Pesier, Libert, Viel, Courtin, Boulan, E., Hourdequin; *trésorier*, M. Verchain.

Caisse de retraites pour la vieillesse.

La loi du 18 juin 1850 a ordonné qu'il serait créé, sous la garantie de l'État, une caisse de retraites pour la vieillesse. Elle a été ouverte dans le département le 31 juin 1851. Les versements sont reçus par le receveur général, à Lille, et par les receveurs particuliers des finances dans les arrondissements.

La situation des placements effectués dans le département du Nord est indiquée dans la deuxième partie du présent annuaire.

Sociétés de secours mutuels:

Les sociétés de secours mutuels sont régies par la loi du 15 juillet 1850 et par décret du 14 juin 1851.

La deuxième partie de l'Annuaire contient quelques renseignements statistiques sur la situation des sociétés existantes dans le département.

Les sociétés, instituées comme établissements publics dans le département, sont les suivantes :

COMMUNES.	DATES des autorisations.	NOMS des présidents.
	Arrondissement de Lille.	MM.
Annappes (Ste-Anne).	31 décembre 1853.	Richard.
Annappes. (St-Vincent-de-Paul).	24 décembre 1853	Delemazure.
Armentières (St-Hubert)	10 février 1853.	Dansette, ✻, maire.
Ascq (Bon-Pasteur).	2 décembre 1853.	Testelin.
Aubers (St-Vaast).	23 novembre 1855.	Cordonnier.
Avelin.	31 décembre 1852.	Deleplanque.
Avelin (St-Vincent).	24 février 1855.	Diéval.
Bois-Grenier (St.J.-Bte.)	20 juin 1859.	Desplanque.
Bondues (St-Waast).	2 juin 1853.	Delemer.
Bousbecques(St-Martin)	1 septembre 1855.	Catry-Dalle.
Bouvines (St-Pierre).	9 janvier 1855.	Deffontaines.
Comines.	30 juillet 1853.	Lambin, Louis, ✻.
Croix (St-Martin).	29 octobre 1858.	Lepers.
Cysoing (St-Calixte).	14 juin 1854.	Revel, Louis.
Deulémont.	10 janvier 1855.	Vandermersch.
Ennevelin (St-Quentin).	17 août 1855.	Favier.
Erquinghem-Lys (St-M.)	1 juillet 1858.	Feutrie.
Faches (la Prévoyante).	3 mars 1856.	Bajeux.
Forest (St-Jean-Bapt.).	20 janvier 1853.	Roman, maire.
Frelinghien. (le Funquereau).	7 décembre 1852.	Lotigier.
Frelinghien (le Bourg).	9 août 1853.	Le Gourmand, maire.
Gondecourt (St-Roch).	11 mars 1857.	Caigner-Cuvelier.
Gondecourt (Ste. Barbe).	17 mai 1859.	Berte.
Halluin (la Prévoyante)	28 octobre 1853.	Demeestère.
Hantay.	16 août 1855.	Leclercq-Mortelecque.
Haubourdin(St-Jean-B.)	16 avril 1853.	Testelin.
Hellemmes(St-Ghislain)	30 avril 1855.	Noé.
Illies.	4 déceubre 1856.	Rigaut.
La Bassée.	14 juin 1855.	Ybert.
La Chapelle d'Arment.	12 juin 1855.	Duhem.
La Madeleine. (Ste. Marie-Madeleine).	21 juin 1859.	Dumoutier.
Lambersart (St. Nicolas)	5 septembre 1852.	Bailly.
Lambersart (Canteleu).	15 octobre 1855.	Béharel.
Lannoy (St-Philippe).	14 octobre 1854.	Parent.
Lille (Assoc. musicale).	5 février 1855.	Renard, ✻.
Lille (Société protest.)	15 décembre 1855.	Eschenauer.
Lille (N.-D. de Lille).	25 janvier 1855.	Comte de Melun.

COMMUNES.	DATES des autorisations.	NOMS des présidents.
		MM.
Lille (la Prévoyance).	21 janvier 1856.	Vandeweghe.
Lille. — Fives (St-Luc).	18 juillet 1857.	Carrette.
Lille. — Moulins-Lille. (St-Roch).	24 février 1854.	Guichard.
Lille. — Wazemmes. (la Prévoyante).	10 février 1853.	Mourmant, ✻.
Lille (Association des Médecins du Nord).	21 juin 1859.	Le Dr Cazeneuve. ✻
Linselles (St-Médard).	13 janvier 1858.	Demarcq.
Lomme (St-Eloi).	13 mars 1856.	Bailleux.
Lomme (St Hubert).	20 septembre 1855.	Duriez
Lomme (St-Martin).	10 juillet 1858.	Duriez.
Lompret (St. Joseph).	29 avril 1859.	Verdier.
Loos (St-Lucien).	1 octobre 1853	Betmann.
Marcq-en-B. (St-Jean).	3 mars 1856.	Ducrocq.
Marquette (St-Louis).	29 avril 1857.	Lemay.
Mons-en-Bar. (St-Jos.)	20 juillet 1857.	Delebarre
Neuville-en-Ferrain. (St-Quirin).	6 juillet 1857.	Catteau.
Pérenchies (St-Mathias)	30 août 1858.	Droulers.
Phalempin.	3 février 1855.	Thérin.
Prémesq. (St-Laurent).	25 mai 1856.	Lambin.
Quesnoy-sur-Deûle.	6 novembre 1852.	Vienne.
Radinghem (St-Joseph)	12 juin 1855.	Brice.
Roncq (St-Piat).	6 février 1855.	Labbe.
Roubaix (Soc. des méd. de St-Hélène).	14 septembre 1858.	N....
Salomé.	24 février 1855.	Lecreux.
Seclin (St-Hubert).	5 juillet 1855.	Fournier.
Toufflers (St. Pierre).	9 janvier 1859.	Deleplanque.
Tourcoing (St-Napoléon)	25 mai 1856.	Roussel-Caulliez.
Tourcoing (St-V.-de-P.)	15 février 1858.	Leroux.
Tressin (St-Pierre).	8 mai 1855.	Destriez.
Vendeville (St-Joseph).	23 juin 1858.	Buisine.
Verlinghem (St-Chrys.)	1 mai 1854.	Mélisse.
Wambrec. (St-V.-de-P.)	6 février 1854.	Vte. Obert.
Wattrelos (St-Vital).	9 septembre 1853.	Callens.
Willems (St-V.-de-Paul)	25 mai 1855.	Truffaut.
Arrondissement de Dunkerque.		
Dunkerque (St-Michel).	18 février 1854.	Haeuw.
Dunkerque. (N.-D. des Dunes).	2 juin 1854.	De Cleebsattel, ✻.
Dunkerque (St-Joseph).	28 septembre 1855.	Delelis, Jules.
Esquelbecq.	29 janvier 1856.	Bergerot.
Arrondissement d'Hazebrouck.		
Bailleul (anc. militair.)	24 novembre 1854.	Béhaghel.
Bailleul (les vrais amis).	14 mai 1857.	Decreus.
Cassel.	23 septembre 1854.	Desmyttère.
Estaires (St-V.-de-Paul)	6 décembre 1854.	Deroy, Alexandre.
Estaires (Anc. militair)	16 septembre 1859.	N . . .

COMMUNES.	DATES des autorisations.	NOMS des présidents.
		MM.
La Gorgue.	30 août 1854.	Duquenne.
Hazebrouck.	7 mars 1853.	Cleenewerck, ✻.
Hazebrouck (anc. mil.)	10 août 1858.	Prévost.
Merville.	16 août 1853.	Bouillez-Verhaeghe.
Merville (Anc. militair).	24 mars 1859.	Danel-Delbecq.
Nieppe.	18 avril 1855.	Delangre.
Steenvoorde.	29 décembre 1855.	Beck.
Steenwerck.	14 avril 1854.	Plouvier.
Vieux-Berquin.	24 février 1855.	Loones-David.
Arrondissement de Douai.		
Douai (société générale)	7 mars 1853.	Maurice, ✻, maire.
Flines-lez-Raches.	8 octobre 1854.	Choque.
Lécluse.	3 janvier 1855	Branque.
Marchiennes.	25 avril 1855.	Piédanna.
Raimbeaucourt.	8 janvier 1855.	Martel.
Sin	10 janvier 1859.	Goulois.
Arrondissement de Valenciennes.		
Anzin.	19 juillet 1858.	Boulan.
Condé.	26 juin 1854.	Mention.
Raismes.	9 septembre 1853.	Leroy. Ed.
Saultain.	6 mars 1853.	Hamoir, Gustave.
Saint-Amand.	19 mai 1855.	Bailliard.
Vieux-Condé (St-Eloi).	14 août 1854.	Dervaux.
Valenciennes. (Union valenciennoise)	8 septembre 1853.	Feytaud.
Valenciennes. (soc. gén. de prév.)	8 septembre 1853.	Fosse.
Valenciennes (St-Eloi).	6 avril 1857.	Meurs, François.
Valenciennes. (L'Union fraternelle.)	9 juin 1857.	Lewille.
Valenciennes (Tailleurs d'habits).	18 juin 1859.	Noël.
Arrondissement de Cambrai.		
Cambrai. (Ass. des ouvr. mal.)	7 mars 1857.	De Beaumont.
Trois-Villes.	22 juin 1855.	Rousseaux.

Sociétés de charité maternelle.

LILLE.

La société de charité maternelle, instituée à Lille en 1817, a pour but de soulager les mères pauvres. Sont admises aux secours les femmes qui, ayant perdu leur mari pendant leur grossesse, ont au moins un enfant vivant, celles qui, ayant au moins un enfant, ont un mari tout-à-fait estropié ou affecté d'une maladie chronique : celles qui, étant infirmes elles-mêmes, ont deux enfants vivants, toutes les grandes familles au moins de trois enfants vivants, dont l'aîné est en bas âge.

Les secours administrés par les dames de la charité maternelle sont l produit de souscriptions volontaires.

Voici le tableau des dames de l'association :

Présidente honoraire, Mme. Vallon.
Présidente, Mme. Briansiaux-Bigo.
Vice-présidentes, MMes. de la Serre, Ch. Verley.
Secrétaire, Mme. Gentil-Descamps
Trésorier, M. Desmottes, notaire.
Dame pour la confection des vêtements, Mlle. Desjardins.

Dames administrantes.

1er. ARRONDISSEMENT. Mmes. J. Mathon, Henri Scrive, Viseur-Waymel, Mle. Dumon, Mmes. A.Longhaye, Henri Barrois, Agache, de Genevières, Boutry.

Mmes. Lefebvre-Smet, Blondeau-Piat, Demesmay-Chuffart, veuve Crespel-Desquiens, Kuhlmann, Descamps-Crespel, Huot, Lahousse, Droulers-Vernier, Groulois-Lanvin, *dames honoraires.*

2e. ARRONDISSEMENT. Mmes. Houvenaghel-Maquet, Dehau-Deleruyelle, Théry-Leclercq, Vannière-Smet, Catoire-Richebé, de Melun, Desrousseaux-Lefebvre, Lallier, Charvet-Fockedey, Terwangne.

Mmes. Lemaire-Raoust, Paquin, Dambricourt, Clainpanain, Delesalle-Desmedt, A. Lemoinier, Blanquart-Evrard, Akermann, Mlle. Thery, Mme. Verley-Lienard, *dames honoraires.*

3e. ARRONDISSEMENT. Mmes. Th. Cuvelier, Ch. Verley, Mlle Huret, Mmes. Depret-Béghin, Huet, Bernard-Rouzé, Théry-Dumon, Desmedt-Faucheur, Pajot, Roussel, Ad. Mas, Rouzé-Duthoit.

Mmes. Descat-Leleux. Delebecque-Barrois, Jonglez-Hovelacque, Regnault-Flament, Em. Verstraete, *dames honoraires.*

4e. ARRONDISSEMENT. Mmes. C. Mas, L. Danel, Mairesse, Dehau-Defontaine, D. Verley-Charvet.

Mmes. Tilloy-Crsteleyn, Loncke, Meurisse, Rose, G. Descat, Decoster-Droulers, Murville, Decroix-Duquesne, *dames honoraires.*

5e. ARRONDISSEMENT. Mmes. Gonnet-Murville, L. Delannoy, Desmedt-Wallaert, Morel-Sachon, Charvet-Barrois, Blondiau-Herlin, de la Serre, A. de Norguet.

Mmes. Révoire, Ach. Wallaert, de Grimbry, de la Phalecque, J. de Vicq, veuve J. Casteleyn, Mlle. Legrand, *dames honoraires.*

SECTION DE WAZEMMES. Mmes. Lepercq Deledicque, Faucheur-Deledicque, *dames déléguées.*

Dames administrantes. Mmes. Mourmant, Loyer, Ch. Faucheur, Delefortrie, Sarrazin, Frémeaux, Courtois, Waymel, Faucheur-Deledicque, Faucheur-Mourmant, Brielman, Rose, Lenoël, Lepercq-Deledicque, Tesse-Degland, Richter, C. Sarrazin.

Mmes. Decoster, Richez, Comère, Holbecq, Béghin-Dejaeghère, Laurange, Delcourt-Malfait, L. Faure, J. Chapus, Marcotte, Faucheur-Desmedt, Lefebure, H. Faure, Paul Lepercq, J. Lefebvre, Julien Barrois, Ch. Fauchille, *dames honoraires.*

Section de Moulins-Lille. Mmes. E. Wallaert, Poelman, *dames déléguées*.

Dames administrantes. Mmes. Em. Vallaert, Poelman, veuve Olivier, Mlle. Delebecque.

Mmes. Ph. Bériot, Denniel-Bériot, Gisclon-Boute, Collette, Gennevoise-Lefebvre, Lefebvre-Bériot, Lammens, Mlle. Cliquennois, *dames honoraires*.

Section d'Esquermes. Mme. de Genevières, *dame déléguée*.

Dames administrantes. Mmes. de Genevières, Bigo-Tilloy, Miellez, Braquaval, Delannoy.

Mmes. la prieure des Dames Bernardines, Crépy-Dubus, Vermersh, Louis Mallet, Mlle Billet, *dames honoraires*.

Section de Fives. Mme. Rose-Demerler, *dame déléguée*.

Dames administrantes. Mmes Rose-Demerler, Th. Barrois, Brabant-Dupont, Boutry-Droulers, Boutry-Flamen.

Mmes. veuve Barrois-Demesmay, G. Barrois, Brabant-Hette, *dames honoraires*.

Section de Saint-Maurice. Mmes. Bachy-Cuvelier, Langlart-Barrois, *dames déléguées*.

Dames administrantes. Mmes. Bachy-Cuvelier, Langlard-Barrois, Lambry-Carbon, Steverlynck-Delecroix.

Mmes. veuve Cox, Ed. Cox, Lethierry-Barrois, Prouvost-Wacrenier, Van-Troyen-Cuvelier, Cazeneuve, *dames honoraires*.

VALENCIENNES.

Un arrêté de M. le Ministre de l'Intérieur, en date du 15 novembre 1848, autorise l'établissement d'une société de charité maternelle à Valenciennes.

Présidente, Mme. Serret-Desvignes; *secrétaire*, N....; *conseillères*, Mmes. Serret, S. de la Serre; *trésorière*, Mme. Waternau.

Société charitable de St.-François-Régis, à Lille.

Cette société, autorisée par arrêté du Préfet du 18 octobre 1849, a pour but de faciliter le mariage des indigents de Lille et des environs et la légitimation des enfants naturels, en leur procurant gratuitement les pièces qui leur sont nécessaires.

Elle est administrée par un conseil composé de dix membres.

Elle tient ses séances les deuxième et quatrième dimanches de chaque mois, dans le local de l'administration des hospices.

Elle reçoit les pauvres qui se présentent munis d'une lettre de recommandation et des pièces qui se trouvent en leur possession.

Association pour la construction de maisons d'ouvriers, à Douai.

Cette société a pour but de construire des maisons et de les louer aux ouvriers au plus bas prix possible.

Président, M. Maurice, ✻, maire.

INSTRUCTION PUBLIQUE.

La loi du 14 juin 1854 et le décret du 22 août suivant, ont réorganisé les services de l'enseignement public.

La France est divisée en quinze circonscriptions académiques.

ACADÉMIE DE DOUAI.

L'Académie de Douai comprend cinq départements qui sont l'Aisne, les Ardennes, le Nord, le Pas-de-Calais et la Somme.

ADMINISTRATION ACADÉMIQUE.

Recteur, M. Guillemin (O. ✻,); *inspecteurs*, MM. Dumouchels, ✻, à Laon; St-Joire, à Mézières; Vasse (O. I.), à Lille; Lavocat, (✻ O. I.), à Arras; Allou, ✻, à Amiens; Taiée (✻ O. I.), à Douai; *secrétaire de l'Académie*, M. Clochez (O. I.)

CONSEIL ACADÉMIQUE.

Membres de droit, Le Recteur, *président;* les inspecteurs d'Académie de la circonscription, les doyens des Facultés, les directeurs des écoles préparatoires de médecine et de pharmacie du ressort.

Membres nommés. Mgr. Régnier, ✻, archevêque de Cambrai; Mgr. Parisis (O. ✻), évêque d'Arras; MM. Devismes, pasteur protestant à St.-Amand-les-Eaux; de Moulon (O. ✻), premier président de la cour impériale de Douai; Camescasse, ✻, procureur-général près la cour de Douai; Vallon (C. ✻), préfet du Nord; Maurice, ✻, maire de Douai.

ENSEIGNEMENT SUPÉRIEUR.

FACULTÉ DES SCIENCES DE LILLE.

Tous les cours de la Faculté des Sciences sont publics et gratuits, à l'exception de ceux de l'enseignement pratique. Chaque auditeur, en effet, moyennant une rétribution annuelle de 200 fr. environ, tous frais compris, peut être admis à répéter les expériences principales des cours publics. Il y a par semaine quatre manipulations en chimie, en physique, en histoire naturelle et en mécanique. Ces manipulations sont dirigées dans les laboratoires de la Faculté, par les professeurs qui les font accompagner de conférences spéciales et développées. — Les collections et les laboratoires de la Faculté sont très-remarquables; ses amphithéâtres peuvent contenir plus de 300 personnes.

MM. Girardin, ✻, doyen, *professeur de chimie;* Lamy, *professeur de physique;* Mahistre. *professeur de mathématiques pures et appliquées;* Lacaze du Thiers, *professeur d'histoire naturelle;* Guiraudet, *professeur de mathématiques;* Violette, *professeur adjoint de chimie.*

Cours annexes de la Faculté.

Histoire, M. Chon, professeur au lycée; *littérature*, M. Colincamp, professeur à la Faculté des lettres de Douai.

Secrétaire de la Faculté, M. Lanvin.

FACULTÉ DES LETTRES DE DOUAI.

MM. Abel Desjardins, ✻, doyen, *professeur d'histoire;* Vidal, *professeur de littérature ancienne;* Colincamp, *professeur de littérature française;* Delondre, *professeur de philosophie;* Parisot, *professeur de littérature étrangère;* Candas (O. I.), *secrétaire de la Faculté.*

ÉCOLE PRÉPARATOIRE DE MÉDECINE ET DE PHARMACIE DE LILLE.

Directeur, M. Cazeneuve, ✻, docteur en médecine, professeur de clinique interne.

Professeurs titulaires, Anatomie et Physiologie, M. Houzé de l'Aulnoit. — Pathologie externe et médecine opératoire, M. Morisson.—Clinique externe, M. Parise.—Pathologie interne, M. Pilat. —Clinique interne, M. Cazeneuve, ✻.—Accouchements, maladies des femmes et des enfants, M. Binaut. — Matière médicale et thérapeutique, M. Brigandat, ✻. — Pharmacie et notions de toxicologie, M. Garreau.

Professeurs adjoints. Anatomie et Physiologie, M. Arrachard. — Pharmacie et toxicologie, M. Brauwers.

Professeurs suppléants. Pour la chaire de médecine proprement dite, N... — Pour les chaires de chirurgie et d'accouchement, M. Joire. — Pour les chaires d'anatomie et de physiologie, M. Chrestien.

Chef des travaux anatomiques, M. Delage.

ENSEIGNEMENT SECONDAIRE.

LYCÉE DE DOUAI.

Bureau d'administration, MM. Génin, ✻, sous-préfet; Maurice ✻, maire de la ville de Douai; de Moulon (O. ✻), premier président de la cour impériale de Douai; Héroguer, grand-doyen, curé de Saint-Pierre; Choque, membre du Corps législatif.

Administration. MM. Fleury, ✻, *proviseur;* Pernelle, *censeur;* Fournet (O, I.), *aumônier;* Souriau, *économe;* Vène 1er. *commis d'économat;* Chauvet, 2e. *commis.*

Professeurs. Logique, M. Gindre de Mancy; rhétorique, M. Aubertin; mathématiques spéciales, M. David ✻ (O. I.); physique, M. Vasse aîné (O. I.); histoire, M. Duméril; mathématiques pures et appliquées, M. Petit Jean et M. Broye.—*Professeurs adjoints de physique*, MM Offret et Perret; *professeur adjoint de mathématiques*, M. Ricourt.— *Seconde*, M. Nicolas; *troisième*, M. Figarol; *quatrième*, M. Brach; *cinquième*, M. Girardin; *sixième*, M. Lamarre; *septième*, M. Bercq; *huitième*, M. Cousin; langue anglaise, M. Mervoyer; langue allemande, M. Kotzustski. — *Surveillant général*, M. Cantin.

Maîtres répétiteurs, MM. Pétain, Monier, Dongny, Sauvage, Choisy.

Aspirants répétiteurs, MM. Burlot, Boitel, Mottet, Frappart, Bonuwé, Hallynck, Boulzin, Pointalin, Pelletier.

Maître de travaux graphiques, M. Malet, ✠.—*Maître de chant*, M. Noury.— *Maître de dessin*, M. Chevalier. — *Maître d'écriture*, M. Flamand. — *Médecin*, M. Maugin. — *Chirurgien*, M. Gelez fils. — *Maître de gymnastique*, M. Deleplace.

LYCÉE DE LILLE.

Bureau d'administration. MM. Dureau (✠ Esp.), secrétaire-général de la préfecture; Richebé (O. ✠), maire de la ville de Lille, Lefebvre, ✠, curé-doyen de Saint-Etienne; Dufresne (O. ✠), président du tribunal civil; Delerue, juge-de-paix, Petitbon, proviseur.

Administration. MM. Petitbon (O. I.), *proviseur;* Kremp, *censeur*, Gonthier, *aumônier*, Soulié (O. A), *économe;* Bauger, *premier commis d'économat;* Rodier, *deuxième commis*.

Professeurs. Logique, M. Répelin; rhétorique, M. Durand; physique, M. Serreguino; histoire, M. Chon (O. I.); mathématiques pures, M. Burat; professeur adjoint de mathématiques. M. Dave; professeurs adjoints de physique, MM. Schmeltz et Canet, — *Seconde*, M. Portelette; *troisième*, M. Wartel; *quatrième*, M. Donat de Saint-Coux; *cinquième*, M. Carpentier; *sixième*, M. Magnier; *septième*, M. Renard; *huitième*, M. Caron. — *Cours préparatoires aux professions commerciales et industrielles*. Littérature et histoire, M. Wocquier; mathématiques, MM. Delavenne et Basselart — *Cours préparatoire à la division élémentaire*, MM. Desoutter et Planard; *maître de langue anglaise*, M. O'Neil Nesbitt; *maître de langue allemande*, M. Meyer; *surveillant-général*, M. Latreille; *maîtres répétiteurs*, MM. Delavenne, Woucquier, Ausécache, Spanneut, Boullet, Basselart; *aspirants répétiteurs*, MM. Buridant, Loignon, Perdrizet, Larroche, Gambier, Hette, Lecomte, Crouet, Plouquet, Trignart, Tabary, Chartier, François, Challiol, Watel; *maîtres de travaux graphiques*, M. N..; *maître de dessin*, M. Menier; *maître d'écriture*, M. Desoutter; *médecin*, M. Bailly; *maître de gymnastique*, M. Madurel.

COLLÉGE COMMUNAL D'ARMENTIÈRES.

Bureau d'administration· MM. Dansette, ✻, maire, *président ;* Cateaux, curé ; Castrique, ancien notaire ; Butin, médecin ; Deloince-Boutry, conseiller municipal. — M. Bouvart, *principal.*

Professeurs : MM. Legros, *régent de mathématiques ;* Paulier, *régent de troisième et quatrième ;* Magnien, *régent de cinquième et sixième, chargé de l'enseignement de la langue anglaise ;* Rémaut, *régent de septième et huitième ;* Berker, *maître de dessin linéaire et d'arithmétique.* — *Maîtres de français et d'études :* MM. Bouvart fils, Guillois, Meurisse et Delannoy.

COLLÉGE DE TOURCOING.

Bureau d'administration. MM. Motte, Simon, doyen de N.-D., Vanlaer, docteur en médecine, Caulliez-Catteau, conseiller municipal, H. Desurmont, id. — MM. Lecomte, *principal*, en congé, l'abbé Leblanc, *chargé des fonctions.*

Professeurs : MM. Fichaux, *régent de logique ;* l'abbé Leblanc, *régent de rhétorique ;* Piques, *chargé de la seconde ;* Playoust, *chargé de la troisième ;* Podvin, *régent de quatrième ;* Delsaut, *régent de cinquième ;* Lavadoux, *régent de sixième ;* Deltour, *régent de septième ;* Lecomte, *régent de huitième ; physique et chimie,* Jourdeau; Paillard, *régent de mathématiques supérieures ;* Charée, *régent de mathématiques élémentaires ;* Fichaux, *chargé de l'enseignement de la langue anglaise.*

Maîtres d'études, MM. Tanchon, Destombes.

Econome, M. Cornille

Classe primaire supérieure annexée, MM. Leplat et Ducolombier, chargés des cours.— *Classe élémentaire*, MM. Dransart, Wicart et Harbonnier.

COLLÉGE COMMUNAL DE DUNKERQUE.

Conseil d'administration. M. Gérard, ✻, sous-préfet, *président ;* Mollet, ✻, maire ; Cuel (O. ✻), ingénieur en chef en retraite, Carlier, ✻, négociant ; Verleye, juge ; de Clebsattel, ✻, député, — M. Boutoille, *principal.*

Professeurs : MM. Millet, *régent de logique ;* Duval, *régent de rhétorique ;* George, *professeur de physique ;* Guesdon, *régent de mathématiques supérieures ;* Charlier, *régent de mathématiques élémentaires ;* Rouzé, *régent de seconde ;* Duwez, *régent de troisième ;* Callais, *régent de quatrième ;* Becquet, *régent de cinquième ;* Morel, *régent de sixième ;* Bournonville, *régent de septième.*

Directeurs de l'école professionnelle annexée, MM. Quiquet, Nivois, *maîtres ;* Sigerson, *maître d'anglais ;* Guthlin, *maître d'allemand,* Herpreck, *maître d'écriture ;* Dubuisson, *maître de dessin.*

Maîtres d'études., MM. Vallois, Cousin.

COLLÉGE COMMUNAL D'HAZEBROUCK.

Bureau d'administration. MM. le sous-préfet, *président ;* Houcke, maire; Thibaut, adjoint; Kien, idem; Vandewalle, propriétaire; M. l'abbé Dehaene, *principal et régent de rhétorique;* M. l'abbé Dekeiser, *sous-principal;* M. l'abbé Dehaene (Louis), *économe.*

Professeurs: M. l'abbé Bonte, *suppléant de rhétorique;* M. Robert, *régent de seconde, suppléant* M. Baert; Vallée, *régent de quatrième;* Lefebvre, *régent de cinquième;* Boidin, *régent de sixième;* Baron, *régent de septième;* Gobrecht, *maître d'études, chargé de la huitième;* Thooris, *régent de mathématiques;* MM. les abbés Debuschère et Delelis, M. Ganthier, *professeurs de l'école primaire supérieure.*

Maître d'études, M. l'abbé Lacroix.

COLLÉGE COMMUNAL DE BAILLEUL.

Bureau d'administration. MM. le maire, *président*, Bacquart, *curé*; Van Merris, Behaghel, Baelde.— M. l'abbé Vitse, *principal.*

Professeurs, MM. le principal, *régent de rhétorique et de seconde;* Gourmez, *de troisième et de quatrième, et chargé des mathématiques;* Dorédonville, *de cinquième et de sixième;* l'abbé Delecambre, *de septième;* Vandamme, *de huitième;* Béhagnon, *chargé du cours professionnel;* Châteliez, *chargé de la classe élémentaire.*

COLLÉGE COMMUNAL DE CASSEL.

Bureau d'administration. MM. Desmyttère, maire, *président;* Dehandschoewercker, Aimé; Chevalier, Desmidt (C. ✻). — M. Rybeyre, *principal.*

Professeurs; MM. le principal, *régent de quatrième et de cinquième, et du cours supérieur de français;* Roullier, *régent de sixième et de septième;* Darques, *régent de huitième et du deuxième cours de français;* Honnaert, *professeur du troisième cours de français.— Cours préparatoire*, M. Louis Ribeire.

COLLÉGE COMMUNAL D'ESTAIRES.

Bureau d'administration. MM. Hennion, maire, *président;* Deroy, médecin; Degruson, propriétaire; Hennion, Taffin-Peuvion. — M. Clarck, *principal, régent de quatrième et de cinquième.*

Professeur, M. Duwez, *régent de sixième, septième et huitième.* M. Pollet, *maître élémentaire.*

COLLÉGE COMMUNAL DE CAMBRAI.

Bureau d'administration. MM. Villemain (O. ✻), sous-préfet, *président;* Petit-Courtin, maire; Maréchal père, de Liénard, Proyart, président du tribunal civil, de Beaumont, A. Leroy.— M. Baisier, (O. I.), *principal;* M. Bertrand, *aumônier.*

Professeurs: MM. Platriez, *régent de logique;* Vanwtberghe (O. I.), *régent de mathématiques supérieures;* Vermeille, *régent de physique;* Morin, *régent de mathématiques élémentaires;* Cappelle, *régent de rhétorique;* Vondercher (O.A.), *régent de seconde;*

Lefebvre, *régent de troisième:* N ., *régent de quatrième;* Lefebvre, *régent de cinquième;* Cousin, *régent de sixième;* Davoine, *régent de septième;* Maréchal et Guillot, *maîtres de langue française pour l'enseignement spécial communal.*

Maîtres d'études, MM. Labaere, Bachy, Bussy.

Maître d'anglais, M. Vondercher.

COLLÉGE COMMUNAL DU CATEAU.

Bureau d'administration, MM. Seydoux, ✻, maire, *président;* Sautier, docteur-médecin; Ponsin-Bonnaire, Fiévet-Rémy, Wauters, juge-de-paix.—M. Louvet, *principal, chargé de la troisième et de la quatrième.*

Professeurs, MM. Bricout, *régent de cinquième et de sixième;* Lefebvre, *régent de septième et de huitième;* Devémy, *régent de mathématiques;* Francq, *directeur de l'école primaire supérieure annexée;* Lhomme, *instituteur primaire élémentaire.*

COLLÉGE COMMUNAL D'AVESNES.

Bureau d'administration, MM. Fauquet, maire, *président;* Bevière, Viroux, Malfait, N..., N...—M. Meniez, *principal.*

Professeurs, MM. Vandepitte *régent de quatrième et de cinquième;* Bourgeois, *régent de sixième et de septième;* Tellier, *régent de mathématiques et de huitième.*

Maîtres d'études, MM. Bassez, *directeur de l'école primaire supérieure annexée*, et Tubat.

COLLÉGE COMMUNAL DE MAUBEUGE.

Bureau d'administration, MM. le maire, *président;* Février, Bottieau, Autier-Carrion, Ouverlaux. — M. Delesalle (O. A.), *principal;* M. l'abbé Bouchez, *aumônier.*

Professeurs, MM. le principal, *régent de seconde et de troisième;* Duburcq, *régent de quatrième et de cinquième;* Eynnard, *régent de sixième et de septième;* Marizes, *régent de mathématiques et de physique;* Lesage, *chargé du cours de français; dessin*, M. Bailiaut; *écriture*, M. Gaudry.

Maîtres d'études, MM. Baey, Bouve et Delcroix.

COLLÉGE COMMUNAL DU QUESNOY.

Bureau d'administration, MM. Prevost, maire, *président;* Piette, juge-de-paix; Honoré, Vanickaut, médecin; Lefranc, notaire. — M. Blaringhem, *principal.*

Professeurs, MM. le principal; *régent de rhétorique et de seconde;* Delplanque, *régent de troisième et de quatrième;* Déjardin, *régent de cinquième et de sixième;* Pruvot, *régent de septième et de huitième;* Lemaire, *régent de mathématiques et de sciences physiques.*

Maîtres d'études, MM. Holbein, Blaringhem, Rousseau, Pisson.

Directeur de l'école professionnelle annexée, M. Coquidé.

Ecole primaire, M. Pisson.— *Ecole élémentaire*, M. Boone.

COLLÉGE COMMUNAL DE VALENCIENNES.

Bureau d'administration, MM. le maire, *président ;* Beauvois, Dupont (O. A.) ; Dumont, Regnard, Defontaine, doyen de Saint-Nicolas. — M. Cromback (O. I.), *principal.* — M. Lehoucq, *aumônier.*

Professeurs, MM. Ledien, *régent de logique ;* Nicolet (O. A.), *régent de physique et de chimie ;* Farez, *professeur d'histoire naturelle ;* Dépasse, Deneuche et Laurent, *régents de mathématiques ;* Caffiaux (O. A.), *régent de rhétorique ;* Leleu, *régent d'histoire ;* Louise, *régent de seconde ;* Bebin, *régent de troisième ;* Petit (O. A.), *régent de quatrième ;* Vilon, *régent de cinquième ;* Fiévet, *régent de sixième ;* Pruvot, *régent de septième ;* Tricottez, *chargé de la huitième, maître de langue anglaise ;* Quiquet, *maître élémentaire ;* Buckner, *maître de langue allemande.*

Maîtres d'études, MM. Jonval, Boulzin, Roussy.

Enseignement spécial. Maîtres, MM. Descarpentries, Debreu, Mélot.

COLLÉGE COMMUNAL DE SAINT-AMAND.

Bureau d'administration. MM. de Bettignies, *président ;* Mottez, négociant ; Plichon-Havez, usinier.—M. Nimal, *principal.*

Professeurs, MM. le principal, *faisant les classes de quatrième et de cinquième ;* Toulet, *régent de sixième et de septième.*

M. Bara, *maître de l'école primaire supérieure annexée.*

M. Mériaux, *maître de l'école primaire élementaire.*

COLLÉGE COMMUNAL DE CONDÉ.

Bureau d'administration, MM. Mention, maire, *président ;* Croquey, curé ; Martel, notaire ; Caudron, médecin ; Petit, secrétaire de la mairie.— M. Richard, *principal*, *chargé des classes élémentaires.*

Professeurs, MM. Richard, *chargé de la quatrième et de la cinquième ;* Hacard, *chargé de la sixième et de la septième ;* Lebon, *régent de huitième et d'un cours de français.*

Professeur de dessin, M. Rossy.— *Ecole professionnelle*, M. Descamps, *directeur.*—*Régent de mathématiques*, M. Studler.

Maître d'études, M. Hervotte.

M. Descamps, *directeur de l'école primaire supérieure annexée.*

Ecole élémentaire, M. Maniez, *maître.*

COMMISSION CHARGÉE DE L'EXAMEN DES CANDIDATS AUX BOURSES DANS LES LYCÉES ET LES COLLÉGES ET AU PRYTANÉE IMPÉRIAL MILITAIRE.

MM. l'Inspecteur d'Académie, *président ;* Petitbon, proviseur du lycée de Lille ; Chon, professeur, idem ; Jaumart, idem, idem ; Durand, idem, idem.

CONSEIL DÉPARTEMENTAL D'INSTRUCTION PUBLIQUE.

Les attributions de ce conseil s'appliquent aux établissements libres d'enseignement secondaire et aux établissements d'enseignement primaire.

MM. le préfet, *président ;* Vasse, inspecteur d'académie ; Mgr. l'archevêque de Cambrai; MM. Vallée, vicaire-général; Eschenauer, pasteur protestant ; Bourdon, juge au tribunal civil ; de Beaumont (O. I.); Mourmant, ✻, membre du conseil général; Deschodt, membre du conseil général; Grimon, inspecteur de l'instruction primaire ; N... Defontaine, E., ✻, membre du conseil général, *secrétaire.*

Inspection départementale d'instruction publique

Etablissements libres d'enseignement secondaire, établissements d'instruction primaire.

M. Vasse, *inspecteur d'académie.* — M. Cornaille, *commis d'inspection.*

ÉTABLISSEMENTS LIBRES D'INSTRUCTION SECONDAIRE.

INSTITUTIONS ECCLÉSIASTIQUES.

Marcq-en-Barœul.— MM. Crevecœur, *supérieur ;* Lassé, *directeur*, Duretz, *économe.— Professeurs*, MM. Legrand, Delahodde, Polet, Binau, Vandenbrouque, Dancoisne, Duthoit, Serrurier, Rousseau, Lechef, Fanien, Cambier, Pissette, Becquet, Jaspar, Ruyssen, Quentin, Leleu, Maigret, Lallemand, Devi, Delorme.

Lille (Collége de Saint-Joseph).—M. Dennel, *directeur ; professeurs*, MM. Sockeel, Hollebecque, Meesemaeker, Vandenbavière, Richard, Lefebvre, Courquin, Dhez, Delville, Glay, Fremaux, Pollet, Delporte.

Roubaix (Collége de Notre-Dame-des-Victoires).—M. Dayez, *directeur ; professeurs*, MM. Mouton, Watel, Casier, Senneville, Waroux, Delannoy, Cousin, Huart, Wirth, Locquet, Bodin, Bodez, Hubinet.

Dunkerque (Pensionnat de Notre-Dame-des-Dunes).—M. Ledein, *supérieur; professeurs*, MM. Loetgiter, Bertein, Borchoux, Derain, Masse, Coubronne, Reumaux, Courtois.

Bergues (Collége de Saint-Winoc). — M. Brande, *directeur ; professeurs*, MM. Deseille, Level, Riquier, Ravaux, Ouin, Bluzé, Legrand.

Gravelines (Collége de Saint-Joseph).— M. Delelis, *supérieur ; professeurs*, MM. Dehenne, Masselis.

Solesmes (Collége de Sainte-Marie).—M. Destombes, *supérieur; professeurs*, MM. Dransart, Delbove, Duvilers, Dewitte, D'Hélin, Dominicus, Preux.

BAVAI (Collége de l'Assomption). — M. Mortier, *supérieur ; professeurs*, MM. Dechy, Fournier, Denis, Briolet, Delemme, Farcy, Berteaux, Barbel, Thiry.

DOUAI (Collége St.-Jean).—M. Blondel, *supérieur ; professeurs*, MM. Hautcœur, Dehaisne, Cardon, Miance, Lefer, Lecq, Decorne, Delahaye, Billaut, Desilve, Hennousse, Drez, Dhenry, Gombert, Catteau, Delfolie, Mortreux,

AUCHY (Pensionnat). — M. Sainsollier, *directeur ; professeurs*, MM. Delanghe, Lejeune, Deleflie, Dessauvage, Callens, Dufossez, Defontaine, Pionnié, Claisse, Mine, Largillère, Triquet.

SAINT-AMAND (Collége Notre-Dame-des-Anges). — MM. Duriez, *supérieur ; professeurs*, MM. Delobel, Cailliez, Dupain, Hutin, Carlier, Debruyne, Duez.

VALENCIENNES (Collége de Notre-Dame).—M. Lasnes, *supérieur; professeurs*, MM. Deraime, Vaillant, Bouchard, Dumon, Vermellé, Mangé, Leroy, Descat, Cérisier, Paris, Julien, Lobet, Lecœuvre, Samain.

INSTITUTIONS LAÏQUES.

Arrondissement de Lille. MM. Preys, à Lille ; Fourmariez, id. ; Vanhende, id.; Mercier, à Lille ; Vanerdewegh, à Roubaix ; Duchâteau, à La Bassée.

Arrondissement de Dunkerque. MM. Riquier, à Dunkerque ; Lépollart, id. ; Duwez, à Gravelines.

Arrondissement de Cambrai. M. Dupont, à Cambrai.

Arrondissement d'Avesnes. M. Lefrancq, à Landrecies.

Arrondissement de Douai. MM. Faure, à Douai ; Géraulx, idem ; Brare, id. ; Lesens, à Somain ; Leleu, à Auchy.

Arrondissement de Valenciennes. MM. Gruson, à Valenciennes ; Nonclercq, id.

COMMISSION D'EXAMEN DES ASPIRANTS AU BREVET DE CAPACITÉ POUR L'ENSEIGNEMENT SECONDAIRE.

MM. l'Inspecteur d'académie, *président* ; de Beaumont, membre du conseil général ; Mahistre, professeur à la Faculté des sciences de Lille ; Petitbon, professeur au lycée imperial de Lille ; Chon, professeur, id., l'abbé Dennel, chef d'institution libre ; N....

ÉCOLE PROFESSIONNELLE DU NORD.

L'École professionnelle du Nord, établissement de l'État subventionné par la ville de Lille, est placée sous la surveillance des autorités instituées par la loi du 15 mars 1850, et d'une commission administrative nommée par le Ministre. Cette école prépare aux professions commerciales, par l'étude des opérations de négoce, de la comptabilité et du droit commercial ; aux carrières industrielles, par l'étude des matières employées dans l'industrie ; aux services administratifs où l'étude des mathématiques appliquées est exigée, comme dans le service des ponts et-chaussées, des chemins de fer et de la télégraphie ; et plus spécialement aux arts mécaniques, en donnant aux jeunes gens qui la fréquentent, avec l'habitude des travaux manuels, une instruction théorique et pratique qui les rend aptes à entrer dans les ateliers, les usines, les fabriques, à devenir promptement contre-maîtres, directeurs de travaux, entrepreneurs, constructeurs, etc. — L'enseignement religieux est donné sous la direction de M. le Doyen de Saint Maurice. L'enseignement scientifique et les manipulations ont lieu sous la direction et avec le concours des professeurs de la Faculté des sciences. Un architecte enseigne l'art de bâtir. Des conférences ont lieu au musée industriel, par les soins du professeur de Chimie. Des praticiens sont chargés des travaux d'atelier.

Commission de surveillance. MM. Vasse, inspecteur d'académie ; Dureau, Secrétaire-général de la Préfecture ; Girardin, Leconte, Kuhlmann, Frémont, Wallaert fils, Scrive, Fiévet.

Directeur, M. Bernot.

Professeurs. — Mathématiques, M. Mahistre. — *Chimie*, M. Meurein. — *Physique*, M. Schmeltz. — *Dessin et mécanique*, M. Cochez. — *Histoire, géographie et composition française*, M. Bernot. — *Comptabilité commerciale*, M. Grégoire. — *Langue anglaise*, M. O'Neil Nesbitt. — *Langue allemande*, N... — *Musique*, M. Verdier. — *Directeur des ateliers*, M. Boire. — *Chef de modelage et de menuiserie*, M. Bernard.

ENSEIGNEMENT PRIMAIRE.

Commission d'examen des candidats aux fonctions d'inspecteur de l'instruction primaire.

MM. Taiée, inspecteur d'académie, à Douai; Abel Desjardins, ✻, doyen de la faculté des lettres; Bourgeois, inspecteur de l'instruction primaire de l'arrondissement de Douai.

Commission d'examen des aspirants au brevet de capacité pour l'enseignement primaire.

MM. Lefebvre, ✻, archipêtre, doyen-curé de Saint-Etienne, à Lille, *président;* Tournier, juge au tribunal civil, membre du conseil départemental; Defontaine, François; Brigandat, professeur à l'école de médecine; Bernot, directeur de l'école professionnelle; l'abbé Dennel, directeur du collège libre de Saint-Joseph; Grimon, inspecteur primaire, *secrétaire.* — MM. N..., membre du conseil départemental ; Danel, *membres adjoints.* — Mme Wallaert-Crépy et Mlle Gamonet, *dames adjointes.*

Commission d'examen chargée de constater l'aptitude des personnes qui aspirent à diriger les salles d'asile.

MM. Vasse, inspecteur d'académie, *président;* Lefebvre, ✻, doyen-curé de Saint-Etienne; Kremps, censeur au lycée; Mmes Wallaert-Crépy et Gamonet; M. Grimon, inspecteur-primaire, *secrétaire.*

Inspecteurs de l'enseignement primaire.

MM. Bonvoisin, pour les arrondissements de Dunkerque et d'Hazebrouck, Grimon, pour l'arrondissement de Lille; Luçon, pour l'arrondissement de Cambrai; Chevalier (O. A.), pour l'arrondissement d'Avesnes; Bourgeois (O. I.), pour l'arrondissement de Douai; Tricottet (O. I.), pour l'arrondissement de Valenciennes.

DÉLÉGUÉS CANTONAUX

CHARGÉS DE LA SURVEILLANCE DE L'INSTRUCTION PRIMAIRE.

Arrondissement de Dunkerque.

CANTON DE BERGUES. MM. Delaeter, curé; Delaroière, prop.; Deblocq, prop.; Vernaelde, id.; Pluvier, Jean, id.; Pluvier, Houvenaghel, curé; Debacker, prop.

CANTON DE BOURBOURG. MM. Bondu, rec. de l'enregist.; Legaigneux, prop.; Deleflie, officier de santé; Cadet, doyen; Demeunynck, maire; Vercoustre, prop.; Decarpentry, juge-de-paix; Lefebvre, curé.

CANTON DE DUNKERQUE-EST. MM. Delaeter, doyen; Delye, juge; Bouly de Lesdain, ancien président du tribunal civil; Cousin; Carlier, négociant; Lebleu, médecin; Delelis, adjoint; Deschildre, curé.

CANTON DE DUNKERQUE-OUEST. MM. Deconynck, curé; Bessat, inspecteur des douanes en retraite; Cavrois, propriétaire; De Bertrand, homme de lettres; Infroit, docteur-médecin; Decarpentry.

CANTON DE GRAVELINES. MM. Landsheere, doyen; Loosdreght, notaire; Delattre, curé à Loon, Vancastel, prop.

CANTON D'HONDSCHOOTE. MM. Salomé, doyen, Opsomer, curé; Debille, pharm.; Duvet, juge-de-paix; Leys, médecin.

CANTON DE WOORMHOUDT. MM. Caille, doyen; Debavay, percepteur; Bergerot, maire; Vandenkerkhove, prop.; Debreyne, notaire; Villette, maire; Leys, juge-de-paix.

Arrondissement d'Hazebrouck.

CANTON DE BAILLEUL-NORD-EST. MM. Béhaghel, conseiller général; Bacquaert, doyen; Plouvier, maire; Lefrançois, curé.

CANTON DE BAILLEUL-OUEST. MM. Plichon, député et conseiller gén.; Dehaene, doyen; Wicart, maire; Bieswal-Pouvillon, prop.; Leurs, maire à Meteren.

CANTON DE CASSEL. MM. Desmyttère, maire; Arnould, doyen;

Piérens, maire; Wyndrif, médecin; Dehaudschœwerker, notaire; D'hondt, maire.

CANTON D'HAZEBROUCK-NORD. MM. Devulder, doyen; Deschodt, conseiller général; Decol, notaire; Leleu, avoué; Kien, idem; De la Serre, prop.

CANTON D'HAZEBROUCK-SUD. MM. Markant, doyen; Lespagnol, juge d'instruction; Maissiet-Pouvillon, prop.; Bieswal, jugo-de-paix.

CANTON DE MERVILLE. MM. Legrand, doyen; De Gruson, ancien conseiller général; Bouillez-Verhague, prop.; Leclercq, idem.

CANTON DE STEENVOORDE. MM. Pauwels, doyen; Beck, maire; Van Graefschepe, adjoint.

Arrondissement de Lille.

CANTON DE LILLE (Centre). MM. Bafaleur, doyen; Le Glay, ✻, archiviste; Houzé de l'Aulnoit, avocat.

CANTON DE LILLE (Nord-Est). MM. Delerue, juge-de-paix; Dorémieux, prop.; Richebé, conseiller de préfecture; Leconte, doyen; Debau-Delruyelle, prop.

CANTON DE LILLE (Ouest). MM. Aernouts, doyen; De Caulaincourt; prop. Gentil, id.; le Comte de Melun; Vandenbussch, doyen;

CANTON DE LILLE (Sud-Est). MM. Honoré, doyen, G. Bernard, nég.; Th. Rouzé, ✻, banquier.

CANTON DE LILLE (Sud-Ouest). MM. Lefebvre, ✻, doyen; De Genevières, propriétaire; Remy-Meurisse, propriétaire; Fays, idem; Delattre-Guichard, idem.

Pour les écoles de la ville de Lille: MM. Dorémieux, prop.; Fays, idem; Houzé de l'Aulnoit, avocat; le comte de Melun; Delattre-Guichard.

CANTON DE CYSOING. MM. Revel, juge-de-paix; Baratte, prop.; Lancelle, doyen; Delerue, prop.; Rousselle, curé; Luce du Mesnil, propriétaire.

CANTON D'ARMENTIÈRES. MM. Cateau, doyen; Cerf, percepteur; Dansette, ✻, maire; Lesage, juge-de-paix; Woussen, manufacturier; Castrique, ancien notaire; Boussemart, prop.

CANTON DE LA BASSÉE. MM. Chombart, conseiller général; Chombart, maire; Gérin, doyen; Serrurier, notaire; De la Gorce, juge-de-paix; Ybert, maire de La Bassée.

CANTON D'HAUBOURDIN. MM. Derbigny, conseiller de préfecture; Ravaux, doyen; Menche, maire; Billon, maire; De Garsignies, propriétaire; Félix Bernard, maire; Tierce, juge-de-paix.

CANTON DE LANNOY. MM. Defrènes-Delerue, industriel; Parent, maire; J. Lefebvre, ✻, conseiller général; Delahaye, doyen; De Brigode, maire; Gahide, curé; Deberke, curé; Henri Mas, prop.; Ch. Delerue, id.; Grimal, juge-de-paix.

CANTON DE PONT-A-MARCQ. MM. Ernest Desmoutiers, conseiller

général; Delecluse, juge-de-paix; Deregnaucourt, doyen; Des Rotours, ✻, maire.

CANTON DE QUESNOY-SUR-DEULE. MM. Reniez, doyen; Fretin-Vrambout, ✻, maire; Devemy, percepteur; Meurillon, notaire; Desreumaux-Cailleret, fabricant.

CANTON DE ROUBAIX. MM. Maes, doyen; Grimonprez-Bossut, fabricant; Motte, idem; Motte-Bredart, négociant; Parel, juge-de-paix.

CANTON DE SECLIN. MM. Collette, conseiller général; Delespaul, juge-de-paix; Plaetvoet, doyen; Taffin-Peuvion, fabricant; Rose fils, maire; Lefort, fabricant.

CANTON DE TOURCOING (nord). MM. Simon, doyen; Truche, juge-de-paix; Leblan, adjoint; Hennion, médecin.

CANTON DE TOURCOING (sud). MM. Carlos Masurel, ✻, conseiller général; Deregnaucourt, doyen: Duchochois, juge-de-paix.

Arrondissement de Cambrai.

CANTON DE CAMBRAI-EST. MM. Leleu, chanoine; Lestoquoy, juge-de-paix; Belgrand, propriétaire; Flayelle, avocat; Stiévenard, prop., cons. général.

CANTON DE CAMBRAI-OUEST. MM. Desrousseaux, doyen; Lancelle, juge-de-paix; Bonnel, maire; Tribou, officier de santé; Monier, conseiller d'arrondissement; Bouchez, vérificateur des poids et mesures; l'abbé Caillot.

CANTON DE CARNIÈRES. MM. Bouly, juge-depaix; Libert, curé; Brunet, doyen-curé; Senez, maire; Villain, propr.; Larivière, maire.

CANTON DU CATEAU. MM. Wauters, juge-de-paix; Wallez, doyen; Flayelle, notaire; Delafons, prop.; François, prop.; Flayelle-Ternant, négociant; Sartiaux, adjoint.

CANTON DE CLARY. MM. Coulmont, doyen; Bobœuf, notaire; Delfosse, juge-de-paix; Vatin, conseiller d'arrond; Marlier, prop.; Bauchard, maire; Plouvier, curé.

CANTON DE MARCOING. MM. Pollet, curé; Leroy, adjoint; Boulanger, prop.; Sorlin, brasseur; Solau, prop.; Léveillé, curé; Segard, curé; Savary, juge-de-paix.

CANTON DE SOLESMES. MM. Decaux, juge-de-paix; Lobry, maire; Thomas, curé; Richez, adjoint; Ratte-Béra, négociant; Gourdin, doyen; Canonne, cultivateur.

Arrondissement d'Avesnes.

CANTON D'AVESNES-NORD. MM. Denis, doyen; George, juge-de-paix; de Colnet, conseiller-général; Demeulin, notaire; George, prop.; Fauquet, maire.

CANTON D'AVESNES-SUD. MM. Wéry. rentier; Joffrain, prop; Delforge, doyen-curé; Evrard, juge-de-paix; Emond, prop.

CANTON DE BAVAI. MM. Lemaire, doyen-curé ; Delhaye, ancien notaire ; baron de Molambaix, prop. ; Moreau, adjoint ; Delefosse, juge-de-paix ; Coulmon, maire ; Levent fils, cultivateur.

CANTON DE BERLAIMONT. MM. Legrand, doyen-curé ; Hennet, percepteur ; Wallez, curé ; Orhesser, directeur des hauts fourneaux ; Baudoin, march.

CANTON DE LANDRECIES. MM. Desse, doyen-curé ; Meurisse ; licencié en droit ; Gabet, prop. ; Minon, prop. ; Béthune, juge-de-paix.

CANTON DE MAUBEUGE. MM. Babeur, doyen-curé ; Horrie, juge-de-paix ; Lemaire fils, prop. ; Legrand, desservant ; Ouverlaux, not. ; Lucq, rec. de l'hosp. ; Reneau, prop. ; Renon, adj. ; Meurisse, prop. ; Quendt, officier retraité.

CANTON DU QUESNOY-EST. MM. Lotte, doyen-curé ; Fremin-Dusartel fils, prop. ; Honoré, idem ; Rigolet, idem ; Mote, idem ; Piette, juge-de-paix.

CANTON DU QUESNOY-OUEST. MM. Lambert, doyen-curé ; de l'Epine, prop. ; de l'Epine, ✻, conseiller général ; Lequipart, maire, Desenfans, notaire.

CANTON DE SOLRE-LE-CHATEAU. MM. Thieuleux, cult. ; Lomme, maire ; Magy-Magy, négociant ; Agache, doyen-curé ; George, percepteur ; Duthild, juge-de-paix.

CANTON DE TRÉLON. MM. Larsonneur, doyen-curé ; Delloue, prop. ; Hannoteau, ancien maire ; Stocquelet, notaire ; Billiet, juge-de-paix ; Lebègue, filateur ; Clavon, ancien notaire.

Arrondissement de Douai.

CANTON D'ARLEUX. MM. Luiset, juge-de-paix ; Quicampoix, doyen ; Guilbert, maire ; Leclercq, maire ; Lolliot, ancien maire ; Pennequin, notaire.

CANTON DE DOUAI-NORD. MM. Héroguer, grand-doyen ; Théry, juge-de-paix ; Waché, notaire ; Coulmont, prop. ; Lequien, doct. en médecine ; Asselin, avocat.

CANTON DE DOUAI-OUEST. MM. Dubrulle, prop. ; Bataille, doyen ; Nutly, juge-de-paix ; Bernard fils, prop.

CANTON DE DOUAI-SUD. MM. Lefebvre, doyen ; de la Phalecque, prop. ; Fiévet, maire ; Vuillemin, directeur des mines d'Aniche ; Despretz, juge-de-paix.

CANTON DE MARCHIENNES. MM. Baucq, prop. ; Horrie, juge-de-paix ; Dupont, curé ; de Bouteville, conseiller général ; Tailliar, percepteur ; Debonte, notaire ; Lambrecht, propriét ; Rousselle, doyen-curé.

CANTON D'ORCHIES. MM. Charles, doyen-curé ; Guilbert-Estevez, ✻, maire ; Adam, juge-de-paix ; Lefebvre, curé ; Gamonet, notaire ; Warocquier, idem ; Appourchaux, curé.

Arrondissement de Valenciennes.

CANTON DE VALENCIENNES (est). MM. Pique, doyen ; Bracq d'Abancourt ✻, maire ; Dugimont, juge-de-paix; Cheval, maire; Sauvet, curé-Delcroix, maire.

CANTON DE VALENCIENNES (nord). MM. de Warenghien, président du tribunal ; Dubois, Henri, négociant ; Collet, curé ; Lavechin, cultivat.; Hautcœur, Aug., cultivat.; Boulan, prop.; Charamond, juge-de-paix.

CANTON DE VALENCIENNES (sud). MM. Desfontaines, doyen ; Boulan fils ; Blanquet, maire ; Hallette, prop.; Mette, cultiv.; Paillard, juge-de-paix.

CANTON DE SAINT-AMAND (rive-droite). MM. Joffrain, doyen ; Barbieux, notaire ; Baligand, maire ; de Courmaceul, juge-de-paix ; Ewbanck, prop-

CANTON DE SAINT-AMAND (rive gauche). MM. Plichon, négociant ; Baillart, juge-de-paix ; Delahaye, doyen ; Henocq, cultiv.

CANTON DE BOUCHAIN. MM. Grau, doyen ; Gouvion-Deroy, cult.; Cartigny, négociant ; Cattelain, notaire ; Bouchez, idem ; de Maingoval, prop.; Fauville, cultiv.; Hindré, juge-de-paix ; Moreau, curé ; Courtin, cultiv.

CANTON DE CONDÉ. MM. Bonnier, juge-de-paix ; Croquey, doyen ; Defontaine, Victor, rentier ; Waternau ; Taffin, curé.

École normale primaire du département,

Etablie à Douai.

M. Hilaire, directeur, *économe*.

Le directeur enseigne les mathématiques, les sciences physiques, chimiques et naturelles.

Maîtres adjoints, MM. Vasseur, Maury. — *Aumonier*, M. l'abbé Leclercq. — *Directeur de l'école annexe*, M. Aubert.

Le département entretient 27 bourses et 6 demi-bourses dans cette école.

Institution de Sourds-Muets et de jeunes Aveugles, à Lille.

Cet établissement forme deux maisons : l'une pour les garçons, au faubourg de Fives ; l'autre, pour les filles, à Lille. Des classes spéciales y sont ouvertes pour les jeunes aveugles.

Comité de surveillance. MM. Richebé (O. ✻), maire, *président ;* Verley, ✻, conseiller municipal, *vice-président ;* Lefebvre, ✻, archiprêtre, doyen-curé de Saint-Etienne, *trésorier ;* Le Glay, ✻, archiviste du département ; Reust, négociant ; Oscar de Brigode, Théodore Aronio, N...

Directeurs des Sourds-Muets, les Frères de Saint-Gabriel.

Directrices des Sourdes-Muettes, les Sœurs de la Sagesse.

Le Conseil général, dans sa dernière session, a voté en faveur de ces écoles une somme de 28,200 fr. pour l'entretien de 9 bourses et de 10 demi-bourses de jeunes aveugles, et de 30 bourses et 22 demi-bourses de sourds-muets.

CULTES.

La population du département du Nord est presque exclusivement catholique. Il existe dans quelques communes des arrondissements de Lille, Cambrai, Douai et Valenciennes, un certain nombre de familles de la communion protestante, et quelques israélites dans les grandes villes.

RELIGION CATHOLIQUE. — DIOCÈSE DE CAMBRAI.

Les provinces qui forment le département du Nord étaient autrefois partagées entre l'archevêché de Cambrai et les évêchés d'Arras, de Tournai, de Saint-Omer, d'Ypres et de Liége.

Le département du Nord forme seul aujourd'hui un diocèse dont le siége est à Cambrai.

Le siége de Cambrai, établi au commencement du VIe siècle, fut érigé en archevêché en 1559.

En 1802, lors du Concordat, le siége de Cambrai fut rétabli, mais comme évêché seulement.

L'église de Cambrai a été rendue à son ancienne dignité de métropole par bulle apostolique du pape Grégoire XVI, avec l'évêché d'Arras pour suffragant.

Archevêque, Mgr. RÉNÉ-FRANÇOIS RÉGNIER, ✻, né à St-Quentin (Maine-et-Loire), le 17 juillet 1794, précédemment évêque d'Angoulême, sacré le 25 septembre 1842, institué archevêque de Cambrai le 30 septembre 1850.

Vicaires généraux. MM. Philippe, Henri-Joseph; Bernard, Charles; Vallée, Adrien, *agréés par le gouvernement;* Leleu, Jean-Baptiste; Bonce, Benoît-Félicien; Sudre, Augustin, *vicaires-généraux honoraires*.

SECRÉTARIAT DE L'ARCHEVÊCHÉ.

MM. Duprez, Jean-Louis-Joseph, *secrétaire-général;* Delefortrie, Joseph-Séraphin, *secrétaire*.

Le secrétariat de l'archevêché est ouvert tous les jours, excepté les dimanches et fêtes et les trois derniers jours de la semaine-sainte, depuis neuf heures du matin jusqu'à midi, et depuis trois heures jusqu'à six heures.

OFFICIALITÉ DIOCÉSAINE.

MM. Philippe, vicaire-général, *official;* Leleu, vicaire-général, *vice-official;* Bury, chanoine, *promoteur ;* Delefortrie, chanoine honoraire, *greffier*.

CHAPITRE MÉTROPOLITAIN.

Chanoines d'honneur. Mgr. Desprez, archevêque de Toulouse, ancien doyen curé de Notre-Dame, à Roubaix; Mgr. Wicart, évêque de Laval, précédemment vicaire-général de Cambrai; Mgr. de Bonnechose, archevêque de Rouen; Mgr. Fruchaud, évêque de Limoges, ancien vicaire-général honoraire de Cambrai.

Chanoines titulaires, MM. Bonce, Deswaenes, Dupont, Duprez Piquet, Debord, Mallet, Dallenne, Leleu, Bury.

Chanoines honoraires. MM. Delautre, ancien vicaire-général, Giraud, idem; Desrousseaux; Lagatie, ancien chanoine titulaire; Top, ✻, Delefortrie, A. Lefebvre, ✻, Pique, Martin, Denis, Aernout, Heroguer, Dehaëne, Deconynck, Reniez, Wicart, Thénard, Deregnaucourt, Maes, Defontaine, Bafaleur, Serres, Lemahieu, Larsonneur, Cateaux, Simon, F. Lefebvre, Lotte, Cailliau, Ravaux, Cappelle, Honoré, Lecomte, Bouillon.

Diacre du chapitre, M. Lesage; *sous-diacre*, M. Boniface.

SÉMINAIRE DIOCÉSAIN. — BUREAU ADMINISTRATIF.

Président, Mgr. l'archevêque.

Vice-Président, l'un de MM. les vicaires-généraux.

Membres, MM. Dupont, chanoine, *trésorier ;* Duprez, chanoine, *secrétaire ;* Sudre, supérieur du grand séminaire; Monnier, supérieur du petit séminaire; Belle, économe du grand séminaire; Delcambre, économe du petit séminaire.

GRAND SÉMINAIRE.

Supérieur, M. Sudre.

Professeurs, MM. Girard, Monteil, Hénon, Teissandier.

Économe, M. Belle.

PETIT SÉMINAIRE.

Supérieur, M. Monnier

Directeur, M. Pruvost.

Professeurs, MM. Pruvost, Guillemot, Lefebvre, D'Hérin, Margerin, Delcroix, Thobois, Rigaux, Bécar, Hannoye, Debrabant, Mannier, Meurisse, Rouez.

Économe, M. Delcambre.

Architecte des édifices diocésains, M. De Baralle, à Cambrai.

Division du Diocèse.

Le diocèse est partagé en quatre archidiaconés qui sont :

L'archidiaconé de Cambrai, divisé en deux archiprêtrés, dont l'un comprend l'arrondissement de Cambrai, l'autre celui de Douai.

L'archidiaconé de Lille, divisé en deux archiprêtrés, comprenant chacun une section de l'arrondissement de Lille.

L'archidiaconé de Dunkerque, divisé en deux archiprêtrés, dont un pour l'arrondissement de Dunkerque et l'autre pour l'arrondissement d'Hazebrouck.

L'archidiaconé de Valenciennes, qui comprend trois archiprêtrés, un pour l'arrondissement de Valenciennes et deux pour l'arrondissement d'Avesnes.

Les archiprêtrés sont subdivisés en autant de décanats qu'il y a de cantons ou de justices de paix, à l'exception des cantons de Lille-Ouest, de Quesnoy-sur-Deûle et de Roubaix qui ont chacun deux décanats.

Les décanats ont pour chefs-lieux ceux des cantons, excepté les six suivants :

Canton d'Hazebrouck-Sud,	chef-lieu de cure, à	Morbecque.
» de Cysoing,	»	Templeuve.
» de Pont-à-Marcq,	»	Mons-en-Pévèle.
» de Saint-Amand (rive gauche),	»	Lecelles.
» d'Avesnes-Sud,	»	Etrœungt.
» de Quesnoy-Ouest,	»	Gommegnies.

Ces soixante-quatre décanats sont eux-mêmes divisés en cinq cent cinquante-sept succursales, dont cinq sont situées en Belgique.

ARCHIDIACONÉ DE CAMBRAI.

M. Vallée, vicaire-général, *archidiacre.*

ARCHIPRÊTRÉ DE L'ARRONDISSEMENT DE CAMBRAI.

M. Picquet, *archiprêtre.*

DÉCANATS. — Cambrai-Est (Notre-Dame). M. Piquet, *doyen;* N... *vice-doyen.* — Cambrai-Ouest (Saint-Géry), MM. Desrousseaux, *doyen;* Basuyau, curé de Paillencourt, *vice-doyen.* — Le Câteau, MM. Wallez, *doyen;* Leduc, curé d'Inchy, *vice-doyen.* — Carnières. MM. Brunet, *doyen;* Bresson, curé de Rieux, *doyen honoraire;* Bécar, curé de Saint Hilaire, *vice-doyen.* — Clary, MM. Coulmont, *doyen;* Quiquempoix, curé de Villers-Outréaux, *vice-doyen.* — Marcoing, MM. Salez, *doyen;* Lecerf, curé de Doignies, *vice-doyen.* — Solesmes. MM. Gourdin, *doyen*, N... *vice-doyen.*

ARCHIPRÊTRÉ DE L'ARRONDISSEMENT DE DOUAI.

M. Héroguer, *archiprêtre.*

DÉCANATS. — Douai-Sud (Notre-Dame). MM. Lefebvre, *doyen;*

M. Lecocq, curé d'Aniches, *vice-doyen*. — Douai-Nord (Saint-Pierre). MM. Héroguer, *doyen*; Lefebvre, curé de Lallaing, *vice-doyen*. — Douai-Ouest (Saint-Jacques). MM. Bataille, *doyen*; Lamorisse, curé de Cuincy, *vice-doyen*. — Arleux. MM. Quiquempoix, *doyen*; Leriche, curé de Gœulzin, *vice-doyen*. — Orchies. MM. Charles, *doyen*; Lefebvre, curé de Saméon, *vice-doyen*. — Marchiennes. MM. Rousselle, *doyen*; Carpentier, curé de Somain, *vice-doyen*.

ARCHIDIACONÉ DE LILLE.

M. Bernard, vicaire-général, *archidiacre*.

ARCHIPRÊTRÉ DE LA 1re SECTION DE L'ARRONDISSEMENT DE LILLE.

M. Lefebvre, ✻ *archiprêtre*.

Décanats. — Armentières. MM. Catteaux, *doyen*; Lefils, curé d'Erquinghem, *vice-doyen*. — La Bassée. MM. Gérin, *doyen*; Guermonprez, curé d'Illies, *vice-doyen*. — Haubourdin. MM. Ravaux, *doyen*, N... *vice-doyen*. — Lille-Ouest (Sainte-Catherine). M. Aernout, *doyen*. — Lille-Ouest (Saint-André), M. Vandenbussche, *doyen*. — Lille-Sud-Ouest (Saint-Etienne). M. Lefebvre, ✻, *doyen*. — Pont-à-Marcq (Mons-en-Pévèle). MM. Deregnaucourt, *doyen*; Dujardin, curé à Pont-à-Marcq, *vice-doyen*. — Seclin. MM. Plaetvoet, *doyen*; Jaclin, curé de Gondecourt, *vice-doyen*. — Cysoing (Templeuve), MM. Lancelle, *doyen*; Rousselle, curé de Cysoing, *vice-doyen*.

ARCHIPRÊTRÉ DE LA 2e SECTION DE L'ARRONDISSEMENT DE LILLE.

M. Bafaleur, *archiprêtre*.

Décanats. — Comines. M. Renier, *doyen*. — Lannoy, MM. Delahaye, *doyen*; Gahide, curé d'Annappes, *vice-doyen*. — Lille-Nord-Est (Saint-Maurice). M. Leconte, *doyen*. — Lille-Centre (La Madeleine). M. Bafaleur, *doyen*. — Lille-Sud-Est (Saint-Sauveur). M. Honoré, *doyen*. — Quesnoy-sur-Deûle. M. Decottignies, *doyen*. — Roubaix (Saint-Martin). MM. Maes, *doyen*; Direz, curé de Croix, *vice-doyen*. — Roubaix (Notre-Dame). MM. Herrengt, *doyen*. — Tourcoing-Sud (Saint-Christophe). M. Deregnaucourt, *doyen*. — Tourcoing-Nord (Notre-Dame). MM. Simon, *doyen*; Bliecq, curé d'Halluin, *vice-doyen*.

ARCHIDIACONÉ DE DUNKERQUE.

M. Leleu, vicaire-général, *archidiacre*.

ARCHIPRÊTRÉ DE L'ARRONDISSEMENT DE DUNKERQUE.

M. Delautre, *archiprêtre*.

Décanats. — Dunkerque-Est (Saint-Eloi). M. Delaeter, *doyen*. — Dunkerque-Ouest (Saint-Jean-Baptiste). M. Deconynck, *doyen*. — Dunkerque (Saint-Martin). M. Deswarte, *doyen*. — Bergues. MM.

›elautre, *doyen;* Vanbever, curé de West-Cappel, *vice-doyen.* — ›ravelines. M. Landsheere, *doyen.* — Hondschoote. MM. Salomé, *oyen;* Hopsomer, curé de Rexpoëde, *vice-doyen.* — Wormhoudt. IM. Caillé, *doyen;* Leurele, curé de Zeggers-Cappel, *vice-doyen.* ›ourbourg. MM. Cadet, *doyen;* Lips, curé de Looberghe, *vice-loyen.*

ARCHIPRÊTRÉ DE L'ARRONDISSEMENT D'HAZEBROUCK.

M. Legrand, Alexandre, *archiprêtre.*

DÉCANATS. — Hazebrouck-Nord (Hazebrouck). M. Devulder, *doyen;* Verstavel, curé de Lynde, *vice-doyen.* — Hazebrouck-Sud (Morbecque). MM Marckant, *doyen*; N... *vice-doyen.* — Bailleul-Nord-Est (Saint-Vaast). MM. Bacquart, *doyen*; Plaetvoet, curé de Saint-Jans-Cappel, *vice-doyen.* — Bailleul-Sud-Ouest (Saint-Amand). MM. Dehaene, *doyen;* Deboudt, curé de Merris, *vice-doyen.* — Cassel. MM. Arnould, *doyen.* Vanderbauvede, curé de Wemaers-Cappel, *vice-doyen.* — Steenwoorde. MM. Pauwels, *doyen;* Maes, curé d'Eecke, *vice-doyen.* — Merville. MM. Legrand, *doyen*; Ducroquet, curé d'Estaires, *vice-doyen.*

ARCHIDIACONÉ DE VALENCIENNES.

M. Philippe, Henri, vicaire-général, *archidiacre.*

ARCHIPRÊTRÉ DE L'ARRONDISSEMENT DE VALENCIENNES.

M. Pique, Hyacinthe, *archiprêtre.*

DÉCANATS. — Bouchain. M. Grau, *doyen;* N..., *vice-doyen.* — Valenciennes-Sud (Saint-Nicolas). MM. Defontaine, *doyen;* Garçon, curé de Maing, *vice-doyen.* — Valenciennes-Est (Notre-Dame). MM. Picque, *doyen*; This, curé d'Onnaing, *vice-doyen.* — Valenciennes-Nord (Saint-Géry), MM. Capelle, *doyen*; Delattre, curé d'Anzin, *vice-doyen.* — Condé, MM. Croquey, *doyen;* Taffin, curé de Fresnes, *vice-doyen.* — Saint-Amand, rive droite (Saint-Amand). MM. Joffrain, *doyen*; N..., *vice-doyen.* — Saint-Amand, rive gauche (Lecelles). MM. Lahaye, *doyen*; Petit, curé de Rosult, *vice-doyen.*

ARCHIPRÊTRÉ DE LA Ire SECTION DE L'ARRONDISSEMENT D'AVESNES.

M. Denis, Pierre-Joseph-Jean-Baptiste, *archiprêtre.*

DÉCANATS. — Avesnes-Nord (Avesnes). MM. Denis, *doyen*; N... *vice-doyen.* Avesnes-Sud (Etrœungt). MM. Desforges, *doyen*; Delattre, curé de Floyon, *vice-doyen.* — Landrecies. MM. Desse, *doyen*; Desruelles, curé de Maroilles, *vice-doyen.* — Solre-le-Château. MM. Agache, *doyen*; Carion, curé de Boussus (Belg.), *vice-doyen.* — Trélon. MM. Larsonneur, *doyen*; Charles, curé de Fourmies, *vice-doyen.*

ARCHIPRÊTRÉ DE LA 2e SECTION DE L'ARRONDISSEMENT D'AVESNES.

M. Babeur, Charles-François, *archiprêtre*.

Décanats. — Bavai. MM. Libert, *doyen*; Bury, curé de Feignies, *vice-doyen*. — Berlaimont. M. Legrand, *doyen*; Wallez, curé de Pont-sur-Sambre, *vice-doyen*. — Maubeuge. MM. Babeur, *doyen*; Chocquet, curé de Villers-Sire-Nicole, *vice-doyen*, — Le Quesnoy-Est (Le Quesnoy). MM. Lotte, *doyen*; Pierchon, curé d'Englefontaine, *vice-doyen*. — Le Quesnoy-Ouest (Gommegnies). MM. Lambert, *doyen*; N..., *vice-doyen*.

CONGRÉGATIONS ET COMMUNAUTÉS RELIGIEUSES

DE FEMMES.

1.re SECTION. — *Communautés à supérieure locale non dépendantes d'une supérieure générale.*

COMMUNES où sont situées les communautés.	NOM de CHAQUE COMMUNAUTÉ.	OBJET de L'INSTITUTION.
Bergues	Sœurs noires	Soin des malades à domicile
Bourbourg	Pénitentes capucines	Instruction des jeunes filles
Gravelines	Sœurs ursulines	Idem.
Bailleul	Sœurs noires	Soin des malades à domicile
Estaires	Sœurs bénédictines	Instr. des jeunes filles pauvr.
Lille	Filles de l'Enfant-Jésus	Instr. des jeunes filles pauvr.
Lille	Religieuses franciscaines	Idem.
Lille	Dames du Sacré-Cœur	Pensionnat de demoiselles.
Lille	Sœurs de N.-D. de la Treille.	Soin à domicile des malades de la classe ouvrière.
Esquermes	Dames bernardines	Pensionnat de demoiselles.
Roubaix	Carmelites	Instruction des jeunes filles.
Tourcoing	Sœurs de N.-D. des Anges	Instruction des jeunes filles.
Cambrai	Sœurs de l'ordre de St.-Aug.	Soin des malades. — Noviciat et maison mère.
Cambrai	Sœurs de Sainte-Claire	Instr. grat. des jeunes filles
Le Câteau	Sœurs de la congr. de N.-D.	Enseignem. des jeunes filles
Avesnes	Sœurs de la Pr. de S.te-Th.	Soin des malades et instruction des jeunes filles.
Douai	Sœurs de la Pr. du Bon-Past.	Idem.
Douai	Dames de Flines	Idem.
Douai	Dames de la Sainte-Union	Idem.
Douai	Sœurs carmélites	Idem.
Douai	Sœurs de Sainte-Marie	Soin des malades en ville.
Saint-Saulve	Sœurs ursulines	Instruction des jeunes filles
Valenciennes	Sœurs de St.-Joseph	Instruction des jeunes filles, soin des malades.

:ION. — *Communautés dépendantes d'un chef-lieu et d'une supérieure générale.*

u .ou	COMMUNES où les établissements sont situés.	NOM de chaque communauté.	OBJET de l'institution.
i..	Cambrai, hôp. St.-Julien	Sœurs de l'O. de S-Aug	Soin des malades.
..	Cambrai (Hosp. Gén.).	Filles de la Charité...	Soin des vieill. et enf.
.	Cambr.(h. Vanderburch)	Idem.............	Soin, inst. des j. filles.
ent	Cambrai............	Filles de la Sageese..	Salle d'asile.
e).			
nes	Cambrai.......	Dames Bernardines...	Pensionnat de demois.
eur	Abancourt.	Sœurs des écoles chr.	Idem.
nte			
..	Avesnes-lez-Aubert....	Dames de la Ste-Union	Idem.
..	Béthencourt	Idem.	Idem.
..	Boursies............	Sœurs de la Ste-Fam.	Idem.
..	Briastre............	Dames de la Ste Union	Instr. des Jeunes filles.
s..	Cagnoncles..........	Sœurs de la Providence	Salles d'asile.
..	Cantaing.	Sœurs de la Ste-Fam.	Instr. des jeunes filles.
..	Caudry.	Dames de la Ste-Union	Idem.
..	Clary.............	Idem....	Idem.
ui..	Crèvecœur........ .	Sœurs de St-Augustin	Idem.
..	Doignies...........	Sœurs de la Ste.-Fam.	Idem.
..	Escaudœuvres........	Idem.............	Idem.
..	Etrun	Dames de la Ste-Union	Idem.
..	Fontaine-Notre-Dame..	Sœurs de la Ste-Fam.	Idem.
eur	Fontaine-au-Pire......	Sœurs des écoles chrét.	Idem.
..	Gouzeaucourt.........	Idem..	Idem.
..	Haussy............	Dames de la Ste.-Union	Idem.
..	Honnecourt..........	Sœurs de la Ste.-Fam	Idem.
..	Iwuy.............	Dames de la Ste Union	Idem.
ent	Le Câteau.	Filles de la Sagesse..	Salles d'asile.
e).			
ai.	Le Câteau.	Augustines	Soin des malades.
..	Marcoing	Sœurs de la Ste.-Fam.	Instr. des jeunes filles.
..	Maretz..........	Filles de la Charité..	Idem.
..	Masnières....... ...	Sœurs de la Ste-Fam.	Idem.
..	Maurois..	Dames de la Ste-Union	Idem.
ent	Neuville-St-Remy	Filles de la Sagesse .	Idem.
ent	Paillencourt.	Idem.......... ...	Idem.
e).			
eur	Romeries..........	Sœurs des écoles chrét.	Idem.
..	Saint-Aubert.........	Dames de la Ste.-Uuion	Idem.
s..	Saint-Souplet........	Sœurs de la Providence	Idem.
..	Saint-Waast.........	Dames de la Ste.-Union	Idem.
..	Saulzoir............	Idem.............	Idem.
au.	Solesmes...........	Congrégation de N.-D.	Idem.
..	Troisvilles..........	Sœurs de la Ste.-Fam.	Idem.
..	Vendegies	Dames de la Ste-Union	Idem.
..	Viesly	Idem.............	Idem.
..	Villers-Plouich.......	Sœurs de la Ste-Fam.	Idem.
..	Douai(Hospice-Général)	Filles de la Charité...	Soin des vieil. et enf.
..	Douai....	Idem.............	Secours à domicile.
..	Aniche........... ..	Idem.............	Pensionnat, asile, soins des malades.
..	Aix............	Religieuses francisc..	Idem.
..	Aniche.............	Dames de la Ste-Union	Instr. des jeunes filles.

Chef-lieu de la congrég.on	COMMUNES où les établissements sont situés.	NOM de chaque communauté.	OBJET de l'institution
Amiens. .	Auchy.	Sœurs de la Ste.-Fam.	Instr. des jeune
Lille. . . .	Auchy.	S. N.-D. de la Treille.	Idem.
Douai . . .	Bouvignies.	Dames de la Ste.-Union	Idem.
Douai. . .	Cuincy.	Idem.	Idem.
Douai . . .	Dechy.	Idem	Idem.
Douai . . .	Ecaillon.	Idem.	Idem.
Cambrai. .	Fenain.	Augustines.	Idem.
Douai . . .	Flers	Dames de la Ste.-Union	Idem.
Douai . . .	Flines lez-Raches	Dames de Flines.	Idem.
Douai . . .	Gœulzin.	Dames de la Ste.-Union	Idem.
Poitiers .	Hornaing.	Sœurs de St-André. .	Idem.
Avesnes. .	Lallaing.	Sœurs de la Providence	Idem.
Douai. . .	Lambres.	Dames de la Ste-Union	Idem.
Douai. . .	Lauwin-Planque.	Idem.	Idem.
Amiens. .	Lécluse	Sœurs de la Ste.-Fam.	Idem.
Douai . . .	Marchiennes	Dames de la Ste.-Union	Idem
Portieux .	Nomain	Sœurs de la Providence	Idem.
Portieux .	Orchies	Idem.	Idem.
Lille	Orchies (hospice).	Filles de l'Enf.-Jésus.	Soin des mal. et
Douai. . .	Pecquencourt	Dames de la Ste-Union	Instr. des jeune
Douai . . .	Roost-Warendin.	Idem.	Idem.
Douai. . .	Sin.	Idem.	Idem.
Paris. . . .	Somain.	Filles de la Charité. .	Instruction des filles et s. des n
Portieux.	Somain.	Sœurs de la Providence	Instr. des jeune
Douai. . .	Vred	Dames de la Ste-Union	Idem.
S-Laurent (Vendée).	Warlaing.	Filles de la Sagesse. .	Instruction des filles et s. des n
Paris. . . .	Lille (h. des V.-H. et B.)	Filles de la Charité. . .	Soin des vieill.
Paris. . . .	Lille (h. de Stappaert)	Idem.	Soin des enfant
Paris. . . .	Lille (secours à domic.).	Idem.	Secours aux in
Paris. . . .	Lille.	Sœurs de Bon-Secours	Soin des mal. e
Lille. . . .	Lille (Hospice Général)	Filles de l'Enf.-Jésus.	Soin des vieill.
Cambrai.	Lille (hôp. St.-Sauveur)	Augustines.	Soin des malad
Cambrai. .	Lille (hosp. Ganthois).	Idem.	Soin des vieille
Lille	Lille (asile d'aliénées). .	Filles de l'Enf. Jésus.	Soin des malad
Angers . .	Lille.	Dames du Bon-Pasteur	Pens. de filles re
St Laurent	Lille.	Filles de la Sagesse. . .	Inst. de sourdes
S-Laurent	Lille.	Idem.	Salles d'asiles.
Paris . . .	Lille	Dames de St-Maur . .	Inst. des jeune
Rennes .	Lille.	Petites Sœurs des pauv.	Soin des vieillar
Douai . . .	Annappes.	Dames de la Ste.-Union	Instr. des jeune
Paris. . . .	Annappes.	Filles de la Charité. . .	Soin des vieillar
Paris. . . .	Armentières.	Filles de la Charité. .	Soin des vieill. Instr. des jeune
Paris . . .	Armentières	Dames de St-Maur. . .	Instr. des jeune
Lille	Armentières Campagne .	Filles de l'Enf.-Jésus .	Idem.
Amiens. .	Aubers.	Sœurs de la Ste.-Fam.	Idem.
Douai. . .	Avelin	Dames de la Ste-Union	Idem.
Douai. . .	Baisieux.	Idem.	Idem.
Lille	Beaucamps.	Filles de l'Enf.-Jésus.	Idem.
Douai. . .	Bersée.	Dames de la Ste.-Union	Idem.
Douai . . .	Bondues.	Idem.	Idem.
Lille	Bondues (Hospice) . . .	Filles de l'Enf.-Jésus.	Soin des vieilla
Douai . . .	Camphin.	Dames de la Ste-Union	Instr. des jeun
Douai . . .	Capelle.	Idem.	Idem.

Chef-lieu de la congrég.on	COMMUNES où les établissements sont situés.	NOM de chaque communauté.	OBJET de l'Institution.
Lille....	Comines............	Filles de l'Enf.-Jésus.	Instr. des jeunes filles.
Cambrai..	Comines.........	Augustines.........	Soin des malades.
Douai...	Croix..............	Dames de la Ste-Union	Instr. des jeunes filles
Douai...	Cysoing............	Idem..............	Idem.
Lille....	Deûlémont...........	Filles de l'Enf.-Jésus.	Idem.
Douai...	Ennetières..........	Dames de la Ste-Union	Idem.
Douai...	Ennevelin..........	Idem............	Idem.
Douai...	Erquinghem.........	Idem............	Idem.
Douai...	Faches............	Idem............	Idem.
Douai....	Fives..............	Idem............	Idem.
Douai...	Flers..............	Dames de la Ste-Union	Idem.
Argentan.	Fournes...........	Dames de l'éduc. chr.	Idem.
Lille....	Frelinghien..........	Filles de l'Enf.-Jésus.	Idem.
Douai...	Fretin.............	Dames de la Ste-Union	Idem.
Lille....	Genech............	Dames Franciscaines.	Idem.
St-Laurent	Hallum...........	Filles de la Sagesse.	Idem.
St Laurent	Haubourdin..........	Filles de la Sagesse..	Idem.
Lille....	Hellemmes..........	Dames franciscaines..	Idem.
Douai...	Hem.............	Dames de la Ste-Union	Idem.
Lille....	Herlies...........	Filles de l'Enf.-Jésus.	Idem.
Douai...	La Bassée..........	Dames de la Ste-Union	Idem.
Lille....	La Bassée (Hospice)...	Filles de l'Enf.-Jésus.	Soin des vieillards.
Poitiers..	La Madeleine.......	Sœurs de St-André...	Instr. des jeunes filles
Lille....	Lambersart.........	Filles de l'Enf.-Jésus	Idem.
Douai...	Launoy...........	Dames de la Ste-Union.	Idem.
Douai..	Leers............	Idem............	Idem.
Lille....	Lesquin...........	Dames Franciscaines..	Idem.
Lille....	Linselles..........	Filles de l'Enf.-Jésus	Idem.
Amiens..	Lompret..........	Sœurs de la Ste.-Fam.	Idem.
Argentan	Loos............	Dames de l'éduc. chrét.	Idem.
Angers..	Loos............	Dames du Bon-Pasteur.	Soin des orphelins.
Paris....	Loos............	Filles de la Charité..	Soin des malades.
Lille....	Lys............	Dames Franciscaines.	Idem.
Douai...	Marcq-en-Barœul.....	Dames de la Ste.-Union	Instr. des jeunes filles.
Lille....	Mons-en-Barœul.....	Filles de l'Enf.-Jésus	Inst. des jeunes filles.
Douai...	Mons-en-Pévèle......	Dames de la Ste-Union	Idem.
Lille....	Moulins-Lille.........	Dames Franciscaines.	Idem.
Douai...	Neuville-en-Ferrain...	Dames de la Ste-Union	Idem.
Douai...	Pont-à-Marcq........	Idem............	Idem.
Lille....	Previn...........	Dames Franciscaines..	Idem.
Paris....	Quesnoy-sur-Deûle.....	Filles de la Charité...	Idem.
Avesnes..	Roncq............	Sœurs de la Providence	Idem.
Lille....	Roubaix (Hospice)....	Filles de l'Enf.-Jésus.	Soin des vieillards.
Lille...	Roubaix (Hôpital)....	Idem............	Soin des malades.
Douai..	Roubaix...........	Dames de la Ste Union	Instr. des jeunes filles.
St-Laurent	Roubaix..........	Filles de la Sagesse..	Salles d'asile.
Paris....	Roubaix..........	Sœurs de Bonsecours..	Soin des malades.
Lille....	Sailly............	Filles de l'Enf.-Jésus.	Instr. des jeunes filles
Douai...	Sainghin-en-Mélantois.	Dames de la Ste-Union	Idem.
St-Laurent	Santes...........	Filles de la Sagesse..	Salles d'asile.
Cambrai..	Seclin (hospice)......	Augustines.........	Soin des malades.
Rouen...	Seclin...........	Sœurs de la Providence	Instr. des jeunes filles.
Lille....	Templeuve.........	Filles de l'Enf.-Jésus.	Idem.
Paris....	Tourcoing..........	Filles de la Charité..	Secours à domicile
Avesnes..	Tourcoing..........	Sœurs de la Providence	Instruction des jeunes filles et soins des vieill.

Chef-lieu de la congrég.on	COMMUNES où les établissements sont situés.	NOM de chaque communauté.	OBJET de l'Institution.
Douai...	Tourcoing	Dames de la Ste-Union	Instr. des jeunes filles
Lille	Tourcoing	Filles de l'Enf.-Jésus.	Idem.
Lille	Tourcoing (hospice)...	Idem.	Soin des vieillards.
Douai...	Tourmignies..........	Dames de la Ste-Union	Instr. des jeunes filles.
Lille....	Verlinghem..........	Filles de l'Enf.-Jésus.	Idem.
Lille....	Wambrechies..........	Idem..............	Soin des vieillards.
Rouen...	Wambrechies..........	Sœurs de la Providence	Inst. des jeunes filles.
Lille.....	Wasquehal...........	Filles de l'Enf.-Jésus.	Idem.
Lille	Wattrelos	Idem..............	Idem.
Douai...	Wavrin	Dames de la Ste.-Union	Idem.
Portieux.	Wazemmes...........	Sœurs de la Providence	Instr. des jeunes filles
Douai ..	Wazemmes...........	Dames de la Ste-Union	Idem.
Lille....	Wazemmes...........	Sœurs de N. D. de la T.	Soin des malades.
Llle....	Wervicq	Filles de l'Enf.-Jésus.	Instr. des jeunes filles
Paris....	Willems.............	Filles de la Charité..	Instr. et visite des m.
Lille	Dunkerque (Hospice).	Filles de l'Enf.-Jésus.	Soin des vieill. et enf.
Lille....	Dunkerque (m.on de ch.)	Idem.	Secours à domicile.
Amiens..	Dunkerque...........	Dames de Louvencourt	Inst. des jeunes filles.
Rouen. .	Dunkerque.	Sœurs de la Providence	Soin des malades.
Douai...	Dunkerque	Dames de la Ste-Union	Instr. des jeunes filles.
Paris....	Bergues (hospice).....	Filles de la Charité...	Soin des vieillards, etc.
Lille....	Bourbourg (hospice)..	Filles de l'Enf.-Jésus	Idem et instruction des jeunes filles.
Douai...	Esquelbecq..........	Dames de la Ste.-Union	Instr. des jeunes filles.
Douai...	Lederzeele..........	Idem	Idem.
Douai...	Le Rosendaël	Idem..............	Idem.
Douai...	Looberghe...........	Idem.	Idem.
Lille. ..	Gravelines...........	Filles de l'Enf.-Jésus.	Hospice et asile.
Douai...	Hazebrouck..........	Filles de la Charité .	Instr. des jeunes filles.
Paris....	Hazebrouck (Hospice)..	Sœurs de S-Vinc. de P.	Soin des vieillards
Douai...	Arnèke	Dames de la Ste-Union	Inst. des jeunes filles.
Lille....	Bailleul (hospice).....	Filles de l'Enf.-Jésus.	Soin des vieillards.
Lille	Bailleul	Filles de l'Enf.-Jésus .	Inst. des jeunes filles
Paris....	Bailleul............	Dames de St.-Maur..	Idem.
Douai...	Caëstre	Dames de la Ste.-Union.	Idem.
Lille....	Cassel..............	Filles de l'Enf.-Jésus.	Idem.
Lille	Cassel..............	Dames de la Ste-Union	Idem.
Douai...	Doulieu	Idem..............	Idem.
Paris....	Estaires.............	Filles de la Charité...	Soin des orphelins.
Douai...	Estaires.............	Dames de la Ste.-Union	Instr. des jeunes filles.
Lille....	Godewaersvelde	Filles de l'Enfant-J..	Idem............
Douai...	Hondeghem..........	Dames de la Ste-Union	Idem.
Douai...	Hontkerque..........	Idem..............	Idem.
Douai...	La Gorgue	Idem..............	Idem.
Lille....	Merville	Filles de l'Enf.-Jésus.	Soin des vieillards.
Lille....	Merville.............	Idem..............	Instr. des jeunes filles.
Lille....	Morbecque	Filles de l'Enfant-J..	Idem
Amiens..	Morbecque (La Motte-au-Bois)........	Sœurs de la Ste-Famille	Idem.
Douai. ..	Nieppe.............	Dames de la Ste-Union	Idem.
Douai...	Oudezeele	Dames de la Ste-Union	Idem.
Douai...	Renescure...........	Idem..............	Idem.
Lille....	Steenbecque..........	Filles de l'Enf.-Jésus.	Idem.

Chef-lieu de la congrég.ᵒⁿ	COMMUNES où les établissements sont situés.	NOM de chaque communauté.	OBJET de l'institution.
Lille....	Steenvoorde.	Filles de l'Enf.-Jésus .	Instr. des jeunes filles.
Lille....	Steenwerck	Idem............	Idem.
Lille	Steenwerck.	Idem.............	Soin des vieillards.
Lille ...	Steenwerck...........	Idem.............	Instr. des jeunes filles.
Amiens..	Vieux-Berquin........	Sœurs de la Ste-Famille	Idem.
Lille....	Vieux-Berquin........	Filles de l'Enf.-Jésus..	Soin des vieillards.
Avesnes..	Valenciennes.........	Sœurs de la Providence	Instr. des jeunes filles.
Paris. ...	Valenciennes.........	Filles de la Charité...	Secours à domicile et instr. des jeunes filles.
St-Laurent	Valenciennes.........	Filles de la Sagesse..	Salles d'asile.
Lille....	Abscon...............	Filles de l'Enf.-Jésus.	Instr. des jeunes filles
Avesnes..	Anzin	Sœurs de la Providence	Idem.
Paris....	Anzin...............	Filles de la Charité ..	Soins des malades.
Paris....	Aubry................	Idem.............	Inst. des jeunes filles.
Amiens..	Aulnoy..............	Sœurs de la Ste-Famille	Idem.
Amiens..	Avesnes le-Sec........	Dames de la Ste-Union	Idem.
Amiens..	Bellaing.............	Sœurs de la Ste-Famille	Idem.
Douai...	Bouchain.............	Dames de la Ste-Union	Idem.
Douai...	Brillon..............	Idem.............	Idem.
Douai. ..	Bruay...............	Idem.............	Idem.
Lille....	Bruille-Saint-Amand. .	Filles de l'Enf.-Jésus.	Idem.
Lille...	Condé...............	Idem.............	Idem.
Douai...	Denain...............	Dames de la Ste-Union	Idem.
Paris ...	Denain	Filles de la Charité. .	Soin des malades.
Douai ...	Douchy..............	Dames de la Ste-Union	Instr. des jeunes filles.
Douai...	Flines...............	Idem.............	Idem.
Lille....	Fresnes..............	Filles de l'Enf.-Jésus.	Idem.
Amiens..	Haveluy.............	Sœurs de la Ste.-Fam.	Idem
Douai ...	Hergnies............	Dames de la Ste.-Union	Idem.
Douai. ..	Hérin.	Idem.............	Idem.
Douai. .	Lecelles.............	Idem.............	Idem
Douai. ..	Mastaing............	Idem.............	Idem.
Portieux.	Mortagne............	Sœurs de la Ste-Famille	Idem.
Douai...	Moncheaux...........	Dames de la Ste-Union	Idem.
Douai ...	Noyelles sur Selles.....	Idem.............	Idem.
Lille....	Onnaing	Filles de l'Enfant-J...	Idem.
Douai....	Nordelles...........	Dames de la Ste-Union	Idem.
Lille....	Quaroube...........	Filles de l'Enfant.-Jés	Idem.
Amiens..	Raismes............	Sœurs de la Ste-Famille	Idem.
Avesnes..	Saint-Amand.	Sœurs de la Providence	Idem.
Amiens..	Saultain............	Sœurs de la Ste-Famille	Idem.
Douai...	Sebourg.............	Dames de la Ste-Union	Idem.
Douai. .	Thiant..............	Idem.............	Idem.
Douai. ..	Thivencelles	Idem.............	Idem.
Douai. ..	Trith-St.-Léger.	Idem.	Idem.
Douai....	Wallers.............	Idem.............	Idem.
Douai...	Wavrecham..........	Idem.............	Idem.
Avesnes..	Anor.	Idem.............	Idem.
Avesnes..	Bavai...............	Idem	Idem.
Douai. .	Baudegnies	Dames de la Ste-Union	Idem.
Avesnes..	Bellignies...........	Sœurs de la Providence	Idem.
Lille....	Bousies.............	Filles de l'Enf.-Jésus	Idem.
Douai...	Cousolre............	Dames de la Ste-Union	Idem.

Chef-lieu de la congrég.on	COMMUNES. où les établissements sont situés.	NOM. de chaque communauté.	OBJET de l'institution.
Douai...	Engle-Fontaine.......	Dames de la Ste.-Union	Instr. des jeunes filles.
Douai...	Eppe-Sauvage........	Idem........... ..	Idem.
Avesnes..	Etrœungt............	Sœurs de la Providence.	Idem.
Lille....	Forest..............	Filles de l'Enf.-Jésus.	Idem.
Avesnes..	Fourmies.......... .	Sœurs de la Providence	Idem.
Douai....	Frasnoy...	Dames de la Ste-Union	Idem.
Avesnes..	Glageon	Sœurs de la Providence	Idem.
Douai...	Gommegnies...	Dames de la Ste-Union	Idem.
Douai. .	Hargnies...........	Idem.......	Idem.
Avesnes.	Landrecies...........	Sœurs de la Providence	Idem.
Avesnes.	Le Quesnoy.........	Idem.............	Idem.
Avesnes.	Le Quesnoy....	Idem.............	Soins des vieill. et orph
Lille....	Mareschez...........	Filles de l'Enf.-Jésus..	Instr. des jeunes filles.
Avesnes.	Maubeuge...........	Sœurs de la Providence	Soins des vieill. et instr
Avesnes.	Ohain..............	Idem............	Instr. des jeunes filles.
Douai....	Pont-sur-Sambre......	Dames de la Ste-Union	Idem.
Lille....	Preux-au-Bois	Filles de l'Enf-Jésus.	Idem.
Douai....	Ruesnes.............	Dames de la Ste-Union	Idem.
Lille....	Robersart.	Filles de l'enfant Jés.	Idem.
Avesnes..	Sains...............	Sœurs de la Providence	Idem.
Douai...	Solre-le-Château......	Dames de la Ste-Union	Idem.
Portieux..	Trélon.............	Sœurs de la Providence.	Idem.
Douai. .	Wargnies-le-Petit....	Dames de la Ste-Union	Idem.
Avesnes..	Wignehies...........	Sœurs de la Providence	Idem.

CULTE PROTESTANT.

Le nombre des personnes qui professent la religion protestante est peu considérable dans le département.

Il existe une église consistoriale à Lille, et cinq oratoires à Lille, Quiévy, Walincourt, Inchy et Saint-Amand.

Pasteurs : MM. Echenauer, à Lille; Lebrat, à Roubaix, Levavasseur, dit Durelle, à Quiévy; Schoen, à Walincourt; Bretegnier, à Inchy; Devisme, Casimir, à Saint-Amand.

CULTE HÉBRAIQUE.

Les juifs existant dans le département sont peu nombreux. La plupart résident à Lille, à Dunkerque et à Valenciennes. Leur culte est célébré publiquement à Lille.

Ministre officiant. M. Lœvensohn.

ORGANISATION JUDICIAIRE.

COUR IMPÉRIALE DE DOUAI.

Les audiences ordinaires de la cour s'ouvrent à dix heures du matin et sont de trois heures au moins.

La première chambre civile tient ses audiences les lundi, mardi et mercredi de chaque semaine, et la deuxième chambre civile, les jeudi, vendredi et samedi.

La chambre des mises en accusation siége ordinairement le jeudi de chaque semaine, et en outre, sur la convocation de son président, toutes les fois que les affaires sont en état.

La chambre des appels de police correctionnelle tient ses audiences les lundis et jours suivants, tant pour le jugement des affaires dont elle a l'attribution que pour celui des affaires civiles qui lui sont renvoyées par le premier président.

La cour d'assises siége au moins une fois par trimestre, pendant les mois de février, mai, août et novembre.

Le greffe est ouvert tous les jours, excepté les dimanches et fêtes, depuis neuf heures du matin jusqu'a cinq heures du soir, sans interruption.

COMPOSITION DE LA COUR IMPÉRIALE.

Premier Président, M. de Moulon, (O. ✵). — *Premier Président honoraire*, M. Preux, (O. ✵). — *Présidents*, MM. Petit, ✵; Danel, ✵; Dumon; Demeyer, ✵.

Conseillers, MM. Tailliar, ✵; De Warenghien, ✵; Benoist; Vanderwallen, ✵; Cahier, ✵, Souquet; Lenglet; Francoville, ✵; Minart, ✵; Lagarde; Binet, ✵; Grimbert; Devinck; Le Bihan, ✵; Cotteau; de Guerne; Farez; Daman; Courtin, ✵; Bottin; Faucher; Danniaux; De Caudavaine, ✵; Fiévet; Prestat, ✵. — *Conseiller honoraire*, M. Dubrulle, ✵.

Parquet. — *Procureur-général impérial*, M. Camescasse, ✵; — *Premier avocat-général*, M. Morcrette, ✵. — MM. Carpentier, Berr, *avocats généraux*. — *Substituts pour le service du parquet*, MM. Connelly; Preux.

Greffe. — *Greffier en chef*, M. Cuvelle. — *Commis-greffiers assermentés*, MM. Debonte, Dupuis, Lenglin, Broutin et Bourriot.

Liste de service et composition des chambres pendant l'année judiciaire commencée le 1er novembre 1859.

PREMIÈRE CHAMBRE CIVILE.

Premier Président, M. de Moulon (O. ✵); *président*, M. Demeyer ✵,

Conseillers, MM. Taillar, ✻; Benoist; Binet, ✻; Devinck; Daman, Bottin; Danniaux; de Caudavaine, ✻.

DEUXIÈME CHAMBRE CIVILE.

Président, M. Danel, ✻; *Conseillers*, MM. de Warenghien, ✻; Vanderwallen, ✻; Souquet; Lenglet; Lagarde, Grimbert; Courtin, ✻; Prestat, ✻;, Fiévet.

CHAMBRE DES MISES EN ACCUSATION.

Président, M. Petit, ✻; *Conseillers*, MM. Benoist; Minart, ✻; Daman; Faucher.

CHAMBRES DES APPELS EN POLICE CORRECTIONNELLE.

Président, M. Dumont; *Conseillers*, MM. Francoville, ✻; Minart ✻, ; Le Bihan, ✻; Cotteau; Farez; de Guerne; Faucher.

Avocats à la cour impériale, MM. Honoré, Talon, Pellieux, Dupont, d'Esclaibes, Imbert de la Phalecque, Duhem, Coquelin, Flamant, Leroy, Clavon, Delebecque, Merlin, Lemaire, Legrand, Demarquette, Delaby, Dumont Aug., de Richoufftz, Destiker, Cattoir, Lemaire, Delaby, Rossignol, Flamen, Depoutre, Maurice, Rémoleux, dit Dartois, Quenson, Dubois, Dubos, Desuède, Honoré, Saudemont, Beharelle, Brassart, Hattu, Lorel, De Baulieu.

Avocats admis au stage, MM. Bommart, Fliniaux, Tarlier, Boucher-Cadart, Lancien, Houcke, Dalbersanson.

Avoués près de la cour. MM. Debeaumont, Estabel, Huret, Lavoix, Legrand, Villette, Bonnaire, Poncelet, Dussalian.

Huissiers-Audienciers, MM. Bracq, Vaillant, Leclercq, Coppin, Pinsart.

TRIBUNAL DE PREMIÈRE INSTANCE

DE L'ARRONDISSEMENT DE DUNKERQUE.

Les audiences de ce tribunal s'ouvrent à onze heures. Les jeudis et les vendredis sont consacrés aux affaires civiles et aux criées; et les mardis et les samedis aux affaires correctionnelles. Les référés ont lieu devant le président, les mercredis, à onze heures du matin.

Président, M. Maurice de la Gorce. — *Juges*, MM. Verleye, juge d'instruction; Deleye, Lucas; *Juge suppléant*, M. Hovelt. — *Procureur impérial*, M. Bagneris. — *Substitut*, M. A. Armand. — *Greffier*, M. Dejaeghère. — *Commis-Greffier*, M. Guitton.

Le greffe est ouvert pendant toute l'année, depuis neuf heures du matin jusqu'à six heures du soir.

Avocats, MM. de Lesdain, bâtonnier, Cousin, Lemaire, Willems, Lefebvre, Bogaert, Schadet, Gaspard, Lemaire, Pelletrau, Regodt.

Avoués, MM. Carpentier, Hovelt, Adam Montenuis, Duchateau, Liem, Lebleu.

Huissiers, MM. Vollaeys, Dumont, Delahaye, Vianne, à Dunkerque; Isoré, Tersen, Sterkman, à Bergues; Baron, Venderluys, à Bourbourg; Duchâtel, à Gravelines; Ryngaert, à Hondschoote; Marchand, à Rexpoëde; Cassella, à Watten; Dedryver, à Wormhoudt

JUSTICES DE PAIX.

1er. CANTON. — DUNKERQUE-EST. — Il est composé de six communes, outre une partie du chef-lieu. *Juge-de-paix*, M. Tresca. *Suppléants*, MM. Carpentier et Lefebvre. *Greffier*, M. Demaegt. *Huissier-audiencier*, M. Delahaye.

Les audiences sont fixées aux mercredis et samedis, à dix heures.

2e. CANTON. — DUNKERQUE-OUEST. — Il réunit quatre communes, outre une partie du chef-lieu. *Juge-de-paix*, M. Choussy, *Suppléants*, MM. De Clebsattel, ✻, et Beck. *Greffier*, M. Cleys. *Huissier-audiencier*, M. Vianne.

Les audiences sont fixées aux mercredis et samedis, à dix heures.

Notaires des deux cantons de Dunkerque, MM. Hovelt, Villette, Debaëque, Darras, Choquet, Delval.

Commissaires-priseurs, MM. Nagel fils et Thilliez.

TRIBUNAL DE SIMPLE POLICE.

Ce tribunal tient ses audiences les mardis, à dix heures; il est présidé alternativement par MM. les juges-de-paix. Le commissaire central de police y remplit les fonctions du ministère public.

Greffier du tribunal, M. Nosten.

3e. CANTON. — BERGUES. — Il est composé de treize communes. *Juge-de-paix*, MM. Deberdt. *Suppléants*, MM. Goutier et Pluvier. *Greffier*, M. Isoré. *Huissier-audiencier*, N...

Jours d'audience: les audiences sont fixées aux lundis et vendredis, à dix heures.

Notaires du canton, MM. Delport, Guilbert, Dequeker, à Bergues.

Commissaire-priseur, M. Bellinck.

4e. CANTON. — BOURBOURG. — Il réunit treize communes. *Juge-de-paix*, M. Descarpentry. *Suppléants*, MM. Deschodt et Bondu. *Greffier*, M. Picquart. *Huissier-adiencier*, M. Baron.

Jours d'audience: les audiences sont fixées aux mardis et jeudis, à dix heures.

Notaires du canton, MM. Verschaeve, Schalier, à Bourbourg.

5e. CANTON. — GRAVELINES. — Il réunit quatre communes. *Juge-de-paix*, M. Wanwormhoudt. *Suppléants*, MM. Demarle et Loosdregt. *Greffier*, M. Bellon. *Huissier-audiencier*, M. Duchâtel.

Jours d'audieuce: les audiences sont fixées aux mercredis et vendredis, à dix heures.

Notaires du canton, MM. Salomé et Loosdregt, à Gravelines.

6e. CANTON.— HONDSCHOOTE.— Il est composé de huit communes. *Juge-de-paix*, M. Duvet. *Suppléants*, MM. Goudaert et Verley. *Greffier*, M. Debil. *Huissier-audiencier*, M. Ringaert.

Jours d'audience: les audiences sont fixées aux mardis et mercrdis, à dix heures.

Notaires du canton, MM. Goudaert, Verley, à Hondschoote; Deprez, à Rexpoëde.

7e. CANTON. — WORMHOUDT. — Il est composé de dix communes. *Juge-de-paix*, M. Billiet. *Suppléants*, MM. Villette, à Bollezeele, N.., *Greffier*, M. Caboste. *Huissier-audiencier*, M. Dedryver.

Jours d'audience : les audiences sont fixées aux mercredis et samedis, à dix heures.

Notaires du canton, MM. Debreyne, à Wormhoudt; Villette fils, à Bollezeele; Devey, à Esquelbecq.

TRIBUNAL DE PREMIÈRE INSTANCE

DE L'ARRONDISSEMENT D'HAZEBROUCK.

Les audiences de ce tribunal s'ouvrent à dix heures et finissent à une heure. Les vendredis sont destinés aux affaires civiles, les samedis aux affaires civiles et commerciales. Les jeudis sont consacrés aux affaires correctionnelles, des douanes,des contributions indirectes et forestières. Les lundis sont réservés pour les criées, et les mercredis pour les délibérés en la chambre du conseil.

Président, M. Loy. — *Juges*, MM. Lespagnol, juge d'instruction, Quenson, Gobert.— *Juges suppléants*, MM. Deschodt, Kien, Ruyssen. — *Procureur impérial*, M. Doé de Maindreville. — *Substitut*, M. Gentil. — *Greffier*, M. Caboche. — *Commis-greffier*, M. Vanderputte.

Le greffe est ouvert pendant toute l'année, de neuf heures du matin jusqu'à une heure, et depuis deux heures jusqu'à six heures du soir.

Avocats, MM. Deschodt, Alf. Kien, Deblock,

Avoués, MM. Ruyssen, Kien, Leleu, Taverne.

Huissiers, MM. Bruneel, Degrendel, Frison, Debert, Paresys, à Hazebrouck; Bernoux, Herry, à Bailleul; Lynde, Fernagut, à Cassel; Jourdain, Cordier, à Steenvoorde; Lancry, à Merville.

JUSTICES DE PAIX.

1er. CANTON. — HAZEBROUCK-NORD.— Il est composé de neuf communes, outre une partie du chef-lieu. *Juge-de-paix*, M. Bieswal. *Suppléant*, M. Leleu. *Greffier*, M. Legrand. *Huissiers-audienciers*, tous les huissiers d'Hazebrouck.

Jours d'audience, les audiences sont fixées aux mardis, à dix heures.

2e. CANTON. — HAZEBROUCK-SUD.— Il réunit sept communes, outre une partie du chef-lieu. *Juge-de-paix*, M. Massiet. *Suppléant*, M. Alf. Kien. *Greffier*, M. Cauwel. *Huissier-audiencier*. M. Bruneel.

Jours d'audience: les audiences sont fixées aux lundis, à dix heures.

Notaires des deux cantons d'Hazebrouck, MM. Bogaert, Smagghe, Bloeme, à Hazebrouck; Roussel, à Renescure; Decool, à Wallon-Cappel; Toursel, à Caestre; Deram, à Steenbecque.

Commissaire-priseur, M. Deroo.

TRIBUNAL DE SIMPLE POLICE.

Ce tribunal, tenu alternativement par l'un des juges-de-paix, donne ses audiences les lundis, à deux heures après midi. Le commissaire de police y remplit les fonctions du ministère public.

Greffier du tribunal, M. Gobrecht.

3e CANTON. — BAILLEUL-NORD-EST. — Il est composé de trois communes, plus d'une partie du chef-lieu. *Juge-de-paix*, M. Dathis. *Suppléants*, MM. Declecq et Stoppelgast. *Greffier*, N..... *Huissier-audiencier*, M. Herry.

Jours d'audience : les audiences sont fixées aux mardis et vendredis, à dix heures.

4e CANTON.—BAILLEUL-SUD-OUEST.—Il réunit cinq communes, outre une partie du chef-lieu. *Juge-de-paix*, M. Vandeper. *Suppléants*, MM. Leurs et H. de Coussemaker. *Greffier*, M. Loviny. *Huissier-audiencier*, N....

Jours d'audience : les audiences sont fixées aux mardis et samedis, à dix heures.

Notaires des deux cantons de Bailleul, MM. Liem, Lhotté fils, Declercq, à Bailleul; Gokelaere, à Nieppe: Plouvier, à Steenwerck; Taffin. à Vieux-Berquin.

Commissaire-priseur, M. Debaeker.

TRIBUNAL DE SIMPLE POLICE.

Ce tribunal donne ses audiences les mardis, à dix heures; il est présidé alternativement par MM. les juges-de-paix. Le commissaire de police y remplit les fonctions du ministère public.

Greffier du tribunal, M. Flahaut-Hubert.

5e CANTON.— CASSEL.— Il est composé de treize communes. *Juge-de-paix*, M. Smagghe. *Suppléants*, MM. Dehandschoewerker et D'hont. *Greffier*, M. Aernouts. *Huissier-audiencier*, N....

Jours d'audience : les audiences sont fixées aux lundis et jeudis, à dix heures; celles de simple police ont lieu les vendredis, à dix heures.

Notaires du canton de Cassel, MM. Dehandschoewerker, Morael et Delabaëre, à Cassel; D'hondt, à Rubrouck.

6e CANTON. — MERVILLE. — Il est composé de cinq communes. *Juge-de-paix*, M. Arnould, à Merville. *Suppléants*, MM. Duquenne et Verhaeghe. *Greffier*, M. Vanuxem, à Merville. *Huissier-audiencier*, M. Lancry.

Jours d'audience : les audiences sont fixées aux mercredis, à dix heures.

Notaires du canton de Merville, MM. Verhaeghe fils, Legrand à Merville ; Hennion, Bonduel, à Estaires.

Commissaires priseurs, MM. Arnould, à Merville ; Menche, à Estaires.

7e CANTON. — STEENVOORDE. — Il réunit neuf communes. *Juge-de-paix*, M. Haeu. *Suppléants*, MM. Beck et N.... *Greffier*, M. Legrand. *Huissier-audiencier*, M. Jourdain.

Jours d'audience : les audiences sont fixées aux samedis, à dix heures.

Notaires du canton de Steenvoorde, MM. Vercamer et Hem, à Steenvoorde ; Stoffaes, à Winnezeele.

TRIBUNAL DE PREMIÈRE INSTANCE.

DE L'ARRONDISSEMENT DE LILLE.

Les audiences de ce tribunal s'ouvrent à dix heures du matin et finissent à une heure après midi ; les lundis, mardis et mercredis sont consacrés aux affaires correctionnelles : les jeudis, vendredis et samedis, aux affaires civiles.

Président, M. Dufresne (O. ✻). — *Vice-président*, M. Lallier. — *Juges*, MM. Boutry, ✻, Bourdon, Tournier, de Coussemaker, ✻ ✝. — *Juges d'instruction*, MM. Loingeville, ✻, Artaud, ✻. — *Juges suppléants*, MM. Desrousseaux, ✻, Brielman, Telliez. — *Procureur impérial*, M. Chevalier. — *Substituts*, M. Leroy, Hazard. — *Secrétaire du parquet*, M. Dierckens. — *Greffier*, M. Cresson. — *Commis-greffiers*, MM. Lutun, Lelièvre, Lelièvre jeune et Demarchelier.

Le greffe est ouvert pendant toute l'année, depuis neuf heures du matin jusqu'à une heure, et depuis trois heures jusqu'à six heures du soir.

Avocats, MM. Brielman, Blondeau, Delannoy, Théry, Ladureau, Dupuis, Dubus, Chombart, Houzé de l'Aulnoy, Compagnon, S. Nepveur, Brackers d'Hugo, Ovigneur, Labbe, Bayart, Grillet, Blondeau fils, Legrand (Pierre).

Avocats stagiaires, MM. Boniface, Gruloy, Desmottes, Philippe, Lefebvre, Paquet, Derick-Descamps, Théry fils.

Avoués, MM. Samin, Ed. Desrousseaux, Frémont, Hurtrel, Coquelle, Lefrancq, Gennevoise, Bulteau.

Huissiers, MM. Mas, Agache, Doutreligne, Desante, Dubreucq, Leplat, Huart, Pannier, Broutin, Lefebvre, Desante jeune, Carbonnier, Doutreligne jeune, à Lille ; Doutreligne, à Lannoy ; Fruchart, à Armentières ; Lys, à Haubourdin ; Létendart, à Pont-à-Marcq ; Delory, à Quesnoy ; Bonnaire, à La Bassée ; Fontaine, Tiberghien, à Roubaix ; Dupont, à Seclin ; Loiseau, à Cysoing ; Ruffelet, à Tourcoing.

JUSTICES-DE-PAIX.

1er. CANTON. — LILLE-NORD-EST. — Il est composé de trois communes, outre une partie du chef-lieu. *Juge-de-paix*, M. Delerue. *Suppléants*, MM. Félix Dehau et Pajot. *Greffier*, M. Fiévet-Dubrulle. *Huissier-audiencier*, M. Huart.

Jours d'audience : les audiences sont fixées aux vendredis, à trois heures.

2e. CANTON. — LILLE-CENTRE. — Une seule commune rurale est réunie à une partie de celle du chef-lieu. *Juge-de-paix*, M. Blondin. *Suppléants*, MM. Carlier et Sénéchal *Greffier*, M. Duretz. *Huissier-audiencier*, M. Pannier.

Jours d'audience : les audiences sont fixées aux jeudis, à dix heures du matin.

3e CANTON.—LILLE-SUD-EST. — Il se compose de trois communes et d'une partie de celle du chef-lieu, *Juge-de-paix*, M. Bougenier. *Suppléants*, MM. Deledicque et Flamen. *Greffier*, M. Beckaert. *Huissier-audiencier*, M. Doutreligne jeune.

Jours d'audience : les audiences sont fixées aux mercredis et samedis, à neuf heures du matin.

4e. CANTON. — LILLE-SUD-OUEST. — Il comprend trois communes, outre une partie de celle du chef-lieu. *Juge-de-paix*, M. Lejosne. *Suppléants*, MM. Mas, N..... *Greffier*, M. Dubreucq. *Huissier-audiencier*, M. Carbonnier.

Jours d'audience : les audiences sont fixées aux vendredis, à dix heures et demie du matin.

5e. CANTON.— LILLE-OUEST. — Il réunit quatre communes, outre une partie de celle du chef-lieu. *Juge-de-paix*, M. Dancoisne. *Suppléants*, MM. Blondeau et Hurtrel. *Greffier*, M. Wallerand. *Huissier-audiencier*, M. Dubreucq.

Jours d'audience : les audiences sont fixées aux samedis, à dix heures du matin.

Notaires des cinq cantons de Lille, MM. Carlier, Desmottes, Mas, L. Desrousseaux, ✻, Pajot, Coustenoble fils, Defontaine, Desrousseaux, J. Danel, Courmont, Lebigre, Meunier, Lefebvre, Herlin, Deledicque, Saint-Léger, Leclercq, Werquin, à Lille ; Cochez, à Ronchin ; Guérin, à Wambrechies.

Commissaires-priseurs, MM. Drion, Pajot, Delfosse, Cottignies, Jude, à Lille.

TRIBUNAL DE SIMPLE POLICE.

Le tribunal de simple police, alternativement présidé par MM. les juges-de-paix, tient ses audiences les lundis, à dix heures. Un commissaire de police remplit auprès de ce tribunal les fonctions du ministère public.

Greffier, M. Guidacioli.

6e. CANTON.— ARMENTIÈRES.— Il est composé de sept communes. *Juge-de-paix*, M. Lesage. *Suppléants*, MM. Butin et Dansette, ✻. *Greffier*, M. Samyn. *Huissier-audiencier*, M. Fruchart.

Jours d'audienee : les audiences sont fixées aux lundis et vendredis. à deux heures.

Notaires du canton d'Armentières, MM. Desmazières, Debruyne, à Armentières ; Dancoisne, à Frelinghien.

Commissaire-priseur, M. Duretz, à Armentières.

7e CANTON. — CYSOING. — Il réunit quatorze communes. *Juge-de-paix*, M. Revel. *Suppléants*, MM. Delannoy et Delinselle, à Cysoing. *Greffier*, M. Damide. *Huissier-audiencier*, M. Loiseau.

Jours d'audience : les audiences sont fixées aux mardis et vendredis, à neuf heures du matin.

Notaires du canton de Cysoing, MM. Delinselle, à Cysoing ; Bommart, à Templeuve.

8e. CANTON.— HAUBOURDIN.— Il est composé de seize communes. *Juge-de-paix*, M. Tierce. *Suppléants*, MM. Duverdyn et Menche. *Greffier*, M. Fleurquin. *Huissier-audiencier*, M. Lys.

Jours d'audience : les audiences sont fixées aux mardis et vendredis, à dix heures du matin.

Notaires du canton d'Haubourdin, MM. Béghin, à Haubourdin ; Josson, à Lomme ; Brice, à Radinghem ; Menu, à Wavrin.

9e. CANTON. — LA BASSÉE. — Il réunit onze communes. *Juge-de-paix*, M. de Lagorce. *Suppléants*, MM. Dutilleul et Ybert. *Greffier*, M. Béghin. *Huissier-audiencier*, M. Bonnaire.

Jours d'audience : les audiences sont fixées aux jeudis et samedis, à dix heures.

Notaires du canton de La Bassée, MM. Cousin, Serrurier, à La Bassée ; Deron, à Aubers ; Dutilleul, à Fournes.

10e. CANTON. — LANNOY. — Il est composé de seize communes. *Juge-de-paix*, M. Grimal, à Lannoy. *Suppléants*, MM. Parent et Pille. *Greffier*, M. Truffaut. *Huissier-audiencier*, M. Doutreligne.

Jours d'audience : les audiences sont fixées aux mardis, à neuf heures.

Notaires du canton de Lannoy, MM. Catteau, à Lannoy ; Reufflet, à Ascq.

11e. CANTON. — PONT-A-MARCQ. — Il est composé de quinze communes. *Juge-de-paix*, M. Delecluze. *Suppléants*, MM. Baudoux et Bruneau. *Greffier*, M. Desmazières. *Huissier-audiencier*, M. Létendart.

Jours d'audience : les audiences sont fixées aux jeudis, à dix heures.

Notaires du canton de Pont-à-Marcq, MM. Josson, à Pont-à-Marcq, Cousin, à Phalempin.

12e. CANTON.— QUESNOY-SUR-DEULE.—Il se compose de neuf communes. *Juge-de-paix*, M. Desplanques. *Suppléants*, MM. Lelong et Fauvarque. *Greffier*, M. Gervoson. *Huissier-audiencier*, M. Delory.

Jours d'audience : les audiences sont fixées aux jeudis, à neuf heures.

Notaires du canton de Quesnoy-sur-Deûle, MM. D'halluin, à Quesnoy ; Lambin, Meurillon, à Comines.

13e. CANTON. — ROUBAIX. — Il est composé de quatre communes. *Juge-de-paix*, M. Parel. *Suppléants*, MM. Cottigny et Lanvin. *Greffier*, M Leborgne. *Huissier-audiencier*, MM. Fontaine et Tiberghien.

Jours d'audience : les audiences sont fixées aux mardis et jeudis, à dix heures.

Notaires du canton de Roubaix, MM. Lanvin, Cottigny, Duchange, à Roubaix.

Commissaire-priseur, M. Loridan.

14e. CANTON.—SECLIN.—Il réunit seize communes. *Juge-de-paix*, M. Delespaul. *Suppléants*, MM. Collette fils et Cottignies. *Greffier*, M. Cornillot. *Huissier-audiencier*, M. Dupont.

Jours d'audience : les audiences sont fixées aux jeudis et vendredis, à neuf heures.

Notaires du canton de Seclin, MM. Collette, Cottignies, à Seclin.

15e. CANTON. — TOURCOING-NORD. — Il est composé de cinq communes, plus une partie du chef-lieu. *Juge-de-paix*, M. Truche. *Suppléants*, MM. Bernard et Deroubaix. *Greffier*, M. Vanaverbecq. *Huissier-audiencier*, M. Ruffelet.

Jours d'audience : les audiences sont fixées aux jeudis, à dix heures du matin, et aux samedis, à deux heures du soir.

16e. CANTON.—TOURCOING-SUD.— Il réunit trois communes, outre une partie du chef-lieu. *Juge-de-paix*, M. Duchochois. *Suppléants*, MM. Rousselle-Caulier et Jourdain-Defontaine. *Greffier*, M. Farvaque. *Huissier-audiencier*, M. Ruffelet.

Jours d'audience : les audiences sont fixées aux samedis, à dix heures.

Notaires des deux cantons de Tourcoing; MM. Hassebroucq, Delahaye, Delcpoulle, à Tourcoing ; D'halluin, à Linselles ; Labbe, à Roncq ; Ducrocq, à Marcq-en-Barœul.

Commissaire-priseur, M. Delahaye.

TRIBUNAL DE SIMPLE POLICE.

Ce tribunal tient ses audiences tous les samedis, à deux heures; il est présidé alternativement par MM. les juges-de-paix. Le commissaire de police y remplit les fonctions du ministère public.

Greffier du tribunal, M. Dujardin.

TRIBUNAL DE PREMIÈRE INSTANCE

DE L'ARRONDISSEMENT DE CAMBRAI.

Les audiences civiles de ce tribunal ont lieu le mercredi, le jeudi et le vendredi de chaque semaine. Elles s'ouvrent à dix heures, depuis la rentrée jusqu'au 1er mai, et finissent à une heure; depuis cette dernière époque jusqu'à la fin de l'année judiciaire, elles commencent à neuf heures et demie et se terminent à midi et demi.

Les audiences correctionnelles se tiennent le samedi; elles commencent à neuf heures et demie, depuis la rentrée jusqu'au 1er mai, et à neuf heures, depuis cette époque jusqu'à la fin de l'année judiciaire.

Les causes qui intéressent les administrations sont portées aux audiences des premier et troisième samedis de chaque mois; celles intentées par les parties civiles, aux audiences des deuxièmes et quatrièmes samedis.

Le lundi et le mardi sont réservés pour les rapports du juge d'instruction, les affaires en délibéré, en instruction, par écrit et à bureau ouvert.

Les audiences en référé ordinaire ont lieu le vendredi, à trois heures de relevée.

Président, M. Proyart, ✻. *Juge d'instruction*, M. Le Clercq. *Juges*, MM. Quecq, Asselin. *Juges suppléants*, MM. Renard, Dutemple. *Procureur impérial*, M. D'houdain. *Substitut*, M. Le Roux de Bretagne. *Greffier*, M. Dourlez. *Commis-greffiers*, MM. Belot et Rivière.

Le greffe est ouvert pendant toute l'année, de huit heures du matin, jusqu'à une heure, et depuis trois heures jusqu'à six heures du soir.

Avocats, MM. Pley, ✻, Dutemple, Cirier, Flayelle, Lefranc, *Avocat stagiaire*, M. Hattu.

Avoués, MM. Farez, Hourie, Rondeau, Glinel, Lavoix, Berna, Lefebvre.

Huissiers, MM. Demarquez, Daigremont, Boudry dit Daniau, Hulot, Doudecame, Herlin, Bommier fils, Bertin, Decupère, à Cambrai; Pierrin, à Carnières; Hautecœur, Picart fils, au Câteau; Marchandise, Pruvost, à Clary; Gonthier, à Marcoing; Blanchard, à Solesmes.

JUSTICES-DE-PAIX.

1er. CANTON. — CAMBRAI-EST. — Il réunit treize communes, outre une partie de celle du chef-lieu. *Juge-de-paix*, M. Lestoquoy. *Sup-*

pléants, MM. de la Brunière et Cirier. *Greffier*, M. Fliniaux. *Huissier-audiencier*, M. Hulot.

Jours d'audience : les audiences sont fixées aux samedis, à neuf heures.

2e. CANTON. — CAMBRAI-OUEST. — Il comprend dix-sept communes, outre une partie de celle du chef-lieu. *Juge-de-paix*, M. Lancelle. *Suppléants*, MM. Déjardin et Flayelle (Auguste). *Greffier*, M. Masson. *Huissier-audiencier*, M. Decupère.

Jours d'audience : les audieuces sont fixées aux jeudis, à neuf heures à l'Hôtel-de-Ville, salle du Prétoire.

Notaires des deux cantons de Cambrai, MM. Foulon, Duchange, Bruley de la Brunière, Lemaire, Savary, Wacquez, Basquin, Mallet, Ledoux, à Cambrai.

Commissaires-priseurs, MM. Chemet et Rohart, à Cambrai.

TRIBUNAL DE SIMPLE POLICE.

Ce tribunal, alternativement présidé par MM. les juges-de-paix, tient ses audiences tous les vendredis, à dix heures du matin. Le commissaire de police remplit auprès de ce tribunal les fonctions du ministère public.

Greffier, M. Laleu.

3e CANTON. — CARNIÈRES. — Il comprend seize communes. *Juge-de-paix*, M. Bouly. *Suppléants*, MM. Huet et Bricout. *Greffier*, M. Lansiaux. *Huissier-audiencier*, M. Piérin, à Carnières.

Jours d'audience : les audiences sont fixées au jeudi de chaque semaine, à neuf heures : elles ont lieu à Carnières.

Notaires du canton de Carnières, MM. Carrez, à Avesnes-lez-Aubert ; Tabary, à Quiévy.

4e. CANTON. — LE CATEAU. — Il comprend la ville du Câteau, le bourg de Câtillon et quinze communes. *Juge-de-paix*, M. Wauters. *Suppléants*, MM. Fiévet et Sartiaux. *Greffier*, M. Delevar. *Huissiers-audienciers*, MM. Hautecœur et Picart fils.

Jours d'audience : les audiences sont fixées aux lundis et jeudis, à neuf heures.

Notaires du canton du Câteau, MM. Henri Flayelle, Basquin, Penart, Hector Flayelle, au Câteau ; Basquin, à Câtillon.

5e. CANTON. — CLARY. — Il contient dix-sept communes : *Juge de paix*, M. Delfosse-Boudinier. *Suppléants*, MM. Bauchard et Fignier. *Greffier*, M. Galièque. *Huissiers-audienciers*, MM. Marchandise et Pruvost.

Jours d'audience : l'audience se tient tous les mardis, à dix heures du matin.

Notaires du canton de Clary, MM. Dutemple, à Walincourt ; Bobœuf, à Clary, Grimbert, à Caudry.

6e. CANTON. — MARCOING. — Il comprend vingt communes, *Juge-*

de-paix, M. Savary. *Suppléants*, MM. Trocmez et Daillard-Bris. *Greffier*, M. Dron. *Huissier-audiencier*, M. Gonthier.

Jours d'audience : tous les mardis à neuf heures.

Notaires du canton de Marcoing, MM. Bommier, à Flesquières, Dupuich, à Gouzeaucourt.

7e. CANTON. — SOLESMES. — Il contient le bourg de ce nom, et seize communes. *Juge-de-paix*, M. Decaux. *Suppléants*, MM. Lempereur et Mesnard-Payen. *Greffier*, M. Taisne. *Huissier-audiencier*, M. Blanchard.

Jours d'audience : l'audience se tient tous les lundis, à neuf heures.

Notaires du canton de Solesmes, MM. Lempereur et Mallet, à Solesmes.

TRIBUNAL DE PREMIÈRE INSTANCE

DE L'ARRONDISSEMENT D'AVESNES.

Les audiences de ce tribunal s'ouvrent à dix heures et finissent à deux heures. Les lundis sont destinés aux affaires de la régie, de l'enregistrement et des domaines, en bureau ouvert ; les mardis et mercredis, aux affaires correctionnelles ; les jeudis, aux affaires commerciales, expropriations, interdictions, déclarations d'absence, partages, licitations, etc.; les vendredis et samedis aux affaires civiles.

Président, M. Parmentier. — *Juges*, MM. Bourgeois et Tabary. — *Juge d'instruction*, M. Tabary. — *Juge suppléant*, M. Hannoye. — *Procureur impérial*, M. Jorel. — *Substitut*, M. Hibon. — *Greffier*, M. Carniaux. *Commis-greffiers*, MM. Hamont, Roques et Hazard. — *Expéditionnaire*, M. Broussier.

Le greffe est ouvert pendant toute l'année, depuis huit heures du matin jusqu'à midi ; et depuis deux heures jusqu'à six heures du soir.

Avocats, MM. Maurice, P. Hannoye, Delaville, Mary, Pillon, J. Lebeau, Guillemin, Manesse, Pascal, Canquelain.

Avoués, MM. Pécart, Paul, Caffieri, Couronne, Gauchet, Passage, Dupont.

Huissiers, MM. Pourrier, Dineux, Colinet, Cardon, Adam, à Avesnes; Friard, à Berlaimont; Ringuet, Lobry, à Landrecies; Deghaye, Lermuzeaux, Mehaux, à Maubeuge; Duchâteau, Lenclud, Bocquet, Dugimont, au Quesnoy; Bouvier, à Solre-le-Château; Passage, Mercier, à Trélon; Guilain et Pagniez à Bavai.

JUSTICES DE PAIX.

1er. CANTON. — AVESNES-NORD. — Il est composé de treize communes et d'une partie du chef-lieu. *Juge de paix*, M. Georges. *Suppléants*, MM. Lavice et Arnould. *Greffier*, M. Farce. *Huissier-audiencier*, M. Pourier.

Jours d'audience : les audiences sont fixées aux mercredis et vendredis, à dix heures.

2e. CANTON. — AVESNES-SUD. — Il est composé de onze communes, tre une partie du chef-lieu. *Juge-de-paix*, M. Evrard. *Suppléants*, M. Couronne et Marchand. *Greffier*, M. Lefebvre. *Huissier-diencier*, M. Colinet

Jours d'audience : les audiences sont fixées aux mardis et samedis, à x heures.

Notaires des deux cantons d'Avesnes, MM. Ducarne, Canquelain, avoine, Arnoult, Marchand, à Avesnes; Demoulin, à Dourlers; ottéraux, à Etrœungt; Lambret, à Cartignies.

Commissaire-priseur, M. Passage.

TRIBUNAL DE SIMPLE POLICE.

Ce tribunal, alternativement présidé par MM. les Juges-de-paix, tient es audiences les samedis, à deux heures.

Le commissaire de police y remplit les fonctions du ministère public.

Greffier, M. Renau.

3e. CANTON. — BAVAI. — Il est composé de vingt communes. *Juge-de-paix*, M. Delefosse. *Suppléants*, MM. Coulmont et Crapez *Greffier*, M. Erouart. *Huissiers-audienciers*, MM. Guilain et Pagniez.

Jours d'audience : les audiences sont fixées aux samedis, à neuf heures.

Notaires du canton, MM. Marchal, Payen, Gravis.

4e. CANTON. — BERLAIMONT. — Il est composé de quatorze communes. *Juge-de-paix*, M. Delcroix. *Suppléants*, MM. Paul et Emond. *Greffier*, M. Taulet. *Huissier-audiencier*, M. Friard.

Jours d'audience : les audiences sont fixées aux jeudis, à neuf heures.

Notaires du canton, MM. Eliez et Emond à Berlaimont.

5e CANTON. — LANDRECIES. — Il est composé de dix communes. *Juge-de-paix*, M. Béthune. *Suppléants*, MM. Bonnaire, Déquesnes. *Greffier*, M. Madoulé-Lavice. *Huissiers-audienciers*, MM. Ringuet et Lobry.

Jours d'audience : les audiences sont fixées aux mardis et aux vendredis, à neuf heures.

Notaires du canton, MM. Deruez, Stiévez, Meurice, à Landrecies; Azambre, à Maroilles.

6e. CANTON. — LE QUESNOY-EST. — Il est composé de quatorze ommunes et d'une partie du chef-lieu. *Juge-de-paix*, M. Piette. *uppléants*, MM. Vaniekant et Dupont. *Greffier*, M. Carion. *Huisers-audienciers*, MM. Duchâteau, Bocquet, Lenclud, Dugimont.

Jours d'audience : les audiences sont fixées aux mercredis, à dix ures.

7e. CANTON. — LE QUESNOY-OUEST. — Ce canton réunit treize com-munes, outre une partie du chef-lieu. *Juge-de-paix*, M. Honoré. *Suppléants*, MM. Rigolet et Lefranc. *Greffier*, M. Loiseau. *Huissiers-audienciers*, MM. Bocquet, Duchâteau, Dugimont, Lenclud.

Jours d'audience : les audiences sont fixées aux jeudis, à dix heures

Notaires des deux cantons du Quesnoy, MM. Goffart, Lefran— et Legrain, au Quesnoy ; Lustremant, à Jenlain ; Desenfant, à Gom-megnies.

TRIBUNAL DE SIMPLE POLICE.

Ce tribunal tient ses audiences tous les samedis, à dix heures, il est présidé alternativement pendant un trimestre par l'un des juges-de-paix. Le commissaire de police y remplit les fonctions du ministère public.

Greffier, M. Spital, Léopold.

8e. CANTON. — MAUBEUGE. — Il est composé de trente-une com-munes. *Juge-de-paix*, M. Horrie. *Suppléants*, MM. Froissard et Ouverlaux. *Greffier*, M. Lesne. *Huissiers-audienciers*, MM. De-ghaye, Lermuzeaux et Mehaux.

Jours d'audience : les audiences sont fixées aux samedis, à neuf heures.

Notaires du canton, MM. Walrand, Froissard, Ouverleaux, Bottieau, à Maubeuge.

Commissaire-priseur, M. Bayart.

9e. CANTON. — SOLRE-LE-CHATEAU. — Il est composé de seize com-munes. *Juge-de-paix*, M. Duthil. *Suppléants*, MM. Rouez et Leroy. *Greffier*, M. Baligant. *Huissier-audiencier*, M. Bouvier.

Jours d'audience : les audiences sont fixées aux lundis et jeudis, à dix heures du matin.

Notaires du canton, MM. Déclemy, Godfrin, à Solre-le-Château.

10e CANTON. — TRÉLON. — Il est composé de treize communes. *Juge-de-paix*, M. Cayet. *Suppléants*, MM. Macaigne, et Stoc-quelet. *Greffier*, M. Méhaut. *Huissiers-audienciers*, MM. Passa-et Mercier.

Jours d'audience : les audiences sont fixées aux lundis et jeudis neuf heures.

Notaires du canton, MM. Macaigne, à Trélon ; Divry, à F-mies ; Stocquelet, à Wignehies.

TRIBUNAL DE PREMIÈRE INSTANCE

DE L'ARRONDISSEMENT DE DOUAI.

Les audiences de ce tribunal s'ouvrent à dix heures du matin sent à une heure. Les mercredis, jeudis et vendredis sont consac affaires civiles et affaires commerciales ; les samedis aux affaires d correctionnelle.

Président, M. Rossignol. — *Juges*, MM. Dorlencourt, Deuzy, ubrulle, *juge d'instruction.* — *Juges suppléants*, MM. Honoré, emaire, Maurice. — *Procureur impérial*, M. Drouart de Lezey. - *Substitut*, M. Sauvage. — *Greffier*, M. Dubron. — *Commis-effiers*, MM. Wantiez et Wallez. — *Expéditionnaire*, M. Dubron, s.

Le greffe est ouvert pendant toute l'année, de neuf heures du matin qu'à quatre heures du soir.

Avocats, les mêmes que ceux de la cour impériale.

Avoués, MM. Vigneron, Boutique, Boniface, Desplanque, rbedienne.

Huissiers, MM. Delgrange, Bracq, Campion, Carnin, Copin, llefolly, Vaillant, Tétar, Pinsart, Caplain, à Douai; Sénéchal, Arleux; Delannoy et Guillemont, à Marchiennes, Lemaire-roubaix, à Orchies.

JUSTICES DE PAIX.

1er. CANTON. — DOUAI-NORD. — Ce canton est composé de cinq mmunes, outre une partie du chef-lieu. *Juge-de-paix*, M. Théry. *ppléants*, MM. Duclerfays et N... *Greffier*, M. Duhem. *Huissier-diencier*, M. Vaillant.

Jours d'audience : les audiences sont fixées aux lundis, à onze heures.

2e. CANTON. — DOUAI-SUD. — Il est composé de onze communes, utre une partie du chef-lieu. *Juge-de-paix*, M. Déprès. *Suppléants*, M. Nutly et N... *Greffier*, M. Lepeuple. *Huissier-audiencier*, I. Tétar.

Jours d'audience : les audiences sont fixées aux mardis, à dix heures.

3e. CANTON. — DOUAI-OUEST. — Il réunit dix communes, outre une artie du chef-lieu. *Juge-de-paix*, M. Nutly. *Suppléants*, MM. Huret t Duhem. *Greffier*, M. Jovenet. *Huissier-audiencier*, M. Delgrange.

Jours d'audience : les audiences sont fixées aux samedis, à onze eures.

Notaires des trois cantons de Douai, MM. Druon, Proyart, Gam-art, Demont, Moreau, de Bailliencourt dit Courcol, Bruneau, Vaché, Cardon, Monier, Trinquet.

Commissaires-priseurs, MM. Millot, Foucart, Delcambre à ouai.

TRIBUNAL DE SIMPLE POLICE.

Ce tribunal tient ses audiences tous les jeudis, à dix heures; il est ésidé alternativement par MM. les juges-de-paix.

Le commissaire de police y remplit les fonctions du ministère public.

Greffier du tribunal, M. Milliot, à Douai.

4e. CANTON. — ARLEUX. — Il est composé de quinze communes. *Juge-de-paix*, M. Luiset, à Arleux. *Suppléants*, MM. Guilbert et Leclercq. *Greffier*, M. Peugniez, à Arleux. *Huissier-audiencier*, M. Sénéchal, à Arleux.

Jours d'audience : les audiences sont fixées aux mercredis, à neuf heures.

Notaires du canton. MM. Lepeuple fils, Pennequin, à Arleux.

5e. CANTON.— MARCHIENNES.— Il est composé de seize communes, *Juge-de-paix*, M. Horrie. *Suppléants*, MM. Théry et Debonte. *Greffier*, M. Fourot. *Huissier-audiencier*, M. Delannoy.

Jours d'audience : les audiences sont fixées aux mercredis, à neuf heures.

Notaires du canton, MM. Théry et Debonte, à Marchiennes.

6e. CANTON.— ORCHIES.— Il réunit neuf communes. *Juge-de-paix*, M. Adam. *Suppléants*. MM. Josson et Gamonet. *Greffier*, M. Depret. *Huissier-audiencier*, M. Lemaire-Deroubaix.

Jours d'audience : les audiences sont fixées aux mercredis, à neuf heures.

Notaires du canton, MM. Warocquier, Gamonet, Dubus à Orchies.

TRIBUNAL DE PREMIÈRE INSTANCE.

DE L'ARRONDISSEMENT DE VALENCIENNES.

Les audiences de ce tribunal s'ouvrent à dix heures et finissent à une heure. Les mercredis et jeudis sont destinés aux affaires civiles, les vendredis et samedis aux affaires correctionnelles ; néanmoins, l'audience des vendredis est plus spécialement affectée aux affaires des douanes, des contributions indirectes et des eaux et forêts ; aux audiences du mardi sont portées les affaires relatives aux expropriations forcées, aux licitations et à toutes les ventes judiciaires, et après celles-ci le tribunal s'occupe des affaires de nature à être jugées à bureau ouvert.

Les affaires civiles de nature à être jugées sur requêtes sont vidées au commencement ou à la fin de toutes les audiences indifféremment.

Président, M. de Warenghien, ✻. *Juges*, MM. Maniez, juge d'instruction; Boulanger, Dupont. *Procureur impérial*, M. de Beaumont, *Substitut*, M. Bultot. *Greffier*, M. Malicorne.

Le greffe est ouvert pendant toute l'année, depuis huit heures du matin jusqu'à quatre heures du soir sans interruption.

Avocats, MM. Regnard, bâtonnier; Dubus, Deruesne, Girard, Thellier, Saint-Ouen, Foucart, Didiez, Collet, Doutriaux, Theillier.

Avoués, MM. Le Barbier, Delsart, Devillers, Libert, F[illegible] devin, N...

Huissiers, MM. Leflan, Syndic, Berquet, Cochinart, Chartier, Bulté, Bruyère, Léchelle, Loth, Bisiau, Bourse, Pillon, à Valenciennes; Avis, Leclercq, à Bouchain; Taquet, Marchand, à Condé; Horrie, Desmons, Soucourt, à Saint-Amand.

JUSTICES DE PAIX.

1er. CANTON. — VALENCIENNES-NORD. — Il est composé de sept communes, outre une partie de celle du chef-lieu. *Juge-de-paix*, M. Charamond. *Suppléants*, MM. Gamblon et Boulan. *Greffier*, M. Baboma. *Huissier-audiencier*, M. Berquet.

Jours d'audience : les audiences sont fixées aux lundis et jeudis, à neuf heures du matin.

2e. CANTON. — VALENCIENNES-EST. — Il comprend dix communes, outre une partie de celle du chef-lieu. *Juge-de-paix*, M. Dugimont. *Suppléants*, MM. Guislain et Desruesne. *Greffier*, M. Godon. *Huissier-audiencier*, M. Cochinart.

Jours d'audience : les audiences sont fixées aux mardis et vendredis, à neuf heures du matin.

3e. CANTON. — VALENCIENNES-SUD. — Il réunit quatorze communes outre une partie du chef-lieu. *Juge-de-paix*, M. Paillard. *Suppléants*, MM. Tamboise et Collet. *Greffier*, M. Squalard. *Huissier-audiencier*, M. Berquet.

Jours d'audience : les audiences sont fixées aux vendredis et samedis, à neuf heures du matin.

Notaires des trois cantons de Valenciennes, MM. Guislain, Beauvois, Dupire, Baudrain, Gamblon, Alglave, Lefebvre, Dubois, Paillard, Bultot, Stamant, à Valenciennes.

Commissaires-priseurs, MM. Laplace, Dayez, Delahaye, à Valenciennes.

TRIBUNAL DE SIMPLE POLICE.

Le tribunal de simple police de Valenciennes tient ses audiences tous les mercredis, à dix heures du matin. Il est présidé alternativement par MM. les juges-de-paix. Le commissaire de police y remplit les fonctions du ministère public.

Greffier du tribunal, M. Delgrange.

4e. CANTON. — BOUCHAIN. — Il est composé de vingt-une communes. *Juge-de-paix*, M. Hindré, à Bouchain. *Suppléants*, MM. Lahure et Bouchez. *Greffier*, M. Dupont, à Bouchain. *Huissier-audiencier*, N...

Notaires du canton, MM. Bouchez fils, Cogé, Cattelin à Bouchain.

5e. CANTON. — CONDÉ. — Il réunit neuf communes. *Juge-de-paix*,

M. Bonnier. *Suppléants*, MM. Waterneau, Martel, à Condé. *Greffier*, N... *Huissier-audiencier*, M. Marchand.

Jours d'audience : les audiences sont fixées aux mardis et vendredis, à dix heures du matin.

Notaires du canton. MM. Martel, Carlier, Mention, à Condé.

Commissaire-priseur. M. Mention-Lenglé, à Condé.

6e. CANTON. — SAINT-AMAND (rive droite de la Scarpe).—Il est composé de sept communes, outre une partie du chef-lieu. *Juge-de-paix*, M. de Courmaceul. *Suppléants*, MM. Debettignies et Desbrosses. *Greffier*, N... *Huissier-audiencier*, N...

Jours d'audience : les audiences sont fixées aux samedis, à dix heures.

7e. CANTON.— SAINT-AMAND. (rive gauche de la Scarpe).— Il réunit dix communes, outre une partie de celle du chef-lieu. *Juge-de-paix*, M. Bailliart, ✻, *Suppléants*, MM. Hédon et Waché. *Greffier*, M. Joly. *Huissier-audiencier*, M. Horrie.

Jours d'audience : les audiences sont fixées aux vendredis, à dix heures.

Notaires des deux cantons de Saint-Amand, MM. Loiseau, à Mortagne; Herbert, Baligand, Davainne, Barbieux, Vérez, à Saint-Amand.

Commissaire-priseur, M. Mariage, à Saint-Amand.

TRIBUNAL DE SIMPLE POLICE.

Le tribunal de simple police de Saint-Amand tient ses audiences tous les vendredis, à deux heures, pendant les premier et troisième trimestres, et tous les mardis, à deux heures, pendant les deuxième et quatrième trimestres.

Il est alternativement présidé par MM. les juges-de-paix, le commissaire de police y remplit les fonctions du ministère public.

Greffier du tribunal, M. Gonthier. *Commis-greffier*, M. Dupire.

ASSISTANCE JUDICIAIRE.

Aux termes de la loi du 22 janvier 1851, l'admission à l'assistance judiciaire est prononcée par un bureau spécial établi au chef-lieu judiciaire de chaque arrondissement.

Les bureaux d'assistance judiciaire sont composés comme suit :

COUR IMPÉRIALE DE DOUAI.

MM. Liégeart, vérificateur de l'enregistrement; Leroy, ancien avocat; Preux (O. ✻), premier président honoraire à la Cour impériale; Leroy (de Béthune) ancien avocat; Talon, avocat; Honoré, idem; Huré, avoué.

TRIBUNAL CIVIL DE DUNKERQUE.

MM. Lambert, vérificateur de l'enregistrement; Beck, ancien notaire; de Lesdain, avocat, Hovelt, avoué; Lefebvre, avocat.

TRIBUNAL CIVIL D'HAZEBROUCK.

MM. Rey, vérificateur de l'enregistrement; Kien, membre du nseil municipal; Vandewalle, ancien magistrat; Bloeme, notaire; schodt, avocat.

TRIBUNAL CIVIL DE LILLE.

MM. Delannoy, avocat, *président*; Cleenewerck de Crayencourt, nseiller de préfecture; Desmaretz, vérificateur de l'enregistrent; Ladureau, avocat; Desrousseaux, avoué; Cresson, *secrétaire*.

TRIBUNAL CIVIL DE CAMBRAI.

MM. Leroy A., notaire; Dutemple, avocat; Perrioud, vérificateur l'enregistrement; Renard, ancien avocat; Hourie, avoué.

TRIBUNAL CIVIL D'AVESNES.

MM. Hannoye, bâtonnier de l'ordre des avocats, *président*; auquet, ancien notaire; Paul, avoué; Lavice, ancien avoué; ..; Carniaux, Greffier, *secrétaire*.

TRIBUNAL CIVIL DE VALENCIENNES.

MM. Bralez, receveur des domaines; Lefebvre, ancien maire; Boca, ancien magistrat; Theillier aîné, avocat; Devillers, avoué.

TRIBUNAUX DE COMMERCE.

Un décret du 2 mars 1852 a abrogé celui du 28 août 1848 relatif à organisation des tribunaux de commerce. Conformément aux articles 618, 619, 620, 621 et 629 du Code de commerce, au décret du 6 octobre 1809 et à la loi du 3 mars 1840, les membres de ces tribunaux sont élus par une assemblée composée de citoyens français, commerçants patentés depuis cinq ans, des capitaines au long cours et des maîtres au cabotage ayant commandé des bâtiments depuis cinq ans et domiciliés depuis deux ans dans le ressort du tribunal.

Les tribunaux de commerce existant dans le département sont placés dans les villes de Dunkerque, Lille, Cambrai et Valenciennes; ils sont composés ainsi qu'il suit :

TRIBUNAL DE DUNKERQUE.

Président, M. Carlier, ✲. — *Juges*, MM. Morel-Agie, Coquelin, erteloot, Durin. — *Juges suppléants*, MM. Govare, Hamoir, Beck, ... — *Greffier*, M. Gasteau; *commis-greffier*, M. Dodanthun.

TRIBUNAL DE LILLE.

Président, M. Verley, ✲, — *Juges*, MM. Delesalle, Crespel-Tilloy, rode, propriétaire; Danel. — *Juges suppléants*, MM. Wallaert-lle, ✲, Decoster, Kiener, Barrois. — *Greffier*, M. Blondeau; *mmis-greffier*, N. .

TRIBUNAL DE CAMBRAI.

Président, M. Deleau. — *Juges*, MM. Crespin, Cornaille-Leroy, Boone, Lévêque. — *Juges suppléants*, MM. Soyer, Bricourt-Mollet, Moreau, Delaporte. — *Greffier*, M. Pellereau.

TRIBUNAL DE VALENCIENNES.

Président, M. Canonne. — *Juges*, MM. Durieux (Emile), Manesse, Giard, Ledieu. — *Juges suppléants*, MM. Gellé, Dutemple, Delame, Mariage. — *Greffier*, M. Dècle.

CONSEILS DES PRUD'HOMMES.

Lille. — *Président*, N.. ; *vice-président*, M. Boutry-Flamen. — *Patrons*, MM. Descat-Leleux, Vandenberghe, Vernier-Druez, Faucheur-Deledicque, Druez. — *Ouvriers*, MM. Bécar, Brunin, Fiévet, Millecamps, Dhellain, Doignon, Philippo.

Roubaix. — *Président*, M. P. Defrenne; *vice-président*, M. Vernier-Delaoutre. — *Patrons*, MM. E. Grimonprez, Gaydet-Boet, Lefebvre, Duburcq, Duthilleul-Lorthiois, Duhamel. — *Ouvriers*, MM. Barot, Lecomte, Martin, Clarisse, Selosse, Lainé.

Tourcoing. — *Président*, M. Roussel-Defontaine; *vice-président*, M. Bernard-Cuvillier. — *Patrons*, MM. Leserre, Duprez, Duvillier-Delattre, Darras-Lemaire, Delmasure, Destombes-Leroy, Duhamel fils, Dervaux-Couvreur. — *Ouvriers*, MM. Delahaye, Jouvenel, Peuillot, Corman, Dervaux, Tiberghien, Vinchent, Catteau, Vanlaer.

Armentières. — *Président*, M. Thetten; *vice-président*, M. Reynaert. — *Patrons*, MM. Bayart, Vanlaton, Théry, Pouchain (Victor), Pouchain (J.-B.), Grémer. — *Ouvriers*, MM. Ribeire, Dhorne, Coustenoble, Louis, Bague, Caulier.

Valenciennes. — *Président*, M. Lewille, ✻; *vice-président*, M. Marquis. — *Patrons*, MM. Renotte, Flamant, Meurs, Costé, Val, Buisine. — *Ouvriers*, MM. Raux, Serret, Lennes, Tatinclaux, Pinet, Bastien, Hyolle.

Douai. — *Président*, M. Dubrulle-Plet; *vice-président* M. Deloffre. — *Patrons*, MM. Moreau, Détrain, Havez, Dubourg, Carton, Mailliez, N... — *Ouvriers*, MM. Ruggieri, Dassonville, Lecas-Chrétien, Triou.

Cambrai. — *Président*, M. Doudan-Canonne; *vice-président*, M. Hattu. — *Patrons*, MM. Pierson, Delcourt, Bassuyau, Weiss, Carier. — *Ouvriers*, MM. Quersin, Coffiaux, Beaudumont, Wattremez, de Beaumont.

Le Cateau. — *Président*, M. Rousseau; *vice-président*, M. Dutrieux. — *Patrons*, MM. Deloffre, Ognier, Valeine, Robert, Muller, Collart. — *Ouvriers*, MM. Barbet, Bourgenot, Crépin, Dutrieux, Berlemont, Lefour.

ORGANISATION MILITAIRE.

Par décision impériale du 17 août 1859, l'Empire est divisé en sept arrondissements militaires dont le commandement est confié à un même nombre de maréchaux.

Le 2e grand arrondissement militaire dont le chef-lieu est à Lille, comprend les 3e et 4e divisions militaire.

COMMANDEMENT SUPÉRIEUR DU 2e ARROND. MILITAIRE. (1)

S. Exc. M. le Maréchal de Mac Mahon, Duc de Magenta.

Aides-de-camp de S. Exc. M. le Maréchal. MM. Borel, ✱, chef d'escadron; Broye, ✱, capitaine.

M. Lebrun (C. ✱), général de brigade, *chef de l'état-major général*; M. Poulle (O. ✱), colonel, *sous chef de l'état-major général.*

MM. De Boncourt (O. ✱), chef d'escadron d'état-major; De Bouillé, ✱, capitaine d'état-major; Hennequin de Villermont, ✱, idem; Laveuve, ✱, idem.

3e DIVISION.

La division ayant pour chef-lieu Lille, conserve le N° 3, et comprend les départements du Nord, du Pas-de-Calais et de la Somme.

COMMANDEMENT DE LA DIVISION.

M. Maissiat (G.-O. ✱) *général de division commandant la division.*

M. Galotti, capitaine, *aide-de-camp.*

M. De Massoni, (O. ✱, C. ✠), colonel, *chef de l'état major de la* 3e *division.*

M. Boyer, ✱, chef d'escadron, *attaché à l'état-major.*

M. le marquis d'Andigné, ✱, idem. *idem.*

M. d'Alzac, ✱, capitaine d'état-major, *idem.*

M. de Batz, idem. *idem.*

M. Guioth, idem. *idem.*

M. de Tayrac, ✱, *capitaine secrétaire-archiviste de la division.*

PREMIÈRE SUBDIVISION.

M. Lebrun, général de brigade, *commandant le département du Nord*

N..., capitaine, *aide-de-camp.*

DEUXIÈME SUBDIVISION.

M. Doens, général de brigade, *Commandant le département du Pas-de-Calais*, à Arras.

(1) Au mois de Décembre 1859, une décision a modifié la dénomination de 2e arrondissement militaire à laquelle fut substituée la désignation de 2e *corps d'armée.*

TROISIÈME SUBDIVISION.

M. Douay, général de brigade, *commandant le département de la Somme*, à Amiens.

ÉTAT-MAJOR DES PLACES DU DÉPARTEMENT DU NORD.

Lille. — M. Desmaretz (O. ✻), colonel, *commandant de place;* MM. Morel, ✻, Sexe, ✻, Gaspard, de Tayrac, ✻, capitaines, *adjudants de place;* MM. Ricard, ✻, Nouguiez, Lauer, lieutenants, *adjudants de place*,

Citadelle de Lille. — M. Baüer (O. ✻), chef de bataillon, *commandant de place;* M. Lhorens, capitaine, *adjudant de place.*

Place de Valenciennes. — M. de Lisleferme (C. ✻), colonel, *commandant de place;* MM. Curutchet, capitaine; Courtois, ✻, id.; Bertin, ✻, lieutenant, *adjudants de place.*

Place de Dunkerque et Fort-Louis. — M. Léon (C. ✻), colonel, *commandant de place;* MM. Padovani, ✻, capitaine, *adjudant de place;* Roussillon, lieutenant, *idem.*

Place de Douai et Fort-de-Scarpe. — M. Cornu (O. ✻), colonel, *commandant de place;* MM. Macon, ✻, capitaine, *adjudant de place;* Leroy, lieutenant, *idem*; de Glaubitz, ✻, capitaine, *commandant le Fort-de-Scarpe.*

Place de Cambrai.—M. le baron d'André (O. ✻), colonel, *commandant de place;* MM. du Plessis, ✻, capitaine, *adjudant de place.*

Place de Maubeuge.—M. Boulalert (C. ✻), *commandant de place*; M. du Plessis, ✻, capitaine, *adjudant de place.*

Place de Condé. M. Richert (O. ✻), chef de bataillon, *commandant de place*; M. Moriceau, ✻, lieutenant, *adjudant de place.*

Place du Quesnoy. — M. Chevassut (O. ✻), chef d'escadron, *commandant de place.*

Place d'Avesnes. — M. de Balzac (O. ✻), chef d'escadron, *idem.*

Place de Landrecies. — M. Rabiat (O. ✻), idem. *idem.*

Place de Bouchain.— M. Chatelain, ✻, chef de bataillon, *idem.*

Place de Bergues et Fort-Français. — M. Francis, ✻, chef de bataillon, *idem*

Place de Gravelines. — M. Ledée, ✻, chef de bataillon, *idem.*

ARTILLERIE.

M. Fiereck (O. ✻), général de brigade, *commandant l'artillerie dans la* 3e. *division militaire*; M. Viguier, capitaine de 1re. classe, *aide-de-camp*, à Douai.

Ecole d'artillerie de Douai. M. de Menibus, ✻, lieutenant-colonel, *directeur de l'école*; MM. Merklein, ✻, *professeur de sciences appliquées*; Malet, ✻, *professeur de dessin et de fortifications*; Vaucheret, lieutenant, *adjoint aux professeurs*; Duprez, *garde d'artillerie de* 1re. *classe*; Baron, ✻, *idem de* 2 *classe;* Parisot, ✻, *maître artificier.*

FONDERIE DE DOUAI. M. Martin, ✻, chef d'escadron, *directeur;* MM. Ponsart, capitaine de 1re. classe, *sous-directeur;* Cary, ✻, capitaine de 2e. classe, *adjoint;* Claudet, *idem*; Cary, ✻, *idem*; Desmazières, ✻, *idem;* Himmelspach, *garde d'artillerie de* 1re. *classe*; Desmules, *idem*; Cartier, *contrôleur de la fonderie*; Desforges, *idem*; Michel, maréchal-des-logis d'ouvriers d'artillerie, *adjoint aux contrôleurs.*

DIRECTION DE L'ARTILLERIE DE DOUAI. M. Desmazières (O. ✻), colonel, *directeur*, à Douai; MM. N... chef d'escadron, *sous-directeur,* à Douai; Chanet, ✻, capitaine, *commandant l'artillerie*, à Lille, Lavaytte, chef d'escadron, *idem*, à Valenciennes; Nathan, capitaine de 1re. classe, à Lille; Gauthier, ✻, idem, *commandant l'artillerie*, à Cambrai; Huet, capitaine en 2e, *adjoint à la direction*, à Douai; Boniface, *idem;* Doucet, ✻, capitaine en résidence fixe, *adjoint au commandant de l'artillerie*, à Douai; Marnet, ✻, *idem*; Cluhr, *idem*, *commandant l'artillerie*, à Condé; Parod, *idem*, à Maubeuge; Flick, *idem*, au Quesnoy; Montaigne, *idem*, à Avesnes.

DIRECTION DE L'ARTILLERIE DE SAINT-OMER. MM. Bocave, ✻, chef d'escadron, *commandant l'artillerie*, à Dunkerque; Despetits, capitaine en 1er. *idem*, à Bergues; N..., *idem*, à Gravelines.

GÉNIE.

4e DIRECTION. — LILLE.

M. de Montfort (O. ✻), colonel, *directeur des fortifications*; MM. Rougevin, Boulanger, *gardes*, au fort Saint-Sauveur.

PLACE DE LILLE. M. Cadart (O. ✻), lieutenant-colonel, *ingénieur en chef*; MM. Coqueret, Pognon, Loisy, ✻, Castel, *capitaines*; Delahaye, ✻, Dambrin, Oyez, Abraham, Mériaux, Vahé, *gardes*.

PLACE DE DOUAI. M. Antoine, ✻, chef de bataillon, *ingénieur en chef*; MM. Géraud, Prohon, ✻, Iffli, Guilbert, *gardes*.

PLACE DE VALENCIENNES ET DE BOUCHAIN. M. Oudot, ✻, chef de bataillon, *ingénieur en chef*; MM. Cord, capitaine; Chauvey, Vucher, Vanoy, *gardes*, à Valenciennes; Guerlot, ✻, *garde*, à Bouchain.

PLACE DE CONDÉ. M. Coffyn (O. ✻), chef de bataillon, *ingénieur en chef;* MM. Nadeau, Pironneaux, ✻, *gardes*.

PLACE DE DUNKERQUE. M. Lebleu, ✻, chef de bataillon, *ingénieur en chef;* MM. Ducoroy, ✻, lieutenant; Portes, Girardot, ✻, Salomez, *gardes*.

PLACE DE BERGUES. M. Requières, ✻, *garde*.

PLACE DE GRAVELINES. M. Leleu, capitaine, *ingénieur en chef;* M. Chassang, *garde*.

PLACE DE CAMBRAI. M. Mante, ✻, chef de bataillon, *ingénieur en chef*; MM. Mainvielle, Richard, Darloy, *gardes*.

PLACE D'AVESNES. M. Saint-Quentin, capitaine, *ingénieur en chef*; M. Gaigne, *garde*.

Place de Maubeuge. M. Gauché-Chaumont, ✻, chef de bataillon, *ingénieur en chef*; MM. Lambert, lieutenant, Greff. Jubin, *gardes*.

Place de Landrecies. M. Ador, ✻, capitaine, *ingénieur en chef*; M. Caron, ✻, *garde*.

Place du Quesnoy. M. Demont, capitaine, *ingénieur en chef*; M. Coiffiez, ✻, *garde*.

POUDRES ET SALPÊTRES.

RAFFINERIE DE LILLE.

MM. Clerc, *inspecteur*; Violette, ✻, *commissaire des poudres de première classe*; Bonnier, Louis, *maître raffineur*.

ADMINISTRATION MILITAIRE.

INTENDANCE.

MM. De Soye (O. ✻ C. ✠ St.-GGrégoire-le-Grand), *intendant de la 3e division militaire*, à Lille; Le Monnier, ✻, *sous-intendant de 1re. classe*, à Lille; Guérin, ✻, *sous-intendant de 2e classe*, à Lille; Maisse, *adjoint de 2e classe*; Picot de Moras, ✻, *sous-intendant de 2e classe*, à Douai; N..., ✻, *idem*, à Cambrai; Guillemin, *idem*, à Valenciennes; N..., *idem*, à Dunkerque; N..., *adjoint de 1re classe*, à Maubeuge; Korbal-Crombet, ✻, *officier principal d'administration, chef des bureaux de l'intendance de la 3e division militaire*, à Lille; Debret, *adjudant en second*, à Dunkerque; Tabo, *officier d'administration*, à Valenciennes; Paternotte, *idem*, à Lille; Gérard, *idem en premier*, à Lille; Leleu, *idem*, à Douai; Camerlynck, *idem en deuxième*, à Cambrai; Legendre, *idem*, à Lille; Émard, *idem*, à Maubeuge; Sallard, *idem*, à Lille.

PLACE DE LILLE. — HOPITAL-MILITAIRE.

MM. Murville (O. ✻), *médecin principal de première classe*, à Lille; Fropo, ✻, *médecin major de première classe*; Lacronique, ✻, *idem*, à Lille; Fretin, *médecin aide-major de deuxième classe;* Jean, *idem*, à Lille; Brauwers, *pharmacien-major*; Pressoir, *pharmacien aide-major*; Clarisse, *aumônier de deuxième classe*; Robillard, *pharmacien-major de deuxième classe*, à Lille; Martin, *pharmacien aide-major de deuxième classe*, à Lille.

OFFICIERS D'ADMINISTRATION.

MM. Jacquin, ✻, *officier d'administration, principal comptable*; Baptiste, *adjudant en premier d'administration des hôpitaux*; Cuvru, *idem*.

MAGASIN DE CAMPEMENT ET D'HABILLEMENT.

M. Thorel, *officier d'administration comptable, de première classe*, à Lille; Cœuilte, *adjudant d'administration en deuxième du service de campement*, à Lille.

SERVICE DES SUBSISTANCES MILITAIRES.

MM. Bourgeois, ✻, officier d'administration de première classe, *comptable des vivres et fourrages*; Poisnel, officier d'administration comptable, *chef du bureau de centralisation*, à Lille; Cornette, *adjudant en premier du service des subsistances*, attaché; Bouffard, *adjudant en deuxième*, Cuny, *idem*; Labour, *idem*, à Lille; Matheron, adjudant d'administration en deuxième, *attaché au magasin des vivres*.

SERVICE DU CHAUFFAGE. M. Paquin, *entrepreneur de la 3e division*, à Lille.

SERVICE DES LITS MILITAIRES. M. Caillebotte, *directeur du service pour la 3e division militaire*.

SERVICE DES TRANSPORTS DE LA GUERRE. M. Delgutte, *agent principal et préposé*.

SERVICE DES CONVOIS MILITAIRES. MM. Bourlon, *entrepreneur général*, à Paris; Baude, *agent divisionnaire*, à Lille.

PLACE DE DUNKERQUE. — HOPITAL MILITAIRE.

MM. Villette, ✻ *médecin-major de première classe*, à Dunkerque; Rouzé, *médecin aide-major de deuxième classe*; Hallemès, *pharmacien-major de deuxième classe*, idem; Rilloir, *pharmacien aide-major de première classe*, idem.

OFFICIERS D'ADMINISTRATION. MM. Jacquin, *officier d'administration des hôpitaux*, à Dunkerque; Campagnie, *aumônier de quatrième classe*, idem.

SERVICE DES SUBSISTANCES. M. Calendini, *officier d'administration chargé du service des vivres et des fourrages*.

SERVICE DES LITS MILITAIRES. M. Ferrus, *préposé*.

PLACE DE CAMBRAI. — HOPITAL MILITAIRE.

OFFICIERS DE SANTÉ. MM. Venin O. ✻, *médecin principal de deuxième classe*, à Cambrai; Libermann, *médecin-major de deuxième classe*, idem; Faure, *pharmacien-major de deuxième classe*, idem; Marcailhon, *pharmacien aide-major*, idem.

OFFICIERS D'ADMINISTRATION. MM. Hubert, *officier comptable de première classe*, à Cambrai; Thénard, *aumônier de quatrième classe*, idem; Mignucci, *adjudant d'administration des hôpitaux*.

SERVICE DES VIVRES PAIN. M. Grégory, *officier d'administration, comptable de deuxième classe*.

SERVICE DES LITS MILITAIRES. Mlle. Larzillière, *garde magasin*.

PLACE DE VALENCIENNES. — HOPITAL MILITAIRE.

OFFICIERS DE SANTÉ. MM. Varlet, ✻, *médecin principal de deuxième classe*, à Valenciennes; Leroy, *médecin-major de deuxième classe*; Bachelet, *pharmacien-major de deuxième classe*, idem.

OFFICIERS D'ADMINISTRATION. MM. Laloë de Longchamp, *officier d'administration, comptable de deuxième classe*, à Valenciennes; Clarisse, *aumônier de quatrième classe*, idem; Thévenin, *adjudant en premier*.

SERVICE DES VIVRES. M. Lataix, *officier d'administration, comptable de première classe.*

SERVICE DES LITS MILITAIRES. M. Delescluse, *garde-magasin.*

PLACE DE DOUAI.

SERVICE DES VIVRES PAIN. M. Chatenet, *officier d'administration, comptable de deuxième classe.*

SERVICE DES LITS MILITAIRES. M. Bréau, *garde-magasin.*

PLACE DE MAUBEUGE. — HOPITAL MILITAIRE.

OFFICIERS DE SANTÉ. MM. Gramaccini, ✻ *médecin-major de première classe*, à Maubeuge; Chaudourne, *médecin aide-major*, idem; Dupuis, ✻, *pharmacien-major de deuxième classe*, idem; Morel *officier d'administration, comptable*, Martin, *adjudant d'administration des hôpitaux*; Calestroupat, idem; M. Watin, *aumônier de quatrième classe*, à Maubeuge.

SERVICE DES VIVRES PAIN. M. Vincent, *adjudant d'administration en deuxième, comptable.*

SERVICE DES LITS MILITAIRES. M. de Sambeuf, ✻, *garde-magasin.*

GENDARMERIE IMPÉRIALE.

La compagnie du département du Nord fait partie de la 24e légion, dont le chef-lieu est à Arras.

Les officiers de cette arme employés dans le département sont :

M. Robbe, ✻, *chef d'escadron commandant*, à Lille, MM. Ghins, *capitaine*, idem, Blanchard, *sous-lieutenant trésorier*, idem; Martin, ✻, *capitaine*, à Douai; Vesca, *idem*, à Dunkerque; Langlois-d'Ancerville, *sous-lieutenant*, à Hazebrouck; Pérochet, *capitaine*, à Cambrai; Jeager, *lieutenant*, à Avesnes; Olivier, ✻, *capitaine*, à Valenciennes, Béguin, *sous-lieutenant* commandant la deuxième section de l'arrondissement de Lille, à Wazemmes; Bascourt, *maréchal-des-logis adjoint au trésorier*, à Lille.

La compagnie du département du Nord est composée de 54 brigades, dont 38 à cheval et 16 à pied. Ces brigades, fortes de cinq à six hommes, sont placées dans les localités ci-après désignées :

	COMMANDANTS.
à cheval à Dunkerque. .MM.	Guilbert, *maréchal-des-logis.*
id. à Bergues. . .	Coplo, *idem.*
id. à Gravelines. .	Folton, *brigadier.*
à pied à Hondschoote. .	Grave, *idem.*
id. à Wormhoudt. . .	Bastien, *idem.*
à cheval à Watten. . .	Dubucke, *idem.*
id. à Hazebrouck. . .	Martin, *maréchal-des-logis.*
id. à Bailleul	Boursier, *brigadier.*
id. à Cassel	Boubet, *idem.*
à pied à Merville. . . .	Gamait, *idem.*
id. à Steenvoorde . .	Crochet, *idem*
s à cheval à Lille. . . .	Honoré, *maréchal-des-logis-chef*; Boulanger, *brigadier.* et Hénon, *idem.*
id. à Lannoy . . .	Chedaille, *brigadier.*
id. à Seclin. . . .	Bertein, *idem*
à pied à Wazemmes. . .	Caillerez, *maréchal-des-logis.*
à cheval à Roubaix. . .	Divry, *idem.*
id. à Pont-à-Marcq	Béhague, *idem.*
id. à Armentières.	Schouller, *brigadier.*
id. à Fournes . . .	Boquet, *idem.*
à pied à Tourcoing	Chaveheid, *maréchal-des-logis.*
id. à Cysoing. . . .	Deloffre, *brigadier.*
à cheval à Quesnoy-s-D.	Morlet, *idem.*
x id. à Cambrai. . .	Carpentier, *maréchal-des-logis.* et N..., *brigadier.*
id. au Câteau	Lacroix, *idem.*
id. à Clary.	Richard, *idem.*
id. à Solesmes. . .	Guenne, *idem.*
id. à Masnières . .	Huchard, *idem.*
id. à Avesnes. . . .	Hivet, *maréchal-des-logis.*
à pied à Avesnes.	Lalie, *brigadier.*
à cheval à Berlaimont. .	Coussemacq, *idem.*
à pied à Maubeuge	Corroyette, *maréchal-des-logis.*
id. à Trélon	Rudeaux, *brigadier.*
id. à Landrecies.	Fostier, *idem.*
id. au Quesnoy. .	Renouard, *idem.*
id. à Bavai.	Damien, *idem.*
id. à Solre-l.-Chât.	Lebrun, ✠, *maréchal-des-logis.*
id. à Hautmont. . .	Varoteau, *brigadier.*
x à cheval à Douai. . . .	Chrétien, *maréchal-des-logis,* et Noiset, *brigadier.*
à pied à Douai.	Legrand, *brigadier.*
à cheval à Orchies. . . .	Deschartes, *idem*

Une à pied à Marchiennes.. MM.	Bachelet, *brigadier.*
Une id. à Aniche.....	Leroy, *idem.*
Une à cheval à Aubigny-au-B	Messens, *idem.*
Une id. à Valenciennes	Lohé, *maréchal-des-logis.*
Une à pied à Valenciennes.	Rolo, *brigadier.*
Une id. à Denain.....	Demory, *maréchal-des-logis.*
Une à cheval à Bouchain...	Lannoi, *brigadier.*
Une id. à Condé.....	Tourtois, *idem.*
Une id. à Saint-Amand	Delemer, *maréchal-des-logis.*
Une à pied à Anzin.......	Pol, *brigadier.*
Une id. à Cysoing....	Deloffre, *idem.*

MARINE ET COLONIES.

1er ARRONDISSEMENT MARITIME.

SOUS-ARRONDISSEMENT DE DUNKERQUE.

Le littoral du sous-arrondissement de Dunkerque est limité au nord, par la frontière belge, et au sud, par la digue du Haut-But. — Il comprend quatre quartiers, savoir : Dunkerque, Calais, Boulogne et Saint-Valéry-sur-Somme.

Le littoral du quartier de Dunkerque est limité au nord par la frontière belge, et au sud par l'extrémité ouest de la commune d'Oye (Pas-de-Calais.)

Etat nominatif des officiers civils et militaires de l'administration de la marine, employés dans les ports de Dunkerque et de Gravelines.

ADMINISTRATION DU PORT DE DUNKERQUE.

MM. Fournier, Aug. (O. ✻), commissaire de la marine de première classe, *chef du service de la marine au port et sous-arrondissement de Dunkerque*; Jolly, sous-commissaire de première classe, *chargé des détails administratifs;* Fournier, P., sous-commissaire de deuxième classe, *chargé de l'inscription maritime*; Wood, aide-commissaire, *chargé du bureau central des invalides*, Quiquet, commis de la marine; Cattoën, idem; Isaac, idem; Ricot, *trésorier des invalides de la marine*; Terquem, *professeur d'hydrographie*; Meneboo, ✻ *médecin civil*, *chargé du service de santé de la marine*; Rouillé, *syndic des gens de mer.*

ADMINISTRATION DU SOUS-QUARTIER DE GRAVELINES.

MM. Decreus, *aide-commissaire chargé de l'inscription maritime*; Torris, *préposé du trésorier des invalides*; Bateman, *syndic des gens de mer*; Debaecker, *inspecteur des pêches.*

ORGANISATION FINANCIÈRE.

TRÉSOR PUBLIC.

SERVICE DES RECETTES.

Receveur général du département du Nord, M. Akermann (O. ✻), à Lille. *Fondé de pouvoirs*, M. V. Crouan.

Receveurs particuliers dans les arrondissemeuts, MM. de Montaignac, à Dunkerque; Delalleau, à Hazebrouck; Berard, à Cambrai; Cabaret, à Avesnes; Guilmot, ✻, à Douai; comte Ledochowski, à Valenciennes.

SERVICE DES DÉPENSES.

Payeur du Trésor impérial, M. Faure, ✻, à Lille. — *Fondé de pouvoirs*, M. Delattre.

PERCEPTEURS.

Tableau des circonscriptions de perception

DU DÉPARTEMENT DU NORD.

Constituées conformément à la décision ministérielle du 23 *mai* 1850.

COMMUNES posant chaque réunion. Noms. (1)	NOMS des titulaires.	Nombre.	COMMUNES composant chaque réunion. Noms.	NOMS des titulaires.
ARRONDISSEMENT DE DUNKERQUE.				
BERGUES. (2) Armbouts-Cappel Bierne Hoymille	Herwyn, Jean.	4	BOURBOURG-VILLE Bourbourg-camp. Brouckerque Spycker	Courdain, Charles.
		1	DUNKERQUE	Pigalle, Jules.
BOLLEZEELE Broxeele Ledeczeele Merckeghem Volckerinckove	Behague L.	4	GRAVELINES Craywick St.-Georges Loon	Demarle, L.s-Aug.

Le montant des contributions de chaque commune est porté au tableau statistique qui se trouve au ncement de la deuxième partie de l'Annuaire.

La commune qui se trouve en tête de chaque groupe est celle du chef-lieu de perception.

COMMUNES composant chaque réunion. Nombre.	COMMUNES composant chaque réunion. Noms.	NOMS des titulaires.
3	HONDSCHOOTE Killem Moëres (les)	Dabbadie, Jean.
4	LOOBERGHE Capellebroucq Dringham S.-Pierrebroucq	Delerue, Is.
4	PETITE-SYNTHE Armbouts-Cappel.-Cappel. ou seulemnet Cappel. Mardyck Grande Synthe	Hovelt, Hippolyte.
5	PITGAM Bissezeele Crochte Eringhem Steene	Deroubaix, Ed.
4	QUAEDYPRE Socx West-Cappel Wylder	Vanhoucke, Jules.

COMMUNES composant chaque réunion. Nombre.	COMMUNES composant chaque réunion. Noms.	NOMS des titula
4	REXPOEDE Bambecque Oost-Cappel Warhem	Trentesaux,
7	TETEGHEM Coudekerque-Br. Coudekerque-Vil. Ghyvelde Leffrinckoucke Uxem Zuydcoote	Dubus, Cél
5	WATTEN Holque Millam St.-Momelin Wulverdinghe	Vasseur, Tl
5	WORMHOUDT Esquelbecq Herzeele Ledringhem Zeggers-Cappel	Debavay, Al

ARRONDISSEMENT D'HAZEBROUCK.

Nombre.	Noms.	NOMS des titulaires.
6	ARNÈKE Buysscheure Noordpeene Ochtezeele Rubrouck Zermezeele	Dhaisne, Jules.
2	BAILLEUL Saint Jans-Cappel.	Humery.
7	CASSEL Bavinchove Hardifort Ste.-Marie Cappel Oxelaëre Wemaers-Cappel Zuytpeene	Dibos, Armand.

Nombre.	Noms.	NOMS des titula
7	EBBLINGHEM Blaringhem Lynde Renescure Sercus Staple Wallon-Cappel	Deberdt, C
2	ESTAIRES La Gorgue	Vermersch,
5	EECKE Boeschêpe Godewaersvelde St.-Sylvestre-Capp. Terdeghem	Debrock, J

...MMUNES ... chaque réunion. Noms.	NOMS des titulaires.
...EBROUCK ...e ...stre ...deghem ...lelles ...zeele	Gibiat, Pierre.
...EREN ...hen ...re ...ris ...ix-Berquin	Lecœuche, Charl.

Nombre.	COMMUNES composant chaque réunion. Noms.	NOMS des titulaires.
3	MERVILLE Haverskerque Neuf-Berquin	Enaux, Seb.
4	MORBECQUR Boeseghem Steenbecque Thiennes	Iserby, Louis.
2	NIEPPE Steenwerck	Bonnet, J.-B.
4	STEENVOORDE Houtkerque Oudezeele Winnezeele	Riquet, Hippolyte.

ARRONDISSEMENT DE LILLE.

...MMUNES ... chaque réunion. Noms.	NOMS des titulaires.
...APPES ...l ...s ...st	Foutry, (O. ✻)
...EULLIN ...nes-lez-Marais ...in ...in-en-Carembault ...in ...ny ...in ...in	Panckoucke, Léon.
...NTIÈRES ...elle-d'Ar. (la) ...inghem-Lys ...Grenier.	Cerf, Jules.
...EUX ...aing ...eng ...on ...sin ...ems	François, Désiré.

Nombre.	COMMUNES composant chaque réunion. Noms.	NOMS des titulaires.
5	BASSÉE (LA) Hantay Illies Marquillies Salomé	Denabrif, Ch.-Jos.
5	COMINES Deûlémont Warnêton-Bas Warnêton Sud Wervick-Sud	Messéan, J.-Bap.
3	CROIX Wasquehal Wattrelos	Bataille, Jacques.
7	CYSOING Bourghelles Bouvines Camphin-en-Pévèle Péronne Sainghin-en-Mélantois Wannehain	Dumesnil, Joseph.

COMMUNES composant chaque réunion — Nombre.	COMMUNES composant chaque réunion — Noms.	NOMS des titulaires.
6	Ennetières-en-Weppes Englos Erquinghem-le-Sec Escobecques Maisnil (le) Radinghem	Ferru, Alphonse.
7	FIVES Faches Hellemmes Lezennes Madeleine (la) Mons-en-Barœul Ronchin	Devemy, Th.
6	FOURNES Aubers Fromelles Herlies Sainghin-en-Weppes Wicres	Delegrange, P.-Jos.
5	HAUBOURDIN Hallennes lez-Haubourdin Lomme Loos Sequedin	Lefevre, Bernard.
4	HOUPLINES Capinghem Frelinghien Prémesques	Baude, Eugène.
6	LANNOY Hem Leers Lys Sailly Toufflers	Dellénius, Jacques.
	LILLE 1.re division	N...
	Lille 2.e division	N...

COMMUNES composant chaque réunion — Nombre.	COMMUNES composant chaque réunion — Noms.	NOMS des titulai[res]
3	MARCQ-EN-BARŒUL Bondues Mouveaux	Folet, Félix.
8	MONS-EN-PÉVÈLE Bersée La Neuville Moncheaux Ostricourt Phalempin Thumeries Wahagnies	Guyot, Clau
7	PONT-A-MARCQ Attiches Avelin Ennevelin Fretin Mérignies Tourmignies	Mantoulet, E
4	QUESNOY-SUR-D. Lompret Pérenchies Verlinghem	Cuvelier, Pie
5	HALLUIN Bousbecques Roncq Linselles Neuville-en-Ferrain	Fievet, Wald
1	ROUBAIX	Leconte, Vin
4	SAINT-ANDRÉ Lambersart Marquette Wambrechies	Hochart, Alex
5	SANTES Beaucamps Emmerin Ligny Wavrin	Fleurynck, J

COMMUNES composant chaque réunion. Noms.	NOMS des titulaires.	Nombre.	COMMUNES composant chaque réunion Noms.	NOMS des titulaires.
N		1	TOURCOING	Nepveur, Hipp.
ecourt	Renau, F. J.			
lin			WATTIGNIES	
LEUVE			Lesquin	
r		5	Noyelles	Guilbert, Jules.
elle			Templemars	
eux	Marsillon.		Vendeville	
ch			WAZEMMES	
il		3	Esquermes	Badin, Antoine.
hin			Moulins-Lille	

ARRONDISSEMENT DE CAMBRAI.

COURT		1	CAMBRAI	Delesalle, Antoine.
urt			ESTOURMEL	
ncheul-au-Bac			Cattenières	
lers		5	Carnières	François.
gny			Seranvillers	
ies	Chardot, Louis.		Wambaix	
Lenglet			CATEAU (LE)	
ncourt			Montay	
ourt		5	Saint Benin	Louchet, Alfred.
UX			Saint-Souplet	
sies			Pommereuil	
aing			CATILLON	
nies	Foulon, Benjamin.		Basuel	
vres		5	La Groise	Liegey, Charles.
rs-sur-l'Escaut			Mazinghien	
NES-LEZ-AUB.			Ors	
vy			CAUROIR	
x			Awoingt	
-Aubert	Bonnay, Théodore.		Cagnoncles	
-Hilaire		6	Forenville	Balicq, Jules.
rs-en-Cauchies			Naves	
VOIS			Niergnies	
encourt			CLARY	
llers	Passage, Charles.		Bertry	
sières		5	Busigny	Derquenne, Albert.
aine-au-Pire			Marest	
			Montigny	

COMMUNES composant chaque réunion. Nombre.	Noms.	NOMS des titulaires.	COMMUNES composant chaque réunion. Nombre.	Noms.	NOMS des titulaires.
7	GOUZEAUCOURT Banteux Bantouzelle Gonnelieu Honnecourt Villers-Guislain Villers-Plouich	Legrand, Joseph.	8	NEUVILLE-St.-REMY Fontaine-N.-D. Haynecourt Morenchies Proville Raillencourt Sailly Tilloy.	Midy, Émile
5	HAUSSY Montrecourt Saulzoir Saint-Waast Vertain	Copin, Charles.	6	SOLESMES Beaurain Briastre Saint-Python Romeries Viesly	Gaffet, Beno
7	IWUY Escaudœuvres Estrun Eswars Ramillies Thun-Lévêque Thun-St.-Martin	Libert, Emile	7	INCHY Beaumont Honnechy Troisvilles Maurois Neuvilly Reumont	Delannoy, V
6	LIGNY Audencourt Caudry Caullery Esnes Haucourt	Maubec, Pierre.	6	Vendegies-sur-Ecaillon Bermerain Capelle Escarmain Saint-Martin Sommaing	Béhaghel, Ji
7	MASNIÈRES Crevecœur Flesquières Lesdain Marcoing Ribecourt Rumilly	Dumotiez, Théod.	6	WALINCOURT Deheries Elincourt Malincourt Selvigny Villers-Outréaux	Bonnay, Clo

MMUNES at chaque réunion. Noms.	NOMS des titulaires.	Nombre.	COMMUNES composant chaque réunion. Noms.	NOMS des titulaires.
ARRONDISSEMENT D'AVESNES.				
SNES snelles -Lieu npierre mont-Waudrechies it-Lieu at-Hilaire	Lambert, Henri.	7	COLLERET Cerfontaine Jeumont Marpent Quiévelon Recquignies Rousies	Pavot, Jacq.-Jos.
AI ignies dain hergies vignies-Bavai quignies es	Basset, Louis.	5	COUSOLRE Aibes Berelles Bousignies Estrud	Bévenot, Eug
UFORT ousies ibes ière-la-Petite ont-Fontaine echies -Remy-Mal-Bâti tignies	Royaux, Auguste.	5	DOURLERS Beugnies Floursies Saint-Aubin Semousies	Rennuit, Ch.
LAIMONT loye ieries al ceau-S.-Waast elles Remy-Chaussée segnies	Hennet, Florent.	8	ENGLEFONTAINE Hecq Locquignol Neuville Poix Raucourt Salesches Vendegies-au-Bois	Annibert, Martin.
TIGNIES arepaire logne -le-Grand -le-Petit baix	Estassin, Marcel.	6	EPPE-SAUVAGE Baives Liessies Moustier Wallers Willies	Dujardin, Louis.
		3	ETRŒUNGT Floyon Larouillies	Dehorter, Louis.

COMMUNES composant chaque réunion — Nombre.	Noms.	NOMS des titulaires.
4	FOURMIES Anor Féron Wignehies	Lion, Léopold.
7	GOMMEGNIES Bry Eth Frasnoy Preux au-Sart Wargnies-le-Grand Wargnies-le Petit	Delpature, Hector.
4	LA LONGUEVILLE Feignies Neuf-Mesnil Taisnières-sur-Hon	Moland, Auguste.
7	LANDRECIES Bousies Croix Fontaine-au-Bois Forest Preux-au-Bois Robersart	Descamps, August.
7	LE QUESNOY Baudegnies Ghissignies Jolimetz Louvignies-Quesnoy Potelle Villereau	Dupont, Louis.
4	MAROILLES Favril Prisches Taisnières-en-Thierache	Cantel, Victor.
6	MAUBEUGE Assevent Boussois Ferrière-la-Grande Hautmont Louvroil	Quivy, Étienne.

COMMUNES composant chaque réunion — Nombre.	Noms.	NOMS des titulai
6	PONT-SUR-SAMBRE Bachant Boussières Ecuelin Hargnies Vieux-Mesnil	Alavoine, E
5	SAINS Felleries Ramousies Semeries Rainsars	Salomé, Mé
7	SAINT-WAAST Amfroipret Bellignies Bermeries Bettrechies Flamengrie (la) Gussignies	Stocquelet,
10	SOLRE-LE-CHATEAU Beaurieux Choisies Clerfayts Dimechaux Dimont Eccles Lez-Fontaines Sars-Poteries Solrinnes	George, L
3	TRÉLON Glageon Obain	Renon, Cé
6	VILLERS POL Jenlain Maresches Orsinval Ruesnes Sepmeries	Piérart, Ale
7	VILLERS-SIRE-NIC. Bersillies Bettignies Elesmes Gognies-Chaussée Mairieux Vieux-Rengt	Facon, Eu

ARRONDISSEMENT DE DOUAI.

COMMUNES osant chaque réunion. Noms.	NOMS des titulaires.
ARLEUX ïœulzin Cantin Estrées Lécluse Iamel Brunémont	Laplanche, Ant.
UGNICOURT rchin Villers-au-Tertre Ionchecourt ressin Carcq ubigny-au-Bac échain	Perret Edouard(✻)
UINCY uby lers auwin-Planque squerchin ourchelettes ambres	Leclercq, Gustave.
OUAI	Degouve, Théod.
ANDAS ix euvry omain améon	Delannoy, Alexis.
EWARDE niche uberchicourt caillon offre asny ontigny	Denabrif, Charles.

Nombre.	COMMUNES composant chaque réunion. Noms.	NOMS des titulaires.
5	MARCHIENNES-VILLE Alnes Bouvignies Tilloy Wandignies	Lancel, Jules.
4	ORCHIES Auchy Coutiches Faumont	Leroy, Louis.
5	PECQUENCOURT Bruille Marchiennes-Campagne Rieulay Vred	Barbare, Henri.
6	RACHES Anhiers Flines Lallaing Raimbeaucourt Roost-Warendin	Dislère, Augustin.
6	SIN Dechy Férin Guesnain Roucourt Waziers	Ch. Colin.
5	SOMAIN Erre Fenain Hornaing Villers-Campeau	Carton, Célestin.

ARRONDISSEMENT DE VALENCIENNES.

COMMUNES composant chaque réunion. Nombre.	Noms.	NOMS des titulaires.
7	ANZIN Aubry Bellaing Beuvrages Bruay Saint-Saulve Wallers	Rennuit, Carlos.
7	BOUCHAIN Emerchicourt Hordain Marquette Mastaing Wasnes-au-Bac Wavrechain-sous-Faulx	Minne, Amaury.
5	CONDÉ Hergnies Saint-Aybert Thivencelles Vieux-Condé	Baube.
7	DENAIN Abscon Escaudain Haveluy Hélesmes Rœulx Wavrechain-sous-Denain	Abbatucci, Jean.
7	DOUCHY Avesnes-le-Sec Haspres Lieu-Saint-Amand Lourches Neuville Noyelles	Fromont.
7	FAMARS Artres Aulnoy Maing Monchaux Querenaing Verchain-Maugré	Dumelz, Louis.
5	FRESNES Crespin Escaupont Odomez Vicq	Panckoucke, '
6	LECELLES Maulde Nivelles Rumegies Rosult Thun	Baligand, Ma
5	MARLY Curgies Préseau Saultain Sebourg	Lebrun, Casi
5	ONNAING Etrœux Quaroube Quiévrechain Rombies	Perrot de Thau
7	RAISMES Bruille St-Amand Château-l'Abbaye Flines-lez-Mortagne Hasnon Mortagne Petite forêt de Raismes	Delsart, Alex
7	ROUVIGNIES Haulchin Hérin Oisy Prouvy Thiant Trith-Saint-Léger	Chalenton, Ga
5	SAINT-AMAND Bousignies Brillon Millonfosse Sars-et-Rosières	Brunier de La
1	VALENCIENNES	Courtin, Phil

ETAT DES PERCEPTIONS-RESTÉES PROVISOIRES.

LILLE.	1re. division, MM.	de Coupigny.
	2e. —	Dibos, Victor, ✻.
	3e. —	de Rossollin.

ENREGISTREMENT ET DOMAINES.

L'Administration de l'enregistrement et des domaines est la plus ancienne des régies financières. Son origine remonte à plusieurs siècles. Elle est importante non pas seulement par l'abondance de ses produits (plus de 340,000,000), mais encore par les nombreux services qu'elle rend à la société. Elle fut reconstituée sur de nouvelles bases par la loi du 27 mai 1791.

La direction des domaines de ce département est une des dix directions de première classe : elle produit près de 12 millions. Son personnel est composé ainsi qu'il suit :

Directeur de 1re. *classe*. M. Vieillard d'Estrées, ✻, à Lille, rue de Béthune, 15. — *Premier commis de la direction*, M. Crombet, de 1re. classe. — *Inspecteur de* 2e. *classe*, M. Montaudon, à Lille. — *Vérificateurs*, MM. Perrioud, de 3e. classe, à Cambrai ; Desmarets, de 3e. classe, à Lille ; Villette, de 3e. classe, à Lille ; Liégeart, de 3e. classe, à Douai ; Lambert, de 1re. classe, à Dunkerque ; Chataud, de 3e. classe, à Avesnes ; Rey, de 2e. classe, à Hazebrouck ; Duponchel, de 1re. classe, à Valenciennes.— *Garde-magasin, contrôleur du timbre*, M. Jacquinot.—*Receveur du timbre extraordinaire*, M. Sarlat, à la direction.

Nota. — Chaque receveur est chargé de toutes les parties dans les bureaux où la division du service n'est pas indiquée.

Il existe, indépendamment des deux débits spéciaux de timbre, ouverts à toute heure, l'un Grand'Place, N° 58, l'autre rue de Paris, N° 104, à Lille, un autre à Dunkerque, un autre à Roubaix, et nombre d'autres chez des percepteurs et des receveurs de douanes, placés dans les communes rurales du département.

BUREAUX DES RECEVEURS DU DÉPARTEMENT.

Arrondissement de Dunkerque. — Bergues, M. Demool ; Bourbourg, M. Pecquet ; Dunkerque, enregistrement, M. Houillon ; domaines et actes judiciaires, M. Brunauld-Desjardins ; hypothèques, M. Follet ; Gravelines, M. David ; Hondschoote, M. Favié ; Wormhoud, M. Fourré.

Arrondissement d'Hazebrouck.—Bailleul. M. Delesalle ; Cassel, M. Vaillant ; Hazebrouck, enregistrement et domaines, M. Lalle ; hypothèques, M. Beudant ; Merville, M. Barizel ; Steenvoorde, M. Paillassier.

Arrondissement de Lille.—Armentières, M. Faucheux ; Cysoing, M. Grard ; Haubourdin, M. Thomas ; La Bassée, M. Delaby ; Lannoy, M. Cuvelier ; Lille, enregistrement et timbre, M. Gabella ; successions et Timbre, M. Devienne ; domaines, actes judiciaires et timbre, M. Hyart ; hypothèques, M. Colin ; Pont-à-Marcq, M. Bonneau ; Quesnoy-sur-Deûle, M. Delatte ; Roubaix, M. Sy ; Seclin, M. Brasseur ; Tourcoing (pour les deux cantons), M. Destelle.

Arrondissement de Cambrai. — Cambrai, enregistrement et timbre, M. Mayaud ; actes judiciaires, domaines et timbre, M. Galup ; hypothèques, M. Béland ; Carnières, M. Gisbert ; Clary, M. Picart ; Le Câteau, M. du Montchaux ; Marcoing, M. Colombet de Pragnan ; Solesmes, M. Fauville.

Arrondissement d'Avesnes.—Avesnes, enregistrement, domaines et timbre, M. Bernard ; hypothèques, M. Samin ; Bavai, M. Leguay, Berlaimont, M. Piérard ; Landrecies, M. Ballard ; Le Quesnoy, M. Becq ; Maubeuge, M. Pouillaude de Carnières ; Solre-le-Château, M. Montbrun ; Trélon, M. Bonnière.

Arrondissement de Douai.—Arleux, M. Malot ; Douai, enregistrement et timbre, M. Lesage ; domaines, actes judiciaires et timbre, M. Wavrin ; hypothèques, M. Walter ; Marchiennes, M. Bacaud ; Orchies, M. Caboche.

Arrondissement de Valenciennes. — Bouchain, M. Martinot ; Condé, M. Cornet ; Saint-Amand (pour les deux cantons), M. Calonne ; Valenciennes, enregistrement et timbre, M. Piérard ; domaines, timbre et actes judiciaires, M. Bralez ; hypothèques, M. Leconte.

Surnuméraires, MM. Bourgeois, à Avesnes ; Béthune, à Cambrai ; Basuyau et Gagnard, à Douai ; Hubert, à Dunkerque ; de Carpentier, à Hazebrouck ; Lefebvre (Jules), à Lille ; Bussière et Houzelot, à Lille ; Passerat, à Valenciennes.

DIRECTION DES CONTRIBUTIONS DIRECTES.

La direction des contributions directes du Nord est une des treize directions de première classe, elle se compose ainsi :

Directeur, M. H. Renard, ✻, rue du Pont-Neuf, à Lille.

Inspecteurs, MM. Bussière et Garreau, à Lille.

Commis principal de direction, M. Guyot, à Lille.

Contrôleur principal, M. Guerre, à Lille.

Contrôleurs hors classe, MM. Pannerot, à Roubaix ; Regnault, à Valenciennes ; de Morcourt, à Dunkerque ; Lefebure, à Wazemmes ; Vion, à Douai ; Ryembault, à Tourcoing.

Contrôleurs de première classe, MM. de Moncheaux, à Saint-Amand ; Duchâtelet, à Hazebrouck ; Muset, à Cambrai ; Boué, à Cambrai ; Peignian, à Valenciennes ; Masse, au Câteau.

Contrôleurs de deuxième classe, MM. Lelièvre, à Lille ; Behaghel, à Lille ; Joly de Sailly, à Douai ; Cornée, à Lille ; Menu, à Avesnes.

Contrôleurs de troisième classe, MM. Rouchez, à Cassel ; du Commun du Locle, au Quesnoy ; Deschamps, à Maubeuge.

Surnuméraires, MM. Toulet, Moncomble, Harry.

CADASTRE.

M. Dupuis, *géomètre en chef*, à Lille.

N..., *géomètre-triangulateur.*

MM. Durand, Ponsot, Couteaux, Leblanc (Charles), Laborier, Desroches, Leblanc (Pierre). *géomètres de* 1re. *classe*.

SERVICE DES DOUANES. DES CONTRIBUTIONS INDIRECTES ET DES TABACS.

Par décret en date du 27 décembre 1851, le service des contributions indirectes a été réuni à l'administration des douanes.

Il a été créé une troisième direction dont le siége est à Lille.

Le département du Nord est donc ainsi divisé en trois directions ; la direction de Lille comprend l'inspection d'Armentières, celle de Lille et celle d'Orchies ; la direction de Dunkerque comprend la côte depuis Gravelines jusqu'à Zuydcoote, et la ligne de terre depuis ce dernier endroit jusqu'à Berthof ; la direction de Valenciennes occupe les arrondissements de Valenciennes et d'Avesnes (1) et une partie de celui de Douai. Elle touche, sur une étendue de 18 myriamètres, aux frontières de la Belgique ; et se trouve bornée d'un côté par la direction de Lille, et de l'autre par celle de Charleville.

Toutes les communes qui se trouvent placées dans les deux myriamètres des frontières de terre sont assujetties au régime des douanes, sans préjudice de la recherche à faire dans toute l'étendue de l'Empire, des cotons filés, tissus et tricots de coton et de laine, et tous autres tissus de fabrique étrangère, prohibés d'après les dispositions du titre VI de la loi du 28 avril 1816.

La direction de Lille comprend trois inspections de ligne, trois principalités et neuf capitaineries.

La direction de Dunkerque est divisée en deux inspections de ligne, deux principalités et six capitaineries.

La direction de Valenciennes se compose de trois inspections de ligne, d'une sous-inspection, de cinq principalités et de douze capitaineries.

DIRECTION DES DOUANES ET DES CONTRIBUTIONS INDIRECTES DE LILLE.

M. Leroy, ✻, *directeur*, à Lille.

Commis de la direction.— Douanes, MM. Vautier, 1er. *commis ;* Hugon, 2e. *commis ;* Duhem, 3e *commis ;* Berthélémy et Mantoulet, *commis attachés ;* Gérard, Desmazières, Vautier, Le Bouhelec, Vandeville, *surnuméraires.*

(1) Sauf les communes d'Anor, Fourmies et Wignehies, qui appartiennent à la direction de Charleville.

Contributions indirectes, MM. Deberdt, 1er. *commis*, Merchez, 2e. *commis;* Bournens, 3e. *commis*.

SERVICE DES DOUANES.

INSPECTION D'ARMENTIÈRES.

M. Lemor, *inspecteur*.

Service des bureaux. — MM. Dutrembley, *receveur principal;* Petitclerc, *commis principal de* 1re. *classe ; commis de* 1re. *classe*, MM. Cardock, Grimont, Sauguet et Derenty.

Bureaux particuliers de la principalité d'Armentières. — Seau. MM. Platelle, *receveur;* Demasur, *visiteur*.—Pont-de-Nieppe. MM. Derudder, *receveur;* Sorez, *visiteur*. — Houplines, M. Deman, *receveur*.—Bizet, M. Laude, *receveur*.— Pont-Rouge. MM. Baranger, *receveur;* Planet, *visiteur*. — Deûlémont. MM. Henrion, *receveur ;* Obron, *visiteur*.—Quesnoy, M. Ragon, *receveur*.—Pont-de-Warnêton. M. Gautier, *receveur*. — Comines. MM. Chouffe, *receveur ;* Grandin, *visiteur*.—Werwicq. MM. Dugard, *receveur;* Grassi, *visiteur*. — Rue de la Lys. M. Verron, *receveur*. — Steenwerck. M. Bouchez, *receveur*. — Wez-Macquart, MM. Milani, *receveur;* Chuquet, *visiteur*. — Pérenchies. M. Colin, *receveur*. — L'Armée. M. Crombez, *receveur*.

Service actif. — CAPITAINERIE D'ARMENTIÈRES. MM. Vernet, *capitaine*, à Armentières ; Dubois, *lieutenant*, à Houplines ; Panier, *idem*, à Nieppe.

Cette capitainerie comprend les brigades de Seau, Nieppe, Pont-de-Nieppe, Steenwerck, Armentières, Houplines et Frelinghien.

CAPITAINERIE DE COMINES. — M. Pauchet, *capitaine*, à Comines; Nigault de la Vanterie, *lieutenant*, à Werwicq ; Hibon, *idem*, à Deûlémont.

Cette capitainerie comprend les brigades de Pont-Rouge, Deûlémont, Pont-de-Warnêton, Quesnoy, Comines, Wervicq, Bousbecques et Linselles.

CAPITAINERIE DE RUE DE LA LYS.— MM. Dardenne, *capitaine*, à Rue de la Lys ; Deneuville, *lieutenant*, à Wez-Macquart ; Hourie, *idem*, à la Croix-de-Boc.

Cette capitainerie comprend les brigades de Verriers, Croix-de-Boc, Rue de la Lys, Sailly, Chapelle-Grenier, l'Armée, Wez-Macquart et Pérenchies.

INSPECTION DE LILLE.

MM. Bersot, *inspecteur principal;* Gréterin, *inspecteur sédentaire*.

Service des bureaux.—PRINCIPALITÉ DE LILLE. MM. Boucher-Précourt, *receveur principal;* Thomas, *sous-inspecteur sédentaire ;* Hébert, *contrôleur*.—*Vérificateurs*, MM. Hinet, Smet-Jamar, Sinllez, Guéricy, Orange, Cornille. — *Commis principaux de pre-ière classe*, MM. Vandeville, Tesmoingt, Lenoir d'Epinasse et Lan-'in.— *Commis principaux de deuxième classe*, MM. Tock, Mon-r, de Ste.-Valière, St.-Quentin et Delavaivre.— *Commis de pre-ire classe*, MM. Chavériat, Chellonneix, Huet et Beugny d'Ha-ne. — *Surnuméraire*, M. Delmotte. — *Garde-magasin*, M. naud.

Bureaux particuliers de la principalité de Lille. — Halluin. MM. ›irhaye, *receveur;* Guillaume, Béliquet, Rogier, *visiteurs.* — contout. MM. Deligny, *receveur;* Kosbhül, *visiteur.*— La Mar-'e. M. de Launoy, *receveur.*— Le Touquet. M. Desmidt, *receveur.* Tourcoing. M. Margaine, *sous-inspecteur*; Vandeville, *receveur;* launoy, Duparcq, Malingre, Saint-Amour, Proromant, Lefran-s, *visiteurs.* — Roubaix. MM. Parsy, *receveur;* Copin, Cary, ndaele, Jacquot, de Bonnay de Breuille, *visiteurs.*—Wattrelos. I. Morin de la Pillière, *receveur;* Vial et Cabanes, *visiteurs.*— ers. M. Champanhet, *receveur.* — Toufflers. MM. Delaporte, :*eveur;* Leroy, *visiteur.* — Lannoy, M. Vidal, *receveur.* — Bai-ux. MM. Glenisson, *receveur;* Millot, Leleu, Chevalier, *visi-urs.*— Saint-André, MM. Minon, *receveur;* Blondel, *visiteur.*— ırcq-en-Barœul. MM. Basset, *receveur;* Henricy, *visiteur.* — ons-en-Barœul. MM. Mundtveiller, *receveur;* Lelong, *visiteur.* · Fives. MM. Doyelle, *receveur;* Leroy, *visiteur.*

Service actif. — CAPITAINERIE DE TOURCOING. MM. Blutel, *capi-ine*, à Tourcoing; Colombier, *lieutenant*, à Tourcoing (ville); afontaine, *lieutenant*, à Tourcoing (station); Lecomte, *lieutenant*, Roncq; Landousie, *lieutenant*, à Roubaix.

Cette capitainerie comprend les brigades d'Halluin, Neuville, Roncq, iscontout, La Marlière, Touquet, Tourcoing (ville), Tourcoing (sta-on), Lamartinoire, Wattrelos, Grimonpont, Roubaix (ville) et Roubaix station.)

CAPITAINERIE DE CHÉRENG. MM. Grandjean, *capitaine*, à Chéreng, ıuvelier, *lieutenant*, à Lannoy; Soury, *lieutenant*, à Bailleul.

Cette capitainerie comprend les brigades de Leers, Toufflers, Lannoy, ailly, Chéreng, Willems, Camphin et Baisieux.

CAPITAINERIE DE LILLE. MM. Leroy, *capitaine*, à Lille; Corsin, *ieutenant*, à Saint-André; de Gency, *lieutenant*, à Fives.

Cette capitainerie comprend les brigades du Corbeau, Marcq-en-arœul, Saint-André, Lille, Mons-en-Barœul, Fives et Flers.

INSPECTION D'ORCHIES.

M. Rogier, *inspecteur.*

Service des bureaux. — PRINCIPALITÉ D'ORCHIES. MM. Maupin, *ceveur principal;* Farez, *contrôleur*, (détaché à Douai); Guilbert, *rificateur;* Pierrot, *commis de première classe;* de l'Eglise, *mmis de deuxième classe.*

Bureaux particuliers de la principalité d'Orchies; Pont-à-Marcq, MM. Magnin, *receveur;* Lemerle, *visiteur.* — Cysoing, M. Rogier, *receveur.* — Wannehain, M. Champagne, *receveur.* — Mouchin, MM. Mulier, *receveur;* Arné, *visiteur.* — Bouvignies, M. Durand, *receveur.* — Coutiches, M. Fornier, *receveur.*

Service actif. — CAPITAINERIE DE TEMPLEUVE. MM. Coquille, *capitaine*, à Templeuve; Douay, *lieutenant*, à Sainghin; Foigne, *lieutenant*, à Pont-à-Marcq.

Cette capitainerie comprend les brigades d'Ascq, Sainghin, Péronne, Lesquin, Ennetière, Templeuve, Pont-à-Marcq.

CAPITAINERIE DE MOUCHIN. — MM. Challier, *capitaine*, à Mouchin; Delobel, *lieutenant*, à Cysoing; Landon, *lieutenant*, à Nomain.

Cette capitainerie comprend les brigades de Wannehain, Bachy, Cysoing, Genech, Mouchin, Nomain et Aix.

CAPITAINERIE D'ORCHIES.— MM. Geisweiller, *capitaine*, à Orchies; Salmon, *lieutenant*, à Cappelle; Caffier, *lieutenant*, à Bouvignies.

Cette capitainerie comprend les brigades de Capelle, Auchy, Bersée, Orchies, Beuvry, Court-au-Bois, Coutiche et Bouvignies.

SERVICE DES CONTRIBUTIONS INDIRECTES.

INSPECTION DE LILLE.

Inspecteur, M. Souguenet, à Lille.

Receveur général, M. Bouton à Lille.

Commis de la recette principale, MM. N..., 1er. *commis;* Lauchard, 2e. *commis;* Devos, 3e. *commis;* Sévérin, 4e. *commis;* Masse, *surnuméraire.* — *Entreposeur des tabacs*. M. de Coudenhove, à Lille. — *Sous-inspecteur sédentaire*, M. Chaumon, idem. — *Contrôleurs*, MM. Ruyssen, Brion, idem, Duboys de Jancigny, idem. — *Receveurs particuliers*, MM. Dehaene (Lille), Rochoux (quartier de Wazemmes) et Germain (quartier des Moulins). — *Receveur de navigation*, M. Croin (quartier de Wazemmes-La Barre). — *Contrôleur de la garantie*, M. Dufey, à Lille.

RÉSIDENCE D'ARMENTIÈRES. *Contrôleur de ville*, M. Lenglet; *receveur particulier sédentaire*, M. Reboulleau. — RÉSIDENCE DE ROUBAIX. — *Contrôleur de ville*, M. Passe; *receveur particulier sédentaire*, M. Dethoor. — RÉSIDENCE DE LA BASSÉE. — *Receveur particulier sédentaire*, M. Hibon-Lafresnoy. — RÉSIDENCE DE SECLIN. — *Receveur particulier sédentaire*, M. Beaufort. — RÉSIDENCE DE TOURCOING. — *Contrôleur de ville*, M. Burnel; *receveur particulier sédentaire*, M. Ruyssen.

INSPECTION DE DOUAI.

Inspecteur, M. Clavereau de Ladhoue, à Douai.

Receveur principal entreposeur, M. Spycket, idem.

Commis de la recette principale, MM. Barnetche, 1er. *commis;*

mon, 2e. *commis;* Danton, *surnuméraire.* — *Contrôleur de* s, M. Desjardin. — *Receveurs particuliers sédentaires*, MM. uet de Champcourt, à Raches; Cartier à Marchiennes; Villette, rleux.— *Receveur de navigation*, MM. Davidi, à Auby; Donzel, Douai.

Service des Sucres.

INSPECTION DE LILLE.

Inspecteurs, M. Lecoutre de Beauvais, à Lille. — *Contrôleurs*, M. Boullet, à Lille; Verlynde à Bondues; Merlant, à Bauvin; uneel, à Pont-à-Marcq.

INSPECTION DE DOUAI.

Inspecteur, M. Cauchois, à Douai; *contrôleurs*, MM. Biard, Douai; Doublat, à Marchiennes; Hautcœur, à Cantin; Frémont, Phalempin.

ENTREPÔT DES SUCRES DE LILLE.

Contrôleur, M. Crochard; *receveur particulier buraliste*, M. rand.

ENTREPÔT DES SUCRES DE DOUAI.

Chef de service, M. Sirot; *receveur buraliste*, M. Dujardin.

Service des Tabacs.

Par arrêté du Gouvernement, en date du 5 avril 1848, l'administra- des tabacs a été réunie à celle des contributions indirectes.)

Le département du Nord est autorisé, pour 1860, à planter en ac, pour l'approvisionnement des manufactures de l'Etat, 835 tares de terre, non compris le cinquième en excédant toléré par ticle 193 de la loi du 26 avril 1816, soit 167 hectares, et au al 1002 hectares, réparties par arrondissement comme suit :

Ces 1002 hectares devront procurer une quantité de 2,800,000 k. tabac.

MANUFACTURE.

Personnel de l'établissement.

Régisseur, M. Ambert, à Lille.
Contrôleur de comptabilité, M. Décoeq.
Contrôleur de fabrication, M. Rodez.
Elève de première classe, M. Debize.
Garde-magasin, M. Roçaz.
Bureaux. — MM. Lesueur, *premier commis;* Lecharpentier, *uxième commis;* Duchesne; *commis de première classe;* Rocaz,

commis de première classe; Guermonprez, *commis de deuxième classe;* Charpentier, *commis de quatrième classe;* Calaisse, *surnuméraire.*

CULTURE. — *Inspecteur*, M. l'Ecuyer, à Lille. — *Magasin N°. 1. Garde-magasin*, M. Rolland, à Lille; *contrôleur de magasin*, M. Mérel; *commis aux écritures*, M. Serand. — Magasin N°. 2. *Garde-magasin*, M. Héron, à Lille; *contrôleur de magasin*, M. Mallard, à Lille; *commis aux écritures*, M. Champon. — *Magasin de Merville. Garde-magasin*, M. Tulle; *contrôleur de magasin*, M. Garès.

SERVICE DE LA CULTURE DES TABACS. — *Contrôleurs*, MM. Petit, Boursy, à Lille; Cointe, à Merville.

DIRECTION DES DOUANES ET DES CONTRIBUTIONS INDIRECTES DE DUNKERQUE.

M. Verlingue, ✻, *directeur.*

Bureaux de la direction. — DOUANES. MM. Bouly de Lesdain, *premier commis;* Guillet, *second idem;* Caron, *troisième idem;* Tortel, *commis attaché;* Cornemont, idem; Baes, Maniez, Vanheeger, Foutrein, *surnuméraires.*

CONTRIBUTIONS INDIRECTES. MM. Devaux, *premier commis;* Laussucq, *deuxième idem;* Frédérick, *surnuméraire.*

SERVICE DES DOUANES.

INSPECTION DE DUNKERQUE.

MM. Van Cassel, *inspecteur divisionnaire*, Dumail, *inspecteur sédentaire.*

Service des bureaux. — PRINCIPALITÉ DE DUNKERQUE. M. Mayan, *receveur principal.*

M. Jure, *sous-inspecteur sédentaire.*

M. Danican, *idem.*

Contrôleurs, MM. Lauwers, Paris, Mathorez et Pétiaux.— *Vérificateurs*, MM. Honoré, Bouvy, Cornemont, Lefèvre, Gête, Evrard, Blanc, Chabanel, Simon, Delattre, Leclercq.— *Commis principaux*, MM. Hovelt, Espicier, Olivier, Cheffre, Carion; Angois, Doué. — *Commis*, MM. Lecomte, Honoré, Gervoson, Lalanne, Noverre de Sercourt, Bourdon, Duvaucel et de Guerny. -- *Gardes-magasins*, MM. Arduser et Verhaege.

Bureaux particuliers de la principalité de Dunkerque. — Gravelines, MM. Deborde, *receveur :* Martin, Theubet, *visiteurs;* — Ghyvelde, MM. Villevielle, *receveur;* Collet, *visiteur.* — Bergues, M. Choquet, *receveur.* — Labrouskstraete, M. Dalinval, *receveur.* — Oost-Cappel, MM. Cahagnet, *receveur ;* Herbart, *visiteur.* — Wormhoudt. M. Eloi, *receveur.* — L'Etoile, MM. Lefèvre, *receveur.* Willaey, *visiteur.*

ice actif. — CAPITAINERIE DE DUNKERQUE. MM. Faudacq, ✵, *ne*, à Dunkerque; Mondelli, *lieutenant*, à Dunkerque; , *idem*, à Dunkerque; Morin, *idem*, à Dunkerque; , *idem*, à Fort-Philippe; Tesmoingt, *idem*, à Mardyck.

capitainerie comprend les brigades de Gravelines, Fort-Philippe, Mardyck, Saint-Paul, Grande-Synthe et Dunkerque.

TAINERIE D'HONDSCHOOTE. MM. Cédé, *capitaine*, à Hondschoote; t, *lieutenant*, à Ghyvelde; Dromaux, *idem*, à Rexpoëde; , *idem*, à l'Etoile.

capitainerie comprend les brigades de Ghyvelde, Mœrkerque, kstraete, l'Etoile, Killemlinde, Oost-Cappel, la Krustraete, de et Hondschoote.

AINERIE DE BERGUES. MM. Beaucertain, *capitaine*, à Ber- Levecque, *lieutenant*, à Teteghem; Lory, *idem*, à houdt.

capitainerie comprend les brigades de Téteghem, Bergues, t, Wormhoudt, Rosendael et Tente-Verte.

INSPECTION D'HAZEBROUCK.

Duverger, *inspecteur*.

ice des bureaux. — PRINCIPALITÉ D'HAZEBROUCK. MM. Nollen, *ur principal*; Tortel, Michel, *commis*.

eaux particuliers de la principalité d'Hazebrouck. — Hout- . M. Fécheroulle, *receveur*. — Steenwoorde. MM. Paravien- *eceveur*; Pétremant, Aubry, *visiteurs*. — Boeschèpe. M. , *receveur*. — Schaexhen. M. Luard, *receveur*. — L'Haze- M. Aubert, *receveur*. — Bailleul, MM. Delevacque, *rece*. Baston, André, Martin, Olivier, *visiteurs*. — La Cornette rin, *receveur*. — Outtersteene. M. Ruffin, *receveur*.

ice actif. — CAPITAINERIE DE STEENVOORDE. MM. Duval, *capi-* à Steenvoorde; Sindic, *lieutenant*, à Houtkerque; Venet, à Godewaersvelde.

capitainerie comprend les brigades d'Houtkerque, Winnezèele, e, Terdeghem, Steenvoorde et Godewaersvelde.

TAINERIE DE METEREN. MM. Ruant, *capitaine*, à Meteren; ge, *lieutenant*, à Berthen; Gouble, *idem*, à Bailleul.

capitainerie comprend les brigades de Mont-des-Cats, Berthen, hen, Méteren, Bailleul et Nouveau-Monde.

TAINERIE D'HAZEBROUCK. MM. Boville, *capitaine*, à Haze- k; Delmotte, *lieutenant*, à Strazeele; Choteau, *idem*, à Ba- ve.

e capitainerie comprend les brigades d'Hardifort, La Cornette, winde, Bavinchove, Hazebrouck, Caestre, Strazeele, Outters- et Verte-Rue.

SERVICE DES CONTRIBUTIONS INDIRECTES.

ARRONDISSEMENT DE DUNKERQUE.

Inspecteur, M. Lemoine, à Dunkerque.

Receveur principal, entreposeur de tabacs, M. Moulin, à Dunkerque; *commis*, MM. Réant, Guillaume, à Dunkerque. *Receveur particulier sédentaire*, à Dunkerque, M. Beauchet.

Contrôleurs de ville, MM. Bufquin et Greslé. — *Contrôleur de garantie*, M. Dufay, à Dunkerque. — *Garde-magasin des tabacs*, M. Méchin, à Dunkerque. — *Contrôleur des tabacs*, M. Louet, à Dunkerque. — *Commis de première classe*, MM. Boissonnet, Brossart-Dalban, Fontaine, Roissard, Dubois, Bisserié, Rooryck Vasseur, Geffroy, Chorin; *de deuxième classe*, MM. Chicoineau, Planeke, Marsilloux, Leroux, Soullard, Coudor, Gassmann, Petit-Mangin, Euvrard, *de troisième classe*, M. Ratel. — *Préposé sédentaire de première classe*, M. Bouclet. *Surnuméraire*, M. Decherf. — *Receveur de navigation* à Dunkerque, M. Gobin; *surveillant de navigation*, M. Meurs.

RÉSIDENCE DE BERGUES. *Contrôleur*, M. Dubuisson, *receveur particulier sédentaire*, M. Jobard; *commis de deuxième classe*, MM. Poulet et Orliac; *de troisième classe*, MM. Dalinval et Golse; *commis principal, chef de service*, M. Drouet, à Steene; *commis de deuxième classe*, M. Labbé: *préposés sédentaires de première classe*, MM. Dellet et Lordez; *receveur buraliste de navigation*, M. Marbais, à Bergues. — RÉSIDENCE DE BOURBOURG. *Receveur particulier sédentaire*, M. Janson; *commis principal, chef de service*, M. Huguenin; *commis de troisième classe*, M. Denis; *receveur buraliste de navigation*, M. Janssoons. — RÉSIDENCE DE WATTEN. *Receveur particulier sédentaire*, M. Spilleux; *commis principal, chef de service*, M. Borde; *commis de troisième classe*, M. Bonnel.

RECETTE AMBULANTE DE WORMHOUDT. *Receveur*, M. Lebeau; *commis principal de deuxième classe*, M. Vanstrazeele; *receveur buraliste*, M. Bouve. — RECETTE AMBULANTE D'HONDSCHOOTE. *Receveur*, M. Richard; *commis principal de deuxième classe*, M. Collin; *receveur buraliste*, M. Deman. — RECETTE AMBULANTE DE GRAVELINES. *Receveur*, M. Lenevé; *commis principal de deuxième classe*, M. Brulley. — POSTE DE CRAYWICK. *Commis principal de deuxième classe, chef de service*, M. Appourchaux; *commis de deuxième classe*, M. Carré.

ARRONDISSEMENT D'HAZEBROUCK.

Inspecteur, M. Schmidt Van Dorselaer, à Hazebrouck; *receveur principal et entreposeur des tabacs*, M. Borel, à Hazebrouck, *commis*, M. Le Boucher-Duvigny, à Hazebrouck; *commis principal de première classe, chef de service*, M. Grolleron, à Hazebrouck; *commis de deuxième classe*, M. Réant; *idem de troisième classe*. MM. Busschaert et Larrière; *surnuméraires*, MM. Réant, Dantin et Claeyssen.

RÉSIDENCE DE BAILLEUL. *Receveur particulier sédentaire*, M. Michel *ommis principal de première classe, chef de service*, M. Sérendat; *ommis de deuxième classe*, M. Jacquemin; *idem de troisième classe*, IM. Estagerie et Werheylewegen.

RECETTE AMBULANTE DE CASSEL. *Receveur*, M. Delange; *commis rincipal de deuxième classe*, M. Détroyat; *receveur buraliste*, I. Ballet.—RECETTE AMBULANTE DE MERVILLE. *Receveur*. M. Pitollet; *ommis principal de deuxième classe*, M. Dupont; *receveur buraliste*, M. Henry. — RECETTE AMBULANTE DE STEENVOORDE. *Receveur*, I. Bacque; *commis principal de deuxième classe*, M. Bénac; *receveur buraliste*, M. Deneuville. — RECETTE AMBULANTE DE BOESEGHEM, *eceveur*, M. Hamel; *commis principal de deuxième classe*, M. Helin; *receveur buraliste*, M. Bigotte. — RECETTE AMBULANTE DE OORDPEENE. *Receveur*, M. Dupont; *commis principal de deuxième asse*, M. Chevreson; *receveur buraliste*, M. Claerbout. — RECETTE MBULANTE DE STEENWERCK. *Receveur*, M. Merlin; *commis principal deuxième classe*, M. Picard; *receveur buraliste*, M. Roch.

DIRECTION DES DOUANES ET DES CONTRIBUTIONS INDIRECTES DE VALENCIENNES.

M. Gréterin, ✻ ✠, *directeur*.

Bureaux de la direction. — DOUANES. MM. Vandal, *premier ommis*; Charligny, *deuxième idem*; Dany, *troisième id. Commis ttachés*, MM. Duthillœul, Roussel-Galle, Gréterin; *surnuméraires*, IM. Luce, Mélot, Valin, Drapier, Demarbaix, Fosset.

CONTRIBUTIONS INDIRECTES. MM. Courtois, *premier commis*; Génin, *euxième idem*; Lajoie, *troisième idem*; Roucou, *quatrième idem*.

SERVICE DES DOUANES.

INSPECTION DE SAINT AMAND.

Cette inspection comprend une principalité dont le chef-lieu est à ondé.

Sous-inspecteur divisionnaire, M. Prévost.

PRINCIPALITÉ DE CONDÉ. MM. Serval, *receveur principal*, à Condé; ournier, *sous-inspecteur*, idem; Hencart, Sarthe, Sarrivatet, *rificateurs de première classe*]; Penaud, *commis principal de euxième classe*; Leblanc, St.-Quentin, *commis de première classe*.

Fresnes, M. Buissart, *receveur*. — Mortagne, MM. Bocquillet, *eceveur*; Magnin, Fuchs, *visiteurs*. — Hergnies, M. Tricot, *receveur*. — Vieux-Condé, M. Moucheront, *receveur*. — Le Coq, IM. Fontaine, *receveur*; Serval, *visiteur*.

Saint-Amand, MM. Lesage, *receveur*; Honoré, *visiteur*. — Rumegies, MM. Gobin, *receveur*; Blanchard, *visiteur*. — Maulde, MM. Cordon, *receveur*; Choffez, *visiteur*. — Raismes, M. Mathieu, *receveur*. — Hasnon, M. Drapier, *receveur*. — Brillon, M. Dineux, *receveur*.

INSPECTION DE VALENCIENNES.

Cette inspection comprend une principalité dont le chef-lieu est à Valenciennes.

Inspecteur, M. Dragon de Gomiécourt.

PRINCIPALITÉ DE VALENCIENNES. MM. Duval-Ramerie, *receveur principal*; Ambaud, *sous-inspecteur*; Mineur, *controleur;* Teinturier, Dorigny, Blouet, Blondeau, *vérificateurs de première classe*; Nicollet, *commis principal de première classe;* D'hailly, L'Hôte, Bonnet de Viller, *commis principaux de deuxième classe;* Laigle, Lepidi, Vanderwallen, *commis de première classe.*

Blanc-Misseron, MM. Sautteau, *receveur*; Brassart, Rolier, Carlu, *visiteurs.* — Marchipont, M. Bouchez, *receveur.* — Sebourg, MM. Courteville, *receveur*; Lenglet, Emile, *visiteur.* — Bruay (route), M. Venet, *receveur.* — Bruay (canal), M. Lebeau, *receveur.* — Saint Saulve, M. Nortier, *receveur.* — Marly, MM. Malet *receveur*; Mineur, *visiteur.* — Crespin, M. Pichoir, *receveur.* — St.-Vaast, M. Lecuyer, *receveur.*

INSPECTION DE MAUBEUGE.

Cette inspection comprend deux principalités dont les chefs-lieux sont à Feignies et à Jeumont.

M. Josset, *inspecteur,* à Maubeuge.

PRINCIPALITÉ DE FEIGNIES. MM. Delaval, *receveur principal* à Feignies; Dapremont, *sous-inspecteur*; Louette, Frilet, *vérificateurs de première classe*; Sapin, *vérificateur de deuxième classe*; Buhot, *commis principal de première classe*; Meurisse, *commis principal de deuxième classe*; Troussier, Lenglet, Edmond, Ouin, *commis de première classe,* à Feignies.

Bellignies, MM. Bazin, *receveur*; Derolin, *visiteur.* — Hergies, M. Lancel, *receveur.* — Hon, M. Mercier, *receveur.* — Malplaquet, MM. Lefebvre, *receveur*; Dumez, *visiteur.* — Gognies-Chaussée, M. Fournier, *receveur.* — Le Quesnoy, M. Cocquelet, *receveur.* — Pont-sur-Sambre, M. Bach, *receveur.* — Bavai, M. de Valansart, *receveur.*

PRINCIPALITÉ DE JEUMONT. MM. Rochez, *receveur principal*; Luce, *sous-inspecteur*; Nortier, *controleur*; Lebrun, Genet, *vérificateurs de première classe*; Foigne, St.-Martin de Beyrie, Deman, *vérificateur de troisième classe*; Potaire, Ledez, Cerfon, Dumont, *commis principaux de deuxième classe*; Riocreux, Bouteleux, Délévy, *commis de première classe.*

Bettignies, MM. Housquains, *receveur*; Vanbambeke, de Varène, *visiteurs.* — Villers-sire-Nicole, M. Fournier, *receveur.* — Vieux-Reng, M. Défontaines, *receveur.* — Maubeuge (ville), MM. Feret, *receveur;* Guiomar, Schillinger, *visiteurs.* — Maubeuge (station), M. Jaugeon, *receveur.* — Hautmont, M. Billiet, *receveur.* — Aulnoye, M. Ginistry, *receveur.*

INSPECTION D'AVESNES.

inspection comprend une principalité dont le chef-lieu est à
.

IPALITÉ D'AVESNES. MM. Willemin, *inspecteur*; Rousset-
it, *receveur principal;* De Lamustière, *vérificateur de deuxième*
Truelle, *commis de première classe.*
sore, MM. Vanderhaeghe, *receveur*; Poulaine, *visiteur*. —
l, M. Fauconnier, *receveur*. — Solre-le-Château, MM. Ro-
receveur; Gosselin, *visiteur*. — Clairfayts, M. Lhot, *receveur.*
e-Sauvage, M. Lecerf, *receveur*. — Wallers, M. Lemoine,
r. — Trélon, M. Perin, *receveur*. — Ohain, M. Vinchon,
r. — Avesnelles, M. Lefebvre, *receveur*.

INSPECTION DE SAINT-AMAND.

ce actif. — CAPITAINERIE DE LECELLES. — MM. Dineur,
ie, à Lecelles; Fouquet, *lieutenant*, à Saméon; Mouy,
nt, à Saint-Amand.
capitainerie comprend les brigades de Planard, Rumegies, Sa-
ecelles, Maulde, Saint-Amand, Landas et Rue-de-Chorette.

AINERIE D'HASNON. MM. Navel, *capitaine*, à Hasnon; Colmant,
nt, à Tilloy; Chassaing, *lieutenant*, à Vicoigne.
capitainerie comprend les brigades de Brillon, Hasnon, Tilloy,
ray, Vicoigne et Raismes.

AINERIE DE NOTRE-DAME-AU-BOIS. MM. Derbecq, *capitaine*, à
Dame-au-Bois; Beuzard, *lieutenant*, à Bruille; Blutel,
nt, à Condé.
capitainerie comprend les brigades de Mortagne, Bruille, Her-
otre-Dame-aux-Bois, Vieux-Condé, Condé, Fresnes, Château-
et du Cocq.

INSPECTION DE VALENCIENNES.

AINERIE D'ONNAING. MM. Dromaux, *capitaine*, à Onnaing;
, *lieutenant*, à Blanc-Misseron; Oget, *lieutenant*, à Curgies.
capitainerie comprend les brigades de Crespin, Blanc-Misseron,
ont, Onnaing, Sebourquiaux, Sebourg, Curgies et Thivencelles.

INERIE DE VALENCIENNES. MM. Pourcelot, *capitaine*, à Valen-
; Cuirot, *lieutenant*, à Valenciennes (station); Coquelet,
nt, à Anzin; Ridon, *lieutenant*, à Vendegies-sur-Ecaillon.
capitainerie comprend les brigades de Bruay, Saint-Saulve,
Marly, Sepmeries, Vendegies-sur-Ecaillon, Valenciennes, (sta-
mars.

INERIE DE WARGNIES-LE-PETIT. MM. Gérard, *capitaine*, à
es-le-Petit; Martin, *lieutenant*, à Saint-Vaast; Mathieu,
nt, à Wargnies-le-Petit.

Cette capitainerie comprend les brigades de Bry, la Bocrette, Jen Saint-Wast, Bettrechies, Amfroipret et Wargnies-le Petit.

INSPECTION DE MAUBEUGE.

CAPITAINERIE DE LA LONGUEVILLE. MM. Gréterin, *capitaine*, Longueville; Louvel, *lieutenant*, à Bavai; Dubray, *lieuten* à Feignies (station); Cannaux, *lieutenant*, à Feignies (village)

Cette capitainerie comprend les brigades de Bellignies, Hon-He Bavai, Malplaquet, Gognies-Chaussée, Feignies (sation), Fei (village) et Lalongueville.

CAPITAINERIE DE JOLIMETZ. MM. Lefèvre, *capitaine*, à Jolir Petit, *lieutenant*, à Berlaimont; Artique, *lieutenant*, à Beaudig

Cette capitainerie comprend les brigades de Ruesnes, le Que Baudignies, Jolimetz, Locquignol, Berlaimont et Pont-sur-Sambre.

CAPITAINERIE DE MAUBEUGE. MM. Huart, *capitaine*, à Maube Aubert, *lieutenant*, à Villers-sire-Nicole; Robert, *lieutenan* Colleret; Arnoult, *lieutenant*, à Jeumont (station).

Cette capitainerie comprend les brigades de Bettignies, Villers-Nicole, Vieux-Rengt, Jeumont, Colleret, Maubeuge, Cerfontair Jeumont (station.)

INSPECTION D'AVESNES.

CAPITAINERIE DE SOLRE-LE-CHATEAU. MM. Jourdain, *capitai* Solre-le Château; Beaudet, *lieutenant*, à Beaurieux; Paris, *tenant*, à Solrinnes.

Cette capitainerie comprend les brigades d'Hestrud, Beaurieux, fayts, Solrinnes, Solre-le-Château, Cousolre, Ferrière-la-Petit Felleries.

CAPITAINERIE DE GLAGEON. MM. Sant, *capitaine*, à Glageon; tholet, *lieutenant*, à Trélon; Valette, *lieutenant*, à Liessies.

Cette capitainerie comprend les brigades d'Ohain, Trélon, Lie Sains, Glageon et Willies.

CAPITAINERIE D'AVESNELLES. MM. Collart, *capitaine*, à Avesn Courtois, *lieutenant*, à Dompierre; Ledo, *lieutenant*, à Etrœ

Cette capitainerie comprend les brigades d'Avesnes, Saint-Chaussée, Dompierre, Avesnelles, Haut-Lieu, Etrœungt, Laro et Saint-H laire.

SERVICE DES CONTRIBUTIONS INDIRECTES.

SERVICE SPÉCIAL DES SUCRES.

MM. de Chabert, *inspecteur*, à Valenciennes; Gablier, *inspecteur divisionnaire*, à Cambrai. — *Controleurs* MM. Fo gnier, à Valenciennes; Jérôme, à Onnaing; Rossignol, à Bouc Carlier, à Cambrai; Delforge, à Denain; Debuys, à Saint-Am Mahieu, à Famars; Reinflet, à Jenlain; Taviaux, à Solesmes.

SERVICE GÉNÉRAL.

ARRONDISSEMENT DE VALENCIENNES.

Inspecteur, M. de Jancigny ; *sous-inspecteur*, M. Boursy, à Valenciennes ; *receveur principal et entreposeur des tabacs*, M. Curmer ; *premier commis de la recette principale*, M. Lantin ; *deuxième id.*, M. Tanton ; *troisième idem*, M. Martin ; *contrôleurs*, MM. Boursy et Boulanger, à Valenciennes ; *receveur de navigation*, M. Demogue, à Valenciennes ; *contrôleur de garantie*, M. Courtois, à Valenciennes ; *receveur particulier*, M. Charpentier.

RÉSIDENCE D'ANZIN. *Commis principal*, M. Lucas ; *receveur particulier sédentaire*, M. Pinard. — RÉSIDENCE DE SAINT-AMAND. *Contrôleur*, M. Teissier, *receveur particulier sédentaire*, M. Lemoult. — RÉSIDENCE DE CONDÉ. *Contrôleur*, M. Chappeau ; *receveur particulier sédentaire*, M. Canolle ; *receveur de navigation*, M. Grosdemange. — RÉSIDENCE DE FRESNES. *Receveur particulier et de navigation*, M. Toucheboeuf. — RÉSIDENCE DE DENAIN. *Contrôleur*, M. de Birague d'Apremont ; *receveur particulier sédentaire*, M. Lanoy ; *receveur de navigation*, M. Lucas. — RÉSIDENCE D'ONNAING. *Receveur particulier sédentaire*, M. Duquesne. — RÉSIDENCE DE VIEUX-CONDÉ. *Receveur de navigation*, M. Jacquot. — RÉSIDENCE DE BOUCHAIN. *Receveur ambulant*, M. Legrand. — RÉSIDENCE DE DOUCHY. *Receveur ambulant*, M. Degrave. — RÉSIDENCE D'ESCAUDAIN. *Receveur ambulant*, M. Callau. — RÉSIDENCE DE MAING. *Receveur ambulant*, M. Guillemin. — RÉSIDENCE DE MARLY. *Receveur ambulant*, M. Gouëre. — RÉSIDENCE DE MORTAGNE. *Receveur ambulant*, M. Boutry.

ARRONDISSEMENT D'AVESNES.

Inspecteur, M. Lecouturier, à Avesnes ; *sous-inspecteur*, M. Flamant, idem. *Receveur principal et entreposeur des tabacs*, M. Morisot, idem. *Premier commis*, M. Brondel ; *deuxième idem*, M. Scellier de Lample. *Contrôleur*, M. Hérou, à Maubeuge. *Receveurs particuliers sedentaires*, MM. Duval à Maubeuge ; Bazenerie à Landrecies. *Receveurs ambulants*, MM. Evrard, à Avesnes, Jan et Delcourt, au Quesnoy ; Hazard, à Solre-le-Château; Georges, à Bavai ; Godard, à Berlaimont ; Masse, à Trélon ; Dhaussy, à Maroilles ; Renaud, à Fourmies.

ARRONDISSEMENT DE CAMBRAI.

Inspecteur, M. Meunier, à Cambrai. *Sous-inspecteur*, M. Dupuich. *Receveur principal et entreposeur des tabacs*, M. Maës, à Cambrai. *Premier commis*, M. Lefebvre ; *deuxième idem*, M. Parisel. *Contrôleur de ville*, M. Dubois, à Cambrai. *Receveur de navigation*, M. Arbinet, à Cambrai. *Receveurs particuliers*, MM. Derome, à Cambrai ; Thervay, au Câteau. *Receveurs ambulants*, MM. Coupois, à Cambrai ; Terrien, à Carnières ; Seguin, au Câteau ; Madelain, à Clary ; Bisson, à Gouzeaucourt ; Desert, à Iwuy ; Laby, à Masnières ; Largillière, à Solesmes ; Thibault, à Walincourt.

ADMINISTRATION DES FORÊTS.

Le département du Nord contient 49,145 hectares 68 ares 70 centiares de bois et forêts, dont 28,442 hectares dans l'arrondissement d'Avesnes seulement, et 8,556 dans celui de Valenciennes. L'arrondissement de Dunkerque est celui qui en possède le moins, il n'en a que 901 hectares.

Sur ces 49,145 hectares de bois, 19,650 hectares appartiennent a l'Etat, 2,000 hectares aux communes et aux établissements publics, le reste aux particuliers.

Les forêts les plus considérables par leurs masses sont : la belle forêt de Mormal, de la contenance de 9,200 hectares ; la forêt de Nieppe; de 2,500 hectares; la forêt de Saint-Amand, de 3,400 hectares; la forêt de Phalempin, de 900 hectares; le grand bois l'Evêque, de 900 hectares; la forêt de Fourmies, de 900 hectares; la forêt du bois l'Abbé, de 1,100 hectares; la forêt de Marchiennes, de 800 hectares; la forêt de Trélon, propriété particulière, de 3,300 hectares ; la forêt de Wallers, aussi propriété particulière, de 800 hectares.

ORGANISATION ET PERSONNEL DE L'ADMINISTRATION DES FORÊTS.

La France est divisée en trente-deux conservations forestières.

La septième conservation est celle de Douai, composée des départements du Nord, du Pas-de-Calais, de l'Aisne et de la Somme.

Conservateur, M. Thiéry, ✻, à Douai.

MM. Petit, *sous-inspecteur sédentaire*, *secrétaire de la conservation* ; Lambert, *garde général des travaux d'art*, *attaché à la conservation ;* Recullé, *brigadier sédentaire*, *commis d'ordre;* Badie, *id.*, *chargé de la comptabilité ;* Dalexandre, *garde sédentaire expéditionnaire ;* Gottiniaux, *garde sédentaire, idem.*

Il existe dans le département deux inspections forestières qui ont pour chefs-lieux Lille et le Quesnoy.

INSPECTION DE LILLE.

Cette inspection comprend les arrondissements de Lille, Valenciennes, Douai, Hazebrouck et Dunkerque.

M. le baron d'Hastrel, *inspecteur*, *chef de service*, à Lille ; Castel, *brigadier sédentaire*, *attaché à l'inspection ;* Cayet, *sous-inspecteur* à Valenciennes ; Clauzet, *garde-général,* à Hazebrouck.

INSPECTION DU QUESNOY.

Cette inspection comprend les arrondissements d'Avesnes et de Cambrai.

MM. de Raismes, *inspecteur, chef de service*, au Quesnoy ; Lambret, *brigadier sédentaire, attaché à l'inspection ;* Charles, *sous-inspecteur,* au Quesnoy; Bonneau, *garde général*, à Trélon ; N... *idem*, à Landrecies.

POSTES AUX LETTRES.

M. Chapuis, ✻, *inspecteur des postes et relais du département*, à Lille.

Sous-inspecteur, M. Dommanget, à Lille.

MM. de Pontlevoy, 1er. *commis;* Pommeret, 2e. *commis.*

Directeur du bureau de Lille, M. Labitte.

Contrôleur, M. Vaffier, à Lille.

Il y a dans le département du Nord cinquante-six bureaux de postes aux lettres ; l'état suivant indique les communes où ils sont placés et présente le nom du directeur de chaque bureau.

Aniche, Mlle. Dhaisne ; Anzin, Mlle. Aubertin ; Armentières, M. Houde ; Avesnes, M. Adam ; Bailleul, Mme. Geslin ; La Bassée, Mlle, Nuits ; Bavai, Mme. veuve Serre ; Bergues, Mme. François ; Berlaimont, Mme. Menet ; Bouchain, Mme. Godon ; Bourbourg, Mlle Desjardins ; Busigny, Mlle. Felhoen ; Cambrai, M. Pellart ; Cassel, Mme. Desmidt ; Le Câteau, M. Campion ; Caudry, Mlle. Hugier ; Clary, Mlle. Cucheval ; Comines, Mme. Hanguillard ; Condé, Mlle. Bossel ; Cysoing, Mll. Bauvin ; Denain, M. Bourdilla ; Douai, M. Bausse ; Dunkerque, M. Boulenger ; Estaires, Mme. veuve Dehaisnes ; Fourmies, Mlle. Sévené ; Gravelines, Mme. Ve. Doublet ; Haubourdin, Mme. Ve. Lamour ; Hazebrouck, M. Piettre ; Hondschoote, Mlle. Lion ; Landrecies, Mme. Barthélemy ; Lannoy, Mme. Simon ; Marchiennes, Mme. veuve Legendre ; Masnières, Mme. Ve. Mollien ; Maubeuge, M. Herman ; Merville, Mme Barthès ; Onnaing, M. Duretz ; Orchies, Mlle. Royer ; Pont-à-Marcq, Mlle. Carpentier ; Quesnoy-sur-Deûle, Mlle. Dubuisson ; Le Quesnoy, M. Dekeyser ; Raches, Mlle. Dorigny ; Raismes, Mlle. Marlière ; Roubaix, M. Vavasseur ; Saint-Amand, Mlle. Husson ; Seclin, Mme. Bocquet ; Solre-le-Château, Mme. veuve Lenglé ; Solesmes, Mme. Decaux ; Somain, M. Mio ; Steenvoorde, Mme. Ve. Duvet ; Tourcoing, M. Renouard ; Trélon, Mme. Balasse ; Valenciennes, M. de Loé ; Walincourt, Mlle. Cornillot ; Watten, Mme. Ve. Letu ; Wormhoudt, Mlle Deschamps.

Bureaux de distribution. Arleux, M. Delcambre ; Etrœungt, Mlle. Godbille ; Fournes, Mlle. Rousselot ; Gouzeaucourt, Mme. Devaux ; Halluin, Mme. Wallard ; Hautmont, Mlle. Delaporte ; Iwuy, Mlle. de Bornier ; Jeumont, M. Disneur ; Templeuve, Mme. Pottier.

FRANCHISES POSTALES.

Jouissent de la franchise illimitée par lettres fermées pour toute l'étendue de l'empire : S. M. l'Empereur, S. M. l'Impératrice, S. A. I. le prince Jérôme, S. A. I. le prince Napoléon, S. A. la princesse Mathilde, le premier aumônier de la maison de l'Empereur, le grand maréchal du palais, le grand chambellan, le grand maître de la maison de S. M. l'Impératrice ; le secrétaire des commandements de LL AA. II. le prince Jérôme, le prince Napoléon et la princesse Mathilde.

Pour toutes les correspondances qui leur sont adressées : le grand chancelier de la Légion-d'Honneur, les ministres secrétaires d'Etat, ayant portefeuille ; les sous-sécrétaires d'État, le président du contentieux du Conseil d'État, le premier président et le procureur-général de la Cour de cassation ; le premier président et le procureur-général de la Cour des comptes, le commandant supérieur des gardes nationales du département de la Seine, le commandant de la 1re. division militaire, le commandant de Paris et du département de la Seine, le préfet de police, le directeur de l'administration de l'enregistrement et des domaines, le directeur du personnel au ministère de la guerre, le directeur de l'administration des forêts, le directeur de l'administration des contributions directes, le directeur de l'administration des douanes, le directeur de l'administration des contributions indirectes ; le directeur de l'administration des tabacs, le directeur de l'administration des postes, le directeur de l'administration de la caisse d'amortissement et de la caisse des dépôts et consignations.

TAXE DES LETTRES.

Nous avons inséré, il y a deux ans, dans notre recueil, les indications générales sur la taxe dont l'administration des postes frappe les lettres privées, les papiers d'affaires, gravures, prospectus, journaux, etc., circulant dans Paris, dans l'intérieur de l'Empire, ou à destination des Colonies Françaises. Pour consulter ces tarifs, se reporter à la page 193 de l'ANNUAIRE de 1858.

POIDS ET MESURES.

PERSONNEL.

MM. Caux, *vérificateur ;* Henry, *premier vérificateur adjoint ;* Boone, *deuxième vérificateur adjoint*, à Lille ; Dawint, *vérificateur*, à Dunkerque ; Deblock, *idem*, à Hazebrouck ; Boucher, *idem*, à Cambrai ; Girod, *idem*, à Avesnes ; Wantier, *idem*, à Douai ; Loriaux, *idem*, à Valenciennes.

SCIENCES ET ARTS.

SOCIÉTÉS SAVANTES.

Commission historique du département du Nord.

Cette commission, instituée par arrêté de M. le Préfet, du 14 novembre 1839, est chargée de veiller à la conservation des monumen et édifices historiques du département, et de se livrer à toutes les recherches qui peuvent intéresser les diverses branches de l'archéologie nationale,

Elle est composée de vingt-deux membres, et a des correspondants dans chaque arrondissement du département.

Membres honoraires.

MM. de Saint-Aignan (O. ✲), ancien préfet du Nord, à Paris, fondateur de la Commission; De Contencin (O. ✲), directeur général des cultes au miuistère de l'instruction publique, ancien président de la Commission.

Bureau. MM. Le Glay, ✲, ✠, archiviste du département, correspondant de l'Institut, *président ;* De Coussemaker, ✲, ✠, correspondant de l'Institut, *vice-président* ; Chon, professeur d'histoire à la Faculté des sciences, *secrétaire-général ;* Ch. Vincent, chef de bureau à la préfecture, *secrétaire-archiviste*.

Membres résidants.

MM. Balson, conseiller de préfecture; Bourdon, juge; Benvignat, architecte; Bernard, H., négociant, conseiller-général; Blanquart-Evrard, ✲, propriétaire, imprimeur-photographe; L'abbé Carnel; Colas, professeur à l'école de peinture; De Caulaincourt, propriétaire; Deligne, Jules, professeur; De Melun, ✠, propriétaire, conseiller-général; De la Phalecque, propriétaire; Desmyttere, médecin en chef de l'asile d'aliénées de Lille; Gentil-Descamps, ✲, propriétaire, adjoint au maire de Lille; Lecreux, Alfred, négociant; Le Glay, Jules, employé à la section historique des Archives; Paeile, ✠, bibliothécaire et archiviste; Vanhende, chef d'institution.

Membres correspondants.

ARRONDISSEMENT DE LILLE. MM. Brun-Lavainne, secrétaire de la mairie de Roubaix, ancien membre résidant; Derbigny, conseiller de préfecture, à Haubourdin, ancien membre résidant; L'abbé Dervaux, à Comines; Fretin, ✲, maire de Quesnoy-sur-Deûle.

ARRONDISSEMENT D'AVESNES. MM. Cabaret, receveur particulier des finances, à Avesnes Fiévet, architecte à Avesnes; Michaux, chef de bureau à la sous-préfecture d'Avesnes.

ARRONDISSEMENT DE CAMBRAI. MM. De Baralle, architecte à Cambrai; De Beaumont, docteur en médecine, à Cambrai; Bruyelle, propriétaire à Cambrai, De la Frémoire, ✲, ingénieur des ponts et chaussées à Cambrai, ancien membre résidant; Wilbert, président de la société d'émulation, à Cambrai

ARRONDISSEMENT DE DOUAI. MM. Bigant, ✲, ancien président de chambre à la cour impériale de Douai; Bra, ✲, statuaire a Douai; Brassart, secretaire des hospices à Douai; Cahier, conseiller à la cour impériale de Douai; Preux, substitut du procureur-général;

Duthillœul, ✻, bibliothécaire à Douai; Lamarle, ancien ingénieur en chef des ponts et chaussées à Douai, ancien membre résidant; Tailliar, ✻, conseiller à la cour impériale de Douai.

Arrondissement de Dunkerque. MM. Chamonin, vice-consul d'Espagne à Dunkerque; Debaecker, ancien juge-de-paix, propriétaire à Bergues; Derode, négociant à Dunkerque, ancien membre résidant; Develle, architecte à Dunkerque; Raymond de Bertrand, à Dunkerque; Bonvarlet fils, négociant à Dunkerque; Bergerot, maire d'Esquelbecq, membre du conseil d'arrondissement; Cousin, Louis, avocat à Dunkerque.

Arrondissement d'Hazebrouck. MM. Ig. Plichon, ✻, membre du conseil-général, député au corps législatif, à Bailleul; Deschodt, membre du conseil-général, à Hazebrouck; Desmyttère, maire à Cassel; Quenson, juge au tribunal d'Hazebrouck.

Arrondissement de Valenciennes. MM. Grar, Edouard, ✻, à Valentiennes; Grimault, architecte du département, à Valenciennes; Lelièvre, ✻, ancien capitaine du génie, à Valenciennes; Courmaceul, juge-de-paix à Saint-Amand; De la Fons, baron de Melicocq, archéologue à Raismes; Hédouin, commissaire de surveillance au chemin de fer du Nord, à Valenciennes.

Correspondants hors du département.

MM. Beaussire, professeur à la Faculté des lettres de Poitiers, ancien membre résidant; Boca, Louis, archiviste à Amiens; Bollaert, ✻, ingénieur à Lens (Pas-de-C.); Carlier, ancien agent de change à Paris; Dancoisne, notaire, à Hénin-Liétard; baron de Bry (O. ✻), ancien président de la Commission, préfet de la Côte-d'Or; De Fontenay, président de la Société Eduenne, à Autun; De Girardot, ✻, secrétaire-général de la Loire-Inférieure, à Nantes; De Godefroy de Menilglaise, ✻, propriétaire à Paris; De Linas, ✻, propriétaire à Arras; Didron aîné, directeur des annales archéologiques à Paris; De Rosny, Lucien, membre de la Société des Antiquaires de France, à Paris; De Saulcy (O. ✻), sénateur, membre de l'Institut, conservateur du Musée d'Artillerie, à Paris; Dinaux, Arthur, ✻, correspondant de l'Institut, à Paris; Edward Le Glay, ✻, ✠. sous-préfet à Libourne, ancien membre résidant; Lecreux, Alfred, ancien membre résidant, à Paris; Lefebvre, Jules, ✻, ✠, secrétaire-général de la préfecture des Bouches-du-Rhône, à Marseille, ancien membre résidant; Mille, ✻, ✠, ingénieur des ponts-et-chaussées, à Paris, ancien membre résidant; Robert (O. ✻), sous-intendant-militaire à Paris, ancien membre résidant.

Correspondants à l'étranger.

MM. De Reume, capitaine d'artillerie, à Bruxelles; De Roisin (le baron), propriétaire à Bonn (Allemagne), ancien membre résidant; Janssens, chef de bureau au ministère des affaires étrangères, à Bruxelles; Don Castellanos de Losada, président de l'Institut historique de Madrid.

Société Impériale et centrale d'agriculture, sciences et arts du département du Nord, établie à Douai.

La société d'agriculture a été formée le 19 avril 1799; le 22 mars 1805, elle s'est réunie à celle des sciences et des arts établie le 22 février 1800; elle a été maintenue dans ses droits et prérogatives par arrêté du 1er octobre 1819 et reconnue par le Gouvernement le 11 juillet 1829; les séances ordinaires de la société se tiennent les deuxième et quatrième vendredis de chaque mois; ses officiers sont renouvelés tous les ans, dans la seconde séance de décembre.

Membres honoraires de droit.

Mgr. l'archevêque de Cambrai; MM. le premier président de la Cour impériale; le procureur-général impérial; le préfet du département du Nord; le sous-préfet de l'arrondissement de Douai; le maire de la ville de Douai; le général commandant la division; le général commandant le département; le général commandant l'école d'artillerie; le colonel commandant la place de Douai; le président du tribunal de première instance; le procureur impérial; le recteur de l'Académie de Douai; les doyens des facultés.

Membres honoraires nommés par la Société.

MM. Daix-Deshayes, propriétaire; Quenson, ✱, président du tribunal de Saint-Omer; Preux, (O. ✱), premier président honoraire de la cour impériale; Lamarle, ✱, ingénieur en chef des ponts-et-chaussées, en retraite; Bagneris père, docteur en médecine; Maugin, docteur en médecine; Danel, ✱, membre du Conseil général et président à la Cour impériale; Duthillœul, ✱, bibliothécaire; Honoré père, avocat à la Cour impériale; Plazanet, ✱, colonel du génie en retraite; De Lagrange, ✱, colonel d'artillerie en retraite, ancien député au Corps législatif; Bommart, ✱, ancien député; Lagarde, conseiller à la Cour Impériale; Tailliar, ✱, conseiller, idem; Leroy (de Béthune), avocat; Lequien, docteur en médecine; Dubois, ✱, ancien sous-intendant militaire; Bigant, ✱, ancien président à la Cour impériale; Corne, ancien représentant; Bra, ✱, statuaire; Foucques de Wagnonville, propriétaire; Bourlet, ancien aumônier; Desfontaines d'Azincourt (O. ✱), membre du couseil municipal; Cahier, ✱, conseiller à la Cour impériale; Vasse, professeur de physique au lycée; Jouggla, médecin vétérinaire.

Fonctionnaires de la Société.

MM. A. Dupont, *président;* Preux père, *premier vice-président;* Tailliar, *deuxième vice-président;* Cahier, ✻, *secrétaire-général;* Asselin, *premier secrétaire adjoint;* Offret, *deuxième secrétaire-adjoint;* Paix, *économe;* Potiez, *trésorier;* Brassart, *conservateur des jardins et archiviste.*

Membres résidants.

MM. Minart, conseiller à la cour impériale; Potiez, Valery, propriétaire; Bommart, Anach., propriétaire; Nutly, juge-de-paix; Thomassin, propriétaire; Fiévet, conseiller à la cour impériale; David, ✻, professeur de mathématiques spéciales au lycée; Delplanque, médecin-vétérinaire; Bagneris fils, docteur en médecine; Paix, négociant; De Maingoval, propriétaire; Comte de Guerne, conseiller à la Cour impériale; Dupont, avocat à la Cour impériale; Petit, ✻, président à la Cour impériale; Mercklein, ✻, professeur de sciences à l'école d'artillerie; Talon, avocat à la Cour impériale; Meurant, architecte de la ville de Douai; Thurin, propriétaire; Robaut, dessinateur; baron de Guerne, F., propriétaire; Copineau, ✻, officier supérieur en retraite; Martin, ✻, directeur de la fonderie; Asselin, avocat; Leroy, Emile, avocat; Fleury, ✻, proviseur du lycée; Delannoy, docteur en médecine; Courtin, ✻, conseiller à la Cour impériale; Butruille, négociant; Offret, professeur-adjoint de physique au lycée; Dehaisnes, professeur au collége St-Jean; Liégard, vérificateur des domaines; Tarlier, propriétaire; Preux fils, substitut du procureur-général; Lecq, maître de postes; Luce, propriétaire; Maurice, Léon, avocat,

Société impériale des sciences, de l'agriculture et des arts de Lille.

Cette société a été organisée en l'an XI (1803) et a tenu sa première séance publique le 30 novembre 1811.

Bureau. MM. Girardin, ✻, *président;* de Coussemacker, *vice-président;* Rodet, *secrétaire-général;* Canissié, *secrétaire de correspondance;* Bachy, *trésorier;* Chrestien, *bibliothécaire.*

Membres honoraires.

MM. le Préfet du département du Nord; le maire de Lille; Desmazières, propriétaire.

Membres résidants.

MM. Delezenne, ✻, correspondant de l'Institut; Verly, architecte; Kuhlmann (O. ✻), chimiste, correspondant de l'Institut; Bailly, ✻, docteur en médecine; Heegmann, propriétaire; De Courcelles, propriétaire; Danel, propriétaire; Moulas, littérateur; Le Glay, ✻, archiviste du département, correspondant de l'Institut;

invignat, architecte; Lefebvre, ✻, propriétaire; Testelin, docteur i médecine; Cazeneuve, ✻, docteur en médecine; Delerue, juge-paix ; Bachy, propriétaire ; Chon, professeur d'histoire ; Chresn, docteur en médecine ; Corenwinder, chimiste-agronome; vainne, professeur de musique ; Dupuis, avocat ; Parise, professeur à l'école de médecine ; Lamy, professeur à la Faculté des iences ; Deligne, homme de lettres ; Blanquart-Evrard, ✻, imprieur-photographe ; Colas, peintre ; Brauwers, pharmacien à l'hôtal militaire ; Violette, ✻, commissaire des poudres ; Garreau, ofesseur à l'école de médecine ; Meurein, inspecteur de salubrité ; ox, ✻, manufacturier ; Fiévet, ingénieur-mécanicien, Mahistre, ofesseur à la faculté des sciences ; Lacaze-Duthiers, idem ; aeile, bibliothécaire de la ville ; Portelette, professeur au lycée ; iolette, Ch., professeur à la Faculté ; Guiraudet, idem ; Girardin oyen de la Faculté ; Mathias, ✻, ingénieur de la traction au chein de fer du Nord ; de Melun, ✻, propriétaire ; Dureau, ✠ (Esp.), crétaire-général de la préfecture ; Rodet, inspecteur à la manuicture des tabacs ; Bossey, ingénieur des usines.

COMMISSION ARCHÉOLOGIQUE ET NUMISMATIQUE.

MM. Le Glay, ✻ ✠, archiviste du département ; Verly, archicte ; Chon, professeur d'histoire au lycée.

COMMISSION D'AGRICULTURE.

MM. Violette, ✻; Corenwinder, *secrétaire ;* Lefebvre-Heegman, ; Cazeneuve, ✻; Bachy, à Fives ; Kuhlmann (O. ✻) ; Chrestien; Courcelles.

Société centrale de médecine du département, à Lille.

Cette société a été établie en vertu d'une autorisation du Ministre de érieur, en date du 24 mai 1846.

Elle a pour but : 1° de favoriser l'étude des sciences médicales et de courir à leurs progrès ; 2° de veiller au maintien de la dignité de la ession ; 3° de faciliter la formation et le développement d'associas médicales dans le département, et de leur servir de lien commun.

Elle pourvoit à ses dépenses à l'aide d'une cotisation que s'imposent membres. — Elle publie un bulletin, à la collaboration duquel sont elés tous les praticiens du Nord. — Elle donne des consultations graes en faveur de la classe ouvrière de la ville et des campagnes, le credi de chaque semaine, de trois à quatre heures de l'après-midi.

Bureau pour 1860. MM. Bailly, ✻, docteur en médecine, *prési-at ;* Testelin, *vice-président ;* Cappelle, *secrétaire-général ;* Petit, *rétaire des consultations gratuites ;* Simon, *bibliothécaire ;* Desnoy, pharmacien, *trésorier.*

Membre honoraire.

M Lestiboudois, ✻, conseiller d'Etat.

Membres titulaires résidants.

MM. Bailly, ✻, Brequin, Cauissié, Castelain, Charles, Chrestien, Daubresse, Delezenne, Despinoy, Dewaele, Dujardin, Godefroy, Masurel, Meurein, Petit, Pilat, Pommeret, Pucelle, Simon, Six, Staes, Capelle, Testelin.

Membres titulaires non résidants.

MM. Dupont, ✻, Bourgeois, Legentil, Mauviez.

Société d'émulation de Cambrai.

Cette société, formée le 16 novembre 1804, et autorisée par décision de M. le Ministre de l'intérieur, transmise par M. le Préfet le 8 nivôse an XIII, a pour objet la culture des lettres, des sciences et des arts et les progrès de l'agriculture, le tout principalement considéré dans l'intérêt de la ville et de l'arrondissement.

Bureau. MM. Wilbert, *président ;* Renard, *viee-président ;* Lefebvre, *secrétaire;* Bruyelle, *bibliothécaire-archiviste ;* Roth fils *trésorier.*

Membres honoraires.

Mgr. l'archevêque de Cambrai ; MM. de Contencin, directeur général des cultes ; Guillemin, recteur de l'Academie ; Petit-Courtin, Maire de Cambrai.

Membres résidants.

MM. Berger, ancien directeur de l'école de dessin ; Abel Berger, directeur de la même école ; Boucher, sous-bibliothécaire de la ville ; Bruyelle, receveur des hospices ; Carion, rédacteur en chef de l'*Emancipateur* ; Crépin, agriculteur ; de Baralle, architecte ; de Beaumont, docteur-médecin ; H. de Try, maître de chapelle ; Dumont, chimiste ; Fenin, médecin en chef de l'hôpital militaire ; Durieu, professeur de dessin ; Dutemple, avocat ; Hardy, docteur-médecin ; Houzé, secrétaire de la mairie ; Lefebvre, régent au collége ; Leleu, agriculteur ; Lévêque, imprimeur ; Roth, négociant ; Renard, avocat ; comte Charles de Vendegis ; Wilbert, avocat, secrétaire des hospices et du bureau de bienfaisance ; Lestoquoy, juge-de-paix.

Société des Amis des arts, à Douai.

Cette société, fondée en 1821, a pour but d'exciter l'émulation, d'encourager les talents et de répandre plus généralement le goût des arts.

M. Maurice, ✻, maire, *président ;* Dutillœul, ✻, ancien juge-
iix, *secrétaire ;* Desmarets, Em., avocat, *trésorier ;* Bigant, ✻,
n président à la Cour impériale ; de Guerne, conseiller à
our impériale ; baron de Lagrange (O. ✻), ancien député au
s législatif ; Lequien, docteur en médecine.

Société des Amis de l'Industrie, à Douai.

société des Amis de l'Industrie a été fondée par arrêté de M. le
de Douai, du 7 février 1829, approuvé par le Préfet le 19 du
mois.

M. Maurice, J., ✻, maire, *président ;* Lequien, *vice-président ;*
ez-Corbitt, *secrétaire ;* Pinquet, adjoint, *trésorier ;* Bommart
charsis), conseiller municipal; de Guerne, conseiller à la Cour
riale ; Dubrulle-Chevalier, plombier ; Petit, ✻, président à la
impériale ; Robaux (Félix), lithographe.

Société médicale de Douai.

tte société, instituée par arrêté du 2 septembre 1804, est régie par
èglement approuvé le 18 septembre 1820. Elle est composée de
cins, chirurgiens et pharmaciens. Elle tient ses séances les premier
oisième lundis de chaque mois.

M. Duhem, *président ;* Léonardi, *secrétaire ;* Bagnéris père,
eur en médecine, *trésorier ;* Burgeat, pharmacien, *économe ;*
heux, docteur en médecine, *archiviste ;* Maugin, Tesse, Fon
, Watelle, docteur en médecine ; Bagnéris fils, Delplanque,
inaire ; Gelez fils. *Membres honoraires,* MM. Lequien et Ge-
ère.

ociété impériale d'agriculture, des sciences et des arts de Valenciennes.

tte société a été organisée au commencement de 1831 et a été
lée le 3 mars de la même année ; son règlement actuel a été approuvé
I. le Préfet, le 27 décembre 1851, conformément au décret qui la
nait comme établissement d'utilité publique.

JREAU. MM. Grar, Ed., ✻, *président ;* Lewille, ✻, *premier
-président ;* Pesier, *deuxième idem ;* Martin, Ad., *secrétaire-gé-
l ;* Collet, avocat, *secrétaire-adjoint ;* Feytaud, *trésorier, rap-
eur-général.*

Membres honoraires résidants.

IM. le sous-préfet de l'arrondissement, le maire de Valenciennes,
langer, juge au tribunal civil ; Defaux, receveur municipal à

Valenciennes ; Coffyn , commandant du génie à Condé ; Boudousquié, ✻, ingénieur en chef des mines ; Pétiaux, architecte.

Membres titulaires composant la section centrale.

MM. Grar , Ed., ✻, à Valenciennes ; Pétiaux , architecte de la ville, idem ; Pesier, Edm. , professeur du cours de chimie, idem ; Huart, médecin-vétérinaire , idem ; Cheval-Bonaventure , cultivateur à Etrœux ; Delanoue , membre de la société géologique de France , à Vicoigne ; Delgrange , à St-Saulve ; Lewille, ✻, adjoint au maire, ancien capitaine d'artillerie ; Martin , Ad. , homme de lettres, à Valenciennes ; Stiévenart , Abel , docteur en médecine, correspondant de l'Académie de médecine de Paris ; Bouton , archiviste de la ville ; Defontaine, doyen-curé de Saint-Nicolas, id. ; Cromback , principal du collége , idem ; Caffiaux , professeur de rhétorique au collége , idem ; Boudousquié, ✻, ingénieur en chef des mines, idem ; Feytaud, rédacteur du *Courrier du Nord*, idem ; Collet, avocat, idem ; de Bracquemont, ✻, ingénieur-directeur des mines de houille de Vicoigne ; Hamoir , Gustave , ✻, cultivateur, fabricant de sucre , à Saultain ; Courtin , percepteur , à Valenciennes; Courtin, médecin, idem ; Monchicourt, Achille, industriel, à Marly ; Debettignies , fabricant de porcelaines , à Saint-Amand ; Cellier, inspecteur de la bibliothèque de la ville ; Cabanis, ingénieur ; Bultot, substitut du procureur impérial ; Dormoy., ingénieur des mines, Castiau , fabricant de sucre , à Vieux-Condé ; Mariage , fabricant de sucre , à Thiant ; de Courmaceul , juge-de-paix, à Saint-Amand.

Association lilloise.

POUR L'ENCOURAGEMENT DES LETTRES ET DES ARTS DANS LE DÉPARTEMENT DU NORD.

Cette association , autorisée par un arrêté du Préfet, du 17 septembre 1836 , compte plus de 500 membres. Elle a pour objet de fournir aux personnes et surtout aux jeunes gens du pays qui cultivent les lettres et les arts , des moyens de réunion et d'études , de bonnes et sages inspirations , de géneréux encouragements , de leur créer un public et des occasions de se produire ; de leur offrir des ressources pour publier leurs écrits , placer leurs ouvrages d'art , faire exécuter leurs compositions musicales , autant que le permettent les moyens de l'association ; de les aider dans leurs travaux , de leur donner elle-même ou de leur procurer un patronage bienveillant et désintéressé.

Elle consacre à une exposition permanente des ouvrages de ses membres , son salon , où les principales revues religieuses , littéraires et artistiques sont données en lecture. Elle fait tous les ans , à l'époque de la fête de Lille , une exposition d'ouvrages d'art dans tous les genres , provenant soit de ses membres, soit des artistes nés dans le département, soit des artistes habitant le département; elle décerne, d'après les annonces qu'elle publie, des récompenses aux auteurs des meilleurs ouvrages de littérature ou d'art adressés à l'association. Elle s'occupe de la propagation du chant dans les écoles.

MEMBRES DU CONSEIL ADMINISTRATIF DE L'ASSOCIATION.

MM. Le Glay, ✻, archiviste du département, *président;* Kolb-Bernard, ✻, *vice-président;* Dumon, Ed., *secrétaire-général;* Pajot fils, *secrétaire-adjoint;* Rouzière-Cavalier, *trésorier;* Fockedey, directeur du Mont-de-Piété; Lejosne, propriétaire; Paillard, idem; de Vogelsang, idem; de Melun, idem; de la Chaussée, idem; Bourdon, juge; de Favières, propriétaire.

Société dunkerquoise

POUR L'ENCOURAGEMENT DES SCIENCES, DES LETTRES ET DES ARTS.

Cette société, fondée en février 1851, a été autorisée par M. le Ministre de l'instruction publique et des cultes, le 19 août suivant.

BUREAU. MM. Delye, *président;* Cousin, *vice-président;* Derode, *secrétaire perpétuel;* Gütlin, *secrétaire-adjoint;* Thélu, médecin, *archiviste;* Allard, négociant, *trésorier.*

M. Mollet, ✻, maire de Dunkerque, *président honoraire.*

LISTE DES MEMBRES COMPOSANT LA SOCIÉTÉ.

Membres titulaires résidants. MM. Alart, banquier; Bernaert, idem; Bobillier, docteur en médecine; Bocave, ✻, commandant d'artillerie; Bonvarlet, négociant; Boutoille, principal du collége; Carlier, Am., ✻, négociant; Chamonin, idem; Conseil, ✻, capitaine du port; Cousin, Louis, avocat; de Bertrand, Raymond, propriétaire; de Clebsattel, Alf., ✻, avocat, député; Delye, juge au tribunal de Dunkerque; Derode (Victor), négociant; Desmit, professeur de peinture; Develle, architecte de la ville; de Vincens, propriétaire; Duriau, docteur en médecine; Everhaert, propriétaire; Flament, architecte-adjoint de la ville; Fournier, sous-commissaire de la marine; Gojard (O. ✻), ingén. en chef des ports; Gassemann, employé des contributions indir.; Güthlin, professeur d'allemand au collège; Hovelt, notaire; Lebleu, ✻, chef de bataillon, commandant du génie; Mathorez, professeur; Millet, professeur au collége; Mollet, ✻, maire de la ville; Pigault de Beaupré, ✻, ingénieur des ponts-et-chaussées; Plocq, ✻, idem; Quiquet, directeur du cours professionnel; Terquem, professeur d'hydrographie; Thélu, médecin; Zandyck, idem.

Membres titulaires non résidants. MM. Bergerot, à Esquelbecq; Herwyn, propriétaire à Bergues; Morael, docteur en médecine à

Wormhoudt ; de Coussemaker, ✻ et chevalier de St.-Grégoire-le-Grand, juge au tribunal de Lille.

Comité Flamand de France.

Le Comité flamand de France, fondé à Dunkerque, le 10 avril 1853, a pour but principal la recherche, la conservation et l'étude des documents en langue flamande relatifs à l'histoire et à la littérature des Flamands de France. Par arrêté en date du 24 août 1853, M. le Ministre de l'Instruction publique a autorisé le Comité à se constituer définitivement et a approuvé ses statuts.

Bureau. M. de Coussemacker, (✻ ✠), *président ;* de Baecker, *vice-président ;* Bonvarlet, *secrétaire :* Bauden, *trésorier ;* Thélu, *archiviste.*

Société archéologique de l'arrondissement d'Avesnes.

Bureau. MM. Cabaret, *président ;* Michaux, *vice-président ;* Caverne, *secrétaire ;* Colinet (Cyr), *trésorier ;* Bourgeois, *bibliothécaire-archiviste.*

Membres résidants. MM. Bevière, propriétaire ; Chevalier, inspecteur primaire ; Colinet (Cyr) ; Colinet (Elisée), sous-inspecteur des enfants trouvés ; Fauquet, maire ; Fiévet, architecte ; Hannoye, propriétaire ; le marquis Louis de Nédonchel, propriétaire ; Tordeux, filateur ; Viroux, journaliste.

Société d'horticulture du département du Nord.

Cette société a pour but le perfectionnement de l'agriculture et de l'économie rurale ; surtout d'encourager la culture des plantes indigènes les plus remarquables par leur utilité ou leur agrément, de favoriser l'introduction et la naturalisation des plantes exotiques, et de répandre le goût de la botanique.

La société est administrée par un bureau et un conseil d'administration qui tient ses séances le premier mardi de chaque mois.

MM. le Préfet, *président d'honneur ;* Tripiez-Jonglez, *président ;* Lemoinier, *vice-président ;* Doyen, docteur en médecine, *secrétaire-général ;* Dumoutier, *secrétaire-adjoint ;* Rouzière-Chevalier, *archiviste ;* Paillart, *trésorier.*

Conseil d'administration. MM. Aldebert (Amand), horticulteur ; Bernard (Paul), propriétaire ; Cousin, idem ; Danel, idem ; Descamps (Ed.), idem ; de Vogelsang, ✻, idem ; Dibos, ✻, idem ; Dubus, négociant ; Gabriels, horticulteur ; Grodez, secrétaire en chef de la mairie ; Groulois, propriétaire ; Legentil, idem ; Miellez, horticulteur ; Paillart, propriétaire ; Schlactère, horticulteur ; Vanderhelle, propriétaire.

BIBLIOTHÈQUES PUBLIQUES.

Le nombre en est de onze dans le département.

BIBLIOTHÈQUE DE LILLE.

Ce dépôt est riche de 33,954 volumes imprimés et de 515 volumes manuscrits. Il est placé dans un vaste et beau local ; un cabinet particulier renferme les manuscrits, les éditions du quinzième siècle, les Albe, les Plantin, les Elzevir et les gravures les plus précieuses; cette collection a été formée, peu de temps après la révolution, des livres provenant de la collégiale de Saint-Pierre et des abbayes de Loos, de Phalempin, de Marquette et de Cysoing.

La bibliothèque est ouverte tous les jours de la semaine sans exception et pendànt toute l'année, depuis neuf heures du matin jusqu'à quatre heures de l'après-midi ; les dimanches, jusqu'à une heure seulement.

C'est la bibliothèque du département la plus fréquentée ; plus de 50 lecteurs y vont journellement compulser ses nombreux ouvrages.

MM. Paeile, *bibliothécaire;* Gailliez, *sous-bibliothécaire;* Magot, *sous-bibliothécaire adjoint.*

Commission de surveillance. MM. Richebé (O. ✱), maire, *président;* Blondeau, avocat; Hebbelinck, chef d'institution; Blocquel, ancien conseiller municipal, Paillart, propriétaire; Delattre-Guichart, idem.

BIBLIOTHÈQUE DE ROUBAIX.

Cette bibliothèque, instituée le 1er février 1856, est ouverte au public tous les jours, savoir : les dimanches et fêtes, de 10 heures à une heure, les mardis, jeudis et samedis de neuf heures à midi et les six jours de la semaine, de quatre heures à neuf heures du soir. Elle contient environ 3,000 volumes imprimés et 18 manuscrits, dont 3 livres d'heures du XVe siècle, d'une richesse remarquable. Le nombre quotidien des lecteurs est de 14.

Bibliothécaire. M. Leuridan-Tettelin.

BIBLIOTHÈQUE DE CAMBRAI.

C'est aujourd'hui, après celles de Douai et Lille, la plus riche du département. Le nombre des volumes imprimés est de 33,133 ; les manuscrits forment un total de 1,254 volumes. Le bâtiment dans lequel elle est placée a été restauré ou plutôt réédifié par M. l'architecte De Baralle. — Cette bibliothèque a été formée, à l'époque de la révolution, au moyen des collections des couvents supprimés.

Bibliothécaire. M. Bouchez.

Ouverture : tous les jours, les dimanches et fêtes exceptés, de deux à quatre heures du soir. Ce dépôt est peu fréquenté : c'est à peine si 4 ou 5 lecteurs s'y rendent journellement.

BIBLIOTHÈQUE DE DOUAI.

Établie dans un magnifique local dépendant du Muséum, cette bibliothèque renferme environ 37,470 volumes, dont 970 manuscrits; parmi ces derniers, il en est de fort précieux; au nombre des imprimés on remarque quelques éditions très-anciennes. Elle a été fondée en 1767.

Les jours d'ouverture sont le mardi, le jeudi et le samedi de chaque semaine, de trois heures de l'après-midi jusqu'à six, dans le printemps et l'été, et depuis deux heures jusqu'à cinq pendant l'automne et l'hiver; 10 lecteurs environ la fréquentent par jour.

Bibliothécaire. M. Duthillœul, ✻.

BIBLIOTHÈQUE DE VALENCIENNES.

Cette bibliothèque, fondée par les Jésuites, enrichie par des dons particuliers et par les débris des communautés religieuses supprimées par la révolution de 1789, est établie dans les bâtiments du collége communal; elle est ouverte tous les jours, le matin, de dix heures à une heure, et le soir, de cinq à huit heures, les dimanches et fêtes exceptés; elle renferme 21,000 volumes et 626 manuscrits formant 858 volumes. Elle est fréquentée journellement, en moyenne, par 15 lecteurs.

Pour que cette bibliothèque, déjà si riche en ouvrages précieux, ne reste pas au-dessous des connaissances actuelles, la ville vote chaque année une somme fixe, pour achat de livres nouveaux.

Bibliothécaire, M. Gambart; ***inspecteur,*** M. Cellier.

Bibliothèque et musée Benezech annexés à la bibliothèque communale.

Cette collection, qui contient 4,045 volumes, dont plusieurs d'une grande valeur, plus de 100 tableaux et un grand nombre d'objets d'histoire naturelle et d'antiquité, est à la disposition du public, selon les intentions du donateur.

Les jours d'ouverture sont les mêmes que ceux fixés pour la bibliothèque publique.

BIBLIOTHÈQUE DE DUNKERQUE.

Ce dépôt, placé dans une des salles de l'Hôtel-de-Ville, contient environ 6,000 volumes et 34 manuscrits. Il a été fondé, en 1740, par l'historien Faulconnier qui légua à la ville sa bibliothèque comprenant 3,000 volumes.

Il est ouvert les lundis, mercredis et vendredis, de six à neuf heures du soir, et reçoit, en moyenne, 9 à 10 lecteurs quotidiennement.

Commission de surveillance, MM. le maire, ***président***; Fontemoing, avocat; Gouchon, propriétaire; A. Philippe, idem; Caux, secrétaire de la mairie.

Bibliothécaire, M. L. Caux.

BIBLIOTHÈQUE DU CATEAU.

La bibliothèque du Cateau n'existe que depuis 1835. Elle a été formée à l'aide d'un petit fonds de livres qui étaient abandonnés dans les greniers du collége, et au moyen d'acquisitions, de dons du Gouvernement et d'offrandes de particuliers. Le nombre actuel des volumes est de 2,097. Cette bibliothèque est ouverte les dimanches et les jeudis, de neuf heures du matin à six heures du soir.

Conservateur, M. N....

BIBLIOTHÈQUE DE MAUBEUGE.

Une petite bibliothèque, composée de 995 volumes, a été établie dans cette ville, en 1843, par les soins de l'autorité municipale. Elle est ouverte les mardis et jeudis, de deux à cinq heures soir

Conservateur, M. Cobert, secrétaire de la mairie.

BIBLIOTHÈQUE D'AVESNES.

Le zèle éclairé de l'autorité municipale a créé en 1832, ce dépôt, qui s'élève, suivant les derniers renseignements, à 2,300 volumes. La bibliothèque d'Avesnes est ouverte les mardi et jeudi de chaque semaine, de cinq à huit heures du soir; elle est fréquentée en moyenne par 12 lecteurs.

Conservateur, M. Bourgeois, Adolphe.

BIBLIOTHÈQUE DE SAINT-AMAND.

1,026 volumes imprimés et 10 manuscrits, provenant pour la plupart de l'ancienne abbaye de Saint-Amand, forment le fonds actuel de cette petite bibliothèque, qui ne peut manquer de s'accroître. Elle est ouverte tous les jours, de neuf heures à midi et de deux heures à quatre.

Bibliothécaire, M. Lorthioir.

BIBLIOTHÈQUE DE BERGUES.

Il existe en cette ville un dépôt de 5,293 volumes, dont 36 manuscrits, provenant de l'ancienne abbaye de Saint-Winoc.

Il est ouvert à ceux qui en font la demande à la mairie.

BIBLIOTHÈQUE DE BAILLEUL.

Un très-petit nombre d'ouvrages modernes existe à l'Hôtel-de-Ville de Bailleul et forment le noyau d'une bibliothèque que l'autorité pourra établir plus tard.

BIBLIOTHÈQUE DE BOURBOURG

Cette bibliothèque, établie dans une des salles de l'Hôtel-de-Ville a été créée en 1845. Elle contient 3,127 volumes, dont 10 manuscrits. Ouverte tous les jours, de dix heures à midi et de deux à quatre heures (les dimanches et fêtes exceptés), elle reçoit environ 11 lecteurs par jour.

Conservateur, M. Joos, Parfait.

BIBLIOTHÈQUES DE PRÊT.

Indépendamment de ces bibliothèques publiques il existe à Lille, à Cambrai, à Valenciennes et dans d'autres localités du département, des bibliothèques formées au moyen de souscriptions particulières et ayant pour but d'offrir gratuitement des lectures instructives, amusantes et surtout morales, aux personnes de la classe moyenne et ouvrière. Les ouvrages dont se composent ces dépôts sont des romans religieux, des voyages, des histoires générales et particulières, des biographies, des livres de sciences telles que physique, chimie, etc., mises à la portée des ouvriers; littérature classique, etc., etc. Les livres sont prêtés à domicile sous la garantie de personnes connues; on en prête aussi aux hospices, aux hôpitaux, aux prisons, aux curés et aux maires des communes voisines. Ces institutions rendent d'éminents services à la société en occupant utilement les loisirs d'un grand nombre de personnes et en inspirant à celles-ci, par de bonnes lectures, des idées d'ordre et de moralité.

MUSÉES.

Il en existe dans les villes de Lille, Dunkerque, Douai et Valenciennes.

LILLE. — MUSÉE DE PEINTURE.

Ce musée, établi en l'année 1795, contient plusieurs morceaux d'un grand prix. Il a été formé des tableaux que la ville possédait et de ceux qu'elle a reçus, à plusieurs époques, de la munificence du Gouvernement.

Les tableaux que renferme ce musée sont soigneusement classés par école, dans quatre grandes salles, à la Mairie, et forment une collection digne de tout l'intérêt des connaisseurs.

Conservateur, M. Ed. Reynard, ✻.

Commission de surveillance, MM. Reynard, ✻; Grodée, H. de Jouffroy; Herlin, Auguste; Colas, professeur de peinture; Benvignat, architecte.

MUSÉE WICAR.

Une riche collection d'objets d'art a été léguée à la ville de Lille par le chevalier Wicar, peintre, natif de Lille, décédé à Rome. L'administration de ces objets a été confiée à une commission prise dans le sein de la société des sciences, et dont voici la composition :

MM. Benvignat, architecte; Verly, architecte; Chon, professeur d'histoire; N....

MUSÉE D'HISTOIRE NATURELLE.

Le musée d'histoire naturelle de Lille est un établissement qui date de l'année 1822. Il s'est formé et continue de s'accroître par les dons des amateurs. Les collections qui le composent comprennent toutes les parties de l'histoire naturelle. Les plus importantes sont celles des oiseaux, des poissons, des insectes et des minéraux. On y remarque trois momies humaines provenant des ruines de Thèbes.

Ce musée a été transféré, en 1856, dans les vastes locaux de la Faculté des sciences.

ssion de surveillance, MM. Gentil-Descamps, ✻, repré
maire; le doyen de la Faculté; le président de la Société
es; l'un des membres de la même Société; Faivre, pro-
oint à la Faculté des sciences; le docteur Bailly, ✻, mem-
Société des sciences.
ateur des collections, M. Lacaze Duthiers, professeur à
, *conservateur.*

MUSÉE DES MÉDAILLES.

e s'est formé de dons successifs. Il possède une belle suite de
omaines.
collection sont annexées des copies de camées, des armes an-
vers débris de monuments anciens.
té des sciences, chargée de la surveillance de ce musée, a
cet effet :
Glay, ✻; Verly; Chon.

MUSÉE MOILLET.

e se compose d'armes, de costumes, de meubles et d'us-
ueillis par M. Moillet, dans ses voyages, et légués à la
le. Il est surveillé par une commission spéciale, composée
:
entil-Descamps, ✻, adjoint au maire, *délégué pour la*
, Chrestien, docteur en médecine; Bachy, propriétaire.

MUSÉE TECHNOLOGIQUE.

e, dont on doit rapporter la première idée à M. le docteur
été organisé par la société impériale des sciences qui en a fait
le 3 août 1856. Il présente déjà de précieux et nombreux
l'aide desquels on peut suivre les différentes phases par les-
vent passer, avant d'être livrés à la consommation, les pro-
iverses industries qu'il renferme.
sson chargée de la surveillance et du classement, MM. Vio-
sident; Verly; Bachy; Blanquart-Evrard, ✻; Lamy; le
hrestien; Meurein; le docteur Garreau.

DUNKERQUE.

e de Dunkerque renferme des objets d'art et d'histoire natu-
fforts tentés pour le créer remontent à l'année 1829; mais sa
surtout été déterminée, en 1835, par un don considérable
t Gernart, consul de France à Canton, auquel sont venues
s offrandes des habitants et les acquisitions de la mairie. On
dans cet établissement près de 80 tableaux, la plupart de
ande, dont quelques-uns ont une grande valeur. Le musée
ue a été inauguré le 27 juin 1841; il est ouvert les dimanches
e midi à quatre heures de relevée, et les jeudis, de deux à
.

Commission du musée; MM. le maire, *président de droit*; Benj. Morel, ✱, *président délégué*; A. Philippe, *vice-président*; Gaspard fils, *secrétaire*; E. Forcade; Darras, médecin; Schoutheer fils; Develle; Dagneau; Cuel (O. ✱); Duthoit fils; Ponchez fils; Fr. Darras; Lambert.

DOUAI.

Le musée de Douai est un des plus riches établissements de ce genre. Il se compose en grande partie d'objets d'histoire naturelle. On y remarque de très-belles collections de mammifères, d'oiseaux, de reptiles, de poissons, d'insectes, etc, etc., toutes classées méthodiquement dans l'ordre adopté au Jardin-des-Plantes de Paris. Il existe, en outre, une grande quantité de minéraux et de végétaux, des objets d'antiquité et de curiosité, une nombreuses collection de médailles et une galerie de tableaux, la plupart appartenant à l'école flamande.

Conservateur-préparateur, M. Potiez, Louis.

Commission du musée.

Section de la bibliothèque et des médailles. MM. Copineau, ✱, propriétaire, *président*; Estabel, avoué, *secrétaire*; Bigant, ✱, ancien président à la cour impériale; Duhem, docteur-médecin; Duthilleul, ✱, bibliothécaire; Minart, conseiller; Rossignol, président du tribunal civil; Taillar, ✱, conseiller; Lepreux, secrétaire de la mairie.

Section d'archéologie et des beaux-arts. MM. Cahier, ✱, conseiller; de Warenghien, idem; Delannoy, pharmacien; Imbert de la Phalecque, avocat; Dubrulle fils, architecte; Asselin, propriétaire; Preux fils, Liégeard.

Section d'histoire naturelle. MM. de Guerne, Fréd., idem; Delplanque, vétérinaire; Desmarets, Emile, avocat; Gelez fils, docteur; Maugin, idem; Maurice, Léon, avocat; Potiez, Valéry, propriétaire; Tesse, docteur; Vasse, professeur de physique; Watelle, docteur.

VALENCIENNES.

Le musée de Valenciennes possède de nombreuses collections de minéralogie, de conchyliologie et d'ornithologie.

Cet établissement est placé sous la direction d'une commission permanente. Les membres de cette commission sont :

MM. Delanoue, géologue, *vice-président*; Ed. Pesier, chimiste, *secrétaire*; Charles Courtin, naturaliste; Dutemple, chirurgien; Delgrange, naturaliste; De Bracquemont, ingénieur civil.

JARDINS BOTANIQUES.

LILLE.

La ville de Lille possède un jardin botanique qui renferme un nombr de plantes assez considérable.

DOUAI.

Le jardin botanique de cette ville est dans le meilleur état, et les leçons données par un professeur instruit, sont suivies par un grand nombre d'élèves.

Un autre établissement du même genre, mais bien plus considérable, est à la disposition de la société d'agriculture, sciences et arts, qui y fait des essais d'agronomie. Ce jardin renferme les pépinières de toutes espèces, une collection complète de plantes classées comme celles du jardin des plantes à Paris, une vaste orangerie et une serre chaude où sont renfermées plus de 5,000 plantes indigènes et exotiques.

Conservateur, M. Brassart.

THÉATRES.

Il en existe dans les cinq grandes villes du département et dans quelques villes secondaires.

Lille a un théâtre desservi par une troupe sédentaire qui joue l'opéra-comique, le vaudeville, la comédie et le drame.

Directeur, M. Desmottes.

Douai a une troupe sédentaire dirigée par M. Pascal.

Les théâtres secondaires de Dunkerque, Cambrai, Valenciennes, Avesnes et Maubeuge, sont desservis alternativement par les troupes ambulantes de :

MM. Réné ; Rancy ; Filhol.

ÉCOLES SPÉCIALES COMMUNALES.

Lille.

ACADÉMIE IMPÉRIALE DE MUSIQUE, SUCCURSALE DE L'ÉCOLE DE CHANT ET DE DÉCLAMATION DE PARIS.

Origine de l'Ecole. En 1733, un cercle d'amateurs de musique s'établit à Lille et prit le titre de *Société du grand Concert,* sous les auspices du maréchal de Boufflers. Quarante-quatre ans après, en 1777, une réorganisation fut reconnue nécessaire et une réunion d'abonnés plaça la société sous le patronage du Prince de Soubise. C'est à cette époque qu'il fut arrêté que douze demoiselles recevraient gratuitement l'instruction musicale donnée par des professeurs rétribués au compte de la société. Les succès obtenus à diverses époques firent naitr en 1801 la pensée d'annexer une école académique à la société du Concert. Le nombre des élèves fut fixé à douze ; ils reçurent un uniforme et durent s'engager à chanter dans les réunions de l'association. Une gratification de 24 francs était décernée à l'élève qui avait chanté le mieux et fait le plus de progrès pendant l'année. En 1802 et en 1810, l'Ecole fit de pressantes instances auprès du gouvernement pour obtenir l'autorisation de prendre le titre de *Conservatoire secondaire de Paris.* Ce vœu ne fut par exaucé alors, mais en 1816, l'école fut réorganisée comme établissement communal, en vertu d'une autorisation du ministre de l'Intérieur et en 1820, elle obtint de faire porter la livrée du roi aux gens attachés à son service; enfin, en 1827, une ordonnance royale nomma l'Ecole de Lille succursale du Conservatoire de Paris. En 1852, l'administration de l'établissement qui avait été exercée depuis 1816 par une Commission formée sous la présidence du maire fut confiée par décision ministérielle à un directeur spécial et la commission administrative de l'école fut convertie en commission de patronage et de surveillance.

L'académie impériale de Lille donne l'instruction gratuite de la musique à cent élèves des deux sexes et a produit un grand nombre de sujets distingués.

Tous les ans, la distribution solennelle des prix est précédée d'un concert dans lequel les élèves exécutent des morceaux de musique vocale et instrumentale. Les chœurs, surtout, sont ordinairement chantés avec une précision et un ensemble dont on ne peut faire trop d'éloges.

Commission de patronage et de surveillance. MM. le maire, *président;* Danel, *vice-président*; Bécu, Crespel, Cuvelier, Derousseaux, Tilloy-Castelèyn, Théry.

ADMINISTRATION. *Directeur,* M. Magnien; *secrétaire-archiviste,* M. Winter.

ENSEIGNEMENT. *Professeurs.* Chant. Classe de chant et de vocalisation (demoiselles), Mlle. Florin. Classe de chant (hommes) M. Boulanger. Solfége. Pour les demoiselles: 1re. classe. M. Français; 2e. classe, M. Delannoy. Classe élémentaire, M. Bar. Classe chorale pour adultes, M. Larsonneur. Piano, 1re. classe, M. Lavainne; 2e. classe. Mlles. Platel, Labalette et Sellier. Violon. M. Paul Martin. Violoncelle, M. Bauman, suppléant, M. Delannoy, Clarinette et basson M. Baumann. Flûte et hautbois, M. Herman. Cor, M. Miot. Cornet à pistons et trompette, M. Sinsoilliez.

ÉCOLES ACADÉMIQUES. *Commission administrative.* MM. le maire, *président*; Reynart, ✱, *vice-président*; Barrois, manufacturier; Kolb, ✱, ingénieur en chef; Herlin, négociant; De Jouffroy, receveur municipal; comte de Melun, propriétaire; Menche de Loisne, ✱, ingénieur des ponts-et-chaussées; Grodée, secrétaire en chef de la mairie; Verly, architecte.

Peinture, M. Colas, *professeur.*

Dessin de la figure et modèle, MM. Colas, *professeur-directeur;* Cadet de Beaupré, *professeur en second.*

Ecole d'architecture, M. Benvignat, *professeur.*

Cours de perspective linéaire, M. Ménier, *professeur.*

Anatomie appliquée aux arts du dessin, M. Houzé de l'Aulnoit, *professeur.*

Géométrie et mécanique appliquées aux arts, M. Granofski, *professeur.*

Coupe des pierres, application à la géométrie descriptive, M. Granofski, *professeur.*

Dessin géométrique et levé de machines, M. Granofski, *professeur.*

Dessin linéaire, M. Ménier, *professeur.*

ÉCOLE D'ÉQUITATION DE LILLE. — *Commission de surveillance.* MM. Descamps-Crespel, Debuchy, Gentil, Pommeret, vétérinaire, Steverlynck-Mallet, Tellier, juge suppléant.

Directeur du manége, M. Ruelens, Ferdinand.

Roubaix.

ÉCOLE DE DESSIN (fondée en 1833).

L'enseignement comprend : le dessin de la figure, le dessin d'ornement et le dessin de fabrique de tissus, le dessin linéaire et des cours d'architecture.

Professeurs, M. Lepers, architecte; *professeur-adjoint,* M. Dupire.

ÉCOLES DE MUSIQUE. *Commission de surveillance.* MM. Brun-Lavaine, *président*; Ch. Wattel et Pierre Catteau.

Directeur, M. V. Delannoy.

Professeurs. Sulfége, M. Victor Delannoy; chant d'ensemble, M. Julien Catteau ; de clarinette, flûte, hautbois et basson, M. V. Delannoy ; d'instruments à cordes, M. Julien Catteau ; d'instruments de cuivre, M. D. Catteau.

Tourcoing.

ÉCOLES ACADÉMIQUES. *Commission administrative.* MM. le Maire, *président* ; Défontaine, *président honoraire* ; Saint-Amour, *secrétaire* ; Truche, juge-de-paix ; Hassebrouck, notaire ; Jules Leblan, conseiller municipal ; Dervaux-Wetzel, L. Mathon ; Cadeau, docteur en médecine.

Dessin et peinture. M. Chérier, *professeur.*

Architecture. M. Maillard, *professeur.*

Musique vocale et instrumentale. M. Rosoor, *professeur-directeur. Professeurs-adjoints :* MM. Leroy, Coutiez et Boissière.

Dunkerque.

ÉCOLE DE MATHÉMATIQUES ET D'HYDROGRAPHIE ÉTABLIE DANS LES BATIMENTS DU COLLÉGE ET ENTRETENUE PAR LA MARINE.

M. Terquem, *professeur.*

ÉCOLES ACADÉMIQUES. *Commission de surveillance des écoles d'architecture et de dessin.* MM. le Maire, *président* ; Bourdon, négociant ; Dagneau fils, négociant ; Descroix, propriétaire ; Philippe, idem ; Verquelle, idem.

Professeurs. Architecture, M. Flamant; dessin et peinture, MM. Dubuisson et Desmit.

Cambrai.

ÉCOLE DE MUSIQUE. *Administrateur,* M. Evrard, ✻, capitaine des sapeurs-pompiers.

Professeurs. MM. Detry, professeur de violoncelle, Tingry, professeur de violon; Duez, professeur de violon et violoncelle; Crême, professeur de clarinette; Bonnays, professeur d'instruments de cuivre; Dienne, professeur de solfége; Duez, chargé du cours des adultes.

ACADÉMIE DE DESSIN. *Commission de surveillance.* MM. Queulain, adjoint, *président*; Maréchal, *vice-président*; Foulon, rentier; Dufrenois, ancien directeur du comptoir; Flayelle, négociant; *directeur*, M. Berger, fils; *professeur*, M. Berger, père.

ACADÉMIE DE PEINTURE, SCULPTURE ET DESSIN LINÉAIRE. *Commission de surveillance*. MM. de Baralle père, architecte; Evrard Cléomède; de Baralle fils, architecte. *Professeur*, M. Grohain.

Maubeuge.

COURS DE DESSIN ET DE PEINTURE. M. le Maire, *président*; M. Bailiand, *directeur.*

Douai.

Commission des écoles académiques. M. le Maire, *président*

SECTION DES BEAUX ARTS. MM. David, ✻, professeur au lycée, *vice-président*; Meurant, architecte de la ville, *secrétaire*; Cahier, ✻, conseiller à la Cour impériale, De la Phalecque, propriétaire; Lamarle, ✻, ingénieur en chef des ponts-et-chaussées en retraite.

SECTION DE MUSIQUE. MM. Desuède, *vice-président*; Dutillhœul, ✻, *secrétaire*; Demon, notaire; Desmarets, avocat; Dislères, percepteur; Thomassin, propriétaire.

Cours de géométrie et de mécanique appliquées aux arts. M. Malet fils, *professeur.*

Ecole d'architecture. M. Malet fils, *professeur.*

Ecole de dessin. M. Petit; *professeur-adjont*, M. Cellier.

Ecole de modelure. M. Potiez Louis.

ÉCOLE DU MUSIQUE. MM. Heisser, professeur de vocalisation; Noury aîné, professeur de cor; François, professeur de violoncelle; Noury aîné, professeur de solfége; Hellebecque, professeur de flûte; Dubus aîné, professeur de hautbois; Lefranc, professeur de violon; Hochet, professeur-adjoint; Decarpentrie, professeur de clarinette; Heisser, professeur de piano; Demoulier, professeur de basson et d'ophicléïde.

Valenciennes.

ACADÉMIE DE PEINTURE ET DE SCULPTURE, AFFILIÉE A L'ACADÉMIE IMPÉRIALE DES BEAUX-ARTS DE PARIS.

Membres administrateurs, MM. le maire, *président*; N..., *vice-président*; Ewbanck, *secrétaire*; Rousseau, Baisier, artiste peintre; De Warenghien, Hamoir, Courtin, De Saint-Ouen, Hédouin, Dutouquet, Prignet.

L'académie est surveillée alternativement par tous les membres. Chaque mois l'administration tient une séance dans laquelle on délibère sur les besoins de l'école, d'après les rapports des membres surveillants.

Professeurs MM. Detrez, professeur de dessin et de peinture; Fache, professeur de sculpture, modelure et ornements; Pétiaux, professeur d'architecture.

ÉCOLE DE PHYSIQUE ET DE CHIMIE. MM Nicolet, *professeur de physique*; Pesier, *professeur de chimie*.

ACADÉMIE DE MUSIQUE. *Membres administrateurs*. MM. le maire *président*; Teinturier, *vice-président*; Girard fils, *secrétaire*; Gillard, Lefebvre fils, Perriquet, Durieux.

Professeurs. MM. Seigne, solfége et violon; Mohr, clarinette; Hilario, flûte et hautbois; Duez, violoncelle; Lagrange, cor et cornet à pistons; N..., vocalisation et classe d'ensemble.

LISTE DES IMPRIMEURS ET LIBRAIRES

BREVETÉS, DANS LE DÉPARTEMENT.

Imprimeurs. A Lille, MM. Blocquel; Lefort, Castiaux fils, Danel, Reboux, Lefebvre, Destigny, Levy, Guermonprez, Leleux, Horemans, Chenu, Béhague. — A Armentières, M. Cadot. — A Roubaix, MM. Reboux, Defrenne. — A Tourcoing; M. Mathon. — A Dunkerque, MM. Lorenzo, Kien. — A Bergues, MM. Christiaens, Focqueur. — A Hazebrouck, MM. Guermonprez, Taverne. — A Bailleul, M. Vanneufville. — A Cassel, M. Dhubert. — A Cambrai, MM. Simon, Deligne, Carion, Régnier. — Au Câteau, M. Dumesnil. — A Avesnes, MM. Carton, Dubois. — A Maubeuge. MM. Levêque, Decaussenne — Au Quesnoy, M. Préseau. — A Douai, Ve. Adam, Ve. Ceret-Carpentier, MM. Dechristé, Obez, Wartelle. — A Valenciennes, MM. Henry, Prignet. — A Saint-Amand, M. Raviart. — A Anzin, M. Bouchez.

Imprimeurs-lithographes. A Lille, MM. Blocquel, Danel, Mayeur, Salomé, Bauchet, Leterme, Reboux, Leclercq, Lefebvre, Choquet, Ducâteau, Guermonprez, Dubois, Boldoduc, Hutin, Legrand, Delahaye, Vanaverbeck. — A Roubaix, MM. Bayart (De), Reboux, Defrenne, Courmant, Hazebrouck, Florin. — A Tourcoing, MM. Schœllez, Wannebrouck, Tribout, Ghémar, Danel-Bigo, Petit, Horemans, Mathon. — A Armentières, M. Cadot. —

A Haubourdin, M. Schouters. — A Bergues, M. Sifantus-Maes.— A Dunkerque, MM. Pieters, Schoutter, Vanderest, Brasseur. — A Cassel, M. D'hubert. — A Cambrai, M. Simon. — Au Câteau, M. Dumesnil, Mme Ve. Terrin. — A Avesnes, MM. Regnaudin, Dubois. — A Bavai, M. Jonglet. — A Landrecies, M. Deloffre. — A Maubeuge, M. Decaussenne. — Au Quesnoy, M. Préseau. — A Trélon, MM. Tricot, Rousseaux. — A Douai, MM. Mortreux, Obez, Robaut, Legros, Crepin, Ve. Adam. — A Saint-Amand, M. Raviart. — A Anzin, M. Bouchez. — A Condé, M. Boquet. — A Valenciennes, MM. Giart, Torret, Prignet, Henri fils.

Imprimeurs en taille-douce. A Lille, MM. Schœller, Hutin, Leterme, Tribout. — A Dunkerque, M. Torris.

Libraires. A Lille, MM. Blocquel, Castiaux, Lefort, Fremaux (Delle), Laurent fils, Cufay, Reboux, Bauchet, Druart, Béghin, Puisaye, Leleu, Dufour, Minart, Bla, Zevort (D.lle), Labitte, Rousselle, Billaux, Danel, Lévy, Guermonprez, Dubois, Pilate, Salomé, Leleux, Boldoduc, Quarrez, Guillot, Couzon, Cuisinier, Langlet, Plumccoecq (Dlle.), Béhague, Danel-Bigo, Cambray, Wilmot, Horemans, Dubois. — Annœulin, M. Couvreur, Beghin. — A Armentières, MM. Cadot, Legrand (D.elle), Vve. Nolant. — A La Bassée, Mmes. Bailly, Cambiez. — A Haubourdin, Mme. Schoutter. — A Roubaix, Mme. Béghin, MM. Reboux, Catteau (D.lle), MM. Lesguillon, Cocheteux, Florin. — A Seclin, M. Delacourt. — A Tourcoing, MM. Mathon, Vanaverbeck, Pruvost (Ve.). — A Dunkerque, MM. Lorenzo, Gillet, Vanderest, Lecocq, Vancauwenberghe, Maillart, Pauwels (Ve.), Théry (Dame), André, Brasseur, Williers, Bacquet, Marteel (D.lle), Vandenbussche, Lalou, (D.lle). — A Bergues, M. Debever, Coudeville (Ve.). — A Bollezeele, MM. Devulder, Paccou. — A Bourbourg, M. Vandenbroucq fils. — A Gravelines, MM. Dauchel, Lebon, Parisis. — A Rexpoëde, M. Marchand. — A Hondschoote, M. Hemegraese. — A Wormhoudt, M. Cavry. — A Bailleul, MM. Schercousse, Debaene, Baelde, Vanneufville, Debusschère (D.elle). — A Cassel, M. Lion, Dominicus (Ve), Vandamme (D.lle), M. Dhubert, Boedt (Ve.). — A Estaires, M. Dehaisne. — A Hazebrouck, MM. Debusschère, Réant fils, Guermonprez, Bellynk (Dame), Gobrecht (Dame), Delessus (D.lle). — A Merville, MM. Lemire-Delpierre, Wantier, Dupont. — A Steenwerck, MM. Walle, Plouvier. — A Cambrai, MM. Hattu, Simon, Lecocq, Deligne, Bonnier, Caron, Levêque, Denis, Baladier. — Au Câteau, MM. Dumesnil, Terrin (Ve.), Pilloy (Ve.). — A Solesmes, M. Tramblin, Gambiez (Ve.). — A Avesnes, MM. Michaux, Bourgeois, Vandepitte (Dame), Dubois, Préseau (Ve.). — A Bavai, M. Jonglez, Bouchez (Ve.). — A Berlaimont, M. Gomez. — A Etrœungt, D.lle Crevelle. — A Fourmies, MM. Buissart, Legrand. — A Gommegnies, Jouglez (D.lle). — A Landrecies, MM. Deloffre, Capillier, Péchier. — A Maroilles, Béve-

(Ve.). — A Maubeuge, Virlet (D.lle), MM. Decaussenne, Delge, Levêque. — Au Quesnoy, Navez (D.lle), Bellain, Dupont, ugrand (D.lle), M. Préseau, femme Bellaing. — A Trélon, .. Rousseau, Tricot. — A Douai, Cuenelaere (Dame), MM. ez, Adam (Ve.), Lafoscade, Céret-Carpentier (Ve.), Madoux, aut, Crepin, Foucart, Vinois, Jacquart. — A Orchies, MM. ois, Carpentier. — A Saint-Amand, MM. Raviart, Druon, ssier. — A Anzin, M. Boucher fils. — A Condé, M. Desps — A Denain, MM. Dandin, Cambay. — A Valenciennes, . Boucher, Rinoît, Giart, Lemaître, Descamps, Ségard, Dé-., Marlière.

ÉCRITS PÉRIODIQUES

Publiés dans le département du Nord.

JOURNAUX POLITIQUES :

LES aissent es naux:	TITRES ET SOUS-TITRES des JOURNAUX.	NOMS du Propriétaire. ou du gérant.	du Rédacteur en chef.	de l'Imprimeur.
	ARRONDISSEMENT DE LILLE.			
......	L'Écho du Nord.........	Leleux, gér...	Leleux.....	Leleux.
......	Le Mémorial de Lille et du nord de la France........	Boutteau.....	Destigny....	Destigny.
oing...	L'Indicateur de Tourcoing et de Roubaix	Mathon.... .	Mathon.....	Mathon.
	ARRONDISSEMENT DE VALENCIENNES.			
ciennes.	Le Courrier du Nord.......	Benoît Henry	Feytaud. ...	Benoît Henry
......	L'Écho de la Frontière......	Boulau frères et Gandy.	Gandy	Prignet.
......	L'Impartial du Nord.......	Prignet......	Prignet.. ..	Idem.
	ARRONDISSEMENT DE DUNKERQUE.			
rque.	L'Autorité......................	Benj. Kien...	Benj. Kien.	Benj. Kien.
	ARRONDISSEMENT DE DOUAI.			
......	L'Indépendant............	Vve Adam....	Adam fils...	Vve Adam.
.. ...	Le Courrier Douaisien	Vve. Céret et Lacquement.	D. Barrez...	Veuve Céret.
	ARRONDISSEMENT DE CAMBRAI.			
ai....	L'Émancipateur............	Carion (Louis)	Carion (L).	Carion (L).
......	La Gazette de Cambrai.....	Lévêque......	Lévêque. ...	Renier, Boutteau
	ARRONDISSEMENT D'HAZEBROUCK.			
ouck..	L'Indicateur d'Hazebrouck. .	Guermonprez.	Guermonprez	Guermonprez.
.....	L'Observateur du Nord, Journal de Cassel...........	D'Hubert.....	D'Hubert...	D'Hubert.
	ARRONDISSEMENT D'AVESNES.			
... ..	L'Observateur des arrondissements d'Avesnes, Cambrai et Valenciennes........	Viroux......	Dubois.....	Dubois.

JOURNAUX NON-POLITIQUES.

Arrondissem.ts	Villes.	Titres et Sous-Titres.	NOMS des Propr.-Gérants	NOMS des Imprimeur
Lille.......	Lille.....	L'Écho de Lille...........	Lévy........	Lévy.
Idem.... ..	Idem.....	Le Prix courant légal des marchandises en gros.....	Le syndicat des court. de com.	Lefebvre-Du...
Idem.......	Idem......	Affiches et Annonces, Journal de Lille.................	Danel et de Franciosi....	Danel.
Idem.......	Idem.......	Guide du Voyageur sur le Chemin de fer du Nord.......	Danel	Danel.
Idem.......	Roubaix....	Journal de Roubaix.......	J. Reboux. ..	J. Reboux
Idem.......	Idem	Feuille d'Annonces.........	Idem.	Idem.
Valenciennes.	Valenciennes	La Revue agricole, industrielle et littéraire.......	Feytaud.. ...	Henry.
Dunkerque. .	Bergues....	Journal de Bergues........	Focqueur, aîné	Focqueur. .
Douai.. ...	Douai......	L'instituteur du Nord et du Pas-de-Calais...........	Adam.......	Adam.
Idem.......	Idem......	Jurisprudence de la Cour impériale.............	Delebecque...	Obez.
Idem.......	Idem	L'Industrie douaisienne......	Crépin.......	Wartel....
Cambrai....	Le Câteau. .	Le Journal du Câteau et du département du Nord.......	Dumesnil.....	Dumesnil
Idem.......	Cambrai....	L'Industriel......	Morcrette....	Simon.
Idem.......	Idem	Courrier de l'Escaut	Denis........	Regnier et Boiteau
Avesnes. ...	Avesnes	Le Glaneur, Feuille d'affiches de l'arrondis. d'Avesnes. .	Carton......	Carton.

Par arrêté en date du 8 novembre 1859, M. le Préfet du Nord décidé que les annonces judiciaires exigées par les lois pour la validit de la publicité des procédures ou des contrats seront insérées, pendar l'année 1860, à peine de nullité, dans les journaux ci-après désignés

Pour l'arrondissement de Lille, le *Mémorial de Lille;* pou l'arrondissement d'Avesnes, l'*Observateur d'Avesnes;* pour l'arron dissement de Cambrai, la *Gazette de Cambrai;* pour l'arrondisse ment de Douai, l'*Indépendant;* pour l'arrondissement de Dunkerque l'*Autorité ;* pour l'arrondissement d'Hazebrouck, l'*Indicateur d'Hazebrouck;* pour l'arrondissement de Valenciennes, le *Courrier du Nord.*

Le tarif des annonces judiciaires est fixé à 20 centimes la ligne de 32 à 35 lettres effectives. Le coût du N° justificatif est fixé à 50

Les gérants des journaux d'arrondissement sont tenus de faire insérer à leurs frais et au prix du tarif dans le *Mémorial de Lille* un extrait sommaire de chacune de leurs annonces judiciaires.

AGRICULTURE.

CHAMBRES CONSULTATIVES.

La loi du 20 mars 1851 sur l'organisation des chambres d'agriculture a été modifiée par un décret du 25 mars 1852, portant qu'il sera établi, dans chaque arrondissement, une chambre consultative d'agriculture, dont les membres seront nommés par le Préfet.

Les chambres consultatives d'agriculture sont composées d'un nombre de membres égal à celui des cantons de l'arrondissement. Elles sont présidées dans l'arrondissement chef-lieu du département, par le préfet, et dans les autres arrondisssments, par le sous-préfet. Elles nomment au scrutin un vice- président et un secrétaire.

Conformément aux dispositions du décret précité, M. le préfet a, par un arrêté du 16 août 1858, procédé à la réorganisation des chambres consultatives du département.

Voici la composition de ces chambres :

ARRONDISSEMENT DE DUNKERQUE. MM. Cuel (O. ✱), conseiller général, *vice-président ;* Vercoustre, *secrétaire ;* Delaetre, propriétaire et secrétaire de la société d'agriculture, à Dunkerque ; Dufour, cultivateur à Brouckerque ; Vandercolme, ✱, propriétaire et agriculteur, à Dunkerque ; Cardock, cultivateur, à Petite-Synthe.

ARRONDISSEMENT D'HAZEBROUCK. MM. Cappon, cultivateur, à Vieux Berquin, *vice-président ;* Deberdt, propriétaire, *secrétaire ;* Dequidt, cultivateur et propriétaire, à Sainte-Marie-Cappel ; Beiugnier-Legris, agriculteur à Steenwerck ; Clodorez, idem, idem ; Senellart-Pannier, cultivatenr et adjoint, à Merville ; Beck, maire à Steenvoorde.

ARRONDISSEMENT DE LILLE. MM. Lefebvre, ✱, propriétaire à Lille, *vice-président ;* Des Rotours, ✱, propriétaire et agriculteur, à Avelin, *secrétaire ;* Leroy-Dubois, cultivateur et maire, à Illies ; Demesmay, ✱, cultivateur, à Templeuve ; Lallemant, cultivateur et maire, à Erquinghem-le-Sec ; Kulhmann (O. ✱), fabricant de produits chimiques, à la Madeleine, correspondant de l'Institut ; Messéan, cultivateur et maire, à Bois-Grenier ; O'Delant, maire d'Hellemmes ; Brame, député, membre du Conseil général du département ; Lefebvre, cultivateur, à Lille ; Deleplanque, cultivateur, à Lille ; Bonduelle fils, cultivateur à Bousbecque ; Lecat-Butin, ✱, cultivateur et maire à Bondues ; Beaucarne-Ledoux, cultivateur à Croix ; Taffin-Peuvion, fabricant de sucre à Lesquin ; Fretin, ✱, maire de Quesnoy-sur-Deûle.

ARRONDISSEMENT DE CAMBRAI. MM. Raoult, cultivrteur et maire, à Iwuy; Leleu, idem, idem, à Tilloy; Tilloy, cultivateur et fabricant de sucre, à Carnières; De Beaumont, président du comice agricole; Bauchart, cultivateur et maire, à Ligny; Boulanger, cultivateur, à Doignies; Monier, cultivateur à Aubencheul-au-Bac.

ARRONDISSEMENT D'AVESNES. MM. Godart-Desmarest, ✻, propriétaire et député, à Trélon, *vice-président;* De Colnet, conseiller général, à Dompierre; Delhaye, propriétaire et ancien notaire, à Bavai; Blondeau, cultivateur et maire, à Prisches; Trempont, idem, à Beaufort; Douai-Macarez, propriétaire et cultivateur, à Ghissignies; Bever, cultivateur, à Lez-Fontaine; Maillard, maire à Etrœungt; Mary, agriculteur, à Aymeries; Dervaux-Lefebvre, idem, à Wargnies-le-Grand; Poulet, *secrétaire.*

ARRONDISSEMENT DE DOUAI. MM. Billet, cultivateur et fabricant de sucre, à Cantin, *vice-président;* Vasse, professeur au lycée, *secrétaire;* Bernard fils, cultivateur, à Roost-Warendin; Fiévet, cultivateur et maire, à Masny; Morelle, idem, à Somain; Dubus, idem, à Waziers; Guilbert-Estevez, ✻, propriétaire et maire, à Orchies.

ARRONDISSEMENT DE VALENCIENNES. M. Grar, Ed., ✻, raffineur de sucre, président de la société d'agriculture de Valenciennes, *vice-président;* Hamoir, ✻, cultivateur, à Saultain, *secrétaire;* de Courmaceul, juge-de-paix et agriculteur, à Saint-Amand; Devaine-Nicole, propriétaire et agriculteur, à Saint-Amand; Gouvion-Deroy, agriculteur, à Denain; Bonnier, juge-de-paix, à Condé; Blanquet, cultivateur et raffineur de sucre, à Famars.

SOCIÉTÉS D'AGRICULTURE. (1)

DUNKERQUE.

La société d'agriculture de Dunkerque, comprend les cinq cantons de Dunkerque Est et Ouest, de Bergues, de Wormhoudt et d'Hondschoote.

Bureau. MM. Cuel (O. ✻), ingénieur en chef en retraite, *président;* Harcourt, *trésorier;* Bessat, *secrétaire.*

Membres résidants. — Canton de Dunkerque-Est. MM. Vandercolme, *vice-président;* Carlier, ✻, président du tribunal de commerce; Nys, propriétaire à Dunkerque; Delelis, adjoint au maire de Dunkerque; de Causant, propriétaire, id.; Debavelaere, cultivateur à Coudekerque-Branche; Foubel, cultivateur à Teteghem; Candilier, propriétaire, à Dunkerque; Bigorgne, idem, idem; Steen, maire à Uxem; Walkens, médecin, idem; Lebecque, Gomel; Romain-Daullé, maire à Teteghem; Debavelaere, cultivateur à Teteghem; Wemaere, cultivateur à Leffrinckhoucke.

(1) Les sociétés savantes qui s'occupent en même temps d'agriculture sont inscrites au chapitre *Sciences et Arts.*

Canton de Dunkerque-Ouest. MM. Mahieu fils, *vice-président ;* ›ck, ✲, ingénieur des ponts-et-chaussées ; Hubert aîné, proétaire à Dunkerque ; Gaspard père, idem, idem ; Gaspard fils, :teur en droit, idem ; Cardock, cultivateur à Petite-Synthe ; ment, id. à Grande-Synthe ; Maegherman, maire à Petiteathe ; Coquiller, cultivateur à Grande-Synthe.

Canton de Bergues. MM. Verleye, *vice-président ;* Wæmaere, tivateur à Armboutscappel ; Courtroy, fabricant à Steene ; Van-/e, cultivateur à Pitgam ; Herrewyn, percepteur à Bergues ; masure, à Bergues ; Gerrsen, vétérinaire, idem ; Demeeseker, propriétaire, idem ; Ryssen, cultivateur à Socx ; Coudeville, tivateur à Bierne ; Meezemaker, idem, idem ; Duewel, cultivaır à West-Cappel ; Lelieur, cultivateur à Quaedypre, de Breyne, ım, idem ; Janssens-Benynck, idem, idem ; Dousselaert, idem, ›m ; Dewaele, idem à Pitgam ; Decrocq, idem, idem ; Debaecque, mme de lettres à Bergues, Boutten, cultivateur à Armboutsppel ; Verhille, propriétaire, idem ; Dewaele, cultivateur à ›ymille ; Demeesemaker fils, propriétaire à Bergues ; Mikiels, édecin à Quedypre.

Canton de Wormhoudt. MM. Vandenkerckhove, *vice-président,* à lkerinckove ; Vanhoutte, cultivaieur à Herzeele ; Houtters, idem, m ; Bergerot, maire à Esquelbecq ; Sapelier, cultivateur à ggers-Cappel ; Blankaert, idem, idem ; Marcotte, idem, idem ; seize, idem, à Wormhoudt ; Denielle, idem, idem ; Dehaele, n, idem ; Liévin, Ate., à Wormhoudt.

Canton d'Hondschoote. MM. Regodt, *vice-président,* aux Moëres ; ıotte, cultivateur à Killem ; Wemaere, idem, à Rexpoëde ; De-:le, idem, idem ; Vandaele, idem à Warhem ; Bollingier, idem, m ; Vandenbavière, idem, à Ghyvelde ; Laby, idem, idem ; nckaert, idem, à Bambecque ; Vandermeersch, idem, à ıdschoote, Lelieur, idem, idem ; Coppens, idem, idem.

Membres résidant hors de la circonscription. MM. Hamereel, tivateur à Spycker ; Nanquette, vétérinaire à Bourbourg ; Bor-, propriétaire, à Ghistelle près Furnes ; Landron, cultivateur à ›uckerque.

BOURBOURG.

.a société de Bourbourg comprend les cantons de Bourbourg et de velines.

Bureau. MM. Demeunynck, ✲, maire de Bourbourg, *président ;* ıdenbavière, cultivateur à Loon, *vice-président ;* Vercoustre, ıducteur de la 2e. section des Waeteringues, *secrétaire ;* Nan-:tte, vétérinaire à Bourbourg, *secrétaire-adjoint ;* Deschodt, ›priétaire, *trésorier-bibliothécaire.*

Membres honoraires. MM. Vanwormhoudt, conseiller d'arrondissement, à Gravelines, Bachelier père, ancien maire, à Cappellebrouck.

Membres titulaires.—Canton de Bourbourg. MM. Descarpentry, juge-de-paix, à Bourbourg; de Foucault, président de la 2e section des Waeteringues, idem; Vercoustre, propriétaire, idem; Lysensoove, herbager, idem; Deschodt, cultivateur, idem; Delcourt, pépiniériste, idem; Duval, vétérinaire; Louf, cultivateur à Bourbourg-Campagne; Tettart, idem, idem; Tettart, Aug., idem; Belle père, propriétaire, idem; Belle, Ed., cultivateur, idem; Vercoustre, Vict., idem, idem; Ryckevaert, idem, idem; Deureudre-Vandenbrouck, idem, idem; Bellangé, idem, idem; Deutsche, idem, idem; Desmidt, idem, idem; Dufour, idem, à Brouckerque; Debavelaere, idem, idem; Francke-Landron, idem, idem; Lysensoone, idem, à Cappellebrouck; Mahieu, idem, idem; Schalier, idem, à Cappellebrouck; Landron, Louis, idem, à Looberghe; Meesemaeker, idem, idem; Meesemaeker, Alf.; Derycke, idem, idem; Deram, idem, idem; Landron, Désiré, idem, idem; Bellangé, idem, idem; Hauw, idem, à Looberghe; Wemaere, maire à Spycker; Senaeme, P., idem, idem; Senaeme, J., idem, idem; Senaeme, B., idem, idem; François.

Canton de Gravelines, MM. Vanwormhoudt, entrepreneur et cultivateur à Gravelines; Longueval, maire à Loon; Fétel, cultivateur, idem; Caron, idem, idem; Fétel-Longueval, idem, idem; Thelliez, idem, idem; Hubert, idem, idem; Fournier, idem, idem; Backeroot, idem, idem; Louf, idem, à Saint-Georges; Fétel-Devos, idem, à Loon; Stevenodt, adjoint à Loon; Devos, cultivateur, idem; Geerssen, idem, à Craywick; Louf, à Saint-Georges.

HAZEBROUCK.

Bureau. MM. Cappon, *président;* Cleenewerck, ✻, *vice-président;* Deberdt, *secrétaire;* Claudorez, *trésorier.*

Membres. MM. Senellart-Panier, à Merville; Dezeure, à Wallon-Cappel; Villette, à Pradelles; Joie, à La Gorgue; Dequidt, Sainte-Marie-Cappel; Bouillez-Verhaghe, à Merville; Beck, Steenvoorde; Dumon, à Ebblinghem; Schrevere, à Zuydpeene; Lutun, à Merville; Moreel, à Ecke; Deschodt, à Hazebrouck; Massiet, idem; Deberdt, H., à Caestre; Declercq, à Hazebrouck; Lobbedez, idem; Duquenne, à la Gorgue; Demeerseman, à Borre; Loridan-Hullebert, à Estaires; Vandaele, à Zermezeele; Claudorez, à Morbecque; Desreumaux, à Wemaers-Cappel; Rohart, Estaires; Warein, à Hazebrouck; Lespagnol, idem; Bieswal, idem; Smagghe, idem; Margerin, idem; Debaecker, idem; Guermonprez, idem; Houvenaghel, idem; Omaere, Louis; Omaere, idem; de Palmaert, idem; Carlier, à Steenbecque; Hadoux, à Merville; Cattoir-Flahaut, à la Gorgue; Vandenbussche, à Arnêke; Decanter, à Steenvoorde; de Monnecove, sous-préfet [azebrouck; Deroo, cultivateur, à Morbecque; Houcke, maire [azebrouck; Costenoble, à Merville; Lerouge, à Estaires; Gom-'t-Dupont, à Merville.

BAILLEUL.

Bureau. MM. Behaghel, conseiller général, *président*; Gour-z-Caboche, *secrétaire*; Baelde, P., *trésorier*.

Membres résidants. MM. Stoppelgast, maire de Bailleul; Decous-naker, Henri; Declercq; Lauwerière, Delerue, Delangre, Da-., Hopsomer, Dumetz, docteur en médecine; Cortyl, Deswaerte, vos, Vanpouille, Flahault, Vandewalle, Henri.

LILLE. — COMICE AGRICOLE DE L'ARRONDISSEMENT.

Créé par arrêté du Préfet du 22 août 1853.

Ce Comice est composé de 5 membres honoraires, de 180 membres ılaires et de 30 membres correspondants.

Membres honoraires. MM. le Préfet du Nord, *président*, le gé-ral commandant la division, le secrétaire-général de la Préfec-re, le maire de Lille, Desmazières, botaniste à Lambersart.

Bureau. MM. Lefebvre, ✻, propriétaire, *président*; Des Ro-ırs, *vice-président*; Lecat-Butin, ✻, cultivateur, *idem*; Charles, decin vétérinaire, *secrétaire-général*; Lethierry, *secrétaire-ad-ıt*; Defontaine, F., propriétaire, *bibliothécaire-archiviste*; Tri-r-Durieux, idem, *trésorier*.

AVESNES.

Bureau. MM. Mailliet aîné, *président*; N... *vice-président*; 'erne fils, *secrétaire*; Fosset, *secrétaire-adjoint*; Delflache, *tré-ier*; Colinet, *bibliothécaire*; Bourgeois, *bibliothécaire-adjoint*.

Membres. MM. Tordeux, filateur à Avesnes; Aubry, négociant; n; Legrand, Th., filateur à Fourmies; Azambre, propriétaire vesnes; Hennet, idem, idem; Mary, propriétaire à Aymeries; -Cannier, idem, au Quesnoy; Lelong, maître des postes à esnes; Vandepitte, professeur, idem; Douay-Macarez, fabricant sucre à Ghissignies; Darcy, idem, à Sains; Desquiens, idem, 'avril; Godart-Desmaret, ✻, idem, à Trélon; de Saint-Aubin, m, à Sassegnies; Wagnier fils, idem, à Semousies; de Nédon-el, idem, à Dourlers; Poncet, vétérinaire au Quesnoy; Was-er, idem, à Dourlers; Hédon, idem, à Cartignies; Sary, idem, Berlaimont; Maurice, avocat, idem; Blanchard, propriétaire à slieu; Evrard, juge de-paix à Avesnes; de Colnet, propriétaire Dompierre; Martin, capitaine en retraite à Fayt; Brillet, négo-nt à Dourlers; Juniet, propriétaire à Saint-Hilaire; Maillard, ire à Etrœungt; Lambert, notaire à Cartignies; Gosse, proprié-re à Petit-Fayt; Lengrand, idem, à Haut-Lieu; Hazard, idem, Moustier; Letorel, idem, à Trélon; Marchand, notaire à Avesnes ; Dervaux, propriétaire à Wargnies-le-Grand ; Collart fils, à Baslieu ; Madoulé, vétérinaire, à Landrecies ; Noquet, idem, à Maroilles, Hullin, propriétaire à Cartignies ; Bevière-St-Fleury, idem, à Avesnes ; Bourgeois, professeur, idem ; de Préseau, propriétaire, idem ; Maillard, idem, idem ; Guillain-Thiébaut, idem, à Etrœungt ; Fauquet, idem, à Avesnes ; Dineux-Havée, idem, idem ; Dubreucq, cultivateur à Wargnies-le-Grand ; Emond, notaire à Berlaimont ; Campagnie, propriétaire à Landrecies ; Hubert, banquier, idem ; Lelong, à Landrecies.

Maubeuge.

Bureau, MM. le Maire de Maubeuge, ***président honoraire*** ; Walrand, notaire, ***président*** ; Deroisin, propriétaire, ex-agriculteur, à Recquignies, ***vice-président*** ; Bailliant, marchand à Maubeuge, ***secrétaire*** ; Levecque, receveur municipal, à Maubeuge, ***trésorier*** ; De la Torre, conseiller-général, maire à Saint-Waast, président du comice de Bavai ; Coulmon, Conseiller d'arrondissement, à Bavai, vice-président du comice de Bavai ; Bever, notaire à Solre-le-Châteu, président du comice de ce canton ; Rouez, conseiller général et maire à Solre-le-Château, vice-président de ce comice.

Haras.

Le service des haras a été organisé en vertu d'une ordonnance du 10 décembre 1833.

Il existe dans le département cinq stations d'étalons impériaux ; elles sont placées à Lille, Valenciennes, Avesnes Le Cateau et Bourbourg et comprennent ensemble 15 étalons.

Sur un vœu exprimé par le Conseil général, dans sa session de 1853, M. le Préfet du départemeut du Nord, par arrêté du 17 janvier 1854, a ordonné le placement des étalons départementaux chez des cultivateurs dont la probité, la position de fortune et les connaissances agricoles et hippiques présentent toutes les garanties désirables. Les détenteurs d'étalons sont responsables, pendant six années, des reproducteurs qui leur sont confiés ; ils doivent les soigner suivant le mode adopté dans les haras impériaux, les amener, si la distance le permet, aux concours régionaux, et les soumettre aux fréquentes visites des délégués de l'administration ; mais, au bout de ces six années, l'étalon devient leur propriété exclusive. De plus les bénifices de la saillie, dont le prix est de 5 fr., appartiennent à l'étalonnier, qui a la faculté, après l'époque de la monte, fixée du 1er février au 30 juin, d'employer l'étalon aux travaux agricoles.

Les étalons départementaux au nombre de dix-neuf sont répartis dans les divers arrondissements.

Outre les étalons ci-dessus désignés il existe dans le département du Nord 13 étalons approuvés, qui comme les premiers, font le service de la monte.

Des fonds sont affectés dans le budget départemental à l'amélioration de la race chevaline. Le Conseil général a voté, a cet effet, dans sa session de 1859, un nouveau crédit de 16,000 fr. pour être affecté à l'achat d'étalons.

Art vétérinaire.

Le nombre des vétérinaires brevetés exerçant dans le département est de 67, qui se repartissent par arrondissement, savoir:

Dunkerque, 4; Hazebrouck, 5; Lille, 9; Cambrai, 17; Avesnes, 17; Douai, 3; Valenciennes, 12.

ASSOCIATION VÉTÉRINAIRE DES DÉPARTEMENTS DU NORD ET DU PAS-DE-CALAIS,

Autorisée par décision ministérielle du 14 octobre 1844.

Président. M. Pommeret, médecin-vétérinaire, à Lille.
Secrétaire. M. Delplanque, idem, à Arras.

Drainage.

Le service du drainage est placé depuis le 1er janvier 1859, dans les attributions de MM. les Ingénieurs des ponts-et-chaussées.

La loi du 17 juillet 1856, sur le drainage, dispose qu'une somme de cent millions est affectée à des prêts destinés à faciliter les opérations de drainage. Ces prêts sont remboursables en 25 ans, par annuités comprenant l'amortissement du capital et l'intérêt calculé à 4 p. %.— Un décret du 23 septembre 1858 a déterminé la forme et l'instruction des demandes de prêts, et les conditions de ces prêts.

INDUSTRIE. — COMMERCE.

CHAMBRES DE COMMERCE.

Ces chambres ont été renouvelées en 1852 et 1853, par voie d'élection, conformément aux dispositions des décrets des 3 septembre 1851 et 30 août 1852. — Elles sont composées ainsi qu'il suit.

LILLE. MM. le Préfet, *président d'honneur*; Kuhlmann, (O. ✻), *président*; Verley, ✻, *vice-président*; Rouzé, ✻, *trésorier*; Lefebvre, ✻, Tilloy-Casteleyn, Bernard, Loyer, Scrive-Bigo, ✻, Delesalle, Descat-Leleux, Bonte, Descamps, Decroix, Vanderhagen.

Secrétaire de la chambre, M. Blondeau.

DUNKERQUE. MM. Feron, ✻, *président*; A. Carlier, ✻, Morel-Agie, ✻, Choquet, Petit, Collet-Taverne, Verleye, Durin, Becq.

VALENCIENNES. MM. Lefebvre, Emile, *président*; Canonne, *vice-président*; Delame, *trésorier*; Renard, à Fresnes, Blanquart, à Famars; Lefebvre, Hamoir, Lewille, à Valencieunes.

Membres correspondants dans l'arrondissement d'Avesnes, MM. Dumont, ✻, maître de forges à Ferrière-la-Grande, Hamoir, idem, à Maubeuge, Lucq aîné, à Maubeuge.

Secrétaire de la chambre, M. E. Bouton.

CHAMBRES CONSULTATIVES DES MANUFACTURES, FABRIQUES, ARTS ET METIERS.

Quatre chambres consultatives sont établies dans ce département, à Tourcoing, à Roubaix, à Cambrai et à Avesnes. Voici la nomenclature des membres qui les composent.

TOURCOING. MM. Desurmont-Desurmont, *président* ; Jourdain-Défontaire, Leplat-Desnoulet, Lucien Nolle, Lorthiois-Desplanques, Motte, Jonglez-Wattel, Deroubaix, Leurent, Laloy, Duvillier-Duriez, Lamourette; *secrétaire*, Elie Brun.

ROUBAIX. MM. Roussel-Dazin, *président* ; Defrenne, Grimonpret-Bossut, Eeckmann, Mimerel fils, Lefebvre, Delfosse, Descat, Requillart, Screpel, Wattine-Bossut, Delattre fils, Screpel, *secrétaire*, Brun-Lavainne.

CAMBRAI. MM. Wallegrand, Pierson, Cornaille-Leroy, Lallier, Seydoux, Petit-Courtin, Bertrant, Milcent, Brabant, Quenchon, Tilloy, G. Mallet.

AVESNES. MM. Mailliet, filateur à Avesnes; Dumont, ✻, maître de forge à Ferrière-la-Grande ; Legrand, filateur de laine ; Rouez-Zénon, idem ; Tordeux, idem ; Godard-Desmarets, ✻, maître de verreries ; Coquelet-Boniface, filateur à Fourmies ; Hamoir, directeur de hauts-fourneaux à Maubeuge ; Hasard, marchand de bois à Beugnies ; Sculfort, fabricant.

BUREAU DE CONDITIONNEMENT des soies et laines à Roubaix.

Un décret du 31 août 1858 a autorisé la ville de Roubaix à ouvrir un bureau de conditionnement des soies et laines.

Directeur, M. Musin.

Inspection du travail des enfants dans les manufactures.

Inspecteur spécial du département. M. Dupont.

COMMISSIONS D'INSPECTION.

ARRONDISSEMENT DE LILLE. MM. le Préfet, (C. ✻), *président* ; De Melun, conseiller général, *vice-président* ; Durieux-Forret, propriétaire, *secrétaire* ; Dupont, inspecteur ; Kolb-Bernard, ✻ ; Dumon, receveur des hospices ; Binaut, docteur en médecine ; Malfait, idem ; Caux, vérificateur des poids et mesures ; Remy-Meurisse, propriétaire ; Ed. Defontaine, ✻, ancien président du tribunal civil ; Vandenbogaert ; Dehau, ancien notaire ; Mas, négociant ; Defontaine, propriétaire ; De Caulaincourt, propriétaire ; De Germiny, idem ; Rouzière-Cavalier, ancien négociant ; Jonglez-Deligne, propriétaire ; Bommart Crépy, ✻, propriétaire et adjoint au maire ; Scrive-Labbe, ancien manufacturier ; Vandercruyssen

, propriétaire; Morisson, docteur en médecine; Bayard, conlller municipal à Armentières; Boussemart, ancien notaire, m; Fretin, ✻ maire à Quesnoy-sur-Deûle; Dubuisset, docteur médecine, idem; Cottignies, notaire à Seclin; Bulteau, hrasır à Pont-à-Marcq; Six, tanneur, idem; Parent, maire à Lany; Brame, propriétaire, idem; Decottignies, commerçant, idem; iffault, cultivateur à Flers; Deledeuille, officier de santé à Haurdin; Leclercq-Grandel, propriétaire à Wazemmes; Fays, proétaire, idem; Brasme, rentier, idem; Auffray, capitaine en raite, idem; Lecomte, propriétaire à Moulins-Lille; Denniel, em; Jeanson, pharmacien à Armentières; Prevost, conseiller inicipal à Templeuve; Menche, propriétaire et maire à Haubourı; Lefebvre-Crombez, négociant, idem; Celarier, ancien comssaire-priseur à Loos; Billon, docteur en médecine, idem; let, marchand à Halluin; Demeestere, propriétaire, idem; Dudin, propriétaire à Roubaix; Prouvost, propriétaire, idem; nnel, propriétaire à Ronchin, Flippo, propriétaire; Dubarlespaul, négociant, idem; Delahaye, pharmacien à Seclin; sséan, idem, à Comines; Froidure-Lambin, idem, idem; Catu-Lauwick, idem, idem; Meurillon, propriétaire à Comines; llet, négociant à Tourcoing; Masnou, avocat à Lille; Derbigny, seiller de préfecture, propriétaire à Haubourdin; Duverdyn, m; Bonte, idem, idem; Flamen-Charvet, propriétaire à Lille; buchy, idem, à Roubaix; Brulois, idem, idem; Delemer-Peun, idem, idem; Lepercq, brasseur à Quesnoy-sur-Deûle; Ollir-Charvet, propriétaire à Lille; Henry, docteur en médecine à clin; Dujardin, rentier; Quecq, avocat à Lille; Taillar fils, proétaire, idem, idem; Honoré, idem, à Marcq-en-Barœul; Poul-Brunel, idem, idem; Binauld, idem, idem; Gruez, capitaine douanes en retraite à Wambrechies; Butin, pépiniériste, idem; stombes-Leroy, propriétaire à Tourcoing; Delputte, fabricant, m; Appréderis, propriétaire, idem; Baudoux, ancien notaire à alempin; Pipelart, marchand, idem; Brulois, cultivateur à asquehal; Selosse, idem, idem; Mille, propriétaire à Moulinsle; Mourcou, idem, à Lille; Lardinois-Goudeman, idem; Guiard-Evrard, idem; Rouzé, propriétaire à Willems; Moutardier, ceveur à Tourcoing: Rousseau, propriétaire à Templeuve; Bomırt, idem, idem; Lefebvre, propriétaire à Hellemmes; Rouzière, em, à Lille; Houzé, de l'Aulnoit, avocat, idem; Dupire-Duponel, propriétaire à Roubaix; Ducourouble, idem, à Lille; Brice, em, idem; Houzé de l'Aulnoit, doct. en méd. à Lille; Ployette, op. idem.

ARRONDISSEMENT DE DUNKERQUE. MM. Delaeter, doyen-curé de St oi à Dunkerque; Morel, conseiller municipal, id.; Meneboo, ✻, cteur en médecine, id.; Lebleu, id. et conseiller municipal à Dunrque; Bonvoisin, inspecteur primaire, id.; Deleflie, maire à

Watten ; Hilst, id. Armbouts-Cappel ; Favier, receveur d'enregistrement, à Hondschoote.

ARRONDISSEMENT D'HAZEBROUCK. MM. Behaghel, membre du conseil général, à Bailleul ; Deblock, vérificateur des poids et mesures, à Hazebrouck ; Arnoult, négociant à Merville ; Delassus, id. id.

ARRONDISSEMENT DE CAMBRAI. MM. Toussaint-Lallier, négociant, à Cambrai ; Eraux-Chantreuil, marchand de draps, au Câteau ; Sartiaux, prop. ; Desrousseaux, curé de Saint-Géry, à Cambrai : Stiévenart, prop., id. ; Bouchez, vérificateur des poids et mesures, id. ; Crépin, conseiller général, à Proville ; Boulanger, conseiller d'arrondissement, à Doignies ; Ségard, curé à Rumilly ; Sorlin, prop. à Banteux ; Delafons, id. au Câteau ; Flayelle, notaire, id ; Collery, cultivateur, id. ; l'abbé Mallet, chanoine à Cambrai ; Rousseau-Charlet, négociant au Câteau.

ARRONDISSEMENT D'AVESNES. MM. Wéry, prop. à Saint-Hilaire ; Darcy père, id. à Sains ; Girod, vérificateur des poids et mesures ; Maillard, prop. à Etrœungt ; Marsy, pharmacien, à Landrecies ; Philippe, brasseur à Maubeuge ; de Lagorce, prop. id. ; Mathieu, médecin à Hautmont ; Marchant, prop. à Maubeuge ; Baillon-Pluchart, prop. au Quesnoy ; Lustremant, médecin à Wargnies-le-Petit ; Carlier fils, prop. à Villers-Pol ; Lefebvre-Douay, prop. au Quesnoy ; Couvez, marchand de bois à Solre-le-Château ; Divry, notaire à Fourmies ; Delloue, prop. à Anor ; Delhaye, ancien notaire à Bavai ; de Colnet, conseiller général, à Dompierre ; Bernaille, maire, à Anor.

ARRONDISSEMENT DE DOUAI. MM. Wautiez, vérificateur des poids et mesures ; Boutique, avoué à Douai ; Tréca-Leleu, propriétaire, idem ; Imbert de La Phalecque, avocat, idem ; Potiez, propriét., idem ; Lavoix, receveur municipal, idem ; Desuède, propriét., idem ; Bourgeois, inspecteur de l'instruction primaire, idem ; Branque, maire à Lecluse ; baron de Bouteville, conseiller général, à Hornaing ; Piédanna, médecin à Marchiennes ; Leleu, conseiller d'arrondissement à Auchy.

ARRONDISSEMENT DE VALENCIENNES. MM. Lemer, à Bruille-Saint-Amand ; Deslinsel, maire à Denain ; Loriaux, vérificateur des poids et mesures à Valenciennes ; Renard, membre du conseil général, à Fresnes ; Bouchez, conseiller d'arrondissement, à Bouchain ; Deslinsel, propriétaire à Onnaing ; de Moncheaux, contrôleur à Valenciennes ; Barbieux, notaire à Saint-Amand ; Bouchelet, maire à Lourches ; Morelle, idem à Haspres ; Waterneau, médecin : Castiaux, maire à Vieux-Condé ; Bracq, ✻, idem à Valenciennes : Tancrède fils, idem à Marly ; Lecuyer, ✻, idem à Saint-Saulve ; Manouvrier, médecin à Valenciennes ; Courtin, prop. à Valenciennes ; Dutouquet, architecte, idem ; David, sous-inspecteur des enfants assistés.

BANQUE DE FRANCE. — SUCCURSALE DE LILLE.

Un décret du Gouvernement provisoire, en date du 27 avril 1848, a uni la banque de Lille à la banque de France.

Directeur, M. Verley, ✻; *administrateurs*, MM. Bernard, Desmps (Alfred); François Gihoul; Heurté; Huet; Rouzé, Th.. ✻; albert, A.; Verstraete, Em.; Wallaert-Mille; *censeurs*, MM. iarvet-Barrois; Maracci; Pollet.

SUCCURSALE DE VALENCIENNES. *Directeur*, M. Delcourt-Dubois; *'ministrateurs*, MM. Delame-Lelièvre; Dupont; Lefebvre; Dècle; ollande; Ewbanck; Bracq-d'Abancourt, ✻; Hamoir; *censeurs*, MM. inonne; Lebret; Blanquet; *caissier*, M. Gras; *contrôleur*, M. erron; *comptables*, MM. André et Bourriot.

SUCCURSALE DE DUNKERQUE. *Etablie par décret du* 13 *juin* 1855 -*Directeur*, M. Coffyn; *administrateurs*, MM. Beck père, Thierry, ancauwenberghe, Collet-Taverne, J. Chocquet, Durin, G. Malo, onvarlet, de Clebsattel, ✻; *censeurs*, MM. Carlier, A. ✻, éron, ✻; Morel, ✻; *caissier*, M. Hepp; *contrôleur*, M. Chameaux, *expéditionnaire*, M. Rambour.

OMPTOIR D'ESCOMPTE DE L'ARRONDISSEMENT DE LILLE.

Société anonyme autorisée par décret impérial du 10 *mai* 1854.

Directeur, M. Kiener; *caissier*, M. Grimbel; *conseil d'administration*, MM. Catel-Béghin, Derode, P., Descat-Leleux, Droulers, ✻, entil, Arthur, Grandel-Parvillez, Groulois, Honnorat, Kuhlmann). ✻), Loncke-Macartan, Noyelle', Scrive; *censeurs*, MM. Richebé). ✻), Maracci, Vanderhaghen, Alex.

COMPTOIR NATIONAL D'ESCOMPTE DE DUNKERQUE.

L'établissement de ce comptoir a été autorisé par arrêté ministériel du juillet 1848.

Directeur, M. Petyt; *sous-directeur*, N..; *caissier*, M. Huyssens-uwels; *conseil d'administration*, MM. Dumoulin, Morel-Agie, . Huret fils, Vancosten.

BOURSES DE COMMERCE.

Quatre bourses de commerce existent dans le département du Nord; es sont établies à Dunkerque, Lille, Douai et Valenciennes.

BOURSE DE DUNKERQUE. MM. N..., *syndic*; Sergent, *premier adjoint*; aideau, *deuxième adjoint;* Debaeker, Salomez, Sapelier, Symph., eroy, Deman, Bessac, Sapelier, H., Spiers, Vandercolme fils, efebvre.

BOURSE DE LILLE. MM. Ch. Duquesnoy, *syndic*; Dupuis, Verbiest, iagre, Prat, N..., *adjoints*.

Il y a en outre dix courtiers de commerce.

MM. Salembier, *syndic*; Helley, *premier adjoint*; Colle, *deuxième adjoint*; Roland, Degueuser, Colle, Blancho, Desmyttère, Mercier, Werquin, Desoubry.

BOURSE DE DOUAI. Trois agents de change y exercent cumulativement les fonctions de courtiers de commerce.

MM. Lasorne, Pouille, N...

BOURSE DE VALENCIENNES. Il doit y avoir six agents de change, aucun n'est encore pourvu d'une nomination régulière.

COURTIERS DE COMMERCE. N..., *syndic;* MM. Magneron, *syndic adjoint*; Derombies, Canu, Delgrange, Denoyelle.

Agents consulaires étrangers en résidence dans le département.

DUNKERQUE. MM. Bonvarlet, consul de Danemarck et de Hanovre; Bourdon, consul de Prusse; Allard, consul des Pays-Bas; Cousin, vice-consul des Pays-Bas; Morel-Agie, consul de Hambourg, de Brême, de Lubeck, des Etats-Unis d'Amérique et du Mexique; Thierry, consul de Suède et de Norwège; Morel, ✻, vice-consul de Portugal; Dewulf, consul de Belgique; Morel, vice-consul du Mexique, agent consulaire d'Autriche et de Toscane; Chamonin, vice-consul de Sardaigne et vice-consul d'Espagne; Darras, vice-consul des Deux-Siciles; Féron, vice-consul du Brésil et du Mexique; Norman-Pringlel, consul d'Angleterre; Pezet, vice-consul de la république du Pérou; Vanderest, consul de la Confédération-Argentine; C. Debaecque, vice-consul de Russie; P. Debaecque, consul de Costa-Rica; Collet, consul de la république de Vénézuela.

LILLE. MM. Ph. Decoock, consul de Belgique; Decoock fils, vice-consul, idem.

VALENCIENNES. M. Edouard Ewbanck, consul de Belgique.

GRAVELINES. M. Demarle, vice-consul de Suède et de Norwège.

COMMISSIONS CANTONALES DE STATISTIQUE.

Un décret du 1er juillet 1852 a établi dans chaque canton une commission de statistique chargée de remplir et de tenir à jour pour les communes de la circonscription cantonale, deux tableaux de renseignements sur les faits statistiques dont il importe que le Gouvernement ait la connaissance annuelle et sur ceux qui par leur nature ne peuvent être utilement recueillis que tous les cinq ans. Les membres des commissions sont nommés par le Préfet. Dans les villes chefs-lieux de départements ou d'arrondissements comprenant plusieurs cantons, il n'y a qu'une seule commission. Les Préfets et Sous Préfets sont présidents de droit des commissions établies dans les chefs-lieux de départements et d'arrondissements. Les autres commissions ont un président nommé par le

›t. Chaque commission peut élire un ou plusieurs secrétaires-archivistes.
›es commissions cantonales de statistiqne du département du Nord composées comme suit:

ARRONDISSEMENT DE LILLE.

antons de Lille MM. Richebé (O. ✻ ✠), maire; Bernard, ›. gén.; Kuhlmann, id.; De Melun, id.; Rouzé, cons. d'arr.; ›t, id.; Lefebvre, doyen-c.; Honoré, id.; Aernouts, id.; Leconte, Bafaleur, id.; Vieillard-d'Estrées, dir. des dom.; Renard, dir. cont.; Leroy, dir. des douan.; Bourdon, juge; Lejosne, j. de p.; .coisne, id.; Bougenier, id.; Delerue, id.; Brame, v.-prés. des ›.; Cazeneuve, docteur-méd.; Le Glay, arch.; Bernot, dir. 'éc. prof.; Verley, dir. de la Banq.; d'Hastrel, insp. des for.; non, rec. des hosp.; Marteau, arch.; Marquette ag.-v. chef hon; ›andat, doct.; Cleenwerck, cons. de préf.; Binaut, docteur; bert, régisseur des tabacs; Desrousseaux, notaire; Deledicque, m; Delannoy, avocat; Gentil-Descamps, adjoint; Théry, avocat; grimonpont-Vernier, filateur; Delesalle, idem; Longhaye, nég.; rive, fabricant; Dorémieux, propriét.; Machu père, fabricant; s, nég.; Verstraete, id.; Charvet, id.; Toussin, fil.; Steverling-.llet, nég.; Bernard, id.; Danel, imp.; Ricouart, entrep.; Stever-›g-Desmons, fil.; Daumas, nég.; Courbon, fil.; Calaisce, nég.; ys, prop.; Dehau-Deleruyelle, prop.; Tierce, arch.; Derode, ›p.; Séon, vét.; Delefosse, av.; Werquin, prop.; Bacq, id.; fontaine, id.; Obert, id.; Delattre, id.; Sénéchal-Ovigneur, id.; ›vet-Delemer, id.; Venot-Cazier, id.; Hautbois, méd.; Carrière, ire; Frappé-Leloir, cult.; Dumoutier, prop.; Richebé, prop., Ba-', prop.; Castel, fab.; O'Delant, maire; Montaigne, id.; Bajeux, t.; Bigo-Tilloy, fab.; Houvenaghel, prop.; Miellez, hort.; Vanla-, curé; Mourmant, adj.; Loyer, prop.; Bonnet, id.; Herlemont, ‹é, Lefebvre, fab.; Olivier, doct.; Lesaffre, maire; Gadenne, t.; Picavet, id.; Cornille, id.; Masquelier, id.; Meurisse, maire, chart, percept.; Desmazières-Maquet, prop.; Defives, ferm.; Bailly, ›.; Salembier, maire; Leroy, adj.; Claies, cult.; Danset, man., › Obert, maire; St.-Léger, curé; Delos, cult.; Pollet, id.; Catry, ›p.; Desbonnets, cult.; Morelle, maire; Panckoucke, perc.; buisset, cult.; Lefebvre, maire; Baudoux, cult.; Defrenne, .ire.

Canton d'Armentières. MM. Dansette, maire, *président;* Bayart, g.; Rogeau, cult.; Boussemar, rec.; Jeanson, pharm., Cerf, perc. uvart, princ.; Dernoncourt, sec. de la m.; Lemor, insp. de douan.; ısin-Lespagnol, écon.; Briait, maire; Brame, adj.; Decoster, sec. la m.; Villers, maire; Lecherf, adj., Duhem, maire; Deron, cult.; myn, sec. de la m.; Roussel, maire; Delobel, adj.; Pollet, maire; ›noyelle, adj.; Legourmand, maire; Delannoy, brass.; Wicart, ırch.; Messéant, maire; Prin, adj.

Canton de La Bassée. MM. Ybert, maire, *président;* Leleux, greff. de j.-de-p.; Denabrif père, perc.; Costement, ag. v.; Cousin, not.; Candelier, cult.; Dilly-Bavière, id.; D'Hennin-Lefebvre, id.; Marsy père, id.; Denis, id.; Béghin-Descamps, id.; Lestarquit, id.; De la Gorce, j.-de-p.; Legrand, comm. de pol.; Duchâteau, inst.; Lesage, vét.; Serrurier, not.; Lefebvre, maire; Degruson, curé; Lemaire, adj.; Glauchegt, inst.; Barbry, fab.; Danel, id., Lefebvre, id.; Dubrulle, cult.; Chombart, maire; Brunelle, adj.; Cogez, fab.; Desurmont, prop.; Huage, cult.; Boulongne, id.; Chombart, maire; Chombart, cult.; Lezie, id.; Caudrelier, curé; Romon, maire; Brassart, curé; Lallemand, adj.; Conia, cult.; Lecocq, id.; Pionnier, id.; Delfosse, maire; Weymel, adj.; Dutilleul, not.; Denis, pharmac.; Lys, méd.; Boidin, prop.; Catteaux, id.; Chombart, maire; Chombart, m. du cons. gén.; Delgrange, perc.; Canyn, curé; Carré, cult.; Lefebvre, id.; Desnoulet, inst.; Delattre-Delerue, prop.; Cordonnier, maire; Pennequin, curé; Brasme, cult.; Leroy-Leroy, fab.; Feron, méd.; Deron, not.; Adam, cult.; Leclercq, id.; Leroy-Dubois, maire; Rigaut, adj.; Hazebrouck, cult.; Becquet, id.; Rigaut, id.; Delerue, id.; Desnoulet, inst.; Lallemand, maire; Vincent-Treulite, cult.; Lemaire, cons. mun.; Gruson, id.; Delangre, curé; Leclercq-Mortelecque, maire; Delecourt, cult.; Pollet, id.; Leclercq-Despature, id.; Duchatelet, instit.

Canton de Cysoing. MM. Delinselle, not. et maire, *président;* Brame, cons. gén.; Revel, j.-de-p.; Delerue, adj.; Rousselle, curé; Legentil, adj.; Desmons, brass., Lefebvre, cultiv.; Lecocq, id.; Druon, maire; Caby, cultiv.; Castel, cult.; Choteau, adj.; Dutilleul, cult.; Thierry, cult.; Desfontaines, adj.; Cretin, adj.; Mulle, cult.; Maigret, adj.; Dauchy, cult; baron de La Grange, maire; Carpentier, cult.; Dufrenois, maire; Mouque, maire; Bulteau, pr.; Lefebvre, maire; Pollet, id.; Pollet, J., cult.; Pollet, B., id.; Baratte, maire; Lancelle, doyen-c.; Delannoy, perc.; Cocheteux, fab.; Hovine, maire; Demesmay, agron.; Wartel, adj.; Heddebault, cult.

Canton d'Haubourdin. MM. Menche, maire, *président*; Ravaux, doyen-curé; Tierce, juge-de-paix; Derbigny, conseiller de Préfecture; Labbe, arpenteur; Delesalle, maire; Delfortry, curé; Cazier, maire; Thomas, receveur de l'enregistrement; Desplanques, curé; Cazier, E., propriétaire; Procureur, maire; Laumondays, curé; Lelong, maire; Lefebvre, prop.; Lelong, id.; Lallemant, maire; Mathelin, maire; Hochart, id.; Bécuwe, curé; Hochart, pr.; Waymel, maire; Foucart, adj.; Carlier, maire; Lutun, adj.; Coisne, maire; Vandenem, prop.; Josson, not.: Billon, maire; Hochesteter, chim.; Platel, ferm.; Brice, maire; Coustenoble, prop.; Bernard, maire; Fremeaux, cult.; Salomé, maire; Hochart, adj.; le comte O. d'Hespel, maire; Deleporte, meun.; Menu, not.; Flament, prop.

Canton de Lannoy. MM. Parent, maire, *président;* J. Lefebvre, ✻,

ller-général ; Delahaye , doyen-curé ; Brame , adjoint; Reu-
ıaire; Havez, id.; Salembier, id.; Duquennoy, id.; Lepers-
:nt, cult.; Libert, maire; Loridan, id.; Salembier, id.; Hespel,
:arette, maire; Rouzé, id.; Agache, cult.; Deleplanque, maire;
ıye, id.; Boutemy, id.; Delattre, secrét. de mairie; Roman ,

ıton de Pont-à-Marcq. MM. Holbecq, maire, *président ;* Du-
, curé ; Delecluze, j.-de-p., Bonneau, rec. de l'en.; Mantou-
:rcept.; Six, adj.; Roger, maire ; Lefebvre-Durol, cult.; Le-
fils, march.; Corman, cult.; Des Rotours, maire ; Jacquart,
Theys, prop. ; Wartelle , cult. ; Lefebvre , fab. de sucre;
:d, cult ; Levaillant, maire; Durot, fab.; Chardot, percep.;
ple, cult.; Lambelin, maire ; Favier, adj.; de Maulde. prop.;
'cultiv.; Lecoufre, idem ; Lemesre, maire ; Delannoy, curé ;
ırt, perc.; Barra, vét.; Mathias, off. de s.; Lemaire, cult.;
ffe, id.; Wauquier, fab.; Tiers-Mollet, cult.; Dancoisne, id.;
gue, maire; Denneulin, cult.; Vallois, fab.; Bruneau, maire;
cq, prop.; d'Hancarderie, id.; Wiguiolle, instit.; Durieux,
; Heddebault, prop.; Devienne, cultiv.; Choquet, meunier ;
;, maire; Desmoutiers, c. gén.; Deregnaucourt, doyen-curé;
're, cult.; Boutry, id.; Agache, id.; Desprez, maire; Du-
ult.; Liétard, id.; Pollart, id.; Dillies, maire; Coget, fab.;
rt, march.; Delval, fab.; Brunet, cult.; Denneulin, maire ;
, fab.; Heddebaut, prop.; Duquesne, prop.; Duflot, cult.;
u, maire ; Loridan, propr.; Lefebvre, cultiv.; Broutin, id.;
'in, maire ; Plouvier, propr.; Macquart, cultiv.; Legrand,
ıteur.

ıton de Quesnoy-sur-Deûle. MM. Fretin, maire, *président ;*
ınque, juge-de-paix ; Lelong, adjoint; Devemy, percepteur ;
rque, dist.; Desrumeaux-Cailleret, ind.; Lepercq, fabricant;
ssez, docteur-médecin ; Decottignies, doyen-curé ; Delattre,
e l'en.; Lambin, J.-B., cult.; Lepercq, J., brass.; Gervoson,
ı j.-de-p.; Lambin, maire; Régnier, d.-curé ; Meurillon, ad.;
er, doct.-méd.; Desbonnets, adj.; Messéan, perc.; Catteau-
n, man.; Cuvelier, Edouard, cul.; Goeman, id.; Chouff, rec.
ouanes; Vandermersch-Parel, ad.; Dumortier, secrét. de m.;
'd, cult.; Ghestem, id.; Desbonnets, maire ; Delattre, cult.,
, adj.; Fauquembergue, maire, Castelain de Lispré, prop.;
erie, secrét. de m.; Lambelin, maire ; Flipo, march. de c.;
əm, adj.; Delebecque, maire; Ghestem, id.; Billiard, id.;
ılande, adj.; Duflos, march. de lin, Philippo, fab.; Vanels-
, cult.

ıton de Roubaix. MM. le maire, *président ;* Herrengt, d.-curé;
cons. d'arr.; Lanvin, not.; Dethoor, rec. des contr. indir.;
el-Dazin, fab.; Grimonpret-Bossut, ad. des hosp.; Destombes,

id. du bur. de bienf.; Liagre, doct.-méd.; Lepers, arch.; Brulois, prop.; Salembier, rec. mun.; Chieus, méd. vét.; Delannoy, cul.; Boyaval, prop.; Debuchy, id.; Leconte, perc.; Delebecq-Desfontaines, cul.; Lepers-Villers, id.; Ducateau, id ; D'halluin-Desprez, id.; Richard-Jovenelle, boulang.; Fournier, meun.; Mazure-Prouvost, boucher ; Sy, rec. de l'enr.; Pannerot, contr. des contrib.; Musin, ch. du bur. de cond. ; Brun-Lavaine, sec. de la m.; Dubar-Delespaul, pr.; Tiers (Pierre), cult.; Beaucarne, maire, Briet, pr.; Diriez, curé ; Delannoy-Descamps, prop.; Gadenne, id.; Ducrocquet, m. de charb.; Selosse, adj.; Béghin, maire ; Seingier, curé; Bettremieux-Willoquet, prop.; Fourlinnie, écon. de l'hosp.; Droulers, cult.; Mulliez-Desrumaux, idem ; Lezy, fab.; Dutboit, cult.; Brulois, maire ; Delannoy, curé ; Housez, cultivat.; Spriet, id.; Sabreux, inst.

Canton de Seclin. MM. Duriez, maire, *président ;* Collette, cons. gén.; Duport, adj.; Desmazières, id.; Delacourt, secr. de la m.; Mollet, cult.; Duquesnes, pr., Collette, maire ; Delespaul, j.de-p. Flinois, sec. de m.; Mauroy père, maire ; Debarge. adj.; Denoullet, id.; Mauroy fils, cult.; Courmont, sec. de m.; Lemaire, maire; Godin, médec.; Marsillies, inst.; Vandaele, curé ; Ledoux, maire; Desprez, adj.; Dorlencourt, inst.; Fiévet de Chaumont, maire; Deleval, adj.; Dufour, inst.; Marquant-Couvreur, maire ; Delebecque, adj.; Couvreur fils, inst.; Dubois, inst.; Parent, maire Heddebault, prop ; Liénart, cult.; Taffin-Peuvion, fab. ; Lamblin, sec. de la m.; Malfait, maire ; Debuchy, cult.; Grard, fab.; Thobois, cult ; Rose, maire ; Lefebvre, curé ; Dassonville, cult.; Delezenne, inst.; Hossedez, maire ; Pouille, arpent.; Desprez, inst.; Fournier, cult.; Dujardin, id.; Marchand, adj.; Cuvelier, cultiv.; Gravelaines, maire ; Leconte, sec. de la m. ; Delacourt, cult.; Couvreur père, sec. de la m.; Marquant fils, cult.; Descamps, maire ; Descamps, cult.; Bonnet, inst.; Durot, prop.; Marchand, maire ; Carpentier, inst.; Legrain, maire ; Isbled, sec. de la m.; Dilly, cul.; Buisine, maire ; Hecquet, ins.; Carré, cult.; Waymel, adj.; Carpentier, secr. de la mairie.

Cantons de Tourcoing. MM. Roussel, maire, *président;* J. Leblan, adj.; Truche, j.-de-p.; Duchochois, id.; Dewitte-Tiers, cult.; Hassebroucq, not.; Vandebeulque, cult.; Delescluse-Deheule, prop.; Toulemonde, marc. de grains ; Plouvier, cult.; Dassonville-Stras, grain.; Montagne-Ducroquet, cul.; Dalle-Facon, maire ; Bonduelle-Dalle, fab.; Courouble, rent.; Pollet ; cult.; Demeester, maire ; Lemaître, fab.; Lemaire, idem ; Mignon, cult.; Lefebvre, maire ; Clarisse, cult.; Vanandreswelt, idem ; Mulié-Catteau, maire ; Dewittre-Lemaire, cult.; Rousselle-Samain, id.; Ghestem-Catteau, rent.; Labbe, maire ; J.-B. Destombes, cult ; J.-B. Lelong, idem ; Lecat-Butin, maire de Wazières, prop.; Botelle, cult.; Lefebvre, id.; Delos, maire ; Ducrocq, not.; Despatures, adj.; Honorez, id.;

roquet, cult.; Liénart-Binault, brass.; Bourgois, maire ; Pica cult.; Desbouvrie, id.; Mullier, id.; Dewitte-Tiers, prop.

ARRONDISSEMENT DE DUNKERQUE.

'anton de Bergues. MM Verleye, maire, ***président;*** Joos, cons. .; Delautre, grand-doyen ; Pluvier, cons. mun.; Michiels, d.- l.; Duhamel, prop.; Vernaelde, cons. mun.; Demeezemaker, maire ; Deblock, cons. mun.; Delporte, not.; Demol, rec. de r.; Deschamps, rec. mun.; Gersen, vét.; Demeunynck, sec. de 1.; Hislt, maire, Wemaere, adj.; Mcezemaker, maire ; Bas- t, cons. mun.; Caemens, maire, Cocren, *id*.; Cokenpot, cult.; aert, cult.; Thulier, brass.; Dewaele, maire ; Decrocq, adj.; hove-Vanodendick, cult.; Stevenoot, id.; Debavelaere, maire, reyne, cul.; Deniele, id.; Lelieur, id.; Duyck-Quenton, maire; sen, cult.; Dambricourt, fab.; Duwel, cult.; Delylle, maire ; myttère, maire ; Verriele, rent ; Venière, comm. de pol.; Me- oo, maire ; Deberd, juge-de-p.; Vanhoutte, perc.; Savary, id.
anton de Bourbourg. MM. Demeunynck, maire, ***président ;*** De- ›entry, juge-de-p.; Cadet, doyen-curé ; Vercoustre, cond. des ›t.: Blaevoet, prop.; Plankeel, archit.; Bondu, pr.; de Fou- t-Depape, présid. des Waet.; Waguet-Lambert, maire ; Belle, ›.; Meullemeestre, id.; Stevenoot, maire ; France, cons. m.; ıraet, maire; Soré, sec. de la m.; Desmidt, maire Maegher- , adj.; Dauchel, maire ; Vanderhaeghe. cult.; Landron, maire, leesemaecker, adj.; D. Landron, id.; Moreau, maire ; Castier, ier, maire ; Boin, brass.; Wemaere, prop.; Delrue, ins.; Lan- ı, fab.; Casella, huiss.; Drieux, maire ; Coolen, sec. de la m.; chodt, adj.; Verscoutre, cultiv.; Landron, id.; François, id.; derhaeghe, id.
antons de Dunkerque. MM. Mollet, maire, ***président ;*** de Cleb- l, ✻, député ; Verlingue, directeur des douanes ; Delaetre, ›n-curé ; Deconninck, id.; Cuel, ingénieur en chef retraité ; bert, vérificateur des domaines ; Féron, négociant ; Tresca, -de-paix, Plocq, ingén. des ponts-et-chauss.; Béck, con. mun.; at, id.; Lemaire, médecin des épidém.; Delaetre, prop.; De- , nég.; Hovelt, not.; Carlier, nég.; de Boe, id ; Bonvoisin, . prim.; Vandewalle, prop.; Demorcourt, contr. des cont. dir. ; aire, présid. des Waet.; Bigorgne, cult.; Schodduyn, cult.; ieu, cons. mun.; Candeliez fils, fab.; Caudron, maire ; Caba- cons. mun.; Evrard, synd, de la m.; Leuregaus, maire ; We- re, adj.; Geersen, maire ; Clément, cult.; Maegherman, maire ; lock-Lebecque, cult.; Delaeter, curé ; Pacquet, prop.; Daullé, e ; Deschilt, curé ; Waelkans, offic. de santé ; Steen, maire ; eraere, cult.; Paraviccini, recev. des douanes ; Morel, id.; m, maire ; Vanoudendyck, id.; Daullé, idem.

Canton de Gravelines. MM. Leroy, maire, ***président;*** Wanwormhoudt, cons. d'arron.; Loosdregt, not.; David, recev. de l'enreg.; Dauchel, march.; Wanwormhoudt, juge-de-paix; Desbordes, rec. des douanes; Louvenet, rec. des cont.; Noël-Catrice, méd.; Auquet-Caroux, cult.; Daullé, id.; Watré, maire; Tassaert, cult.; Longueval, maire; Delattre, curé; Fetel, cultiv.; Bacquet, idem; Fournier, id.; Hautefeuille, doct.; Landsheere, curé-doyen; Beaurepaire, comm. de police; Rohart, cult.; Debavelaere, id.; Vanwormhoudt, entrepr.

Canton d'Hondschoote. MM. Delaroyère, ***président;*** Salomé, doyen-curé; Goudaert, not.; Verley, idem; Outters, brass.; Demersseman, nég.; Outters, maire; Attelyn, cult.; Blankaert, id.; Deswartes, id.; Debreauw, maire; Dannoot, cult.; Geraert, maire; Bollengier. cultiv.; Cahagnet, recev. des douanes; Deprez, maire; Van Bockstael, cul.; Wemaere, id.; Dewaele, id.; Dezeure, offi. de santé; Vandaele; Favier, recev. de l'enregistr.; Minart, comm. de police.

Canton de Wormhoudt. MM. Dehaene, maire, ***président;*** Debreyne, not.; Morael, méd., Leys, juge-de-paix; Caillé, d.-curé; Denicle, cult.; Debavay, perc.; Fourré, rec. de l'enr.; Lebeau, rec. des cont.; Ferrassin, comm. de pol.; Seize, cult.; Villette, maire; Liévin-Cornil, brass.; Vandercolme, pr.; Royaux, perc.; Cloet, adj.; Bergerot, maire; Devey, not.; Vanhersecke, cult; Otters, prop.; Heem, idem; Vanhoucke, id.; Woeslandt, maire; Woets, rentier; Bogaert, prop.; Creton, cult.; Stevenoot, adj.; Belvas, secrét. de la m.; Vandenkerckove, maire; L. Vandenkerckove, prop.; Coloos, prop.; Vandenbelcke, maire; Bous, adjoint; Vanhaeke, cult.; Marcotte, prop. cult.

ARRONDISSEMENT D'HAZEBROUCK.

*Cantons d'Hazebrouck**, MM. Houcke, maire, ***président;*** Deschodt, cons. gén.; Doé de Maindreville, proc. imp.; Warein, pr.; Vandewalle, id.; Decapol, manuf.; Duchâtelet, contr. des c. ind.; Cleenewerck, cons. gén.; Bieswal. juge-de-paix; Massiet, id.; Caboche, greff. du trib.; Prevost, méd.; Schmit, insp. des cont. ind.; Pouvillon, prop.; Waringhem, maire; Savaete, id; Spanneut, id.; Declerck, id.; Degroote, id.; Dupuis, id.; Hanotte, id.; Vanbremerch, id.; Vermersh, id.; Delattre, id.; Vaneufville, id.; Legillon, id., Villette, adj.; Claudorez, maire; Coubronne, id.; Ruckebusch, id.; Lobbedez, id., Louis Omaere, adj.

Cantons de Bailleul. MM. Stoppelgast, maire, ***président;*** Bacquaert, doyen, Vandeper, juge-de-paix; Delesalle, rec. de l'enr.; P. Baelde, rec. mun.; Plichon, cons. mun.; Demersseman, adj.; Behaghel, cons. gén.; L. Lotthé not.; Hie-Vandermeersch, man.; Salomé, vét.; Lauwerière, agr.; Delerue, id.; Meurant, ag.-v.; Vermersch, curé; Petitprez, cult.: Réant, curé; Vannuxem, maire; B. Vannuxem, brasseur; Savage, meunier; Billiau, maire; Plae-

it, curé ; Naye, brass.; Desitter, maire; Debout, curé ; Goe-
, rent.; Savaete, cult.; Leurs, maire; Plouvier, adj.;
louvier, doct.-méd.; Jourdin, cult ; Delangre, maire Cornette,
; Schodduyn, emp. des cont.; Chieus-Brasme, brass.; Der-
, cult.; Plouvier, maire; Lefranchois, curé; Seingier-
is, conseiller munic.; Peuvion, fabr.; Plouvier-Hennion,
; Decherf-Hennion, cultivateur; Wicart, maire; Degraeve,
nt ; Acquaert, curé ; Lagersie, brasseur ; Castrique, march.;
on, agr.

nton de Cassel. MM. Desmyttère, maire, *président ;* Windrif,
;Behaghel, c. gén.; Colpaert, cult.; Merchier, perc.; Baelde,
Régent, march.; Barbier, maire; Baelen, id ; Barbier, id.;
kaert, id.; Baelen, id.; Leleu, id.; Pierens, id.; Faes, id.;
nt, id.; Looten, id.; Reumaux, id.; Franchois, id.; Alexis
ors, id.

nton de Merville. MM. Verbaeghe, maire, *président ;* Seno.
Pannier, adj.; Lutun, agr.; Verhaeghe-Duquenne, not.; Du
d, man.; Hennion, maire; Loridan-Hullebert, agr.; Depecker
Duquenne, maire; Marsy, cult.; D'Hem, maire; Duretz, id.

nton de Steenvorde. MM. Becq, maire ; *président ;* Vangraew
e, ad.; Haeu, j.-de-p.; Bailleul, sec. de la m.; A. Legrand,
u j.-de-p.; Vanbambeke, rec. de l'oct ; Cordier, huiss.; Klein,
; Vemers, off. de sant; Decanter, maire; Damman, curé; Mer-
, cult.; Lecouche, perc.; Gilloots, maire; Maes, curé ; Mo-
prop.; Devick, maire; Delessue, curé ; Staes, march. brass.;
le, maire : Ruyssen, curé ; Muylle, ag. d'aff.; Vandenberghe,
; Blaevoet, curé; Vanhove, rent.; Mallet, vét.; Balloy, maire,
n, perc.; Boulangier, cult., Deschodt, maire; Faloke, cult.;
lus, cult.; Wyckaert, maire; Verhiele, cult.; Stoffaes, not.;
eel, prop.

ARRONDISSEMENT DE CAMBRAI.

ntons de Cambrai. MM. Petit-Courtin, maire, *président ;* Del-
indust.: de Beaumont. doct.-méd.; Monier. cult.; Brabant aîné,
f.; Wallerand, id.: de Baralle, arch.; Lermoyer, ing. des
ch.; Bruvelle, ag.-voy.: Wilbert, avocat; Bruyelle, recev.
osp.; Houzé, sec. de la m.. Banse, vét.; Bouchez, vérif. des
et mes.: Millot. agr.: Tellier, maire; Lefebvre, id., Bricout,
; Belgrand, idem : Taebon, idem : Monsesart. id.; Banne, id.;
lt, id.: Lemaire, id.: Plesinage, id : Vasseur, id.; Dumay,
Vilan, id.: Lesne. id.: Coclsen. id.; Thery, id ; Rousseau, id.;
e, id.: Lavalard. id.: Monsesart, id ; Devillez, id.; Tribou,
Bonnel, id.: Plesinage. id.: Tetar, id.: Crépin, id.; Des-
s, id.; Luca-Cande. id.: Lelen, id.

nton de Carnieres. MM. Tellier, maire, *président ;* Ramly,
p.; Lansiaux, greff. du [illegible]; Lemaire, greff. de la m.;
t, maire ; Derieux. id.; Senez, id.; Longatte, id ; Lemaire,

id.; Senez, id.; Lefebvre, id.; Leduc, id.; Larivière, id.; Henaut, id.; Cannone, id.; Vilain, id.; de Valincourt, id.; Denoyelle, id.; Delacourt, id.

Canton du Câteau. MM. Seydoux, maire, ***président;*** Carlier, cons. d'ar.; Sarteau, adj.; Taine, id.; Wauters, j.-de-p.; le greff. de la j.-de-p.; Collart, greff. de la m.; Durieux, agr.; Herlemont, maire; Déjardin, id.; Valet, id.; Bricout, id.; Cotteau, id.; Basquin, id.; Tétar, id.; Hutin, id.; Déhon, id.; Féret, id.; Ledieu, Givry, id.; Polvent, d.; Hoquet, id.; N.., Monfroy, id.; Millo, maire.

Canton de Clary. MM. Bobay, maire, ***président;*** Delfosse, id.; Gaillièque, greff. de la just.-de-p.; Nicolas, maire, Lansiaux, id.; Poizot, id.; Jacquemin, id.; Dolez, id.; Furgero, id.; Briatte, id.; Boniface, id.; Decaudin, id.; Bauchard, id. Dubaille, id.; Mention, id.; Millot, id.; Vilain, id.; Simon, id.; Bégaint, id.

Canton de Marcoing. MM. Malet, maire, ***président;*** Crépin, con. gén.; Boulanger, cons. d'arr.; Savary, j.-de-paix; Eron, greff. de la j.-de-p.; Mallet, greff. de la m.; Puche, agr.; Panien, maire; Chopin, id.; Bancourt, id.; Deleau, id.; Faille, id.; Pilloy, id.; Solau, id.; Ancelin, id.; Leroy, id.; Waxin, id., Thiéry, id.; Bail, id.; Foulon, id.; Daillard, id.; Lenoir, id; Baumont, id.; Bédu, id.; Leduc, id.

Canton de Solesmes. MM. Lobry, maire, ***président;*** Decaux, j.-de-paix; Taisne, greff. de la j.-de-paix; Robache, greff. de la m.; Richez, adj.; Dhouailly, inst.; Hatquet, maire; Regnault, id.; Pety, id.; Macarez, id.; Malaquin, id.; Tondeur, id.; Mirland, id.; Thomas, id.; Robert. id.; Douay, id.; Mériaux, id.; Dupont, id.; Bisiaux, id.; Dubois, id.; Vallez, id.

ARRONDISSEMENT D'AVESNES.

Cantons d'Avesnes. MM. Fauquet, maire, *président;* Georges, j-de p.; Evrard, id.; Lambert, perc.; Lecousturier, insp. des cont. ind.; Adam, dire. des post.; N......., prés. du trib.; Fosset, dir. de l'éc. prim.; Fiévet, arch.; Mailliet, cons. gén.; Collinet, insp. des enf. tr.; Denis, doyen-c.; Caverne, pharm.; Carniaux, gr. du trib.; Tréfet, doct.; Cabaret, recev. des fin.; Maillard; Dubois-Viroux, lib.; Viroux, imp.; Prangère, maire; Tordeux, filat.; Ringuet, maire; Havée, agr.; Hazard, maire; de Colnet, cons. gén.; Brillet, march.; Maillard, maire; Pecqueriaux, fil.; Kerbecq-Reneld, meun.; Renaux, cult; Bosquette, prop.; Toussaint, cult.; Piérard, maire; Comtesse, id.; Edmond, prop.; Martin, cap. en ret.; Caullery, cult.; Maufroid, maire; Darcy, régiss.; Hiroux, Devise; c. d'ar.; Wery. p.; Gérard; maire; Michaux, id.

Canton de Bavai. MM. Coulmon, maire, ***président;*** Gravis, méd.; Picot, rec. des doun.; Crapez, perc.; Lemaire, doyen-c.; Delhay, anc. not.; Graves, not.; Collez-Crapez, cult.; Lebrun, id.; Peyron, id.; Levent-Motte, id.; Decrouez, adj.; de la Torre,

ons.gén.; Carlon, perc.; Marbaix, maire; Marchand, cult.; Pré-
ost, id.; Prévot, id.; Moreau, cult.; Maudron, maire; de Four-
estraulx, id.; Hottelart, id.; Lerat, id.; Brasseur père, cult.,
lineur, maire; Pauquet, cult.; Carlier, adj.; Defrance, cultiv.
rasseur, maire; Prévot, id.; Crasquin, maire; Deharveng, id.

Canton de Berlaimont. MM. Paul, maire, *président;* Delcroix,
-de-p.; Hennet, perc., Legrand, doyen-c.; Mary, doct,-méd.;
dmond, not.; Eliez, id.; Piérard, rec. de l'enr.; Guilbert, id.,
ollez, id.; Belot, id.; Menaire, id.; Lucq, marbrier; Obresseur,
dust.; Collard, maire; Haplancourt, id.; Courtin, id.; Grard, id.

Canton de Landrecies. MM. Béthune, j.-de-p.; Desse, doyen-c.;
escamps, perc.; Marsy, pharm.; Stiévez, not., Bonnaire, suppl. du
-de-p.; Madoulé, sec. de la m.; Berlaimont, maire; Blondeau, id.
aussy, id.; Boucher-Pottier, adj. Haliez, maire; Dernez, id.

Canton de Maubeuge. MM. Lucq, maire, *président;* Marchant,
rop.; Deladrière, adj.; Babeur, doyen-c.; Horrie, j.-de-p.; Quivy,
erc.; Decarnières, rec. de l'enreg.; Autier-Carion, prop,; Levecque,
ec. mun.; Ouverlaux, not.; Lucq, rec. des hosp.; Philippe, brass.;
.mouroux, marc.; Verdavaine, nég.; Hamoir, dir. de h.-fourn.;
'rempont, maire; François, perc.; Jenot, maire; Bulteau, prop.;
)ehavay, maire; Darche, id.; Fournier, rec. des douanes; Loiseau,
iaire; Renaud, perc.; Michaux-Ghislain, march.; Delepoulle, fil.;
lavière, maire; Renon, adj.; Labbé, maire; Poulet, id.; Hannoye,
'p.; Parré, maire; Gilloteau, id.; Jouf, id.; Colson, prop.; Leroy,
aire; Fauveau, id.

Cantons du Quesnoy. MM. Prevost, maire, *président;* Lotte,
oyen-c.; Honorez, j.-de-p.; Beauvais-Baillon, id.; De l'Epine,
ns. gén.; Dupont, rec. de l'enr.; Blaringhem, princ. du coll.;
ette, cons. gén.; Jean, rec. des cont.; Vanikant, méd.; Beauvais,
ot.; Dupont, perc.; Monchovet, cond. des p.-et-ch.; Carion, greff.;
efrancq, not.; Lefebvre, prof.; Coquidet, id., Delesalle, ag. voy.;
andamme, sec. de la m.; Lesne, cult.; Cren, maire; Douay, prop.;
usartel fils, prop.; Lambert, doyen-c.; Lequipart, maire; Carlier,
rop.; Flament, maire; Cantineau, prop.; Carlier-Gravelle, prop.;
ravelle, maire; Dervaux, id.; Noël, ger. de suc.; Manesse, prop.;
e l'Epine, fabr.; Michaux, maire; Wattremez-Guyot, id.;
Villot, id.; Bantheignies, id.; Boulanger-Lecuyer, cult.; Baillou,
ec. des hos.; Becq, rec. de l'enr.; Boez, maire.

Canton de Solre-le-Château. MM. Rouez, maire, *président;* Le-
eau, prop.; Béver, not.; Baligant, greff. du j.-de-p.; Hersay, maire;
uin, id.; Lhomme, id.; Planart, id.; Plancq, id.; Payen, id.; Le-
ebvre, id.; Dupont, id.; Levecq, maire; Henry, id.; Solasse, id.;
arlet, id.; Soumillon, id.; Sarlet, adj.

Canton de Trélon, MM. Dorchies, maire, *président;* Billiet, j.-de-
; Godart-Desmarest; cons. gén.; Larsonneur, doyen-c.; Macaigne,
pp. du j.de-p.; Méhant, gr. id.; Perin, rec. des douan.; Sant,
p. id.; Malengraux, prop.; Pailla, cult., Letoret, meun.; Denent,

cult.; Bonnière, rec. de l'enr.; Stocquelet, cons. d'ar.; Boutard, filat.; Legrand, maire; Th. Legrand, filat.; Clavon, id.; Moutier-Huffety, maît. de forge; Renon, perc.; Basselart, maire; Blaise, id.; Cavrois, id.; Bertaux, id.; Hancart, id.; Plotteaux, id.; Gillion, L.; cult.

ARRONDISSEMENT DE DOUAI.

Cantons de Douai. MM. Maurice, maire, *président;* Bommart, cons. d'arr.; Lequien, id.; Fiévet, conseill.; Nutly, j.-de-p.; Després, id.; Bourgeois, insp. prim.; Bertin, ing. des p.-et-ch.; Héroguer, gr. doyen; Guilmot. rec. part. des fin.; Dumont, not.; Vasse, prof. de phys.; Cahier, cons. à la cour; Duthilleul, ✻, biblioth.; Bagneris fils, méd.; Locoge, perc.; Parsy, sec. de la sous-préf.; Brassart, sec. des hosp.; Dubrulle, arch.; Thurin, prop.; Lavoix, rec. mun.; Wantier, vér. des poids et mes.; Coulmont, sec. de la m.; Raison fils, ag. comp. de la pr.; Dupuis, maire; Buisset, id.; Moguet, id.; Luce, id.; Jacquart, id.; Masclet, id.; Hunet, id.; Marquette, id.; Larose, id.; Lecq, id.; Lefebvre, id.; Caron, id.; Fiévet, id.; Dovillers, id.; Denisse, id.; Debruille, id.; De Chatenay, id.; Becquet de Mégille, id.; De Castro, id.

Canton d'Arleux. MM. Cany, maire, *président;* Luiset, j.-de-p; Lepeuple, adj.; Carpentier, maire; Leclercq, id.; Ladrière, id.; Guilbert, id.; Rousseau, id.; Verdière; Dupuis, id.; Lanvin, id.; Delanque, id.; Cambrai, id., Couppé, id., Wiart, id.; Grevilliers, id.; Corbent, id.; Perret, id.; Parsy, id.; Billet, man.; Quiquempois, doyen; Pannequin, not.; Tranchant, méd.; Branque, pharm.; Titin, secr. de la m.

Canton de Marchiennes. MM. Piédanna, maire, *président;* Horrie, j.-de-p.; Théry, not.; Rousselle, doyen; Poitau, secr. de la m; Demory, brig. de gend.; Dauchy, maire; Marécaux, id.; Defontaine; Delin, id.; Copin, id.; Vilain, id.; Caudrelier, id.; Wilbaut, id.; Morelle, id.; Briquet.; Remy de Campeau, id.; Lenoir, id.; Mottez, id.; Leclercq, adj.; Bourrier, sec. de la m

Canton d'Orchies. MM. Guilbert-Estevez, maire, *président;* Cordonnier-Jacquart, adj.; Adam, j.-de-p.; Charles, doyen; Gamonet, not., Caille, doct.-méd.; Defontaine, maire; Leroy, percept.; Martin, secr. de la m.; Quique, maire: Leleu, cons. d'arr.; Bleuzet; Larosse, maire; Poupart, secr. de la m.; Piquet, maire; Leprêtre, id.; Quique, id.; Robert, id.; Delannoy, perc.

ARRONDISSEMENT DE VALENCIENNES.

Cantons de Valenciennes. MM. le sous-préfet, *président;* Bracq, maire; Dugimont, juge-de-paix; Charamond, id.: Paillard, id.; Masquelez, ingénieur des ponts-et-ch.: Ed. Grar; Dayez père, cult., Stiévenard, maire; Durieux, cult.; Cheval, Bon, maire; Cheval. Ad., cult.; Peutin, dit Tancrède, maire; Monchicourt, fab. Deslinsel; maire: Fréville, fab.; Dassonville, maire; Taquet-Delhaye, fab.; Casin, maire; Dassonville, adj.; Libert, maire; Sauu., rec. des douanes ; Delcroix-Mallez, maire ; Dabiève, cult.; moir, maire ; Moty, cult. : Delcroix, cult. : Mathieu, maire ; Plu-art-Dupas, brasseur; Maillard, maire ; Gosselin, cultivateur ; ngrand, X., maire ; Delfosse, brasseur; Leclinche, nég. et maire; autecœur, maire ; Dorchis, brasseur; Chevalier, prop.; Lécuyez, aire; Mériaux, id.; Dumez, cultiv.; Bertaux, brasseur; Guérit, aire; D'Haussy, fabr.; Leduc, maire ; Miroux, cultivat.; Blanquet, aire; Lesens, adj.; Mocq, maire ; Tison, brasseur ; Breucq, aire; De Bailliencourt, fab.; Deruelle, maire; Dupas, cultivat.; elsart, curé ; Membre, cult.; Bassuaux, maire; Hubert, cultivat.; ette, cult.; Landrieux, maire ; Clément, sec. de la m. ; Basuaux, ire; Mariage, fab.; Fontaine, maire ; Leclercq, maître de forges ; illeux, maire ; Dhainaut, desservant ; Lengrand, maire ; Peutin, ire.

Canton de Bouchain. MM. Regnier, maire; Hindre, j.-de-paix; uchez, cons. d'arr.; Coez, maire; Guillemot, brasseur; Despinoy, ire; Lanthiez, cult.; Deslinsel, maire ; Lebret, conseil. général; art, brass.; Waterneau, m. de forges ; Rigaut, maire ; Bridoux, t.; Hayez, maire ; Flamant, cult.; Cartigny, maire ; Jonas, cult.; relle, maire ; Moreau, curé ; Sorreau, maire; Carron, cultiv,; lez, maire ; Brassart, brass.; Magnien, inst.; Lefebvre. id.; ineau, maire; Fauville, brass,; Bouchelet, maire ; Mathieu, dir. mines ; Leroy, maire ; Cachera, cult.; Coquelle, maire; J. Co-lle, cult.; Leriche, maire; Fauville, cult.; D. Chatelain, maire; Chatelain, cult.; Gaignot, nég., Risbourg, maire ; Cousille, ss.; Dupont, maire; Fournet, cult.; Deslinsel, maire ; J.-B. slinsel, cult.; Lahure, maire ; Bracq, cult.

Canton de Condé. MM. Mention, *président ;* Caudron, docteur; rnet, rec. de l'enr.; Petit, sec. de la mairie; Saintenois, maire; sfresnes, cult.; Estorez, maire.; Tassin, cult.; J.-B. Crépin, cult.; ment, maire ; Alglave, adj.; Renard, maire ; Wargny, adj.; iot ; Defernez, maire ; Dupas, cult.; Pouille, id.; Bocquet, ire; H. Bocquet, adj., A. Bocquet, cult.; Plaquet, maire; Pisson-rchain, maire; Dahiez, cult.; Richard, id.; Castiaux, maire ; ubourdin, brass.; Decout, sec. de la m.

Cantons de St.-Amand. MM. Nicolle, maire; *président ;* De Betti-ies, fab.; De Courmaceul, j.-de-p.; Baillart, id.; Sterlin-Dubois, g.: Davaine, cult.; Lorthioir, sec. de la mairie ; Lemer, maire ; dré, adj.; Camberlin Lemair, cult.; Despret, maire ; Leclercq, t.; Courouble, maire ; Cateaux, nég.; Lenclud, maire ; Tison, t.; Baligand-Cochin, maire; Morival, adj.; Leleu, maire ; ise, ex-inst.; Leroy, maire; Manouvrier, fab ; De Braquemont, de mines; Hennocq, maire ; Dubois, cult.; Rémy, maire ; Béthune, cult.; Legrand, prop.; Hornez-Wateau, maire ; Gorez, t.; Lecocq, maire ; François, inst.; Monnier, maire ; Dusart, t.; Legrand, maire; F. Legrand, maire; Desauw-Colomban, ss.; Dubois, maire, Doby, cult.; Raviart, maire ; Hourdeau, tivateur.

DEUXIÈME PARTIE.

DOCUMENTS STATISTIQUES.

NOTICE TOPOGRAPHIQUE ET STATISTIQUE.

TOPOGRAPHIE.

Le département du Nord, ainsi nommé à cause de sa position géographique, qui est la plus septentrionale de la France, est situé entre les 0° 13' à l'ouest, et 2° 3', à l'est du méridien de l'Observatoire de Paris, et entre les 49° 58 et 51° 5, de latitude.

Il est formé de la réunion des anciennes provinces ci-après, savoir : La Flandre française en entier ; le Cambrésis, sauf quatre communes, et le Hainaut français presque en totalité. Il comprend en outre quelques communes de l'Artois, dans les arrondissements de Lille, Douai et Cambrai, et dans ce dernier, cinq communes du Vermandois.

Les limites du département sont : au nord-ouest, la Manche ; au nord-est, la Belgique ; au sud-est, le département de l'Aisne, et au sud-ouest, les département de la Somme et du Pas-de-Calais.

Il s'étend du nord-ouest au sud-est, et sa longueur, prise de Dunkerque jusqu'à Baives, commune située au-delà du bourg de Trélon, à l'extrémité de l'arrondissement d'Avesnes, est d'environ 200 kilomètres. Sa largeur est très-variable dans les diverses parties qui le composent ; prise à Gouzeaucourt jusqu'à Condé, elle est de 64 kilomètres ; tandis que vers Armentières, où le territoire est très-resserré, elle est de 4 kilomètres seulement. Sa surface totale est de 568,087 hectares.

ASPECT.

Eminences. Le département du Nord est un pays de plaine. Il y existe cependant quelques éminences, dont les plus remarquables sont, dans l'arrondissement de Dunkerque : celle de Watten, coteau peu élevé et dont le noyau est composé de sable et de gravier mêlé de terres glaiseuses ; dans l'arrondissement d'Hazebrouck, les monts

ssel, des Recollets, des Cattes, de Boeschêpe, le Mont-Noir, le
ont-de-Lille, qui tous ont un noyau de sable jaune tirant sur le
ige, mêlé d'une faible partie de grés fort tendre; dans l'arrondissement de Lille, le Mons-en-Pévèle, qui a pour noyau un sable
lé de pierres meulières, le Mont-Ecouvé et le Mont-de-Wervicq;
ns l'arrondissement de Cambrai, les coteaux de la Terrière, de
ircoing, du Bois-de-Bourlon, du Camp-de-César et quelques au-
s créés par les rivières dont le cours a formé la vallée de la hau-
ir de Bonavis, toutes éminences dont la pente est peu sen-
le et qui sont cependant les points les plus élevés du départe-
ent; la sommité de Bonavis est de 145 mètres au-dessus du
veau de la mer, 35 mètres de plus que le Mont-Cassel; dans
rrondissement d'Avesnes, les nombreux coteaux des vallées
nt le territoire est sillonné en tous sens, notamment ceux voi-
ns de la Sambre et ceux qui avoisinent les deux Helpes; dans
arrondissements de Douai et de Valenciennes, quelques coteaux
u élevés qui s'étendent entre ces deux villes pénètrent dans l'ar-
ndissement de Cambrai et dont la plupart renferment des car-
res de grès.

Vallées. Il existe plusieurs vallées dans les arrondissements de
ouai, Valenciennes, Cambrai et Avesnes, mais elles sont peu
ofondes et peu remarquables. Les principales sont :

La vallée de la Scarpe, qui s'étend depuis Douai jusqu'à Mor-
gne, dans l'arrondissement de Valenciennes, et n'ayant que 7
t. 14 c. de pente sur une largeur inégale.

La vallée de la Sensée, ayant 4 mètres 79 centimètres de pente,
une largeur moyenne de 400 mètres et un développement de
500.

La vallée de l'Escaut, depuis l'entrée de cette rivière dans le
partement jusqu'à sa sortie, d'une largeur qui s'accroît insensiblement de 200 à 400 et 500 mètres, avec 63 mètres de pente.

La vallée de l'Hogneau, d'une longueur de 26,000 mètres, sur
largeur de 1,200 mètres, et sur une pente de 55 mètres.

La vallée de la Selle, longue de 37,000 mètres, sur 300 à 800
tres de largeur; sa pente est de 55 mètres.

La vallée de la Rhonelle, ayant 26,000 mètres de longueur, 400
,000 mètres de largeur, et 30 mètres de pente.

La principale vallée de l'Ecaillon : longueur 24,000 mètres; lar-
ir, 400 à 1,000 mètres : pente 28 mètres.

La vallée de la Sambre, longue dans le département de 5 myria-
tres, 5,176 mètres de largeur réduite, avec 30 mètres de pente.

La vallée de l'Helpe-Majeure, ayant 4 myriamètres environ de
gueur sur une largeur qui s'accroît de 400 à 2,000 mètres, avec
ite de 50 mètres.

La vallée de l'Helpe-Mineure, longue de 4 myriamètres sur 500
,200 mètres de largeur, avec 70 mètres de pente.

Il existe dans le département quelques autres vallées de moindre importance : de ce nombre sont les trois petites vallées des sources de l'Hogneau, les trois vallées des sources de l'Escaillon, etc.

Rivières. Les rivières qui arrosent le département sont au nombre de vingt-sept (1).

L'Aa, qui prend sa source un peu au-dessus du village de Bourth, dans le département du Pas-de-Calais, entre dans le département du Nord à St-Momelin, et se dirige en droite ligne sur Gravelines, où ses eaux vont se jeter dans la mer.

La Colme, branche de l'Aa, qui s'en sépare au-dessus de Watten et se porte sur Bergues, où elle se jette dans le Canal de Dunkerque.

L'Yser, petite rivière qui prend sa source au territoire de Rubrouck, arrondissement d'Hazebrouck, et va grossir les eaux de l'Hyperlé, dans la province belge de la Flandre-Orientale.

La Peene. très-petite rivière qui naît dans les côteaux de Cassel et va se jeter dans l'Yser, près de Wylder.

La Lys, dont la source est à Louisbourg (Pas-de-Calais), qui sépare les territoires des deux départements, depuis Thiennes jusqu'à Erquinghem, qui traverse une partie de l'arrondissement de Lille, aux confins de l'arrondissement d'Hazebrouck, et depuis Armentières jusqu'à près de Menin sert de limite entre le département du Nord et la Belgique.

La Lawe, formée par trois petits ruisseaux dans le département du Pas-de-Calais, et qui vont se jeter dans la Lys au-dessus de La Gorgue.

La Bourre, petite rivière qui naît à Borre, arrondissement d'Hazebrouck, et se réunit au canal de Préavin, au Grand-Dam.

La Marque, petite rivière qui prend sa source dans la forêt de Phalempin, arrondissement de Lille, traverse plusieurs marais auxquels elle sert de décharge, et se jette dans la Deûle, à Marquette.

La Deûle, dont la source est à Carency (Pas-de-Calais), entre dans le département du Nord à environ 4 kilomètres au nord de la ville de Douai, et se jette dans la Lys à Deûlémont.

La Scarpe, qui naît de plusieurs sources dans le département du Pas-de-Calais, vient d'Arras, traverse Douai, Marchiennes, Saint-Amand, et se jette dans l'Escaut à Mortagne.

La Sensée, qui prend sa source à Eaucourt, département du Pas-de-Calais, entre dans le département du Nord à Lécluse, parcourt les arrondissements de Douai, Cambrai et Valenciennes, et va se jeter dans l'Escaut à Bouchain.

La Gache, petite rivière dont l'origine est à Norœuil (Pas-de-

(1) Parmi ces rivières, celles qui sont navigables sont indiquées, ainsi que les canaux, dans la section des travaux publics.

lais), et qui vient se mêler à la Sensée au territoire d'Aubeneul-au-Bac.

L'Escaut, fleuve qui a sa source dans le département de l'Aisne, iverse Cambrai, Bouchain, Denain, Valenciennes, Condé, sort ı département à Mortagne, parçourt plusieurs provinces de la Belque et parvient à Anvers, où il se jette dans la mer.

La Hayne, qui naît à Binche (Hainaut), et se réunit à l'Escaut, à ondé.

La Trouille, qui a son origine dans l'arrondissement d'Avesnes, ›rt du département et va se jeter dans la Hayne, près de Mons.

L'Hogneau, dont la source est dans la forêt de Mormal, arronissement d'Avesnes ; cette rivière quitte le département du Nord à ›ebourg, le rejoint à Crespin, et se jette dans la Hayne, près Condé.

La Selle, qui prend sa source à Moulin, département de l'Aisne, ntre dans celui du Nord par Saint-Souplet, passe au Câteau, à aspres, à Douchy, et va se jeter dans l'Escaut, à Denain.

La Rhonelle, qui naît dans la forêt de Mormal, et se jette dans Escaut à Valenciennes.

L'Ecaillon, qui sort d'un étang, à l'entrée de la même forêt, et ; jette aussi dans l'Escaut, au-dessus de Valenciennes.

La Sambre, qui a sa source dans le bois de Cartignies, sur la mite des départements du Nord et de l'Aisne, passe à Landrecies t à Maubeuge, en longeant la forêt de Mormal, sort du départeaent, à Jeumont, et va jusqu'à Namur, où elle se réunit à la Meuse.

Le Bassuyau, petite rivière qui doit son origine à des sources aillissantes dans l'arrondissement de Cambrai, et qui se joint à la Selle, au-dessous du premier moulin de Montay.

L'Esdain, très petite rivière venant de Lesdain, qui traverse le orrent d'Esnes dans une auge de bois et se précipite ensuite dans le orrent.

Le Bayart, petite rivière dont la naissance est au sud de Solesmes t qui se jette dans la Selle.

L'Herclain, petite rivière qui tire ses eaux de plusieurs petites ources à Iwuy, et se jette dans l'Escaut, à la hauteur du Camp-deésar.

La Solre, dont la source est près d'Aibes, arrondissement d'Aesnes, et qui se jette dans la Sambre, à Assevent.

L'Helpe-Majeure, qui prend sa source près de la commune 'Eppe-Sauvage, arrondissement d'Avesnes, et se réunit à la ambre, à Noyelles.

La Petite-Helpe, qui prend son origine dans les étangs de Trélon, t se jette aussi dans la Sambre, près de Maroilles.

Ruisseaux. On compte dans le département plusieurs ruisseaux dont les principaux sont :

La Becque de Vieux-Berquin, qui naît à Strazeele et se jette dans la Bourre, près de Merville.

La Metterbeck, qui a sa source au Mont-des-Cattes et se jette dans la Lys au-dessous du pont d'Estaires.

Le ruisseau de *Steenwerck*, becque dont les sources sont au mont de Boeschepe, et au Mont-Noir; il se jette dans la Lys, au-dessous de Sailly dans le département du Pas-de-Calais.

La becque de *Nieppe*, qui tire ses eaux du Mont-de-Lille, dans l'arrondissement d'Hazebrouck, et se réunit aussi à la Lys, au-dessus d'Erquinghem.

La Vieille-Rivière, qui naît dans les marais du Clair-Marais et se jette dans l'Aa, au-dessous de Saint-Omer.

Des ruisseaux, des fontaines, des courants, coulants et becques se jettent en assez grand nombre dans ces rivières et dans les canaux. Dans les arrondissements d'Avesnes et de Cambrai particulièrement, où le sol est entrecoupé de ravins, des torrents plus ou moins considérables selon la saison, y portent également leurs eaux.

Marais. Le territoire du département du Nord est, comme nous l'avons dit, plat et peu élevé au-dessus du niveau de la mer, ce qui fait que les eaux tendent à rester stationnaires; le nombre considérable de rivières, ruisseaux et canaux dont il est partout entrecoupé, contribue, avec les pluies abondantes qui y tombent souvent en hiver, à en faire une région humide et à rendre marécageuses les terres les plus exposées à l'invasion des eaux. Il est à croire que les plaines de l'ancienne Flandre, aujourd'hui si bien cultivées et si productives, furent autrefois de vastes marais successivement soustraits à l'empire des eaux par les travaux les plus opiniâtres; cette observation s'applique plus particulièrement à l'arrondissement de Dunkerque, dont le sol ne se conserve en état de culture que par d'immenses travaux de desséchement renouvelés et entretenus chaque année.

Les principaux marais existant dans le département sont :

Dans le grand bassin de l'arrondissement de Dunkerque, les Moëres, grande et petite, d'une contenance de 3,310 hectares et dont il a été parlé plus haut, à l'article des desséchements, section des travaux publics ;

Sur les bords des canaux de Bergues à Dunkerque, de Furnes et de la Colme, aux environs de Watten, les terres avoisinantes en grande partie marécageuses ;

Entre Cassel, Hazebrouck et Saint-Omer, le Clair-Marais, de 58 hectares 33 ares d'étendue;

Les terres marécageuses des bords de la Lys et de la Nieppe;

Les marais des bords de la Deûle et de la Marque, et dont une grande partie est en eaux;

Les marais de la vallée de la Scarpe, de la rive gauche du vallon de la Sensée et de la rive droite de l'Escaut, depuis Cambrai jusqu'à Condé;

Enfin quelques parties marécageuses sur les points les plus bas de quelques vallées des arrondissements d'Avesnes et de Cambrai.

On rencontre aussi des flaques dans le Clair Marais et dans une partie des arrondissements de Lille, de Douai et de Cambrai, où on extrait de la tourbe;

Et un assez grand nombre d'étangs, dont la plupart sont dans l'arrondissement d'Avesnes, et le reste dans ceux de Lille et de Cambrai.

Météorologie.

Climat. Le climat du département du Nord est froid, ce qui est un effet de sa situation vers les 49e et 51e degrés de latitude septentrionale.

Le voisinage de la mer qui en fait la limite au nord-ouest, le peu d'élévation du sol, les marais, les rivières, les canaux et les ruisseaux nombreux qui le parcourent, entretiennent dans l'atmosphère une grande humidité. Les hivers, dont la durée est de plus de six mois y sont souvent pluvieux, brumeux, et la neige y est moins abondante que dans les départements qui l'avoisinent au sud. Le printemps y est tardif, et par conséquent très-court; mais aussitôt qu'il a fait sentir son influence, la terre commence à se couvrir des plus riches productions, et la végétation acquiert la plus grande vigueur. L'automne. dans ces contrées, est ordinairement belle et soutenue.

Température. D'après les observations faites, le terme moyen du froid dans le département est d'environ 8 degrés, et la moyenne de la chaleur de 17 degrés.

L'époque du maximum du froid est en décembre et janvier, celle des plus grandes chaleurs en août.

Météores. Les orages, sans être multipliés dans le département, y sont quelquefois assez fréquents au commencement de la belle saison. Les ouragans y sont rares. La moyenne annuelle du nombre de jours de pluie est d'environ 160.

Vents dominants. Les vents dominants sont: ouest, sud-ouest, nord-ouest, et amènent ordinairement des pluies.

Observations météorologiques faites à Lille en 1858 (1).

MOIS.	Température moyenne à midi.	Hauteurs barométriques à midi.	EAU DE Pluie.	EAU DE Grêle.	EAU DE Neige.	Epaisseur de la couche de neige.	Eau météorique totale du mois.	Evaporation.	Tension de la vapeur d'eau.	Humidité de l'air.	NOMBRE DE JOURS DE Pluie.	Neige.	Grêle ou grésil.	Rosée ou gelée blanche.	Brouillard.	Givre.	Orage, tonnerre.	Eclairs sans tonnerre.	Gelée.
	degrés.	mill	millim.	millim.	millim.	c. m.	millim.	millim.	millim.	°/₀									
Janvier..	2°.48	770	31.94	2.20	2.05	»	76.19	11.37	4.43	85	19	3	2	16	27	3	»	»	16
Février...	3°.17	761	4.35	0.26	1.90	1.20	7.03	26.23	3.90	74	9	3	3	16	22	1	»	»	20
Mars.....	7°.59	759	24.93	0.40	15.75	5.50	41.08	49.96	4.92	73	14	6	2	15	29	»	»	»	14
Avril.....	12°.72	759	25.51	1.00	»	»	26.51	94.36	5.96	66	12	3	1	14	14	»	1	1	2
Mai.......	15°.13	759	29.56	1.20	»	»	30.76	111.23	7.01	67	16	»	2	18	9	»	1	»	»
Juin.....	24°.36	762	28.51	»	»	»	28.51	190.39	10.38	64	8	»	»	7	10	»	6	8	»
Juillet....	20°.21	759	63.15	1.00	»	»	64.15	128.75	10.11	69	21	»	1	18	9	»	4	4	»
Août.....	21°.25	760	62.34	1.00	»	»	63.34	139.58	10.64	70	17	»	1	23	12	»	6	8	»
Septembre	20°.53	762	25.54	»	»	»	25.54	88.90	11.38	76	16	»	»	20	14	»	3	5	»
Octobre...	13°.46	761	29.16	»	»	»	29.16	41.35	8.09	80	13	»	»	17	15	»	»	1	1
Novembre.	4°.73	758	22.49	0.40	3.60	3.00	26.49	23.30	4.59	79	11	3	2	14	21	4	»	»	21
Décembre.	5°.42	760	64.82	0.50	1.20	»	66.52	13.01	5.58	86	19	3	2	17	28	»	»	1	6
1858	12°.58	761	412.80	7.96	24.56	9.70	445.26	918.43	7.333	74	175	21	16	195	210	8	21	28	80
1857	13°.63	761	492.81		15.33	12.70	514.74	894.78		17	183	19	9	227	249	3	19	17	45

DIRECTIONS DU VENT.

	N	S	E	O
Hiver...........	7 1/2 jours.	37 1/2 jours.	26 jours.	19 jours.
Printemps.......	26 »	18 1/2 »	16 1/2 »	30 1/2 »
Été.............	25 1/2 »	16 1/2 »	13 1/2 »	36 1/2 »
Automne.........	20 1/2 »	27 1/2 »	21 1/2 »	15 1/2 »
Année...........	79 1/2 jours.	100 jours.	83 1/2 jours.	101 1/2 jours.

ETAT DU CIEL.

Ciel serein pendant 24 h. consée.	13 j.
1/4 du ciel couvert de nuages	85 j.
La moitié du c. couv. de nuag.	104 j.
Les 3/4 du ciel couv. de nuag.	139 j.
Ciel complète. couv. pend. 24 h.	24 j.
	365

(1) Ce tableau est un résumé des observations faites par M. Meurein, pharmacien à Lille, membre de la société impériale des Sciences, de l'Agriculture et des Arts de la même ville.

Division du Territoire.

Le département se compose de 659 communes (1), réparties en sept arrondissements, dont les chefs-lieux sont : Dunkerque, Hazebrouck, Lille, Cambrai, Avesnes, Douai et Valenciennes.

Le tableau statistique de ces communes, par canton et par arrondissement, est ci-après :

Parmi les 659 communes du département, on compte 34 villes que nous désignons ci-après dans l'ordre de leur importance.

Lille. Chef-lieu du département, du 2ᵉ grand commandement militaire, de la 3ᵉ. division militaire et d'un tribunal de première instance ; place forte, avec citadelle : ville d'industrie et de commerce. — Population : 113,120 habitants. — Distance de Paris : 236 kilomètres.

Roubaix. Chef-lieu de canton, à 11 kilomèt. de Lille ; ville de grande industrie. — Population : 39,445 âmes.

Dunkerque. Chef-lieu de sous-préfecture et d'un tribunal de première instance ; place fortifiée et port de mer ; ville de commerce. — Population : 29,738 habitants. — Distance de Lille : 78 kilomèt.

Tourcoing. Chef-lieu de deux cantons, à 13 kilomètres de Lille, ville d'industrie. — Population : 29,646 âmes.

Valenciennes. Chef-lieu de sous-préfecture et d'un tribunal de première instance ; place fortifiée avec citadelle. — Distance de Lille : 51 kilomèt. — Population : 25,229 habitants.

Douai. Chef-lieu de sous-préfecture, siége de la cour impériale et d'une académie universitaire ; place fortifiée. — Population : 22,819 habitants. — Distance de Lille : 33 kilomètres.

Cambrai. Chef-lieu d'archevêché, de sous-préfecture et d'un tribunal de première instance ; place forte avec citadelle. — Distance de Lille : 59 kilomèt. — Population : 21,405 habitants.

Bailleul. Chef-lieu de deux cantons ; ville ouverte. — Population : 10,108 habitants. — Distance de Lille : 29 kilomèt.

Armentières. Chef-lieu de canton ; ville ouverte, à 16 kilomèt. de Lille. — Population : 10,104 habitants.

St-Amand. Chef-lieu de deux cantons, à 38 kilomètres de Lille ; ville ouverte. — Population : 9,520 habitants.

Le Cateau. Chef-lieu de canton ; ville ouverte ; à 83 kilomètres de Lille. — Population : 8,851 habitants.

Maubeuge. Chef-Lieu de canton ; place fortifiée, avec camp retranché. — Population : 8,663 âmes. — Distance de Lille, 84 kilomètres.

Hazebrouck. Chef-lieu de sous-préfecture et d'un tribunal de première instance ; ville ouverte, à 47 kilomètres de Lille. — Population : 7,892 habitants.

(1) Le nombre des communes qui était de 663 en 1858, re trouve réduit à 659 par suite de la réunion à la ville de Lille des communes de Wazemmes, Moulins-Lille, Esquermes et Fives.

ESTAIRES. Ville ouverte, à 30 kilomètres de Lille.— Population: 6,950 âmes

MERVILLE. Ville ouverte; 6,236 habitants. — Distance de Lille: 36 kilomèt.

GRAVELINES. Chef-lieu de canton; place fortifiée et port de mer — POPULATION: 5,819 âmes.— Distance de Lille: 97 kilomèt.

CONDÉ. Chef-lieu de canton, place fortifiée, à 50 kilomèt. de Lille. — Population: 5,710 habitants.

BERGUES. Chef-lieu de canton, à 69 kilomèt. de Lille; place fortifiée. — Population: 5,665 habitants.

COMINES. Ville ouverte, à 17 kilomèt. de Lille. — Population 5,380 âmes.

LANDRECIES. Chef-lieu de canton; place fortifiée, à 84 kilomèt. de Lille. — Population: 4,419 habitants.

AVESNES. Chef-lieu de sous-préfecture et d'un tribunal de première instance; place forte.— Population: 4,191 âmes. — Distance de Lille: 102 kilomèt.

CASSEL. Chef-lieu de canton; ville ouverte, de 4,180 habitants — Distance de Lille: 49 kilomèt.

LE QUESNOY. Chef-lieu de deux cantons, place fortifiée.— Population: 3,948 habitants.— Distance de Lille: 68 kilomèt.

HONDSCHOOTE. Chef-lieu de canton; ville ouverte, à 82 kilomèt. de Lille. — Population: 3,766 habitants.

SECLIN. Chef-lieu de canton; ville ouverte, de 3,667 habitants — à 11 kilomèt. de Lille

ORCHIES. Chef-lieu de canton: à 26 kilomèt. de Lille. — Population: 3,606 habitants.

LA GORGUE. Ville ouverte, à 31 kilomèt. de Lille.— Population 3,226 âmes

MARCHIENNES. Ville ouverte, chef-lieu de canton; à 33 kilom. de Lille. — Population: 3,066 habitants.

LA BASSÉE. Chef-lieu de canton; ville ouverte. — Population 2,763 habitants. — Distance de Lille: 23 kilomèt.

BOURBOURG. Chef-lieu de canton; ville ouverte. — Distance Lille: 97 kilomèt. — Population: 2,597 âmes.

LANNOY. Chef-lieu de canton; ville ouverte, à 12 kilomèt. de Lille — Population: 1,600 habitants.

BOUCHAIN. Place fortifiée, chef-lieu de canton; de 1, 632 âmes de population. — Distance de Lille: 49 kilomètres.

BAVAI. Chef-lieu de canton; ville ouverte, à 70 kilomèt. de Lille — Population: 1,587 habitants.

MORTAGNE. Ville ouverte, à 45 kilomèt. de Lille. — Population 1,064 habitants.

Superficie.

La superficie totale du département est de 568,086 hectares 88 ares et se divise par cantons et par arrondissements, de la manière suivante :

Désignation des arrondissements.	Désignation des cantons.	Nombre de communes.	Superficie par canton (hect.)	Superficie par canton (ares)	Superficie par arrondissement (hect.)	Superficie par arrondissement (ares)
Dunkerque.	Bergues	13	11959	75	72160	32
	Bourbourg	13	14081	41		
	Dunkerque (Est)	7	6713	»		
	Dunkerque (Ouest	4	4715	28		
	Gravelines	4	6942	93		
	Hondschoote	8	13638	58		
	Wormhoudt	10	14109	37		
Hazebrouck.	Bailleul (Nord-Est)	4	9595	75	69320	07
	Bailleul (Sud-Ouest)	5	6787	07		
	Cassel	13	11758	81		
	Hazebrouck (Nord)	10	12530	25		
	Hazebrouck (Sud)	7	8383	26		
	Merville	5	8272	95		
	Steenvoorde	9	11992	88		
Lille	Armentières	8	6277	76	87438	78
	Bassée (La)	11	7009	86		
	Cysoing	14	9617	23		
	Haubourdin	16	8730	67		
	Lannoy	16	7878	85		
	Lille Nord-Est	2	1572	57		
	Lille Centre	2	283	12		
	Lille Sud-Est	3	1216	79		
	Lille Sud-Ouest	3	1151	35		
	Lille Ouest	»	2967	90		
	Pont-à-Marcq	15	11643	05		
	Quesnoy-sur-Deûle	9	6497	81		
	Roubaix	4	3780	79		
	Seclin	16	9487	21		
	Tourcoing-Nord	5	6222	67		
	Tourcoing-Sud	4	3097	15		
Cambrai	Cambrai-Est	14	8896	01	89260	33
	Cambrai-Ouest	17	7901	64		
	Carnières	16	10149	»		
	Câteau (Le)	17	15925	96		
	Clary	17	13672	02		
	Marcoing	20	19942	95		
	Solesmes	17	12772	64		

DÉSIGNATION des arrondissements.	des cantons.	Nombre de communes.	SUPERFICIE par canton.	par arrondissem.
			hect. ares	hect. ares
AVESNES...	Avesnes (Nord)	14	12965 76	139723 24
	Avesnes (Sud)	12	15119 07	
	Bavai	18	12725 15	
	Berlaimont	14	8747 66	
	Landrecies	10	11467 93	
	Maubeuge	15	20829 69	
	Quesnoy (Est)	14	18023 75	
	Quesnoy (Ouest)	27	7983 49	
	Solre-le-Château	16	13490 39	
	Trélon	13	18370 35	
DOUAI.....	Arleux	15	8573 20	47205 85
	Douai Nord	6	5956 85	
	Douai Sud	10	5787 66	
	Douai Ouest	11	6345 55	
	Marchiennes	15	10279 81	
	Orchies	9	10262 78	
VALENCIENN.	Amand Saint- (R.-G.)	10	11246 04	62978 29
	Amand Saint- (R. D.)	8	5860 92	
	Bouchain	21	14227 19	
	Condé	10	8346 21	
	Valenciennes Nord	8	6735 36	
	Valenciennes Est	10	8002 29	
	Valenciennes Sud	14	8560 28	
		659	568086 88	568086 88

ÉTAT DES DIVERS SOLS DU DÉPARTEMENT.

ys de montagnes	»	hect.
— de collines.	158,087	
— de plaines et de vallons.	410,000	
	568,087	

Sol riche de terreau	77,000	hect.
Pays de bruyères ou de landes	7,800	
Sol de craie ou calcaire.	84,136	
— de gravier.	1,550	
— pierreux	55,600	
— sablonneux	28,600	
— argileux.	299,120	
— limoneux ou marécageux.	34,281	
— de différentes sortes	»	
	568,087	

Le territoire du département se divise, par nature de propriétés comme suit :

Terres à labour	359,793	hect.
Prés.	95,833	
Bois. . . . . , ...	35,827	
Vergers, pépinièree et jardins.	16,335	
Oseraies, aulnaies, saussaies.	109	
Etangs, abreuvoirs, mares et canaux d'irrigation	1,096	
Landes, pâtis, bruyères, etc.	7,568	
Canaux de navigation	361	
Cultures diverses.	3,731	
Superficies des propriétés bâties. . . .	4,652	
Routes, chemins, places publiques, rues, etc.	15,832	
Rivières, lacs, ruisseaux	3,084	
Forêts domaniales, terrains improductifs appartenant à l'état, ...	23,257	
Cimetières, églises, presbytères, bâtiments publics.	609	
	568,087	

TABLEAU STATISTIQUE DES COMMUNES PAR CANTON.

NOMS des COMMUNES.	Distances en kilomètres au chef-lieu.			POPULATION.	Principal des quatre contributions directes pour 1859	Centimes communaux.		T… co… d… po…
	du canton.	de la sous-préfecture.	de la préfecture.			Nombre	Montant	
1	2	3	4	5	6	7	8	
ARRONDISSEMENT DE DUNKERQUE : 7 cantons, 59 communes.								
Canton de Bergues.								
Armbouts-Cappel.	7	48	71	864	7950	33	2669	1
Bergues	»	9	66	5665	50248	7	3517	7
Bierne.	2	10	68	493	8368	17	1431	1
Bissezeele.	7	16	62	417	2746	65	1798	
Crochte.	6	15	70	786	6028	40	2401	1
Éringhem.	12	19	66	660	6536	51	3363	1
Hoymille.	2	11	68	505	5208	50	2622	1
Pitgam	9	15	68	1546	16147	25	4151	2
Quaëdypre.	5	14	65	1729	16002	44	6968	3
Socx.	4	13	64	760	6736	25	2354	1
Steene.	6	13	100	862	9145	61	5655	1
West-Cappel.	8	16	62	838	5785	27	1582	1
Wylder.	9	19	60	352	2117	63	1341	
Totaux....				15477	143016	28	39852	24
Canton de Bourbourg.								
Bourbourg-Ville.	»	19	74	2597	17757	28	4947	3
Bourbourg-Camp.	»	19	74	2257	23145	12	2876	3
Brouckerque.	7	13	71	916	6708	47	3143	1
Cappelle-Brouck.	5	23	66	1080	10839	16	1730	1
Dringham.	10	19	64	294	2642	61	1616	
Holque.	11	28	67	488	2971	47	1379	
Looberghe.	7	18	67	1592	11938	25	2968	1
Millam.	12	26	66	896	8650	43	3684	1
Momelin (St -)	20	33	66	274	3083	29	872	
Pierre-Bouck (St.-)	7	25	74	558	5850	25	1424	
Spycker.	10	10	75	659	5245	38	1988	
Watten.	14	29	67	1260	9637	64	6134	1
Wulverdinghe.	18	29	70	382	1999	66	1326	
Totaux....				13352	110464	30	34087	18
Canton de Dunkerque-Est.								
Coudekerque.	6	6	73	477	7543	24	1789	1
Coudekerque-Br.	2	2	72	1621	14571	14	1992	2
Dunkerque Est.	»	»	76	13977	264904	3	7947	37
Leffrinckoucke.	7	7	81	286	2580	83	2135	
Téteghem.	7	7	81	2437	15568	22	3346	2
Uxem.	10	10	73	457	4426	3	133	
Zuydcoote.	10	10	81	318	973	55	545	
Totaux				19573	310565	6	17877	44

TABLEAU STATISTIQUE DES COMMUNES PAR CANTON.

NOMS des COMMUNES.	Distances en kilomètres au chef-lieu. du canton.	de la sous-préfecture.	de la préfecture.	POPULATION.	Principal des quatre contributions directes pour 1859.	Centimes communaux. Nombre	Montant.	TOTAUX des contribut. directes pour 1859.
1	2	3	4	5	6	7	8	9
Canton de Dunkerque-Ouest.								
Cappelle.	6	6	77	310	4056	29	1108	7213
Dunkerque-Ouest.	»	»	78	15761		»	»	»
Mardyck.	11	11	87	415	3132	58	1825	6446
Synthe-Grande.	7	7	84	1510	8203	30	2438	14373
Synthe-Petite.	4	4	82	2021	11470	41	4618	20649
Totaux....				20017	26861	37	9989	48681
Canton de Gravelines.								
Craywick	10	13	83	331	4413	15	578	6995
Georges (St.-).	4	22	95	297	3709	30	1120	6504
Gravelines.	»	20	97	5819	32089	8	2567	47498
Loon.	7	12	89	2035	15464	16	2539	25976
Totaux....				8482	55675	12	6804	86973
Canton d'Hondschoote.								
Bambecque.	10	21	67	1077	9032	54	4892	16952
Ghyvelde.	10	12	84	1884	9544	18	1711	17715
Hondschoote.	»	20	82	3766	27773	30	8426	48109
Killem.	4	20	81	1215	8788	47	4149	19073
Moëres (Les).	6	17	75	894	7443	94	6968	15619
Oost-Cappel.	7	23	82	519	3183	65	2141	6669
Rexpoëde.	6	19	78	1863	12602	43	5469	23706
Warhem	9	14	74	2465	19544	8	1558	29409
Totaux....				13683	97909	36	35314	177252
Canton de Wormhoudt.								
Bollezeele.	11	25	65	1732	14005	43	5998	24526
Broxeele.	15	27	65	342	2903	80	2341	7023
Esquelbecq.	3	20	63	1958	12231	58	7054	25113
Herzeele.	5	24	64	1809	12825	55	7033	25186
Lederzeele.	17	29	66	1461	10716	53	5715	18956
Ledringhem.	4	24	57	658	5257	53	2813	11120
Merckeghem.	14	27	68	785	5419	39	2125	9883
Volckerinckhove.	15	27	66	917	7698	45	3462	15172
Wormhoudt.	»	20	58	3769	27106	32	8787	47711
Zeggers-Cappel.	6	19	66	1702	12906	23	2987	21937
Totaux....				15133	111066	44	48315	206627

TABLEAU STATISTIQUE DES COMMUNES PAR CANTON.

NOMS des COMMUNES.	Distances en kilomètres, au chef-lieu. du canton.	de la sous-préfecture.	de la préfecture.	POPULATION.	Principal des quatre contributions directes pour 1859	Centimes communaux. Nombre.	Montant	TOTA des contri direc pour 1
1	2	3	4	5	6	7	8	9
ARRONDISSEMENT D'HAZEBROUCK, 7 cantons, 53 communes								
Canton de Bailleul Nord-Est								
Bailleul-Nord-Est.	»	17	28	5238	67000	33	21927	118
Jans-Cappel (St.-).	30	17	31	1089	5733	78	4507	11
Nieppe.	9	26	20	3750	20546	90	18067	47
Steenwerck.	6	19	26	4760	25373	92	23372	60
Totaux....				14837	118652	88	67873	237
Canton de Bailleul Sud-Ouest.								
Bailleul Sud-Ouest.	»	17	28	4870	Voir Bailleul Nord-Est.			
Berthen.	6	16	35	567	3650	71	2601	8
Flêtre.	7	10	35	1070	7379	40	2928	13
Merris.	6	10	35	1153	7017	55	3845	13
Meteren.	3	14	32	2566	16003	64	10339	33
Vieux-Berquin.	8	12	37	3204	16928	71	11962	36
Totaux....				13430	50977	62	31675	105
Canton de Cassel.								
Arnêke.	7	20	58	1403	10784	51	5425	19
Bavinckhove.	3	10	55	910	6388	59	3792	12
Buysscheure.	12	19	63	826	5400	69	3715	10
Cassel.	»	10	51	4180	27690	20	5526	44
Hardifort.	3	13	54	496	4212	50	2090	8
Marie-Cappel (Ste.-)	3	7	50	805	6197	32	2030	10
Noordpeene.	7	26	58	1422	9746	43	4151	17
Ochtezeele.	7	20	57	458	4458	52	2305	9
Oxelaëre.	2	10	52	517	3657	37	1353	6
Rubrouck.	12	21	63	1417	12331	46	5729	21
Wemaers-Cappel.	4	13	54	467	3130	78	2457	7
Zermezeele.	4	14	55	373	3309	61	2012	6
Zuydpeene.	7	13	56	807	7823	43	3386	14
Totaux....				14076	105125	42	43971	190
Canton d'Hazebrouck-Nord.								
Blaringhem.	12	12	56	1702	12036	51	6088	22
Caëstre.	7	7	38	1631	10747	51	5395	20
Ebblinghem.	9	9	54	737	5559	34	1885	9
Hazebrouck-Nord.	»	»	45	4136	57370	31	16938	98
Hondeghem.	4	4	50	1314	10455	46	4866	20
Lynde.	9	9	55	747	6474	32	2103	11
Renescure	12	12	57	1735	11865	54	6473	21
Sercus.	7	7	51	496	3846	57	2179	7
Staple.	8	8	53	969	7975	49	3916	15
Wallon-Cappel.	5	5	50	659	4741	35	1647	9
Totaux....				14076	131068	40	51460	237

TABLEAU STATISTIQUE DES COMMUNES PAR CANTON.

NOMS des [CO]MMUNES.	Distances en kilomètres au chef-lieu. du canton.	de la sous-préfecture.	de la préfecture	POPULATION.	Principal des quatre contributions directes pour 1859.	Centimes communaux. Nombre	Montant	TOTAUX des contribut. directes pour 1859.
1	2	3	4	5	6	7	8	9
Canton d'Hazebrouck-Sud.								
hem.	11	11	56	967	6067	41	2521	11184
	4	4	41	711	4897	62	3039	10572
ouck-Sud.	»	»	55	3756	Voir Hazebrouck-Nord.			
cque.	4	4	49	3694	19042	22	4315	33734
les.	5	5	4	378	2513	70	1758	5475
ecque.	7	7	52	1856	10839	53	5718	21682
le.	8	8	38	550	3951	75	2896	8213
es.	10	10	51	1063	6326	50	3140	12361
Totaux....				12975	53635	44	23387	103221
Canton de Merville.								
es.	7	20	30	6950	40522	27	11314	68787
kerque.	7	10	45	1593	7671	91	6942	17563
gue.	5	17	32	3226	17618	34	5924	34840
le.	»	12	37	6236	38753	44	17134	70055
erquin.	4	15	34	1347	5783	81	4656	12186
Totaux...				19352	110347	40	45970	203431
Canton de Steenvoorde.								
epe.	9	16	36	1954	8818	79	6901	16184
	4	10	40	1130	8591	48	4078	16516
aersvelde.	5	15	40	1595	8811	72	6279	19221
erque.	9	20	58	1314	9071	47	4216	17281
eele	6	16	54	976	5948	58	3455	12635
voorde.	»	11	48	3930	26782	73	19320	58365
tre-Cap. (St.-)	5	7	46	1042	7090	45	3131	12873
hem.	4	10	53	593	6109	33	2024	11055
zeele.	4	15	52	1454	9191	64	5911	19832
Totaux...				13988	90411	61	55315	183962
ARRONDISSEMENT DE LILLE, 16 cantons, 133 communes.								
Canton d'Armentières.								
tières.	»	16	16	10104	73178	27	18491	127293
enier.	5	16	16	1152	6727	63	4225	14101
hem.	8	8	8	250	2135	120	2572	6701
le-d'Arment.	3	13	13	2175	12035	66	7288	24941
ghem-Lys.	3	19	19	1622	10621	82	8478	24407
hien.	5	13	13	2174	14201	78	11027	34142
nes.	3	16	16	2404	15184	78	11682	32999
sques.	7	9	9	1015	5513	89	4868	14062
Totaux...				20896	139594	49	68631	278646

TABLEAU STATISTIQUE DES COMMUNES PAR CANTON.

NOMS des COMMUNES.	Distances en kilomètres au chef-lieu. du canton.	de la sous-préfecture.	de la préfecture	POPULATION.	Principal des quatre contributions directes pour 1859.	Centimes communaux. Nombre	Montant	TO' con di pou
1	2	3	4	5	6	7	8	
				Canton de La Bassée				
Aubers.	10	23	23	1740	8583	59	5055	
La Bassée.	»	24	24	2763	21076	11	2231	
Fournes.	9	16	16	1514	11081	28	3080	
Fromelles	10	23	23	1288	6268	56	3505	
Hantay.	5	24	24	420	2089	94	1889	
Herlies.	7	20	20	1038	6467	96	6450	
Illies.	4	24	24	1451	8863	52	5046	
Marquillies.	8	21	21	1099	6257	11	2037	
Sainghin-en-Weppes	10	20	20	2061	8315	61	4973	
Salomé.	3	24	24	961	6477	21	1725	
Wicres.	6	19	19	220	2222	77	1696	
Totaux....				14555	87698	43	37687	1
				Canton de Cysoing.				
Bachy.	4	18	18	917	5138	51	2601	
Bourghelles.	2	16	16	1234	6226	50	3137	
Bouvines.	3	13	13	588	3147	41	1296	
Camphin-en-Pévèle.	5	16	16	1430	7024	47	3351	
Cappelle	8	18	18	1412	8317	41	3364	
Cobrieux.	4	17	17	444	2101	80	1671	
Cysoing.	»	14	14	2860	16934	67	11349	
Genech.	5	16	16	1152	5151	65	3349	
Louvil.	3	14	14	682	2766	57	1572	
Mouchin.	9	23	23	1444	7359	60	4426	
Péronne.	5	12	12	668	2100	48	1015	
Sainghin-en-Mélant.	5	10	10	1765	12176	18	2161	
Templeuve.	7	18	18	3051	20316	52	10660	
Wannehain.	4	18	18	522	12530	77	1899	
Totaux....				18169	101285	50	51851	1
				Canton d'Haubourdin.				
Beaucamps.	6	13	13	883	4790	41	1920	
Emmerin.	3	10	10	1582	5360	15	826	
Englos.	3	10	10	388	1560	92	1423	
Ennetières-en-Wep.	4	10	10	1681	10228	63	6430	
Erquinghem-le-Sec	5	12	12	222	1544	105	1622	
Escobecques.	5	12	12	252	1705	85	1437	
Hallennes-lez-Haub.	2	9	9	617	4662	101	4697	
Haubourdin.	»	7	7	3232	28630	58	16670	
Le Maisnil.	10	17	17	505	2743	161	4697	
Ligny.	6	13	13	126	869	8	69	
Lomme.	7	6	6	2465	16410	49	7041	
A reporter....				11903	78501		46852	

TABLEAU STATISTIQUE DES COMMUNES PAR CANTON.

NOMS des COMMUNES.	Distances en kilomètres au chef-lieu.			POPULATION.	Principal des quatre contributions directes pour 1859	Centimes communaux.		TOTAUX des contribut. directes pour 1859.
	du canton.	de la sous-préfecture.	de la préfecture.			Nombre.	Montant.	
1	2	3	4	5	6	7	8	9
Report....				11903	78501		46852	159460
	3	5	5	5169	19472	52	9287	39929
ghem.	8	15	15	1181	6683	64	4287	14354
s.	3	10	10	1664	9365	77	7046	20676
din.	3	10	10	594	4003	94	3775	10567
in.	7	14	14	2950	14212	14	1976	23391
Totaux...				23461	132246	56	73223	268377
Canton de Lannoy.								
pes.	7	6	6	2050	13296	46	6026	26298
ing.	9	10	10	495	3362	55	1309	6177
	8	8	8	1904	10118	40	4148	18460
ux.	9	15	15	1971	10908	53	5885	21495
ng.	8	12	12	1395	6119	48	2888	11728
.	8	6	6	2569	16032	44	7129	39423
t.	5	12	12	779	2148	54	1143	3983
n.	10	12	12	387	2597	40	1030	4738
	3	11	11	2390	14053	51	7067	27094
y.	»	13	13	1600	8516	39	3227	14640
.	4	16	16	2785	9316	54	4939	19038
z-Lannoy.	1	14	14	1484	6277	28	1723	10972
.	3	14	14	976	5148	74	3806	11330
ers.	2	14	14	977	3671	82	2988	8365
in.	7	10	10	449	2337	88	2044	5797
ms.	5	15	15	1978	8116	57	4583	16840
Totaux....				24189	122014	50	58935	237378
Canton de Lille Nord-Est.								
nmes-Lille.	4	4	4	1153	6548	54	3391	13397
Nord-Est.	»	»	»	24157	1457383	14	222420	2236845
en-Barœul.	3	3	3	1319	6511	90	5599	14021
Totaux....				26629	1470342	16	231410	2264263
Canton de Lille-Centre.								
Centre.	»	»	»	17821	Voir Lille Nord-Est.			
eine (La).	2	2	2	2443	18842	68	11921	40145
Totaux....				20264	18842	68	11921	40145
Canton de Lille Sud-Est								
s.	6	6	6	2361	9044	35	3172	16114
es.	6	6	5	1311	3760	90	3360	8817
ud-Est.	»	»	»	18540	Voir Lille Nord-Est.			
n.	5	5	5	1710	8714	41	3543	16127
Totaux....				23922	21518	50	10075	41058

TABLEAU STATISTIQUE DES COMMUNES PAR CANTON.

NOMS des COMMUNES.	Distances en kilomètres au chef-lieu. du canton.	de la sous-préfecture.	de la préfecture.	POPULATION.	Principal des quatre contributions directes pour 1859	Centimes communaux. Nombre.	Montant.	TOT[AL] de contr[ibutions] dire[ctes] pour
1	2	3	4	5	6	7	8	9
Canton de Lille Sud-Ouest.								
Lille Sud-Ouest.	»	»	»	38568	Voir Lille Nord-Est.			
Canton de Lille-Ouest.								
André (St.)	3	3	3	1210	10719	53	5740	2
Lambersart.	3	3	3	1328	11945	58	6886	2
Lille-Ouest.	»	»	»	14034	Voir Lille Nord-Est.			
Marquette.	5	5	5	2244	15234	48	6520	2
Wambrechies.	7	7	7	3822	26579	65	17002	5
Totaux....				22638	64477	56	36148	13
Canton de Pont-à-Marcq.								
Attiches.	4	14	14	857	6157	67	4099	1
Avelin.	3	12	12	1721	14341	35	5035	2
Bersée.	5	19	19	1734	10915	35	3766	1
Ennevelin.	3	17	17	1569	10038	67	6800	2
Fretin.	5	11	11	2001	12904	39	5175	2
La Neuville.	7	17	17	385	2254	32	719	
Mérignies.	2	16	16	938	7372	63	4642	1
Moncheaux.	9	23	23	994	4666	69	3224	1
Mons-en-Pévèle.	5	19	19	1898	13618	59	7985	2
Ostricourt.	11	23	23	820	4717	61	2871	
Phalempin.	8	15	15	1389	10851	51	5371	2
Pont-à-Marcq.	»	14	14	870	6517	85	5339	1
Thumeries.	8	19	19	840	5887	40	2313	1
Tourmignies.	3	16	16	520	2254	90	2028	
Wahagnies.	8	19	19	771	4897	29	1407	
Totaux ...				17305	117388	52	60774	23
Canton de Quesnoy-sur-Deûle								
Comines.	8	18	18	5380	34768	31	10731	6
Deûlémont.	5	16	16	2049	12978	67	8853	2
Lompret.	7	8	8	621	3851	60	2317	
Pérenchies.	6	8	8	1084	7616	89	6151	1
Quesnoy-sur-Deûle.	»	11	11	4317	31944	53	16545	6
Verlinghem.	4	7	7	1667	10822	123	13309	2
Warnéton-Bas.	6	16	16	277	2730	71	1958	
Warnéton-Sud.	5	15	15	103	1372	34	465	
Wervick-Sud.	10	18	18	2159	12013	44	5128	
Totaux....				17657	118094	55	65457	2

TABLEAU STATISTIQUE DES COMMUNES PAR CANTON.

NOMS des COMMUNES.	Distances en kilomètres au chef-lieu. du canton.	de la sous-préfecture.	de la ...ture	POPULATION.	Principal des quatre contributions directes pour 1859.	Centimes communaux. Nombre.	Centimes communaux. Montant	TOTAUX des contribut. directes pour 1859.
1	2	3	4	5	6	7	8	9
Canton : Roubaix.								
	3	8	8	2099	10870	46	4893	22297
ix.	»	11	11	39445	376438	36	127907	656906
aehal.	4	7	7	2200	12790	63	7666	26402
elos.	4	15	15	10360	33327	47	15219	61844
Totaux ...				54104	433425	36	155685	767449
Canton de Seclin.								
ies-les-Marais.	7	17	17	933	6171	68	4025	12054
ullin.	9	19	19	3368	17975	34	6041	29653
ı.	13	24	24	1326	7300	35	2521	12681
ıin-en-Carem.	6	17	17	908	7872	43	3429	13521
ı.	6	17	17	406	2679	70	1852	5723
/.	4	15	15	385	3563	45	1585	6743
court.	4	15	15	1753	9706	67	6401	19056
ı.	6	16	16	374	2723	74	1953	5941
in.	3	14	14	1442	6979	40	2750	12807
in.	7	7	7	1297	9590	70	6682	21058
les.	7	9	9	381	2545	28	708	4321
ı.	11	20	20	1334	5829	54	3059	11396
.	»	11	11	3667	33314	27	9096	57128
lemars.	4	8	8	909	4911	36	1730	9241
ıville.	6	8	8	442	2387	87	2072	5698
gnies.	5	7	7	2182	9857	40	3904	18451
Totaux....				21113	133401	43	57808	245472
Canton de Tourcoing-Nord.								
ecques.	8	16	16	1862	9951	77	7581	20512
n.	9	17	17	8410	36926	72	23512	73624
les.	7	13	13	3711	19448	72	13783	41049
lle-en-Ferrain	3	17	17	2904	10228	44	4425	18909
.	5	14	14	4241	20569	43	8900	39013
oing-Nord.	»	14	14	10103	227354	26	45422	379368
Totaux....				31231	324476	32	103623	572475
Canton de Tourcoing-Sud.								
es.	7	8	8	3127	19578	60	11878	40234
-en-Barœul.	8	5	5	4617	31899	44	13409	60013
aux.	3	10	10	2289	10348	47	4781	22287
oing-Sud.	»	14	14	19543	Voir Tourcoing-Nord.			
Totaux....				29576	61825	50	30068	122534

TABLEAU STATISTIQUE DES COMMUNES PAR CANTON.

NOMS des COMMUNES.	Distances en kilomètres, au chef-lieu.			POPULATION.	Principal des quatre contributions directes pour 1859	Centimes communaux.		c… p…
	du canton.	de la sous-préfecture.	de la préfecture.			Nombre.	Montant	
1	2	3	4	5	6	7	8	
ARRONDISSEMENT DE CAMBRAI, 7 cantons, 118 communes.								
Canton de Cambrai-Est.								
Awoingt.	6	6	65	496	4578	39	1797	
Cagnoncles.	7	7	66	811	5816	40	2367	
Cambrai-Est.	»	»	59	9015	211324	18	37422	3
Cauroir.	6	6	65	670	5116	60	3086	
Escaudœuvres.	3	3	62	1625	8203	26	2166	
Estrun.	11	11	58	574	2338	88	2053	
Eswars.	7	7	63	495	2645	75	1996	
Forenville.	7	7	63	50	2199	30	663	
Iwuy.	9	9	62	3589	16286	8	1312	
Naves.	7	7	66	858	5209	48	2498	
Niergnies.	5	5	64	558	3413	77	2681	
Ramillies.	5	5	65	524	5341	48	2571	
Thun-Lévêque.	8	8	63	817	4967	46	2294	
Thun St.-Martin	8	8	66	833	6826	33	2505	
Totaux....				20915	284261	23	65411	4
Canton de Cambrai-Ouest.								
Abancourt.	7	7	54	642	5221	56	2936	
Aubencheul-au-Bac.	11	11	48	433	3306	6	192	
Bantigny.	7	7	62	476	2934	85	2455	
Blécourt.	6	6	56	415	3278	82	2691	
Cambrai-Ouest	»	»	59	12390	Voir Cambrai-Est.			
Cuvillers.	6	6	56	382	2202	94	2078	
Fontaine-Notre-D.	6	6	66	1831	9314	52	4905	1
Fressies.	10	10	51	719	3607	29	1105	
Haynecourt.	7	7	54	480	5207	73	3785	1
Hem-Lenglet.	10	11	54	700	3803	23	908	
Morenchies.	3	3	59	120	1295	8	102	
Neuville-St.-Rémy.	2	2	57	927	5084	56	2805	1
Paillencourt.	10	11	60	1227	5820	74	4315	
Proville	3	3	62	498	5499	47	2646	1
Raillencourt.	5	5	65	999	7709	56	4305	1
Sailly.	5	4	56	587	3112	42	1299	
Sancourt.	6	6	53	424	3721	68	2482	
Tilloy.	3	3	57	381	2817	54	1522	
Totaux...				23631	73929	55	40531	1
Canton de Carnières.								
Aubert (St.-).	8	15	74	2433	8483	78	6525	
Avesnes-lez-Aubert.	5	12	71	2951	8382	78	6104	
Beauvois.	5	12	71	1100	5027	55	2631	
A reporter...				6484	21892		15260	

TABLEAU STATISTIQUE DES COMMUNES PAR CANTON.

NOMS des ... MMUNES.	Distances en kilomètres au chef-lieu. du canton.	de la sous-préfecture.	de la préfecture.	POPULATION.	Principal des quatre contributions directes pour 1859.	Centimes communaux. Nombre.	Montant	TOTAUX des contribut. directes pour 1859
1	2	3	4	5	6	7	8	9
Report....				6484	21892		15260	44070
court.	9	16	74	1299	5711	136	7282	16114
rs.	4	14	73	1115	4416	60	2671	9011
ères.	2	12	71	893	4082	55	2256	8374
res.	»	11	70	1660	8879	67	6127	18098
ières.	5	10	69	1028	4143	88	3619	9413
mel.	4	8	67	675	3579	89	3321	8743
ne-au-Pire.	6	13	72	1266	5462	37	2030	11504
(St.-).	7	14	72	2033	7260	51	3685	16098
.	6	18	76	3048	9267	102	9712	23355
	5	11	69	1934	8216	17	1357	12372
illers.	8	9	66	515	3151	61	1917	6491
-en-Cauchies.	10	14	77	1379	7604	54	3818	15336
aix.	6	9	68	750	4289	72	3097	9514
Totaux....				24079	97351	68	66152	208493
			Canton du Câteau.					
.	4	28	87	1239	7911	49	3820	15804
ont.	7	17	76	880	3088	74	2271	6447
(St.-).	4	28	87	650	3450	61	2167	7369
(Le).	»	24	83	8851	66716	21	13103	111094
n.	8	31	90	2603	18536	44	8167	33577
chy.	8	26	84	1335	4287	116	4827	9696
	6	18	77	1655	6287	37	2256	11493
ise.	11	35	93	1047	8085	65	5258	17379
ls.	8	25	83	841	3036	70	1724	6523
ghien.	9	33	80	1184	5018	67	3382	9888
y.	2	26	85	415	4254	19	776	6869
ly.	5	25	84	2154	10385	8	821	15677
	7	31	90	1171	8361	54	4527	16994
ereuil	4	28	87	1523	6353	44	2802	13071
ont.	6	25	82	1014	2625	141	3685	6788
t (St.-).	6	30	89	2615	9219	60	5193	18240
Villes.	6	22	81	2021	8004	100	8018	17044
Totaux				31198	175615	41	72797	323953
			Canton de Clary.					
court.	6	17	76	269	1412	94	1312	3574
.	3	23	82	2488	7222	88	6266	16415
y.	8	28	85	3044	14064	66	8228	29481
y.	5	15	74	4003	15854	82	12200	32837
ry.	2	17	77	754	2788	85	2384	7043
	»	20	77	2473	7775	107	8327	20900
es.	6	17	77	67	651	120	778	1714
urt.	5	20	78	1648	5183	107	5488	13382
reporter....				14746	34949		44983	125346

TABLEAU STATISTIQUE DES COMMUNES PAR CANTON.

NOMS des COMMUNES.	Distances en kilomètres au chef-lieu. du canton.	de la sous-préfecture.	de la préfecture.	POPULATION.	Principal des quatre contributions directes pour 1859.	Centimes communaux. Nombre.	Montant	T… co… di… po…
1	2	3	4	5	6	7	8	
Report...				14746	54949		44983	1:
Esnes.	8	11	69	1498	9883	49	4690	
Haucourt.	6	13	71	584	2358	95	2220	
Ligny.	4	16	74	1883	7111	83	5706	
Malincourt.	8	18	75	982	4715	84	3954	
Maretz.	4	24	82	2723	12457	72	7289	
Montigny.	2	20	79	1087	3697	88	3228	
Selvigny.	4	17	75	754	2979	103	3109	
Villers-Outreau.	10	21	78	2751	7081	82	5795	
Walincourt.	5	15	74	2183	8618	82	6872	
Totaux ...				29191	113848	77	87906	2
Canton de Marcoing.								
Anneux.	6	9	68	504	4167	24	1430	
Banteux.	9	14	82	867	3522	67	2450	
Bantouzelle.	10	14	83	984	4708	55	2594	
Boursies.	12	15	74	802	6511	29	1925	
Cantaing.	4	8	67	686	6278	53	3394	
Crévecœur.	6	10	69	2305	19550	54	10607	
Doignies.	13	17	76	807	6316	60	3815	
Flesquières.	5	13	72	751	4789	68	3242	
Gonnelieu.	8	16	75	905	3845	74	2870	
Gouzaucourt.	9	18	77	2406	11393	62	6996	
Honnecourt.	10	17	76	1622	9120	81	7362	
Lesdain.	8	12	71	1012	4678	28	1321	
Marcoing.	»	8	66	1658	10484	8	800	
Masnières.	3	7	66	1835	11569	47	5497	
Mœuvres.	12	14	73	868	5208	51	2652	
Noyelles.	2	6	64	624	5603	30	1759	
Ribecourt.	3	12	68	691	5502	62	3418	
Rumilly.	4	6	64	1814	7482	30	2245	
Villers-Ghislain.	10	18	77	2040	11138	36	3434	
Villers-Plouich	6	16	75	1001	6276	74	4651	
Totaux....				24182	148139	59	72371	2
Canton de Solesmes.								
Beaurain.	5	25	84	455	1269	151	1886	
Bermerain.	10	24	82	1290	5886	25	1449	
Briastre.	4	21	79	921	6663	46	3124	
Cappelle.	8	28	83	370	3475	18	607	
Escarmain.	7	27	81	1153	5583	70	3848	
Haussy.	5	19	85	3073	13895	73	10234	
Martin (St.-).	9	29	82	694	3945	82	3230	
Montrécourt.	8	19	89	315	2181	94	2073	
Python (St.-)	2	18	77	1793	8756	48	4155	
A reporter....				10064	51653		30606	

TABLEAU STATISTIQUE DES COMMUNES PAR CANTON.

NOMS des COMMUNES. 1	Distances en kilomètres au chef-lieu. du canton. 2	de la sous-préfecture. 3	de la préfecture. 4	POPULATION. 5	Principal des quatre contributions directes pour 1859. 6	Centimes communaux. Nombre 7	Montant 8	TOTAUX des contribut directes pour 1859. 9
Report..				10064	51653		30606	106039
eries.	3	23	82	937	5948	57	3447	12630
:oir	9	20	80	2280	10604	47	4954	18426
mes.	»	20	89	5677	36334	47	16784	68218
naing.	10	30	79	590	2848	82	2288	6501
legies-sur-Écail.	9	29	80	1295	6395	24	1580	11044
ain.	4	24	85	1248	5434	63	3446	9975
y.	6	19	78	2766	11219	40	4171	22093
t (St.-).	6	14	73	1710	5824	37	2158	10769
Totaux....				26667	136259	50	69434	265695

ARRONDISSEMENT D'AVESNES, 10 cantons, 153 communes.

Canton d'Avesnes-Nord.

n (St.-).	6	6	92	560	5644	28	1550	9780
nes-Nord.	»	»	105	2960	27875	26	7280	46434
Lieu.	3	3	102	410	5080	32	1615	8606
;nies.	8	8	109	530	4977	25	1254	8246
pierre.	8	8	92	1020	8742	16	1400	14090
'lers.	7	7	99	960	6938	23	1585	11171
:ries.	8	8	114	1686	11459	32	3710	20049
mont et Waud.	4	4	109	391	3169	49	1556	6329
rsies.	8	8	100	225	2131	34	721	3674
ire (St -).	3	3	93	909	7752	17	1351	12410
ousies.	9	9	115	515	3459	73	2508	7552
eries.	6	6	111	754	6336	55	3490	12813
ousies.	6	6	93	209	2025	35	724	4095
nières-en-Thiér.	10	10	100	865	6938	29	2004	12401
Totaux....				12084	102525	30	30257	177650

Canton d'Avesnes-Sud.

nelles.	2	2	107	1171	10225	26	2573	16456
nes-Sud.	»	»	105	1231			Voir Avesnes-N.	
repaire.	14	14	93	555	3662	58	2116	7440
ogne.	7	7	101	468	5407	41	2233	10131
ignies.	8	8	96	1880	14440	43	9029	29994
:ungt.	7	7	113	2280	20907	34	7030	35606
-le-Grand.	11	11	93	595	6062	42	2575	9957
-le-Petit.	10	10	95	466	4400	33	1453	7699
on	11	11	108	1274	10477	23	2438	18045
t-Lieu.	4	4	111	417	4187	51	2138	7794
oullies.	9	9	116	500	4031	38	1521	7096
baix.	7	7	97	895	5554	29	1590	9548
s.	8	8	105	1509	10925	51	5519	21109
Totaux....				13241	100277	40	40215	180875

TABLEAU STATISTIQUE DES COMMUNES PAR CANTON.

NOMS des COMMUNES.	Distances en kilomètres au chef-lieu. du canton.	de la sous-préfecture.	de la préfecture.	POPULATION.	Principal des quatre contributions directes pour 1859	Centimes communaux. Nombre	Montant	TOTAUX des contribut. directes pour 1859.
1	2	3	4	5	6	7	8	9
Canton de Bavai.								
Amfroipre	6	26	74	351	1392	48	687	2725
Audignies.	2	23	75	150	1824	35	627	3188
Bavai.	»	24	73	1587	12833	16	2064	19698
Bellignies.	4	28	77	808	5147	41	2063	9572
Bermeries.	5	26	62	424	3305	43	1371	6170
Beltrechies.	5	29	73	329	2514	36	898	4694
Feignies.	9	21	85	1929	12883	40	4955	21306
Flamengrie (La	6	30	70	328	1542	58	891	3192
Gussignies.	7	29	80	443	2644	43	1100	4771
Honhergies.	4	28	77	1026	9678	29	2765	16660
Houdain.	2	26	73	916	8586	13	1078	14152
Longueville (La)	5	21	77	1228	11681	12	1420	18104
Louvignies Bavai.	1	23	74	715	5532	41	2209	9893
Mecquignies.	3	22	73	1001	3952	44	1709	6733
Neuf-Mesnil	9	18	83	336	1150	25	275	1931
Obies.	4	22	77	1134	4789	54	2504	10030
Taisnières-sur-Hon.	4	26	77	1255	12487	29	3587	21200
Waast (St.-)	3	27	70	645	6367	29	1759	9803
Totaux....				14605	108304	30	31962	183822
Canton de Berlaimont.								
Aulnoye.	1	14	83	338	5362	35	1714	9594
Aymeries.	2	14	84	248	2869	8	230	4325
Bachant.	5	14	89	867	5855	20	1194	9553
Berlaimont.	»	14	82	2609	18159	32	5617	29302
Boussières.	11	16	85	261	2070	22	467	3521
Ecuelin.	8	9	90	175	1463	49	718	2942
Hargnies.	7	18	80	586	3417	8	274	5759
Leval.	4	11	87	613	4576	20	890	7445
Monceau-St.-Waast.	5	9	88	696	4139	59	2413	8463
Noyelles.	8	13	95	507	6412	24	1539	10286
Pont-sur-Sambre.	5	15	87	1326	9786	15	1461	16898
Rémy-Chaussée (St.-)	6	8	88	737	3779	27	1024	6833
Sassegnies.	8	17	85	444	3531	39	1383	6678
Vieux-Mesnil.	8	18	85	403	2773	24	683	4684
Totaux....				9810	74101	39	19607	125773
Canton de Landrecies.								
Bousies.	6	25	79	1840	7907	52	4112	15063
Croix.	9	28	80	552	2838	34	936	5050
Favril	4	19	85	738	6197	23	1412	10993
Fontaine-au-Bois.	4	23	83	1097	6716	36	2372	12049
Forest.	9	28	81	1770	7356	12	886	13075
A reporter....				5997	31014		9768	55830

TABLEAU STATISTIQUE DES COMMUNES PAR CANTON.

NOMS des COMMUNES.	Distances en kilomètres au chef-lieu.			POPULATION.	Principal des quatre contributions directes pour 1859.	Centimes communaux.		TOTAUX des contribut. directes pour 1859
	du canton.	de la sous-préfecture.	de la préfecture.			Nombre.	Montant	
1	2	3	4	5	6	7	8	9
Report...				5997	31014		9768	55803
Landrecies.	»	19	82	4419	34202	11	3449	51565
Maroilles.	6	13	88	2154	26553	15	3907	46002
Preux-au-Bois.	6	24	76	1612	4747	55	2467	9429
Prisches.	8	13	90	1518	11608	66	7568	18069
Robersart.	5	24	77	253	1897	61	1142	3967
Totaux....				15953	110121	26	28301	184862
Canton de Maubeuge.								
Assevent.	4	21	89	153	1351	65	837	2920
Beaufort.	8	11	96	1275	6949	19	1341	11141
Bersillies.	6	24	93	201	1619	50	825	3071
Bettignies.	6	25	92	202	2397	40	935	4450
Boussois.	5	23	92	450	3725	40	1466	6853
Cerfontaine.	5	19	91	397	1980	50	947	3829
Colleret.	9	21	95	1148	8169	8	650	12321
Damousies.	8	14	96	294	1512	71	1053	3366
Eclaibes.	10	10	97	332	2077	44	893	3987
Ellesmes.	4	23	91	509	4026	29	1164	6895
Ferrière-la-Grande.	4	18	90	1787	13422	8	944	19473
Ferrière-la-Petite.	6	17	94	785	4096	26	1013	6755
Gognies-Chaussée.	8	27	95	839	4681	36	1692	8606
Hautmont.	5	15	86	2223	19084	16	2710	31421
Jeumont.	10	29	96	1126	9225	8	598	13461
Limont-Fontaine.	9	10	97	557	3134	17	549	4724
Louvroil.	2	17	89	1007	6346	48	2966	12127
Mairieux.	5	23	92	501	3733	21	799	6157
Marpent.	8	25	94	673	3311	17	555	5235
Maubeuge.	»	19	87	8063	64025	8	5011	92948
Obrechies.	9	14	97	310	1890	27	500	3133
Quiévelon.	9	23	94	273	1144	55	620	2276
Recquignies.	6	23	94	447	3483	33	835	5348
Rémy-Mal-Bâti (St.-)	8	14	93	480	2809	22	621	4960
Rousies.	4	20	91	508	4093	23	906	6764
Vieux-Reng.	8	27	94	924	7078	8	563	10643
Villers-Sire-Nicole.	8	27	95	1382	8699	31	2910	14466
Wattignies.	10	12	99	241	1518	46	707	2947
Totaux....				27681	195576	18	34690	310277
Canton du Quesnoy-Est.								
Beaudignies.	5	31	71	1208	6271	29	1820	10826
Engle-Fontaine.	7	26	74	1714	8662	24	2132	14583
Ghissignies.	4	29	70	530	4442	23	1117	7416
Hecq.	9	25	76	571	1788	54	943	3615
Jolimetz.	4	26	71	979	5470	25	1382	9571
A reporter...				5002	26633		7394	46011

TABLEAU STATISTIQUE DES COMMUNES PAR CANTON.

NOMS des COMMUNES. 1	Distances en kilomètres au chef-lieu. du canton. 2	de la sous-préfecture. 3	de la préfecture. 4	POPULATION. 5	Principal des quatre contributions directes pour 1859 6	Centimes communaux. Nombre 7	Montant 8	TOTAUX des contribut. directes pour 1859. 9
Report ..				5002	26633		7394	46011
Locquignol.	8	22	75	614	5787	35	2025	14293
Louvignies-Quesnoy.	4	27	70	1108	7074	32	2288	12279
Neuville.	8	31	75	682	2758	60	1647	5676
Poix.	8	28	74	1988	7675	46	3594	14308
Potelle.	3	27	70	230	2685	45	1190	5321
Quesnoy-Est.	8	8	67	1813	26285	27	6897	41989
Raucourt.	6	24	72	297	1188	74	876	2397
Ruesnes.	4	33	70	491	4352	23	999	7317
Salesches.	8	30	74	614	3668	66	2429	7460
Vendegies-au-Bois.	10	29	77	1131	6615	34	2251	12419
Totaux....				13979	94720	33	31590	160470
Canton du Quesnoy-Ouest								
Bry.	9	31	63	368	2138	67	1437	4555
Eth.	10	32	62	309	3059	41	1240	5258
Frasnoy.	5	28	71	532	6055	23	1331	9119
Gommegnies.	6	25	68	3167	16331	24	3914	25133
Jenlain.	7	35	60	1009	6435	26	1684	11005
Maresches.	7	35	58	921	4842	32	1568	8157
Orsinval.	3	31	64	554	3706	28	1033	6156
Preux-au Sart.	7	27	66	432	3560	28	1010	6162
Quesnoy-Ouest.	»	30	67	2135	Voir Quesnoy-Est.			
Sepmeries.	7	35	60	891	4801	30	1460	8678
Villereau.	3	27	68	970	5895	46	2649	11161
Villerspol.	5	32	61	1449	10743	18	1952	17738
Wargnies-le-Grand.	8	31	64	820	5391	30	1531	9515
Wargnies-le-Petit.	6	29	65	830	4821	21	1007	8085
Totaux....				14387	77777	28	21816	130722
Canton de Solre-le-Château.								
Aibes.	8	10	100	335	2545	48	1200	4896
Beaurieux.	3	17	106	311	2017	67	1360	3941
Berelles.	5	19	101	198	1464	72	1035	2787
Bousignies.	15	29	105	621	4300	8	347	6421
Choisies.	8	15	98	96	659	49	316	1312
Clairfayt.	3	16	107	399	2743	74	2020	5868
Cousolre.	12	26	102	1746	10603	8	843	15683
Dimechaux.	5	13	99	275	1608	58	987	3267
Dimont.	11	11	101	418	2666	37	992	4648
Eccles.	4	18	104	186	847	78	636	1688
Fontaines (lez).	3	13	101	395	1729	26	446	2943
A reporter....				4980	31181		10182	53454

TABLEAU STATISTIQUE DES COMMUNES PAR CANTON.

NOMS des COMMUNES.	Distances en kilomètres au chef-lieu.			POPULATION.	Principal des quatre contributions directes pour 1859	Centimes communaux.		TOTAUX des contribut. directes pour 1859.
	du canton.	de la sous-préfecture.	de la préfecture.			Nombre.	Montant.	
1	2	3	4	5	6	7	8	9
Report....				4980	31181		10182	53454
Hestrud.	6	20	109	448	2161	35	786	3915
Liessies.	7	13	119	1105	4490	24	1151	7721
Sars-Poteries.	5	10	106	1220	6377	50	3193	12268
Solre-le-Château.	»	14	103	2777	19216	26	4876	32456
Solrinnes.	4	16	102	231	1518	38	580	2752
Totaux....				10761	64952	32	20768	112566
Canton de Trélon.								
Anor.	9	22	121	2967	13737	3	409	19832
Baives.	7	23	124	311	2251	8	171	3400
Eppe-Sauvage.	10	25	124	833	7365	8	594	11107
Féron.	8	12	117	620	5983	23	1407	10093
Fourmies.	9	17	115	4654	34205	9	3007	49773
Glageon.	2	14	112	1362	7654	3	230	11051
Moustier.	10	25	124	235	2193	38	825	3981
Ohain.	3	18	117	1100	4898	8	389	7365
Rainsars.	12	8	114	278	2293	23	525	3472
Trélon.	»	16	114	2336	20061	8	1590	29739
Wallers.	6	21	120	514	2769	15	426	4389
Wignehies.	10	15	108	2307	12401	8	950	18393
Willies.	9	15	111	505	2005	32	661	3561
Totaux....				18022	117815	10	11184	176156
ARRONDISSEMENT DE DOUAI, 6 cantons, 66 communes.								
Canton d'Arleux.								
Arleux.	»	14	47	1528	14807	10	1554	22588
Aubigny-au-Bac.	7	14	47	1003	4885	18	881	7836
Brunemont.	6	13	46	555	2323	21	484	3806
Bugnicourt.	4	11	44	743	6246	24	1521	10882
Cantin.	5	8	41	928	12180	53	6505	22167
Erchin.	8	10	44	496	4709	50	2356	8659
Estrées.	3	9	42	1010	6026	16	980	10358
Fechain.	12	17	43	1155	4864	32	1576	8753
Fressain.	8	13	36	744	6086	35	2329	11730
Gœulzin.	6	6	39	902	6283	20	1256	10417
Hamel.	3	13	44	462	3549	19	685	5759
Lécluse.	7	13	46	1666	7141	8	579	10613
Marcq.	12	22	53	532	5623	43	2432	11706
Monchecourt.	10	15	50	660	7795	18	1391	13187
Villers-au-Tertre.	7	13	45	387	4024	36	1481	6817
Totaux .				12771	94141	28	26010	165278

TABLEAU STATISTIQUE DES COMMUNES PAR CANTON.

NOMS des COMMUNES.	Distances en kilomètres au chef-lieu du canton.	de la sous-préfecture.	de la préfecture.	POPULATION.	Principal des quatre contributions directes pour 1859.	Centimes communaux. Nombre.	Montant.	TOTAUX des contribut. directes pour 1859.
1	2	3	4	5	6	7	8	9
Canton de Douai-Nord.								
Anhiers.	8	5	26	413	2001	28	584	3587
Douai-Nord.	»	»	33	8825	242170	8	20529	359199
Flines-lez-Raches.	12	12	26	3072	22144	8	1886	32940
Lallaing.	6	6	26	2931	7479	8	589	11308
Sin.	3	3	25	2200	19660	9	1690	30170
Waziers.	3	3	26	1211	7229	21	1439	10837
Totaux.				19328	300744	9	20917	448041
Canton de Douai-Sud.								
Aniche.	14	14	43	2926	10006	35	5804	33641
Auberchicourt.	13	13	45	1565	10030	8	768	17466
Dechy.	4	4	36	1478	10036	3	302	14385
Douai-Sud.	»	»	33	5871	Voir Douai-Nord.			
Ecaillon.	12	12	37	645	4682	23	1080	8182
Férin.	6	6	38	700	8337	33	2633	14458
Guesnain.	7	8	43	430	4734	45	2138	9038
Lewarde.	7	7	40	1080	6390	38	2418	11699
Loffre.	7	7	40	302	2672	26	657	4285
Masny	10	10	44	870	8389	37	3092	13746
Montigny.	10	14	44	729	6060	8	464	9203
Roucourt.	7	7	42	294	3451	26	906	5952
Totaux....				17719	82709	25	20262	142055
Canton de Douai-Ouest.								
Auby.	7	7	40	1092	9667	8	722	14161
Courchelettes.	4	4	40	214	3244	20	615	5362
Cuincy.	4	4	37	856	10164	12	1211	15926
Douai-Ouest.	»	»	33	8013	Voir Douai-Nord.			
Esquerchin.	6	6	38	400	5080	8	448	8556
Flers.	5	5	35	994	7706	21	1607	13038
Lambres.	3	3	37	873	13043	11	1465	19819
Lauwin-Planque.	4	4	37	631	5277	13	737	8134
Raches.	7	7	26	1390	8858	32	2768	15203
Raimbeaucourt.	9	9	28	2109	13929	20	2841	23029
Roost-Warendin.	7	7	28	1787	9217	8	717	13737
Totaux...				18670	86585	15	13131	136965
Canton de Marchiennes.								
Alnes	4	23	37	653	2088	84	2535	6409
Bouvignies.	5	15	48	1916	9413	53	2531	17110
Bruille-lez-March.	6	14	47	815	4519	38	1723	8397
Erre.	9	18	43	1170	5348	13	693	8190
A reporter....				4558	22368		8482	40106

TABLEAU STATISTIQUE DES COMMUNES PAR CANTON.

NOMS des [co]mmunes.	Distances en kilomètres, au chef-lieu. du canton.	de la sous-préfecture.	de la préfecture.	POPULATION.	Principal des quatre contributions directes pour 1859	Centimes communaux. Nombre.	Montant	TOTAUX des contribut. directes pour 1859
1	2	3	4	5	6	7	8	9
Report....				4558	22268	«	8482	40108
l.	8	17	42	1973	8948	3	268	12860
ing.	10	20	40	1140	8097	27	2293	13726
iennes-Ville.	«	19	34	3066	22316	3	659	31811
iennes-Camp.	5	16	39	397	3259	39	1254	5991
ncourt	8	12	42	1366	10161	3	303	15164
y.	5	16	39	440	1665	42	701	3445
l.	6	15	40	3386	20271	17	3504	29800
	4	24	38	530	3352	41	1373	6282
-Campeau.	7	16	40	163	2222	23	515	3678
	6	15	39	75	3514	6	212	5317
gnies et Ham.	4	24	38	1332	5744	22	1302	8430
Totaux...				19325	111817	19	20766	176630
Canton d'Orchies.								
	5	23	32	1018	6761	86	5797	15335
	3	19	23	1716	9454	8	2770	16319
r.	4	21	30	1937	11586	65	7432	24107
nes.	5	13	28	2118	13802	23	3171	22959
nt.	10	12	21	1491	9726	32	3081	17018
s.	5	22	31	2302	13855	58	8027	29265
n.	4	21	30	2378	19188	63	12073	39902
s.	«	17	26	3606	31299	8	2481	45748
n.	8	26	34	1772	9750	68	6484	20394
Totaux....				18338	125421	48	51316	231067
ARRONDISSEMENT DE VALENCIENNES, 7 *cantons*, 81 *communes*.								
Canton de Saint Amand (rive droite).								
l (St.-) rive dr.	«	13	37	4974	76812	8	5515	105047
-St.-Amand.	7	17	44	2088	10565	24	2468	17586
m-L'Abbaye.	10	23	40	817	4842	42	2236	8747
-lez-Mortagne.	10	23	40	1959	10938	15	1663	17326
n.	5	18	20	2502	13793	8	1997	[illegible]
gne	8	25	28	1354	7779	8	585	11675
-Forest-de-R.	14	4	54	858	4446	74	3985	9061
es.	9	5	44	4187	28826	8	2171	42856
Totaux....				19378	155674	13	19118	[illegible]
Canton de Saint-Amand (rive gauche).								
l (St.-) rive-g.	«	13	27	4544	Voir St.-Amand (rive droite).			
nies.	7	20	16	928	2896	93	953	4994
.	6	20	16	745	5095	14	789	8864
s.	4	14	21	2014	17886	60	1371	26996
[A] reporter...				7730	25655		2738	[illegible]

TABLEAU STATISTIQUE DES COMMUNES PAR CANTON.

NOMS des COMMUNES.	Distances en kilomètres au chef-lieu. du canton.	de la sous-préfecture.	de la préfecture.	POPULATION.	Principal des quatre contributions directes pour [illegible]	Centimes communaux. Nombre.	Montant	TOTAL des contri directes pour [illegible]
1	2	3	4	5	6	7	8	9
Report. ..				7729	25013		2728	37
Maulde.	7	20	37	1225	5497	24	1345	9
Millonfosse.	3	16	38	605	4040	3	121	6
Nivelle.	3	16	40	1148	6229	23	1616	18
Rosult.	6	19	34	1360	10225	51	4888	19
Rumegies.	8	20	29	1623	8712	45	3065	16
Sars et Rosières.	7	20	31	558	3114	37	1138	5
Thun.	4	17	43	650	3579	8	288	5
Totaux....				14907	66409	25	16083	11
Canton de Bouchain.								
Abscon.	8	19	42	1630	9890	8	761	14
Avesnes-le-Sec.	6	20	55	1690	9571	134	12664	22
Bouchain.	»	19	49	1632	20134	6	1140	29
Denain.	10	11	49	9496	50213	17	8015	80
Douchy.	6	12	53	1846	12519	48	5952	24
Émerchicourt.	7	26	49	83	4054	8	315	6
Escaudain.	8	15	44	2112	13398	41	5440	20
Haspres.	11	17	57	3216	13699	8	1088	20
Haveluy.	14	14	50	802	4149	20	819	6
Hélesmes.	15	15	45	1086	5786	8	453	8
Hordain.	3	20	52	1362	7486	32	2412	18
Lieu-St.-Amand.	2	18	51	646	4531	83	3765	14
Lourches.	7	15	51	3370	8751	62	5702	19
Marquette.	5	22	49	2000	9396	30	2849	15
Mastaing.	4	19	47	786	6064	47	2873	11
Neuville-sur-l'Esc.	6	15	54	894	6733	62	4020	12
Noyelles-sur-Selle.	6	13	58	660	5103	135	6883	16
Rœulx.	6	16	49	1309	5550	28	1532	8
Wasnes-au-Bac.	5	25	51	735	4399	48	2091	8
Wavrechain-s.-Den.	11	12	50	282	2868	8	227	4
Wavrechain-s.-Faulx	3	22	51	662	4028	18	717	6
Totaux....				36299	208322	33	69718	37
Canton de Condé.								
Aybert (St.-)	6	18	57	329	4908	16	787	7
Condé.	»	14	51	5710	42548	8	3371	63
Crespin.	7	14	58	1457	16012	8	1304	21
Escaupont.	2	10	51	950	6866	8	552	11
Fresnes.	2	10	49	4727	30845	3	903	45
Hergnies.	6	18	47	3060	12208	6	694	18
Odomez.	7	15	44	445	2162	38	816	[illegible]
Thivencelles.	4	16	55	499	4930	8	395	[illegible]
Vicq.	5	10	52	835	4532	8	365	[illegible]
Vieux-Condé.	2	16	49	4978	19620	8	1507	2
Totaux....				22990	144831	7	10694	21

TABLEAU STATISTIQUE DES COMMUNES PAR CANTON.

NOMS des OMMUNES.	Distances en kilomètres au chef-lieu. du canton.	de la sous-préfecture.	de la préfecture	POPULATION.	Principal des quatre contributions directes pour 1859.	Centimes communaux. Nombre	Montant	TOTAUX des contribut. directes pour 1859.
1	2	3	4	5	6	7	8	9
			Canton de Valenciennes-Est.					
es.	6	6	56	1086	9291	32	2985	20046
ux.	7	7	57	578	6144	63	4109	12713
.	2	2	51	1449	18442	53	9533	36194
ng.	6	6	55	3357	23487	30	6750	39997
au.	7	7	57	1709	8820	87	7647	21479
ube.	8	8	55	2274	14654	19	2731	23675
rechain.	12	12	61	885	6964	37	2547	12696
ies.	12	12	59	540	4503	30	1357	9258
in.	4	4	54	939	8189	67	5559	18350
rg.	10	10	60	1756	13397	68	9094	27543
ciennes-Est.	»	»	50	7333	278535	8	22123	407019
Totaux....				21912	392426	19	74435	628970
			Canton de Valenciennes-Nord					
.	2	2	48	5855	41034	8	3171	59718
y.	5	5	53	991	4940	93	3685	11101
ng.	9	9	51	378	3174	35	1134	5733
rages.	4	4	48	1195	6475	49	2921	13046
y.	5	5	52	2635	13654	24	3264	22979
e (St.-)	2	2	52	2048	22198	22	4693	33987
nciennes-Nord.	»	»	50	7944	Voir Valenciennes-Est.			
ers.	12	12	48	3190	18989	8	1517	28535
Totaux....				24236	113464	18	20385	175099
			Canton de Valenciennes-Sud.					
s.	9	9	59	809	7381	39	2876	13531
oy.	3	3	52	1583	9160	51	4681	18012
ars.	5	5	55	819	7179	32	2167	12322
chin.	9	9	53	708	7503	29	1912	12618
n.	7	7	53	1128	6719	19	1272	10799
g.	8	8	57	1708	12779	8	1013	19866
chaux.	14	14	56	472	4014	114	4515	9530
.	8	8	52	226	2076	32	665	3717
vy.	8	8	53	805	4703	8	374	7085
enaing.	8	8	58	526	3743	43	1599	6909
ignies.	8	8	53	253	2483	24	598	4162
nt.	12	12	54	1066	9752	33	3070	17351
-St.-Léger.	7	7	55	2898	21373	13	2837	32651
nciennes-Sud.	»	»	50	8952	Voir Valenciennes-Est.			
hain et Maugré.	14	14	59	1330	9303	70	6464	19535
Totaux....				23368	108177	32	34043	188088

Récapitulation par canton.

NOMS des ARRONDISSEMENTS. 1	NOMS des CANTONS. 2	POPULATION. 3	Principal des quatre contributions directes pour 1859. 4	Centimes communaux. Nombre 5	Centimes communaux. Montant 6	TOTAUX des contribut. directes pour 1859. 7
	ARRONDISSEMENT DE DUNKERQUE.					
DUNKERQUE.	Bergues.	15477	143016	28	39852	243276
	Bourbourg.	13352	110464	30	34087	186190
	Dunkerque-Est.	19573	310564	6	17877	448347
	Dunkerque-Ouest.	20017	26861	37	9989	48681
	Gravelines.	8482	55676	12	6804	86973
	Hondschoote.	13683	97909	36	35314	177252
	Wormhoudt.	15133	111066	44	48315	206627
	Totaux......	105717	855555	22	162838	1397346
	ARRONDISSEMENT D'HAZEBROUCK.					
HAZEBROUCK.	Bailleul Nord-Est.	14837	118652	58	67873	237043
	Bailleul Sud-Ouest	13430	50977	62	31675	105966
	Cassel.	14076	105125	42	43970	190593
	Hazebrouck Nord.	14076	131068	40	51460	237791
	Hazebrouck Sud	12975	53631	44	23387	103221
	Merville.	19352	110347	40	45970	203431
	Steenvoorde.	13988	90411	61	55315	183962
	Totaux......	102734	660215	48	319651	1262007
	ARRONDISSEMENT DE LILLE.					
LILLE.	Armentières.	20896	135994	49	68631	278646
	Bassée (La).	14555	87698	40	37687	161223
	Cysoing.	18169	101285	50	51851	196467
	Haubourdin.	23461	132246	56	73223	268377
	Lannoy.	24189	122014	50	59935	237378
	Lille Nord-Est.	26629	1470342	16	231410	2264263
	Lille Centre.	20264	18842	68	11921	40145
	Lille Sud-Est.	23922	21518	5	10075	41058
	Lille Sud-Ouest.	38568	«	«	«	«
	Lille Ouest.	22638	64477	56	36148	233868
	Pont-à-Marcq.	17305	117388	52	60774	230606
	Quesnoy-sur-Deûle	17657	118094	55	65457	235800
	Roubaix.	54104	433425	36	155685	767449
	Seclin.	21113	133401	43	57808	245472
	Tourcoing Nord.	31231	324476	32	103623	572475
	Tourcoing Sud.	29576	61825	50	30068	122534
	Totaux......	404279	3346625	32	1054296	5795761
	ARRONDISSEMENT DE CAMBRAI.					
CAMBRAI.	Cambrai Est.	20915	284261	23	65411	467905
	Cambrai Ouest.	23631	78929	55	40531	144514
	Carnières.	24079	97351	68	66152	208493
	Câteau (Le).	31198	175615	41	72797	323953
	Clary.	29191	103848	77	87906	255443
	Marcoing.	24182	148139	50	72371	290316
	Solesmes.	26667	136259	50	69434	265695
	Totaux......	179863	1029402	46	474602	1956319

Récapitulation par canton (SUITE).

NOMS des …SEMENTS. 1	NOMS des CANTONS. 2	POPULATION. 3	Montant des contributions directes pour 1859. 4	Centimes communaux. Nombre 5	Centimes communaux. Montant 6	TOTAUX des contribut. directes pour 1859. 7
	ARRONDISSEMENT D'AVESNES.					
…NES.	Avesnes Nord.	12084	102525	30	30757	177650
	Avesnes Sud.	13241	100299	40	40215	180875
	Bavai.	14605	108304	30	31962	183822
	Berlaimont.	9810	74191	39	19607	125773
	Landrecies.	15953	110021	26	28301	184862
	Maubeuge.	27681	195576	18	34610	310277
	Quesnoy Est.	13979	94720	33	31590	169470
	Quesnoy Ouest.	14387	77777	28	21816	130722
	Solre-le-Château.	10761	64952	32	20768	112566
	Trélon.	18022	117815	10	11184	176156
	Totaux.....	150523	1046158	26	270810	1752173
	ARRONDISSEMENT DE DOUAI.					
…AI.	Arleux.	12771	97141	28	26010	165278
	Douai Nord.	19332	300774	9	26917	448041
	Douai Sud.	17719	81709	25	20262	142055
	Douai Ouest.	18670	86185	15	13031	136965
	Marchiennes	19325	111817	19	20766	176630
	Orchies.	18338	125421	40	51016	231047
	Totaux.....	106155	804417	20	158402	1300016
	ARRONDISSEMENT DE VALENCIENNES.					
…ENNES.	Amand (St.) rive-g.	19370	151474	13	19118	232199
	Amand (St.) rive-d.	14907	66499	25	16083	111903
	Bouchain.	36299	208322	33	69718	378064
	Condé.	22990	144831	7	10694	217708
	Valenciennes Est.	21912	392426	19	74435	628970
	Valenciennes Nord	24236	113464	18	20385	175099
	Valenciennes Sud.	23368	108177	32	34043	188088
	Totaux.....	163082	1185103	21	244476	1932031

Récapitulation par arrondissement.

ARRONDISSEMENTS. 1	POPULATION. 2	Principal des quatre contributions directes pour 1859. 3	Centimes communaux. Nombre 4	Centimes communaux. Montant 5	TOTAUX des contribut. directes pour 1859. 6
…rque.	105717	855555	22	192238	1397346
…ouck	104515	660215	48	319651	1262007
…	404279	3346625	32	1054296	5795761
…ai.	179863	1029402	46	474602	1956319
…s.	150523	1046158	26	270810	1752173
…	106155	804417	20	158402	1300016
…iennes.	163082	1185103	21	244476	1932031
…otaux	1212333	8927475	30	2714475	15395653

ADMINISTRATION DÉPARTEMENTALE.

ANALYSE DES DÉLIBÉRATIONS DU CONSEIL GÉNÉRA

Session de 1859.

Le 22 août 1859, à trois heures de relevée, le Conseil génér du département, convoqué en vertu du décret du 19 juillet préc dent, s'est rendu à l'hôtel de la préfecture, au lieu ordinaire de s séances. — Après avoir donné communication du décret précité M. le préfet appelle à prêter le serment prescrit par la constitutio trois nouveaux membres élus en 1859, savoir: MM. Desrousseau Morisson et Duquenne, en remplacement de MM. L. Defontaine P. Legrand, décédés, et de M. Degruson, démissionnaire. — M. l Préfet lit ensuite le décret du 6 août qui nomme aux fonctions d *président du Conseil général*, M. MARCHAND, sénateur; de *vice-pr sident*, M. DANEL, président de chambre à la Cour impériale d Douai, et aux fonctions de *secrétaire*, M. de CLEBSATTEL, avocat membre du Corps législatif.

Voici le résumé, par ordre alphabétique, des délibérations d Conseil, pendant la session de 1859 :

ADRESSE A L'EMPEREUR. — Le Conseil vote à l'unanimité l'adres suivante : « SIRE, au récit des hauts faits de nos soldats, dirig » par le Chef héroïque qui partageait leurs dangers, de cette cam » pagne de deux mois signalée par six triomphes, nos cœurs o » tressailli d'un légitime orgueil. La France est justement fière d » la victoire de ses enfants, qui ajoutent un nouveau lustre à s » gloire, et qui portent si haut son nom dans l'estime des peuple » — Mais à notre admiration a succédé un sentiment plus vif en » core, celui d'une profonde reconnaissance pour Votre Majesté, » l'occasion de la paix si promptement conclue. — Le commerc » et l'industrie languissent par le seul effet de la guerre, quelqu » heureuse qu'elle puisse être, et ont impérieusement besoin po » leur développement d'un long avenir de sécurité comme d'un » sage protection. — La paix conquise par la victoire et fondée su » la modération sera durable. — Votre Majesté l'a dit : l'Empir » c'est la paix. Il n'y a que la nécessité de soutenir l'honneur e » les intérêts de la France qui puisse momentanément la troubler » — Notre confiance dans les paroles de Votre Majesté est entièr » et elle donne une nouvelle force aux sentiments de respect e » dévoûment à son auguste personne et à sa dynastie, qui signalent » notre industrieux et patriotique département. — Daignez, Sire » agréer l'hommage de l'admiration et de la reconnaissance des » membres du Conseil général du Nord. »

Agents-voyers. — Le Conseil propose d'accorder: 1° à M. Marquette, agent-voyer en chef du département, qui demande le règlement de sa retraite, une pension annuelle et viagère de 2,000 fr. imputable à partir du 1er. janvier 1860, sur les fonds de retraite des employés de la préfecture; 2° à M. Thurin, ex-agent-voyer principal de l'arrondissement de Douai, une pension annuelle et viagère de 963 fr., à partir du 1er. juin 1859, sur les mêmes fonds.

Agriculture. — Vote du crédit ordinaire de 1,700 fr. pour frais de bureau des sept Chambres consultatives d'agriculture. — Sur le compte qui lui est rendu des vœux émis par les Sociétés d'agriculture du département, le Conseil est d'avis qu'il n'y a pas lieu, quant à présent, d'allouer le crédit spécial demandé par la Société de Lille pour un concours de machines à faucher, à faner et à moissonner; — déclare ne point appuyer le vœu de la Société de Bourbourg tendant à ce qu'une loi assujettisse à l'autorisation les taureaux destinés à la monte;—persiste dans sa décision de 1858, qui repousse la réclamation de la Société de Valenciennes, contre la surtaxe qui frappe le poisson de mer venant de la Belgique à la destination de cette ville; — vote, comme les années précédentes, un crédit de 15,100 fr. au budget de 1860, pour être réparti entre les Sociétés d'agriculture et les Comices agricoles; — prie M. le Préfet d'intervenir auprès de M. le ministre de l'agriculture, pour obtenir que les subsides accordés à chaque arrondissement s'élèvent au minimum à 600 fr., quel que soit le nombre de sociétés comprises dans l'arrondissement.—Alloue à la Société de Lille un subside de 1,000 fr., destiné à une distribution de prix, pour les progrès obtenus dans la science et la pratique industrielle.

Alcools. — *Droits de détail.* — L'Assemblée déclare ne pas s'associer au vœu du Conseil d'arrondissement d'Hazebrouck tendant à ce que le droit de détail sur la vente des alcools soit déterminé d'après leur cours vénal, au moyen d'une échelle mobile.

Aliénés. — Le Conseil entend la lecture d'un rapport de son 3e bureau sur le service des asiles d'aliénés;—appelle l'attention de M. le Préfet sur l'utilité de diminuer le nombre des chevaux de labour dans l'asile d'Armentières, pour faire une plus large part à la culture à la houe, dans l'intérêt de la santé des aliénés; — approuve le compte-rendu par M. le Préfet concernant l'entretien des aliénés indigents pendant l'année 1858; — donne son adhésion au projet du budget de l'exercice 1860, et alloue en conséquence le crédit demandé de 167,000 fr.;— décide, comme les années précédentes, que cent places seront réservées dans chacun des deux asiles de Lille et d'Armentières, pour les aliénés non dangereux;—maintient les proportions précédemment fixées pour le concours des communes dans les dépenses d'entretien des aliénés.

Archives. — Elévation de 1,500 à 1,800 fr. des traitements des deux employés des archives départementales, en témoignage de satisfaction de leurs bons services. — Fixation à 11,800 fr. pour 1860, des dépenses du personnel, des frais de bureau et des frais d'inspection des archives communales.

Asile d'aliénées de Lille.—L'assemblée, sur un rapport de son 3e bureau, rejette le vœu du Conseil d'arrondissement de Lille, contraire au projet de translation de cet asile, à Bailleul et tendant au maintien de l'établissement dans l'arrondissement de Lille, sauf à réunir l'asile des femmes en démence à celui des hommes aliénés, situé à Armentières. — Confirme son adhésion au projet de translation de l'asile de Lille dans la propriété de Bailleul, et invite M. le Préfet à donner une suite prompte et sérieuse à l'exécution du projet, dont le développement est compris dans son rapport, afin de soustraire, sans aucun retard, la classe si digne de secours et de protection, des femmes aliénées de Lille aux dangers que présente pour elles l'installation au centre d'une ville peuplée et industrielle, où l'air manque et où elles ne peuvent goûter le calme et le repos si nécessaires à leur pénible condition.

Assistance judiciaire.—Le Conseil s'associe au vœu du Conseil d'arrondissement de Cambrai, pour que la loi sur l'assistance judiciaire soit modifiée, en ce qui concerne la faveur accordée à la partie qui succombe de ne point payer les frais d'avoué de la partie adverse.

Banque de France. — *Succursale.* — Le Conseil persiste dans son vœu de 1858, tendant à obtenir l'établissement de succursales de la Banque de France dans les villes de Douai et de Cambrai.

Blanc-Seau (hameau du). — Le Conseil maintient sa délibération de 1858, portant rejet de la demande des habitants de ce hameau, tendant à obtenir sa séparation de la ville de Tourcoing et son érection en commune particulière.

Cadastre. — Le Conseil alloue un crédit de 20,000 fr. pour la continuation des travaux de renouvellement du cadastre, et réitère le vœu déjà plusieurs fois exprimé, que la loi du 7 août 1850 soit modifiée de manière à ce que les départements soient autorisés à pourvoir aux frais de renouvellement du cadastre par des centimes additionnels à la contribution foncière.

Caisse d'épargne. — Remercîments à M. le Préfet pour les démarches qu'il a faites afin d'instituer de nouvelles caisses ou succursales dans les localités où ces utiles établissements peuvent produire des résultats avantageux. — L'assemblée exprime l'opinion que le crédit des déposants doit être maintenu à 1,000 fr.

Caisse de retraites pour la vieillesse. — Acte est donné à M. le Préfet de la communication qu'il a faite d'une circulaire de M. le Ministre de l'intérieur, relative à la caisse des retraites pour la vieillesse. Le Conseil déclare s'associer par ses vœux et par l'action personnelle de tous ses membres, au développement de cette utile institution.

Centimes facultatifs. — Après avoir entendu lecture d'un rapport développé de son 1er bureau, sur l'insuffisance de la part accordée au départemett du Nord dans la distribution du fonds commun, le Conseil vote les 7 centimes 1/2 facultatifs autorisés par la loi de Finances.

Céréales. — *Echelle mobile.* — *Prohibition.* — Le Conseil, après avoir entendu lecture d'un rapport développé sur ces questions, prend la résolution suivante : « En principe, l'échelle mobile » sur les céréales doit être maintenue ; ce principe à poser dans » la loi est la sauvegarde de l'agriculture. — Le Conseil général, » plein de confiance dans les intentions du Gouvernement et dans » la connaissance qu'aura l'Empereur des vœux et des sentiments » des populations, n'a rien à dire sur le retrait indéfini de la levée » des prohibitions dont il remercie chaleureusement l'Empereur et » son Gouvernement. »

Chasse. — En raison de la latitude offerte par M. le Ministre de l'Intérieur, l'assemblée est d'avis qu'il y a lieu de fixer deux époques de clôture, l'une pour la chasse à tir, l'autre pour la chasse à courre.

Chemins de Fer. — Le Conseil émet les vœux suivants : 1° Que le service des trains entre Landrecies (origine de la vallée de la Sambre) et Somain soit modifié de manière à établir une communication directe, par jour, entre ces deux points, *et vice versâ*, au moyen d'un train qui, partant à onze heures de Cambrai, se relierait à Somain avec le train qui arrive à Valenciennes à onze heures 30 minutes, et qu'une disposition analogue soit adoptée pour le retour vers la Sambre ; — 2° Que des gares définitives et couvertes soient établies aussitôt que possible, à Hazebrouck, à Somain et à Busigny ; — 3° Que le quai Est du port de Dunkerque soit relié à la gare au moyen de rails ; — 4° Que des gares destinées à réunir les voies ferrées aux voies d'eau soient établies sur tous les points où le chemin des houillères du Pas-de-Calais rencontrera les voies navigables et que les deux passages réclamés par la commune de Steenbecque, et qui ont été recommandés par la commission d'enquête lui soient accordés ; — 5° Que le chemin de fer des houillères soit exécuté le plus promptement possible et que la priorité d'exécution soit accordée la ligne d'Hazebrouck à Arras ; — 6° Que de nouvelles études soient faites pour établir la communication entre Lille et Strasbourg par la ligne la plus droite, c'est-à-dire par Orchies, Valenciennes, Avesnes et Hirson, et que, s'il n'était point possible de donner suite à ce vœu, les chemins de Busigny à Mézières deviennent aussitôt l'objet d'une concession définitive et soient exécutés dans le plus bref délai possible; que dans cette hypothèse encore, le chemin de Lille à Maubeuge par Orchies, Saint-Amand et Valenciences soit l'objet d'une concession particulière; que pour faciliter ce résultat, M. le Préfet veuille bien faire exécuter par les soins de MM. les Ingénieurs des Ponts-et-chaussées attachés au service du département, des études afin de fixer le Conseil général sur la dépense et les avantages relatifs, — 7° Que l'instruction relative à la concession de l'embranchement destiné à relier Maubeuge au chemin de fer d'Hautmont à Mons, et du chemin de Bully-Grenay à La Bassée soit terminé dans le plus bref délai possible; — 8° Que concession soit faite aux compagnies qui les ont demandés, à moins que la Compagnie du Nord veuille elle-même les exécuter, des chemins de fer de Lille à Tournai, de Dunkerque à Furnes et de Ferrière-la-Grande à Hirson. — Le Conseil prie M. le Préfet de ne négliger aucune démarche pour obtenir du gouvernement la réalisation des vœux formés au nom du département; il le prie de plus de vouloir bien réunir pour la prochaine session du Conseil général tous les documents et renseignements relatifs à l'exécution des chemins de fer départementaux dans le département du Bas-Rhin.

Chemins vicinaux de grande communication. — Sur un rapport de son 5e bureau, l'assemblée approuve la répartition entre les diverses lignes dont la restauration a paru le plus indispensable, de la somme de 531,000 fr. disponible en 1860, sur les ressources extraordinaires autorisées par la loi du 11 juin 1859, et inscrit les crédits nécessaires à la 3e section du budget; — est d'avis que, lorsqu'il s'agit d'acquisitions de terrain ayant pour objet une amélioration générale, les communes qui participent à l'entretien doivent prendre en charge une part de la dépense de ces acquisitions, alors surtout que celle qui seule devrait la supporter n'a pas les ressources nécessaires pour y pourvoir; que dans les cas extrêmes et alors que l'impuissance des communes est manifestement démontrée, M. le Préfet serait autorisé à user de la circulaire du 10 mars 1848 qui permet d'imputer, dans ces circonstances, les dépenses de cette nature sur les fonds départementaux, mais à la condition qu'il ne soit fait de cette faculté que l'usage le plus restreint et dans des cas tout à fait exceptionnels; les dégrèvements d'ailleurs devront être imputés sur les excédants que les fonds affectés aux travaux pourront laisser disponibles; — Sur la proposition de M. le Préfet, arrête que le tracé du chemin de grande communication N° 71 sera modifié à partir du hameau de la Folie et reporté sur la rive droite de la Sambre, de manière à traverser les villages de Marpent et Jeumont; — classe la rue de Liessies, à Solre-le-Château, comme prolongement du chemin N° 42, afin de relier ce chemin avec le chemin N° 20; — approuve les dispositions prises par M. le Préfet pour l'établissement de poteaux indicateurs aux embranchements de chemins et dans les traverses ; — est d'avis qu'il n'y a lieu d'encourager les communes à planter le long des chemins de grande communication, qu'au point de vue de la sécurité publique et qu'il convient de la restreindre dans la mesure de cet intérêt : — appelle l'attention de M. le Préfet sur les conséquences particulières à l'arrondissement d'Avesnes de son arrêté du 15 septembre 1858 qui restreint la circulation des voitures en temps de dégel ; — en ce qui concerne les subventions industrielles imposées pour dégradations extraordinaires aux chemins, est d'avis que le principe de la subvention doit frapper d'une manière égale tous ceux que la loi désigne comme devant réparer les dégradations qu'ils causent, quelle que soit leur importance ; qu'elle doit être appliquée dans tous les arrondissements au même titre et de la même manière que les ressources qui en proviennent doivent être appliquées à la réparation exclusive des désordres en vue desquels elles ont été créées, et qu'enfin si dans un département comme le nôtre la loi doit être appliquée avec discrétion, il ne conviendrait pas de privilégier arbitrairement une catégorie d'industriels ; — décide qu'il n'y a pas lieu de donner suite au vœu du Conseil d'arrondissement d'Hazebrouck pour le déclassement du chemin N° 62, d'Estaires à Don ; — reconnaît que tout dignes d'intérêt que soient les vœux émis par le Conseil d'arrondissement d'Hazebrouck pour le classement parmi les lignes de grande vicinalité du chemin de Steenvoorde à Herzeele, et par le Conseil d'Avesnes pour le classement des chemins du pont de Sains à Fourmies, et d'Avesnes au Nouvion, ces vœux ne seront susceptibles d'un examen sérieux que lorsque la situation financière du département permettra de les prendre en considération ; — adhère à la proposition de M. le Préfet de porter à 2,000 fr. le traitement de MM. les Ingénieurs ordinaires et à 4,000 fr. celui de M. l'Ingénieur en chef ; — vote les cinq centimes spéciaux destinés au service des chemins de grande communication en 1860 ; — alloue une somme de 6,000 francs au sieur Renotte, entrepreneur de la reconstruction du pont de Pont-sur-Sambre, sur le chemin N° 24, à titre d'indemnité des pertes qu'il a éprouvées par suite de la chute de ce pont.

Chemins vicinaux ordinaires. — Le Conseil rappelle qu'il a, en 1858, voté un fonds de 400,000 fr. pour aider les communes dans la construction de leurs chemins de débouché, et exprime l'espoir que M. le Préfet ne perdra pas de vue les besoins aussi impérieux des chemins d'intérêt commun, dont le classement ne doit pas subir d'interruption et qui prendront part annuellement à la subvention extraordinaire, en tenant également compte des ressources et des sacrifices des communes ; — Emet le vœu que les chemins vicinaux ordinaires prennent part, dans une proportion plus uniforme, aux subventions industrielles imposées en vertu de l'art. 14 de la loi du 21 mai 1836; — Est d'avis qu'il y a lieu de maintenir, en 1860, et pour tous les arrondissements, le tarif de conversion des prestations en nature adopté pour 1859; — Prie M. le Préfet d'examiner la question de la création de syndicats pour les chemins d'intérêt commun; — Sur la question déférée à son avis par M. le Ministre de l'Intérieur, estime qu'il n'y a pas lieu de rendre obligatoire la dépense du traitement des agents-voyers et de soumettre leur orgrnisation à l'approbation de l'administration supérieure; — S'associe, néanmoins, aux vœux des Conseils d'arrondissements qui réclament des améliorations dans le service vicinal et dans la position des agents-voyers; — Pense que pour arriver au résultat désiré, il faut non seulement le nombre de ces agents, mais encore leur assurer des positions qui leur permettent de consacrer tout leur temps aux exigences du service.

Circonscriptions communales. — *Rosendaël.* Renouvellement du vœu émis en 1857 pour l'érection de ce hameau en commune particulière. — *Steene et Armbouts-Cappel.* Ajournement de l'avis à émettre snr le projet de modification des limites respectives de ces communes, jusqu'à ce que les formalités préalables d'instruction aient été entièrement remplies. — *Graincourt-lez-Havrincourt.* Très-sérieux appui donné au projet de réunion au département du Nord de la commune de Graincourt qui appartient au Pas-de-Calais, et qui empêche la contiguité au territoire de l'arrondissement de Cambrai des communes de Boursies, Doignies et Mœuvres.

Clergé diocésain, — Vote pour 1860 du crédit de 18,600 fr., pour indemnités à Monseigneur l'archevêque, aux trois vicaires-généraux et aux dix chanoines. Le Conseil est heureux de reconnaître, par ces allocations, les soins qu'apporte Mgr. l'archevêque dans la direction des affaires spirituelles du département.

Colonies pénitentiares. — Désignation de M. Desrousseaux, conseiller général, comme membre de la Commission de surveillance de la colonie agricole de Loos, en remplacement de M. Louis Defontaine, décédé, et de M. le comte Octave d'Hespel, comme membre de la Commission de surveillance de la colonie pénitentiaire de Guermanez, en remplacement de M. son père, aussi décédé.

Compte départemental. — Le Conseil général, après avoir vu et vérifié le compte départemental de l'exercice 1858, ainsi que les pièces produites à l'appui, arrête et fixe provisoirement les recettes et dépenses de cet exercice ainsi qu'il suit: recettes, 2,448,215 fr. 07 c.; dépenses, 2,059,731 fr. 92 c. La somme de 388.483 fr. 15 c., moins celle de 337,105 fr. 05 c., montant des mandats restant à payer et des dépenses allouées restant à exécuter, constitue le reliquat disponible de 51,378 fr. 10 c. à subdiviser entre les diverses sections du budget de 1860.

CONCESSIONS HOUILLÈRES. — L'assemblée entend la lecture d'un rapport de son 4e bureau, sur une proposition de vœu déposée par un membre et tendant à ce que des concessions soient accordées immédiatement aux Sociétés houillères dont les travaux sont les plus avancés et qui réunissent les garanties suffisantes de moralité et de solvabilité désirables ; à ce que l'on accorde à chacune de ces concessions un périmètre de 15 à 20 kilomètres carrés, et à ce qu'il soit interdit aux Sociétés de fusionner entre elles. — Après discussion, cette proposition est retirée par son auteur.

CONTRIBUTIONS DIRECTES. — Approbation du compte des fonds de non-valeur et de réimpositions, pour 1858, présenté par M. le Directeur des contributions directes ; — Vote, conformément à la demande de M. le Préfet, d'un crédit de 6,420 fr. pour frais de division des cotes de contribution foncière et des portes et fenêtres entre les fermiers et locataires ; — Approbation du projet de répartement pour 1860.

COURSES DE CHEVAUX. — Vote d'un crédit de 4,000 fr. en faveur des courses de chevaux de Valenciennes.

COURTIERS DE COMMERCE.— Le Conseil général appuie le vœu émis par le Conseil d'arrondissement de Douai pour que le nombre des Courtiers de commerce de cette ville soit augmenté ; — est d'avis que le nombre des nouveaux Courtiers à instituer soit fixé à quatre.

DRAINAGE.—Le Conseil remercie M. le Préfet de sa haute bienveillance en faveur des intérêts de l'agriculture ; mais considérant que pendant trois ans, le département a encouragé les travaux de drainage ; que ses sacrifices ont eu les meilleurs résultats ; que c'est aujourd'hui aux propriétaires à profiter des exemples et du bénéfice de la loi qui affecte 100 millions à des prêts en faveur de l'agriculture, déclare ne point allouer de crédit pour traitement d'un ingénieur-draineur en 1860.

ECOLE D'ALFORT. —Le Conseil alloue au budget de 1860 le crédit ordinaire de 1,400 fr. pour les bourses entretenues à l'école vétérinaire d'Alfort, mais insiste de nouveau pour qu'à l'avenir l'engagement des élèves de résider pendant trois ans après leur sortie de l'école, dans une localité du département désignée par l'administration, soit obligatoire.

ECOLE DE MÉDECINE DE LILLE.— Rapport sur le compte rendu du service de cette école pour l'année scolaire 1858-1859, et allocation de la subvention ordinaire de 5,500 fr. y compris 1,500 fr. pour le professeur d'accouchement.

ECOLE DES MINEURS D'ALAIS. —Le Conseil déclare, comme en 1858, ne point accueillir la demande de la création d'une bourse dans cette école, l'utilité de cette création, en ce qui concerne le département, n'étant pas démontrée.

ECOLE DES ARTS ET MÉTIERS DE CHALONS.— Maintien au budget de 1860 du crédit de 1,500 fr. pour l'entretien de trois bourses dans cette école.

Ecole professionnelle de Lille. — Sur la proposition de M. le Préfet, l'assemblée convaincue de l'utilité des écoles professionnelles bien dirigées et des services qu'elles peuvent rendre à l'industrie, et dans l'espoir que les progrès annoncés se continueront, donne à l'école de Lille un témoignage de sympathie et un encouragement, en créant deux demi-bourses dans cet établissement et en allouant un crédit de 600 fr. à cet effet au budget de 1860.

Elèves artistes. — Allocation d'un crédit de 5,800 fr. pour subvention, à titre d'encouragement, à huit élèves artistes.

Enfants assistés. — Le Conseil général, sur le rapport de son 3e bureau, approuve le compte du service de ces enfants pendant l'année 1858; — Règle le budget du même service, pour 1860; — Vote le crédit de 20,000 fr. demandé pour ce service et approuve la fixation à 3,600 fr. du traitement de l'inspecteur des enfants.

Épidémies. — Rapport sur l'état sanitaire du département et vote pour 1860 du crédit ordinaire de 600 fr. affecté au service des épidémies, avec regret qu'une somme aussi minime soit consacrée à un objet d'une telle importance.

Épizooties. — Rapports sur le service des épizooties en 1858 et vote d'un crédit de 1,000 fr. pour ce service en 1860.

Foires et Marchés. — Avis favorables sur les demandes : de la ville de Tourcoing en établissement d'un marché hebdomadaire pour les bestiaux, qui se tiendrait le mardi; de la ville de Roubaix pour l'établissement d'un marché aux grains, le vendredi de chaque semaine; de la commune d'Anzin, pour l'ouverture de deux marchés hebdomadaires les mardis et vendredis; sur la demande du Conseil municipal de Valenciennes pour des changements dans les époques des marchés aux bestiaux de cette ville; de la commune de Vieux-Condé pour l'établissement de deux marchés hebdomadaires les mardis et vendredis; de la commune d'Haspres pour l'ouverture d'un marché le vendredi de chaque semaine; de celle de Marquette (arr. de Valenciennes) pour l'établissement d'un marché destiné à la vente des légumes, le jeudi de chaque semaine; de la commune de Clary pour la création de trois nouvelles foires les 6 janvier, 6 juillet et 6 septembre; — Avis contraire à la demande de la commune d'Anzin pour l'établissement de deux foires, l'une de quatre jours à la Pentecôte et la seconde de huit jours au quatrième dimanche d'août. — Avis contraire à la demande de la commune de Walincourt pour l'établissement de quatre foires au lieu de deux qu'elle possède aujourd'hui; mais avis favorable à ce que les deux foires existant à Walincourt aux époques des 12 août et 12 octobre soient transférées au 12 mars et au 12 septembre.

Gendarmerie. — Le Conseil général recommande à l'examen de M. le Préfet les vœux émis par les conseils d'arrondissement pour l'établissement de nouvelles brigades à Fourmies, Jeumont, Cambrai, Dunkerque, Bourbourg, Hazebrouck, pour l'augmentation de celle de Bailleul, pour que la brigade à pied de Tourcoing soit remplacée par une brigade à cheval et pour que la caserne de Roubaix soit appropriée de manière à y loger l'officier; — Règle à la somme de 38,300 fr. le budget de la gendarmerie départementale pour 1860.

Hospice général de Douai. — Le Conseil d'arrondissement de Douai a émis le vœu que les communes puissent faire admettre leurs infirmes dans cet établissement moyennant un prix de journée qui ne dépassât pas 50 centimes. Le Conseil général, en l'absence de renseignements sur le prix de revient de l'entretien de chaque indigent dans l'hospice de Douai, déclare ne pouvoir s'associer à un vœu qui tendrait à mettre à la charge de cet établissement une portion quelconque de la dépense des infirmes étrangers.

Huiles et graines grasses. — L'assemblée décide qu'il n'y a pas lieu d'appuyer le vœu renouvelé par le Conseil d'arrondissement de Lille pour que les droits de sortie sur les graines de colza et d'œillette soient augmentés de manière à s'équilibrer avec les droits de sortie des tourteaux et à assurer une égale protection pour le cultivateur et le fabricant d'huile.

Impositions extraordinaires. — Vote pour 1860, de cinq centimes additionnels autorisés pour la reconstruction de la maison d'arrêt d'Avesnes, ainsi que pour les travaux de grosses réparations des routes départementales et des chemins vicinaux.

Industrie métallurgique. — Le Conseil général considérant les abus causés par le mode d'application du décret du 17 octobre 1857 qui autorise l'admission en franchise des fontes, fers et tôles destinés à être exportés après avoir été convertis dans les ateliers français en navires, machines, matériel de chemin de fer, etc.; considérant que cette mesure donne lieu à un trafic d'*acquits-à-caution* qui permet de détourner les produits étrangers de leur destination prétendue; que par suite, dans la région du Nord et sur tout le littoral, ces produits sont versés dans le commerce à des prix bien inférieurs à ceux qui résulteraient de la perception des droits inscrits dans nos tarifs, en sorte qu'ils font au travail de nos forges une concurrence ruineuse, émet le vœu : que les dispositions du décret du 17 octobre 1857 soient modifiées de la manière suivante, savoir : que les fers, fontes et tôles venant de l'étranger cessent de jouir du bénéfice de l'admission en franchise, mais qu'il y soit substitué un système de *drawback* applicable seulement aux fontes, soit pour leur emploi direct, soit comme matière première des fers et des tôles; de telle sorte que, sur la production de quittances de droits de douanes et, d'après un rendement légal analogue à celui des sucres, les constructeurs français obtiennent la restitution des droits payés sur les fontes étrangères à raison des quantités de fontes, de fers et de tôles qu'ils expédiront sous forme de navires, de machines, de matériel de chemin de fer, etc.

Instruction primaire. Le Conseil adoptant les conclusions d'un rapport de son 3e bureau, règle le budget de l'instruction primaire pour 1860, savoir : dépenses ordinaires 75,276 fr.; dépenses extraordinaires 106,287 fr. 96 c.; ensemble 181,563 fr. 96 c.; — Vote l'imposition, en 1860, de deux centimes additionnels au principal des quatre contributions directes affectés à ce service par la loi du 15 mars 1850; — Adhère à la proposition faite par M. le Préfet d'élever de 1,000 à 1,600 fr. l'allocation accordée aux employés de l'inspection académique pour la tenue des écritures de l'instruction primaire et du Conseil départemental de l'instruction publique; — Appuie le vœu émis par le Conseil d'arrondissement d'Hazebrouck pour qu'un inspecteur spécial de l'instruction primaire soit accordé à cet arrondissement; — Déclare ne pas partager la crainte exprimée par le Conseil d'arrondissement de Valenciennes que les instructions du Conseil départemental pour la construction des maisons d'école ne soient interprêtées dans un sens trop rigoureux et de manière à ce que les communes soient arrêtées par l'impossibilité d'y satisfaire; — Vote le crédit de 1,000 fr. demandé pour compléter, en 1860, le traitement du commis de l'inspection académique, mais insiste pour qu'à partir de 1861, ce traitement soit intégralement payé par l'État.

Livrets agricoles. — Prière à M. le Préfet de renouveler ses démarches auprès de MM. les Ministres de l'agriculture et de l'intérieur en faveur du vœu exprimé par le Conseil général pour la délivrance de livrets aux domestiques et ouvriers agricoles.

Mobilier des tribunaux. — Allocation du crédit ordinaire de 1,000 fr. pour l'entretien, et de divers crédits proposés pour renouvellement de mobilier dans les tribunaux de Lille, Avesnes et Valenciennes; — Ajournement d'un supplément réclamé pour le tribunal d'Hazebrouck et d'un crédit demandé pour le tribunal de commerce de Valenciennes.

Monument a Bouvines.— Sur le compte qui lui est rendu, qu'un décret impérial du 30 avril 1859 autorise l'érection, à Bouvines, d'un monument commémoratif de la glorieuse victoire de Philippe-Auguste, en 1214, le Conseil déclare s'en rapporter aux soins de M. le Préfet pour que l'exécution du monument et le choix de l'emplacement concordent avec la vérité historique, sans que le crédit alloué soit dépassé.

Monument a Tourcoing. — Le Conseil déclare être disposé à concourir à l'exécution du projet d'établissement, dans la ville de Tourcoing, d'un monument commémoratif de la victoire remportée en 1794 par les généraux Souham et Moreau, sur les coalisés, désire connaître la part de dépense que la ville prendra à sa charge, avant de déterminer le subside à accorder sur les fonds départementaux ; prie M. le Préfet de régulariser cette affaire pour la prochaine session.

NAVIGATION INTÉRIEURE. — Le Conseil, tout en reconnaissant l'urgence des améliorations à entreprendre pour convertir en navigation continue la navigation intermittente que desservent l'Escaut et la Scarpe inférieure entre Condé et Saint-Amand, ne peut abandonner l'espoir de la transformation de l'écluse simple d'Antoing en écluse à sas, avant que le refus de la Belgique ne soit notifié au Gouvernement français, et se joint à M. le Préfet pour que des démarches instantes soient faites à cet effet auprès du gouvernement belge ; — vote, à titre de subvention facultative, une somme de 9,384 f. à répartir sur trois exercices pour son concours dans les frais de curage du canal de la Basse-Colme ; — sollicite l'intervention de M. le Ministre des travaux publics pour obtenir de la Belgique l'exécution simultanée des travaux sur son territoire ; — renouvelle son vœu pour que le concessionnaire du canal de Dunkerque à Fournes soit contraint de mettre cette voie navigable à la profondeur prescrite par son cahier des charges ;— s'associe au vœu du Conseil d'arrondissement de Lille, pour l'achèvement du canal de Roubaix, et prie M. le Préfet de tenir la main à ce qu'il soit convenablement pourvu à l'entretien des deux branches de ce canal, en attendant la décision dont il doit être l'objet de la part du Gouvernement ;— s'associe au vœu proposé par l'un de ses membres pour que le canal de Seclin soit prolongé jusqu'à l'Escaut par Wattiessart, le nord de la forêt de Phalempin et Tourmignies, où il rencontrerait la Marque, qui serait canalisée jusqu'à Roubaix ; — recommande à l'attention de M. le Préfet les vœux des conseils d'arrondissement pour la réalisation de diverses améliorations sur les voies navigables ; est d'avis qu'il convient de faire de nouvelles démarches pour obtenir le concours des localités intéressées à la reconstruction du pont de Dorignies sur la Deûle ;— émet enfin les vœux suivants :

1° Que les divers travaux spéciaux nécessaires soient l'objet d'allocations suffisantes de la part du Gouvernement, pour en assurer une prompte exécution ;

2° Qu'un projet de loi, destiné à assurer les ressources nécessaires pour l'amélioration de toutes les voies navigables de l'Empire soit présenté au Corps législatif dès la session prochaine ;

3° Que ce projet de loi comprenne une fixation nouvelle des droits de péage, en les restreignant à l'importance des dépenses à faire pour leur maintien en bon état d'entretien ; que, dans tous les cas, cet abaissement soit réglé de manière à assurer toujours, entre les deux voies de transport, une concurrence essentiellement utile au perfectionnement de l'une et de l'autre ;

4° Que dans la loi projetée, conformément à ce qui a été stipulé explicitement par la loi du 3 juillet 1836, concernant les canaux du Centre, la houille soit rangée dans la 2e classe pour la perception des droits de navigation sur toutes les voies navigables ;

5° Que le Gouvernement se préoccupe de l'utilité du rachat des actions de jouissance et même des concessions de nos voies d'eau en général, afin d'être en mesure de régler les tarifs de péage en vue de l'équilibre à établir entre ces voies et les chemins de fer;

6° Que dans l'application des tarifs pour le transport des marchandises, les Compagnies des chemins de fer soient astreintes à se conformer strictement aux stipulations de leurs cahiers des charges, et que les tarifs d'abonnement soient interdits ;

7° Que le Gouvernement donne le plus grand encouragement au développement de nos richesses minérales, et en particulier de nos exploitations houillères, pour assurer à notre batellerie son alimentation la mieux appropriée, et affranchir davantage l'industrie française des emprunts à l'étranger pour les matières premières les plus essentielles à son existence.

Palais-de-Justice de Dunkerque. — Il a été rendu compte au Conseil général, que l'architecte du département et l'entrepreneur de la construction de cet édifice ont, pour l'établissement des fondations et sans autorisation de M. le Préfet, fait des dépenses sepplémentaires, évaluées par les commissaires vérificateurs, à 67,737 fr. 31 c. — En dehors de ces faits et pour faire face aux dépenses prévues dans le projet primitif, le Conseil adopte les conclusions de M. le Préfet, en ce qui concerne : 1° l'autorisation d'aliéner les bâtiments du tribunal de commerce, évalués à 50,000 f.; 2° le virement des fonds provenant de l'imposition du chemin de fer de Cambrai, s'élevant à 19,442 fr. 45 c. — Et quant à la somme de 67,737 fr. 31 c., formant l'importance des dépenses supplémentaires du Palais-de-Justice, le Conseil, pour ne rien préjuger sur cette question, déclare qu'il n'y a pas lieu, en l'état, d'en déliberer.

Palais-de-Justice de Cambrai. — La ville de Cambrai, pour obtenir l'établissement d'un Palais-de-Justice, consent à céder l'ancienne salle de spectacle que le département ferait approprier à cette nouvelle destination. La dépense à faire est évaluée à 195,000 f. — La ville demande, toutefois, une augmentation de 2,500 fr. sur le loyer des locaux actuellement occupés par les tribunaux dans l'Hôtel-de-ville. — Le Conseil général est d'avis que le loyer des tribunaux de Cambrai doit être maintenu à 4,500 fr., qu'il y a lieu d'accepter la proposition de construire, à Cambrai, un Palais-de-Justice, moyennant la cession par la ville de l'ancienne salle de spectacle, évaluée à 95,000 fr., et qu'en raison du délai qui reste à courir avant l'entreprise des travaux, un concours soit ouvert pour la présentation des plans et devis du projet d'appropriation de l'immeuble à sa nouvelle destination.

Pharmacies (*Inspection*). — Le Conseil alloue pour frais de visite des pharmaciens, le crédit ordinaire de 7,800 fr., en attendant que l'on puisse connaître les résultats du nouveau mode d'inspection, établi par le décret impérial du 13 mars 1859.

PORTS MARITIMES. — Après avoir entendu lecture d'un rapport développé sur le service des ports du département, l'assemblée émet les vœux suivants, qu'elle prie M. le Préfet de faire connaître à M. le Ministre des Travaux Publics: 1° augmenter de 20,000 fr. au moins les fonds d'entretien de 1860, 2° allouer pour 1860 les fonds nécessaires à l'exécution des travaux neufs et de grosses réparations, dont les projets sont approuvés et qui s'élèvent à 50,000 fr. ; 3° accorder au port de Dunkerque pour les travaux extraordinaires, objet de la loi de 1845, le reste des fonds qui lui sont applicables et qui étaient compris dans les états des budgets de 1859 et 1860, pour le dévasement et l'approfondissement des bassins et de l'avant-port, pour l'élargissement de cet avant-port, pour la consolidation des talus du canal de dérivation, afin de le livrer à l'usage des chasses, et enfin pour les indemnités afférentes aux expropriations indispensables à droite et à gauche de la rue de Bergues, à l'effet d'établir la voie ferrée par les quais de l'est des bassins; 4° la création d'un fonds spécial avec des crédits suffisants pour l'érection dans un bref délai, d'un bassin à l'avancée, afin de garantir une heure après la pleine mer, l'entrée des grands navires ainsi que leur appareillage, et après ce bassin construit, les quais et autres établissements qui manquent au port de Dunkerque. — En ce qui concerne le port de Gravelines : 1° Augmenter de 5,000 fr. au moins le fonds d'entretien de ce port ; 2° allouer pour 1860 les fonds nécessaires à l'exécution des travaux neufs et de grosses réparations, dont les projets sont approuvés et qui s'élèvent à plus de 70,000 fr.; de plus, accorder en 1860 des fonds applicables aux travaux de même nature, dont les projets sont soumis à l'approbation de M. le Ministre, et qui s'appliquent à des ouvrages du plus haut intérêt et de la plus haute urgence, comme l'organisation de la double voie d'écoulement des eaux de l'Aa, à Gravelines, et le barrage éclusé en amont de l'écluse Vauban, et aussi la continuation du quai en pierre de ce port.

POSTES. — Remerciements à M. le Préfet, pour sa promesse de recommander de nouveau à la sollicitude de l'administration supérieuse, les demandes des communes d'Etrœungt, Arleux, Maroilles et Esquelbecq, en établissement de bureaux de poste; espoir qu'il y sera donné une satisfaction justement méritée, à cause de l'imtance toujours croissante de la population et au point de vue agricole et industriel.

PRÉFECTURE. — Plein de confiance dans la sagesse de M. le Préfet, dont la volonté bien arrêtée est de restreindre toujours les dépenses dans les limites régulières, alloue les divers crédits demandés pour les travaux de grosses réparations et améliorations dans l'Hôtel de la Préfecture. — Sur la communication qui lui a été faite du nouvel inventaire du mobilier de la Préfecture et des observations de M. le Ministre de l'intérieur, le Conseil est d'avis qu'il y a lieu d'élever provisoirement la valeur réglementaire du mobilier à la somme de 106,700 fr., sous la condition de ramener cette valeur à mesure qu'une partie des meubles de la 2e catégorie devra être remplacée dans la limite de 77,000 fr., réglementée par l'ordonnance du 7 août 1841.

Prisons départementales. — Acte est donné à M. le Préfet de ses communications sur le projet d'établissement dans la maison de correction de Loos, d'une prison départementale centrale pour les hommes condamnés de deux mois à un an. — Remerciements à ce magistrat pour le zèle qu'il a déployé dans cette affaire importante. — Allocation d'indemnités de logement aux aumôniers de Lille et de Douai.

Routes départementales. — Le Conseil général alloue les crédits demandés pour le service de ces routes en 1860, savoir : entretien, 346,363 francs ; grosses réparations et améliorations, 113,056 fr. 21 c.; ensemble, 459,419 fr. 21 c.; — Adhère au projet révisé, montant à 63,000 fr. dont 20,000 f. à obtenir de l'État, des travaux de construction de la route projetée N° 25, devant former ceinture autour de la place de Maubeuge ; — Alloue à la 3e section du budget, une somme de 15,000 f, à valoir sur le montant de cette dépense, et émet le vœu que la somme complémentaire soit portée au budget de 1861, si des nécessités imprévues ne s'y opposent ; émet également le vœu que la plus grande solidité et l'économie la plus sage soient exclusivement recherchées dans la construction du pont sur la Sambre qui doit faire partie de la nouvelle route ;— Alloue également à la 3e section du budget de 1860, un premier crédit de 46,572 f. 19 c. pour la restauration de la route N° 23, de Cambrai à la frontière ; — Vote, par voie de virement sur l'exercice 1859, deux crédits supplémentaires ayant pour objet le traitement des conducteurs et agents secondaires, et le solde des travaux de rectification de la route N° 12.

Routes Impériales. — Le Conseil remercie M. le Préfet de ses communications relativement à la viabilité des routes impériales et aux mesures prises pour leur amélioration ; — Remercie également M. le Ministre des Travaux publics d'avoir eu égard à ses vœux en élevant à 440,000 fr. le crédit d'entretien, et à 124,000 fr. celui des grosses réparations des routes ; — Insiste toutefois pour que ces crédits soient encore augmentés, ou tout au moins qu'ils soient maintenus dans leur chiffre actuel ; — Demande que des allocations spéciales soient accordées, en 1860, pour l'élargissement des routes dans la traversée des fortifications des places fortes, notamment à Maubeuge, Douai et Bergues ; — S'associe au vœu du Conseil d'arrondissement de Dunkerque, tendant à obtenir la restauration du pavage de la route N° 40 et la réduction des pentes qui existent près du Jeu de Mail, à Dunkerque ; — S'associe

au vœu du Conseil de Lille qui signale le mauvais état
e N° 41, entre Lille et la frontière, et demande que les
oient prolongés jusqu'à Baisieux; — Appuie le vœu du
ırrondissement d'Avesnes demandant le rechargement de
[° 2, entre Avesnes et la limite du département, la res-
du pont d'Etrœungt, l'établissement de deux trottoirs à
sur la route N° 45, l'amélioration de la traverse du
même route, l'amélioration des rampes de St.-Waast,
truction d'un aqueduc dans la traversée de Maubeuge;
, avec le Conseil de Valenciennes, les vœux précédem-
imés pour l'élargissement et l'exhaussement de la porte
à Valenciennes, sur la route N° 29, et pour l'élargisse-
ı route N° 45 (rue de Lille), dans la même ville; — Prie
et de hâter les conférences avec le génie militaire pour le
cernant la porte de Mons; — Apprend avec satisfaction
fficultés relatives aux passages de la porte Ferrand, à
nes, sont enfin levées, et demande que la somme de
allouée pour l'entretien de ces passages, soit immédia-
ıployée; — Emet le vœu qu'une passerelle soit établie
ırpe, à St.-Amand, sur la route N° 45, et que le bombe-
ssif de la route N° 49 soit diminué; — Renouvelle, enfin,
antérieurs pour l'établissement de trottoirs sur toutes
impériales au fur et à mesure de l'exécution des répa-

ɪTÉ. — *Inspection.* Pour satisfaire aux vœux exprimés en
le Conseil général, M. le Préfet a pris des mesures à
ɔvier aux graves inconvénients produits par l'écoulement
s des distilleries et autres établissements industriels dans
l'eau. L'assemblée, sur la proposition de son 5e. bureau,
ce magistrat des soins qu'il a donnés à la solution de
ıtion, soins qui ont eu pour résultat son arrêté du 6 juin
dont une sage application paraît destinée à remédier aux
ents existants et à prévenir les abus; — Approuve la no-
d'un inspecteur de la salubrité, et alloue au budget de
rédit de 6,000 fr. dont 5,000 pour traitement de ce fonc-
et 1,000 à titre d'indemnité de ses frais de tournée pen-
:. semestre de 1859.

s POUR RECONSTRUCTION D'ÉGLISES. — Allocation d'une sub-
e 3,000 fr. à chacune des communes de Dourlers, Touf-
Chapelle d'Armentières, Limont-Fontaine et Quesnoy-sur-
· allocation collective d'une pareille subvention aux com-
Brillon; Bousignies et Tilloy, pour la reconstruction de
:; recommandation de ces diverses communes au bienveil-
ɜt de M. le Ministre de l'Instruction publique et des Cultes.
d'une demande de la commune de Fourmies tendant à
ı secours pour le même objet; prière à M. le Préfet d'au-

toriser le plus tôt possible l'exécution des travaux projetés par cette commune.

Service hydraulique. — Le Conseil général après avoir entendu lecture d'un rapport de son 5e. bureau sur la situation de ce service, prie M. le Préfet de hâter l'instruction du projet conçu par la 1re. section de Waeteringues de canaliser l'une de ses grandes artères à l'effet de conduire toutes les eaux de la section à une nouvelle bouche de mer, à Gravelines, et de perfectionner les débouchés existants sur Dunkerque ; — Emet le vœu qu'il soit dressé un projet propre à faire disparaître les difficultés qu'éprouve le desséchement d'une zône de 8 kilomètres carrés existant dans la 2e. section de Waeteringues ; — Prie M. le Préfet d'employer ses efforts pour déterminer la 3e. section à exécuter dans le délai de deux ans et avec le concours de la ville de Bergues pour un tiers les travaux nécessaires pour séparer les eaux d'alimentation de cette ville de celles du desséchement ; — Prie également ce magistrat de continuer à donner tout le développement possible aux travaux de curage des cours d'eau ; — Prie M. l'Ingénieur en chef de continuer ses efforts pour vaincre les difficultés qui s'opposent au curage de l'Hogneau et d'apporter à cet effet dans les projets toutes les restrictions possibles ; — Est d'avis qu'il n'y a pas lieu de donner suite au vœu du Conseil d'arrondissement d'Avesnes pour l'établissement d'un conducteur hydraulique dans cet arrondissement ; — Reconnaît que des difficultés financières s'opposent à la réalisation du vœu du Conseil d'arrondissement de Douai tendant à ce que tous les canaux et cours d'eau situés dans la vallée de la Scarpe soient curés et entretenus par l'association syndicale de cette vallée ; — Prie M. le Préfet de consulter la commission de la vallée de la Scarpe sur la demande du même Conseil pour la révision du règlement de l'association en ce qui concerne le nombre des électeurs ; — Est d'avis qu'il n'y a pas lieu d'accueillir le vœu des Conseils de Douai et de Valenciennes pour l'allocation au budget départemental d'un crédit destiné au paiement des frais de curage des cours d'eau, en attendant le recouvrement des taxes, les travaux d'office étant généralement exécutés par des entrepreneurs qui font les avances nécessaires ; — Applaudit à la résolution de M. le Préfet de faire contribuer les industriels aux dépenses de curage dans la proportion du volume des résidus qu'ils font écouler dans les cours d'eau ; — Remercie M. l'Ingénieur en chef des soins actifs qu'il a donnés à cette branche importante de son service ; se plaît à reconnaître que c'est à son zèle et à ses efforts qu'est due la réalisation de certains travaux dont les difficultés avaient jusqu'ici paru insurmontables ; — Remercie également M. le Préfet de l'appui qu'il donne à l'exécution des travaux, par les mesures administratives qui sont en son pouvoir ; — Prie enfin ce magistrat de vouloir bien user de tous les moyens à sa disposition, pour que les époques de chômage des canaux soient fixées de manière à concilier, autant que possible, les intérêts du commerce et de l'industrie avec ceux de la salubrité publique.

SOURDS-MUETS ET JEUNES AVEUGLES. — Le Conseil se réunit à M. le Préfet dans les justes éloges qu'il donne aux deux établissements existant à Fives et à Lille, et vote l'inscription au budget de 1860 du crédit ordinaire de 28,200 fr. pour l'entretien de bourses et de demi-bourses dans ces institutions. »

SOUS-PRÉFECTURES.— Renouvellement du vœu plusieurs fois émis pour que la Sous-Préfecture d'Hazebrouck soit élevée à la deuxième classe, en raison de sa population, du chiffre des contributions et du développement progressif des intérêts généraux et communaux. — Acte à M. le Préfet de la communication qu'il a faite au Conseil concernant les mesures prises par le gouvernement pour l'amélioration du sort des employés des Sous-Préfectures, au moyen de l'augmentation des crédits affectés aux frais d'administration. — Allocation de divers crédits pour grosses réparations aux bâtiments des Sous-Préfectures d'Avesnes, Cambrai, Douai et Valenciennes. — Appelé à se prononcer sur les demandes de divers entrepreneurs, en paiement de travaux exécutés sans autorisation en 1853, 1854 et 1855 à la Sous-Préfecture de Valenciennes, le Conseil ajourne la dépense de 1,830 fr. 48 c., faite pour établissement de marquises, ainsi que celle relative à l'appropriation de trois pièces servant autrefois de bureaux; admet la dépense de 772 fr. pour établissement de lieux d'aisance, et rejette la réclamation des sieurs Hermand et Allard, en paiement de travaux arriérés, montant à 5,172 fr. 16 c.

SUCRES ET ALCOOLS (*Législation.*)— Le Conseil général délibérant sur les vœux émis par les Conseils d'arrondissement de Douai, d'Avesnes et de Valenciennes, demande : 1° Que les articles 7 et 8 de la loi du 31 mai 1846 soient modifiés de manière à ce que tous les sucres fabriqués paient l'impôt, mais que cet impôt ne frappe pas les manquants qui n'ont jamais existé, la surveillance de l'administration ne laissant plus de place au soupçon de fraude; — 2° Que 54 fabricants de sucre auxquels on a légalement fait payer des manquants sur la fabrication de 1857-1858 soient désintéressés de cette surcharge par une décision bienveillante mais juste de M. le Ministre des Finances, rendue par cette considération que la fraude n'a pas pu être et n'a pas été la cause de ces manquants, qu'ils proviennent de la nature de la betterave et qu'il ne peut jamais être dans l'intention du gouvernement de percevoir un impôt de *consommation* sur un produit qui, n'existant pas, n'a pu être consommé.

TABACS. — Désignation de MM. Desrousseaux et Cleenwerck, membres du Conseil général, pour faire partie, en 1860, des Commissions chargées dans les arrondissements de Lille et d'Hazebrouck, de la délivrance des permissions de culture du tabac.— Regrets de ne pouvoir appuyer le vœu du Conseil d'arrondissement de Valenciennes pour que la culture du tabac soit autorisée dans le canton de Condé, suivant la demande du Comice agricole.

Taxe personnelle. — Maintien pour 1860 du tarif adopté pendant les années précédentes pour le règlement de la contribution personnelle.

Travail des Enfants dans les manufactures. — L'Inspecteur spécial a visité, pendant la dernière année 141 communes et 703 établissements industriels comportant 6,792 garçons et 5,874 filles âgés de moins de 16 ans. Le travail des enfants a été réglé de manière à assurer leur développement moral par l'enseignnment religieux et l'instruction élémentaire. — Le Conseil vote les crédits nécessaires au service de l'inspection en 1860. — Il prie M. le Préfet de faire tous ses efforts auprès de M. le Ministre pour que chaque département industriel soit enfin appelé à supporter, dans une égale mesure, les charges imposées à l'industrie et aux finances du département par la loi du 22 mars 1841.— Il renouvelle le vœu qu'aucune fille ne puisse travailler dans les ateliers avant d'avoir atteint l'âge de douze ans; — s'associe au vœu du Conseil d'arrondissement de Lille pour que tous les ateliers soient soumis à l'inspection, quel que soit le nombre d'enfants qu'ils renferment, et en outre aux vœux suivants émis par le même Conseil: 1° placer dans les écoles de midi un nombre de maîtres en rapport avec celui des jeunes ouvriers qui les fréquentent; 2° provoquer et favoriser l'établissement d'ouvroirs pour les jeunes filles; 3° élever le minimum d'âge pour l'admission des enfants en fabrique; 4° régulariser, dans chaque localité, les heures d'entrée dans les ateliers. — Vote des remerciements à MM. les membres des commissions de surveillance pour le zèle et le dévouement avec lesquels ils ont secondé l'Inspecteur.

Tribunaux (*Grosses réparations.*) — Le Conseil alloue les crédits demandés pour travaux en 1860 aux bâtiments des tribunaux de Lille, Avesnes, Douai et Valenciennes; exprime toutefois son regret de voir que MM. les architectes se croient autorisés à dépasser le chiffre des crédits, et donne son entière adhésion à la circulaire en date du 24 novembre 1858, par laquelle M. le Préfet a rappelé aux architectes départementaux leurs obligations et leurs devoirs à cet égard, — ajourne les travaux proposés pour l'appropriation de la Chambre correctionnelle du Palais-de-Justice de Lille, jusqu'à ce que le devis ait été vérifié par la Commission des bâtiments civils; — ajourne la proposition faite pour l'installation de la Chambre de Commerce de Valenciennes dans le local du Tribunal de Commerce, jusqu'à ce que la question du transfert du Tribunal de Commerce dans une partie de l'hôtel de la Sous-Préfecture ait été résolue.

Vaccine. —Rapport sur ce service en 1858, et allocation du crédit ordinaire de 2,400 fr. pour 1860.

BUDGET DÉPARTEMENTAL.

EXERCICE 1859.

Première section. — Dépenses ordinaires.

SOUS-CHAPITRE Ier

ART. 1.	Réparations aux bâtiments de l'hôtel de la Préfecture	2,949 »
2.	Archives départementales. — Grosses réparations	8,000 »
3.	Sous-Préfecture d'Avesnes — Agrandissement d'un Salon	2,400 »
4.	— de Cambrai. — Travaux d'amélioration	806 »
5.	— de Douai. — Toiture et plancher d'une Salle	1,798 »
6.	— de Valenciennes. — Escalier et salon	2,200 »
7.	Tribunal de Lille. — Travaux d'Appropriation	1,579 »
8.	— d'Avesnes. — Escalier et appropriation	790 »
9.	— de Douai. — Toitures et façades	3,000 »
10	— de Valenciennes. — Peinture et platrage	2,600 »
11.	Maison d'arrêt de Lille. — Toitures, planchers, pompe	9,786 »
12.	— de Dunkerque. — Appropriation d'un parloir	600 »
13.	— de Cambrai. — Réparations diverses	623 »
14.	— de Valenciennes. — Réparations des toitures	592 »
15.	Dépôts de sûreté de Bailleul et de Cassel — Réparations	105 »
16.	Caserne de gendarmerie de Lille. — Puits et mur à reconstruire	3,927 »
17.	Caserne de gendarmerie d'Hazebrouck. — Réparations diverses.	384 »
18.	— de Bailleul. — Travaux d'appropriation.	1,372 »
19.	— de Cassel — Réparations diverses	402 »
20.	— du Quesnoy. — Appropriation et bucher.	2,980 »
21.	— de Douai. — Toitures et démolition d'un mur	1,500 »

Entretien.

22.	Hôtel et bureaux de la Préfecture	4,000 »
23.	Hôtel et bureaux des Archives	650 »
24.	Sous-Préfectures de Cambrai, Avesnes, Douai et Valenciennes.	1,800 »
25.	Tribunaux	2,500 »
26.	Prisons	3,200 »
27.	Casernes de gendarmerie	2,500 »
28.	Traitement des architectes départementaux	5,000 »
29.	— du concierge de la Préfecture	1,000 »
	TOTAL du sous-chapitre I.er	69,043 »

SOUS-CHAPITRE II.

Contributions. — Néant.

SOUS-CHAPITRE III.

Loyers des hôtels de Sous-Préfecture,

Article unique. Loyers des Sous-Préfectures .... 4,600 »

SOUS-CHAPITRE IV.

Mobiliers des hôtels de Préfecture et de Sous-Préfecture.

Art. 1.	Ameublement de l'hôtel de la Préfecture	2,634 »
2.	Entretien ordinaire du mobilier de la Préfecture	3,850 »
3.	Acquisition de mobilier pour les Sous-Préfectures	600 »
4.	Entretien du mobilier des Sous-Préfectures : Dunkerque; 590 fr.; Hazebrouck, 500 fr.; Cambrai, 590 fr.; Avesnes, 500 fr.; Douai, 590 fr.; Valenciennes, 590 fr.	3,360 »
	Total du sous-chapitre IV.	10,444 »

SOUS-CHAPITRE V.

Casernement de la gendarmerie.

Art 1.	Eclairage des casernes et remplacement de drapeaux	200 »
2.	Loyers et frais de baux des casernes	36,500 »
4.	Indemnité de literies aux gendarmes sortant de la ligne	1,600 »
	Total du sous-chapitre V......	38,300 »

SOUS-CHAPITRE VI.

Cour d'assises et Tribunaux.

Art. 2.	Loyers de bâtiments qui n'appartiennent pas au département..		8,900 »
3.	Entretien du mobilier de la Cour d'assises et des tribunaux.....		1,000 »
4.	Achat ou renouvellement du mobilier :		
	Tribunal de Lille	2,090 »	3,666 »
	— d'Hazebrouck	646 »	
	— d'Avesnes	800 »	
	— de Valenciennes	630 »	
6.	Menues dépenses et frais de parquet		18,370 »
7.	Menues dépenses des justices de paix		4,980 »
9.	Dépenses des Chambres d'Agriculture		1,700 »
10.	Concierge du Palais-de-Justice de Lille	800 »	1,050 »
	Id. id. de Valenciennes ..	250 »	
	Total du sous-chapitre VI......		39,666 »

SOUS-CHAPITRE VII.

Entretien des routes départementales.

Art. 1.	Route N.° 1. De Lille à Valenciennes	8,000 »
2.	— 2. De Lille à Ypres	10,000 »
	A reporter....	18,000 »

Report.....	18,000	»
. Route N.° 3. De Douai à Tournai..........................	6,000	»
. — 4. De Cambrai à Tournai..........................	8,000	»
. — 5. D'Avesnes à Philippeville..........................	10,500	»
. — 6. De Landrecies à Chimay..........................	32,500	»
. — 7. De Condé à Mons..........................	5,000	»
. — 8. De Condé à Valenciennes..........................	5,000	»
. — 9. De Lille à Saint-Omer..........................	23,400	»
. — 10. De Valenciennes à Bohain..........................	29,400	»
. — 11. De Cambrai à Guise..........................	9,800	»
. — 12. D'Avesnes au Quesnoy..........................	17,331	49
. — 13. De Maubeuge à Maroilles..........................	1,550	»
. Traitements des conducteurs, salaires des piqueurs, etc.......	48,700	»
. Dépenses diverses..........................	700	»
. Indemnités proportionnelles accordées aux ingénieurs........	2,848	»
Total du sous-chapitre VII....	218,729	49

SOUS-CHAPITRE VIII.

Enfants trouvés, abandonnés, orphelins pauvres.

.e unique. Dépenses évaluées d'après un nombre moyen de 380 enfants :

1.° Mois de nourrice, pensions, secours, indemnités, etc...			30,900	»
2.° Traitement de l'inspecteur..........................			3,600	»
			34,500	»
A déduire :				
1.° Le produit présumé des amendes..........	9,500	»	14,500	»
2.° Le contingent des communes...........	5,000	»		
Reste à la charge de la 1.re section...			20,000	»

SOUS-CHAPITRE IX.

Aliénés.

1. Dépenses évaluées d'après un nombre moyen de 600 aliénés...			219,000	»
A déduire :				
e que les aliénés ou leurs familles peuvent fournir.	11,000	»	59,000	»
oncours des communes..........................	48,000	»		
Reste à la charge de la 1.re section....			160,000	»
2. Frais de transport et de nourriture en route..............			7,000	»
Total du sous-chapitre IX...			167,000	»

SOUS-CHAPITRE X.

Impressions.

1. Frais d'impression de budget, comptes, etc..............	900	»
3. Frais d'impression des cadres pour la formation des listes électorales et du jury, etc..........................	2,000	»
Total du sous-chapitre X	2,900	»

SOUS-CHAPITRE XI

Archives du département.

Art. 1.	Appointements du conservateur, etc.	9,600 »
2.	Dépouillement extraordinaire des archives	2,200 »
	Total du sous-chapitre XI	11,800 »

SOUS-CHAPITRE XII.

Dépenses diverses ordinaires.

Art. 1.	Corps-de-garde de la préfecture. — Chauffage et éclairage	500 »
2.	Secours de route et frais de transport aux voyageurs indigents	1,000 »
4.	Mesures contre les épidémies	600 »
5.	— contre les épizooties	1,000 »
6.	Primes pour la destruction des animaux nuisibles	100 »
9.	Frais de bureau de l'inspecteur académique	1,200 »
10.	Redevance à la ville pour une prise d'eau	2 »
	Total du sous-chapitre XII	4,402 »

SOUS-CHAPITRE XIII.

Dettes départementales ordinaires; complément des dépenses ordinaires des exercices 1858 et antérieurs.

§ Ier. — 1858.

Art. 1.	Dépenses des aliénés	11,148 32
2.	Frais de vente du mobilier départemental	15 13
3.	Dépenses des enfants assistés. Epizooties.—Dépenses arriérées	80 »

§ II. — 1857 *et années antérieures.*

Art. 1.	Dépenses des aliénés indigents	472 43
2.	Epidémies, dépenses arriérées de 1857	204 »
3.	Travaux exécutés à la Sous-Préfecture de Valenciennes	772 »
	Total du sous-chapitre XIII	12,691 88

Deuxième Section. — Dépenses facultatives.

SOUS-CHAPITRE XIV.

Travaux neufs des bâtiments départementaux.

Art. 1.	Palais de Justice de Dunkerque — Emploi du produit de la vente du Tribunal de Commerce	50,000 »
2.	Assurance des bâtiments départementaux	754 52
	Total du sous-chapitre XIV	50,754 52

SOUS-CHAPITRE XV.

Travaux des routes départementales.

§ 1er — Supplément aux fonds d'entretien.

Art. 1.	Route N° 12. d'Avesnes au Quesnoy (Complément de 18,000)	168 51
2.	— 13. De Maubeuge à Maroilles	9,950 »
3.	— 14. De Lille à Courtrai	15,000 »
	A reporter	25,618 51

		Report	25,618	51
—	15.	De Dunkerque à Furnes.	5,500	»
—	16.	De La Bassée à Estaires.	4,500	»
—	17.	D'Hazebrouck à Aire.	6,000	»
—	18.	De Cassel à la frontière..	4,000	»
—	19.	De Roubaix à Saint-Amand.	18,500	»
—	20.	De Cassel à la frontière.	6,300	»
—	21.	De Bergues à St.-Momelin	14,300	»
—	22.	De Lille à Tourcoing	6,000	»
—	23.	De Cambrai à la frontière	32,600	»
—	24.	D'Hélesmes à Denain.	4,400	»

§ II. — Travaux de grosses réparations.

Route N°	1.	Construction de fils d'eau	2,500	»
—	5.	Rechargement	4,000	»
—	6.	Rechargement.	5,000	»
—	7.	Amélioration de la chaussée	3,000	»
—	8.	Remaniement	3,000	»
—	9.	Restauration de la chaussée	4,000	»
—	10.	Idem	1,000	»
—	14.	Remaniement de pavages.	37,854	87
—	15.	Elragissement de passages	12,900	»
—	16.	Rechargement de la chaussée.	3,000	»
—	18.	Remaniement et élargissement.	6,000	20
—	19.	Construction de fils d'eau	4,200	»
—	20.	Remaniement de pavages.	2,000	»
—	21.	Rechargnement.	8,000	»
—	23.	Elargissement de la chaussée	16,000	»
—	24.	Remaniement et poteaux indicateurs	4,000	»
		Indemnités proportionnelles aux ingénieurs	2,463	10
		Indemnités extraordinaires pour les ingénieurs et conducteurs .	1,800	»
		Total du sous-chapitre XV	247,937	58

SOUS-CHAPITRE XVI.

Subventions aux communes.

Primes pour l'établissement de pompes à incendie.	4,000	»
Subvention pour entretien des malades dans les hospices . . .	3,000	»
Subvention à l'école secondaire de Médecine et de Pharmacie. .	4,000	»
Subvention aux communes pour travaux et réparations d'églises et autres édifices.	13,000	»
Subvention pour renouvellement des opérations cadastrales . .	20,000	»
Total du sous-chapitre XVI	44,000	»

SOUS-CHAPITRE XVII.

Encouragements et secours.

Secours à d'anciens employés de la Préfecture	850	»
Indemnité aux employés de la Préfecture pour travaux extraordinaires pendant la session du Conseil général.	2,200	»
Gratification pour belles actions.	1,400	»
Sociétés d'agriculture . . . . } Encouragement à l'agriculture, concours de reproducteurs. . }	17,400	»
A reporter	21,850	»

	Report		21,850 »
Art. 6.	Entretien d'élèves aux écoles vétérinaires		1,400 »
7.	Encouragement pour les courses de chevaux. . . . . Idem pour l'élève des chevaux..		20,000 »
8.	Traitement du professeur du cours d'accouchement.		1,300 »
9.	Secours pour les dépenses du Conseil de salubrité, traitement, etc., de l'inspecteur.		9,520 »
10.	Entretien d'élèves à l'école d'arts et métiers et à l'école professionnelle.		2,100 »
11.	Achat de la Carte géologique		75 »
12.	Subvention à la Société humaine de Dunkerque		500 »
13.	Conservation des monuments historiques		500 »
14.	Encouragement aux sieurs Delettré, sculpteur .	1,000 »	7,300 »
	— Delebarre, architecte.	800 »	
	— Colesson, sculpteur .	800 »	
	— Millot, architecte. .	800 »	
	— Guerlain, statuaire. .	600 »	
	— Magnien, musicien	600 »	
	— Durand, peintre. . .	600 »	
	— Arnold, architecte .	600 »	
	Subvention à la Société des sciences de Lille . . .	1,500 »	
15.	Souscriptions en faveur de la Colonie de Mettray .	500 »	750 »
	Id. Id. du Mesnil St Firmin.	250 »	
	Total du sous-chapitre XVII		65,495 »

SOUS-CHAPITRE XVIII.

Culte catholique.

Art. 1.	Indemnités : à Mgr. l'archevêque, 5,000 fr.; aux trois vicaires-généraux, 3,600 fr.; aux dix chanoines, 10,000 fr.	18,600 »

Cultes non catholiques

2.	Secours pour concourir au ulte protestant ou réformé. . . .	1,200 »
3.	Secours pour le culte israélite	500 »
	Total du sous-chapitre XVIII	20,300 »

SOUS-CHAPITRE XIX.

Assistance publique.

Art. 1.	Indemnité pour la propagation de la vaccine.	2,400 »
2.	Subvention aux sociétés de secours mutuels.	1,500 »
3.	Entretien des sourds-muets dans les institutions spéciales. . .	28,200 »
4.	Maison de refuge du Bon-Pasteur	5,000 »
5.	Secours effectifs en aliments dans le cas d'extrême misère. . .	1,000 »
6.	Subvention à l'orphelinat de Prémontré.	500 »
	Total du sous-chapitre XIX	38,600 »

SOUS-CHAPITRE XX.

Dépenses diverses.

Art. 1.	Subvention pour le curage de la Basse Colome.	3,000 »
2.	Traitement du commis de l'inspecteur de l'Académie.	1,000 »
3.	Frais de publication des délibérations du Conseil général . .	4,000 »
4.	Achat d'ouvrages administratifs.	300 »
	A reporter	8,300 »

	Report		8,300 »
Art, 5.	Frais d'inspection des pharmacies, etc		7,800 »
6.	Menues dépenses arriérées du Tribunal d'Avesnes		950 »
7.	Frais d'illumination des édifices départementaux		200 »
8.	Avance pour travaux d'intérêt public.		16,000 »
9.	Réserve pour dépenses diverses ou imprévues.		1,000 »
10	Frais d'inspection du travail des enfants	4,500 »	4,700 »
	Imprimés pour le travail des enfants.	200 »	
11	Traitement du gardien de la pyramide de Denain. .	200 »	250 »
	Traitement du gardien de la pyramide de Cysoing. .	50 »	
12.	Frais de division des cotes de contributions		6,420 »
13.	Indemnité de logement aux aumôniers des prisons de Lille et de Douai		600 »
	Total du sous-chapitre XX		46,220 »

SOUS-CHAPITRE XXI.

Dettes départementales autres que celles ordinaires.

Art 1.	Honoraires d'architecte	183 08
2.	Vérification des engrais	255 »
	Total du sous-chapitre XXI	438 08

Troisième Section. — Dépenses extraordinaires.

SOUS-CHAPITRE XXII.

§ 1er — *Edifices.*

Art. 1.	Reconstruction de la maison d'arrêt d'Avesnes.	116,020 »
2.	Construction du palais-de-justice de Dunkerque.	19,179 16
	Total du § 1er.	135,199 16

§ 2. *Routes Départementales.*

Art. 1.	Restauration de la Route départementale N° 23.	47,472 »
2.	Construction du Chemin de Ceinture de Maubeuge	15,000 »
	Total du § 2.	62,472 »

§ 3. *Achèvement des chemins vicinaux de grande communication.*

Fonds d'impositions extraordinaires.

Art. 1.	Chemin No 45	26,500 »
2.	— 48	8,000 »
3.	— 49	7,000 »
4.	— 50	15,000 »
5.	— 55	4000, »
6.	— 57	10,000 »
7.	— 58	6,000 »
8.	— 59	41,200 »
9.	— 61	3,000 »
10.	— 62	44,000 »
11.	— 67	8,300 »
12.	— 72	12,000 »
13.	Subvention à la petite vicinalité.	81,738 »
	Total du § 3	266,738 »

§ 4. — *Service des emprunts départementaux.*

Timbre des obligations de l'emprunt	1,000 »

SOUS-CHAPITRE XXIII.

Fonds d'emprunts.

Achèvement des chemins vicinaux de grande communication.

Art. 1.	Chemin N° 3	12,000 »
2.	— 7	4.000 »
3.	— 8	8,000 »
4.	— 9	9,000 »
5.	— 11	10,300 »
6.	— 13	16.000 »
7.	— 15	32,200 »
8	— 16	8,000 »
9.	— 17	4,000 »
10.	— 19	12,000 »
11.	— 20	28.000 »
12.	— 21	3,000 »
13.	— 22	6,000 »
14.	— 23	43,000 »
15.	— 24	11,000 »
16.	— 27	12,000 »
17.	— 34	18,000 »
18.	— 35	8,000 »
19.	— 38	13,000 »
20.	— 40	4,000 »
21.	— 41	12,000 »
22.	— 42	13,000 »
23.	— 43	8,000 »
24.	— 45	5,500 »
25.	— 39	40,000 »
	Total du sous-chapitre XXIII	346,000 »

Quatrième Section. — Chemins vicinaux.

SOUS-CHAPITRE XXIV.

Dépenses imputables sur l'imposition spéciale de cinq centimes, votés par le Conseil général, en vertu de la loi du 21 mai 1836.

Art. 1.	Subvention pour travaux	401,134 87
2.	Traitement des agents-voyers	59,600 »
3.	Réserve pour frais d'impression et dépenses diverses	2,000 »
	Total du sous-chapitre XXIV	462,734 87

SOUS-CHAPITRE XXV.

Dépenses des chemins vicinaux de grande communication, imputables sur contingents communaux, souscriptions particulières, etc.

Fonds de subvention à répartir par le Préfet, par ligne vicinale	348,000 »

POPULATION.

Mouvement pendant l'année 1858.

NAISSANCES.

Les relevés récapitulatifs des naissances ont donné les résultats suivants :

Tableau général par classes.

	ARRONDISSEMENTS.							TOTAL
	Dunkerque	Hazebrouck	Lille.	Cambrai.	Avesnes.	Douai.	Valenciennes.	
Enfants légitimes ..	3463	3456	14306	5860	3653	3312	5487	39537
— naturels reconnus...	44	41	681	297	99	100	304	1566
— naturels non reconnus .	165	212	1266	409	283	197	208	2740
Totaux	3672	3709	16253	6566	4035	3609	5999	43843

Les naissances s'étaient élevées, en 1857, à 41,539 ; celles de 1858 les surpassent d'un nombre de 2,304, c'est-à-dire de 5, 4 centièmes. Cette augmentation a été de 7 0/0 dans les arrondissements d'Hazebrouck et de Lille, de 6 0/0 dans celui de Cambrai et de 5 0/0 dans ceux d'Avesnes, Douai et Valenciennes. Le chiffre des naissances a décru de 45 dans l'arrondissement de Dunkerque.

Considérée par rapport à la population totale du département, la production a été, pour 100 habitants, de 4, 2 dans l'arrondissement de Lille, de 3,7 dans celui de Valenciennes, de 3,6 dans ceux d'Hazebrouck et de Cambrai, de 3, 5 dans l'arrondissement de Dunkerque, de 3, 4 dans celui de Douai, et de 2, 7 dans celui d'Avesnes.

La moyenne pour le département a été de 3, 6 0/0.

Les naissances naturelles ont été de 4,306 sur un total de 43,843 naissances; elles sont ainsi restées dans le rapport ordinaire d'une sur 10.

Division par sexe.

ARRONDISSEMENTS.	ENFANTS légitimes.		ENFANTS naturels reconnus.		ENFANTS naturels non reconnus.		TOTAL des Garçons.	TOTAL des Filles.
	Garçons.	Filles.	Garçons.	Filles.	Garçons.	Filles.		
de Dunkerque.	1745	1718	32	12	81	84	1858	1814
d'Hazebrouck.	1775	1681	25	16	129	83	1929	1780
de Lille......	7396	6910	334	347	641	625	8371	7882
de Cambrai...	2967	2893	148	149	210	199	3325	3241
d'Avesnes . ..	1952	1701	50	49	134	149	2136	1899
de Douai	1707	1605	49	51	103	94	1859	1750
de Valencienn.	2720	2767	166	138	104	104	2990	3009
Totaux...	20262	19275	804	762	1402	1338	22468	21375

Nous avons fait remarquer l'année dernière que la proportion des naissances masculines aux naissances féminines, qui était autrefois de 17 à 16 dans le département, comme elle l'est encore dans tout l'Empire, tend, depuis quelques années, à se modifier chez nous dans le sens de l'égalité entre les deux sexes. Elle a été, en effet, de 18,8 à 18,0 en 1855; de 20 à 19,3 en 1856 et de 21 à 20 en 1857. Le tableau qui précède montre que le rapprochement des nombres a fait un nouveau progrès, puisque les naissances ont donné, en 1858, 22 garçons pour 21 filles.

Si on recherche quel a été le rapport entre les sexes dans les divers arrondissements, on trouve que ceux-ci ont fourni, pour 1,000 garçons, le nombre des filles ci-après: Valenciennes, 1,006; Dunkerque, 976; Cambrai, 975; Lille, 942; Douai, 941; Hazebrouck, 923 et Avesnes, 889. Le nombre des filles a donc été supérieur de 6 % à celui des garçons dans l'arrondissement de Valenciennes; l'arrondissement d'Avesnes est celui dans lequel la proportion des garçons a été la plus grande.

La division des naissances légitimes par sexe donne 20 garçons pour 19 filles. Les naissances naturelles sont restées dans la proportion commune de 21 filles pour 22 garçons. L'année 1857 avait présenté cette particularité que la moyenne des enfants illégitimes se traduisait par 20 filles sur 19 garçons.

Division entre les villes et les campagnes.

DISSE- ...TS.	ENFANTS légitimes. Villes	Campagnes	ENFANTS naturels reconnus. Villes	Campagnes	ENFANTS naturels non reconnus. Villes	Campagnes	TOTAL pour les villes.	TOTAL pour les campagnes.
...kerque.	1995	1468	30	14	103	62	2128	1544
...rouck .	2119	1337	19	22	160	52	2298	1411
......	9160	5146	334	347	957	309	10451	5802
...rai ...	3018	2842	205	92	204	205	3427	3139
...es	1244	2409	33	66	116	167	1393	2642
...i	1522	1790	49	51	93	104	1664	1945
...ncienn.	2610	2877	188	116	111	97	2909	3090
...aux ...	21668	17869	858	708	1744	996	24270	19573

100 naissances, 55,3 ont lieu dans les villes et 44,7 dans ...pagnes.

100 naissances dans les villes, on compte 88 enfants légi...t 12 enfants naturels.

100 naissances dans les campagnes, 90,5 sont légitimes; ...nt naturelles.

...naissances naturelles, suivies de reconnaissance, ont été de ...r cent dans les villes et 41,5 pour cent dans les campagnes.

...livision des naissances générales par sexe a donné des résul...entiques dans les villes et dans les campagnes. La proportion ...ıc, pour celles-ci comme pour les premières, de 22 garçons ...21 filles, soit 51 et 49 sur cent.

...s quelques différences se révèlent dans les détails. Pour les ...nces légitimes, les villes restent dans le rapport commun de ...9: les campagnes donnent 52 naissances masculines pour ...ssances féminines. Chez les enfants naturels, la proportion ...le 52,5 garçons pour 47,5 filles dans les villes et de 49 gar...pour 51 filles dans les campagnes.

Division des naissances par mois.

MOIS.	GARÇONS	FILLES.	TOTAL.	MOIS de la conception.
Janvier	2130	1930	4060	Avril.
Février	1943	1764	3707	Mai.
Mars	2132	2009	4141	Juin.
Avril	1812	1846	3658	Juillet.
Mai.	1881	1760	3641	Août.
Juin	1788	1728	3516	Septembre.
Juillet.	1708	1687	3395	Octobre.
Août	1771	1685	3456	Novembre.
Septembre.	1740	1637	3577	Décembre.
Octobre	1774	1746	3520	Janvier.
Novembre	1876	1725	3601	Février.
Décembre	1913	1858	3771	Mars.
Totaux.....	22468	21375	43843	

La moyenne mensuelle des naissances a été de 3,654. Les quatre premiers mois et le mois de décembre ont fourni des nombres supérieurs et les autres mois des nombres inférieurs. Les mois qui ont produit le plus de naissances sont ceux de janvier et de mars; juillet, août et septembre sont les mois qui en ont produit le moins. Il y a donc lieu de placer le maximum des conceptions en avril et juin, c'est-à-dire au printemps, et le minimum en octobre, novembre et décembre.

Comparaison des naissances et des mariages. — En divisant le chiffre des naissances légitimes de 1858 par le nombre des mariages de 1857, on obtient le rapport des naissances aux mariages, soit 3, 7 naissances pour un mariage.

Naissances multiples. — Le nombre des naissances doubles a été, en 1858, de 1018, dont: garçons nés vivants, 471; mort-nés, 39. — Filles nées vivantes, 465; mort-nées, 43. — On a constaté que 173 de ces naissances ont produit 2 garçons; 162, 2 filles et 174, un garçon et une fille.

Les naissances triples ont été au nombre de 3, savoir : garçons nés vivants, 4; filles nées vivantes, 3; mort-nées, 2. — Les naissances ont produit : une, 3 garçons; une, 3 filles et une, un garçon et 2 filles.

MARIAGES.

Les mariages ont été, en 1858, au nombre de 11036, ainsi que l'indique le tableau ci-après :

	ARRONDISSEMENTS :							
	Dunkerque	Hazebrouck	Lille.	Cambrai.	Avesnes.	Douai.	Valenciennes.	TOTAL.
Entre garçons et filles.	846	737	3139	1459	1177	785	1268	9411
— garçons et veuves	39	47	138	37	33	32	55	381
— veufs et filles. . .	96	94	276	202	96	83	107	954
— veufs et veuves. .	35	19	101	33	36	20	46	290
Totaux. . . .	1016	897	3654	1731	1342	920	1476	11036

Les mariages se divisent encore comme suit :

	POPULATION		TOTAL.
	Urbaine.	Rurale.	
Janvier.	398	338	736
Février.	484	434	918
Mars.	243	218	461
Avril.	725	657	1382
Mai.	505	584	1179
Juin.	478	467	945
Juillet	410	430	840
Août	490	382	872
Septembre	581	508	1089
Octobre.	509	503	1012
Novembre.	522	471	993
Décembre.	330	279	609
TOTAUX.	5765	5271	11036

Parmi les mariés, 11,929 ont signé leur nom, dont 6,636 homme, et 5,293 femmes ; ceux qui ont signé d'une croix ou qui ont déclaré ne pas savoir écrire, sont au nombre de 10,143. dont 5,249 hommes et 4,894 femmes. Le nombre des mariages qui ont été précédés d'actes respectueux est de 66, dont 39 faits par des garçons et 27 par des filles ; 24 mariages avaient été l'objet d'oppositions.

3,979 mariages ont donné lieu à la rédaction d'un contrat.

On a compté 6 mariages entre neveux et tantes ; 5 entre oncles et nièces ; 26 entre beaux-frères et belles-sœurs, et 84 entre cousines et cousins germains.

Les veufs qui ont contracté mariage sont au nombre de 1,244 : 671 veuves seulement ont convolé en secondes noces.

Le nombre des mariages par lesquels des enfants naturels ont été légitimés est de 1,218 ; c'est donc 1 mariage réparateur sur 9 mariages. Les enfants dont l'état-civil a été ainsi régularisé, sont au nombre de 1,478.

Nous avons noté dans le précédent annuaire, que les mariages de 1857 présentaient une augmentation de 742 sur ceux de 1856. Les mariages de 1858 offrent eux-mêmes une différence en plus de 401 sur ceux de l'année 1857. Ce nouveau progrès s'est produit dans les arrondissements de Cambrai, Douai, Dunkerque, Avesnes et Hazebrouck, et il est remarquable que les arrondissements de Lille et de Valenciennes qui, l'année précédente, avaient fourni, seuls, les deux tiers de l'excédant, présentent cette fois des diminutions.

Les mariages considérés par rapport à la population ont donné, en 1858, les résultats suivants :

Arrondissement de Dunkerque,	1	sur	104	habitants.
— d'Hazebrouck,	1		116	—
— de Lille,	1		111	—
— de Cambrai,	1		104	—
— d'Avesnes,	1		112	—
— de Douai,	1		115	—
— de Valenciennes,	1		111	—
Total pour le département,	1		109	—

DÉCÈS.

Les décès ont été, en 1858, au nombre de 28,755; ils sont résumés dans le tableau ci-après :

Mort-nés ou décédés avant la déclaration de naissance.		ARRONDISSEMENTS : Dunkerque	Hazebrouck	Lille.	Cambrai.	Avesnes.	Douai.	Valenciennes.	TOTAL.
Légitimes..	Garçons..	112	90	429	177	106	93	148	1155
	Filles....	63	74	154	133	71	47	110	652
Naturels ..	Garçons..	6	5	77	22	14	4	20	148
	Filles...	2	5	22	16	15	8	13	81
TOTAUX......		183	174	682	348	206	152	291	2036

Ce chiffre de 2,036 se divise ainsi :

Population urbaine.........	1,137
— rurale..........	899

Le nombre des mort-nés n'a pas augmenté en 1858; il a même un peu diminué comparativement à l'année 1857. Les mort-nés légitimes de 1858 sont aux naissances légitimes dans le rapport de 1 à 22, et les mort-nés naturels comme de 1 à 19. Cette dernière proportion est notablement inférieure à ce qu'elle était pendant l'année précédente, où elle donnait 1 pour 15, 5. Le nombre des mort-nés mâles l'emporte toujours de beaucoup sur celui des mort-nés femelles; il a été en 1858 de 1.303 pour 733.

Décès ordinaires.

Sexe masculin.

		ARRONDISSEMENTS : Dun-kerque	Haze-brouck	Lille.	Cam-brai.	Aves-nes.	Douai.	Valen-cienn.	TOTAL.
D'un jour à 1 mois.	Légitimes.	262	263	731	240	151	133	212	1992
	Naturels..	33	34	176	33	38	33	49	396
De 3 à 6 mois.	Légitimes.	100	65	330	60	44	42	60	701
	Naturels..	8	3	45	32	12	5	15	120
De 6 mois à un an.	Légitimes.	116	83	514	94	65	103	112	1087
	Naturels..	5	3	60	26	6	9	24	133
De 1 à 15 ans.......		382	302	1463	767	286	360	610	4170
De 15 à 50 ans.	Garçons. .	141	121	600	293	143	102	164	1474
	Homm. mar.	120	64	488	156	141	83	151	1198
	Veufs....	8	8	45	41	14	8	18	142
De 50 à 90 ans.	Garçons. .	54	81	248	86	63	25	59	616
	Homm. mar.	272	234	869	369	363	228	369	704
	Veufs....	156	166	514	221	218	137	206	618
De 90 à 100 ans.	Garçons. .	»	1	1	»	»	»	»	2
	Homm. mar.	1	»	2	3	6	1	»	13
	Veufs....	4	10	10	5	9	2	10	50
Totaux.....		1662	1438	6091	2336	1559	1271	2059	16416

Sexe féminin.

D'un jour à 3 mois.	Légitimes.	185	203	637	155	132	91	185	1588
	Naturels..	33	15	118	30	18	16	35	265
De 3 à 6 mois.	Légitimes	101	58	226	15	37	27	39	533
	Naturels..	14	6	39	18	9	7	13	106
De 6 mois à un an.	Légitimes.	119	71	399	73	57	59	104	882
	Naturels..	1	7	61	8	10	11	12	119
De 1 à 15 ans.........		414	382	1541	828	328	361	651	4505
A reporter.....		874	742	3021	1157	591	574	1039	7998

	ARRONDISSEMENTS : Dun-kerque	Hazebrouck	Lille.	Cambrai.	Avesnes.	Douai.	Valenciennes.	TOTAL.
Report....	874	742	3021	1157	591	574	1039	7998
De 15 à 50 ans. Filles....	93	103	559	231	111	132	148	1377
Femmes mar	120	139	621	145	226	143	239	1633
Veuves...	15	6	40	50	9	9	21	153
De 50 à 90 ans. Filles....	84	104	310	75	75	65	83	793
Femmes mar	187	196	655	330	288	176	247	2079
Veuves..	276	292	800	258	331	268	282	2507
De 90 à 100 ans. Filles....	2	1	1	1	1	11	2	19
Femmes mar	»	1	»	1	2	1	2	7
Veuves...	5	3	24	8	24	6	13	83
De 100 ans et au-dessus	»	»	»	»	»	»	»	»
Totaux.......	1653	1587	6034	2256	1658	1385	2076	16649

Récapitulation des décès.

Sexe masculin........	1662	1438	6091	2336	1559	1271	2059	16416
Sexe féminin..........	1653	1587	6034	2256	1658	1385	2076	16649
Totaux généraux..	3315	3025	12125	4592	3217	2656	4135	33065

Les décès se résument ainsi suivant l'état-civil des personnes :

Garçons.......	10,662	Filles..........	10,134
Hommes mariés..	3,929	Femmes mariées.	3,748
Veufs..........	1,825	Veuves........	2,767

Les décès qui s'étaient accrus de 1259 en 1857, ont encore augmenté, mais dans une proportion plus importante en 1858 : l'excédant qu'ils présentent sur l'année précédente est de 4,310.

Cet excédant se répartit d'une manière sensiblement égale entre les deux sexes. Si on recherche à quelles parties de la population il s'applique, on voit que la mortalité a plus particulièrement frappé les enfants de 1 à 15 ans, sur lesquels elle a augmenté de près d'un tiers, et la classe de 50 à 90 ans, qui a subi un accroissement de décès de 1/7.

La mortalité plus grande de 1858, s'est étendue aux enfants de moins de trois mois et de six mois à un an. Il est remarquable que les classes de 3 à 6 mois et de 15 à 50 ans, n'y ont pris presque aucune part.

L'augmentation des décès parmi les enfants de moins d'un an, a été de 1/9 sur les enfants légitimes et de 2/9 sur les enfants naturels.

Voici d'ailleurs comment l'excédant des extinctions se divise par âges :

D'un jour à 6 mois......	505 soit	1/7
De 3 à 6 mois.........	27	1/53
De 6 mois à 1 an.......	379	1/5
D'un à 15 ans.........	1,914	1/4
De 15 à 50 ans	128	1/46
De 50 à 90 ans	1,326	1/7
De 90 ans et au-dessus..	31	2/9

Considéré par arrondissement, cet accroissement de mortalité se répartit comme suit :

Dunkerque	669 soit	1/4
Hazebrouck............	383	1/7
Lille	2,085	1/5
Cambrai	68	1/66
Avesnes...............	305	1/16
Douai	323	1/7
Valenciennes	477	1/8
	4,310	1/7 (moyenne)

Dans l'arrondissement de Dunkerque, l'augmentation en décès a été à peu près nulle sur les enfants mâles des premiers âges; elle a surtout atteint les jeunes enfants du sexe féminin, ceux des deux sexes de 1 à 15 ans, et les personnes de 50 à 90 ans.

Dans celui d'Hazebrouck, la mortalité s'est portée sur les enfants au-dessous de 3 mois, sur les filles de 1 à 15 ans, et sur les individus ayant dépassé l'âge mûr.

Dans l'arrondissemeut de Lille, l'accroissement des extinctions s'est fait sentir dans tous les âges, mais principalement chez les enfants de 1 à 15 ans, chez ceux de moins de 3 mois et parmi les personnes de plus de 50 ans.

L'arrondissement de Cambrai présente cette particularité que la mortalité y a diminué dans presque toutes les catégories du sexe éminin; elle n'a augmenté d'une manière sensible que parmi les filles de 1 à 15 ans, et parmi les enfants mâles de moins de 3 mois.

Dans l'arrondissement d'Avesnes, l'augmentation des décès s'est surtout portée sur le sexe feminin (234 sur 305); les personnes âgées, les plus jeunes enfants et ceux d'un à 15 ans, ont fourni le contingent de la contrée dans le mouvement ascensionnel des extinctions.

'rondissement de Douai présente une augmentation d'un tiers a classe des femmes de plus de 50 ans, et dans celle des s mâles de moins de 3 mois.

ıs l'arrondissement de Valenciennes, c'est sur les enfants du ɜr âge, sur les filles d' 1 à 15 ans et sur les hommes de 50 à ;, que la mortalité a principalement sévi.

décès se divisent entre les sexes, de la manière suivante :

	Sexe masculin.	Sexe féminin.	TOTAL.
	1898	1937	3835
	1634	1724	3358
	1724	1688	3412
	1369	1412	2781
	1447	1474	2921
	1196	1200	2396
	1111	1142	2253
	1073	1127	2200
ıbre.	1148	1088	2236
e.	1261	1157	2418
bre.	1318	1377	2695
bre.	1237	1323	2560
TOTAL.	16416	16649	33065

ugmentation du nombre des décès résultant du mouvement de ıpulation en 1858, s'est produite pendant les six premiers de l'année et surtout pendant les trois premiers.

; extinctions se répartissent en outre de la manière suivante les villes et les campagnes :

	POPULATION		Totaux.
	Urbaine.	Rurale.	
ɪr	2199	1636	3835
ɪr	1887	1471	3358
	1905	1507	3412
	1554	1227	2781
	1719	1202	2921
	1366	1030	2396
t	1268	985	2253
	1282	918	2200
nbre	1267	969	2236
re.	1333	1085	2418
nbre	1488	1207	2695
nbre.	1425	1135	2560
Totaux	18693	14372	33065

L'accroissement survenu en 1858 dans le nombre des décès s'est réparti à raison de 2/3 sur la population urbaine et d'un tiers sur la population rurale.

La comparaison des naissances et des décès pendant les douze mois de l'année donne les résultats ci-après :

	Naissances.	Décès.	Excédent des naissances sur les décès.		Naissances.	Décès.	Excédent des naissances sur les décès.
Janvier	4060	3835	225	Juillet	3395	2253	1142
Février	3707	3358	349	Août	3456	2200	1256
Mars	4141	3412	729	Septembre	3377	2236	1141
Avril	3658	2781	877	Octobre	3520	2418	1102
Mai	3641	2921	720	Novembre	3601	2695	906
Juin	3516	2396	1120	Décembre	3771	2560	1211

Les trois premiers mois de l'année qui ont fourni le plus de décès sont aussi ceux qui, avec le mois de décembre, ont produit le plus de naissances. L'excédant des naissances sur les décès est remarquablement plus faible dans les cinq premiers mois que dans les autres ; la cause en est dans la mortalité exceptionnelle qui a régné pendant ces mêmes mois.

Le tableau suivant donne le rapport des décès à la population et aux naissances.

	Proportion des décès : Pour 100 habit.	Pour 100 naiss.
Dunkerque	3,2	90
Hazebrouck	2,9	81
Lille	3	75
Cambrai	2,5	70
Avesnes	2,1	80
Douai	2,5	74
Valenciennes	2,5	69
Totaux :	2,7	75

Les décès d'enfants de moins d'un an sont aux naissances dans le rapport qui suit : Dunkerque, 27 p. °/° ; Hazebrouck 22 ; Lille, 20 ; Cambrai, 12 ; Avesnes, 14 ; Douai, 15 et Valenciennes 14.

La mortalité parmi les enfants du premier âge est toujours plus grande dans le nord du département que dans les autres parties.

On observe en outre que les décès dans la classe des enfants de moins d'un an sont constamment plus nombreux parmi les garçons que parmi les filles. La proportion a été, en 1858, de 58 pour les premiers et de 42 pour les secondes.

En résumé, les naissances ayant été de	43,843
Et les décès, de	33,065
La population s'est augmentée pendant l'année d'un nombre d'individus de	10,778

Equivalant au 112e de la population totale du département.

STATISTIQUE ÉLECTORALE.

*Election des 21 et 22 août 1859, pour la nomination d'un Député au Corps législatif, dans la 1*re *circonscription électorale du département, en remplacement de M. Pierre Legrand, décédé.*

CANTONS.	NOMBRE		RÉPARTITION des votes.	
	d'inscrits.	de votants.	M. Kolb.	M. Flamant
Lille Nord-Est	3,769	2,441	1,093	1,333
Lille Centre	3,277	2,288	1,223	1,046
Lille Sud-Est	4,000	5,472	873	1,588
Lille Sud-Ouest....... .	6,747	3,697	1,717	1,953
Lille Ouest.............	3,901	2,530	1,619	894
Armentières..	4,424	3,434	2,389	1,036
Haubourdin	5,628	4,328	3,268	1,051
Quesnoy-sur-Deûle..	4,255	3,327	2,943	378
Totaux	36,001	27,517	15,125	9,279

M. Kolb-Bernard, négociant à Lille, ayant obtenu la majorité absolue des suffrages, a été élu membre du Corps législatif.

Election des 26 et 27 février 1859, pour la nomination d'un membre du Conseil général dans le canton de Quesnoy-sur-Deûle, en remplacement de M. Louis Defontaine, décédé.

COMMUNES.	NOMBRE		RÉPARTITION des suffrages.	
	d'inscrits.	de votants	M. Desrousseaux.	M. F. Deha
Comines	1,289	1,037	799	238
Deûlémont	521	407	332	73
Lompret	159	131	105	26
Pérenchies	251	205	180	25
Quesnoy-sur-Deûle	1,096	952	892	60
Verlinghem	461	305	277	26
Warnêton-Bas	65	62	47	15
Warnêton-Sud	22	17	3	14
Werwick-Sud	347	272	166	106
Totaux	4,211	3,388	2,801	583

M. Desrousseaux, Notaire et Juge suppléant au tribunal civil, à Lille, ayant réuni la majorité absolue des suffrages, a été élu membre du Conseil général.

Election des 24 et 25 juillet 1859, pour la nomination d'un membre au Conseil général dans le canton de Merville, en remplacement de M. Degruson, démissionnaire.

COMMUNES.	NOMBRE		SUFFRAGES obtenus.
	d'inscrits.	de votants.	M. DUQUENNE.
Estaires	1,913	886	884
Haverskerque	477	319	318
La Gorgue	923	676	675
Merville	1,873	1,020	1,017
Neuf-Berquin	374	279	279
Totaux	5,560	3,180	3,173

M. Duquenne, Maire de La Gorgue, ayant réuni la majorité absolue des suffrages, a été élu membre du Conseil général.

Election des 30 et 31 juillet 1859 (2e tour de scrutin), pour la nomination d'un membre du Conseil général dans le canton de Lille Sud-Est, en remplacement de M. Pierre Legrand, décédé.

COMMUNES.	NOMBRE		SUFFRAGES obtenus.
	d'inscrits.	de votants.	M. MORISSON.
Faches	574	156	154
Lezennes	305	99	95
Lille Sud-Est	2,671	484	463
Ronchin	412	92	67
Totaux	3,962	831	779

M. Morisson, docteur en médecine, à Lille, ayant obtenu la majorité des suffrages, a été élu membre dn Conseil général.

Election des 1er et 2 octobre 1859, pour la nomination d'un membre du Conseil général dans le canton de Valenciennes-Nord, en remplacement de M. Mathieu, décédé.

COMMUNES.	NOMBRE		SUFFRAGES obtenus.
	d'inscrits.	de votants.	M. E. LEFEBVRE.
Anzin	1,124	673	670
Aubry	264	189	189
Bellaing	112	98	98
Beuvrages	273	182	182
Bruai	656	434	434
Saint-Saulve	432	214	214
Valenciennes	1,709	659	657
Wallers	940	680	680
Totaux	5,510	3,129	3,124

M. E. Lefebvre, membre du Conseil d'arrondissement pour le même canton, ayant réuni la majorité absolue des suffrages, a été élu Conseiller général.

Election des 10 et 11 décembre 1859, pour la nomination d'un membre du Conseil général dans le canton de Maubeuge, en remplacement de M. Marchant, décédé.

COMMUNES.	NOMBRE d'inscrits.	NOMBRE de votants.	SUFFRAGES obtenus. M. DE CARNIÈRES.
Assevent	41	31	31
Beaufort	277	168	168
Bersillies	45	36	36
Bettignies	45	38	38
Boussois	89	57	54
Cerfontaine	93	83	83
Colleret	272	222	222
Damousies	90	83	83
Eclaibes	90	67	67
Elesmes	127	96	96
Ferrière-la-Grande	365	185	185
Ferrière-la-Petite	236	145	145
Gognies-Chaussée	148	131	131
Hautmont	330	212	211
Jeumont	327	249	249
Limont-Fontaine	161	118	118
Louvroil	246	166	166
Mairieux	101	81	81
Marpent	124	84	84
Maubeuge	1,698	1,023	1,017
Obrechies	91	51	51
Quiévelon	72	34	34
Recquignies	96	84	84
Rousies	144	113	113
St.-Remy-Mal-Bâti	135	90	90
Vieux-Reng	159	141	141
Villers-sir-Nicole	350	254	253
Wattignies	58	54	54
Totaux	6,010	4,096	4,085

M. de Carnières, directeur des affaires criminelles et des grâces au ministère de la justice, ayant réuni la majorité absolue des suffrages a été élu membre du Conseil général.

des 16 et 17 avril 1859, pour la nomination d'un membre
iseil d'arrondissement d'Hazebrouck, dans le canton de
il-Nord-Est, en remplacement de M. Lotthé-Vandewalle,

OMMUNES.	NOMBRE de votants.	NOMBRE d'inscrits.	SUFFRAGES obtenus. M. Bieswal	SUFFRAGES obtenus. M. de Coussemaker.
-Nord-Est	1,119	910	764	145
. . . .	828	609	392	217
-Cappel	221	185	101	82
rck	1,317	1,074	911	163
Totaux . . .	3,485	2,778	2,168	607

swal, adjoint au maire de Bailleul, ayant obtenu la majo-
lue des suffrages, a été élu membre du Conseil d'arron-
t d'Hazebrouck.

des 20 et 21 août 1859, pour la nomination d'un membre
nseil d'arrondissement d'Hazebrouck, dans le canton de
le, en remplacement de M. Duquenne, nommé Conseiller
'.

)MMUNES.	NOMBRE d'inscrits.	NOMBRE de votants.	SUFFRAGES obtenus. M. VERHAEGHE.
. . . .	1,913	884	883
rque	477	393	393
le.	921	679	676
. . . .	1,869	1,394	1,393
quin	394	330	330
Totaux . . .	5,574	3,680	3,675

naeghe, maire de Merville, ayant obtenu la majorité abso-
iffrages, a été élu membre du Conseil d'arrondissement
uck.

JURY.

La loi du 4 juin 1853 porte que la liste annuelle du jury est composée de 500 jurés dans les départements dont la population excède 300,000 habitants, et que ce nombre de jurés est réparti par arrondissement et par canton, proportionnellement au tableau officiel de la population.

Par arrêté en conseil de préfecture, du 1er octobre 1859, M. le Préfet a procédé à cette répartition comme suit ;

CANTONS.	NOMBRE de jurés pour chaque canton.
Arrondissement de Dunkerque.	
Bergues	6
Bourbourg	6
Dunkerque-Est	8
Dunkerque-Ouest	8
Gravelines	4
Hondschoote	6
Wormhoudt	6
Arrondissement d'Hazebrouck.	
Bailleul Nord.-Est	6
Bailleul Sud.-Ouest	6
Cassel	6
Hazebrouck N	6
Hazebrouck Sud	5
Merville	8
Steenvoorde	6
Arrondissement de Lille.	
Armentières	9
Cysoing	7
Haubourdin	10
La Bassée	6
Lannoy	10
Lille-Centre	8
Lille-Nord-Est	11
Lille-Ouest	9
Lille-Sud-Est	10
Lille-Sud-Ouest	16
Pont-à-Marcq	7
Quesnoy-sur-Deûle	7
Roubaix	22
Seclin	9
Tourcoing-Nord	13
Tourcoing-Sud	12
Arrondissement de Cambrai.	
Cambrai-Est	9
Cambrai-Ouest	10
Carnières	10
Clary	13
Le Câieau	12
Marcoing	10
Solesmes	11
Arrondissement d'Avesnes.	
Avesnes-Nord	5
Avesnes-Sud	5
Bavai	6
Berlaimont	4
Landrecies	7
Le Quesnoy-Est	11
Le Quesnoy-Ouest	6
Maubeuge	6
Solre-le-Château	4
Trélon	7
Arrondissement de Douai.	
Arleux	5
Douai-Nord	8
Douai-Ouest	8
Douai-Sud	7
Marchiennes	8
Orchies	8
Arrondissement de Valenciennes.	
Bouchain	15
Condé	9
St.-Amand, r. g	8
St.-Amand. r. d	6
Valenciennes-Est	9
Valenciennes-Nord	10
Valenciennes-Sud	10
	500

SERVICES PUBLICS ET DÉPARTEMENTAUX.

STATISTIQUE DES VOIES DE COMMUNICATION.

Les détails contenus dans le tableau ci-après résument par arrondissement la statistique des voies de communication du département, et indiquent le rapport de leur développement à la population et à la superficie du territoire.

		ARRONDISSEMENTS.							
		Dunkerque.	Hazebrouck	Lille.	Cambrai.	Avesnes.	Douai.	Valenciennes	TOTAL.
		m	m	m	m	m	m	m	m
gueur routes	impériales	59780	66570	110740	102770	110420	52390	82210	584880
	départementales	40219	57786	100838	71028	138302	43805	58970	51094[illegible]
	Total	99999	124356	211578	173798	248722	96195	141180	1095828
agueur hemins naux.	de grande communic.	130955	106627	179963	114308	159514	81870	76577	849814
	ordinaires. pavés ou empierrés.	208866	236438	472826	187906	740141	211127	189832	2247136
	ordinaires. en sol naturel.	483108	734191	769417	778476	405945	319280	676304	4166721
	Total	822929	1077256	1422206	1080690	1305600	612277	942713	7263671
gueur totale des routes et des chemins pavés ou empierrés		439820	467421	864367	476012	1148377	389192	407589	419277[illegible]
gueur totale de toutes les voies y compris les chemins en sol naturel		922924	1201612	1633784	1254488	1554322	708472	1083893	835949[illegible]
		h	h	h	h	h	h	h	h
ficie territoriale de chaque arrondissement		72160	69320	87439	89260	139723	47206	62978	56808[illegible]
ation de chaque arrondissement		105717	102734	404279	179863	150523	106155	163082	121235[illegible]

		ARRONDISSEMENTS.							TOTAL.
		Dunkerque.	Hazebrouck.	Lille.	Cambrai.	Avesnes.	Douai.	Valenciennes	
Rapport à la superficie territoriale de la longueur.	**des** routes impériales. .	»,83	»,96	1,29	1,15	»,79	1,11	1,30	1,03
	des routes départementales	»,56	»,83	1,24	»,80	»,99	»,93	»,94	»,90
	des chemins de grande communication. . .	1,81	1,52	2,03	1,17	1,14	1,73	1,22	1,47
	des chemins vicinaux pavés ou empierrés	2,89	3,43	5,41	2,10	5,20	4,47	3,01	3,56
	de toutes les voies construites.	6,09	6,74	9,97	5,22	8,12	8,24	6,47	7,36
	de toutes les voies y compris les chemins en sol naturel . . .	12,79	17,33	18,69	14,06	11,12	15,01	17,21	14,72
Rapport à la population de la longueur.	**des** routes impériales. .	»,59	»,64	»,30	»,58	»,76	»,52	»,53	»,54
	des routes départementales.	»,38	»,55	»,25	»,40	»,92	»,42	»,36	»,42
	des chemins de grande communication . .	1,24	1,01	»,50	»,59	1,14	»,81	»,51	»,69
	des chemins vicinaux pavés ou empierrés	1,98	2,31	1,17	1,04	4,92	1,99	1,17	1,85
	de toutes les voies construites.	4,19	4,51	2,22	2,61	7,74	3,74	2,57	3,47
	de toutes les voies y compris les chemins en sol naturel . . .	8,73	11,69	4,64	6,98	10,33	6,67	6,65	6,90
Nombre des communes.	**qui** contribuent aux chemins de grande communication.	31	33	98	51	94	45	40	392
	qui ne contribuent pas à ces chemins. . . .	28	20	31	67	59	21	41	267
	traversées par des routes impériales ou départementales ou des chemins de grande communication. .	25	27	59	45	57	28	42	283
	rattachées aux routes et chemins.	33	24	70	68	95	38	34	312
	isolées des voies de communication. . .	1	2	»	5	1	»	5	14

STATISTIQUE DES TRAVAUX.

Travaux des ponts-et-chaussées.

Exercice 1858.

ROUTES IMPÉRIALES.			
1re catégorie. — Entretien.	400,000 »		
2e idem — Amélioration et travaux d'art.	111,981 »	511,981 »	
RIVIÈRES.			
1re catégorie. — Entretien.	163,500 »		
2e idem. — Amélioration et travaux neufs..	79,500 »	243,000 »	
CANAUX.			
1re catégorie	118,790 »		
2e idem	58,440 »	177,230 »	
ÉTUDES DE DESSÉCHEMENTS.			
Dépenses	6,500 »	6,500 »	
PORTS.			
1re catégorie.	70,700 »		
2e idem.	711,999 »	782,699 »	
Total.		1,721,410 »	

Travaux départementaux.

Exercice 1858.

Bâtiments des préfectures et sous-préfectures	23,988
idem tribunaux	123,684
idem maisons d'arrêt.	13,923
idem casernes de gendarmerie.	17,917
idem dépôts de sûreté	294
idem archives départementales	12,548
Construct. et réparation des routes départementales. .	418,416
idem des chemins vicinaux de grande communication.	743,026
Total.	1,353,796

Travaux communaux et d'hospices.

Les travaux communaux autorisés pendant l'année 1858, ont donné lieu à une dépense de 3,109,199 fr., savoir :

	ÉDIFICES communaux.	CHEMINS vicinaux.	TOTAL.
Arrondissement de Dunkerque	48155	150374	198529
idem d'Hazebrouck	40800	228032	268832
idem de Lille	735216	347781	1082997
idem de Cambrai	267039	248276	515315
idem d'Avesnes	77667	252692	331359
idem de Douai	288285	127930	415215
idem de Valenciennes	90005	206947	296952
	1547167	1562032	3109199

Dans cette dépense est comprise celle relative aux constructions neuves d'édifices communaux dont le détail suit :

Arrondissements.	Eglises.	Presbytères.	Ecoles.	Salles d'asile.	Mairies.	Ponts.	Abattoirs.	Cimetières.
Dunkerque...	»	»	3	»	»	»	»	»
Hazebrouck..	»	»	»	1	»	»	»	»
Lille........	1	2	1	1	1	1	1	1
Cambrai.....	1	»	1	»	»	»	1	»
Avesnes.....	»	1	1	»	2	1	»	»
Douai... ...	1	1	»	1	1	»	»	»
Valenciennes.	1	2	1	»	1	»	»	»
Totaux....	4	7	7	3	5	2	2	1

Récapitulation.

Travaux des ponts-et-chaussées.	1,721,410	»
— départementaux	1,353,796	»
— communaux et d'hospices	3,109,199	»
Total. . .	6,184,405	»

CHEMINS VICINAUX.

STATISTIQUE.

Comme nous l'avons fait connaître dans la première partie de cet Annuaire, le service de la vicinalité est confié, savoir: pour les chemins de grande communication à MM. les Ingénieurs des ponts-et-chaussées, et pour les chemins d'intérêt commun et de vicinalité ordinaire à MM les agents-voyers.

Chemins vicinaux de grande communication.

Ces chemins sont au nombre de 72, et ont ensemble un développement de 849 kilomètres 814 mètres, dont:

En pavé...............	404,634
En empierrement........	445,180

Les parties restant à construire ou à terminer ont une longueur de 12 kilom. 520 m.

Les dépenses du service des chemins vicinaux de grande communication se sont élevées en 1858 à la somme totale de 757,624 fr. 35 c., ainsi divisées :

Construction..........................	173,426	86
Entretien............................	568,197	49
Frais de personnel	16,000	»
TOTAL.............	757,624	35

Le prix moyen de l'entretien par kilomètre a été de 510 fr. pour les chaussées pavées, et de 666 fr. poer celles empierrées.

Il a été pourvu à ces dépenses par le département et les communes dans les proportions suivantes:

Le département, sur ses ressources spéciales.	365,270	46
Les communes, sur leurs centimes spéciaux, leurs revenus ordinaires, leurs ressources extraordinaires et sur le produit des subventions industrielles	392,353	89
TOTAL..........	757,624	35

Un décret impérial du 11 juin 1859, a autorisé le département à s'imposer extraordinairement et à contracter un emprunt pour la restauration et l'amélioration des chemins vicinaux de grande communication. Les dépenses à faire dans ce but sont évaluées à 1,863,000 fr.; elles seront effectuées en cinq ans. Un premier crédit de 613,738 fr. est inscrit à cet effet au budget departemental de 1860.

Chemins vicinaux d'intérêt commun et ordinaires.

Les ressources affectées à cette partie du service vicinal se sont élevées en 1858 à. . . . . 1,840,908 fr.

Savoir :

Prestations en nature.	753,599
Centimes spéciaux.	233,357
Revenus ordinaires.	199,805
Impositions extraordinaires	237,367
Fonds libres, produits d'aliénation d'immeubles, etc.	303,170
Souscriptions particulières	56,381
Subventions imposées à des établissements industriels, par suite de dégradations extraordinaires	21,133
Impositions sur les propriétés de l'État. . .	2,030
Allocations de l'État et du département. . .	34,066
Somme égale. . . .	1,840,908

Dix-sept communes ont été imposées d'office, savoir : 7 à des prestations en nature, 3 des centimes spéciaux et 7 à des journées et des centimes. Ces communes se divisent ainsi par arrondissement : Dunkerque, 3 ; Lille, 4; Avesnes, 3 ; Douai 4, Valenciennes, 3. Les produits de ces impositions d'office sont compris dans les ressources générales déjà énoncées.

Ces ressources ont été employées jusqu'à la concurrence de 1,559,981 fr., et de la manière suivante:

Salaires des piqueurs et ouvriers.	18,101
Construction de chaussées et d'aqueducs. . .	637,546
Entretien des chaussées et des aqueducs. . .	564,848
Outils et faux-frais.	6,092
Entretien des chemins en terrain naturel. . .	333,354
Total.	1,559,981

Les résultats matériels de ces dépenses sont :

La construction de 25,815 mètres courants de pavés neufs, de 46,917 m. courants d'empierrement neuf, de 45 ponts et aqueducs et l'ouverture de 386,551 m. courants de fossés neufs.

La réparation de 500,811 mèt. courants de chaussées pavées, de 1,225,599 m. d'empierrement, de 1,809,971 m. de chemins de terre et le curage de 1,252,672 m. de fossés.

Les dépenses ont été réparties comme suit entre les deux catégories de chemins ;

Arrondissements.	CHEMINS d'intérêt commun. Argent	Prestations.	CHEMINS vicinaux ordinaires. Argent.	Prestations.	TOTAL.
	fr.		fr.		
Dunkerque....	23,626	1,902	69,142	55,705	150,375
Hazebrouck...	35,986	8,374	126,045	57,627	228,032
Lille	49,276	10,924	198,491	89,089	347,780
Cambrai	14,741	8,121	121,830	103,136	247,828
Avesnes.....	18,749	6,715	90,496	136,297	252,258
Douai	14,991	6,777	50,529	55,634	127,930
Valenciennes..	42,886	4,689	81,042	77,161	205,778
Totaux ..	200,255	47,502	737,575	574,649	1,559,981

Comme on le voit, les chemins d'intérêt commun ont reçu à peu près 1/6 des dépenses, et les chemins de vicinalité ordinaire les 5/6.

Les prix moyens du mètre courant de chaque espèce de travail se sont établis comme suit :

Chemins d'intérêt commun. Pavage neuf, 14 fr. 54 c. ; remaniement de pavage, 36 c. — Empierrement neuf, 6 fr. 97 c. ; rechargement, 2 fr. 52 c. ; entretien d'empierrement, 49 c.

Chemins vicinaux ordinaires. Pavage neuf, 15 fr. 14 c. ; remaniement de pavage, 1 fr. 32 c.; entretien de pavage, 32 c.— Empierrement neuf, 5 fr. 34 c. ; rechargement, 2 fr. 96 c. ; entretien d'empierrement, 51 c.

Le tableau ci-après indique la situation des deux catégories de chemins au 31 décembre 1858.

	CHEMINS D'INTÉRÊT commun.	CHEMINS VICINAUX ordinaires.
Nombre de chemins.......	66	3,793
Développement total.......	366,209	5,808,473
LONGUEURS :		
A l'état d'entretien. pavage....	134,885	629,496
A l'état d'entretien. empierrement.	185,786	1,230,758
A compléter.... pavage....	24,841	6,768
A compléter.... empierrement.	18,390	27,500
A l'état de terrassement.. ...	950	467,119
A l'état de sol naturel.......	11,356	3,346,833

Le travail de construction est avancé aux **97** centièmes sur les chemins d'intérêt commun, et aux **34** centièmes seulement sur les chemins vicinaux ordinaires.

NAVIGATION.

***TABLEAU** du mouvement de la navigation sur les rivières et canaux du département en* **1858**.

CANAUX OU RIVIÈRES	Concédés ou non concédés.	Nombre de Bâteaux — à charge.	Nombre de Bâteaux — à vide	TONNAGES — Kilométriques	TONNAGES — Rapportés au parcours total	Rece des droit
Ligne de Paris en Belgique.				Tx	Tx	
Sambre canalisée . . .	Concédé.	4691	4280	33,701,184	597,050	816,8
Canal de jonction de la Sambre à l'Oise . . .	Concédé.	2612	1993	34,408,331	513,302	856,
Canal de Mons à Condé .	Expl. par l'Etat.	5562	4784	5,078,697	1,004,092	35,
Escaut	id.	5263	3101	42,722,245	890,046	605,
Canal de Saint-Quentin .	id.	5503	2055	86,435,806	933,987	1033,
Autres lignes navigables du département.						
Canal de Dunkerque à Furnes	Concédé.	1218	468	1,077,075	95,999	11,
Canal de Bergues. . . .	Expl. par l'Etat	1257	693	556,984	69,623	2,7
Canal de Bourbourg. . .	id.	4467	2016	5,076,919	247,679	14,8
Canal de la Haute-Colme.	id.	2489	1926	1,695,343	68,637	6,7
Canal de la Basse-Colme.	id.	842	1058	295.679	21,901	3,
Canaux d'Hazebrouck. .	id.	641	495	428,776	33,171	2,
Rivière de la Lys. . . .	id.	4105	2097	9,264,673	174,804	53,
Canal de Roubaix. . . .	Concédé.	813	792	751,760	103,940	57,
Deûle (haute, moyenne et basse)	Expl. par l'Etat,	6167	4409	36,396,919	554,492	203,1
Scarpe inférieure . . .	Concédé	5163	4797	20,928,000	581,337	308,
Scarpe supérieure . . .	Expl. par l'Etat.	2600	1301	1,841,834	295,918	13,6
Canal de la Sensée . . .	Concédé.	1896	560	4,475,000	179,000	161,

Les quantités de bois flottés qui ont été transportées sur les canaux et rivières du Nord, pendant le cours de **1858**, sont de **508** stères sur l'Escaut; **428**, sur le canal de Dunkerque à Furnes; **144**, sur le canal de Bergues; **215**, sur le canal de Bourbourg; **217**, sur le canal de la Colme; **3,177**, sur les canaux d'Hazebrouck; **4,979**, sur la rivière de la Lys; **7,684**, sur la Deûle; **801**. sur la Scarpe.

CHEMINS DE FER.

Mouvement et produits des stations du département du Nord, pendant 1858.

.TIONS.	Nombre de voyageurs.	PRODUITS des VOYAGEURS.	PRODUITS DES MARCHANDISES. grande vitesse.	PRODUITS DES MARCHANDISES. petite vitesse.	PRODUITS totaux.	N.os d'ordre obtenus par les stations d'après l'importance de leur recette.
Réseau du Nord par Douai et Amiens.						
. . . .	622,744	1,228,637 24	195,264 93	2,412,007 10	3,835,909 27	1
nont . .	21,019	26,024 46	1,314 82	2,495,245 20	2,522,584 48	2
ıclennes .	103,589	376,914 26	49,102 21	1,308,435 93	1,734,452 40	3
erque. .	85,588	217,152 69	114,456 75	1,200,868 72	1,532,478 16	4
in. . . .	31,224	55,085 40	6,272 05	1,433,564 17	1,494,921 62	5
i	154,005	451,266 72	59,414 47	761,756 36	1,272,437 55	6
aix . . .	254,704	195,600 73	164,389 76	332,219 87	692,210 36	7
es. . .	8,032	14,185 83	1,494 01	361,249 89	376,929 73	8
ıteau . .	36,561	115,379 23	25,199 62	132,321 01	272,899 86	9
ıntières. .	60,182	76,786 49	6,282 54	162,341 79	245,410 82	10
ıeuge . .	37,427	77,802 27	7,838 71	155,990 74	241,631 82	11
coing . .	117,547	85,503 79	19,554 94	115,337 95	220,396 68	12
brouck. .	51,310	111,541 99	10,981 09	91,652 72	214,175 80	13
recies . .	23,666	63,302 50	7,275 61	142,088 33	212,666 44	14
ıont . . .	14,702	28,901 30	3,295 96	142,829 59	175,026 85	15
oye . . .	16,918	29,300 61	3,303 78	77,643 60	110,247 99	16
n	34,265	33,919 11	1,004 85	63,137 27	98,061 23	17
;ny . . .	20,411	38,787 81	9,571 01	20,650 15	69,008 97	18
-Misseron	4,928	4,056 02	1,336 61	54,221 »	59,613 63	19
eele . . .	9,410	13,712 26	1,408 82	26,689 »	41,810 08	20
igny . . .	6,864	7,628 99	344 89	24,929 10	32,902 98	21
ıwerck .	6,499	6,951 92	801 52	21,612 35	29,365 79	22
ıchies . .	5,640	5,907 29	2,648 78	5,066 05	13,622 12	23
ers . . .	4,371	6,996 97	244 18	5,254 05	12,495 20	24
Ligne par Cambrai et St.-Quentin						
ches . .	3,882	6,242 39	165 03	705,071 73	711,479 15	1
brai . . .	38,821	109,604 37	19,043 10	99,410 98	228,058 45	2
lry. . . .	8,292	14,831 71	4,398 79	16,429 20	35,659 70	3
hain . . .	5,057	8,362 69	505 28	18,326 12	27,194 09	4
/	4,244	6,014 49	381 80	14,476 18	20,872 47	5
ry. . . .	6,634	11,718 87	592 02	3,501 15	15,812 04	6
ıières . .	2,429	2,867 92	157 20	5,736 60	8,761 72	7
'otaux . .	1,800,965	3,430,988 32	718,045 13	12,410,064 »	16,559,097 45	

PORTS MARITIMES.

Il existe deux ports dans le département. Les détails ci-après en feront connaître l'importance.

DUNKERQUE.

Dunkerque est à la fois port militaire et port de commerce. La marine de l'Etat y possède un bassin à flot et de vastes établissements. Ce bassin a été remis à l'administration civile et reçoit les bâtiments de la marine marchande concurremment avec le bassin à flot du commerce, construit en vertu de la loi du 16 juillet 1845.

Le chenal du port, y compris le chenal proprement dit, présente une longueur de 3, 100 mètres. La jetée de l'ouest a 734 mètres de long; la jetée de l'est 879 ; la largeur du chenal entre les jetées est de 70 mètres en moyenne ; sur les autres points, elle est variable.

Le port de Dunkerque a un tirant-d'eau moyen de 6 mètres en vive eau et de 5 mètres en morte eau; il peut donc recevoir en vive eau des navires de 800 tonneaux ou frégates de 3e. rang; en morte eau des navires de 500 tonneaux ou corvettes, et en tout temps les vapeurs de 4 à 500 chevaux.

Dunkerque, principal port du nord de la France, fait le commerce des colonies, reçoit des marchandises de tous les pays et fait surtout un cabotage considérable. Il y est entré, en 1858, 2,603 navires ayant en marchandises un tonnage total de 149,969,292 kil.; il en est sorti 2,554 portant 122,006,029 kil. de marchandises. Total: 5,157 navires et 271,985,321 kil. Le mouvement de 1857 avait été de 5,294 navires et 232,370,571 kil.; celui de 1858 présente conséquemment une différence en moins de 137 navires et en plus de 39,714,750 kil. de marchandises.

Dans ces chiffres ne sont pas compris les navires armés pour la pêche côtière.

Le nombre des navires pour la pêche de la morue dépasse 100.

GRAVELINES.

Ce port, situé à l'embouchure de la rivière de l'Aa; est de troisième ordre; il communique avec la mer par un chenal de 3,300 mètres de longueur et de 80 mètres de largeur moyenne; son tirant-d'eau est de 5 mètres, 50 en vive eau et de 4 mètres 25 en morte eau.

Les navires y entrent facilement dans la marée ordinaire avec 3 mètres d'eau, et dans les fortes marées avec environ 5 mètres.

Gravelines fait un commerce considérable pour l'exportation en Angleterre des œufs et des fruits. La pêche au hareng y est faite sur une grande échelle. Ce port arme aussi pour la pêche de la morue, et reçoit de forts approvisionnements de bois du nord. Le mouvement qui s'y est produit en 1858 est representé par les chiffres suivants: navires entrés 322, portant 10,819,353 kil. de marchandises, navires sortis 323, portant 7,558,171 kil. Total: 645 navires portant en marchandises 18,377,524 kil. Le mouvement avait été, en 1859, de 680 navires et de 18,911, 575 kil. Il y a donc eu, en 1858, diminution de 35 navires et de 534,051 kil. de marchandises.

STATISTIQUE DE L'INDUSTRIE MINÉRALE.

Production pendant l'année 1858.

HOUILLES.

NOMS des mines.	Etendue de la surface concédée (hectar.)	NOMS des exploitants.	Nombre de Puits d'ext.	Nombre de Puits d'épuisement.	Nombre de Avaleresses.	Nombre des ouvriers.	Nombre des chevaux.	Nombre des machines.	Quantité du produit brut. (Quintaux métriques.
Mine de Fresnes . . .	2373	Compagnie d'Anzin. .	3	2	»	640	24	5	678209
— de Vieux-Condé.	3966	Id	5	1	1	1364	86	7	1361736
— de Raismes. . .	4819	Id	5	1	1	1405	137	7	1568837
— d'Anzin. . . .	11851	Id	21	5	1	4420	213	28	4487043
— de St.-Saulve . .	2200	Id	»	»	1	90	18	2	»
— de Denain . . .	1344	Id	2	»	1	562	31	3	601102
— d'Odomez . . .	316	Id	1	»	»	»	»	1	»
— d'Aniche	11850	Compagnie d'Aniche .	7	2	2	2238	70	13	2367022
— de Douchy. . .	3419	— de Douchy . .	7	»	»	1310	37	7	1640130
— de Bruille . . .	403	— de Bruille. . .	»	»	»	»	»	»	»
— de Château-l'Ab .	916	— de Vicoigne . .	»	»	»	»	»	»	»
— de Crespin . . .	2842	Libert et consorts. . .	»	»	»	»	»	»	»
— de Marly. . . .	3313	Compagnie de Marly .	»	»	»	»	»	»	»
— d'Hasnon . . .	1488	— d'Anzin et cons.	»	»	»	»	»	»	»
— d'Azincourt . .	870	— d'Azincourt .	2	1	1	564	28	4	329223
— d'Escaupont . .	110	— de Fresnes-midi.	2	1	1	636	30	6	1125102
— de Thivencelles .	981	— id. . . .	»	»	»	»	»	»	»
— de Saint-Aybert .	455	— id	»	»	»	»	»	»	»
— de Vicoigne . .	1320	Compagnie de Vicoigne	4	2	»	383	7	4	396497
— de l'Escarpelle. .	4721	— de la Scarpe. .	3	»	»	445	13	6	574226
Totaux. . . .	59257		62	15	9	14 057	594	93	15129127

Les 14,057 ouvriers employés dans les mines de houille en 1858 ont donné 4,217,700 journées de travail dont le salaire s'est élevé en totalité à 9,758,466 fr.

Les produits constatés dans le tableau qui précède se divisent comme suit d'après leur valeur.

	POIDS.	VALEUR.	Prix de vente au quintal métrique.
Anthracite. Fresnes, Vieux-Condé, Aniche, Château-L'abbaye, Escaupont, Vicoigne, l'Escarpelle	4,135,770	4,962,924	1 20
Houille dure à courte flamme. Raismes, Aniche.	2,560,027	3,584,038	1 40
Houille grasse à longues flammes. Raismes, Anzin, Denain, Aniche, Douchy, Azincourt	8,433,330	12,228,328	1 45
	15,129,127	20,775,290	

Production et importation. — Consommation et exportation.

L'exploitation des mines de houille du département a produit en 1858, une quantité de...		15,129,127 qx
Il a été importé dans le cours de la même année :		
Des bassins anglais.............	81,240	
Du bassin de Mons..............	17,956,000	
Du bassin de Charleroy.........	8,359,540	
	26,436,780	26,436,780
Total de la production et de l'importation.		41,565,907
La consommation dans le département, en 1858, est évaluée à une quantité de......	15,428,754	
Il a été exporté pendant la même année :		
Sur les autres départements : Seine, Pas-de-Calais, Somme, Aisne, Seine-Inférieure, etc....................	25,924,653	
Sur l'étranger, Belgique, Angleterre, Pays-Bas..................	204,500	
	41,557,907	41,557,907

Développement de la consommation dans le département, en 1858.

	Machines à vapeur en activité.		Quantité de combustible consommé.		
	Nombre	Force totale en chevaux	Dans les machines à vapeur.	Dans les usines les ateliers pour le chauffage, etc.	TOTAL.
Mines de houille . .	93	3,537	718,872	»	718,872
Industrie du fer . . .	77	1,690	40,000	3,638,328	3,678,328
Usines minéralogiques et ateliers industriels	1,541	19,787	2,134,500	2,780,400	4,914,900
Locomotives	70	»	890,000	»	890,000
Bateaux à vapeur . . .	4	280	33,500	»	33,500
Chauffage domestique .	»	»	»	5,193,154	5,193,154
	1,785	25,294	3,816,872	11,611,882	15,428,754

Prix moyens de vente des divers combustibles sur les lieux de consommation :

Houille de Valenciennes, 1 fr. 77 c.; houille d'Angleterre, 1 fr. 73 c.; houille de Mons, 2 fr. 02 c.; houille de Charleroy, 1 fr. 82 c.

MINES DE FER.

Production des mines et minières métalliques pendant l'année 1858.

NOMS des MINES.	Etendue de la surface concédée.	NOMS des EXPLOITEURS.	NOMBRE DES ouvriers.	NOMBRE DES machines.	NATURE des PRODUITS.	POIDS.	VALEUR.	PRIX MOYEN.
	h.					q.		
Trélon et Ohain....	1,600	Mérode-Westerloo.	16	5	Peroxide anhydr.	8.232	9,220	1 12
					— hydrat.	14,400	4,278	» 30
Glageon.........	275	Beuret et Cie.	72	10	Peroxide anhydr.	44,753	54,618	1 22
					— hydrat.	96,405	31,431	» 32
Féron	250	Id.	»	»		«	»	»
Fourmies.........	275	Id.	31	2	Peroxyde anhydr.	6,000	5,448	» 91
					— hydrat.	28,312	11,822	» 42
Les Pizons........	126	Hamoir-Serret et Cie.	»	»		»	»	»
Minières exploitées dans l'arrondissement d'Avesnes..	»	»	453	1	Peroxyde hydrat.	1,220,731	427,256	» 35
	2,526		572	19		1,418,833	544,073	» 36

Les minerais exploités servent à l'alimentation des hauts-fourneaux de Fourmies, Trélon, Ferrière-la-Grande, Maubeuge, Hautmont et Aulnoy. — Les salaires des 572 ouvriers employés dans cette industrie ont été en 1858 de 328,118 f.

USINES A FER.

Production pendant l'année **1858.**

	PRODUITS. Poids.	Valeur.	Prix moyen de vente.
FONTE.	q.		
ble { Brute.	8,636	149,469	17 30
Moulée, 1re fusion. . .	371	8,719	23 50
ble eul gé sti- l { Brute.	753,343	9,679,206	12 75
Moulée, 1re fusion. . . .	15,861	348,940	22 »
usion.	140,823	3,862,987	27 à 28
	919,034	14,049,321	
FER MARCHAND.			
En barres rondes ou carrées de moins de 15 mill. ou en barres rectangulaires de moins de 213 mill.	4,550	225,225	49,50
En barres de plus fortes dim.	7,487	361,325	49,50
Rails.	333,996	8,706,450	26
En barres rondes ou carrées de moins de 15 mill. ou en barres rectangulaires de moins de 213 mill. . . . . En barres de plus fortes dim.	239,895	7,002,855	31
En barres rondes ou carrées de moins de 15 mill. ou en barres rectangulaires de moins de 213 mill.	7,750	317,750	41
En barres de plus fortes dim.	7,750	306,125	39,50
	601,421	14,919,730	
TÔLE.			
avec du fer au combustible eul ou mélangé de combustible	45,104	1,709,792	38
ACIER.			
tion.	427	51,240	120
. . . .	241	45,790	190
		97,030	

Les usines à fer ont employé pendant l'année 4466 ouvriers dont 3,921 hommes, 44 femmes et 501 enfants. Les salaires payés se sont élevés à 3,557,744 fr. La quantité de combustible consommée tant en bois, charbon de bois, coke et houille, a été de 2,932,940 quintaux, représentant une valeur de 5,645,094 fr.

APPAREILS A VAPEUR.

TABLEAU des Appareils qui ont fonctionné dans le département en 1858.

	NOMBRE des établissements.	MACHINES.		CHAUDIÈRES.	
		Nombre.	Force.	Motrices.	Calorifères.
			chevaux.		
Filatures	415	491	8510	602	226
Sucreries et raffineries de sucre	189	257	2602	262	731
Distilleries	82	89	999	97	187
Fonderies	159	179	1228	68	»
Teintureries, apprêts	53	62	534	63	121
Mines de houille	75	99	3956	219	»
Huileries	39	43	584	32	17
Brasseries	44	46	285	23	3
Tissage	32	47	432	48	7
Usines à fer	16	72	1730	162	»
Divers	354	389	3753	656	93
Totaux	1458	1774	24613	2232	1385

Ont chômé, en 1858, 21 établissements contenant 23 machines d'une force totale de 355 chevaux et 44 chaudières dont 30 motrices et 14 calorifères.

TOURBIÈRES.

Il n'y a guère que celles de l'arrondissement de Dunkerque qui soient en exploitation suivie. Les autres ne donnent lieu qu'à des extractions peu importantes et restent même en chômage la plupart du temps.

L'exploitation pendant l'année 1858 a donné les résultats suivants :

	POIDS.	VALEUR.	PRIX de vente.
	quint. mét.		
Arrondissement de Dunkerque. — Plateau comprenant les communes de Cappellebrouck, Looberghe, Millam, Uxem, Ghyvelde, Teteghem, Warhem et Merckeghem.	165,000	166,750	» 95
Arrondissement de Lille. — Vallées de la Deûle et de la Marque.	750	790	1 05
Arrondissement de Douai. — Commune d'Arleux.	»	»	»
	165,750	167,740	

Ces tourbières sont au nombre de 20 dans l'arrondissement de Dunkerque, de 4 dans celui de Lille, et d'une seulement dans l'arrondissement de Douai. Elles ont employé, en 1858, 337 ouvriers dont le salaire a été de 53,390 fr.

Les produits extraits servent au chauffage domestique dans les villages voisins des tourbières.

SANTÉ PUBLIQUE.

D'après la liste générale arrêtée par M. le Préfet, le 15 juillet 1859, le nombre det personnes autorisées à exercer l'art de guérir dans le département est de 894, dont :

Réceptions dans les formes anciennes. Officiers de santé, 2.

Réceptions d'après les formes nouvelles. Decteurs en médecine, 213; docteur en chirurgie, 1; officiers de santé, 283; sages-femmes élèves de la Maternité de Paris, 123; sages femmes reçues par le jury médical, 105; pharmaciens reçus par les écoles spéciales, 45; pharmaciens reçus par le jury médical, 122; herboriste, N.....

VACCINE.

Le service des vaccinations, pendant l'année 1858, a donné les résultats consignés dans le tableau ci-après :

Tableau des vaccinations pendant l'année 1858.

ARROND.	Nombre de naissances en 1858.	NOMBRE DE					Rapport des vaccinations aux naissances — p. %
		vaccinations opérées avec succès.	sujets atteints de la variole		sujets.		
			après avoir été vaccinés.	n'ayant pas été vaccinés.	morts de la variole.	Défigurés ou restés infirmes.	
Dunkerque	3623	2863	4	4	2	»	79
Hazebrouc	3709	3274	24	70	3	1	89
Lille. . . .	16687	11833	254	141	38	58	71
Cambrai. .	6566	5809	119	145	28	64	88
Avesnes. .	3986	5025	196	144	21	73	126
Douai. . .	3559	2796	32	»	»	»	79
Valencien.	6001	3848	35	38	2	23	64
TOTAUX. .	44131	35448	694	542	94	219	80

Des indemnités ont été accordées aux médecins, chirurgiens, etc., pour le service des vaccinations en 1858. M. le préfet a, en outre, accordé des récompenses aux vaccinateurs qui se sont distingués par leur zèle pour la propagation de la vaccine. La médaille d'or a été décernée à la dame Piédanna, sage-femme à Lille; deux médailles exceptionnelles en argent ont été accordées pour un chiffre considérable de revaccinations; 27 médailles d'argent ont été distribuées entre un même nombre de vaccinateurs et 90 médecins, officiers de santé et sages-femmes ont obtenu des livres de médecine.

Le nombre des vaccinations a été beaucoup plus considérable en 1858 que pendant les années précédentes; il s'est élevé des deux tiers aux quatre cinquièmes des naissances. Ce résultat favorable est dû à l'arrêté de M. le Préfet, du 17 mars 1858, qui a réorganisé ce service sur de nouvelles bases et a donné aux opérations une impulsion plus active que par le passé.

L'arrondissement d'Avesnes est celui qui a fourni le plus de vaccinations comparativement au nombre des enfants; la proportion a été, chez lui, de 126 sur 100 naissances. Après cet arrondissement viennent ceux d'Hazebrouck et de Cambrai; les arrondissements de Valenciennes et de Lille sont ceux qui ont produit les plus faibles nombres d'opérations.

Mouvement de la population des asiles pendant l'année 1858.

La population de ces établissements était au 1er janvier 1858 de 1,250 individus dont 840 hommes et 410 femmes. Il en est entré pendant l'année 376. Il en est sorti par guérison 149, et par décès 174. Il y restait, au 31 décembre 1858, 1,303 malades, dont 890 hommes et 413 femmes.

Ce chiffre de 1,300 est réparti entre les asiles comme suit : Armentières (hommes), 532 ; Lommelet (houmes), 358 ; Lille (femmes), 413.

Les causes de l'aliénation sont les suivantes :

Causes physiques. —Effets de l'âge (démence sénile), 32 ; idiotisme, 189 ; irritabilité excessive, 45 ; excés de travail, 13 ; dénuement, misère, 47 ; onanisme, 37 ; coups, blessures, 20 ; maladies syphilitiques, 2 ; hydrocéphale, 3 ; épilepsie, convulsions, 85 ; fièvres, phthysie, maladie du cœur, 23 ; excès alcooliques, 80.

Causes morales.—Chagrins, 66 ; amour et jalousie, 72 ; orgueil, 17 ; événements politiques, 12 ; ambition, 17 ; sentiments religieux poussés à l'excès, 33 ; causes inconnues, 791 ; hérédité, 41.

Les 1,626 aliénés qui ont séjourné dans les asiles appartenaient aux professions ci-après :

Professions libérales. — Ecclésiastiques, juristes, médecins, chirurgiens, etc., professeurs, hommes de lettres, instituteurs, employés, 73 ; rentiers, propriétaires, 85 ; artistes, 16 ; militaires et marins, 37 ; négociants, commerçants, 24 ; marchands en détail, 45. — *Professions manuelles ou mécaniques.* — Ouvriers en bois 47 ; en fer, 2 ; en or et argent, 13 ; en autres métaux, 00 ; en filature et tissage, 133 ; en bâtiments, 37 ; en cuirs et peaux, 74 ; en teinture, 3 ; en objets d'habillement, 94 ; en comestibles, boissons et objets de bouche, 3 ; gens occupés de travaux agricoles, 128 ; domestiques, journaliers, 181 ; gens de peine, 80 ; sans profession, 250 ; professions inconnues, 368.

Ces mêmes aliénés appartenaient aux départements suivants :

Nord, 889 ; Pas-de-Calais, 333 ; Seine, 242 ; Somme, 76 ; Aisne, 20 ; divers autres départements, 21 ; à la charge du ministère de la guerre, 18 ; de la marine, 1 ; de l'intérieur, 3 ; aliénés étrangers, 24.

Le mouvement de la population des asiles a donné lieu aux observations suivantes :

Les sorties par guérison dont le chiffre a été de 149 se répartissent ainsi : Armentières, 63, soit par rapport à la population totale de l'établissement, 9,30 p. °/o ; Lommelet, 39 ou 9 p. °/o ; Lille, 47 ou 9,11 p. °/o.

Les 174 décès se divisent comme suit : Armentières 82 ou 12,10 p. °/° ; Lommelet, 30 ou 8,31 p. °/o ; Lille, 56 ou 10,85 p. °/o.

ÉPIDÉMIES.

Un rapport de M. le docteur Brigandat, inséré dans le recueil des travaux du Conseil central d'hygiène et de salubrité publique du département, contient les renseignements suivants sur les épidémies qui ont régné pendant l'année 1858.

Arrondissement de Dunkerque. — Cet arrondissement qui, les années précédentes n'avait eu à enregistrer aucune maladie qui présentât un caractère général épidémique, n'a pas été aussi heureux dans l'année 1858. Plusieurs communes importantes, Dunkerque, Gravelines, Bourbourg, Hondschoote ont fourni à M. Lemaire, médecin des épidémies, la matière d'un travail dans lequel il a consigné des observations intéressantes sur les faits très nombreux de grippe, de rougeole, de coqueluche et de fièvre intermittente qui ont régné dans ces localités. Cette dernière maladie surtout a sévi pendant cinq mois sur la population de Dunkerque dont les deux tiers en ont reçu les atteintes. M. le docteur Lemaire attribue ces maladies principalement aux miasmes paludéens qui ont émané des terrains marécageux provenant du curage de la cunette, du canal de ceinture et du creusement du fossé de la lunette N° 34.

Arrondissement d'Hazebrouck. — Trente-neuf cas de fièvre muqueuse ont été observés à Oudezeele (937 habitants). Le développement de cette maladie paraît être dû à l'influence d'émanations qui se dégagent en abondance d'une mare d'eau croupissante probablement située à proximité des habitations. Cette affection, qui a régné du mois de décembre au 24 février suivant, a occasionné 6 décès.

A Hondeghem (population 1336), l'angine couenneuse qui a été observée à l'état sporadique dans quelques communes de l'arrondissement, a atteint 60 individus, femmes ou enfants et a enlevé 26 enfants.

Du mois de mars 1858 au mois de janvier 1859, au moins 200 cas de variole, varioloïde et varicelle ont été observés à Bailleul. Deux décès ont été constatés et la maladie sévissait encore. On ne dit pas si quelque mesure, dans l'espace de ces neuf mois, avait été prise par qui de droit, pour arrêter la marche d'une maladie dont la prophylaxie est si connue, si certaine, d'un emploi si facile et si peu coûteux.

Arrondissement de Lille. — Le Maire de la petite commune du Maisnil a cru voir le début d'une épidémie de rougeole, parce que cinq enfants furent atteints de cette éruption et que deux succombèrent.

[M]ais ces jeunes malades, frères et sœurs, occupant une chaumière [is]olée, habitant avec leurs père et mère une même chambre, couchant ensemble, furent successivement atteints et la maladie ne [s']étendit point en dehors de cette habitation.

Aucun autre fait d'épidémie n'est parvnnu à la connaissance de [l']autorité.

Arrondissement de Cambrai. — L'état sanitaire n'a donné lieu à [a]ucun rapport. Seulement, le médecin signale des cas de dyssenterie et de cholérine observés dans le mois d'août et plusieurs avec les caractères de choléra asiatique, suivis de quelques décès.

Arrondissement d'Avesnes. — Le rapport signale pour les six premiers mois de l'année, 36 cas de variole dans la commune d'E[ng]rœungt, et pendant les six derniers mois, 35 cas de fièvre typhoïde dans la commune de Croix.

Arrondissement de Douai. — Pour cet arrondissement, aucune constatation de maladie épidémique n'a été faite.

Arrondissement de Valenciennes. — Le médecin des épidémies [n]'a reçu aucune mission officielle, il signale seulement, comme [o]bservation particulière, qu'il a rencontré quelques cas de fièvre [t]yphoïde, d'angine couenneuse, de variole, etc.

GARDE NATIONALE.

Les deux corps d'artillerie organisés dans le département se [c]omposent :

A Lille, d'un bataillon de (effectif autorisé). .	500 hommes.
A Valenciennes, de trois compagnies de (id.)..	323
Total. . . .	823

SAPEURS-POMPIERS MUNICIPAUX.

Voici l'état des corps de sapeurs-pempiers établis dans les divers arrondissements :

ARRONDISSEMENTS.	Nombre de bataillons, compagnies ou subdivisions.	Effectif.	Nombre de pompes.
Dunkerque.	6	412	25
Hazebrouck	14	696	27
Lille	64	3200	115
Cambrai.	33	1256	46
Avesnes	24	862	39
Douai	20	946	29
Valenciennes	44	1673	60
Totaux	205	9045	341

RECRUTEMENT DE L'ARMÉE.

La classe de 1858, levée en 1859, a dû fournir 140,000 hommes à l'armée.

La vérification préalable des tableaux de recensement a amené le retranchement de 6 inscriptions pour décès, pour double emploi ou pour cause d'extranéité constatée.

Le contingent du département, dans cette levée, a été de 4598 hommes sur 10,049 inscrits aux listes du tirage, savoir :

		Inscrits.	Contingent.
Arrondissements	de Dunkerque. .	889	407
—	d'Hazebrouck . .	960	440
—	de Lille	2,816	1288
—	de Cambrai . . .	1,635	749
—	d'Avesnes	1,243	567
—	de Douai	989	453
—	de Valenciennes..	1,517	694
	Totaux	10,049	4,598

Le nombre des inscrits a diminué dans les arrondissements de Dunkerque et de Cambrai; il a augmenté dans les autres arrondissements notamment dans ceux d'Hazebrouck et de Douai.

19 jeunes gens ont été rayés des tableaux de recensement et des listes de tirage par le Conseil de révision.

Le Conseil a statué, pour former le contingent, sur 9,296 jeunes gens dont :

Se sont présentés.	8,637
Se sont fait représenter.	548
Ont été examinés au lieu de leur résidence. . .	69
Absents, ne se sont pas fait représenter.	42
Ensemble. . . .	8,637

Ont été exemptés :

Pour infirmités ou défaut de taille	3,090
Pour autres causes spécifiés dans l'art. 13 de la loi du 21 mars 1832	1,723
Total.	4,813

Jeunes gens désignés pour former le contingent :

Que les cantons n'ont pu fournir..	115
Déduits en vertu de l'art. 14 de la loi précitée et de l'art. 75 de la loi du 15 mars 1850.	557
Déclarés bons pour le service	3,926
·Inscrits conditionnellement	»
Nombre égal au contingent.	4,598

Le nombre des jeunes gens à l'égard desquels il n'a pas été nécessaire de statuer, en raison de l'élévation de leurs numéros, est de 73

Les jeunes gens qui se sont fait exonérer du service, sont au nombre de 1,435, ainsi divisés par arrondissement: Dunkerque, 86; Hazebrouck; 103, Lille, 362; Cambrai, 242; Avesnes, 240; Douai, 140; Valenciennes, 262. — Soixante-deux demandes d'exonération irrégulières ou incomplètes n'ont point été admises.

Les exonérations ont été aux jeunes gens du contingent dans les proportions suivantes : arrondissement de Dunkerque, 21 pour cent; d'Hazebrouck, 23 ; de Lille, 28 ; de Cambrai, 32 ; d'Avesnes, 42; de Douai, 31; de Valenciennes, 38. Moyenne pour le département, 31 pour cent.

Les jeunes gens désignés ci-dessus comme déduits du contingent, se divisent comme suit :

Déjà liés au service en vertu d'un engagement volontaire	417
Idem en vertu d'une commission	2
Inscrits maritimes, charpentiers de navires, etc..	74
Élèves de l'École polytechnique.	3
Instituteurs adjoints des écoles publiques.	13
Jeunes gens qui se préparent à l'enseignement primaire.	5
Membres ou novices des associations religieuses vouées à l'enseignement	9
Élèves de l'École normale supérieure.	»
Maîtres d'études, régents ou professeurs des colléges et lycées	1
Élèves des grands séminaires	32
Autorisés à continuer leurs études pour se vouer au ministère dans les autres cultes salariés par l'Etat.	1
Total.	557

Détails sur l'instruction des jeunes gens maintenus sur les listes de tirage.

ARRONDISSEMENTS.	Sachant lire et écrire.	Sachant lire seulement.	Ne sachant ni lire ni écrire.	Douteux.
Dunkerque.	591	7	237	54
Hazebrouck.	600	8	351	»
Lille.	1584	33	1084	106
Cambrai.	908	13	677	36
Avesnes.	928	4	298	12
Douai.	611	6	371	1
Valenciennes.	862	10	602	26
	6084	81	3620	235

Ces chiffres donnent la mesure dans laquelle l'instruction est répandue dans les diverses parties du département. Ainsi, on voit que le nombre des jeunes gens sachant lire et écrire est à celui des inscrits dans les proportions suivantes : Arrondissement de Dunkerque, 67 pour cent ; d'Hazebrouck, 63 de Lille 57 ; de Cambrai, 57 ; d'Avesnes, 75 ; de Douai, 62 ; de Valenciennes, 58. La moyenne pour le département est de 61.

Les arrondissements d'Avesnes, de Dunkerque, d'Hazebrouck et de Douai sont au-dessus de la moyenne générale, ceux de Lille, Cambrai et Valenciennes sont au-dessous.

Enumération des différents degrés de la taille des jeunes gens inscrits sur la liste du contingent et du nombre des jeunes gens compris dans chacun de ces degrés :

JEUNES GENS :	ARRONDISSEMENT DE							TOTAL.
	Dunkerque	Hazebr.	Lille.	Cambrai.	Avesnes.	Douai.	Valencien.	
De 1m560 à 1m569. . . .	2	4	9	9	»	»	4	28
De 1.570 à 1.597. . . .	14	33	99	63	25	22	43	299
De 1.598 à 1.624. . . .	34	53	148	105	49	46	78	513
De 1.625 à 1.651. . . .	54	89	215	141	83	70	122	774
De 1.652 à 1.678. . .	44	50	148	94	84	74	104	598
De 1.679 à 1.705. . . .	58	65	209	119	94	78	103	726
De 1.706 à 1.732. . .	40	39	124	54	72	43	68	440
De 1.733 à 1.760. . .	19	20	69	45	52	26	61	292
De 1.761 à 1.787. . . .	3	7	23	11	29	12	17	102
De 1.788 à 1.814. . . .	6	3	11	11	16	6	4	57
De 1.815 à 1.841. . . .	4	2	1	2	4	1	6	20
De 1.842 à 1.868. . . .	»	»	»	»	1	»	»	1
De 1.869 à 1.895. . . .	1	»	1	»	»	»	»	2
De 1.896 à 1.922. . . .	»	»	1	»	1	»	1	3
Au-delà de 1m. 923. . .	»	»	»	»	»	»	»	»
Dont on n'a pu connaître la taille.	127	64	198	62	57	46	74	628
	406	429	1256	716	567	424	685	4483

L'arrondissement d'Avesnes est celui qui a fourni le plus grand nombre d'hommes de haute taille ; après lui viennent les arrondissements de Douai et de Valenciennes. L'arrondissement de Lille est celui dans lequel les hommes de petite taille ont été le plus nombreux.

ıdication des différentes professions des jeunes gens inscrits sur la liste définitive.

ıuvriers agricoles. . .	1,363	Chaufourniers, briquet.^{s}	20
— en pierres. .	283	Potiers, verriers, etc. .	24
— en bois... . .	244	Couvreurs.	4
— en métaux . .	265	Peintres, vitriers. etc. .	17
— en cuir. . . .	109	Imprimeurs, libraires, papetiers	11
— des manufact.^{s}	758	Horlogers, bijoutiers . .	5
:euniers.	27	Commerçants, com^{s}-m^{ds}, voyageurs, colporteurs.	99
oulangers.	40	Artistes, peintres, sculpt^{s} musiciens, etc.	24
ouchers, charcutiers.	32	Employés de bureau. . .	171
uisiniers, cafetiers.. .	7	Professions diverses. . .	176
ailleurs d'habits. . . .	30	Propriétaires et rentiers.	14
hapeliers.	2	Sans profession	550
erruquiers, barbiers .	26		
lanchisseurs	8		
ateliers, mariniers . .	110		
ouliers, cochers . . .	64		
		Total. . . .	4,483

Enumération des maladies et infirmités qui ont donné lieu à l'exemption prévue par la loi.

ıystème cutané.	92	Organes du bas-ventre..	102
ıppareil de la vue . . .	138	— génit. urinaires	86
— de l'ouïe. . . .	28	Membres	122
— de la mastication	53	Système osseux.	219
— de la voix. . .	20	— nerveux et encéphale. . . .	54
ıppareil de l'odorat. . .	1	Faiblesse de constitution.	1,297
ıégion du cou	254	Infirmités diverses. . . .	113
)rganes de la poitrine. .	55	Défaut de taille.	456
		Total	3,090

Nature et nombre des exemptions légales.

ıînés d'orphelins.	100
'ils de veuves	510
'etits-fils de veuves.	»
Fils et petit-fils d'aveugles	5
Fils et petit-fils de septuagénaires.	32
A reporter.	647

		Report	647
Puinés de frères	aveugles		»
	impotents		2
Aînés de deux frères du même tirage			9
Frères de militaires sous les drapeaux			928
Frères de militaires	morts en activité		118
	réformés	pour blessures	18
		pour infirmités	1
	admis à la retraite	pour blessures	»
		pour infirmités	»
		Total	1,723

PRISONS.

Il existe dans le département une maison centrale de détention, sept maisons d'arrêt et neuf dépôts de sûreté.

La maison centrale de Loos, établie dans les bâtiments de l'ancienne abbaye, en vertu de l'ordonnance royale du 6 août 1817, possède d'immenses et magnifiques locaux, elle est divisée en trois quartiers parfaitement distincts et renferme les hommes ainsi que les enfants détenus en vertu des art. 66, 67 et 69 du Code pénal.

Les hommes sont surveillés par les gardiens, tous anciens militaires, et les enfants par les frères de Saint-Joseph.

Une colonie pénitentiaire a été annexée à la maison centrale; les jeunes détenus y sont appliqués à l'exploitation des terrains loués par le gouvernement dans l'enclos de l'abbaye et à diverses professions industrielles.

Deux autres établissements d'éducation correctionnelle existent, l'un pour les garçons, au hameau de Guermanez, commune d'Emmerin; l'autre pour les filles, à Lille, au monastère du Bon-Pasteur.

POPULATION DES PRISONS CIVILES DU DÉPARTEMENT EN 1859.

MAISON CENTRALE DE LOOS.

Le nombre des détenus était au 31 décembre 1859, de 1,343, savoir :

Condamnés aux travaux forcés à perpétuité			
— — à temps.			»
— à la réclusion à perpétuité . . .	2	}	309
— — à temps	307	}	
— correctionnels à plus d'un an d'emprisonnement.			1,034
Total. . . .			1,343

Les détenus appartiennent aux départements ci-après : Nord, 407; Pas-de-Calais, 187; Somme, 271; Aisne, 203; Seine, 115; Oise, 103; Marne, 26; Ardennes, 25; Loiret, Gironde, Orne, Eure, Seine-et-Oise, Calvados, 6.

Etablissement d'éducation correctionnelle de Loos.

Les jeunes gens détenus placés dans cet établissement étaient au nombre de 253 au 31 décembre 1859, dont :

Condamnés d'après l'article 67 du Code pénal, à 10 ans et plus d'emprisonnement, ci.	1
Idem, à moins de 10 ans.	7
Acquittés, mais détenus en vertu de l'article 66 du Code pénal	245
Total. . . .	252

Ces enfants appartiennent aux départements ci-après : Nord, 135; Pas-de-Calais, 44; Aisne, 37; Oise, 15; Somme, 13, Ardennes, 7; Marne, 2.

Ils sont employés aux travaux de la ferme établie dans les dépendances de la maison centrale.

Colonie agricole de Guermanez. — Etablissement d'éducation correctionnelle, autorisée en 1855, par M. le Ministre de l'intérieur.

Directeur, M. le docteur Faucher.

La colonie renfermait au 31 décembre 1859, 214 enfants, dont 1 détenu par correction paternelle, 12 condamnés en vertu des art. 67 et 69 du Code pénal et 201 acquittés par l'application de l'ar. 69, mais retenus en correction.

Les élèves sont appliqués aux travaux agricoles ou aux professions qui s'y rattachent. Un aumônier les instruit dans les préceptes de la religion et de la morale et un instituteur leur procure l'instruction élémentaire. Outre les récompenses quotidiennes ou mensuelles accordées aux enfants qui se distinguent par la bonne conduite et le travail, il se fait chaque année une distribution solennelle de prix aux élèves les plus méritants.

Monastère du Bon-Pasteur. — Etablissement d'éducation correctionnelle pour les filles.

Le nombre des enfants détenus dans cet établissement, était au 31 décembre 1859, de 26.

MAISONS D'ARRÊT.

Population au 31 décembre 1859.

DUNKERQUE.

	Hommes.	Femmes.	Total.
Détenus pour dettes.	»	»	52
Idem par mesure administrative..	6	»	
Prévenus ou accusés	4	1	
Condamnés à un an d'emprisonnement et au-dessous.	31	8	
Condamnés à plus d'un an	1	»	
Jeunes détenus	1	»	

HAZEBROUCK.

	Hommes.	Femmes.	Total.
Détenus pour dettes	23	8	66
Prévenus ou accusés	4	1	
Condamnés à un an et au-dessous d'un an d'emprisonnement	21	6	
Condamnés à plus d'un an	2	1	

LILLE.

	Hommes.	Femmes.	Total.
Détenus par correction paternelle. .	1	1	242
Détenus pour dettes	19	1	
Détenus par mesure administrative, malades, etc.	»	»	
Prévenus ou accusés	36	8	
Condamnés à moins d'un an	106	54	
id. à plus d'un an	4	1	
Jeunes détenus	11	»	

CAMBRAI.

	Hommes.	Femmes.	Total.
Détenus pour dettes	2	»	69
Prévenus ou accusés	15	1	
Condamnés à moins d'un an. . . .	36	8	
id. à plus d'un an.	7	»	
Jeunes détenus	»	«	
A reporter. . . .			429

	Hommes.	Femmes.	Total.
Report.			429
AVESNES.			
nus pour dettes	2	»	68
enus ou accusés	9	1	
lamnés à moins d'un an	45	9	
id. de plus d'un an	1	»	
es détenus	1	»	
DOUAI.			
nus pour dettes	1	»	114
nus par mesure administrative, ılades, etc.	3	2	
enus ou accusés	4	»	
lamnés à moins d'un an	52	27	
id. à plus d'un an.	-15	3	
id. à la réclusion.	1	»	
id. aux travaux forcés en at- ınt leur trànsfèrement	4	»	
es détenus.	2	»	
VALENCIENNES.			
nus pour dettes	9	2	69
nus par mesure administrative, ılades, etc	1	»	
enus ou accusés	11	1	
lamnés à moins d'un an	31	14	
es détenus.	3	»	
DÉPÔTS DE SURETÉ.			
enus.	3	»	3
Total.			683

Récapitulation.

ɔn centrale.	1343
lissements d'éducation correctionnelle.	493
ɔns d'arrêt et dépôts de sûreté.	683
Total de la population des prisons.	2519

ADMINISTRATION COMMUNALE.

Impositions extraordinaires.

Toutes les communes du département sont obligées de recourir à des impositions extraordinaires pour couvrir les dépenses de leur service ordinaire, et pour faire face à des travaux urgents ou d'autres objets d'intérêt local.

Les impositions extraordinaires qui ont été autorisées et perçues pendant l'année 1858, se sont élevées, savoir :

1.° Pour le traitement des gardes-champêtres. .	268,269 »
2.° Pour le service des dépenses municipales ordinaires.	839,307 »
3.° Pour le service ordinaire du culte paroissial.	107,137 »
4.° Pour le service ordinaire de l'instruction publique	261,401 »
5.° Pour les chemins vicinaux	360,497 »
6.° Pour travaux et autres dépenses extraordinaires d'intérêt communal.	877,864 »
	2,714,475 »

Ces impositions se divisent encore comme suit :

	Impositions destinées à couvrir		TOTAL.
	les dépenses du service ordinaire.	les dépenses extraordinaires.	
Arrondiss. de Dunkerque. . . .	137,085 »	55,153 »	192,238 »
— d'Hazebrouck	212,152 »	107,499 »	319,651 »
— de Lille	615,817 »	438,479 »	1,054,296 »
— de Cambrai.	335,524 »	139,078 »	474,602 »
— d'Avesnes	206,700 »	63,983 »	270,810 »
— de Douai.	102,697 »	45,705 »	158,402 »
— de Valenciennes . . .	216,636 »	27,840 »	244,476 »
	1,836,611 »	877,864 »	2,714,475 »

Cette somme de 2,714,475 francs, comparée au principal des contributions de toutes les communes sur lesquelles les impositions ont été levées et qui s'élève à 8,777,396 francs, présente un taux moyen de 31 centimes additionnels.

OCTROIS.

ꜱ communes comptent en outre parmi leurs ressources les pro- des octrois. Nous indiquons ci-après les localités dans lesquelles octrois sont établis et le montant du revenu fourni par cette re d'impôt sur les consommations afférentes à l'année 1858.

rondissement de Dunkerque.

es	48,653 91
ourg-Ville	10,121 07
ourg-Campagne	6,308 18
kerque - Branche	3,224 58
erque.	232,100 76
lines	22,212 40
schoote.	10,009 94

rondissement d'Hazebrouck.

ul	68,182 98
l	16,493 50
es	25,330,37
rouck	61,339 70
rgue	8,646 92
lle	21,850 67
cque.	7,679 96
oorde	12,857 30
-Berquin. . . .	7,276 52

Arrondissement de Lille.

allin . . .	
tières	64,198 07
ssée.	6,137 51
es	8,501 66
n	966 29
ourdin.	5,985 19
y	6,778 55
. . . .	1,104,991
Quesnoy-sur-Deûle. .	11,193 90
Roubaix.	462,029 43
Seclin.	14,772 27
Tourcoing.	235,310 24

Arrondissement de Cambrai.

Cambrai	209.305 35
Le Câteau.	41,136 31

Arrondissement d'Avesnes.

Avesnes.	32,750,53
Bavai	6,316 85
Landrecies	20,522 03
Maubeuge.	67,361 42
Le Quesnoy	21,100 32
Solre-le-Château . . .	5,616 28

Arrondissement de Douai.

Douai.	310,737 13

Arrondissement de Valenciennes.

Amand (Saint-). . . .	33,724 87
Anzin.	32,008 16
Condé.	25,067 75
Denain	53,888 87
Valenciennes	321,835 67
Vieux-Condé . . .	6,618

Récapitulation par arrondissement.

Dunkerque	332,636 84
Hazebrouck	22,965 02
Lille	1,920,658 02
Cambrai.	250,441 66
Avesnes.	153,667 43
Douai.	310,737 13
Valenciennes. . . .	473,143 32
	3,464,249 42

Taxe municipale sur les chiens.

Une loi du 2 mai 1855, établit une taxe municipale sur les chiens. Cette taxe est réglée comme suit pour le département du Nord, par décret impérial du 9 janvier 1856 :

Dans la ville de Lille.	chiens d'agrément ou servant à la chasse........................	10 »
	chiens de garde..................	2 »
Dans les autres communes.	chiens d'agrément ou servant a la chasse.	8 »
	chiens de garde.............	2 »

L'application de ces taxes faite en 1859 a donné les résultats suivants :

Arrondissements.	Nombre de chiens imposés.			Produits des taxes.		
	1re catégorie.	2e catégorie.	Total.	1re catégorie.	2e catégorie.	Total.
Dunkerque	880	4737	5617	7112	9580	16692
Hazebrouck. . . .	670	5084	5754	5430	10232	15712
Lille	3431	11005	14436	32542	22778	55320
Cambrai	1336	4692	6028	11294	9526	20820
Avesnes.	1612	4537	6149	13384	9264	22648
Douai.	989	3210	4199	7992	6536	14528
Valenciennes . . .	1532	3823	5355	12304	7676	19980
Total	10450	37088	47538	90108	75592	165700

46,923 articles ont été portés à la taxe simple ; 142 ont donné lieu à la double taxe, 471 à la triple taxe et 2 à la quadruple taxe, pour déclarations inexactes ou incomplètes, ou pour défaut de déclarations.

HOSPICES ET HOPITAUX.

Nous indiquons dans le tableau ci-après la population, les ressources et les dépenses des établissements hospitaliers du département, pendant l'année 1859 :

ÉTABLISSEMENTS.	POPULATION ordinaire. Malades.	Vieillards.	Orphelins.	Total.	RECETTES ordinaires. Revenus dotaux.	Allocations municipales.	Total.	DÉPENSES annuelles.
					Arrondissement de Dunkerque.			
es..........	28	40	40	108	29940 60	»	29940 60	28057 »
ourg........	»	30	23	53	16120 50	»	16120 50	15807 45
rque.......	37	137	100	274	49045 77	40000	89045 77	88954 75
lines........	»	17	»	17	4033 »	»	4033 »	4033 »
					Arrondissement d'Hazebrouck.			
il..........	16	80	20	116	22630 20	4300	26930 20	26054 49
....	»	30	30	60	9243 85	2000	11243 85	11173 49
es...... ...	»	14	»	14	2508 »	1800	4308 »	4308 »
rouck.......	14	00	30	44	13497 37	6000	19497 37	19491 45
rgue.	»	0	»	10	» »	1620	1620 »	1620 »
lle..........	»	2	»	2	196 66	4000	4196 66	4195 85
voorde(h.civ.)	»	30	»	30	7701 20	»	7701 20	7593 »
verck.......	»	36	»	36	3811 50	6500	9811 50	9777 20
-Berquin	»	5	»	15	2180 »	500	2680 »	2677 »
					Arrondissement de Lille.			
tières (h.civ.)	12	78	46	136	36542 »	6400	42942 »	37543 54
ssée (h. civil).	»	29	4	33	10713 25	»	10713 25	9479 »
es.........	2	36	»	38	9266 50	»	9266 50	9916 55
es(hosp.civil)	20	23	»	43	14753 »	»	14753 »	14406 »
urdin h.civ.)	4	18	»	22	8004 »	»	8004 »	7644 25
....	360	1410	364	2134	624068 »	71000	695068 »	690360 »
les..... ...	»	12	»	12	150 »	2000	2150 »	2150 »
oy-sur-Deûle	»	21	»	21	3307 »	1500	4807 »	4805 86
ix.........	83	248	»	331	57928 »	33500	91428 25	88006 50
....	31	55	»	86	46220 »	»	46220 »	36752 40
oing........	34	110	65	209	27851 73	41900	69751 73	67570 »
rechies.....	»	28	»	28	5573 »	»	5573 »	5471 95
elos........	»	34	»	34	10876 »	»	10876 »	9018 »
A reporter....	641	2653	722	4016	1015661 13	223020	1238681 38	1206866 43

ÉTABLISSEMENTS.	POPULATION ordinaire. Malades.	Vieillards.	Orphelins.	Total.	RECETTES ordinaires. Revenus dotaux.	Allocations municipales	Total.	DÉPENSES annuelles.
Report.......	641	2658	722	4016	1015661 13	223020	1238681 38	1206866 43
					Arrondissement de Cambrai.			
Cambrai.........	77	205	53	335	217679 06	»	217679 06	212060 15
					Arrondissement d'Avesnes.			
Avesnes..........	25	29	»	54	17765 11	»	17765 11	15973 10
Landrecies........	4	32	»	36	8656 90	»	8656 90	8312 79
Maubeuge........	13	58	19	90	27422 48	»	27422 87	29741 48
Le Quesnoy.......	26	36	6	68	25894 98	»	25894 98	22900 »
Solre-le-Château .	»	7	»	7	560 47	»	560 47	450 »
					Arrondissement de Douai.			
Douai	151	533	50	734	252781 36	»	252781 36	252766 19
Lallaing..........	»	»	»	»	1765 11	»	1765 11	1730 »
Orchies..	12	26	16	54	18855 93	»	18855 93	17580 »
					Arrondissement de Valenciennes.			
Amand (Saint-)...	»	80	37	117	30369 11	»	30369 11	29550 91
Condé......	»	16	»	16	3667 »	400	4067 »	4060 15
Valenciennes......	70	485	101	656	266511 61	»	266511 61	267370 29
Totaux.......	1019	4160	1004	6183	1887590 25	23420	2111010 25	2069361 29

BUREAUX DE BIENFAISANCE.

***Service des secours à domicile dans le département pendant l'année* 1858.**

Le nombre des indigents secourus pendant l'année s'est élevé à **205,806.**

Les dépenses du service ont été de **1,831,995** fr., savoir :

Frais d'administration..........................	**232,718**
Secours	**1,599,277**
Total.....	**1,831,995**

RECETTES. — 1858.

	RECETTES ordinaires	RECETTES extraordinaires	Total.
Arrondissement de Dunkerque. .	107,426 »	83,984 »	191,410 »
id. d'Hazebrouck . .	175,916 »	33,142 »	209,058 »
id. de Lille.	414,940 »	149,198 »	564,138 »
id. de Cambrai. . .	289,661 »	39,763 »	329,424 »
id. d'Avesnes. . . .	266,715 »	43,551 »	310,266 »
id. de Douai. . . .	158,958 »	23,612 »	182,570 »
id. de Valenciennes .	314,577 »	44,928 »	359,505 »
	1,728,193 »	418,178 »	2,146,637 »

En résumé, les ressources ordinaires de l'assistance publique dans le département sont les suivantes :

Hospices et hôpitaux........................ 2,111,010
Bureaux de bienfaisance...................... 1,728,193

Total....... 3,839,203

Aliénations d'immeubles.

Les administrations hospitalières ont aliéné dans le cours de l'année 1859, 100 hectares 29 ares 61 centiares de terrains estimés 425,165 fr. 66 c. La vente de ces immeubles a produit une somme total de 501,898 fr. 45 c.

La valeur locative des terres labourables dans le Nord est d'environ 100 fr. par hectare, en moyenne. Les 100 hectares 29 ares 61 centiares aliénés pouvaient donc produire un revenu de 10,029 fr. 61 c.

Le capital provenant des aliénations a dû être placé en rentes sur l'Etat. En supposant le cours du 3 p. % à 70, il a pu procurer aux établissements un revenu de 21,509 fr. 91 c., plus que double de celui qu'ils obtenaient précédemment de leurs immeubles.

LEGS ET DONATIONS.

Les libéralités par testament ou par actes entre vifs en faveur des établissements charitables du département se sont élevées à une somme totale de 177,798 fr., ainsi divisée :

	Hospices	Bur. de bienf.	Total.
En immeubles...	15,450 »	35,967 »	51,417 »
En argent ou objets mobiliers......	45,722 »	80,659 »	126,381 »
Totaux...	62,172 »	116,626 »	177,798 »

Ces libéralités se divisent encore par arrondissement comme suit : Dunkerque, 3,130; Hazebrouck, 25,045, Lille, 137,546; Cambrai, 1,500; Avesnes, 6,000; Douai, 3,500; Valenciennes, 1,077 lr.

ENFANTS ASSISTÉS.

Aux ressources que nous venons de récapituler viennent s'ajouter les sommes allouées sur les fonds du département et des communes pour le paiement des dépenses des mois de nourrice et pensions des enfants trouvés, abandonnés, orphelins pauvres et enfants secourus temporairement. Ces sommes se sont élevées, pour 1858, à 29,874 fr. 26 c., ainsi que le constatent les détails consignés dans le tableau suivant :

VILLES où les hospices sont situés.	Existant au 1er janvier 1858.	Admis.	Sortis.	Morts.	Restant au 31 décembre.	Dépenses des mois de nourrice et pensions pendant 1858.
Dunkerque . . .	35	15	9	4	41	1873 14
Lille.	254	97	98	35	253	19997 35
Cambrai	28	4	10	1	22	1529 69
Douai	16	3	12	1	7	827 08
Valenciennes . .	16	6	4	1	18	1148 71
Totaux . .	349	125	133	42	341	25375 97

Les 341 enfants restant au 31 décembre 1857 appartenaient aux catégories ci-après :

Enfants trouvés 34
— abandonnés.................................. 315
— orphelins.................................. »

Outre les frais de nourriture et pensions ci-dessus rapportés, le département et les communes ont eu à supporter d'autres dépenses montant ensemble à 4,498 fr. 89 c.

Frais d'inspection.................................. 2,800 »
Dépenses diverses.................................. 1,698 29

La question des enfants assistés, si vivement débattue ailleurs et sur laquelle tant de bons esprits sont encore incertains, peut être considérée comme résolue dans le département du Nord. Grâce à une organisation réfléchie de ce service, si lourd pour certains autres départements et qui a été longtemps écrasant ici, avant une suite de mesures justifiées aujourd'hui et attentivement appliquées, le nombre des enfants assistés a atteint, dans le département, un chiffre à peu près normal.

Ce nombre était, au 31 décembre 1857, de 349. Du 1er janvier 1858 au 31 décembre suivant, 78 enfants ont cessé de figurer sur les états, par suite de décès ou par effet de l'âge; 55 autres ont été ou remis à leurs parents ou renvoyés à la charge d'administrations de la Belgique. Dans le même espace, on compte 125 admissions nouvelles, de sorte qu'au 1er janvier dernier, le département avait à sa charge 26 enfants trouvés, 315 enfants abandonnés, total 341, c'est-à-dire, pour une population de plus de 1,200,000 âmes, un enfant pour près de 4,000 habitants.

Ce résultat qu'on doit attribuer à la suppression des tours dans les arrondissements de Cambrai, Douai, Dunkerque et Valenciennes, et à la transformation du tour de Lille, en bureau d'admission, et qui a été obtenu sans que le nombre des infanticides eut reçu aucun accroissement, démontre suffisamment que, sauf de rares exceptions, les tours d'enfants trouvés ne sont point une nécessité de la classe indigente, mais un besoin factice qui, encouragé par une tolérance aveugle, nuit autant aux mœurs publiques qu'elle est contraire à la véritable humanité.

MONTS DE PIÉTÉ.

***Résumé des opérations de l'année* 1858.**

	Bergues.	Lille.	Cambrai.	Douai.	Valenciennes.	TOTAL.
Nombre de gages reçus pendant l'année	76123	139028	27892	28484	61522	324658
Sommes prêtées sur ces gages	432898	874629	14556	147681	423548	1962483
Valeur moyenne de chaque article	5 f. 68	6 f. 28	5 f. 22	5 f. 18	6 f. 38	6 f. 04
Nombre de gages retirés	71137	137619	26562	28828	52887	337346
Sommes recouvrées par les dégagements	388987	889953	135086	131638	350073	1914984
Nombre de gages vendus	2847	4105	652	802	3961	11729
Nombre de gages renouvelés	2175	3476	1851	1800	5315	15598
Produit des ventes et renouvellements	47500	96229	15492	10666	69280	229991

CAISSES D'ÉPARGNE.

Le mouvement des caisses d'épargne ouvertes dans le département, a donné en **1858** *les résultats suivants :*

VILLES où sont établies les Caisses d'épargne.	NOMBRE DE LIVRETS					SOLDE dû aux déposants au 1er. janvier 1858.	VERSEMENTS effectués pendant l'année.	INTÉRÊTS alloués aux déposants.	ARRÉRAGES de rentes perçus par les caisses.	REMBOURSEMENTS effectués pendant l'année		SOLDE dû aux déposants au 31 décembre 1858.
	Existant au 1er. janvier 1858.	Ouverts pendant l'année.	Reçus par transfert	Soldés pendant l'année.	Restant au 31 déc. 1858.					en achat de rentes.	en espèces, capital et intérêts.	
Dunkerque...	4621	486	9	298	4818	1330582	533584	49971	596	40409	434220	1440104
Bergues.....	594	282	12	92	796	237872	189149	10684	»	2902	73684	361118
Bourbourg...	81	137	2	12	208	26970	62746	1677	45	2226	19651	69561
Hazebrouck..	843	163	5	70	941	255354	134404	10050	»	6330	82389	311189
Bailleul.....	882	151	7	36	1004	336584	139701	11523	586	4408	86540	397447
Estaires.....	205	51	1	29	228	59798	22216	2228	»	2008	15049	105103
Merville.....	301	70	»	22	349	86282	46702	3151	»	»	29024	69191
Lille........	12013	2376	46	1536	12899	3675020	1558253	132909	1815	123733	1110402	4133182
Armentières..	627	107	7	76	665	203344	64967	7522	»	7454	44891	232487
La Bassée...	127	68	»	21	164	58153	36163	2396	»	21393	»	75319
Roubaix.....	2791	700	3	405	3089	1149523	450843	43729	173	21074	286534	1306659
Tourcoing...	1308	382	3	153	1540	615461	240855	23229	»	12184	112732	754629
Cambrai.....	3160	764	34	440	3518	924155	487414	37045	130	32395	304107	1112241
Avesnes.....	715	184	7	102	804	265006	143645	9041	»	4531	105413	307739
Maubeuge...	1253	281	18	147	1405	480625	235338	1749	111	5304	165348	563471
Douai.......	5183	1057	48	691	5597	1896412	768606	75366	80	3738	587221	2149505
Valenciennes.	3847	999	52	679	4219	1183558	542622	44014	»	21025	372217	1370851
	38351	8258	254	4819	42244	12763699	5657605	482284	3536	311216	3828512	14766396

La division des livrets et des crédits par classe de quotité se résume comme suit :

Dépôts de :	Nombre de livrets	Crédits.	Moyenne des crédits.
500 fr. et au-dessous....	29,669	4,529,493	152 67
501 à 800 fr..........	5,687	3,520,142	618 98
801 à 1,000 fr..........	4,347	3,993,162	918 59
1,001 et au-dessus passibles de la réduction dans le délai de trois mois........	2,479	2,565,144	1,034 75
1,001 et au-dessus exemptés par la loi de la réduction	62	158,455	2,555 71
	42,244	14,766,396	349 55

La moyenne des dépôts par caisse s'établit de la manière suivante : Dunkerque, 326 fr.; Bergues, 453 fr.; Bourbourg; 334 fr.; Hazebrouck, 331 fr.; Bailleul, 396 fr.; Estaires, 461 fr.; Merville, 198 fr.; Lille, 320 fr.; Armentières, 350 fr.; La Bassée, 459 fr.; Roubaix, 423 fr.; Tourcoing, 490 fr.; Cambrai, 316 fr.; Avesnes, 383 fr.; Maubeuge, 401 fr.; Douai, 384; Valenciennes, 325 fr.

Les comptes nouveaux ouverts pendant l'année 1858 se divisent de la manière suivante, d'après la profession des déposants :

Ouvriers....................	3,010	597,452
Domestiques	982	154,843
Employés..................	448	78,533
Militaires et marins...........	209	34,691
Professions diverses....	1,996	501,554
Mineurs	1,604	202,770
Sociétés de secours mutuels....	9	3,950
	8,258	1,573,793

Le compte des rentes sur l'État achetées au nom des déposants, s'établit d'après le détail suivant :

153 déposants avaient laissé aux caisses d'épargne, au 1er janvier 1858, 162 inscriptions, montant ensemble à 3.455 fr.

397 autres titres de rente, d'une valeur totale de 13,923 fr., ont été achetés pendant l'année, tant d'office que sur leur demande, au nom de 387 déposants.

377 titres montant ensemble à 13,695 fr. ont été retirés par 371 personnes.

Il est resté aux caisses, au 31 décembre, 182 inscriptions appartenant à 169 titulaires, et d'une valeur de 3,683 fr.

Le nombre des caisses d'épargne était, l'année dernière, de 17, deux nouvelles caisses ont été créées depuis lors à Cassel et à Comines, ce qui en élève le nombre à 19. Les deux établissements nouveaux ont commencé leurs opérations dans le cours de l'année 1859.

Une nouvelle succursale a, en outre, été établie à Orchies, ce qui porte à quatre le nombre des annexes.

L'arrondissement d'Avesnes ne compte encore que deux caisses d'épargne. Ce nombre paraît insuffisant en raison de l'étendue de l'arrondissement et du peu de fréquence des communications. L'administration ne néglige rien pour que le bienfait de l'institution des caisses d'épargne soit étendu aux parties de ce pays qui en sont encore déshéritées.

Les livrets en émission continuent à suivre leur marche ascendante. Le nombre en était, au 1er janvier 1858, de 38,551 et au 31 décembre 42,244; l'augmentation est de 3,693. Cette augmentation n'avait été en 1857 que de 2,683.

Les versements effectués ont suivi la même progression. Ils se sont élevés en 1858, à 5,657,604 fr. 91 c.; ils n'avaient été en 1857 que de 4,991,790 fr. 05 c., augmentation, 665,814 fr. 86 c.

Le solde dû aux déposants s'est accru, du 1er janvier au 31 décembre 1858, de 2,002,697 fr. 09 c.; il ne s'était accru en 1857, que de 860,720 fr. 91 c.

Ce solde au dernier jour de l'année s'élevait à la somme totale de 14,766,396 fr. 78 c.; il représentait 12 f. 18 c. par habitant, et un livret pour 28 1/2 habitants.

SOCIÉTÉS DE SECOURS MUTUELS.

Résumé du service pendant l'année **1858.**

	SOCIÉTÉS		
	approuvées.	non approuvées.	TOTAL.
Nombre des membres honoraires des sociétés au 1er janvier 1858	3,693	115	3,808
Entrés pendant l'année	603	10	613
Ensemble	4,296	125	4,421
Sortis	238	22	260
Reste au 31 décembre	4,058	103	4,161
Nombre des membres actifs au 1er janvier 1858	15,237	14,422	29,659
Entrés pendant l'année	3,488	2,059	5,547
Ensemble	18,725	16,481	35,206
Sortis	1,820	1,704	3,524
Reste au 31 décembre	16,905	14,777	31,682
TOTAL des membres au 31 décembre 1858	20,963	14,880	35,843
Capitaux des sociétés au 1er janvier 1858	171,370	71,138	242,508
Recettes pendant l'année	199,159	162,299	361,458
TOTAL	370,529	233,437	603,966
Dépenses	196,763	160,181	356,944
Reste en caisse au 31 décembre 1858	173,766	73,256	247,022

SOCIÉTÉS APPROUVÉES.

Ces sociétés étaient au 31 décembre 1858, au nombre de 96 et réparties entre les arrondissements de la manière suivante :

ARRONDISSEMENTS.	Nombre de Sociétés.	NOMBRE de membres honoraires.	NOMBRE de membres participants	Secours accordés aux malades.	Honoraires des médecins.	Frais pharmaceutiques.	Total.
Dunkerque	4	566	733	9958	1650	1058	12666
Hazebrouck.	12	600	1749	8059	954	1268	10281
Lille	63	1992	11822	62185	12187	10142	84514
Cambrai...........	2	66	179	670	980	1673	3323
Avesnes......	»	»	»	»	»	»	»
Douai	5	367	753	14047	1750	7448	23245
Valenciennes..	10	467	1669	9731	1798	1667	13196
	96	4058	16905	104650	19319	23256	147225

Les dépenses du service se sont donc élevées en 1858, à 147,225 f. Cette somme importante aurait manqué aux familles si elles ne s'étaient imposé le sacrifice d'une légère cotisation hebdomadaire, en retour de laquelle elles ont reçu les secours de toute nature qui étaient nécessaires au rétablissement de leurs malades.

Malgré les charges auxquelles les sociétés approuvées ont pourvu, leurs réserves se sont encore accrues d'une manière sensible; au 1er janvier 1859, elles possédaient :

1.° En capitaux placés.... .... 173,766 fr.
2.° En fonds à la caisse des retraites, y compris les subventions de l'État. ..... 146,155 fr.

Total ...... 319,921 fr.

En présence de résultats aussi évidents et des conséquences morales que la mutualité est de nature à produire, on doit regretter qu'un grand nombre de communes, même importantes, n'aient pu encore parvenir à la fondation de sociétés aussi utiles. Il existe, il est vrai, dans le département, 194 sociétés non approuvées qui ont dépensé en secours, en 1858, une somme de 160,181 fr.; mais l'intérêt qui s'attache à la propagation régulière de ces associations n'est pas moins l'objet de la sollicitude et des efforts de l'administration.

INSTRUCTION PUBLIQUE.

Enseignement secondaire.

L'état ci-après indique le nombre des élèves des lycées impériaux t des colléges communaux pendant l'année 1859 :

	Villes où les établissements sont situés.	Pensionnaires.	Demi-pensionnaires.	Externes.	Total.
LYCÉES	Lille	196	92	174	462
	Douai	210	57	64	331
COLLÉGES.	Dunkerque	40	17	155	212
	Bailleul.	16	9	49	74
	Cassel	7	3	78	88
	Estaires	4	»	45	49
	Hazebrouck	130	10	72	212
	Armentières.	16	22	128	166
	Tourcoing	136	8	169	313
	Cambrai	52	17	87	156
	Cateau (Le)	27	4	51	82
	Avesnes.	18	13	42	73
	Maubeuge.	59	5	78	142
	Le Quesnoy,	122	29	61	212
	Saint-Amand	12	»	54	66
	Condé.	7	»	86	93
	Valenciennes	126	47	170	343
	TOTAUX	1178	333	1563	3074

INSTRUCTION PRIMAIRE.

(Extrait du rapport au Conseil général sur la situation de l'enseignement primaire.)

Le nombre des écoles primaires publiques dans le département u Nord était, au 1er juillet 1859, de 1,070, qui se décompose insi :

ARRONDISSEMENTS.	Écoles de garçons.	Écoles de Filles.	Écoles des 2 sexes.	Totaux par arrond.
Avesnes	66	52	89	207
Cambrai	70	61	49	180
Douai	49	40	19	108
Dunkerque.	24	24	38	86
Hazebrouck	35	29	27	91
Lille.	121	106	30	257
Valenciennes	71	60	10	141
Totaux.	436	372	262	1070

Dans le courant de cette année, la séparation des sexes a été établie dans dix communes qui n'avaient eu jusqu'ici que des écoles mixtes, et le nombre des écoles communales spéciales aux filles, s'est accru de 20, soit par l'établissement de nouvelles écoles, soit par la transformation d'écoles communales.

La population des écoles communales est répartie de la manière suivante :

MOIS.	GARÇONS		FILLES		Totaux.
	payants.	gratuits.	payantes	gratuites.	
Juillet 1858	16,739	25,047	15,567	21,756	79,109
Août	14,049	24,064	14,516	19,186	71,815
Septembre (vacances)	»	»	»	»	»
Octobre	14,985	23,837	15,918	20,052	74,702
Novembre	20,036	27,176	19,141	23,948	90,301
Décembre	22,973	30,366	20,546	25,153	99,038
Janvier 1859	24,437	31,284	20,864	25,891	102,476
Février	24,010	30,352	20,063	25,750	100,175
Mars	23,065	29,366	20,054	25,282	97,767
Avril	21,207	27,506	19,111	24,501	92,325
Mai	22,260	29,856	18,936	23,877	94,929
Juin	20,646	27,400	18,142	22,469	88,657

Cette population présente une augmentation de 6,000 enfants sur celle de l'an dernier, ce que l'on peut attribuer en partie à l'augmentation des écoles communales et en partie à ce que les parents commencent à mieux comprendre la nécessité de l'instruction. On a pu constater aussi un peu plus d'assiduité de la part des enfants ; mais il y a encore beaucoup à gagner sous ce rapport.

Quatre écoles mixtes de plus ont été confiées à une institutrice : à Steenwerck (deux), à Floursies et à Capinghem ; mais nous avons été à même de constater combien il importe, pour la discipline et le succès, que l'école ne soit composée que d'un petit nombre d'élèves ; et souvent, dans les communes où la classe est sous la direction d'une institutrice, on voit les jeunes garçons plus âgés aller chercher l'instruction dans les écoles voisines.

L'application de cette mesure paraît surtout destinée à réussir dans les hameaux écartés des centres de population, où les institutrices donnent leurs soins aux plus jeunes garçons et aux jeunes filles de tout âge. La commune de Steenwerck, qui a établi, au mois d'octobre, une école semblable à la Croix-du-Bac, n'a pas hésité à fonder une institution semblable dans un autre de ses hameaux.

Personnel.

Le personnel enseignant se distingue généralement par la moralité de sa conduite et par le soin avec lequel il s'acquitte de ses devoirs religieux. Cependant, nous avons eu à sévir quelquefois contre des instituteurs qui n'ont pas su éviter le cabaret, ou qui se sont laissé entraîner à des fautes plus graves que le mariage ne saurait complètement réparer.

La science pédagogique est peu familière à beaucoup d'instituteurs, néanmoins M. l'Inspecteur d'Académie constate que nos écoles s'améliorent sensiblement sous ce rapport. Les maîtres intelligents, dit M. l'Inspecteur, sont résolument entrés dans la voie si nettement tracée par la circulaire du 20 août 1857; mais ceux à qui manque l'instruction première ou une vocation prononcée, resteront en arrière, et nous ne pourrons avoir de changement sérieux dans la direction de quelques écoles que par le déplacement de l'instituteur.

Classification intellectuelle des écoles publiques.

ARRONDISSEMENTS.	Bonnes.	Assez bonnes.	Médiocres	Mauvaises	Total.
Dunkerque........	41	26	14	5	86
Hazebrouck........	29	32	17	13	91
Lille..............	119	102	22	14	257
Cambrai..........	82	64	30	4	180
Avesnes..........	119	47	35	6	207
Douai............	54	39	14	1	108
Valenciennes......	35	61	35	10	141
Totaux.....	479	371	167	53	1,070
Situation en 1858..	471	360	178	53	1,062

Il serait vivement à désirer, dans l'intérêt de l'enseignement, que plusieurs instituteurs, ayant trente ans de services et au-delà, pussent être mis à la retraite, mais nous n'avons pas à leur offrir les ressources nécessaires à une modeste existence.

On voit beaucoup moins aujourd'hui les petits enfants des écoles inoccupés, livrés à eux-mêmes de longues heures, contractant des habitudes d'indiscipline et prenant l'école en dégoût. Sous la direction d'un moniteur, ils étudient les prières et les premières notions du catéchisme, ils calculent et conjuguent oralement, les exercices d'écriture sur l'ardoise et de lecture aux tableaux sont alternés avec les précédents, de manière à tenir leur attention éveillée.

Le catéchisme est généralement étudié avec soin. Les instituteurs s'attachent à la lettre du texte en cherchant seulement à faire comprendre les mots les plus difficiles à saisir. Ils usent plus qu'autrefois de la répétition et de l'interrogation. L'évangile est généralement appris par les élèves les plus avancés. L'enseignement de l'histoire sainte s'est peu amélioré ; on se borne encore trop à lire dans les livres qui en traitent ou à apprendre quelques morceaux de mémoire, même dans les écoles dirigées par des congrégations religieuses, et rarement les enfants savent raconter les traits les plus connus de l'ancien et du nouveau testament.

La lecture courante a fait des progrès ; dans beaucoup d'écoles les enfants lisent avec goût, leur prononciation est plus nette, un ton plus naturel indique qu'il y a profit pour l'intelligence, et que ce n'est plus, comme autrefois, un exercice purement vocal et de déchiffrement de mots. Les maîtres lisent eux-mêmes pour donner aux enfants le ton et les inflexions qui conviennent au sujet.

L'écriture est nette et bien formée dans un certain nombre d'écoles, mais il en existe encore un trop grand nombre où les principes sont négligés, où nulle observation n'est faite aux élèves sur la pente et les proportions des lettres.

Les cahiers de calque sont assez répandus et déterminent quelques progrès, mais c'est à la condition que les maîtres exerceront une active surveillance et se donneront la peine de faire les corrections nécessaires. Il importe d'ailleurs que l'usage de ces cahiers soit très limité et qu'on se hâte de passer à l'emploi des modèles.

L'étude de la langue commence à se faire d'une manière plus régulière et plus méthodique.

L'enseignement de l'arithmétique est en progrès, mais il a encore beaucoup à gagner. Il importe que les instituteurs excitent davantage l'émulation de leurs élèves en les faisant fréquemment calculer de vive voix au tableau, et qu'ils mettent entre leurs mains quelques ouvrages simples où les définitions soient exactement données.

L'enseignement du chant se donne toujours dans des limites extrêmement restreintes. Cependant, grâce aux efforts de MM. les Inspecteurs et au zèle que l'honorable M. Danel a su communiquer aux élèves de l'Ecole normale, il commence à recevoir des développements. Nous comptons aujourd'hui 51 de ces cours suivis par 800 élèves.

On a cherché à développer le goût de l'agriculture en engageant les instituteurs à donner quelques notions générales aux enfants. Dans un certain nombre d'écoles, les instituteurs ont organisé des cours pratiques dont nous n'avons pas encore pu apprécier les résultats. Dans d'autres, en assez grand nombre, on initie les enfants aux premières notions par des lectures puisées dans de bons ouvrages.

Classes d'adultes.

Le nombre des cours d'adultes a diminué. Cette année, il n'a été que de 203.

ARRONDISSEMENTS.	NOMBRE des cours d'adultes.	POPULATION qui les fréquentent.
Avesnes	26	459
Cambrai	75	1,503
Douai	7	154
Dunkerque	17	525
Hazebrouck	10	210
Lille	37	1,792
Valenciennes	30	1,328
Totaux	202	5,071

Cette diminution tient, en partie, aux sacrifices souvent assez considérables que s'imposent les instituteurs.

Nombre et population des écoles libres.

ARRONDISSEMENTS.	ÉCOLES de garçons	ÉCOLES de filles.	ÉCOLES des 2 sexes.	Totaux par arrondissement.	POPULATION Hiver.	POPULATION Été.
Avesnes	13	30	»	43	2549	2549
Cambrai	14	25	»	39	3154	2989
Douai	12	30	»	42	3096	2854
Dunkerque	17	27	»	44	2478	2179
Hazebrouck	1	18	3	22	1390	1143
Lille	23	83	»	106	7587	7273
Valenciennes	21	48	»	69	6059	5050
Totaux	101	261	3	365	26313	24037

Ces écoles sont dans des conditions hygiéniques satisfaisantes, mais plusieurs d'entre elles, surtout pour les garçons, ont un enseignement très faible et ne se soutiennent, en présence des écoles publiques établies dans les mêmes localités, que par l'abaissement des prix. Plusieurs écoles libres de filles tiennent lieu d'écoles communales et ont part, à ce titre, eux secours du département.

En réunissant au nombre des écoles communales celui des écoles libres, on trouve :

Écoles de garçons.	587
Écoles de filles.	633
Écoles communes aux deux sexes	265
Total. . . .	1,485

fréquentées, en hiver, par 128,809 enfants.

Comme on devait s'y attendre, le relevé des jeunes filles qui fréquentent les écoles spéciales et les écoles où les sexes sont réunis donne pour celles-ci une diminution de 900 enfants, tandis que pour les premières on trouve une augmentation moyenne de près de 3,000. C'est donc 2,100 jeunes filles qui n'allaient pas à l'école, et que la création de nos nouvelles écoles de filles y a attirées.

Si on ajoute à ces chiffres 14,302 enfants de fabriques qui vont passer une heure par jour dans 135 écoles, et les 5,971 élèves des cours d'adultes, on arrive au nombre 149,082 pour le nombre des personnes qui ont partagé à divers degrés, pendant la dernière annee scolaire, les bienfaits de l'instruction primaire.

Dans les écoles publiques et libres. . .	128,809
Dans les écoles de fabriques	14,302
Dans les classes d'adultes.	5,971
	149,082

Ecoles de fabriques et d'apprentis.

ARRONDISSEMENTS.	NOMBRE DE CLASSES			POPULATION qui les fréquentent.		
	de garçons	de filles.	Totaux.	garçons	filles.	Totaux.
Avesnes.	13	6	19	671	263	934
Cambrai	7	6	13	685	466	1,151
Douai.	»	2	2	»	78	78
Dunkerque	3	3	6	230	193	423
Hazebrouck.	1	1	2	18	33	54
Lille	42	40	82	5,296	5,374	10,670
Valenciennes	8	3	11	785	210	995
	74	61	135	7,685	6,617	14,302

Sans doute l'instruction que peuvent recevoir les enfants de fabriques pendant une heure par jour est bien limitée. Néanmoins, ces écoles ne sont pas sans progrès, tant sous le rapport du développement intellectuel que sous celui de l'éducation, et dans la ville de Lille en particulier, un grand nombre de jeunes filles qui ont suivi les écoles pendant la semaine, viennent, le dimanche, chercher une récréation honnête auprès de leurs maîtresses. D'ailleurs, la loi qui oblige les enfants de fabriques à se rendre pendant une heure dans les écoles, établit, au moins en principe, l'obligation pour les industriels de faire donner l'instruction primaire aux enfants qu'ils emploient.

Salles d'asile.

ARRONDISSEMENTS.	SALLES D'ASILE régulièrement organisées.		SALLES D'ASILE dirigées par des Directrices.		POPULATION.
	Communales.	Libres.	Laïques	Congréganistes	
Avesnes	7	9	11	5	1,044
Cambrai	7	7	»	14	2,684
Douai	9	6	7	14	1,914
Dunkerque	4	4	3	5	1,159
Hazebrouck	10	2	»	12	1,156
Lille	35	37	22	50	7,912
Valenciennes	18	19	10	27	4,380
Totaux	90	84	47	127	20,249

Le département du Nord possède 174 salles d'asile, dont 90 communales et 84 libres, fréquentées par 20,249 enfants. 121 petites classes, annexées à des écoles de filles, reçoivent 4,000 enfants ; mais il existe néanmoins encore plus de 300 garderies recevant 8,000 petits enfants, dans des conditions très fâcheuses.

Pensionnats.

Les pensionnats primaires sont toujours dans une situation satisfaisante. Il en existe dans le département 209, dont 96 de garçons et 113 de filles. Il se divisent entre les arrondissements comme suit : Dunkerque, 10 de garçons, 10 de filles; Hazebrouck, 10 de garçons, 5 de filles; Lille, 28 de garçons, 36 de filles ; Cambrai, 5 de garçons, 17 de filles; Avesnes, 30 de garçons, 19 de filles ; Douai, 6 de garçons, 17 de filles ; Valenciennes, 7 de garçons, 19 de filles.

Ecole normale

L'école normale de Douai, sous le rapport de la discipline et de la direction morale, nous semble actuellement placée dans d'excellentes conditions, et s'il y a quelques améliorations de détail à désirer dans l'enseignement, les élèves en sortiront néanmoins préparés d'une manière convenable aux fonctions d'instituteurs. Cinquante-neuf candidats ont concouru cette année pour être admis dans cette école.

Le cours normal d'institutrices continue à nous donner toute satisfaction, et à former des institutrices aussi dévouées qu'intelligentes.

La répartition des écoles entre MM. les Inspecteurs primaires n'a pas subi de modifications dans le Nord, et ces utiles fonctionnaires ont accompli leur tâche avec autant de zèle que d'intelligence.

Presque toutes les écoles ont été visitées plusieurs fois par MM. les Délégués cantonaux qui nous ont fait connaître leur situation et les améliorations qu'elles réclament, et souvent nous avons dû ces améliorations à leur insistance auprès des autorités locales.

Dans les deux sessions d'examen pour le brevet de capacité, 132 aspirants ont subi les épreuves et 39 ont obtenu le brevet. La commission a eu à examiner 75 aspirantes et elle a jugé 36 d'entre elles dignes du brevet de deuxième ordre, 9 ont été reconnues aptes au brevet de premier ordre.

La somme de 2,000 fr. accordée pour récompense aux instituteurs en 1858, a permis de donner un utile encouragement aux plus méritants. Mais nous devons remercier le Conseil général d'avoir porté, pour 1859, ce chiffre à 2,600, car nous avons dû omettre à regret, l'année précédente, les noms de plusieurs maîtres dont le zèle et le dévouement sont tout-à-fait au-dessus de tout éloge.

Il serait à désirer que l'allocation pour encouragements aux directeurs des classes d'adultes fût plus élevée, parce que les instituteurs ont à supporter, sur la modeste rétribution qu'ils reçoivent, les frais de chauffage et d'éclairage des salles où ils reçoivent les adultes. Le Conseil départemental émet le vœu que cette allocation soit portée de 400 à 1,000 fr.

La somme de 8,000 francs, affectée aux institutrices trop faiblement rétribuées, a été répartie entre 114 institutrices publiques ou libres tenant lieu d'institutrices publiques, de manière à leur assurer un minimum de 500 francs et à soulager celles qui, avec un traitement plus élevé, sont dans la nécessité d'entretenir une sous-maîtresse à leurs frais.

L'allocation de 15,000 francs pour venir en aide aux instituteurs qui, bien qu'ayant un traitement de 600 francs et quelquefois supérieur, ne trouvent pas, à cause des charges de famille, des moyens suffisants d'existence dans les modestes ressources de leurs écoles, a été employée à augmenter les traitements de 113 instituteurs dans le premier semestre, et de 132 pendant le second. La répartition a eu pour but de satisfaire des besoins urgents, et les instituteurs qui ont été notés comme fréquentant les cabarets ont été impitoyablement rayés de la liste des secours.

PRODUITS FINANCIERS DU DÉPARTEMENT.

Les revenus publics du département pour l'année 1857 se sont élevés à la somme de 86,932,695 fr., suivant le détail ci-après:

Contributions directes	15,002,512
Enregistrement.	11,094,896
Produits des forêts et de la pêche	1,370,616
Douanes et sels.	23,279,815
Contributions indirectes	31,695,616
Postes	1,558,368
Produits éventuels affectés aux dépenses du département .	458,917
Retenues et autres produits affectés aux pensions civiles. .	474,022
Produits divers.	1,997,933
Total	86,932,695
Les mêmes produits pour l'année 1856 ont été de.	88,652,642
La différence en moins pour 1857 est de.	1,719,947

Développement des recettes relatives à chacune des administrations financières.

CONTRIBUTIONS DIRECTES.

Les rôles des contributions directes de l'exercice 1857, dans le département du Nord se sont élevés en totalité à 15,002,512 fr., savoir:

Contributions foncières.	7,948,104
Personnelle et mobilière.	2,032,817
Portes et fenêtres.	1,867,216
Patentes.	3,133,304
Taxe du premier avertissement aux contribuables	21,071
Total	15,002,512
Le montant des contributions directes a été, en 1856, de. .	14,629,900
Différence en plus en 1857	372,612

ENREGISTREMENT, TIMBRE ET DOMAINES.

Enregistrement, greffes, hypothèques, etc.	Enregistrement, y compris le décime pour franc.	7,869,906
	Greffes, idem . .	85,877
	Hypothèques, idem . .	70,265
	Amendes de toute nature idem . .	130,068
	Décime pour franc (loi du 14 juillet 1855)	735,937
	Décime pour franc sur des attributions des greffiers les droits de greffe (loi du 6 prairial an VII) . . .	2,107
	Décime pour franc sur les attributions des greffiers (loi du 14 juillet 1855)	2,106
	Passeports et permis de chasse	72,435
	Moitié des salaires pour la transcription hypothécaire des actes de mutation.	»
	Recouvrements des frais de justice	141,012
	Idem de poursuites et d'instances.	3,145
Suppléments de droits sur les actes passés dans les colonies.		173
Timbre		1,321,968
Produits des Domaines.	Revenus des domaines.	6,558
	Produits des terrains des fortifications et des bâtiments militaires.	132,860
	Dommages-intérêts adjugés à l'Etat, autres que ceux concernant les forêts et la pêche	263
	Rentes (arrérages et rachats)	273
	Prix de vente du mobilier et créances exigibles. . .	999
	Epaves, déshérences et biens vacants	1,835
	Domaines et bois engagés ou échangés.	»
	Biens vendus en exécution des lois du 18 mai 1850 et antérieures	30,729
	Produits de l'ancien domaine extraordinaire . . .	»
	Produits des biens de l'ancienne dotation de la couronne	»
	Recettes de diverses origines, y compris les reliquats sur les biens des communes.	2,566
Prix de vente d'objets mobiliers et immobiliers provenant des ministères		484,504
Produits d'établissements spéciaux régis ou affermés par l'Etat		»
	Total.	11,094,895
Les produits de 1856 se sont élevés à		10,688,025
Différence en plus en 1857.		406,870

PRODUITS DES EAUX ET FORÊTS.

Ventes de coupes de bois de l'ordinaire 1857 *effectuées par les agents forestiers.*

816 hectares de coupes de bois ont été adjugés pour une somme de.	1,130,310
Ce produit, en 1856, s'est élevé à.	1,259,430
Différence, en moins, en 1857.	129,120

***Développement des recouvrements effectués sur les produits des forêts et de la pêche pendant l'exercice* 1857.**

Produits des coupes de bois.		Prix principal	1,130,310
	Charges additionnelles.	Décime pour franc	113,031
		3 p. % pour travaux d'entretien et de réparations	33,909
		1 1/2 p. % pour frais d'adjudication	18,779
		Prix des coupes de bois vendues en détail	220
Produits divers et droit de pêche.	Menus produits des forêts.	Chablis, plants, sur-mesures, etc	43,809
		Fruits, semences et herbes	725
		Minerai, terres, pierres et sables	5,532
		Redevances et indemnités	1,912
		Recettes diverses et imprévues	108
		Location de la chasse	7,699
		Location de la pêche dans les fleuves, rivières, et canaux navigables et flottables	20
		Produits d'amendes et de condamnations concernant les délits forestiers et de pêche (y compris le décime pour franc)	2,807
		Double décime des amendes précédentes (loi du 14 juillet 1855)	256
		Recettes provenant de dommages-intérêts, restitutions et confiscations pour délits dans les bois de l'Etat, etc.	2,219
		Recouvrements sur les condamnés, de frais de poursuites et d'instances concernant les forêts et la pêche	4,456
		Recouvrements de frais d'adjudication des travaux d'abattage et de façon, des coupes exploitables par économie, des produits des bois nationaux, de la chasse, de la pêche, etc.	553
		Recouvrements des frais de vente de coupes de bois, sol et superficie à raison de 0 f. 80 p. % du prix principal	
		Contributions des communes et établissements publics, pour frais de régie de leurs bois	4,270
		Total	1,370,615

DOUANES ET SELS.

***Développement, par nature de droits et par bureaux principaux, des recouvrements effectués sur les douanes et sels, pendant l'année* 1857.**

Droits de douanes	à l'importation.	Marchandises diverses	20,539,966
		Tabacs de santé ou d'habitude	13,783
		Sucres des colonies françaises	350,259
		— étrangers	8,014
	à l'exportation		344.658
		A reporter	21,256,680

	Report	21,256,680
Droits de navigation.	Francisation des navires	582
	à l'entrée des navires. — Droit et demi-droit de tonnage des bâtiments français et étrangers	184,630
	à l'entrée des navires. — Droit spécial sur les navires américains	7,123
	Expéditions pour entrée et sortie des navires; congés et passe-ports des bâtiments; acquits, permis et certificats relatifs aux cargaisons	17,360
	Taxes locales pour l'entretien de certains ports	»
Recettes accessoires.	Quart et trois quarts des consignations faites en garantie de la réexportation des voitures de voyageurs	627
	Droits sur les marchandises réexportées d'entrepôts ou revenant de l'étranger	1,138
	Droit de timbre	71,616
	Indemnités reçues des fabricants de soude	
	Fonds reçus des communes pour subvenir aux frais d'exercice des entrepôts	
	Recouvrement du prix des brevets de francisation des navires. — Droits de sortie des colonies françaises, perçus en France. — Droit de magasinage et de dépôt	213
	Recettes accidentelles	6,399
Produit des amendes et confiscations		187,761
Taxes de plombage et d'estampillage		50,632
Taxe de consommation des sels		4 92,150
	Total	23,279,811

Ces produits appartiennent : 1.° à la direction de Dunkerque, pour 8,506,757 francs, et à chaque principalité de cette direction, suivant le détail ci-après :

Principalité de Dunkerque	8,443,411
——— d'Hazebrouck	63,346
Total	8.506,757

2.° A la direction de Lille, pour 6,703,224 francs, et à chaque principalité de cette direction suivant le détail ci-après :

Principalité d'Armentières	283,389	
——— de Lille	6,393,459	
——— d'Orchies	26,376	
	6,703,224	6,703,224

3.° A la direction de Valenciennes, pour 8,069,830 francs, et à chaque principalité de cette direction, suivant le détail ci-après :

Principalité de Condé	2,207,297	
——— de Valenciennes	2,625,802	
——— de Feignies	80,522	
——— de Jeumont	3,079,037	
——— d'Avesnes	77,172	
	8,069,830	8,069,830
Total		23,279,811
Les douanes ont produit en 1856		23,248,093
Différence en plus en 1857		31,718

CONTRIBUTIONS INDIRECTES.

***éveloppement des recouvrements effectués sur les contributions indirectes (boissons, sucre indigène, droits divers, tabacs et poudres), pendant l'année* 1857.**

issons.	Droits sur les vins, cidres, poirés, hydromels, eaux-de-vie et liqueurs	2,806,218
	Droit de fabrication sur les bières	5,443,250
ls		62,504
cre indigène		15,191,057
Droits divers et produits d'anciens droits.	Licences de toute espèce	250,920
	Navigation sur les rivières et canaux	1,318,108
	Bacs, passages d'eau, moins-value des agrès et ustensiles	16,790
	Voitures publiques, estampilles, et dixième des prix de transport des marchandises	136,158
	Garantie des matières d'or et d'argent et argues impériales	11,856
	Timbre des expéditions et quittances délivrées	168,944
	Cartes à jouer	14,142
	Dixième du produit net des octrois	»
	Prélèvement sur les communes pour frais de casernement	101,323
	Portion du trésor dans la répartition du prix des tabacs et des poudres saisies	965
	Droits de dénaturation sur l'alcool	239
	Recettes extraordinaires	8,222
	Produit des amendes et confiscations	31,228
	Prix des plombs apposés pour les sels et les sucres	40,483
	Indemnité pour frais de surveillance des entrepôts de sucre	8,700
	Recouvrements sur avances pour divers services	72,129
abacs		5,815,784
oudres		196,597
	Total	31,695,616
es produits de 1856 se sont élevés à		33,974,463
ifférence en moins en 1857		2,278,847

POSTES.

***ecouvrements effectués sur les produits des postes, pendant l'année* 1857.**

roduit de la taxe des lettres journaux et imprimés	1,522,356
roit de 2 p. % sur les envois d'argent	35,414
ecettes accidentelles	598
Total	1,558,368
es produits de 1856 ont été de	1,504,717
ifférence en plus en 1857	53,651

PRODUITS ÉVENTUELS.

Développement des produits éventuels du service départemental recouvrés pendant l'exercice 1857.

Produits éventuels ordinaires.	Produits d'expéditions d'actes de préfecture.	617
	Revenus particuliers des prisons départementales.	»
	Produits d'arbres abattus ou élagués sur les routes départementales. . .	914
	Vente des matériaux provenant des routes départementales et d'établissements publics du département. .	»
	Vente de mobiliers de préfecture ou des bureaux de sous-préfectures reconnus hors de service	203
	Vente de vieux papiers de préfecture et sous-préfectures	»
	Remboursement d'avances faites par le département.	1272
Produits éventuels extraordinaires	Produit des propriétés du département non affectés aux services départementaux	1
	Subventions pour travaux neufs des routes départementales et autres constructions.	11,390
Contingents communaux et souscriptions particulières pour travaux des chemins vicinaux de grande communication.		369,755
Produits spéciaux non indiqués dans la loi du 10 mai 1838.	Produits des rétributions payées par les pharmaciens, les épiciers, les droguistes et les herboristes, pour la visite de leurs établissements.	13,234
	Vente de chevaux ou taureaux, étalons appartenant au département	»
	Reversement pour trop payé sur les ordonnances du Ministre de l'intérieur, applicables aux fonds départementaux	195
	Produits divers	»
	Total.	397,590

PRODUITS DIVERS.

Développement des recouvrements effectués sur les produits divers du budget pendant l'année 1857.

Taxe des biens de main-morte.	107,951
Produits des mines	292,030
Droits de la vérification des poids et mesures.	76,984
Produit de la taxe des brevets d'invention.	28,605
Ressources spéciales pour dépenses des écoles normales primaires.	9,573
A reporter	515,143

Report 515,143

Produits destinés au service de l'instruction primaire...	2,845
Recettes applicables aux dépenses de l'hôtel des invalides de la guerre.........	48,403
Recettes de divers établissements spéciaux...............	16,944
Recettes de diverses natures attribuées au Trésor public par l'ordonnance du 31 mai 1838..........	721,351
Recettes par divers débets de comptables et créances litigieuses non comprises dans l'actif de l'administration des finances..........	2,662
Produit du travail des détenus dans les maisons centrales de force et de correction.........	168,174
Produit des taxes de la télégraphie privée..........	98,679
Divers produits..........	420,731
Total....	1,997,932

CONTRIBUTIONS DIRECTES DE 1859.

Nous croyons utile d'indiquer ici le principal de chacune des quatre contributions par arrondissement :

Arrondissements.	CONTRIBUTIONS				TOTAL.
	Foncière.	personnelle et mobilière.	des portes et fenêtres.	des patentes.	
Dunkerque......	462548	109750	110249	173009	855556
Hazebrouck.......	414343	85365	82670	77837	660215
Lille...........	1276835	424111	557119	1088530	3346595
Cambrai.........	567599	130891	124378	206559	1029427
Avesnes..........	634538	112562	109089	190058	1046247
Douai............	461389	98545	99763	144720	804417
Valenciennes......	620384	146440	135946	279372	1182142
Totaux.....	4437636	1107664	1219214	2160085	8924599

AGRICULTURE.

Le département du Nord est un pays où l'économie rurale est portée à un très-haut degré. Sur une superficie totale de 567,864 hectares, il fournit à la culture une quantité de 475,557 hectares, dont 359,570 en terres labourables.

Voici l'état du produit des récoltes faites pendant l'année qui vient d'expirer.

Récoltes en grains faites en 1859 *dans le département du Nord.*

NATURE des grains récoltés.	Nombre d'hectares ensemencés en chaque espèce de grains.	Quantité moyenne de semences par hectare.	Nombre de fois que la semence se multiplie, année commune.	Nombre de fois que la semence s'est multipliée en 1859.	Produit par hectare en 1859.	Produit total de chaque espèce de grains en 1859.	Poids moyen d'un hectolitre de chaque espèce de grains de la récolte de 1859.
		Hect.			Hect.	Hect.	Kilog.
Froment	136677	1,84	11,77	10,78	19,84	2712396	74 »
Méteil	4631	1,80	12,93	10,58	19,04	88178	75 »
Seigle	10323	1,82	10,59	8,47	15,42	159159	68 »
Orge	14009	1,98	18,74	15,76	31,22	437453	56 »
Epeautre	3199	2,43	12,62	12,92	31,40	100440	58 »
Sarrazin	113	1,58	12,80	15,80	24,96	2771	53 »
Avoine	41466	2,68	17,17	16,99	45,55	1888991	43 »
Légumes secs	15693	2,61	9,96	9,73	25,40	398597	81 »
Autres menus grains	8104	2,26	15,48	9,20	20,79	168489	73 »
Totaux	234215					5956474	

Le développement par arrondissement du produit des espèces principales donne les résultats suivants :

	Nombre d'hectares ensemencés	Produit par hectare.	Produit total.
FROMENT.		h.	h.
ondissement de Dunkerque. . .	17.944	19 71	353,754
id. Hazebrouck . .	19,193	20 83	399,790
id. Lille.	25.459	22 56	514,658
id. Cambrai	25,900	19 53	505,827
id. Avesnes	18,290	16 70	305,442
id. Douai	14,071	19 »	278,578
id. Valenciennes. .	15,819	22 40	354,346
Totaux. . .	136,677	19 84	2,712,395
MÉTEIL.			
ondissement de Dunkerque. . .	60	17 93	1,085
id. Hazebrouck . .	80	16 60	1,488
id. Lille.	1,571	20 36	31,995
id. Cambrai. . . .	1,000	19 »	19,000
id. Avesnes	1,543	17 40	26,848
id. Douai	76	19 »	1,501
id. Valenciennes. .	301	20 80	6.260
Totaux. . .	4,631	19 04	88.177
SEIGLE.			
ondissement de Dunkerque. . .	857	15 52	13,345
id. Hazebrouck . .	267	17 20	4,616
id. Lille.	1,163	18 93	22,019
id. Cambrai. . . .	2,250	15 60	35,100
id. Avesnes	1,932	15 93	30,776
id. Douai	1,240	13 «	16,266
id. Valenciennes. .	2,612	13 95	36,437
Totaux. . .	10,323	15 42	159,159
ORGE.			
ondissement de Dunkerque. . .	2,155	29 05	62,624
id Hazebrouck. . .	[illegible]	21 49	2,199
id. Lille.	489	31 69	15,498
id. Cambrai	6,250	32 76	204,750
id. Avesnes. . . .	2,388	28 05	68,416
id. Douai	801	34 »	27,188
id. Valenciennes. .	1,843	36 07	56,477
Totaux. . .	14,009	31 22	437,452

	Nombre d'hectares ensemencés	Produit par hectare.	Produit total.
AVOINE.			
Arrondissement de Dunkerque. . .	4,412	46 79	205,473
id. d'Hazebrouck .	2,484	47 37	117,767
id. Lille	6,644	49 83	331,111
id. Cambrai. . . .	7,626	42 25	352,703
id. d'Avesnes . . .	10,229	36 48	373,154
id. Douai.	5,322	50 »	270,383
id. Valenciennes. .	4,748	50 »	237,400
Totaux . .	41,465	45 55	1,888,991
LÉGUMES SECS.			
Arrondissement de Dunkerque. . .	6,289	27 08	170,336
id. d'Hazebrouck. .	3,905	24 83	97,636
id. Lille	1,851	24 46	45,279
id. Cambrai. . . .	1,740	21 »	36,540
id. d'Avesnes . . .	682	24 39	16,634
id. Douai	802	19 »	15,953
id. Valenciennes. .	424	38 25	16,218
Totaux . .	15,693	25 40	398,596

L'épeautre, espèce inférieure de peu de valeur, ne se cultive que dans l'arrondissemenl d'Avesnes. Le sarrazin ne se produit en quantité appréciable que dans l'arrondissement de Valenciennes. Quant aux menus grains, c'est dans les arrondissements de Dunkerque et d'Avesnes que se trouve le siége principal de leur cultture.

Ces détails pourront donner une idée de la diversité des cultures dans les différentes parties du département et du degré comparatif de la fécondité de leurs territoires.

Voici maintenant le tableau approximatif des consommations annuelles de grains dans le département.

NATURE des GRAINS.	QUANTITÉ APPROXIMATIVE d'hectolitres de grains annuellement nécessaire.				TOTAL des BESOINS annuels.
	pour la nourriture des habitants.	pour la nourriture des animaux domestiq.	pour les semences.	pour les distilleries brasseries et autres usages.	
Froment	2837975	10098	256883	2065	3107021
Méteil	152465	3177	9788	5	165435
Seigle	54023	88692	18727	75910	237352
Orge	457	28562	27559	772455	829034
Epeautre	13534	1472	13129	18117	46251
Sarrasin	»	2531	205	»	2736
Avoine	»	1854032	113852	59948	2127833
Légumes secs	133489	174613	41867	1005	350974
Autres menus grains	893	70831	20276	28692	120693
Totaux	3192836	2234008	502286	958197	6887329

D'après ces tableaux, les grains récoltés en 1859 ont donné un nombre d'hectolitres de........................ 5,956,474

Les consommations étant de 6,887,329

Il résulte un déficit de.......................... 930,855

Equivalant aux 5/32 des produits.

POMMES DE TERRE.

Il a été ensemencé en pommes de terre, pendant l'année 1859, un nombre de 16,617 hectares qui ont produit chacun en moyenne 122 hectolitres 93 litres, ce qui fait pour la totalité. 2,042,814

La consommation de ce tubercule dans le département est évaluée de la manière suivante :

Pour la nourriture des habitants....	1,740,359	
Pour celle des animaux domestiques.	408,524	
Pour les semences...............	257,090	
Pour les distilleries, etc...	57,162	2,463,135

Les produits de 1859 présentent conséquemment un déficit de.......................... 420,321

Nous avons constaté dans notre dernier annuaire que le rendement de la récolte de 1858 était inférieur à celui de l'année précédente ; une sécheresse persistante et des chaleurs exceptionnelles avaient puissamment nui au développement des fruits.

Les mêmes causes ont produit les mêmes effets avec plus d'intensité en 1859. Comme on peut le voir en comparant les tableaux qui précèdent avec ceux insérés dans notre dernier volume, la récolte de 1859 présente sur celle de 1858, une différence en moins de 331,374 hectolitres. Si on ajoute cette différence à celle de 900,000 que le rendement de 1858 offrait sur celui de 1857, on reconnaît que les produits ont diminué en 2 ans d'une quantité de 1,231,000 hectolitres. Mais l'année 1857 avait eu des résultats exceptionnellement favorables, et malgré la différence notable que nous venons d'établir, la récolte de 1859 peut être considérée comme approchant de celle d'une année moyenne. Quant au déficit des produits par rapport aux besoins de la consommation, il y sera facilement pourvu au moyen des vieux grains dont les réserves en magasin étaient d'environ 335,000 hectolitres au moment de la moisson et des arrivages que les relations multipliées du département avec les centres de production ne manqueront pas de lui assurer.

La consommation des grains et farineux pour la nourriture des habitants du département est calculée dans les proportions suivantes : froment, 2 hectolitres 20 litres ; méteil, 25 litres ; seigle, 10 litres ; épeautre, 8 litres ; légumes secs, 12 litres ; pommes de terre, 1 hectol. 50 litres. — Total par individu et par année : 4 hect. 25 litres.

STATISTIQUE AGRICOLE DE 1858.

Les Commissions cantonales de statistique, instituées par le décret impérial du 1er juillet 1852, ont continué leurs opérations en procédant, en 1859, à la statistique agricole de 1858. Nous ne reproduisons pas ici la partie de ce travail qui se rapporte à la culture des grains et farineux dont nous avons donné les résultats dans le volume précédent de l'Annuaire départemental ; nous nous bornons à emprunter à cette statistique les autres renseignements qu'elle fournit et à les mettre sous les yeux de nos lecteurs.

ARRONDISSEMENTS.	Nombre d'hectares cultivés.	Produit moyen par hectare.	PRODUIT total.	PR X moyen.
CULTURES INDUSTRIELLES.				
Betteraves à sucre.				
		quint. mét.	quint. mét.	
Dunkerque	657	386	253,602	1 50
Hazebrouck. . . .	469	560	263,640	1 80
Lille	4,830	432	2,086,560	1 61
Cambrai	3,956	316	1,250,096	1 45
Avesnes	1,546	657	1,015,722	1 62
Douai	4,860	377	1,832,220	1 59
Valenciennes . . .	7,971	376	2,997,096	1 61
	24,289	399	9,698,936	
Graines oléagineuses. — Colza.				
Dunkerque	283	28 43	8,046	27 50
Hazebrouck. . . .	1,850	20 93	38,720	26 »
Lille	5,687	26 84	152,639	27 07
Cambrai	4,270	17 »	72,590	27 50
Avesnes.	920	18 71	17,213	27 36
Douai.	1,815	17 08	31,000	26 45
Valenciennes . .	1,311	17 98	23,572	27 33
	16,136	21 30	343,780	
Œillettes.				
Dunkerque	»	»	»	» »
Hazebrouck. . . .	50	22 »	1,100	30 »
Lille	403	13 78	5,553	26 89
Cambrai	3,276	9 »	29,484	29 40
Avesnes	78	12 »	936	29 »
Douai.	311	7 51	2,336	30 »
Valenciennes . . .	198	11 23	2,228	29 83
	4,316	9 64	41,632	
Cameline.				
Dunkerque	40	15 50	620	20 56
Hazebrouck. . . .	193	20 »	3,860	21 »
Lille	515	15 10	7,776	22 13
Cambrai	247	12 »	2,964	22 60
Avesnes.	30	17 »	510	29 »
Douai.	332	12 77	4,239	20 27
Valenciennes . . .	76	12 22	929	21 04
	1,433	14 58	20,898	

ARRONDISSEMENTS.	Nombre d'hectares cultivés.	Produit moyen par hectare	PRODUIT tatal.	PRIX moyen.
		Navette.		
Dunkerque	»	» »	»	» »
Hazebrouck	44	15 »	660	26 »
Lille	10	21	210	28 »
Cambrai	4	14 »	56	
Avesnes.	15	18 »	270	8 »
Douai	»	» »	»	»
Valenciennes	2	20 »	40	20 »
	75	16 48	1236	
		Plantes textiles. — Chanvre.		
Dunkerque	35	433	13,370	» 98
Hazebrouck	»	»	»	» »
Lille	»	»	»	» »
Cambrai	»	»	»	» »
Avesnes	»	»	»	» »
Douai	178	720	128,160	1 16
Valenciennes	163	1060	172,780	» 93
	376	836	314,210	
		Plantes textiles. — Lin.		
Dunkerque	3,494	3 84	1,341,696	1 49
Hazebrouck	1,725	6 08	1,048,800	1 50
Lille	2,039	3 88	791,132	1 38
Cambrai	172	3 07	52,804	1 37
Avesnes	122	3 60	43,920	1 76
Douai	1,181	3 08	363,848	1 41
Valenciennes.	287	3 88	111,348	2 84
	9,020	4 16	3,753,548	
		Chenevis (graine de chanvre).		
Dunkerque	35	13 25	163	12 50
Hazebrouck........	»	» »	»	» »
Lille.............	»	» »	»	» »
Cambrai..........	»	» »	»	» »
Avesnes..........	»	» »	»	» »
Douai............	178	9 87	1757	11 62
Valenciennes	163	9 26	1509	8 58
	376	9 12	3429	

ARRONDISSEMENTS.	Nombre d'hectares cultivés.	Produit moyen par hectare	PRODUIT total.	PRIX moyen.
		Lin (graine de lin).		
Dunkerque........	3494	3 40	11,880	24 90
Hazebrouck.......	1725	5 »	8,625	26 21
Lille.............	2039	3 53	7,198	24 55
Cambrai..........	172	5 75	989	28 30
Avesnes..........	122	9 17	1,119	25 »
Douai............	1181	4 43	5,232	26 »
Valenciennes......	287	5 03	1,444	26 63
	9020	4 04	36,487	
		Houblon.		
Dunkerque........	» »	» »	»	» »
Hazebrouck.......	369 »	7 »	2,583	194 70
Lille.............	» »	» »	»	» »
Cambrai..........	240 »	9 »	2,160	187 »
Avesnes..........	538 »	6 86	3,691	148 11
Douai............	26 »	4 »	104	180 »
Valenciennes......	17 »	7 76	302	190 »
	1,190 »	7 43	8,840	
		Tabac.		
Hazebrouck (1)....	75	22 »	1,650	95 »
Lille.............	731	25	18,421	90 91
	806	24 90	20,071	

(1) Ces deux arrondissements sont les seuls dans le département autorisés à cultiver le tabac.

FOURRAGES.

ARRONDISSEMENTS.	Etendue en hectares des prés.		Produit moyen en hectares		PRIX
	à faucher.	à paturer.	à paturer.	à faucher.	moyen.
Prés naturels secs ou ne recevant que de l'eau de pluie.					
Dunkerque	1,876	13,350	25 80	29 20	6 25
Hazebrouck. . . .	1,310	12,716	30 »	34 72	9 50
Lille	2,760	4,143	23 15	23 21	11 76
Cambrai.	1,626	1,759	29 »	23 »	13 50
Avesnes.	9,576	25,593	27 96	30 35	10 05
Douai.	1,402	216	21 29	21 80	13 »
Valenciennes. . . .	3,895	951	28 96	29 59	12 39
	22,445	58,727			
Prés naturels arrosés naturellement.					
Dunkerque.	596	1,067	28 13	45 21	9 81
Hazebrouck. . . .	1,031	488	31 »	31 »	10 »
Lille.	1,436	315	26 38	22 37	11 93
Cambrai	538	54	29 »	25 »	11 10
Avesnes.	2,981	3,479	32 95	34 25	10 75
Douai.	599	28	22 25	25 »	17 96
Valenciennes. . . .	1,485	100	32 49	28 46	10 33
	8,665	5,531			
Prés naturels arrosés artificiellement.					
Dunkerque.	114	7	28 06	49 09	9 75
Hazebrouck.. . . .	1,060	610	38 »	52 »	10 68
Lille..	209	»	82 »	» »	5 60
Cambrai.	28	4	27 50	25 »	10 »
Avesnes.	439	632	31 »	35 »	9 81
Douai.	10	3	28 »	36 »	11 15
Valenciennes. . . .	409	»	36 87	» »	11 60
	2,269	1,256			
Prés artificiels.					
Dunkerque.	3,452		41 33		10 »
Hazebrouck. . . .	2,015		46 57		12 64
Lille.	4,717		32 34		11 70
Cambrai.	5,744		35 »		11 75
Avesnes.	7,030		30 29		8 55
Douai.	3,341		31 24		12 22
Valenciennes . . .	3,555		36 90		10 20
	38,854				

Fourrages divers.

Leur étendue en hectares a été de 5,343, ainsi divisés entre les arrondissements :

Dunkerque........	428	Avesnes	883
Hazebrouck.......	»	Douai............	596
Lille.............	323	Valenciennes......	1,047
Cambrai..........	2,066		

Fourrages se consommant habituellement en vert. — (Fourrages herbacés ou légumineux).

Etendue en hectares :

Dunkerque........	517	Avesnes........	2,738
Hazebrouck.......	717	Douai............	862
Lille............	2,596	Valenciennes......	1,379
Cambrai..........	3,831		
		Total......	12,640

Fourrages racines, (betterave à vache, navet d'automne, etc).

Etendue en hectares :

Dunkerque.....	161	Avesnes........	188
Hazebrouck.....	826	Douai.........	312
Lille.........	1,633	Valenciennes....	539
Cambrai......	420		
		Total.....	4,079

La plupart des produits de la campagne de 1858 ont souffert de la sécheresse et des ouragans. La récolte a été bonne pour les blés de mars, l'épeautre, le méteil; moyenne pour le froment d'hiver, le seigle, l'orge d'hiver, les haricots, les pois secs, les betteraves, le colza, la cameline, le chanvre; médiocre pour le sarrazin, l'avoine, le chanvre, le houblon; mauvaise pour les fèves, les œillettes, la navette, le lin et la graine de lin. L'altération des produits est évaluée à 25 2/5 p. °/₀.

Les pommes de terre ont subi les atteintes de la maladie; la perte qu'elles ont éprouvée est en moyenne de 29 4/5 p °/₀.

Jachères.

Il n'y en a dans le département que 4,589 hectares répartis comme suit :

Dunkerque.....	951	Avesnes........	2,439
Hazebrouck.....	284	Douai.........	155
Lille........	114	Valenciennes....	86
Cambrai......	560		

AMÉLIORATIONS AGRICOLES.

Arrondissements.	Défrichements — landes bruyères etc.	Défrichements — bois	Terres humides — drainées	Terres humides — assainies à ciel ouvert	Marais desséchés.	Terres — chaulées	Terres — marnées	Machines nouvelles.
Dunkerque	39	12	1,134	25	1	78	873	27
Hazebrouck	»	31	458	15	1	1,378	315	12
Lille	13	18	104	»	»	1,527	35	30
Cambrai	»	10	15	»	»	348	231	19
Avesnes	3	85	200	242	»	1,873	198	43
Douai	4	18	56	25	2	737	»	18
Valenciennes	5	6	50	170	65	134	5	31
	59	180	2,017	477	69	6,075	1,657	180

PRIX DES DENRÉES (1).

DÉSIGNATION des espèces.	Dunkrque.	Hazebrouck	Lille.	Cambrai.	Avesnes.	Douai.	Valenciennes.	TOTAL
Poulet	1.95	1.25	1.61	1.33	1.05	1.40	1.43	
Oie	2.78	3. »	3.52	3.23	3.08	3.13	3.18	
Dinde	4.31	4.50	5.40	5. »	4.68	4.72	5.86	
Canard	1.15	1.15	1.50	1 60	1.47	1.43	1.54	
Pigeon	».42	».50	».44	».48	».43	».38	».45	
Beurre le 1/2k.	1.47	1.50	1.38	1.28	1.33	1.21	1.44	
Œufs la douzaine	».86	».80	».81	».65	».66	».75	».82	
Pommes de terre le litre	».05	».04	».05	».05	».06	».05	».06	
Haricots	».26	».25	».23	».27	».31	».26	».33	
Fèves	».17	».18	».18	».25	».27	».22	».19	
Pois secs	».22	».20	».25	».27	».38	».36	».31	
Lentilles	».33	». »	».45	».65	».52	».50	».45	
Vin rouge	1.19	1.25	1.38	».97	1.14	1.30	1.13	
Bière	».27	».25	».21	».20	».20	».20	».20	
Cidre	».30	». »	».22	».17	».14	». »	».20	
Eau-de-vie	1.12	1.10	1.19	1 06	1.19	1.07	1.13	

(1) Voyez encore ci-après.

PRIX MOYEN DE LA JOURNÉE D'UN BON OUVRIER NON NOURRI.

DÉSIGNATION.	ARRONDISSEMENTS. Dunkerque.	Hazebrouck	Lille.	Cambrai.	Avesnes.	Douai.	Valencienn.
Gages par an d'un domestique de ferme (nourri), homme ..	211	150	196	264	284	241	302
Id. id. femme. ..	110	95	162	153	163	153	179
Journalier agricole occupé une partie de l'année.	1.99	1.60	1.69	1.50	1.72	1.52	1.73
Idem occupé accidentellement.	2.08	1.75	1.97	1.67	2.04	1.82	2.03
Maçon	2.34	2. »	2.41	2.55	2.88	2.45	2.46
Charpentier	2.33	2. »	2.41	2.70	2.96	2.57	2.65
Menuisier	2.45	2.25	2.62	2.80	2.96	2.54	2.77
Serrurier	2.53	2.25	2.69	2.95	3.05	2.74	2.90
Forgeron . . . . . Maréchal . . . . . Charron	2.13	2.25	2.59	2.85	3 05	2.64	2.88

CHASSE.

Statistique des permis délivrés dans le département pendant l'année 1858.

ARRONDISSEMENTS.	Nombre des permis.	PRODUIT POUR le Trésor.	les communes.	Total.	Montant des amendes de chasse.
Dunkerque.......	475	7125	4750	11875	82
Hazebrouck......	271	4065	2710	6775	298
Lille............	772	11580	7720	19300	1060
Cambrai.........	706	10590	7060	17650	362
Avesnes.........	888	13320	8880	22200	1918
Douai...........	472	7080	4720	11800	164
Valenciennes.....	647	9705	6470	16175	811
Total.......	4231	63465	42310	105775	4695

FOIRES ET FRANCS MARCHÉS.

ARRONDISSEMENT DE DUNKERQUE.

Bergues, le lundi après le dimanche des Rameaux, trois jours; le lundi après le dimanche de Quasimodo, trois jours; le lundi après le dimanche de la Trinité, trois jours; le lundi après la St-Luc, ou le même jour si c'est un lundi, trois jours; le lundi après la Toussaint, ou ce jour si c'est un lundi, trois jours. — *Bourbourg*, le 25 juin, trois jours; le lundi après le troisième dimanche de septembre, trois jours; le mardi avant le dimanche gras; le mardi avant la fête de l'Ascension; franc marché le premier mardi de chaque mois. — *Dunkerque*, le 1er janvier, quinze jours; le dimanche le plus près du 24 juin, dix jours. — *Esquelbecq*, le dernier mercredi des mois d'avril et de juillet, un jour. — *Gravelines*, le 15 août, neuf jours. — *Herzeele*, le 15 août, un jour.— *Hondschoote*, le vendredi après la Pentecôte, un jour; le deuxième dimanche de juillet, cinq jours. — *Warhem*, le dernier dimanche de juin et les quatre jours suivants. — *Wormhoudt*, le mercredi avant la Pentecôte, un jour; le mercredi après la St-Jean-Baptiste, un jour; le mercredi après le 8 septembre, un jour.

ARRONDISSEMENT D'HAZEBROUCK.

Bailleul, le deuxième mercredi de mai; le premier mercredi après le jour de la Fête-Dieu; le 30 juin, le 27 juillet et le 30 août. — *Caestre*, le premier dimanche qui précède le premier jeudi de novembre, un jour. — *Cassel*, les 1er, 3e, 5e, 7e, 9e et 11e jeudis de l'année, un jour; le Jeudi-Saint, un jour; le jeudi après la Trinité, huit jours; le premier jeudi d'août, un jour; le jeudi après le troisième dimanche de septembre, un jour; le dernier jeudi d'octobre, un jour; le dernier jeudi de novembre, un jour. — *Estaires*, le quatrième jeudi de juillet, deux jours; le premier jeudi d'octobre, deux jours; 20 juin et 15 décembre pour les chevaux. — *La Gorgue*, le premier mardi de mai, deux jours; le premier mercredi d'octobre, deux jours. — *Hazebrouck*, le premier lundi de février, un jour; le lundi de la mi-carême, un jour; le troisième lundi d'avril, un jour; le premier lundi de mai, un jour; le lundi après le 12 juin, un jour; le premier lundi d'août, un jour; le premier dimanche après l'Assomption, neuf jours; le premier lundi d'octobre, un jour; le lundi après la Toussaint, un jour.— *Merville*, le deuxième mercredi de septembre, deux jours ; franc marché le deuxième mercredi de chaque mois. — *Morbecque*, le mardi qui suit le premier lundi de mai, un jour ; le mardi qui suit le premier lundi d'août, un jour ; le troisième dimanche de septembre, un jour ; le mardi qui suit le premier lundi de novembre, un jour. — *Steenvoorde*, le premier samedi de mai, un jour ; le premier samedi d'octobre, un jour ; le deuxième samedi de novembre, un jour. — *Steenwerck*, le troisième vendredi d'avril, un jour ; le 24 juin, quatre jours ; le premier juillet, un jour ; le 20 novembre, un jour.

ARRONDISSEMENT DE LILLE.

Armentières, le deuxième lundi d'avril, un jour ; le deuxième lundi de juillet, un jour ; le deuxième lundi de septembre un jour ; le premier lundi de novembre, un jour ; franc marché le premier lundi de chaque mois. — *La Bassée*, le 19 janvier, deux jours ; le 19 avril, deux jours ; le 19 juillet, deux jours ; le 19 octobre, deux jours ; franc marché le deuxième mardi de chaque mois. — *Comines*, le premier jour du marché après la St-Denis, un jour. — *Cysoing*, le mardi après l'Ascension, neuf jours ; franc marché le deuxième jeudi de chaque mois, un jour. — *Haubourdin*, le 21 janvier, un jour ; le 21 avril, un jour ; le 21 juillet, un jour ; le 21 octobre, un jour. — *Lannoy*, le deuxième dimanche d'octobre, quatre jours. — *Lille*, le 26 août, quinze jours. — *Roubaix*, le lendemain du dimanche de Quasimodo jusqu'au samedi suivant inclusivement ; le mardi après le premier dimanche de septembre, deux jours ; franc marché, le samedi, de quinze en quinze jours. — *Seclin*, le troisième lundi de mai, un jour ; le troisième lundi de novembre, un jour ; franc marché le troisième lundi de chaque mois, un jour. — *Templeuve*, le troisième mardi des mois de janvier, mai, juillet, septembre et novembre. — *Tourcoing*, le dimanche qui suit le 25 juillet, ou le même jour, s'il tombe un dimanche, dix jours ; franc marché le premier lundi des mois de mars, juin, septembre et decembre, un jour. — Lille (*Wazemmes*), le deuxième lundi des mois de mars, avril, juin, septembre, octobre et décembre.

ARRONDISSEMENT DE CAMBRAI.

Cambrai, le 1er mai, neuf jours ; le 28 octobre, neuf jours ; franc marché le 24 de chaque mois, un jour. — *Le Câteau*, le 22 septembre, neuf jours ; franc marché le 22 de chaque mois, un jour. — *Catillon*, franc marché le 10 de chaque mois. — *Crèvecœur*, le 25 juin, un jour. — *Gouzeaucourt*, le 8 de chaque mois, un jour. — *Solesmes*, franc marché le 4 de chaque mois. — *Walincourt*, le 12 avril, un jour ; le 12 octobre, un jour.

ARRONDISSEMENT D'AVESNES.

Anor, le premier lundi des mois d'avril et d'octobre, un jour.— *Avesnes*, le mercredi après la Quasimodo, un jour ; le premier dimanche d'août, neuf jours; le premier septembre, un jour; franc marché le 8 de chaque mois. — *Bavai*, le 15 août, quatre jours; franc marché le 9 de chaque mois, un jour. — *Berlaimont*, le 17 de chaque mois, un jour. — *Cousolre*, le 18 de chaque mois, un jour.— *Etrœungt*, franc marché le dernier lundi de chaque mois, un jour.— *Felleries*, le premier mercredi de chaque mois.— *Fourmies*, le premier lundi de chaque mois, un jour. — *Gommegnies*, le 15 de chacun des mois de mars, septembre et octobre. — *Landrecies*, le quatrième jeudi de carême, un jour ; le jour de St-Luc (18 octobre), un jour ; le troisième mardi de chaque mois, un jour. — *Maroilles*, franc marché le premier jeudi de chaque mois, un jour.— *Maubeuge*, le dimanche après la St-Barnabé, neuf jours; franc marché le 18 de chaque mois, un jour. — *Prisches*, le 3 février, un jour; le 12 mai, un jour; le 26 novembre, un jour. — *Le Quesnoy*, le 25 octobre, huit jours ; franc marché les 12 et 29 de chaque mois, un jour.— *Solre-le-Château*, le premier mars, un jour; le premier octobre, un jour ; le premier mardi de chaque mois, un jour.— *Trélon*, le dernier lundi de chaque mois, un jour. — *Wignehies*, le dernier mardi de chaque mois, un jour.

ARRONDISSEMENT DE DOUAI.

Douai, le 1er juin, cinq jours ; le 1er octobre, quinze jours ; franc marché le dernier mercredi de chaque mois, un jour.— *Marchiennes*, le dernier samedi des mois de janvier, avril, juillet et octobre, un jour. — *Orchies*, le lendemain de la Trinité, un jour ; le dimanche après la Nativité, un jour; le lundi qui précède le dernier mercredi de janvier, un jour; le premier lundi de chaque mois, un jour.

ARRONDISSEMENT DE VALENCIENNES.

Saint-Amand, le lundi de la Pentecôte, dix jours. — *Bouchain*, franc marché le premier vendredi de chaque mois, un jour. — *Condé*, le premier octobre, neuf jours. — *Valenciennes*, le 15 septembre, huit jours; franc marché les 10, 20 et 30 de chaque mois.

MARCHÉS HEBDOMADAIRES.

ARRONDISSEMENT DE DUNKERQUE.

Armbouts-Cappel, dimanche et jours de fête.— *Bergues*, lundi et vendredi ; le lundi pour les grains.— *Bollezeele*, mercredi.— *Bourbourg*, mardi et vendredi ; mardi pour les grains. — *Brouckerque*, dimanche. — *Cappellebrouck*, dimanche. — *Dunkerque*, mercredi et samedi ; samedi pour les grains. — *Esquelbecq*, dimanche, mercredi et samedi. — *Ghyvelde*, jeudi. — *Gravelines*, mercredi et vendredi. — *Herzeele*, dimanche. — *Les Moëres*, dimanche et mercredi. — *Looberghe*, jeudi. — *Loon*, jeudi. — *Pitgam*, dimanche. — *Rexpoëde*, jeudi et dimanche. — *Volkerinckove*, jeudi. — *Warhem*, dimanche. — *Wormhoudt*, mercredi.

ARRONDISSEMENT D'HAZEBROUCK.

Bailleul, mardi pour les grains. — *Caestre*, dimanche pour les légumes. — *Cassel*, jeudi pour les grains. — *Estaires*, mercredi et jeudi ; jeudi pour les grains. — *Hazebrouck*, lundi et vendredi ; lundi pour les grains. — *Houtkerque*, mercredi. — *Merville*, tous les jours ; mercredi pour les grains. — *Steenvoorde*, samedi pour les grains. — *Steenwerck*, vendredi pour les menues denrées et grains.

ARRONDISSEMENT DE LILLE.

Armentières, lundi, vendredi et samedi ; lundi pour les grains. — *La Bassée*, mardi, jeudi et samedi ; jeudi pour les grains. — *Comines*, lundi et jeudi. — *Cysoing*, mardi et samedi. — *Fournes*, vendredi. — *Halluin*, samedi. — *Haubourdin*, mardi et samedi. — *Lannoy*, mardi, jeudi et samedi ; jeudi pour les grains. — *Lille*, mercredi et samedi ; mercredi pour les grains. — *Linselles*, vendredi. — *Pont-à-Marcq*, vendredi. — *Quesnoy-sur-Deûle*, jeudi. — *Roubaix*, mardi, jeudi, samedi et dimanche. — *Seclin*, samedi. *Tourcoing*, lundi, jeudi et samedi ; jeudi pour les grains. — *Wattrelos*, dimanche et jeudi. — Lille (*Wazemmes*), mardi et vendredi. — *Willems*, vendredi.

ARRONDISSEMENT DE CAMBRAI.

Busigny, samedi. — *Cambrai*, tous les jours, mercredi et samedi pour les grains. — *Clary*, vendredi. — *Le Câteau*, mardi, jeudi et samedi ; les mêmes jours pour les grains. — *Masnières*, vendredi. — *Solesmes*, samedi. — *Walincourt*, vendredi.

ARRONDISSEMENT D'AVESNES.

Avesnes, lundi, mercredi et vendredi. — *Bavai*, mardi et vendredi. — *Berlaimont*, mardi et samedi. — *Etrœungt*, jeudi. — *Fourmies*, mercredi et samedi. — *Jeumont*, jeudi. — *Hautmont*, mardi et vendredi. — *Landrecies*, lundi, jeudi et samedi ; lundi et jeudi pour les grains. — *Maroilles*, mardi et vendredi. — *Maubeuge*, tous les jours ; mercredi et samedi pour les grains. — *Le Quesnoy*, mardi et vendredi. — *Sars-Poteries*, jeudi. — *Solre-le-Château*, mardi et vendredi. — *Trélon*, lundi.

ARRONDISSEMENT DE DOUAI

Aniche, vendredi. — *Auberchicourt*, mardi. — *Douai*, tous les jours ; mardi, jeudi et samedi pour les grains. — *Fenain*, mardi.

— *Marchiennes*, samedi. — *Orchies*, lundi et vendredi ; lundi pour les grains. — *Somain*, jeudi.

ARRONDISSEMENT DE VALENCIENNES.

Saint-Amand, le premier mardi de chaque mois pour les bestiaux, les mardi et vendredi de chaque semaine pour les menues denrées. — *Bouchain*, mardi et vendredi, vendredi pour les grains. — *Condé*, mercredi et samedi. — *Denain*, mardi, jeudi et samedi. — *Lourches*, mercredi et vendredi. — *Marquette*, jeudi. — *Valenciennes*, mercredi et samedi pour les grains et fourrages.

Les mrachés du département qui sont les mieux approvisionnés en grains sont ceux de Bergues, Lille, Douai, Cambrai et Valenciennes.

PRIX DES DENRÉES.

Voici l'indication du prix des denrées vendues dans le département pendant la seconde quizaine de décembre 1859.

GRAINS ET FARINEUX.

DÉSIGNATION DES MARCHÉS.	Froment nouveau.	Méteil.	Seigle.	Orge.	Avoine.	Haricots.	Pois.
	fr. c.	fr. c.	fr. c.	fr. c.	fr. c.	fr. c.	fr. c.
Bergues	21 32	»	13 96	14 02	8 58	26 03	»
Bourbourg	19 53	»	13 82	14 27	7 32	»	14 67
Dunkerque	»	»	»	»	»	»	»
Bailleul	21 87	»	»	»	8 50	»	»
Cassel	20 59	»	»	»	8 50	»	»
Estaires	20 99	»	»	»	»	25 25	»
Hazebrouck	21 50	»	»	»	»	»	»
Merville	21 50	»	»	»	»	25 10	»
Steenvoorde	20 76	»	»	»	9 50	»	»
Armentières	22 52	»	14 50	13 25	9 »	25 27	»
La Bassée	21 20	17 87	»	12 75	7 60	»	»
Cysoing	20 19	»	»	»	»	»	»
Lannoy	22 08	»	»	»	»	»	»
Lille	21 58	»	14 50	»	8 50	26 »	23 »
Roubaix	»	»	»	»	»	30 »	»
Tourcoing	23 95	»	»	»	»	»	»
Cambrai	18 89	»	12 74	12 80	6 94	»	»
Le Câteau	18 84	17 89	12 »	15 »	8 »	30 »	24 »
Avesnes	»	»	»	»	6 80	»	»
Landrecies	»	»	»	»	»	»	»
Le Quesnoy	»	»	»	»	»	»	»
Maubeuge	17 »	15 50	11 50	13 75	7 »	30 »	35 »
Douai	20 88	»	14 04	13 60	7 26	»	»
Orchies	20 26	»	14 25	»	8 »	»	»
Marchiennes	21 »	»	»	»	8 »	»	»
Somain	20 »	»	»	»	»	»	»
Saint-Amand	21 75	»	»	»	7 17	»	»
Valenciennes	21 50	»	14 »	»	»	27 »	28 »

COMESTIBLES DIVERS.

DÉSIGNATION DES MARCHÉS.	Farines de froment. (Les 100 kil.)	Pain. (Le kil.) Blanc.	Bis-blanc.	Bis.	Pommes de terre. (L'hect.)	Viande. (Le kilog.) Bœuf.	Vache.	Veau.	Mouton.	Porc.
Bergues	»	» 47	» 37	» 27	5 75	1 40	1 30	1 40	1 40	1 40
Bourbourg	29 50	» 48	» 41	» 27	5 15	1 50	1 50	1 50	1 50	1 30
Dunkerque	»	37	»	» 27	»	1 60	1 50	1 50	1 50	1 30
Bailleul	»	»	»	» 25	6 »	1 50	1 50	1 50	1 50	1 50
Cassel	»	» 44	» 30	» 25	4 50	1 40	1 40	1 40	1 40	1 30
Estaires	»	» 33	» 28	» 18	5 »	1 40	1 40	1 40	1 40	1 20
Hazebrouck	»	» 45	» 36	» 27	»	1 50	1 50	1 50	1 50	1 30
Merville	»	» 34	» 26	» 22	»	1 30	1 30	1 20	1 30	1 40
Steenvoorde	»	» 45	» 31	» 26	»	1 40	1 40	1 40	1 40	1 30
Armentières	»	» 44	» 34	» 27	7 68	1 50	1 50	1 50	1 50	1 80
La Bassée	»	»	» 34	» 27	»	1 40	1 40	1 40	1 40	1 40
Cysoing	»	» 44	» 34	» 26	»	1 40	1 30	1 50	1 50	1 40
Lannoy	»	» 44	» 34	» 27	»	1 30	1 30	1 60	1 30	1 50
Lille	37 40	» 44	» 34	» 27	6 50	1 50	1 10	1 50	1 70	1 40
Roubaix	»	» 33	» 29	» 26	9 »	1 50	1 40	1 60	1 60	2 »
Tourcoing	»	» 34	» 30	» 27	6 68	1 30	1 30	1 30	1 30	1 30
Cambrai	»	» 33	»	» 30	»	1 35	1 25	1 40	1 80	1 40
Le Câtcau	38 »	» 33	»	» 27	6 »	1 30	1 20	1 40	1 80	1 40
Avesnes	»	» 35	» 31	» 28	»	1 30	1 30	1 40	1 80	1 60
Landrecies	»	»	» »	»	»	»	»	»	»	»
Le Quesnoy	»	»	» 33	» 29	»	1 30	1 30	1 40	1 60	1 40
Maubeuge	38 »	»	» 32	» 28	8 »	1 20	1 20	1 40	1 60	1 20
Douai	37 »	» 34	» 30	» 26	»	1 40	1 20	1 40	1 40	2 »
Marchiennes	»	» 34	» 30	» 26	6 »	1 20	1 »	1 20	1 20	1 60
Orchies	»	» 34	» 30	» 26	»	1 30	1 30	1 40	1 40	1 60
Somain	»	» 34	» 30	» 26	»	1 30	1 30	1 30	1 40	1 70
Saint-Amand	»	» 34	»	» 28	5 »	1 20	1 20	1 30	1 50	1 30
Valenciennes	38 50	» 34	»	» 28	9 »	1 40	1 30	1 65	1 70	1 65

FOURRAGES ET COMBUSTIBLES.

DÉSIGNATION DES MARCHÉS.	Fourrages. (Le quintal métrique.)		Combustibles. Bois. (Le stère.)			Charbon (l'hectolitre.)	
	Foin.	Paille.	Chêne.	Hêtre.	Blanc.	de bois.	fossile.
Bergues	5 »	3 »	10 »	7 50	7 »	3 20	3 35
Bourbourg	5 75	2 »	9 »	9 »	4 50	3 »	2 75
Dunkerque	»	3 50	10 »	»	»	4 »	2 90
Bailleul	8 »	2 50	10 »	9 »	8 »	1 75	2 50
Cassel	7 50	4 »	9 »	»	7 50	4 50	3 10
Estaires.	13 »	4 »	9 »	»	6 »	2 50	2 »
Hazebrouck	»	»	»	»	»	»	»
Merville	6 50	2 50	10 »	11 »	9 »	1 90	2 20
Armentières. . . .	7 33	2 80	15 »	12 »	12 »	2 80	2 10
La Bassée.	4 »	3 20	»	»	9 »	2 »	1 60
Cysoing	10 »	4 75	18 »	»	9 »	4 45	2 30
Lille.	8 33	4 43	»	»	»	2 90	2 10
Roubaix	»	»	»	»	»	2 10	2 20
Tourcoing. . .	»	»	»	»	»	3 20	2 25
Cambrai	7 46	4 »	14 50	14 »	12 »	3 60	1 75
Le Câteau.	6 »	3 66	7 »	12 50	6 »	2 »	2 »
Avesnes.	5 25	4 25	4 »	7 »	4 »	2 »	3 »
Landrecies	»	»	»	»	»	»	»
Le Quesnoy	»	»	6 »	7 »	6 »	2 40	2 10
Maubeuge.	6 »	3 73	8 »	10 »	10 »	2 »	1 80
Douai	9 »	4 60	10 »	12 »	10 »	2 45	1 98
Marchiennes . . .	2 75	1 75	7 »	8 »	5 75	1 75	1 60
Orchies	7 32	3 60	8 »	8 »	8 »	2 »	2 »
Somain	»	»	»	»	»	»	1 40
Saint-Amand . . .	7 »	3 87	8 »	8 »	7 20	4 »	1 75
Valenciennes . . .	6 66	4 »	10 »	11 »	9 »	2 50	1 50

Prix du froment sur les quatre marchés principaux du département pendant toute l'année 1859.

DÉSIGNATION des ÉPOQUES.			MARCHÉS DE Bergues.	Lille.	Douai.	Cambrai.	Quantités vendues sur tous les marchés du départem.t
Janvier.	1re	quinz.	17 50	17 53	16 79	15 64	36,265
—	2e	»...	17 36	17 12	16 03	15 38	50,514
Février.	1re	»...	17 40	16 76	16 20	15 06	42,195
—	2e	»...	17 48	16 41	15 53	14 94	36,321
Mars.	1re	»...	17 63	16 56	15 50	15 04	33,190
—	2e	»...	17 19	16 39	15 42	14 76	44,942
Avril.	1re	»...	16 98	15 98	15 36	14 78	38,977
—	2e	»...	17 61	17 42	16 84	15 29	37,690
Mai.	1re	»...	19 80	19 13	18 20	16 71	43,935
—	2e	»...	20 »	19 17	18 21	16 95	59,674
Juin.	1re	»...	19 43	18 50	17 63	16 26	47,016
—	2e	»...	18 62	18 15	17 42	16 22	44,489
Juillet.	1re	»...	18 15	17 39	16 81	15 80	40,979
—	2e	»...	17 78	17 81	16 68	15 67	22,245
Août.	1re	»...	18 42	18 17	16 79	16 34	27,589
—	2e	»...	17 78	17 72	17 05	16 36	30,173
Septembr.	1re	»...	17 81	18 03	16 42	16 53	30,194
—	2e	»...	18 68	19 29	18 72	16 16	39,584
Octobre.	1re	»...	19 99	19 59	18 45	17 47	57,424
—	2e	»...	19 52	20 05	18 99	17 85	47,466
Novembre	1re	»...	20 65	20 34	19 67	18 43	31,115
—	2e	»...	21 28	21 39	20 76	19 30	40,815
Décembre	1re	»...	21 06	21 73	19 74	18 75	37,819
—	2e	»...	21 32	21 58	20 88	18 89	34,269
							954,880

INDUSTRIE

ÉTABLISSEMENTS DANGEREUX, INCOMMODES OU INSALUBRES,

AUTORISÉS PENDANT L'ANNÉE 1859.

23 *Etablissements de 1.e classe.*

Allumettes chimiques (fab. de), 1; — Amidonnerie, 2; — Citernes aux engrais, 2; — distillation de benzine (atelier de), 1; — équarrissage (ateliers de), 4; — fonderies de suif en branche, 7; — huile minérale (fab. de), 1; — huile de goudron (fab. d'), 2; — huile pyrogénée (fab. d'), 1; — porcherie, 1; — potasse, (fab. de), 1.

702 *établissements de 2.e classe.*

Appareils à vapeur, 140; — blanchisseries de fils et de toiles, 1; — briqueteries permanentes, 47; — carton et papier (fab. de), 1; — chandelles (fab. de), 4; — chaudières à vapeur, 256; — corroieries, 2; — distilleries de grains, 4; — feutre (fab. de), 1; — fonderies de cuivre, 2; — fonderies de fer, 5; — fonderie de suif, 1; — fours à chaux, 4; — gaz (fab. de), 2; — gazomètres, 12; — machine à draguer, 1; — machines locomobiles, 21; — machines à vapeur, 172; — noir animal (fab. de), 3; — noir animal (révivification du), 1; — os et chiffons (dépôt d'), 1; — papiers peints (fab. de), 1; — poteries (fab. de), 3; — raffinerie de sel, 1; — salaison de poissons (ateliers de), 2; — savon (fab. de), 2; — sucre (fabr. de), 2; — tanneries, 9; — teillage de lin, 1.

283 *établissements de 3.e classe.*

Brasseries, 5; — briqueteries temporaires, 246; — charbon de bois (depôt de), 1; — charbon de bois ((fab. de), 1; — chicorée (fab. de), 11; — fécule (fab. de), 1; — fonderie de cuivre au creuset, 1; — fours à chaux temporaires, 2; — huile de graines grasses (fab. de), 2; — raffineries de sel, 4; — savonneries, 3; — teinturiers (ateliers de), 3; — tueries, 3; — vacheries, 2; — vinaigre (fab. de), 1.

Production des distilleries, des sucreries et des brasseries établies dans le département :

ARRONDISSEMENTS.	NOMBRE D'ÉTABLISSEMENTS.			QUANTITÉS FABRIQUÉES.		
	Distilleries,	Sucreries.	Brasseries.	Alcool. (1)	Sucre. (1)	Bière. (2)
				h. l.	k.	
Dunkerque	8	3	89	9392,53	1,104,731	144,577,54
Hazebrouck.....	»	»	90	»	»	108,865,30
Lille.	23	28	92	79339,01	9,700,387	662,515,»
Cambrai	4	22	158	11510,93	8,344,212	525,638,56
Avesnes........	10	7	155	1614,44	2,725,829	400,565,57
Douai	8	37	79	24125,02	13,050,686	224,114,»
Valenciennes....	22	52	152	86330,48	20,923,927	424,220,30
	75	149	815	212,312,41	55,849,772	2,492,496,27

Travail des enfants dans les manufactures

Dans sa tournée de **1858-1859**, M. l'Inspecteur spécial s'est rendu dans **141** communes, et y a visité **703** établissements industriels occupant **12,666** ouvriers âgés de moins de **16** ans. Ces chiffres se répartissent entre les arrondissements de la manière suivante :

ARRONDISSEMENTS.	Nombre des communes.	Nombre des établissements.	Nombre des enfants employés dans ces établissem.			NOMBRE des procès-verbaux de contravention.
			Garçons.	Filles.	Total.	
Dunkerque.	11	13	121	199	320	»
Hazebrouck	8	18	36	800	836	2
Lille.	53	514	4825	4198	9023	5
Cambrai.	11	19	387	260	647	»
Avesnes.	21	48	650	225	875	4
Douai	12	35	289	91	380	4
Valenciennes.	25	56	484	101	585	2
Totaux.	141	703	6792	5874	12666	17

Lors de l'inspection des établissements presque tous les enfants qui y sont employés recevaient les bienfaits de l'enseignement dans des cours spéciaux. Si l'on a eu à constater quelques exceptions, elles ont été en petit nombre, et il est à espérer que les poursuites auxquelles les contraventions ont donné lieu, détermineront les intéressés à se conformer à cet égard aux prescriptions de la loi.

(1) Campagne industrielle de 1858-1859. — (2) Campagne de 1858.

CONSEILS DE PRUD'HOMMES. — ÉTAT DES TRAVAUX EN 1858.

SIÉGE DES CONSEILS.	BUREAU PARTICULIER. Nombre des affaires				BUREAU GÉNÉRAL.				POLICE INTÉRIEURE DES ATELIERS. Affaires portées devant le conseil en vertu de l'art. 4 du décret du 3 août 1810.		
						Nombre des jugements				Nombre des inculpés	
	Portées devant le bureau particulier.	Conciliées par le bureau particulier.	Retirées par les parties avant que le bureau particulier ait prononcé.	Non-conciliées par le bureau particulier.	Nombre des affaires retirées avant le jugement.	en dernier ressort.	Susceptibles d'appel.	Dont il a été interjeté appel.	Nombre des jugements.	acquittés.	condamnés.
Lille	440	281	122	7	»	5	2	1	»	»	»
Armentières	230	170	52	8	4	4	»	»	»	»	»
Roubaix	1443	716	651	76	63	11	2	2	»	»	»
Tourcoing	246	55	173	18	10	4	»	»	»	»	»
Cambrai	526	295	227	4	»	4	»	»	»	»	»
Le Câteau	266	101	91	74	51	22	»	»	»	»	»
Douai	703	657	38	8	»	1	7	7	1	»	2
Valenciennes	137	27	107	3	»	3	»	»	»	»	»
TOTAUX	3961	2302	1461	198	128	54	11	10	1	»	2

Les 3,961 affaires portées devant les conseils se divisent, par nature, de la manière suivante : Apprentissage, 4 ; congés, 860 ; salaires, 1,504 ; mal-façons, 458 ; livrets d'acquit du tissage, 45 ; affaires diverses, 1,090.

BREVETS D'INVENTION.

Les brevets d'invention ci-après désignés ont été proclamés dans le cours de l'année 1859.

1° Le brevet d'invention de 15 ans dont la demande a été déposée le 11 mai 1857, au secrétariat de la Préfecture du Nord, par le sieur L. Cantillon, peintre à Bruxelles, pour un appareil à broyer les couleurs.

2° Le brevet d'invention de 15 ans, dont la demande a été déposée le 14 mai 1857, au secrétariat de la Préfecture du Nord, par le sieur Adolphe Bauduin, à Lille, pour une torsion progressive pour métiers à tisser.

3° Le brevet d'invention de 15 ans, dont la demande a été déposée le 14 mai 1857, par le sieur Moureaux Lemesre, à Roubaix, pour un système d'assortiments de cylindres alimentaires.

4° Le brevet d'invention de 15 ans, dont la demande a été déposée le 18 mai 1857, par le sieur Carton Eeckman, à Lille, pour une composition anticalcaire destinée à détruire les incrustations salines dans les générateurs.

5° Le brevet d'invention de 10 ans, dont la demande a été déposée le 22 mai 1857, au secrétariat de la Préfecture du Nord, par le sieur Mahistre, à Lille, pour une roue destinée à produire la détente de la vapeur dans les machines.

6° Le brevet d'invention de 15 ans, dont la demande a été déposée le 23 mai 1857, au secrétariat de la Préfecture du Nord, par le sieur Pierre Vancosten, à Dunkerque, pour le tissage des filets de pêche par une mécanique à la main.

7° Le brevet d'invention de 5 ans, dont la demande a été déposée le 29 mai 1857, au secretariat de la Préfecture du Nord, par le sieur Fidèle Bocquet, à Béthune, pour un moulin à broyer la terre glaise destinée à la fabrication des tuyaux de drainage et de la poterie.

8° Le brevet d'invention de 15 ans, dont la demande a été déposée le 5 juin 1857, au secrétariat de la Préfecture du Nord, par le sieur Augustin Evrard, à Douai, pour des traitements de jus de betteraves, et des dissolutions de sucre en général pour en opérer l'épuration.

9° Le brevet d'invention de 15 ans, dont la demande a été déposée le 6 juin 1857, au secrétariat de la Préfecture du Nord, par les sieurs Roger et Vanderbelen, à Wazemmes, pour perfectionnements à un appareil destiné à alimenter à l'eau bouillante toutes les chaudières à vapeur.

10° Le brevet d'invention de 10 ans, dont la demende a été déposée le 9 mai 1857, au secrétariat de la Préfecture du Nord, par le sieur Soudant, agent-voyer principal, à Hazebrouck, pour un tonoscope.

11° Le brevet d'invention de 15 ans, dont la demande a été déposée le 4 avril 5857, au secrétariat de la Préfecture du Nord, par le sieur Jean Lemesre, à Roubaix, pour un bobinoir réunisseur pour l'industrie des tissus.

12° Le brevet d'invention de 15 ans, dont la demande a été déposée le 13 juin 1857, au secrétariat de la Préfecture du Nord, par le sieur Dumarquet, à Erquelines, pour un moyen d'empêcher la fermentation et la végétation de la betterave.

13° Le brevet d'invention de 11 ans, dont la demande a été déposée le 22 juin 1857, au secrétariat de la Préfecture du Nord, par le sieur Hector Despret, pour des améliorations aux appareils servant à couler les glaces.

14° Le brevet d'invention de 15 ans, dont la demande a été déposée le 25 juin 1857, au secrétariat de la Préfecture du Nord, par le sieur Louis Castelain, à Lille, pour un peigne à segments pour le lin.

15° Le brevet d'invention de 15 ans, dont la demande a été déposée le 25 juin 1857, au secrétariat de la Préfecture du Nord, par le sieur Michel Helson, à Hautmont, pour un système de chauffage à vent forcé.

16° Le brevet d'invention de 15 ans, dont la demande a été déposée le 25 juin 1857, au secrétariat de la Préfecture du Nord, par le sieur Moureaux-Lemesre, à Roubaix, pour le peignage de la plupart des matières filamenteuses.

17° Le brevet d'invention de 15 ans, dont la demande a été déposée le 17 juin 1857, au secrétariat de la Préfecture du Nord, par le sieur Verenocke-Serleys, à Bergues, pour un chapeau.

18° Le brevet d'invention de 15 ans, dont la demande a été déposée le 4 juillet 1857, au secrétariat de la Préfecture du Nord, par le sieur François Leignel, à Lille, pour une machine à écanguer le lin.

19° Le brevet d'invention de 15 ans, dont la demande a été déposée le 4 juillet 1857, au secrétariat de la Préfecture du Nord, par le sieur Alexandre Six, à Wazemmes, pour un apprêt métallique pour fils à glacer.

20° Le brevet d'invention de 15 ans, dont la demande a été déposée le 8 août 1857, au secrétariat de la Préfecture du Nord, par le sieur Baudon-Porchez, à Lille, pour un calorifère tubulaire à récipiant distributeur.

21° Le brevet d'invention de 15 ans, dont la demande a été déposée le 1er août 1857, au secrétariat de la Préfecture du Nord, par la dame veuve Goudezenne, à Armentières, pour des perfectionnements apportés aux temples à tisser et à pincer.

22° Le brevet d'invention de 15 ans, dont la demande a été déposée le 10 août 1857, au secrétariat de la Préfecture du Nord, par le sieur Jean-Baptiste Hiole, pour un système de moulin à moudre le blé, la drêche, la pomme de terre, etc., etc.

23° Le brevet d'invention de 10 ans, dont la demande a été déposée le 8 août 1857, au secrétariat de la Préfecture du Nord, par le sieur Léon Pensuete, à Dunkerque, pour une machine à battre et arracher des pieux au moyen de la vapeur.

24° Le brevet d'invention de 15 ans, dont la demande a été déposée à la Préfecture du Nord, le 20 août 1857, par le sieur William Green, pour la fabrication d'articles propres à remplacer le cuir pour bottes, souliers, etc, et des perfectionnements dans les appareils nécessaires à cet effet.

25° Le brevet d'invention de 15 ans, dont la demande a été déposée à la Préfecture du Nord, le 20 août 1857, par les sieurs Bourbe et Locqueneux, à Valenciennes, pour un procédé de purification de noir animal.

26° Le brevet d'invention de 15 ans, dont la demande a été déposée à la Préfecture du Nord, le 22 août 1857, par le sieur Deparis, à Ghissignies, pour un semoir mécanique.

27° Le brevet d'invention dont la demande a été déposée à la Préfecture du Nord, le 26 août 1857, par le sieur Samuel Buttler, pour un procédé ayant pour objet de produire des bandes de toutes largeurs pour métier à tulle.

28° Le brevet d'invention de 15 ans, dont la demande a été déposée à la Préfecture du Nord, le 28 août 1857, par le sieur Dewarlez-Delos, à Lille, pour un manége portatif à circulation libre.

29° Le brevet d'invention, dont la demande a été déposée à la Préfecture du Nord, le 26 août 1857, par les sieurs Pye et Oldknow, pour un système mécanique appliqué aux métiers à tulle.

30° Le brevet d'invention de 15 ans, dont la demande a été déposée à la Préfecture du Nord, le 1er septembre 1857, par le sieur Jean-Baptiste Duflos, à Roubaix, pour un genre de fuseaux.

31° Le brevet d'invention de 15 ans, dont la demande a été déposée à la Préfecture du Nord, le 1er septembre 1857, par le sieur Meilhan (Jules), à Saint-Amand, pour un four à fondre l'acier.

32° Le brevet d'invention de 15 ans, dont la demande a été déposée à la Préfecture du Nord, le 4 septembre 1857, par le sieur Penin, fils aîné, à Douai, pour une machine à battre les grains.

33° Le brevet d'invention de 15 ans, dont la demande a été déposée à la Préfecture du Nord, le 5 septembre 1857, par les sieurs Debièvre et Cie, à Lille, pour un système de manège, dit *manège Debièvre.*

34° Le brevet d'invention de 15 ans, dont la demande a été déposée à la Préfecture du Nord, le 14 septembre 1857, par le sieur Giro (Jacques), à Fives, pour des perfectionnements aux métiers Jacquard.

35° Le brevet d'invention de 15 ans, dont la demande a été déposée à la Préfecture du Nord, le 14 septembre 1857, par le sieur Guffroy (Charles), quai de la Basse-Deûle, 27, à Lille, pour divers perfectionnements aux foyers fumivores.

36° Le brevet d'invention de 15 ans, dont la demande a été déposée à la Préfecture du Nord, le 19 septembre 1857, par le sieur Guyot (Germain), à Denain, pour un système de moulage.

37° Le brevet d'invention de 15 ans, dont la demande a été déposée à la Préfecture du Nord, le 19 septembre 1857, par le sieur Freland (Alexandre), à Armentières, pour une machine à lessiver le linge.

38° Le brevet d'invention de 15 ans, dont la demande a été déposée à la Préfecture du Nord, le 19 septembre 1857, par le sieur Picque (Charles), rue Saint-Genois, 15, à Lille, pour un appareil destiné à arrêter instantanément les locomotives et par suite les trains à toute vitesse.

39° Le brevet d'invention de 15 ans, dont la demande a été déposée à la Préfecture du Nord, le 25 septembre 1857, par le sieur Van Wagenberch (Alfred), représenté par le sieur Deltil, à Bonsecours, pour un procédé de photographie sur papier sans nitrate d'argent.

40° Le brevet d'invention de 15 ans, dont la demande a été déposée à la Préfecture du Nord, le 28 septembre 1857, par le sieur Duhamel (Louis), place de l'Arsenal, n° 7, à Lille, pour un étau parallèle à colonnes, dit *étau Duhamel.*

41° Le brevet d'invention de 15 ans, dont la demande a été déposée à la Préfecture du Nord, le 29 septembre 1857, par les sieurs Scourfield (Henri) et Aguttes (Jean-Baptiste), rue de Mons, 55, à Lille, pour des vitraux dits *vitraux en zinc.*

42° Le brevet d'invention de 15 ans, dont la demande a été déposée à la Préfecture du Nord, le 8 octobre 1857, par le sieur Bianco aîné, fabricant de lin retors, débris Saint-Etienne, à Lille, pour une machine à lustrer le fil de lin, le coton et la soie.

43° Le brevet d'invention de 10 ans, dont la demande a été déposée à la Préfecture du Nord, le 13 octobre 1857, par le sieur Pouchain (Henri), façade du Réduit, 65, à Lille, pour une esquive à fraisure intérieure.

44° Le brevet d'invention de 15 ans, dont la demande a été déposée à la Préfecture du Nord, le 19 octobre 1857, par le sieur Nasmyth (James), rue Royale, 2, à Lille, pour des perfectionnements dans les moyens de produire une force motrice et un mouvement circulaire de rotation.

45° Le brevet d'invention de 15 ans, dont la demande a été déposée à la Préfecture du Nord, le 20 octobre 1857, par les sieurs Mimerel et fils, à Roubaix, pour diminuer, à la filature de coton, l'importance du déchet des préparations faites sur métiers au gras.

46° Le brevet d'invention de 10 ans, dont la demande a été déposée le 21 octobre 1857, au secrétariat de la Préfecture du Nord, par le sieur Ganteline (Blaise), rue de la Cloche, N° 7, à Douai, pour une chaudière tubulaire à double retour de feu.

47° Le brevet d'invention de 15 ans, dont la demande a été déposée le 24 octobre 1857, au secrétariat de la Préfecture du Nord, par les sieurs Bonzel frères, à Haubourdin, pour des perfectionnements dans la confection des tuyaux à gaz en terre cuite et pour le vernissage par le goudron de gaz cuit avec ou sans essence.

48° Le brevet d'invention de 15 ans, dont la demande a été déposée le 26 octobre 1857, au secrétariat de la Préfecture du Nord, par le sieur Boin (Emile), chez les sieurs Lambert et Fabre, à Dourlers, pour un système de fabrication de fourchettes de parapluies à la mécanique.

49° Le brevet d'invention de 15 ans, dont la demande a été déposée le 27 octobre 1857, au secrétariat de la Préfecture du Nord, par le sieur Beru (Louis) rue St-Sauveur, N° 22, à Lille, pour un genre de fuseaux.

50° Le brevet d'invention de 15 ans, dont la demande a été déposée le 30 octobre 1857, au secrétariat de la Préfecture du Nord, par le sieur Baucq (Arnould) à Marchiennes, pour un alimenteur mécanique des rames.

51° Le brevet d'invention de 15 ans, dont la demande a été déposée le 30 octobre 1857, au secrétariat de la Préfecture du Nord, par le sieur Bonduel (Floris), à Comines, pour une machine à broyer et à teiller le lin.

52° Le brevet d'invention de 15 ans, dont la demande a été déposée le 28 octobre 1857, au secrétariat de la Préfecture du Nord, par le sieur Commerer (Louis), place St-Martin, N° 6, à Lille, pour un instrument servant à nettoyer les cylindres de pression.

53° Le brevet d'invention de 15 ans, dont la demande a été déposée le 30 octobre 1857, au secrétariat de la Préfecture du Nord, par les sieurs Champagne-Rouvet et Compagnie, élisant domicile chez le sieur Baes, hôtel du nouveau monde, rue Esquermoise, à Lille, pour un procédé pour blanchir la paille destinée à la fabrication du papier.

54° Le brevet d'invention de 15 ans, dont la demande a été déposée le 30 octobre 1857, au secrétariat de la Préfecture du Nord, par le sieur Rolland (Nestor), élisant domicile chez le sieur Bourrier, à Crespin, pour application de la puissance magnétique des aimants permanents comme force motrice avec le concours d'un agent voltaïque.

55° Le brevet d'invention de 15 ans, dont la demande a été déposée le 13 novembre 1857, au secrétariat de la Préfecture du Nord, par le sieur Cordonnier (Louis), à Roubaix, pour un buot pour un métier à tisser.

56° Le brevet d'invention de 15 ans, dont la demande a été déposée à la Préfecture du Nord, le 11 novembre 1857, par le sieur Desbonnets, à Roubaix, pour fabrication de chaussures.

57° Le brevet d'invention de 15 ans, dont la demande a été déposée à la Préfecture du Nord, le 11 novembre 1857, par le sieur Vilquin (Alexandre), élisant domicile chez le sieur Brielman, avocat, rue de l'Hôpital-Militaire, 40, à Lille, pour un procédé de lavage de laines.

58° Le brevet d'invention de 15 ans, dont la demande a été déposée à la Préfecture du Nord, le 14 novembre 1857, par le sieur Ferron (Auguste), Au Câteau, pour une carde à épeuler les tissus de laine.

59° Le brevet d'invention de 15 ans, dont la demande a été déposée à la Préfecture du Nord, le 16 novembre 1857, par les sieurs Atkin (Isaac) et Miller (Marmaduke), représenté par le sieur Bonsor, à Lille, pour une machine à plier les tulles, les papiers, les étoffes etc., (patente anglaise expirant le 14 juin 1861).

60° Le brevet d'invention de 15 ans, dont la demande a été déposée à la Préfecture du Nord, le 21 novembre 1857, par le sieur Hugeux (Jean-Baptiste), Marché-au-Verjus, 10, à Lille, pour un appareil propre à battre toute espèce de grains.

61° Le brevet d'invention de 15 ans, dont la demande a été déposée à la Préfecture du Nord, le 21 novembre 1857, par le sieur Roger (Louis), rue Durnerin, 6, à Wazemmes, pour un appareil alimentant toutes les chaudières à vapeur à l'eau bouillante.

62° Le brevet d'invention de 15 ans, dont la demande a été déposée à la Préfecture du Nord, le 4 décembre 1857, par le sieur Delvart (Valentin), à Denain, pour un genre de presse.

63° Le brevet d'invention de 15 ans, dont la demande a été déposée à la Préfecture du Nord, le 8 mars 1858, par le sieur Belleperche (Charles), à Valenciennes, pour la fabrication du fer et de l'acier.

64° Le brevet d'invention de 15 ans, dont la demande a été déposée à la Préfecture du Nord, le 15 mars 1858, par les sieurs Beniest est Cie. constructeurs, élisant domicile chez le sieur Farinaux, rue Royale, à Lille, pour fonds mobiles destinés à remplacer les fonds fixes des bains en tôle qui reçoivent, dans les filatures diverses, les rubans provenant des cardes et étirages, (brevet belge de 10 ans expirant le 26 février 1868).

65° Le brevet d'invention de 15 ans, dont la demande a été déposée à la Préfecture du Nord, le 12 mars 1858, par le sieur Esden-Olivier, charpentier-menuisier, à Loos, pour une machine à laver le linge.

66° Le brevet d'invention de 15 ans, dont la demande a été déposée à la Préfecture du Nord, le 13 mars 1858, par le sieur Torck (David), serrurier, à Wazemmes, pour une chaudière économique portative.

67° Le brevet d'invention de 15 ans, dont la demande a été déposée à la Préfecture du Nord, le 19 mars 1858, par la sieur Vennin-Derégniaux, constructeur, rue Princesse, 40, à Lille, pour une machine destinée à nettoyer les tournures de cuivre, en otant le fer qui se trouve dedans.

68° Le brevet d'invention de 15 ans, dont la demande a été déposée à la Préfecture du Nord, le 22 mars 1858, par le sieur Bergeron (François), marchand de meules à moulin, élisant domicile chez le sieur Marquis, rue du Plat, 18 à Lille, pour un appareil en pierre, propre à concasser les grains.

69° Le brevet d'invention de 15 ans, dont la demande a été déposée à la Préfecture du Nord, le 25 mars 1858, par le sieur Praxel (Napoléon), constructeur, à Roubaix, pour un métier mécanique propre à tisser à plusieurs navettes ayant pour but de lancer les duites impaires.

70° Le brevet d'invention de 15 ans, dont la demande a été déposée à la Préfecture du Nord, le 24 mars 1858, par le sieur Vangindertaelen (Jean), représenté par le sieur Denimal, rue Royale, 47, à Lille, pour une pompe aspirante et foulante à jet intermittent pour les liquides.

71° Le brevet d'invention de 15 ans, dont la demande a été déposée à la Préfecture du Nord, le 30 mars 1858, par le sieur Bara (Auguste), monteur à Roubaix, pour un procédé de tissage.

72° Le brevet d'invention de 15 ans, dont la demande a été déposée à la Préfeeture du Nord, le 2 avril 1858, par le sieur Vanbesien (Jean-Augustin-Joseph), maréchal-ferrant, à Deûlémont, pour une baratte ou machine à battre le beurre, perfectionnée.

73° Le brevet d'invention de 15 ans, dont la demande a été déposée à la Préfecture du Nord, le 3 avril 1858, par le sieur Gau (Charles), marchand épicier, à Lille, pour un procédé de vidanges inodores.

74° Le brevet d'invention de 15 ans, dont la demande a été déposée à la Préfecture du Nord, le 10 avril 1858, par le sieur

Caemmerer (Louis), voyageur de commerce, place St.-Martin, 30, à Lille, pour un système pour fixer la substance dont le cylindre de pression de machines de filatures est ouvert, et à maintenir le drap, cuir ou caoutchou, cousu ou lié sur le cylindre, au moyen de cannelures faites dans le sens longitudinal du cylindre et inclinés contre le sens du mouvement.

75° Le brevet d'invention de 15 ans, dont la demande a été déposée à la Préfecture du Nord, le 10 avril 1858, par le sieur Dewever-Dassonville, chaudronnier, à Tourcoing, pour une machine à vapeur.

76° Le brevet d'invention de 15 ans, dont la demande a été déposée à la Préfecture du Nord, le 10 avril 1858, par le sieur Landsheer, directeur de filature de lin, représenté par les sieurs Scrive frères, à Lille, pour une sellette ou porte-pression servant à maintenir les rouleaux de pression dans les métiers à filer dits *continus*.

77° Le brevet d'invention de 15 ans, dont la demande a été déposée à la Préfecture du Nord, le 10 avril 1858, par le sieur Scheibi, comptable, rue des Canonniers, 12, à Lille, pour une composition inflammable pour allumettes.

78° Le brevet d'invention de 15 ans, dont la demande a été déposée à la Préfecture du Nord, le 13 avril 1858, par le sieur Christiaens (François), charpentier-menuisier, élisant domicile chez le sieur Pennel, rue du Blanc-Ballot, 107, à Wazemmes, pour un mode de suspension des cloches d'église.

79° Le brevet d'invention de 15 ans, dont la demande a été déposée à la Préfecture du Nord, le 12 avril 1858, par le sieur Henri (Eugène), imprimeur-lithographe à Valenciennes, pour une machine à régler le papier.

80° Le brevet d'invention de 15 ans, dont la demande a été déposée à la Préfecture du Nord, le 16 avril 1858, par les sieurs Desfossez, frères, négociants, à Valenciennes, pour un fer spécial à la platinerie et taillanderie.

81° Le brevet d'invention de 15 ans, dont la demande a été déposée à la Préfecture du Nord, le 10 avril 1858, par le sieur Mirland, pharmacien, élisant domicile chez les sieurs Delefosse, frères, négociants, à Roubaix, pour la fabrication de la pâte de pomme.

82° Le brevet d'invention de 15 ans, dont la demande a été déposée à la Préfecture du Nord, le 23 avril 1858, par le sieur Grimonprez-Delattre, fabricant, à Roubaix, pour un genre de tissus.

83° Le brevet d'invention de 15 ans, dont la demande a été déposée à la Préfecture du Nord, le 26 avril 1858, par le sieur Sabourg-Roussel, fabricant confiseur, rue de Paris, 69, à Lille, pour la fabrication d'une pâte ou bonbon.

84° Le brevet d'invention de 5 ans, dont la demande a été déposé à la Préfecture du Nord, le 28 avril 1858, par les sieurs Leloutre (Alphonse), directeur de filature, contour de la Piquerie, et Dupré (Désiré-François), rue de Tournai, à Lille, pour un mouvement perpétuel avec force impulsive.

95o Le brevet d'invention de 15 ans, dont la demande a été déposée à la Préfecture du Nord, le 5 mai 1858, par le sieur Barbry (Désiré), employé, à Marquette-lez-Lille, pour montage de mécaniques.

86° Le brevet d'invention de 15 ans, dont la demande a été déposée à la Préfecture du Nord, le 6 mai 1858, par les sieurs Beniest et Cie., élisant domicile chez le sieur Six-Villet, rue St.-André, à Lille, pour divers mouvements applicables aux mull-jennys et servant à tendre ou enrouler sur la bobine le fil de laine et de coton, (brevet belge de 10 ans, expirant le 11 février 1858).

87° Le brevet d'invention de 15 ans, dont la demande a été déposée à la Préfecture du Nord, le 3 mai 1858, par le sieur Dubrulle-Chevalier, entrepreneur à Douai, pour une pompe à godets perfectionnée dite de *Dubrulle-Chevalier*.

88° Le brevet d'invention de 15 ans, dont la demande a été déposée à la Préfecture du Nord, le 4 mai 1858, par le sieur Taverne de Tersud (Emile), fabricant de papiers, rue du Blanc-Ballot, pour la fabrication d'un carton végétal.

89° Le brevet d'invention de 15 ans, dont la demande a été déposée à la Préfecture du Nord, le 10 mai 1858, par le sieur Delabousse (Désiré) et Cie., taillandiers à Roncq, pour un mécanisme adopté à la barette à battre le beurre.

90° Le brevet d'invention de 15 ans, dont la demande a été déposée à la Préfecture du Nord, le 10 mai 1858, par le sieur Dupont (Francois), mécanicien, rue du Curé-St.-Sauveur, à Lille, pour une machine à cylindrer le fil de coton et de lin.

91° Le brevet d'invention de 15 ans, dont la demande a été déposée à la Préfecture du Nord, le 11 mai 1858, par le sieur Fontaine (Victor), chaudronnier en cuivre, à Douchy, pour une chaudière à évaporer les sucres.

92° Le brevet d invention de 15 ans, dont la demande a été déposée à la Préfecture du Nord, le 12 mai 1858, par le sieur Schmidt (Daniel), verrier, élisant domicile chez le sieur Delattre, cafetier, rue Royale, à Lille, pour un système pour étendre le verre à vitre.

93° Le brevet d'invention de 15 ans, dant la demande a été déposée à la Préfecture du Nord, le 11 mai 1858, par le sieur Ser rure (Henri), couvreur de cylindres, rue des Fabricants, à Roubaix, pour un dévidoir dit *étripenne*.

94° Le brevet d'invention de 15 ans, dont la demande a été déposée à la Préfecture du Nord, le 15 mai 1858, par le sieur Coudroy, mécanicien, à Douai, pour une machine à laver, épurer et sécher diverses substances par la force centrifuge.

95° Le brevet d'invention de 15 ans, dont la demande a été déposée à la Préfecture du Nord, le 18 mai 1858, par le sieur Renard, père et fils, maîtres de verreries, à Fresnes, pour un four de verrerie à double appel.

96° Le brevet d'invention de 15 ans, dont la demande a été déposée à la Préfecture du Nord, le 25 mai 1858, par le sieur Cook (Thomas), à Londres, représenté par le sieur Windsor, à Moulins-Lille, pour une machine à fabriquer des clavilles de bois génalement dites *allumettes chimiques*, (patente anglaise de 14 ans, expirant le 29 Octobre 1861.

97° Le brevet d'invention de 15 ans, dont la demande a été déposée à la Préfecture du Nord, le 21 mars 1858, par le sieur Macarez (Emile), cultivateur, à Escarmain, pour une rasette à la main.

98° Le certificat d'addition dont la demande a été déposée à la Préfecture du Nord le 5 mai 1857, par le sieur Lecocq, à Lille, et se rattachant au brevet de 15 ans, pris le 20 avril 1855, pour un mouvement perpétuel applicable à l'industrie.

99° Le certificat d'addition, dont la demande a été déposée à la Préfccture du Nord, le 6 mai 1857, par le sieur Thellier, verrier à Lille, et se rattachant au brevet de 15 ans pris, le 14 mai 1856, pour les peintures et pétrifications par les pierres dures.

100° Le certificat d'addition, dont la demande a été déposée à la Préfecture du Nord, le 26 mai 1857, par le sieur Mathias, ingénieur à Fives, et se rattachant au brevet de 15 ans pris, le 4 avril 1857, pour un sifflet d'alarme.

101° Le certificat d'addition, dont la demande a été déposée à la Préfecture du Nord, le 4 juin 1857, par le sieur Joseph Lemesre, à Roubaix, et se rattachant au brevet d'invention de 15 ans pris, le 4 avril 1857, pour une bobine réunisseur pour l'industrie des tissus.

102° Le certificat d'addition, dont la demande a été déposée à la Préfecture du Nord, le 15 juillet 1857, par le sieur Storet (Auguste), représenté par le sieur Questroy, rue de Paris, 105, à Lille, et se rattachant au brevet d'invention de 15 ans pris, le 7 mai 1857, pour un appareil destiné à la cuisson et à la révivification du noir animal.

103° Le certificat d'addition, dont la demande a été déposée à la Préfecture du Nord, le 5 août 1857, par le sieur Catteau (Désiré), à Roubaix, et se rattachant au brevet d'invention de 15 ans pris, le 8 mai 1856, pour une mécanique introduisant des modifications importantes dans l'art du tissage.

104° Le certificat d'addition, dont la demande a été déposée à la Préfecture du Nord, le 14 août 1857, par le sieur Kuhlmann (Frédéric), à Lille, et se rattachant au brevet d'invention de 15 ans pris, le 20 octobre 1856, pour des procédés de fabrication de baryte et de strontiane et de leurs sels, avec application à divers usages.

105° Le certificat d'addition, dont la demande a été déposée à la Préfecture du Nord, le 14 août 1857, par le sieur Tréca (Célestin), à Douai, et se rattachant au brevet d'invention de 15 ans pris, le 20 août 1856, pour application de la vapeur surchauffée.

106° Le certificat d'addition, dont la demande a été déposée à la Préfecture du Nord, le 5 septembre 1857, par le sieur Dewarlez-Delos, à Lille, et se rattachant au brevet d'invention de 15 ans pris, le 31 août 1856, pour une batteuse mécanique à batte articulée.

107° Le certificat d'addition, dont la demande a été déposée à la Préfecture du Nord, le 14 septembre 1857, par le sieur Ceuterick-Vanhove, élisant domicile chez le sieur Ryo-Catteau à Roubaix, et se rattachant au brevet d'invention de 15 ans pris, le 17 novembre 1856, pour une machine à festonner

108° Le certificat d'addition, dont la demande a été déposée à la Préfecture du Nord, le 9 novembre 1857, par le sieur Kuhlmann (Frédéric), à Lille, et se rattachant au brevet d'invention de 15 ans pris, le 20 octobre 1856, pour des procédés de fabrication de baryte et de strontiane et de leurs sels, avec leur application à divers usages.

109° Le certificat d'addition, dont la demande a été déposée à la Préfecture du Nord, le 9 novembre 1857, par les sieurs Renard père et fils, représentés par le sieur Léon Renard, à Fresnes, et se rattachant au brevet d'invention de 15 ans pris, le 1er juin 1853, pour amélioration dans la coupe du verre et réduction de casse dans l'étendage.

110° Le certificat d'addition, dont la demande a été déposée à la Préfecture du Nord, le 22 février 1858, par le sieur Roger (Louis) rue Durnerin, 6, à Wazemmes, et se rattachant au brevet d'invention de 15 ans pris, le 25 novembre 1857, pour un appareil alimentant toutes chaudières à vapeur à l'eau bouillante.

111° Le certificat d'addition, dont la demande a été déposée à la

Préfecture du Nord, le 27 février 1858, par le sieur Tréca (Jules), tapissier, à Lille, et se rattachant au brevet d'invention de 15 ans pris, le 11 février 1857, pour un appareil pour l'éclairage au gaz.

112° Le certificat d'addition, dont la demande a été déposée à la Préfecture du Nord, le 15 mars 1858, par le sieur Cœmmerer (Louis), voyageur de commerce, à Lille, et se rattachant au brevet d'inventton de 15 ans pris, le 28 octobre 1857, pour un instrument servant à nettoyer les cylindres de pression.

113 °Le certificat d'addition, dont la demande a été déposée à la Préfecture du Nord, le 3 mai 1856, par le sieur Waerts (Joseph), mécanicien, à Roubaix, et se rattachant au brevet d'invention de 15 ans pris, le 28 décembre 1858, pour une machine à faire les busettes.

114° Le certificat d'addition, dont la demande a été déposée à la Préfecture du Nord, le 18 mai 1858, par le sieur Guffroy (Charles), négociant, à Lille, et se rattachant au brevet d'invention de 11 ans pris, le 14 septembre 1857, pour divers perfectionnements aux foyers fumivores.

COMMERCE EXTÉRIEUR.

***Principales marchandises importées et exportées*, en 1858, *par les bureaux de douanes du département*.**

NATURE DES MARCHANDISES.		DIRECTION DE DOUANES de Dunkerque.	de Lille.	de Valencienne	TOTAL.
IMPORTATIONS.					
Acier en barres	kil.	75,078	6,130	46,746	127,954
Aiguilles à coudre	id.	7	24	236	267
Alcools	litre.	24,145	30,116	16,294	70,555
Application sur tulle	valeur.	»	»	4,667	4,667
Arachides	kil.	212,276	10,063	»	222,339
Argent brut	id.	»	61	»	61
Bœufs et vaches	têtes.	705	12,497	7,695	20,897
Beurre salé	kil.	58,959	840,923	741	900,623
Bois exotique { de teinture	id.	593,724	104	»	593,828
Bois exotique { d'acaj. en billes	id.	34,609	200	»	34,809
Cacao	id.	75,166	20	24	75,210
Café	id.	2,539,178	421,442	48,706	3,009,326
Châles de cachemire	pièce.	1	»	»	1
Chanvre teillé	kil.	339,197	4,017	26,009	369,223
Chapeaux de paille	pièce.	1	630	236	867
Charbon de bois	m. cube	59	265	847	1,171
Chevaux	têtes.	260	974	4,071	5,305
Cigares	kil.	3	82	300	385
Cire brute	id.	4	2,035	55	2,094
Cochenille	id.	1,405	»	»	1,405
Coke	quint.	26,236	704	2,702,807	2,729,747
Coton en laine	kil.	539,505	75,972	»	615,477
Cuivre	id.	6,953	32,800	999	40,752
Dentelles	valeur.	75	3,850,964	21,414	3,872,453
Étain brut	kil.	47,307	249	923	48,479
Écossines onvrées pour la bâtisse (pierres)	valeur.	1,229	114,666	106,489	222,384
Fer étiré en barres	kil.	10,883	24,969	1,369,329	1,405,181
Fils de lin	id.	99,164	313,329	1,355	413,848
Fils de coton	id.	114	30	»	144
Fleurs médicinales	id.	9,227	4,063	2,752	16,042
Fonte	id.	5,048,339	314	16,854,160	21,902,813
Gommes exotiques pures	id.	4,063	»	»	4,065
Graines oléagineuses	id.	4,594,669	253,543	3,876	4,852,088
Graisses de bœufs, moutons et porcs	id.	230,939	67,147	9,028	307,114
Guano	quint.	52,735	2,910	3,045	58,690
Houblon	id.	46,170	345,998	52,975	445,143
Houille	quint.	271,149	223,753	25,436,476	25,931,378
Huiles d'Olive	kil.	369,279	25,642	2,590	397,511

NATURE DES MARCHANDISES.		DIRECTION DE DOUANES de Dunkerque	de Lille.	de Valenciennes	TOTAL.
Huiles { de palme de coco, etc.	kil.	35,540	»	756	36,296
Huiles { de graines grasses ...	id.	2,396,381	83,267	1,587	2,491,035
Indigo..................	id.	2,650	»	2	2,652
Laines..................	id.	982,055	7,462,575	509,333	8,953,963
Lin teillé et étoupes.........	id.	11,172,557	8,776,581	96,837	20,045,975
Machines et mécaniques.....	id.	368,559	258,375	610,315	1,237,249
Manganèse	id.	13,842	1,019,280	152,789	1,185,911
Marbres en bloc et en tranches	id.	50,296	1,780	3,671,189	3,723,265
Mercerie.................	id.	495	3,097	7,903	11,495
Moutons et agneaux........	têtes.	1,396	20,124	27,724	49,244
Nacre de perle	kil.	30	2	»	32
Nitrate { de potasse........	id.	28,559	12	»	28,571
Nitrate { de soude.........	id.	44,953	»	978	45,931
Peaux brutes grandes fraiches.	id.	102,730	125,020	717,115	944,865
Porcs et cochons de lait.....	têtes.	1,077	16,950	12,631	30,658
Plomb brut...............	kil.	4,190,776	28,492	56,384	4,275,652
Poissons de mer { morues....	id.	7,556,880	1,685	»	7,557,565
Poissons de mer { harengs...	id.	36,835	1,241	»	38,076
Poissons de mer { autres....	id.	73,783	315	221	74,319
Poivre..................	id.	106,196	»	4	106,200
Potasse.................	id.	300,615	»	7	300,622
Racines de chicorée.........	id.	33,962	2,477,221	775,653	3,286,836
Riz en grains	id.	787,137	1,758,249	930,065	3,470,451
Rubans de soie ou de laine...	id.	72	126	4,372	4,570
Sel brut et raffiné..........	id.	7,631	15,824	10,256	33,711
Soie écrue et bourre	id.	17,513	483	2	17,998
Sucres coloniaux et étrangers .	id.	943,380	464	3	943,847
Thé....................	id.	1,211	284	76	1,571
Toiles de lin blanche ou teinte	id.	1,035	705,867	25,904	732,806
Veaux..................	têtes.	440	10,489	1,460	12,389
Viandes fraîches	kil.	13,906	132,119	18,339	164,364
Viandes salées.............	id.	11,740	100,329	1,514	113,583
Vins	hectol.	22	342	1,052	1,416
Zinc de première fusion.....	kil.	149,883	3,629	23,043	176,555

EXPORTATIONS.

Ardoises pour toitures.......	pièce.	»	»	658,200	658,200
Batistes et linons..........	kil.	»	12	16,827	16,839
Beurre..................	id.	93,943	1,165	343,598	438,706
Bois de fusil..............	valeur.	»	»	41,981	41,981
Boissellerie	kil.	27,240	600	156,242	184,082
Chapeaux, feutre ou paille...	valeur.	4,480	7,243	27,402	39,125
Chardons-cardières	id.	»	2,900	93,913	96,813
Chevaux et mulets	têtes.	121	143	156	420
Déchets de laine..........	kil.	10,353	185,593	202,334	393,280
Eaux-de vie...............	litre.	339,264	36,004	145,167	520,435
Graines à ensemencer......	kil.	1,040,674	165,371	342,249	1,548,294
Graines oléagineuse.......	id.	1,291,211	7,784,052	2,444,043	4,519,306
Houilles	quint.	7,526	55,141	442,986	505,653

NATURE DES MARCHANDISES.		DIRECTION DE DOUANES			TOTAL.
		de Dunkerque.	de Lille.	de Valenciennes	
Huiles de graines	kil.	595,805	678,570	325,822	1,600,197
Légumes secs et leurs farines.	id.	397,409	130,603	124,567	752,579
Lin et chanvre	id.	874,472	679,982	73,047	1,627,501
Livres, gravures et lithographies	id.	16,625	19,778	27,916	64,319
Machines mécaniques . . .	valeur.	88,875	127,584	118,926	335,385
Marne.	kil.	22,185,100	21,783,156	55,900	44,024,156
Mercerie, bimbeloterie . . .	id.	42,009	45,012	73,133	160,154
Meubles.	valeur.	171,145	29,975	71,243	272,363
Modes.	id.	24,881	36,552	21,274	82,707
Moutons.	têtes.	128	269	»	397
Papiers peints.	kil.	6,552	2,112	55,455	64,119
Pendules.	id.	11,783	589	3,940	16,321
Perches	nombre	»	»	1,110,734	1,110,734
Poisson de mer, morue . . .	kil.	29,294	571	»	29,865
Pommes de terre.	id.	14,460,269	25,184	2,041,264	16,526,717
Porcelaine	id.	23,146	1,547	24,742	49,435
Porcs et cochons de lait. . .	têtes.	1,404	442	2,148	3,994
Peaux tannées, gants, etc. .	kil.	20,422	9,738	27,668	57,828
Soie écrue et bourre	id.	1,471	478	8,038	9,987
Sel marin	id.	2,589,085	1,308	»	2,590,393
Tissus de coton blancs ou teints	id.	6,906	902	25,777	33,585
Tissus de lin ; dentelles, batiste, toiles.	id.	90,556	35,336	22,863	148,755
Tissus de soie.	id.	13,133	14,579	7,850	35,562
Tissus de laine, draps, mérinos, etc.	id.	17,392	10,019	63,588	90,999
Tourteaux de graines oléagin. .	id.	2,295,165	3,809,020	8,003	6,112,188
Verres et cristaux	id.	905,058	49,140	2,097,656	3,051,854
Vins ordinaires.	litre.	346,327	2,213,409	4,212,431	6,772,167

TROISIÈME PARTIE.

TRAITS DE COURAGE ET DE DÉVOUEMENT.

Son Excellence M. le Ministre de l'Intérieur a décerné, au nom de Sa Majesté l'Empereur, pendant l'année 1859, les médailles d'honneur ci-après, aux personnes ci-dessous dénommées, qui se sont distinguées par des actes de dévouement et de courage dans le département du Nord.

MÉDAILLES D'OR.

1° *De 1re classe,* à M. Boitelle (Edouard), capitaine en second des sapeurs-pompiers de Cambrai, pour le zèle intelligent et actif, l'intrépidité rare et le dévouement sans bornes qu'il a montrés dans l'accomplissement de sa périlleuse mission.

2° *De 2e classe,* à M. Thumerelle (Antoine), adjudant sous-officier au corps des sapeurs-pompiers de Douai, pour s'être particulièrement distingué en s'exposant à un péril imminent pour retirer les victimes ensevelies sous les décombres de la maison d'un armurier de Douai qui s'était écroulée par suite de l'explosion d'une quantité de poudre,

MÉDAILLES D'ARGENT.

De 1re classe.

3° Au sieur Liger (Louis), agent de police à Dunkerque, pour avoir exposé ses jours en arrêtant deux chevaux emportés attelés à un camion. Liger avait déjà mérité plusieurs récompenses pour d'autres belles actions.

4° Au sieur Darras (Jean-Baptiste-Albert-Joseph), capitaine des sapeurs-pompiers à Lille, pour services dévoués et actes d'intrépidité et de courage durant une période de 25 années.

5° Au sieur Morelle (Joseph), tailleur d'habits à Douai, pour diverses belles actions et notamment pour avoir, le 2 juillet 1857, retiré de la Scarpe un enfant qui se noyait.

De 2e classe.

6° Au sieur Bracq (Fidèle), tonnelier à Cambrai, pour avoir retiré de l'Escaut, en courant des dangers sérieux, un homme qui, sous l'influence de l'ivresse, voulait se suicider.

7° Au sieur Sevette (Pierre), sergent de sapeurs-pompiers à Cambrai, pour services distingués et actes d'intrépidité dans plusieurs incendies.

7° Au sieur Raynal (Jean-Baptiste), sergent de sapeurs-pompiers à Lille, pour le dévouement qu'il a montré dans divers incendies.

8° Au sieur Demeyer (Léandre), caporal de sapeurs-pompiers à Lille, pour ses longs et dévoués services.

9° Au sieur Meurisse (Henri), sergent de sapeurs-pompiers à Wazemmes, qui compte 22 ans de services dans cette compagnie, et qui s'y est constamment distingué, par son zèle, son exactitude et son dévouement.

10° Au sieur Lauquement (Louis), ouvrier plafonneur à Lille, en sauvant, le 29 août 1858, une femme qui allait périr dans le bassin de la Haute-Deûle.

11° Au sieur Vilain (Jules), ouvrier tonnelier à Wambrechies, âgé de 17 ans, qui a opéré le sauvetage d'un charretier de brasserie, qui était tombé dans la Deûle en voulant retirer son cheval.

12° Au sieur Moreau (Philippe), maçon à Escaudain, pour avoir, le 16 septembre 1858, en courant les plus grands dangers, tenté de retirer d'un puits de 15 mètres de profondeur, deux ouvriers qui y étaient tombés asphyxiés.

13° Au sieur Penant (Ambroise), tonnelier à Watten, pour avoir exposé ses jours en retirant de la rivière de l'Aa, où il s'etait jeté tout habillé, un enfant de sept ans qui se noyait.

14° Au sieur Lieutenant (Victor), ouvrier de port à Lille, pour avoir sauvé d'une mort certaine un enfant de cinq ans, accidentellement tombé dans le canal de la Basse-Deûle, le 15 décembre 1858.

15° Au sieur Allaert (Henri), âgé de 19 ans, éclusier à Morbecque, pour avoir retiré, au péril de ses jours, du canal d'Hazebrouck, le 30 mai 1859, un homme de 27 ans qui se noyait.

16° Au sieur Descamps (Louis-Désiré), marchand boucher à Armentières, pour avoir retiré de la rivière de la Lys un enfant de 13 ans qui allait périr.

17° Au sieur Montigny (Victor), commis-négociant à La Bassée, pour avoir opéré le sauvetage d'une jeune fille de 18 ans, qui allait se noyer dans le canal de la Deûle, où elle était tombée par accident.

18° Au sieur Dailliez (François), sergent de sapeurs-pompiers à Cambrai, pour actes d'intrépidité et de dévouement dans plusieurs circonstances, et notamment dans l'incendie du 21 janvier 1859, à Cambrai, où il occupa un poste très périlleux.

19° Au sieur Frémeaux (Louis), sapeur-pompier à Lille, pour services distingués et dévoués dans diverses circonstances et principalement lors de l'incendie du magasin aux fourrages militaires de Lille, le 16 juillet 1857.

RÉCOMPENSES PÉCUNIÈRES.

Des gratifications s'élrvant au total de 915 fr. ont été en outre accordées par M. le Préfet du Nord, aux personnes ci-après, qui se sont signalées par des actes de dévouement et de courage, savoir :

20° Au sieur Cousin (Carlos), de Lille, qui s'est jeté tout habillé dans le canal de Vauban, pour en retirer un enfant qui se noyait;

21° Au sieur Delannoy (Jean-Baptiste) de Lille, pour s'être précipité dans le canal des Stations afin d'en retirer un jeune enfant de 7 ans qui venait d'y tomber accidentellement;

22° Au sieur Delaitre (Louis), de Douai, qui a fait preuve de dévouement en retirant de la Scarpe un enfant de 6 ans qui courait un grand danger;

23° Au sieur Masse (Jean-Baptiste), de Lesquin, qui a donné le 30 mai dernier, une nouvelle preuve de son abnégation et de son dévouement en opérant le sauvetage d'un aliéné qui s'était jeté dans un puits, profond de 20 mètres environ;

24° Au sieur Bernard (Abel), de Dunkerque, qui a exposé sa vie en se précipitant dans la Lys, pour en retirer un enfant qui se noyait;

25° Au sieur Colier (Charles), garde-champêtre à Ascq, pour le zèle et le courage dont il a fait prenve en opérant l'arrestation de l'assassin de la famille Desquiens;

26° Au sieur Lefehvre (Hippolyte), de la Bassée, qui s'est précipité tout habillé dans le canal de ce nom, pour en retirer un enfant qui allait périr;

27° Au jeune Deleporte (Jules), âgé de 14 ans, de Wasquehal, qui s'est jeté le 30 juin 1859 dans le bassin de l'Ecluse du canal de Roubaix, pour sauver un enfant de 8 ans qui courait le plus grand danger;

28° Au sieur Bertge (Jules), de Quesnoy-sur-Deûle, pour avoir retiré un enfant de 8 ans du canal de la Deûle où il était sur le point de s'y noyer;

29° Au sieur Lemai (Louis), employé de l'octroi, à Valenciennes, qui a exposé sa vie en arrêtant par les cornes un bœuf furieux qui s'était engagé dans la traversée des fortifications de Valenciennes;

30° Au sieur Looten (Félix), âgé de 62 ans, de Lille, qui a retiré du canal de la Haute-Deûle un jeune enfant qui était en danger de s'y noyer;

31° Au sieur Stopin (Alexandre), de Watten, qui a exposé sa vie en se jetant dans l'Aa, pour en retirer un jeune homme de 22 ans qui allait périr;

32° Au sieur Leroux (Armand), de Lille, pour avoir retiré de la Deûle, à Lille, une petite fille de 2 ans;

33° Au sieur Carlier (Ferdinand), de Saint-Aybert, qui a sauvé la vie à un enfant de 4 ans 1/2 qui se noyait dans le canal de Mons à Condé;

34° Au sieur Deruelle (Jean-François), de Trith-St.-Léger, qui a porté un secours efficace à un jenne enfant qui allait périr dans l'Escaut;

35° Au sieur Soubricao (Jean-Baptiste), de Lille, qui s'est précipité tout habillé dans le canal de la Basse Deûle, pour sauver un enfant près de disparaître;

36° Au sieur Blondeau (Louis), de Lille, pour divers actes de dévouement qui ont mis ses jours en péril;

37° Au jeune Jacob (Charles), âgé de 14 ans, à Comines, lequel a sauvé un jeune enfant qui se noyrit dans la Lys;

38° Au sieur Carlier (Philippe), de Bermerain, pour avoir retiré de la rivière de l'Ecaillon un enfant de 12 ans, en danger de mort;

39° Au sieur Dehaene (Ferdinand), sapeur pompier à Comines, pour le dévouement qu'il a montré lors de l'incendie de la fabrique de MM. Hassebrouck;

40° Au jeune Martel (Augustin), âgé de 14 ans, de Marcq-en-Barœul, qui a exposé ses jours en retirant de l'eau une jeune enfant de 2 ans 1/2.

41° Au sieur Ségard (Charles), à Lille, pour le dévouement qu'il a montré en portant secours dans une maison incendiée;

42° Au sieur Rangeot (Joseph), de Valenciennes, pour avoir retiré de l'Escaut, au lieu dit l'Avaleresse, un homme qui se noyait;

43° Au sieur Devendeville (Auguste), ouvrier maçon à Fretin, lequel est descendu dans un puits et, par son intrépidité, en a retiré un homme qui y périssait asphyxié;

44° Au sieur Delannoy (Auguste), journalier à Houplines, pour le sauvetage d'un enfant de dix ans et demi qui se noyait dans la Lys;

45° Au sieur Gamelin (Sévérin), batelier à Merville, qui a retiré du canal de Roubaix un enfant de huit ans qui allait périr;

46° Au sieur Chrétien (Ernest), garde-champêtre à Avelin, pour être descendu, à deux reprises différentes dans un puits, et avoir tenté le sauvetage d'un ouvrier qui y était tombé asphyxié;

47° Au sieur Donaes (Jean), ouvrier chaufournier à Hoymille, pour divers actes de courage et notamment pour avoir opéré le sauvetage de trois femmes qui étaient tombées avec la voiture qui les transportait, dans le canal de la Basse-Colme où elles allaient infailliblement périr;

48° Au sieur Bajeux (Charles), journalier à Lewarde, lequel a retiré d'un puits un enfant qui allait y périr asphyxié;

49° Au sieur Hillebrande (Bharles), ouvrier mécanicien à Lille, qui s'est courageusement dévoué pour retirer du canal de la Basse-Deûle un jeune enfant qui allait s'y noyer;

50° Au sieur Delannoy (Casimir), sapeur pompier à Roubaix, pour le zèle et le dévouement qu'il a montrés lors de l'incendie de l'usine de MM. Motte-Bossut et Cie; — le sieur Delannoy est mort des suites de ses blessures;

51° et 52° Aux sieurs Hosten (Auguste), charpentier, et Galamé (Louis), maréchal-ferrant à Cappéllebrouck, qui se sont signalés par leur courage, pendant l'incendie qui a éclaté dans leur commune, le 27 septembre 1859.

NÉCROLOGIE.

LYONNARD DE LA GIRENNERIE.

Le 24 janvier 1859 est décédé, à l'âge de 87 ans, M. Ange-Philibert Lyonnard de la Girennerie, maire de la commune d'Annappes.

M. de la Girennerie était un des représentants, un des vieux débris des armées de nos pères. Ancien lieutenant-colonel, des gardes de la porte du roi Louis XVIII, attaché au cabinet de Monsieur, comte d'Artois, officier de la Légion-d'Honneur, chevalier de l'ordre de St-Louis, décoré de la médaille Anséatique, il s'était fait remarquer dans la carrière militaire où l'appelaient son nom et les traditions de son antique famille. Tant que subsista le régime auquel il avait consacré ses services, M. de la Girennerie conserva la charge de haute confiance que lui avait value son caractère loyal et chevaleresque; mais lorsque les décrets de la Providence apportèrent un changement à l'ordre de choses auquel il s'était voué, il quitta le service et vint se retirer dans le canton de Lannoy, où ses manières affables, son ardente charité et son amour du bien lui attirèrent bientôt les sympathies générales. Plus tard, nommé maire de la commune d'Annappes, M. de la Girennerie se trouva heureux de se dévouer plus efficacement à ses concitoyens, et, malgré son âge avancé, profita de l'influence que lui donnait la magistrature municipale pour doter sa commune d'améliorations importantes. Pendant dix années, il donna tous ses soins à l'administration de la commune d'Anappes, et s'il n'a pu accomplir tous les projets utiles dont il voulait la réalisation, c'est que la mort l'a enlevé avant qu'il eût achevé son œuvre. Quoi qu'il en soit, ses concitoyens savent tout ce qu'ils lui doivent, et leur reconnaissance n'a pas attendu que sa tâche fût terminée pour se faire jour; les regrets qu'on lisait sur les traits des habitants d'Annappes, les expressions de douloureuse sympathie qu'ils faisaient entendre pendant les funérailles de leur bon maire, prouvent assez combien M. de la Girennerie était récompensé de sa sollicitude pour ses concitoyens.

PIERRE LEGRAND.

La ville de Lille a dû, cette année encore, ouvrir son nécrologe pour y inscrire un nom dont elle s'enorgueillissait à juste titre, celui d'un de ses dignes enfants, qui brilla à la fois dans la carrière judiciaire, administrative et politique, et qui prit une place distinguée dans la littérature locale.

M. Pierre Legrand, après de fortes études, entra au barreau de Lille; doué d'une parole facile, entraînante et chaleureuse, d'un esprit cultivé et d'un jugement large et sûr, il y conquit bientôt l'un des premiers rangs et sut constamment s'y maintenir. En même temps qu'il se signalait parmi les avocats de Lille, dont il devint plus tard le bâtonnier, il entrait au conseil municipal de cette cité; il n'avait alors que 25 ans. Il se distingua, là aussi, dans maintes circonstances par une rare entente des affaires. Nommé, le 3 août 1840, au conseil de préfecture dont il fut le doyen en 1841, il trouva dans cette magistrature qui procède à la fois des formes administratives et judiciaires, les moyens de développer toutes les ressources de son intelligence, et les travaux qu'il mit au jour durant cette période, et qui sont encore hautement appréciés aujourd'hui, font foi de sa connaissance approfondie de l'administration et de la jurisprudence. Une occasion lui fut donnée de mettre en pratique les études spéciales auxquelles il s'était livré à ces deux points de vue: en 1850, et pendant plusieurs mois, l'intérim de la préfecture du Nord lui fut confié, et chacun sait avec quelle aptitude et quel dévouement il s'acquitta des difficiles fonctions d'administrateur de notre département. C'est à cette époque que le Gouvernement, voulant récompenser ses services déjà prolongés, lui décerna la décoration de la Légion-d'Honneur.

Pour beaucoup, c'eût été déjà une existence bien remplie, mais une arène plus vaste s'étendait devant lui. Les circonstances lui ayant fait quitter le Conseil de Préfecture et la carrière administrative, il fut appelé par le vœu de ses compatriotes à les représenter au Corps législatif. Là encore, M. Pierre Legrand sut bientôt se faire distinguer; il n'est besoin, pour le constater, que de rappeler les nombreuses et importantes discussions auxquelles il prit part, et les remarquables rapports qu'il fut appelé à présenter et à faire prévaloir. Honoré d'un second mandat, en juin 1857, il était heureux de continuer la mission de confiance dont il était investi, mais il fut enlevé au tombeau avant d'avoir pu l'accomplir jusqu'au bout ; les fatigues de cette intelligence d'élite, si ardente dans tout ce qu'elle embrassait, avaient brisé une constitution naturellement peu robuste.

En le perdant, le Corps législatif n'a pas été la seule assemblée qui eut à regretter son active et fructueuse collaboration. Le Conseil général du département, où les sympathies de ses concitoyens l'avaient appelé deux fois à soutenir leurs intérêts ; la Société impériale des sciences, de l'agriculture et des arts de Lille, où ses travaux sérieux, ses œuvres littéraires et ses piquantes études de mœurs locales, lui avaient marqué l'une des premières places, et qu'il eut l'honneur de présider plusieurs fois ; la Commission historique du Nord dont il dirigeait les intéressants travaux, ont vivement ressenti le vide que la mort, en le leur ravissant, a fait dans leur sein, et chacun des membres qui les composent, qui avaient pu apprécier l'aménité de ses manières et la loyauté de son caractère, conserveront longtemps son souvenir dans leurs cœurs.

Mme DESBORDES-VALMORE.

Le 23 juillet dernier s'éteignait à Paris, où elle résidait depuis de longues années, Mme Marceline Desbordes-Valmore, l'un des plus gracieux poëtes de l'époque contemporaine et qui avait vu le jour à Douai. Nous insérons ci-après un article nécrologique, extrait de l'un des journaux de la capitale, dans lequel M. Jules Janin retrace la vie de cette femme distinguée qui a su se faire chérir par sa bonté autant que remarquer par ses touchantes poésies.

« Nous apprenons, non pas sans des regrets bien mérités, que nous avons perdu un vrai poète, une âme honnête et clémente, un noble cœur, Mme Desbordes-Valmore. Elle a vécu longtemps, dans Paris même, écoutant rêveuse tous les bruits poétiques, et puis, sentant sa fin prochaine, elle a voulu, sans pouvoir y parvenir, mourir dans sa ville natale, à Douai, où elle vint au monde en 1787. Elle-même, elle écrivait à son vrai protecteur, à celui qui l'a toujours annoncée et proclamée, à M. Sainte Beuve, les commencements de sa vie, aux bords de la Scarpe, un de ses doux souvenirs : « Mon père avait pour moi une grande tendresse, j'étais son seul enfant blond ; or ma mère était blonde et belle comme une vierge ; on espérait que je lui ressemblerais tout à fait.... Je lui ressemble un peu.... Et si on m'a aimée, ce n'était pas pour ma grande beauté.

» Mon père était peintre en armoiries ; il peignait des équipages et des ornements d'église. Il habitait une maison voisine du cimetière de l'humble paroisse de Notre-Dame, à Douai. Elle était si grande à mes yeux de sept ans ! Plus tard, je l'ai revue, et c'est une des plus pauvres maisons de la ville ; elle est pourtant ce que j'admire encore le plus au monde en ce beau temps pleuré. Là nous habitions dans la paix et dans le bonheur que je n'ai pas retrouvés depuis. — Un jour vint où mon père n'eut plus à peindre d'équipages et d'armoiries; alors vint la misère, et je venais d'avoir quatre ans !

» Les grands-oncles de mon père, exilés en Hollandeà la révocation de l'édit, offrirent à ma famille leur immense succession si l'on voulait nous rendre à la religion protestante. Ces deux oncles étaient centenaires; ils vivaient dans le célibat à Amsterdam, où ils avaient fondé une librairie, et je possède encore des livres publiés par eux.

» On fit donc une assemblée à la maison; ma mère pleura beaucoup; mon père était indécis et nous embrassait. A la fin, la succession fut refusée; on eut peur de vendre notre âme, et nous restâmes dans une misère qui grandissait chaque jour.... jusqu'au déchirement intérieur. Voilà d'où me sont venues mes premières tristesses, c'est ainsi que mon caractère a commencé! »

» Quel touchant récit! qu'il est loin de la biographie emphatique assise sur un piédestal, et comme on y sent la vérité! Puis comme la ruine allait grandissant toujours, il advint que cette mère au désespoir se souvint d'une cousine d'Amérique! La cousine était riche; elle écrivait de bonnes paroles, elle recevra sa parente à bras ouverts... « De ses quatre enfants à qui ce voyage faisait peur, ma mère n'emmena que moi!» Ainsi les voilà parties, et ne demandez pas si le voyage fut long et difficile.. A la fin: *terre*! et *terre*! Elles sont au port... la fortune est là... Il n'y avait que ravage et dévastation: les nègres avaient tout brûlé; ils avaient tué le cousin, ils avaient chassé la cousine, ils avaient ajouté le pillage à l'incendie, et, pour mettre le comble à ces misères, sévissait la fièvre jaune.... « Elle emporta ma mère à quarante ans! Moi, j'expirais auprès d'elle; on m'emporta hors de cette île funeste en proie à la peste; et de vaisseau en vaisseau je fus rapportée à mes parents devenus tout à fait pauvres! »

» Sérieuse et triste enfance! Alors ces braves gens qui n'avaient pas voulu être riches au prix d'une apostasie, appelèrent le théâtre à leur aide: « On m'apprit à chanter, — je tâchai de sourire, et vraiment je ne fus supportable que dans les rôles de mélancolie et de passion! » En ces deux mots l'aimable poète a dit toute sa vie. Elle était elle-même une élégie! Elle apporta dans ces doux poëmes mêlés de feux et de larmes, que rien n'apaise et que rien ne rassasie (1), tous les instincts sympathiques d'une tristesse éloquente; elle obéit à des passions claires, vigilantes, désolées; elle a très-

(1) *Nec lacrymis crudelis amor, nec gramina rivis,*
Nec cytiso saturantur apes, nec fronde capellæ.

bien dit une grâce, une douleur ineffables, et en parlant d'elle-même :

> Ah ! je suis une faible femme,
> Je n'ai su qu'aimer et souffrir ;
> Ma pauvre lyre, c'est mon âme....

» Elle s'est heurté à tous les détours du sentier ; elle s'est déchirée à toutes les épines ; à seize ans, *sociétaire* du théâtre Feydeau et bien disante, elle gagnait à peine quatre-vingts francs par mois, et jugez de l'extrême indigence ! Elle a commencé comme a commencé sa glorieuse contemporaine Mme Dorval ; elle était aussi pauvre, elle obéissait aux mêmes destinées... Comme elle ne pouvait pas vivre à Paris, elle obéit à son père, qui lui fit chanter l'opéra comique en province. Heu ! la province ! elle est bien étrangère à ces natures délicates ! elle ne sait rien de ces souffrances inconnues ! elle ne va pas songer que cette enfant qui chante en tremblant les gaîtés de Grétry ou les drames de Delayrac est peut-être un vrai poète. Enfin, la poésie, à quoi bon ? Chantez, jouez, pleurez, ma mie, et soyez une comédienne, on ne vous demande que cela.

» Puis vinrent les passions.... Quoi ! déjà ? quoi ! si jeune ? Une passion, une seule, un seul amour, mais si profond, si douloureux, si fidèle, un *âcre* enivrement, un amour qu'il faut suivre à travers tant d'obstacles et par tant de sentiers difficiles ; à vingt ans, et déjà tant de regrets pour les heures d'autrefois :

> Alors que dans l'orgueil des amantes aimées,
> Je confiais mon âme aux cordes animées !

» Sapho elle-même, elle n'a pas été plus malheureuse ; elle n'a pas obéi plus cruellement au feu intérieur.... elle est morte, et la jeune Desbordes a vécu, chantant sa peine, aimant sa peine :

> Malheur à moi, je ne sais plus lui plaire,
> Je ne vois plus le charme de ses yeux ;
> Ma voix n'a plus l'accent qui vient des cieux
> Pour attendrir sa jalouse colère.
> Il ne vient plus saisi d'un vague effroi,
> Me demander des serments et des larmes ;
> Il veille en paix, il s'endort sans alarmes :
> Malheur à moi !

» Voilà comme elle était pleurante ! En ces moments de sa peine et de ses transports, elle trouvait des voix et des mouvements irrésistibles. Ecoutez, dans cette âme où tout se lamente, ces sanglots et ces gémissements, et dites-nous, parmi les élégiaques les plus charmants, si quelque douleur ressemble à cette douleur. Non ! Pour peu que l'on ait une âme et que l'on ait encore un cœur, on éprouve, en lisant ces plaintes si tendres, une ineffable sympathie; on rencontre en soi-même un écho de ces douces idylles écrites sans art, mais non pas sans charmes et sans inspiration. Ces paysages sont doux, ces lointains sont remplis de douces clartés, ces rêveries vous plaisent parce qu'elles sont naturelles. Je vois l'arbre et j'entends le ruisseau; je suis sûr, à sa douleur, que ce pauvre cœur a saigné; je reconnais la nue et le ciel de ces complaintes; je vois le sourire à travers ces larmes, l'espérance à travers ces douleurs. Poésie! ah! poésie! il n'est rien qui te remplace: il n'est rien qui te ressemble; il n'y a pas tant d'art, d'habileté, de caprise et de fantaisie, il n'est même pas de hasard qui nous donne un seul instant l'accent, le port, le génie et le mouvement du vrai poète. Aux mêmes conditions que M. de Lamartine, aux mêmes conditions, sinon avec la même autorité, avec le même charme et le même éclat que M. de Lamartine, Mme Desbordes-Valmore était un poète. Elle était elle-même et chantait sans art, comme l'oiseau chante Elle aimait les horizons modestes, les voix cachées, *les soirs*, *les beaux soirs*; elle obtint ce grand honneur (cet honneur a manqué à M. Alfred de Musset lui-même), que M. de Lamartine, attiré par cette sœur cadette de son âme, a lu ses vers, et qu'il répondit dans sa langue à cette muse de sa famille:

Du poète c'est le mystère;
Le luthier qui crée une voix
Jette son instrument à terre,
Foule aux pieds, brise comme verre
L'œuvre chantante de ses doigts.
Puis d'une main que l'œil inspire,
Rajustant ses fragments meurtris,
Réveille le son et l'admire,
Et trouve une voix à sa lyre
Plus sonore dans ses débris...
Ainsi le cœur n'a de murmures
Que brisé sous les pieds du sort.

» Instrument brisé qui retrouve une âme! Ame écrassée et qui devient éloquente à force de douleur! ils disent vraiment tout ce qu'ils veulent dire, à nous ravir, ces grands poètes; ils rencontrent des images inattendues, des métaphores toutes nouvelles; ils expliquent, ils commentent, ils prient, ils consolent. Les stances de M. de Lamartine à Mme Desbordes-Valmore, c'était la gloire; elle y répondit à sa façon décente et modeste; en disant qu'elle n'était pas l'instrument sonore, éclatant, que disait le poète. Elle était une glaneuse.

Une indigente glaneuse
Qui d'un peu d'épis oubliés
A paré sa gerbe épineuse
Quand ta charité lumineuse
Verse du blé pur à mes pieds.

» C'étaient là ses gloires, ses consolations ses espérances! Une stance de Lamartine, une page encourageante de Sainte-Beuve, un sourire de son enfant :

Quand j'ai grondé mon fils, je me cache et je pleure!

» Elle a, comme cela toutes sortes de vers que l'esprit rencontre et que le cœur conserve. Elle a publié six recueils de romances, d'élégies, de paysages, de rêveries, d'harmonies, de prières et de larmes! Elle était naissante à côté de Soumet, M. Soumet déjà est bien loin d'elle. Elle eut pour amis tous les beaux esprits qui l'ont connue; or ne l'approchait pas qui voulait, tant elle était modeste, et cachée et tremblante, ajoutons éprouvée :

Au fond de ce tableau, cherchant des yeux sa proie,
J'ai vu, je vois encor s'avancer le malheur.
Il errait comme une ombre, il attristait ma joie
Sous les traits d'un vieil oiseleur.

» Au premier rang des esprits qui l'ont aimée, il faut compter Frédéric Soulié, qui savait par cœur les plus beaux vers de Mme Desbordes-Valmore; il faut compter la Muse éclatante, inspirée et superbe, une pivoine à côté de la violette, elle-même Mme de Girardin, qui frôlait de ses cheveux blonds les cheveux jadis blonds de sa mère en poésie; elle l'aimait et la vantait avec une grâce toute filiale, et c'était charmant à voir cette Muse, à bon droit populaire, au milieu du monde et sur les hauteurs poétiques, arriver souriante à la Muse austère, imprévue, innocente et cachée, et murmurant ses plus douces prières, comme un enfant sa prière du soir!

» Surtout Mme Desbordes-Valmore eut un terrible ami qui avait toute l'allure et tout l'aspect du mystère, un esprit morose, une âme chagrine, un croquemitaine appelé M. Delatouche. Il faisait peur à tout le monde, il fit pitié à Mme Desbordes-Valmore, et comme elle espérait le consoler, elle fut à lui la première, et ce qu'elle avait pressenti se vérifia; cet homme au toncher si rude avait une âme assez tendre; il jouait contre lui-même une abominable partie, et Mme Desbordes-Valmore a très-bien dit de lui: « Ce n'était pas un méchant, mais un malade! » Ainsi, d'un mot féminin, elle a sauvé cette mémoire. O chère femme éprouvée! Elle avait perdu même une fille, un second poète, une enfant (Mme Langlais), qui écrivait comme sa mère. Et maintenant l'œuvre est accomplie, et maintenant le dernier poème a sonné. La voilà morte; à peine on a dit qu'elle était morte; oublié aujourd'hui, ce vrai poète aura son jour : *C'est la loi!*

......Infirmes que nous sommes
Avant que rien de nous parvienne aux autres hommes,
Avant que ces passants, ces voisins, nos entours,
Aient eu le temps d'aimer nos chants et nos amours,

Nous-mêmes déclinons. Comme au fond de l'espace
Tel soleil voyageur qui scintille et qui passe,
Quand son premier rayon a jusqu'à nous percé,
Et qu'on dit : *le voilà !* s'est peut-être éclipsé. »

LE DOCTEUR GOSSELET.

Le chef-lieu du département a eu à déplorer, cette année, la perte d'un de ces hommes utiles dont le souvenir est perpétué par les œuvres philanthropiques dont ils sont les créateurs. Nous voulons parler de M. Gosselet, docteur en médecine, décédé à Lille, dans la quarante-neuvième année de son âge, le 18 septembre 1859.

Avide d'instruction et de connaissances, M. Gosselet après de bonnes études, se rendit à Paris, où il suivit d'abord les cours de l'École de Droit, puis après, et concurremment, ceux de l'Ecole de Médecine; c'est ainsi qu'il parvint à acquérir les deux diplômes de docteur en droit et de docteur en médecine, double titre dont un seul est ordinairement le rêve et l'ambition d'un jeune homme. Des deux carrières qui lui étaient ainsi ouvertes, il choisit celle de la médecine : n'était-ce pas celle qui offrait le plus de bien à faire, le plus de dévoûment à déployer ? — Il revint donc dans le département du Nord dont il était originaire et se fixa à Lille. Nous ne le suivrons pas dans toutes les phases de son existence ; nous ne dirons pas toutes les circonstances qu'il saisit pour faire le bien, le cadre étroit de cette courte notice ne nous le permettrait pas ; mais nous rappellerons surtout les institutions éminemment utiles que son initiative parvint à fonder, et les services qui le recommandent plus particulièrement à la reconnaissance de ses concitoyens. N'est-ce pas à M. le docteur Gosselet en effet que la ville de Lille doit l'idée féconde et pleine d'avenir de l'organisation d'un musée industriel, où l'homme pratique comme le curieux peut aller s'éclairer et s'instruire, en suivant les transformations par lesquelles les diverses industries doivent faire passer leurs produits avant de les livrer à la consommation ? N'est-ce pas à lui qu'est due l'ouverture, à Lille, de l'École des chauffeurs, où ces agents vont apprendre à régler et à dompter les merveilleux effets de la vapeur, cette puissance motrice si terrible dans ses fougueux écarts ? Ces créations seules parlent assez haut pour montrer les mérites de M. Gosselet. Mais là ne s'est pas bornée la tâche de cet homme utile que la mort a arrêté si prématurément dans sa carrière. Sa collaboration savante fut aussi des plus actives dans le sein de la Société des sciences de Lille et dans celui du Conseil central d'hygiène, où l'Administration va si souvent chercher des lumières pour concilier les intérêts de l'industrie avec la sauvegarde de la salubrité publique. Rappelons encore sa constante sollicitude pour les pauvres malades de l'asile d'aliénées de Lille dont il était le médecin en chef, ses travaux remarquables sur l'aliénation mentale, et les nombreux actes de bienfaisance de sa vie privée. Aussi, la perte de cet homme de bien a-t-elle causé d'unanimes regrets. Heureusement, pour qui a fait le bien, pour qui a su rendre son existence utile à ses semblables, tout ne meurt pas sur cette terre avec la nature périssable : il reste l'hommage de la reconnaissance publique et, sous ce rapport, M. le docteur Gosselet survivra longtemps dans le souvenir de la population de Lille.

JOSEPH MATHIEU.

Le 19 août 1859, est décédé à Anzin, dont il était maire depuis près de 30 ans, M. Joseph Mathieu, membre du Conseil géneral, chevalier de la Légion-d'Honneur, et cette mort inopinée a frappé d'une vive et douloureuse émotion non seulement la ville d'Anzin et l'arrondissement de Valenciennes, mais encore le département tout entier où cet homme de bien était honorablement connu.

Chaque jour de sa vie privée ou publique, M. Mathieu trouvait le moyen de venir efficacement en aide à ses semblables, soit par ses conseils paternels, soit par les bienfaits qu'il répandait sur eux dans l'ombre. Comme administrateur, il avait conquis toutes les sympathies, et cela se conçoit aisément quand on sait, avec quelle sollicitude et quelle abnégation il s'était consacré pendant le cours de sa longue magistrature municipale aux intérêts communaux confiés à ses soins par le vœu des habitants aussi bien que par le choix du gouvernement; aussi, eût-il la satisfaction de voir que les améliorations dont il avait doté sa commune en avaient fait une des plus prospères et des plus avancées du département dans la voie du progrès. Chéri des populations charbonnières, il usa plus d'une fois de son influence paternelle pour faire rentrer le calme dans des esprits exaltés et ramener dans la bonne voie des hommes égarés par les utopies fallacieuses d'une époque critique.

Au Conseil général où il avait été nommé, vers 1847, par ses concitoyens et où il siéga pendant environ douze ans, il était aimé de tous et n'était jamais désigné autrement que par ces mots : « L'excellent M. Mathieu. »

Plein de zèle, d'aptitude, de dévouement et d'affabilité, il savait faire triompher son opinion toujours pleine d'équité, de sagesse et de netteté parce qu'elle partait d'un cœur honnête et convaincu. C'est au moment où il s'apprêtait à se rendre à la session du Conseil général qu'il a été foudroyé par la mort; ses collègues ont été vivement impressionnés de ce coup inattendu. Mais c'est surtout dans son canton que l'effet de ce cruel événement se fit le plus ressentir, et le jour de ses funérailles le concours immense de toutes les classes de la population, et de ses amis qui étaient venus de Valenciennes et de tous les points du département lui rendre les dernier devoirs fut un hommage manifeste, la mémoire de cet homme de bien et doit être une douce consolation pour la famille éplorée qu'il laisse après lui.

M. LE SÉNATEUR MARCHANT.

L'année 1859 a été meurtrière pour le département du Nord, elle nous avait impitoyablement enlevé dans la première partie de son cours des hommes dont la perte est très-regrettable ; en finissant elle nous a ravi une de nos illustrations les plus brillantes : M. le sénateur MARCHANT, président du Conseil général, officier de la Légion-d'Honneur.

M. MARCHANT était né à Maubeuge en 1797. Les fortes études qu'il fit, développérent de bonne heure sa haute intelligence et sa capacité hors ligne. Rentré dans le lieu natal, il embrassa la carrière du notariat et s'y distingua par une rare aptitude. Après 1830, il fit partie du Conseil municipal de Maubeuge et en 1834, il fut élu membre du Conseil général du département, où il siégea jusqu'à sa mort. Nommé quelques années après, en 1837, membre de la Chambre des députés il concourut aux travaux de cette assemblée jusqu'en 1846, époque à laquelle un revirement politique du gouvernement l'en fit sortir. Repoussé en 1848, comme candidat à l'Assemblée constituante, il fut élu, en 1849, comme membre de l'Assemblée législative ; enfin, en 1851, le choix du Prince-Président l'appela au Sénat.

Nous ne nous étendrons pas sur la vie politique de M. MARCHANT, c'est une tâche au-dessus de notre mission et qui appartient plutôt à l'histoire du pays. Nous nous bornerons donc à retracer les bienfaits que l'arrondissement d'Avesnes doit au grand dignitaire dont il déplore la perte.

Avant 1834, cette belle et importante partie du département du Nord se trouvait dans une situation tristement arriérée, sans voies de communication, sans industrie pour ainsi dire : et cependant elle était loin de manquer de ressources, mais elle n'avait pas encore rencontré la main puissante qui devait la pousser dans la voie du progrès. Un des premiers, M. MARCHANT vit le parti qu'on pouvait tirer des forces productives qu'elle renfermait et prit la résolution de consacrer tous ses efforts à mettre cette riche contrée au niveau des autres arrondissements du Nord. Ainsi le voit-on, dès ce moment, lutteur infatigable, demander constamment pour l'arrondissement d'Avesnes et arriver enfin à le doter des magnifiques voies de communication qui le sillonnent aujourd'hui de tous côtés. Ces améliorations furent lentes sans doute à obtenir ; mais, à mesure que de nouvelles routes furent ouvertes, l'industrie et le commerce développaient leurs relations et leur activité et prenaient de jour en jour de nouvelles forces. M. MARCHANT put, avant de mourir, contempler son œuvre et entrevoir dans l'avenir les résultats féconds de toutes les innovations heureuses dues à son influence et à son énergique persévérance : aussi ses concitoyens appréciaient bien tout ce qu'ils devaient à son incessante sollicitude et surent, plus d'une fois, lui témoigner leur reconnaissance, soit en lui renouvelant constamment son mandat de membre du Conseil général, où il siégea pendant 26 ans comme secrétaire et comme président, soit en lui confiant, à deux reprises différentes, le soin de les représenter dans les assemblées législatives, où il fit remarquer son esprit net, élevé, sage et pénétrant, son grand sens pratique, son aptitude merveilleuse et surtout son patriotisme éclairé. Ces éminentes qualités attirèrent sur lui l'attention du Chef de l'Etat et lorsque, après avoir ceint la couronne impériale, le Souverain de la France voulut s'assurer si, dans toute l'étendue de l'Empire, l'administration comprenait bien l'esprit des institutions napoléoniennes et si elle s'inspirait, à l'intérieur, de sa politique générale et progressive, M. MARCHANT fut du petit nombre de ceux auxquels il confia le soin de cette haute enquête.

C'est au moment où il était arrivé à ce point de sa brillante carrière, c'est, pour ainsi dire, au moment il n'avait plus rien à désirer, quand il avait réalisé les plus beaux rêves de l'ambition humaine, qu'il fut atteint par le mal impitoyable qui devait l'entraîner au tombeau. Pendant plusieurs années, il lutta avec une énergique résignation et une force d'âme admirable contre les envahissements quotidiens de la maladie, sans vouloir abandonner, malgré la souffrance, ses travaux et ses devoirs de sénateur, ni ceux qu'il s'était spontanément imposés, par un sentiment de bienveillance et de dévouement pour ses concitoyens. Tous espéraient le conserver quelque temps encore, mais à l'automne dernier, sa situation empira et fit des progrès tels qu'il n'y eût bientôt plus d'espoir et, en effet, le 11 novembre, il expirait à l'âge de 62 ans, au milieu de sa famille, à Maubeuge, où ses dépouilles mortelles ont été inhumées, en laissant après lui des regrets unanimes et un souvenir ineffaçable dans la mémoire des populations de l'arrondissement d'Avesnes, qui lui doivent leur prospérité présente et lui devront leurs progrès dans l'avenir.

Changements survenus pendant l'impression de l'ANNUAIRE.

S. A. Stéphanie-Louise-Adrienne-Napoléon, grande-duchesse douairière de Bade, tante de l'Empereur, *décédée.* (Voir page 5.)

MAISON DE L'EMPEREUR.

Service de la chambre. — M. le marquis de Cadore, *chambellan honoraire.* (Voir page 6.)

Maison militaire. — M. de Vassart, capitaine d'artillerie, *officier d'ordonnance de l'Empereur.* (Voir page 8.)

SÉNAT.

S. A. le prince Pierre-Louis-Lucien Bonaparte (G.O. ✱). (V. p. 10.)

M. le vice-amiral Romain-Desfossés (G. ✱). (V. p. 13.)

M. Am. Thierry (C. ✱), sénateur, *à ajouter à la nomenclature.* (V. p. 14.)

M. le général de division de La Rue, sénateur, *à ajouter à la nomenclature.* (V. p. 14.)

M. le général marquis d'André, *décédé.* (V. p. 10.)

CORPS LÉGISLATIF.

Calvados. — 3e circonscription électorale, M. le comte de Colbert. (V. p. 15.)

CONSEIL-D'ÉTAT.

Conseiller-d'État, M. de Lavenay, ✱, ancien maître des requêtes de 1re classe. (V. p. 20.)

Conseiller-d'État replacé en service ordinaire, M. Armand Lefebvre (C. ✱). V. p. 24.)

Conseiller-d'État en service extraordinaire, M. Charlemagne (C. ✱). (V. p. 19.)

Maître des requêtes de 1re classe, M. Ernest Baroche, ✱. (V. p. 21.)

Maître des requêtes de 2e classe, M. Bordet. (V. p. 21.)

Auditeur de 1re classe, M. de Ravignan. (V. p. 22.)

Auditeurs de 2e classe, MM. de Guigné, Chauchat, Savoye, Plantier, Lombard-Buffières, Jonglet de Ligne, Grandidier, Voyer-d'Argenson, *à ajouter à la liste* (V. p. 21 et 22).

MINISTÈRES.

S. Exc. M. Thouvenel, ministre des affaires étrangères, *en remplacement de M. le comte Walewski.* (V. p. 25.)

Cabinet du Ministre, M. Berthemy, chef, *en remplacement de M. de Billing.* (V. p. 25.)

S. Exc. M. Rouher, ministre de l'agriculture, du commerce et des travaux publics, *élevé à la dignité de* (G. ✱). (V. p. 29.)

PRÉFECTURES.

Corse. — M. Ségaud, préfet, *en remplacement de M. Montois.* (V. p. 32.)

INDRE. — M. Sohier, préfet, *en remplacement de M. Ségaud.* (V. p. 32.)

OISE. — M. Léon Chevreau, préfet, *en remplacement de M Randouin.* (V. p. 33.)

SARTHE. — M. Montois, préfet, *en remplacement de M. Chevreau.* (V. p. 33.)

CULTES.

Mgr. de Prilly, évêque de Châlons, *décédé.* (V. p. 33.)

M. Duriez, desservant de Watten, *en remplacement de M. Saumade, décédé.* (V. p. 107.)

CONSEILS D'ARRONDISSEMENT.

M. le baron de Brigode, canton de Lannoy, *décédé.* (V. p. 53.)

ORGANISATION MUNICIPALE.

Maire de Trélon, M. Stocquelet (Charles). — *Adjoint*, M. Cuvillier (Ernest). (V. p. 106.)

COMMISSAIRES DE POLICE.

Commissaire central de Cambrai, *en remplacement de Huard*, M. Gibert. — Commissaire de quartier, *en remplacement de ce dernier*, M. Bonnescuelle-d'Orgères. (V. p. 110.)

Commissaire spécial à Feignies, M. Guillou, *en remplacement de M. Bonnescuelle-d'Orgère.* (V. p. 110.)

SOCIÉTÉS DE SECOURS MUTUELS.

Société de St.-Martin, à Annœullin, *Président*, M. Debarge. (V. p. 119.)

ORDRE JUDICIAIRE.

M. Quenson, juge suppléant au tribunal civil d'Avesnes, *en remplacement de M. Maurice.* (V. p. 162.)

ORDRE MILITAIRE.

Commandant de place à Douai, M. le colonel Bahut. (V. p. 172.)

Commandant de l'artillerie de Lille, M. le lieutenant-colonel Cuny. (V. p. 173.)

Sous-directeur de l'artillerie à Douai, M. le chef d'escadron Boileau,

ORGANISATION FINANCIÈRE.

Percepteurs : à Templeuve, M. Lejariel; à Mons-en-Pévèle, M. Cochoix ; à Maubeuge, M. Beneyton ; à Marly, M. Filz; à Dourlers, M. Dupont ; à Bergues, M. Vanhoucke ; à Quaedypre, M. Alavoine; à Pont-sur-Sambre, M. Bommart; à Bugnicourt, M. Fleurynck; à Landrecies, M. Perret, ✻; à Villerspol, M. François ; à Baisieux, M. Barbare; à Pecquencourt, M. Rennuit.

CONTRIBUTIONS DIRECTES.

Contrôleur hors classe, à Maubeuge, M. Duchastelet; — *contrôleur de 2e classe*, à Cassel, M. Rouchez; — *contrôleur de 3e classe*, à Hazebrouck, M. Daubigny.

TABLE ALPHABÉTIQUE DES MATIÈRES.

Lille. L. Danel.

CPSIA information can be obtained
at www.ICGtesting.com
Printed in the USA
LVHW100602210323
742065LV00002B/126

9 783382 700676